文化香港叢書

板蕩時代的抒情

抗戰時期的香港與文學

陳智德 著

中華書局

「文化香港」叢書總序

「序以建言，首引情本。」在香港研究香港文化，本應是自然不過的事，無需理由、不必辯解。問題是香港人常被教導「香港是文化沙漠」，回歸前後一直如此。九十年代後過渡期，回歸在即，香港身份認同問題廣受關注，而因為香港身份其實是多年來在文化場域點點滴滴累積而成，香港文化才較受重視。高度體制化的學院場域卻始終疇畛橫梗，香港文化只停留在不同系科邊緣，直至有心人在不同據點搭橋鋪路，分別出版有關香港文化的專著叢書（如陳清僑主編的「香港文化研究叢書」），香港文化研究方獲正名。只是好景難常，近年香港面對一連串政經及社會問題，香港人曾經引以為傲的流行文化又江河日下，再加上中國崛起，學院研究漸漸北望神州。國際學報對香港文化興趣日減，新一代教研人員面對續約升遷等現實問題，再加上中文研究在學院從來飽受歧視，香港文化研究日漸邊緣化，近年更常有「香港已死」之類的說法，傳承危機已到了關鍵時刻。

跨科際及跨文化之類的堂皇口號在香港已叫得太多，在各自範疇精耕細作，方是長遠之計。自古以來，叢書在文化知識保存方面貢獻重大，今傳古籍很多是靠叢書而流傳至今。今時今日，科技雖然發達，但香港文化要流傳下去，著書立說仍是必然條件之一。文章千古事，編輯這套叢書，意義正正在此。本叢書重點發展香港文化及相關課題，目的在於提供一個平台，讓不同年代的學者出版有關香港文化的研究專著，藉此彰顯香港文化的活力，並提高讀者對香港文化的興趣。近年本土題材漸受重視，不同城市都有自己文化地域特色的叢書系列，坊間以香港為專題的作品不少，當中又以歷史掌故為多。「文化香港」叢書希望能在此基礎上，輔以認真的專題研究，就香港文化作多層次和多向度的論述。單單瞄準學院或未能顧及本地社會的需要，因此本叢書並不只重純學術研究。就像香港文化本身多元並濟一樣，本叢書尊重作者的不同研究方法和旨趣，香港故事眾聲齊說，重點在於將「香港」變成可以討論的程式。

有機會參與編輯這套叢書，是我個人的榮幸，而要出版這套叢書，必須具備逆流而上的魄力。我感激中華書局（香港）有限公司，特別是助理總編輯黎耀強先生，對香港文化的尊重和欣賞。我也感激作者們對本叢書的信任，要在教研及繁瑣得近乎荒謬的行政工作之外，花時間費心力出版可能被視作「不務正業」的中文著作，委實並不容易。我深深感到我們這代香港人其實十分幸運，在與香港文化一起走過的日子，曾經擁抱過希望。要讓新一代香港人再看見希望，其中一項實實在在的工程，是要認真的對待香港研究。

朱耀偉

歷史中的「戰爭詩學」（陳國球序）

一九三九年七月十日，由戴望舒主編，在香港出版的《頂點》創刊號，發表了自上海避戰禍而南下，寄居於香港西環桃李台，在匯豐銀行大廈上班的徐遲的一篇名文：〈抒情的放逐〉，展示出這時期的一種「戰爭詩學」。徐遲說：「轟炸已炸死了許多人，又炸死了抒情，而炸不死的詩，她負的責任是要描寫我們的炸不死的精神的，你想想這詩該是怎樣的詩呢？」中日戰爭爆發，民墜塗炭；蒼茫大地，容不下風雅閒情；但徐遲還相信「詩」有「炸不死的精神」。這詩該是怎樣的呢？《頂點》同期有徐遲的一首詩〈述語〉，詩的正文如下：

雖然我是主語，而我也很有一些述語，
每一句我應該有一個述語才能完成的，
可是在這裏我似乎不大懂得文法了，
我的述語與我無論如何不適合，
沒有一個「動」詞可以做我的述語嗎？

我「買」外匯「跳」舞「游」泳「喝」啤酒「吃」三明治，
我不要這樣的述語他們不適合我
像迦洛連山麓足球場大看臺和人口密度，
當守望戰爭而沒有一個熱情的啦啦隊，
我只有一個述語「寂寞」也不適合我不要牠，
我要的是一個真正的動詞來做我的述語。

詩中出現了「戰爭」的字眼，但細看卻只是「足球賽」的常見隱喻。詩的主體內容，是「文法」（語法）的格式——「主語」（subject）和「述語」（predicate）的組合——比喻人生的動向。這種手法，很有英國十七世紀「玄學派詩人」（Metaphysical Poets）習用「巧喻」（conceit）的味道。「玄學派詩人」在二十世紀重新得到關注，得力於艾略特（T. S. Eliot）等現代派詩人的推重，作為抗衡浪漫主義末流「濫情傾向」（sentimentalism）的文學史依據；因此玄學詩風也是「現代主義」詩學的重要元素。徐遲原是三〇年代的「現代派」中人，他這首詩把抗戰時身處香港的文化人的生命形態以淡乎寡味的方式呈現：當下生活的各種可能——「買外匯」、「跳舞」、「游泳」、「喝啤酒」、「吃三明治」——只帶來不協調的感覺，唯一實存的「寂寞」，又是「我」所急欲擺脱。當中的思考以主語與述語的語法關係出之，顯示出一種似乎可以邏輯切割，但實際又必然要連結組合的矛盾和複雜境況；這都可以看成是智性的思考，合乎「現代主義」的詩學主張。我認為徐遲這首在香港完成、在香港發表的作品，是中國現代詩的一首上乘之作，尤其我們結合詩的一段序文同讀，更可以交織出豐富的義蘊：

> 詩序：香港油麻地渡頭的時鐘鐺鐺地敲給一個車站聽。這是九龍車站，去年廣九路粵漢路時被轟炸。有一次人們買了車票臨時車卻開不出站。一連二旬左右，他們在這站上候車而又生活，如生活於列車飯店。列車飯店早已閉歇，車站現在有一顆寂寞的心，渡頭的時鐘敲罷，我有一個歌唱。

「詩序」一方面為正文空懸的意念置入具體的語境：香港油麻地、九龍（尖沙咀）火車站、中日戰事方酣；另方面序文也有自身的意象經營：「渡頭」與「車站」均是可以開展行旅的地點，「渡頭」以「鏜鏜」鐘聲向「車站」抒發己懷，「我的歌唱」也是傾訴尋找「動詞」那種上下求索的焦慮。我們可以想像：正文中理想的「真正動詞」會不會是從渡頭、車站出發，以投身於大時代中更具意義的事功的意思？依此思路，「寂寞的心」，與正文中要排除的「寂寞」，應如何解說？作為全詩的序文，「一顆寂寞的心」的「我」要「歌唱」，又如何與〈抒情的放逐〉所指摘的「抒情小唱」共存？

〈述語〉詩序與正文並置、〈抒情的放逐〉與〈述語〉的同期並置，都帶給我們許多文學史解讀以至文學理論思考的可能性；「詩」如何直面「戰爭」？或者說：「戰爭」能夠容納什麼樣的「詩」？「戰爭」與「詩」，可説是「文學」與「政治」這永恆糾葛最尖鋭的展現。

陳智德《板蕩時代的抒情：抗戰時期的香港與文學》，寫的是一段以戰爭銘刻的文學與文化史，是「戰爭詩學」的立體模塑之剖析。當「地方」（香港）與「戰爭」（「七七事變」、「三年零八個月」）扣連時，「文學」有何意義？曾經發揮什麼作用？在書中陳智德追記香港如何在「抗戰局勢」中成為「突破封鎖的文化中心」，香港如何承納以至催生各種與時局關連的文學題材與表現形式：正因為香港在戰事發生之前已有一場「新文藝大爆炸」，在本土成長的文藝青年如李育中，才能在「國防文學」的主流思潮下談「抗戰文學中的浪漫主義質素」，望雲（張吻冰）才能寫出既繼承「五四」精神，也充份表現本土意識的小説《人海淚痕》；正因為戰火災劫，才有大規模人口流動與文化播遷，正因為香港有這個「據點」的位置，徐遲才會在此時此地完成他在詩學與政治的「思想轉折」,鷗外鷗才能以他特有透視眼光寫出以身體感覺世界的〈和平的礎石〉、〈狹窄的研究〉一類作品。

陳智德為我們復刻的,是一段轟動世界的歷史,卻同時是一段早被遺忘的文學時光。學界不乏「抗戰文學」的討論,但其間「香港」只是各種奮戰歷程的一個地理記號;故事敘述者無心關顧香港這個文學空間如何得以形構,無法理解這別有異色的文化空間如何催化「文學」與「政治」、「文學」與「社會」的互動。陳智德提醒我們:

> 當抗戰爆發後,內地多個城市相繼淪陷,內地作家轉移至香港繼續抗戰文學工作時,所面對的實在不是一片空白的文化環境,而是有本身文化軌跡的城市,新文學發展了至少十年,報刊有固有的獨立言論傳統,亦有充足的讀者群,這些都是抗戰期間香港接續和支援抗戰文藝工作的基本。

陳智德的重點之一是論文學,但他的「文學」觀念是開放的;他不像有些論者以為香港文學之講論舊體詩詞活動是一種「破例」。本書整整一章論「香江雅聲」,可以見到新舊文學在香港之聲氣相通,如擅寫舊詩詞的柳亞子,與新詩作者劉火子及流落香港的小説家蕭紅,多有交誼。事實上,當時在地舊詩充滿生命力;既能連接地方感覺,也可通達文化淵藪。如古卓崙七言歌行的〈香江曲〉寫香港開埠,到日本空襲、侵佔,「俯仰今昔,感慨繫之」,「竊取庾信賦《哀江南》之遺意」;〈續香江曲〉寫日治苛政,盟軍反攻、終戰,「據事抒情,發為歌詠」,「不盡低徊,用續待焚之稿」。歷史中的香港，泅浮在「鯉門月落潮聲急，香海寒生劍氣光」、「宋帝臺夷春草綠，龍城秋晚夕陽紅」的詩句之中。陳智德指出古卓崙二曲：

> 提出一種歷史觀，在苦難中回顧而點出「香江」的可珍惜處，談到戰爭時局的批評，不從國族主義而論，卻仍標示真偽和是非之辨，使其成為一種更有流傳價值的香港角度詩史。

試想如果我們單單追踪當時由意識形態主導的「國防文學」在香港如何循環再用，就會錯過了這些在地文化的另一深度表現。

陳智德本書的另一項重要探索，是對香港的汪派「和平文藝」與香港「日治時期」文學的整理與分析。在過去文學史論述中，二者都因為「漢奸」、「通敵」等標籤而被棄置。然而，若有適當的歷史距離作緩衝，我們或者可以從中得出一些文學史的教訓或文學理論的儆省。從政治與文學的關係來看，二者可以說是「戰爭詩學」的變體。「戰爭」是一種放縱暴力的過程，毀滅等同成就；「文學」如何與之相結盟？國民政府在一九三八年三月提出「抗戰建國綱領」，在軍事的摧毀力量之上補充正面的建設意義；當戰爭看來是一段漫長的歷程時，「抗戰建國」就成為文學界維繫鬥志的信念；不少文學創作都視「戰爭」為火浴，試煉的經歷將會帶來中國的新生。至於汪精衛一方的論述，則在一九三九年開始以「和平、反共、建國」作為口號，或則放大民眾對「戰爭」的恐懼心理，或則指出「戰爭」之毫無意義，宣揚「反戰」、「和平」才是真理；作為「抗戰文藝」對立面的「和平文藝」應運而生。陳智德在書中細緻檢視了「和平文藝」之來龍去脈，在政治宣傳上的不同型態與表現；但更精彩的是他對「和平文藝」論者在香港「日治時期」創作的分析。例如李志文寫於一九四四年的詩〈鄉音〉，開首說「故鄉」（珠江）在「慣常之戰鬥中」—— 沒有意義、不值得關心；接着說「我」已少夢故鄉了，但下文馬上接上「珠江正洪流浩蕩」一句，要捨棄的「現在」、要忘記的「過去」——「奔馳於山川叢林」、「扶着母親守望」，不期然歷歷現於心目；結句的「年青人記着我」，這年青人恐怕就是「我」想忘記的過去的「我」。往昔的時光追纏今日，記憶與遺忘，轉成一場「心靈的戰爭」。陳智德說：「在遺忘與記憶中，作者最後強調的是記憶。」

對了，在「板蕩」的歲月，陳智德要強調的就是「記憶」的可貴。他在書中慨歎侶倫、劉火子、舒巷城等人在動亂時代中逼不得已的焚稿，慶幸黃偉伯未刊稿在街頭垃圾收集站中被救出；讓他更感無奈的是「誰都不在乎」香港文學的「顯與隱以至有或無」，「遺忘」是「一以貫之的共同」。陳智德透過本書提醒讀者：「香港」，不應被遺忘；而「文學」，為我們刻記了許許多多的心靈騷動；因為其間有情，文學「抒情」；「抒情」不應被放逐，抒情詩人更不應被逐。本書切切實實為我們指陳「一九三七年至一九四五年間散發特殊氛圍的香港，以及文學」，為我們疏證其間的「一種憂時傷國的、在板蕩時局中的抒情」。當年的一場「戰爭」，大抵不會是愉快的記憶；但重拾這記憶，反思各種厄難臨即時寄寓在文學的感覺與應對態度，或許可以加我們以力，迎向生命旅程中層出不窮的「戰爭」。

這是我讀智德書稿的感想，是為序。

陳國球

2017 年 11 月 30 日寫於八仙露屏下

目錄

第一章

序論

「遺忘」的歷史

香港的歷史微茫撲朔，直至人們意識到香港已成為一個商業都會，一種由漁村到商埠的發展形象被論述出，而且根深柢固。對該形象的集體認可，有助人們為香港構建出一種想像的共同，但這形象的概括性，某程度也成為一種遮蔽，蓋過香港其他層面的想像，特別是文化與文學方面的印跡。過去實有不少學者致力考掘香港的文學、文化印跡，例如羅香林《香港與中西文化之交流》（1961）、陳錦波《許地山與香港之關係》（1976）、《抗戰期間香港的劇運》（1981）、林煥平《茅盾在香港和桂林的文學成就》（1982）、盧瑋鑾《香港文縱：內地作家南來及其文化活動》（1987）、也斯《香港文化》（1995）、黃康顯《香港文學的發展與評價》（1996）、鄭樹森、黃繼持、盧瑋鑾編《早期香港新文學資料選：1927－1941》（1998）、黃仲鳴《香港三及第文體流變史》（2002），盧瑋鑾、熊志琴《香港文化眾聲道》（2014）、楊玉峰《黃谷柳的顛簸人生與創作》（2015）、陳國球《香港的抒情史》（2016）等等，他們考掘出的資料，組織出的論述，在另一層面成為類近於「繼絕學」的呼召。

循着羅香林提供的線索，追查晚清至民國初年的《遐邇貫珍》、《新小說叢》等刊物和《宋臺秋唱》、《時諧新集》等書籍，我們知道香港的舊體文學既有主張「變國俗，開民智」的時代改革聲音，也有「隱逸派人士」的感時傷世、承續道統，而且「所作多含蓄凝煉，大雅不群」[1]。五四新文化運動後，香港未即時進入新文學時代，其實眾多中國南方城市也一樣，一九二〇年代初至中期均經歷一段新舊文化交替時期。一九二三年，梁宗岱、劉思慕在廣州成立廣州文學研究會，同年十月出版了附設於《越華報》的「文學旬刊」作為廣州文學研究會會刊，由此而成為「嶺南新文學的第一份純文學刊物」[2]；香港則於一九二〇年代中期起，出現了刊登新文學作品的《大光報》「大光文藝」、「微波」、「光明運動」、《循環日報》「燈塔」、《南強日報》「過渡」、「鐵塔」等等報紙副刊，至一九二八年，出版了新文藝雜誌《伴侶》，香港由此步入了新文藝大爆炸時期：一九二九年有《鐵馬》，一九三〇年有《島上》，一九三一年有《激流》，一九三二年有《新命》，一九三三年有《紅豆》，一九三四年有《今日詩歌》，一九三五年有《時代風景》，幾乎每一年都有一本新的文學雜誌面世；但更重要的，是對「香港文壇」回顧和討論的自覺意識，從吳灞陵〈香港的文壇〉（一九二八）、康以之〈關於香港文壇〉（一九三四）到貝茜（侶倫）〈香港新文壇的演進與展望〉（一九三六）等文，形塑出香港文學「歷史意識」的雛型。

一九三六年八月十八日至九月十五日，侶倫以「貝茜」為筆名在《工商日報．文藝週刊》連續三期發表〈香港新文壇的演進與展望〉，在四千八百多字的文章中，侶倫仿效民國後諸種中國歷史、哲學史、文學史的寫法，為香港新文壇的歷史劃分不同階段，包括「前期」、「近期」、一九二七年的「發動期」，以及一九三〇年以後「由消沉期而轉入興奮期」[3]。從時期劃分的方式，可見出侶倫為香港新文壇作歷史敘述的苦心，此外，正如該文的「緒言」提出，「香港新文壇之已否存在的問題，不久之前，好像還有人斤斤討論；其實這一件類乎吹毛求疵的工作是多餘的，香港有沒有新文壇，只要從已有的一般文化工具如報章刊物等著目，都可以知道，香港新文壇的存在是

1　羅香林：《香港與中西文化之交流》（香港：中國學社，1961），頁 197。

2　張振金：《嶺南現代文學史》（廣州：廣東高等教育出版社，1989），頁 13。

3　貝茜：〈香港新文壇的演進與展望〉，《工商日報．文藝週刊》，1936 年 8 月 18 日至 9 月 15 日。

顯然的事實」、「新文學之漸被重視，和致力於新文學工作的青年們不斷的掙扎，要衝破這漆黑一團的氛圍，這一種精神的表現，我們實在不能輕輕抹去了着跡的一頁」、「新文學之發生於香港，至少已不是最近幾年間的事了」[4] 等等說法，潛藏着一種歷史被抹煞、不被承認的焦慮。

抗戰爆發後，省港作家加緊連繫，圖以香港作為抗戰文學的陣地，一九三八年七月十三日，香港中華藝術協進會與中國詩壇社聯合舉辦「香港詩歌工作者初次座談會」，出席者包括藝協方面的黃楚青、梁上苑、呂覺良，中國詩壇社方面的陳適懷、吳舒煌、陳豹變等等二十多人，會上首先討論香港詩歌工作者的聯合組織，商議完畢後，由主席梁上苑提出先略述香港詩壇的歷史：

> 主席：好了，我們很快的就算組織好了，現在我們開始談詩歌在當前任務的問題。我以為在先，有誰可以略述香港詩壇的過去呢？
>
> 停了一會。
>
> 慢慢的，呂覺良站起來說：我只談一個斷片。民國廿一廿二年之間，曾有一些愛好詩歌的青年，如張弓、劉火子、李育中、侶倫，和死去了的易椿年等寫過一些當時流行的「現代詩派」的詩歌，發表於南華副刊的「勁草」上面，後又出版過一兩詩刊，「詩頁」、「今日詩歌」。還有「紅豆」也常刊載這幾個人的詩。這大概可算是香港詩壇的萌芽吧。以前可不知道，以後也一直沉寂下來。[5]

當主席問及「有誰可以略述香港詩壇的過去」時，記錄者特別另起一行寫上「停了一會」，可以想像當時會場一片沉默的氣氛，與會者除了呂覺良

4　同上註。

5　O.K：〈香港詩歌工作者初次座談會剪影〉，《大眾日報．文化堡壘》，1938 年 7 月 20 日。

外，都不清楚或無意提起香港詩壇的歷史。

呂覺良述說的是一九三二至三三年前後的情況，提到當時的《詩頁》、《今日詩歌》、《紅豆》、《南華日報·勁草》等刊物，以及張弓、劉火子、李育中、侶倫、易椿年等詩人，指他們都「寫過一些當時流行的『現代詩派』的詩歌」。呂覺良對當時的香港詩壇具一定認識，資料亦大致準確，他所提到的名字都是活躍於三〇年代的香港詩人，李育中和劉火子等曾創辦《詩頁》和《今日詩歌》，易椿年曾主編《時代風景》，侶倫早在一九三〇年與友人創辦過《島上》，一九三四至三五年間在《南華日報》主編副刊「勁草」。然而呂覺良所憶述的三〇年代初香港新詩歷史，距離座談會當時（一九三八年）並非年代久遠，但最後卻說「這大概可算是香港詩壇的萌芽吧。以前可不知道，以後也一直沉寂下來」[6]，實際情況是，一九三三年創辦的《紅豆》於一九三六年出版至四卷六期才停刊，一九三七年六月有由李育中等創辦的《南風》，刊登易椿年一首詩作也是其遺作〈金屬風 —— 防空演習印象〉，也有侶倫的悼念文章〈無盡的哀思 —— 悼詩人易椿年〉和李育中的詩論〈詩與歌的問題〉，何以事隔不過一、兩年，香港詩壇便被視為「以後也一直沉寂下來」呢？重點也許不在於香港詩壇是否沉寂，而是對於敘述歷史的文化需要。藝協成員和中國詩壇社成員許多是從廣州南來，在該次座談中，回顧香港詩壇歷史談不上是文化需要，尤其比起抗戰，聯合力量、團結組織力量的需要更大。

抗戰時期的文化需要本不在於整理、回顧香港文壇，而是如何團結力量，推動抗日民族統一戰線。對在香港成長的作家或稱本土作家來說，包括李育中、劉火子等等，抗戰呼聲是更大的共同和呼召，李育中在〈抗戰文學中的浪漫主義質素〉、〈論戰時文藝的形態〉、〈最近一年來的中國文壇〉等文以呼應、配合主流抗戰聲音為焦點，引進發源於內地的「國防文學」討論，也提出一點香港角度的補充。南來文人對抗戰文學亦有不同反思，如

6　同上註。

徐遲〈抒情的放逐〉，承續其現代派角度的文學思考，指出抗戰詩歌中的感傷語言無法適用於新的局面，陳殘雲〈抒情的時代性〉質疑徐遲着眼於詩歌藝術的論點，拉特〈關於「真正文學的詩」〉重申抗戰文藝的政治性和宣傳教育功能。本土作家與南來作家種種有關抗戰文藝的討論，使香港在內地多個城市自抗戰爆發而相繼淪陷之後，延續抗戰文藝的工作，香港在其間的位置，以及與其本身既有的文藝發展的關係，是另一值得關注的問題。港版《中國詩壇》的編者馬蔭隱在一九四一年的文章〈檢討與願望〉裏，多次提到「香港詩歌運動」的意義，他以香港相對應於中國內地的詩歌語言和口味，從讀者的情況回應種種抗戰詩歌論爭：

> 香港的詩歌運動，在中國整個詩歌運動上說它是記下了不能抹掉的功績；以民族革命戰爭為外型而以民主革命鬥爭為內容的詩歌創作，總比中國內部任何地方皆佔為優越——它反映悲壯的偉大的戰爭場面比國內為空泛，但它表現濃厚的戰鬥意識與戰鬥的情緒是較國內為明顯而有力的。有一個時期——一個詩歌運動的狂熱的時期，那些掛在驚嘆號上的，口號化了的詩的浮誇與簡陋的筆法是不為香港讀者所歡迎；不能向深與廣兩方面盡量地表現出革新時代的豐富內容是不能和香港的群眾解放了的思想相調和的。[7]

馬蔭隱本是從廣州南來的作家，其「香港的詩歌運動」說法是把香港的抗戰詩歌與內地連繫，認同了香港在抗戰文學中的地位，並注意到香港位置的特定作用，不單是一種地域分別。對侶倫來說，在他撰寫〈香港新文壇的演進與展望〉之時，香港新文學的第一個十年已經被遺忘；抗戰爆發後迎來新的文化需要和時代呼聲，整個香港都已進入另一段時流中，他的焦慮同時

7 馬蔭隱：〈檢討與願望〉，《中國詩壇．號外》第三次（號外第三期），1941 年 4 月 10 日。

也作為該文章題目另一關鍵字眼：一種展望，不論本地作家或南來作家，都有必要對香港文壇作出新的觀察、新的創造。

李育中的報告文學〈四月的香港〉描繪抗戰時局下兩種力量並置的香港，與劉火子的〈島上人的「仲夏夜之夢」〉一文遙相呼應，鷗外鷗的新詩〈和平的礎石〉透過港督銅像引申出對戰事憂慮的思考，也描繪出維多利港海面佈防的特殊狀況，張吻冰（望雲）的長篇小說《人海淚痕》描述抗戰爆發後廣州南來知識份子改造社會的理想及其挫敗，彭耀芬〈給「香港學生」——給殖民地下的一群之一〉和〈給工人群——給殖民地根下的一群之二〉二詩針對殖民主義下的建制問題、徐遲〈太平洋序詩——動員起來，香港！〉作為第一首描述日軍空襲香港的新詩，以上作品既呼應抗戰時局和抗戰文學主題，也藉以反映、反思香港現實，留下不可替代的情志和歷史紀錄，無論從抗戰文學的角度或香港文化史的角度，都應有其位置；然而它們也如同侶倫〈香港新文壇的演進與展望〉所敘述的香港新文學第一個十年的歷史或呂覺良述說的香港三〇年代新詩故事般，早被遺忘，誰都不在乎其顯與隱以至有或無，對香港文學來說，不論什麼時期、本地作家或南來作家，「遺忘」才是一以貫之的共同。

香港的「新文藝大爆炸」

為了抗衡遺忘，只有不懈地講述。晚清時期，因位處清廷權力範圍外，香港報章容納許多不見容於清廷之維新以至革命思想，在新聞報道以外，文藝副刊更發揮重要的薰陶、感染人心的力量。《中國旬報》、《有所謂報》等諧部副刊以遊戲筆墨譏諷時政，一九〇〇年一月創刊、在香港出版了十一年的《中國日報》及其副刊《中國旬報》「專以遊戲文章歌謠雜俎譏刺時政」[8]，

8　馮自由：〈陳少白時代之中國日報〉，收入馮自由：《革命逸史．上》（北京：新星出版社，2009），頁 59。

一九〇六年，清廷兩廣總督岑春煊因《公益報》、《中國日報》、《香港少年報》、《珠江鏡報》、《有所謂報》、《商報》等六家香港報紙報道、批評清廷將粵漢鐵路收歸官辦，以及其對美國華工禁約事件的態度，因而被清廷禁止進口內地，[9] 更凸顯香港言論的獨立位置。

辛亥革命後，香港成了前清文人避世之地，文人間的詩社雅集活動活躍，並在多種報刊發表舊體詩詞。五四新文學運動之後，香港報刊仍使用文言文為主，但一九二〇年代時期的青年讀者已透過書店讀到來自上海等地的書刊，開始接觸新文學。據當時在香港讀書的陳謙之回憶，五四運動之後，港島荷李活道的萃文書坊因售賣新文化書籍，曾遭警察查究干涉，並沒收不少書籍，但依然深受讀者歡迎，「新書一到，讀者聞風而動，搶購一空」[10]。五四運動後，香港一方面容納不見容於辛亥革命的前清文人，延續舊文學傳統，另方面也不乏接觸新文學的途徑。

陳謙所指的萃文書坊，侶倫、平可、李育中亦分別提及，侶倫在〈香港新文化滋長期瑣憶〉一文指當時荷李活道一帶，多報館、書店，被視為「文化區」，不過當中書店多售通俗書籍、舊小說、教科書、文具等，真正在早期具傳播新文化作用者，是萃文書坊。侶倫指出：「我所以特別提起它，是因為這家書店除了基本上發售學校課本和文房用品以外，同時兼售新文化書籍和屬於思想性的雜誌刊物，成為香港最先也是唯一向本地讀者介紹新文化的書店。」[11] 平可亦於〈誤闖文壇述憶〉指出：「當時售賣新文藝書籍的書店只有設於荷李活道的萃文書坊。該店的規模不大，初期售賣新文藝書籍只是嘗試性質，來貨很少。不料很快就出現求過於供的現象。以後來貨量漸

9 有關這事件的始末可與馮自由的〈香港同盟會史要〉互相參照，參考馮自由：《革命逸史．中》（北京：新星出版社，2009），頁 534－553。另參見本書第三章「抗戰時期的香港報刊」之「戰時報刊檢查」一節。

10 陳謙：〈「五四」運動在香港的回憶〉，《廣東文史資料》第 24 輯（廣州：廣東人民出版社，1979），頁 45。

11 侶倫：〈香港新文化滋長期瑣憶〉，《向水屋筆語》（香港：三聯書店，1985），頁 5。

增，而包括我在內的長期顧客也陸續增加。」[12] 因着這接觸新文學的途徑，可知一九二〇年代香港新文學的出現並非偶發或突然的轉變，而是從內地新文學書刊的散播開始，逐漸接受五四新文學運動的影響。

自五四新文學運動開展以來，香港透過與廣州、上海等地的貿易連繫，除了主要的一般商品轉運，也從內地輸入不少新文學報刊，香港讀者可以在書店接觸到「當時最流行的新文學組織（如創造社、太陽社、拓荒社之類）的出版物」[13]，其中以上海的刊物最受青年讀者歡迎，李育中在一次訪問中，特別提到他們那一輩青年，如何接受上海文學書刊的影響：

> 我早年受上海文學影響，像創造社、文學研究會的主張。1927、1928 年我讀了魯迅的《熱風》和創造社作家作品，還有文學研究會作家在《小說月報》的小說。那時丁玲、沈從文、巴金剛發表小說，我是充分接受其影響的。我比較喜歡沈從文的作品，而巴金的小說則只喜歡他最早的《滅亡》。新詩方面，我欣賞戴望舒、艾青、臧克家的詩。當時《現代》雜誌是介紹現代詩最重要的雜誌，不少廣東的文學青年也有投稿。最初我寫的是散文，大約 1929 年，投到《大光報》的新文學副刊。在 1927、1928 年，新文學對青年來說是很大的鬥爭，新文學代表了新思想、新習慣和新的奮鬥。即使在工具使用上也是很大的分界。當時港澳的文學比廣州落後很多，仍使用文言文，青年人能用白話文寫作仍是不容易的。我走上文學的道路自然也是追求新的文化、思想。當時新文化新思想與新政治是聯繫着的，主要也是指

---

12 平可：〈誤闖文壇述憶〉，《香港文學》第二期，1985 年 2 月。按，平可〈誤闖文壇述憶〉一文在《香港文學》第一至第七期連載，第一期和第三期連載時題為〈誤闖文壇述憶〉，第二、四、五、六題為〈誤闖文壇憶述〉，第六期連載時題為〈誤闖文壇的憶述〉；為免讀者混亂，本書引用該文時，一律沿用該文首次發表時的題目，即〈誤闖文壇述憶〉。

13 侶倫：《向水屋筆語》（香港：三聯書店，1985）頁 6。

國民黨、共產黨了。[14]

李育中一九一一年在香港出生，分別在澳門和香港接受小學和中學教育，三〇年代在港參與創辦《詩頁》、《今日詩歌》等刊物，他在訪問中提到的文學書籍，都是在上海出版，再運到香港銷售，包括文學研究會和創造社的刊物，除了李育中提到的《小說月報》，可能尚有《創造月刊》、《洪水》等等。這些從上海來港的刊物，予香港青年以先進、前衛的新感覺。從二〇年代末至三〇年代中，香港青年亦仿傚內地新文學風氣及文學結社傳統，自發建立不同的文藝團體，並出版自己的文藝雜誌。

一九二一至二八年間，香港有《雙聲》、《小說星期刊》、《墨花》等文學雜誌，以文言小說、舊體詩詞為主，亦間中刊登新詩和白話小說，屬新舊交替時期刊物，一九一九年至一九三〇年出版的英華書院學生刊物《英華青年》則經歷由全用文言、文白並存至全用白話的階段，一九二八年八月創刊的《伴侶》被時人稱譽為「香港新文壇之第一燕」[15]。侶倫〈香港新文壇的演進與展望〉一文認為，一九二七年前後是香港新文學發展的關鍵時期，除了多份報紙增設新文學副刊，內地時局變化、革命思潮亦為香港青年帶來文化與思想衝擊：

> 一九二七年的期間，正是中國國民革命狂飈突進的時代，為幾件慘案牽起來的當地的罷工潮又應時而起。在政治上是個興奮的局面，在文壇上，又正是創造社的名號飛揚的時期；間接受了國內革命氣燄的震動，直接感着大風潮的刺戟，不能否認的是，香港青年的精神上是感着相當的振撼。[16]

14 梁秉鈞：〈李育中訪談錄〉，收入陳智德編：《三四〇年代香港新詩論集》（香港：嶺南大學人文學科研究中心，2004），頁 137－138。

15 貝茜：〈香港新文壇的演進與展望〉，《工商日報・文藝週刊》，1936 年 8 月 18 日至 9 月 15 日。

16 同上註。

此外，一九二七年魯迅應邀來港，二月十八和十九日在香港基督教青年會禮堂分別以〈無聲的中國〉和〈老調子已經唱完〉為題，發表演說，提出「保存舊文化」背後的蒙蔽，勉勵青年揚棄陳言舊調，發出「真的聲音」，以新文學和新文化為走向進步的出路，亦對當時文化界有一定影響。

抗戰爆發前約十年間，從一九二八年至一九三七年，香港幾乎每一年都有一本新的文學雜誌創刊，可稱為一段香港的「新文藝大爆炸」時期，這些文學雜誌包括有：

《伴侶》，1928 年創刊，張稚廬主編。

《字紙簏》，1928 年創刊，主要編輯成員是從廣州來港。

《鐵馬》，1929 年創刊，張吻冰主編，島上社成員為主要作者。

《島上》，1930 年創刊，島上社出版。

《激流》，1931 年創刊，魯蓀等主編。

《人間漫刊》，1931 年創刊，永英出版部發行。

《白貓現代文集》，1931 年創刊，白貓文社主編。

《新命》，1932 年創刊，廖亞子督印，張輝編輯。

《繽紛集》，1932 年創刊，繽紛雜誌社出版。

《晨光》，1932 年創刊，伍蕘督印，張輝編輯。

《咖啡座》，1932 年創刊，咖啡座雜誌社編輯、出版。

《小齒輪》，1933 年創刊，魯衡、群力學社主編。

《春雷半月刊》，1933 年創刊，陳光、香港文藝研究會主編。

《紅豆》，1933 年創刊，梁晃、梁之盤主編（梁國英藥局出版）

《詩頁》，1934 年創刊，李育中、張弓主編。

《今日詩歌》，1934 年創刊，劉火子、戴隱郎主編，「同社」出版。

《時代風景》，1935 年創刊，易椿年、侶倫、張任濤、盧敦主編。

《文藝漫話》，1935 年創刊，楊學齡主編。

《南風》，1937 年創刊，李育中、魯衡主編。

以上十九種抗戰前十年在香港出版的新文學雜誌，[17] 孕育出劉火子、李育中、李心若、侶倫、謝晨光、張吻冰（望雲）、岑卓雲（平可）、杜格靈（陳廷）、戴隱郎、張弓、魯衡、易椿年、黃谷柳等等新一代青年作者，他們一部分在香港出生、成長、學習，一部分從廣東省來港讀書、工作，在香港的書店接觸到來自廣州、上海等地的新文學書刊，在一九二〇年代中期開始投稿到香港的《小說星期刊》、《大光報》、《大同日報》、《南強日報》、《天南日報》等雜誌報刊，以至後來投稿到內地的刊物如上海的《現代》。一九二〇年代後期至三〇年代中，他們自資創辦了多份文藝刊物，包括《島上》、《鐵馬》、《時代風景》、《詩頁》、《今日詩歌》、《小齒輪》、《南風》等等，也有一些刊物如《字紙簏》、《紅豆》見證省港兩地的文學連繫。

一九三四年，劉火子、李育中、侶倫、謝晨光、張吻冰、岑卓雲、杜格靈等出席由《南華日報》社長陳克文（1898－1986）發起的文藝茶話會，他們都是《南華日報》副刊「勁草」的作者，侶倫則是該版的編輯。[18] 茶話會是當時文藝界常常採用的聚會形式，陳克文發起的文藝茶話會在告羅士打酒店茶座舉行多次，其後再由不同的人在思豪大酒店茶座等地舉行多次，由此亦加強了香港作家之間的連繫。一九三四年，劉火子、戴隱郎等組織「同社」，創辦《今日詩歌》，並任主編，一九三六年，劉火子、李育中、杜格靈、王少陵、張任濤、張弓、羅理實、李遊子等成立「香港文藝協會」，該

---

17 有關各刊物的內容介紹，可參楊國雄：《舊書刊中的香港身世》（香港：三聯書店，2014），頁239－297。該書列出抗戰前香港新文藝刊物十八種，現另據侶倫《向水屋筆語》及李育中〈我與香港——說說三十年代一些情況〉（收入黃維樑主編：《活潑紛繁的香港文學：一九九九年香港文學國際研討會論文集．上冊》）所述，加入《詩頁》，共十九種。

18 侶倫：〈文藝茶話會與《新地》〉，收入《向水屋筆語》，頁22－24。據一九四一年出版的《南華日報概況》中之「本報組織概略」，一九三〇年及一九三一年，由林柏生任社長，陳克文任副社長；一九三二年至一九三五年，由陳克文任社長；一九三八年，由林柏生任社長，鄺啟東任副社長。參考南華日報社編：《南華日報概況》（香港：南華日報社，1941），頁104。另據〈陳克文先生年表〉，《南華日報》一九三〇年創辦時，林柏生任社長，陳克文任總編輯，參考陳方正編輯、校訂：《陳克文日記：1937－1952（上冊）》（台北：中央研究院近代史研究所，2012），頁7。

年十月魯迅逝世，香港文藝協會籌辦大型的魯迅追悼會，[19] 劉火子曾回憶其籌備過程：

> 記得頭一次發起人會議是借深水埔大埔道的「深水埔幼稚園」舉行的。大家坐在髹上綠色的矮凳子，圍着小方桌交換如何開展工作的意見。那時恰好在十月下旬，魯迅逝世的不幸消息傳來，大家認為協會的第一件工作就是給魯迅治喪委員會發個唁電。[20]

一九三六年十一月十一日，魯迅追悼大會假香港中華基督教青年會禮堂舉行，香港文藝協會、書畫文學社、香港九龍中華教育會、香港青年會、香港新聞社、港報、培德中學等八個團體都參與其事，會上由大會主席杜其章宣佈大會目的，劉火子報告魯迅生平，再有獻花、默哀、演說等儀式，到場者超過一千。翌日《工商日報》、《華字日報》、《天光報》等皆作出報道，視為文藝界大事。

在籌辦魯迅追悼大會的過程中，促成了另一個文藝團體的誕生，一九三七年五月，香港中華藝術協進會（藝協）成立，成員主要是來往於廣州和香港兩地的作家，杜其章任理事長，創會成員包括吳華胥、李育中等，稍後再有杜埃、黃楚青、梁上苑、勁持、何涅江等人加入，會員有一、二百人。藝協下分文藝組、音樂組、美術組等，該會於一九三八年創辦附設於《大眾日報》副刊的「文化堡壘」作為機關刊物。藝協成立初時未標舉抗日口號，但到「文化堡壘」創辦時，已是一份以抗戰文藝為主要內容的刊物。李育中

19 有關劉火子參與文藝茶話會、香港文藝協會及三十年代香港作家的活動，可參考侶倫：〈文藝茶話會與《新地》〉、李育中：〈我與香港 —— 説説三十年代一些情況〉、劉麗北主編：《奮起者之歌：劉火子詩文選》等。

20 劉火子：〈香港有聲了！ ——追記一九三六年香港舉行的魯迅追悼會〉，收入劉麗北主編：《奮起者之歌：劉火子詩文選》（上海：東方出版中心，2011），頁 222。

在後來的回憶文章形容該會是「統戰性的進步團體」，維持了三、四年。[21]

抗戰爆發前十年，香港經歷一段「新文藝大爆炸」時期，不單每年都有一本新的文學雜誌創刊，作家之間也建立了不同的團體，包括島上社、白茫文藝社、三三社、同社、香港文藝協會、香港中華藝術協進會等等，劉火子、李育中、侶倫、謝晨光、張吻冰等人的創作從二〇年代中一直持續至抗戰時期，他們在文學創作上原有不同的嘗試和取向，而在三〇年代後半期，也對抗戰文學的相關主題作出呼應，在創作上有所反映，也在評論上引進發源於內地的「國防文學」和「國防戲劇」的討論，因此當抗戰爆發後，內地多個城市相繼淪陷，內地作家轉移至香港繼續抗戰文學工作時，所面對的實在不是一片空白的文化環境，而是有本身文化軌跡的城市，新文學發展了至少十年，報刊有固有的獨立言論傳統，亦有充足的讀者群，這些都是抗戰期間香港接續和支援抗戰文藝工作的基本。

抗戰與「文化據點」

抗戰爆發後，一九三七年至三八年間，北平、天津、上海、武漢、廣州等城市相繼淪陷，香港因屬英人殖民地，在一九四一年十二月太平洋戰爭爆發前，仍能暫保和平，其時香港不單收容大量來自中國內地被戰火摧毀家園的人民，亦由於大量作家南來、內地報刊南遷香港出版，使香港成為抗戰文藝的南方據點。雖然香港政府自一九二五年省港大罷工後設立新聞檢查制度，及後對報紙上之抗日言論有所限制，但對於中國內地特別是抗戰期間被日軍佔領的城市而言，香港相對自由的報刊出版環境，使抗戰爆發後多份因內地遭戰火蹂躪的報刊得以在香港復刊。

21 李育中：〈我與香港 —— 説説三十年代一些情況〉，收入黃維樑主編：《活潑紛繁的香港文學：一九九九年香港文學國際研討會論文集（上冊）》（香港：香港中文大學新亞書院、中文大學出版社，2000），頁 131。

一九三九年，由內地來港作家主導，分別成立了中華全國文藝界抗敵協會香港分會（文協香港分會）和中國文化協進會兩個大規模的文藝團體。一九三九年三月二十六日，中華全國文藝界抗敵協會香港分會假香港大學中文學院禮堂舉行成立典禮，七十一人出席，選出幹事包括許地山、歐陽予倩、戴望舒、葉靈鳳、蔡楚生、簡又文等等。同年九月十七日，代表另一抗日文化陣營的中國文化協進會成立，成員有簡又文、許地山、李應林、戴望舒、陸丹林、胡春冰、馬師曾、王雲五、黃般若等。

中華全國文藝界抗敵協會香港分會的機關刊物《文協》，曾分別於《大公報》、《星島日報》、《珠江日報》、《申報》、《華僑日報》、《立報》、《國民日報》及《大眾日報》輪流刊載，而由文協香港分會主編、與重慶總會合作出版之英語刊物《中國作家》（*Chinese Writers*），創刊號於一九三九年八月六日出版，目標之一是「將抗戰文藝作品譯成英文向外國介紹」[22]，藉以爭取國際輿論對中國抗日的支持，編者包括戴望舒及徐遲。中國文化協進會亦於《國民日報》副刊設立「文化界」作為會刊，另曾舉辦廣東文物展覽館、藝術觀賞會等活動，出版《廣東文物》、《廣東叢書》等。文協香港分會和中國文化協進會雖然同具抗日立場，卻又分別代表國、共兩黨的立場，彼此存在「暗湧式的鬥爭」。[23]

文協香港分會以南來文人為主導，但亦透過徵文比賽、講習班來吸收、培育香港青年成員，一九三九年成立的文藝通訊部（簡稱「文通」），招收香港青年成為「文藝通訊員」，目的之一是「提拔新的文藝工作後備軍」[24]，導師包括徐遲和袁水拍，曾舉辦「八月文藝通訊競賽」、「香港的一日」徵文及文藝講習班等活動。「文通」成員包括彭耀芬、楊奇、麥烽、陳善文、李炳焜、王遠威等，一九四〇年由文通創辦的《文藝青年》，在其創刊詞〈我

22　〈「中國作家」出版〉，《立報．言林》，1939 年 8 月 7 日。

23　參考盧瑋鑾：《香港文縱：內地作家南來及其文化活動》（香港：華漢文化實業公司，1987），頁 104－107。

24　豐：〈「文協」成立文藝通訊部〉，《立報．言林》，1939 年 8 月 11 日。

們的目標 —— 代開頭話〉中提到，該刊是以培育本地青年成為「文藝戰線的尖兵」、團結文藝青年，提供發表園地為目標。[25]

已居港一段時期的作家也對抗戰文藝作出承接，引進內地有關國防文學、國防戲劇和國防電影的討論，吳華胥一九三六年在《工商日報・文藝週刊》先後發表〈國防文學與戰爭文學〉、〈口號之爭與創作自由〉等文，提出從香港位置參與「國防文學」的呼籲。遊子在香港《工商日報・文藝週刊》發表〈論國防戲劇〉，沿用原於上海《生活知識》發表的周鋼鳴〈民族危機與國防戲劇〉一文觀點，再加強有關劇本創作的論點。李育中一九三八年在《華僑日報・文藝》發表〈抗戰文學中的浪漫主義質素〉，提出抗戰文藝的局限，質議主流單一聲音的意義，向中原的文學主潮作出喊話。張吻冰一九三七年拍攝電影《氣壯山河》時，反省到當時香港電影引進「國防電影」時的僵化模式，因而在自己拍攝的電影中作出調整。凡此均見香港作家引介源自中國內地的抗戰文藝理念的同時，有所承接，也有所反省和調整。[26]

創作方面，南來作家戴望舒、徐遲、陳殘雲來港後繼續寫作，當中有不少關於抗戰時期香港的描述，另方面他們也或多或少地從香港角度表達抗戰理念，當中對本身的文學理念亦有所調整。此外，一直居港或與香港淵源甚深的作家，如劉火子、侶倫、李育中、鷗外鷗、張吻冰也寫下他們的觀察。另方面，香港的舊體文學作家運用古雅的文學語言，以寫實的筆觸反映時代憂患，例如何曼叔描寫新界難民情況的〈赴元朗訪玉汝，值南頭避難人士羣擁車站〉、澳門舊體詩家梁彥明描寫維多利亞港夜空防空探射的〈香江晚望〉、柳亞子敘述日軍空襲香港的〈十二月九日晨從九龍渡海有作〉，以及古卓崙記述香港由開埠建設至淪陷時期的百年社會轉變、具詩史意義的〈香江曲〉與〈後香江曲〉，諸種作品同樣留下對抗戰的記錄。

一九四一年一月的「皖南事變」（或稱「新四軍事件」）發生後，大批

25 本社：〈我們的目標 —— 代開頭話〉，《文藝青年》創刊號，1940 年 9 月 16 日。有關「文通」的活動及組織情況，詳見本書第六章「文藝青年大召集」。

26 詳見本書第四章「抗戰與『和平』」。

內地文化人到達香港，中共因應局勢變化而加強在香港的文化工作部署，據南方局黨史資料徵集小組編《南方局黨史資料．文化工作》一書的〈綜述〉指出：

> 大批內地文化人士有計劃地轉移到香港後，中共中央立即指示南方局委員、八路軍駐香港辦事處主任廖承志負責把文化界黨內的同志組織起來，廣泛團結黨外人士，利用香港的特殊地位，建立新的進步文化據點，開展抗日民主宣傳和進步文化藝術工作，特別注意爭取海外僑胞和國際上的同情，黨內以廖承志為首成立了香港文委，加強文化工作的領導。[27]

由此而促成一九四一年《華商報》、《光明報》、《大眾生活》、《筆談》、《時代文學》、《大地畫報》等多種刊物的出版，使抗戰時期香港文壇更形蓬勃，並凸顯香港在抗戰局勢中的「文化據點」意義，正如《生活書店史稿》所述：「香港這塊新的文化據點，在宣傳抗戰、揭露敵人上發揮了特殊的戰鬥作用。」[28]

香港與文學

本書副題為「抗戰時期的香港與文學」，而不是「抗戰時期的香港文學」，是希望把「香港」與「文學」放在同一層面上考掘其在抗戰時期的文化意義，最終要探究的不單是「香港文學」的課題，也關乎香港這城市的時

27 南方局黨史資料徵集小組編：《南方局黨史資料．文化工作》（重慶：重慶出版社，1990），頁35。

28 生活書店史稿編輯委員會編：《生活書店史稿》（北京：生活．讀書．新知三聯書店，1995），頁262。另有關「文化據點」之論，詳見本書第二章「香港的『據點』位置」。

代呼聲及其種種衍生的觀念，如何與文學的發展同步。

抗戰時期的香港文藝界，內地來港作家不少屬資深的著名作家，本地作家的聲音相對不彰，內地作家與本地作者的界線存在但未可截然二分，抗戰主題實為當時共同的時代呼聲，不論內地作家或本地作者同樣投入其中，一九三六年間已有吳華胥、李育中等在港居住了一段時期的作家引進有關國防文學的討論，同年李育中與劉火子等人成立「香港文藝協會」，一九三七年再由李育中、吳華胥、杜埃等人成立香港中華藝術協進會，主編《大眾日報．文化堡壘》，標舉抗日口號，凡此皆為香港抗戰文學的先聲。

一九三八年至三九年《大公報》、《星島日報》、《申報》、《立報》、《國民日報》等報先後創辦並設立支持抗戰文學的副刊，內地來港作家引進他們推行抗戰文藝工作的經驗，主導文協香港分會、中國文化協進會的工作，香港的抗戰文學陣營由此而真正成形。當時的評論者已留意到《星島日報．星座》、《大公報．文藝》皆以刊載內地知名作家（包括已來港者）的創作為主，例如蕭天指出：「『星座』與『文藝』同樣刊登長篇連載，同樣以厚酬招致內地作家的短篇」[29]，由此也促使以本地讀者為主要對象的報刊，尋求符合本地口味的文藝創作，造就了平可《山長水遠》、《錦繡年華》、望雲《黑俠》、《人海淚痕》、傑克《紅巾誤》等作品在《工商日報》、《天光報》等報連載而大受讀者歡迎。

因應抗戰時期香港文壇的複雜多元面貌，要認識抗戰時期的香港文學，未可將內地作家與本地作者截然二分。本書在構思的過程中，考慮到如果只把論述焦點集中於這段時期在港創作的茅盾、蕭紅、戴望舒、許地山等著名的內地來港作家，即「抗戰文學在香港」為本的論述方向，是能突出內地作家在香港的貢獻，卻未能反映抗戰時期香港文壇的全局，當中其實也牽涉「什麼是香港文學」、「什麼是香港作家」等等長期糾纏不清的界定問題；然而不同年代的界定未可劃一，三〇、四〇年代特別是抗戰時期的香港，中

29　蕭天：〈香港文藝縱橫談〉，《現代文藝》第二卷第二期，1940 年 11 月。

國內地文藝風潮的影響和介入，是不能迴避的事實，但如果以狹義界定的角度，集中在本地作家的作品而論，則未能論及中國內地文藝風潮的影響和介入，如此仍未免有所缺失。

問題的關鍵不在於是否要把內地來港作家和本地作家簡單地截然二分或一併而論，而是如何理清內地來港作家和本地作家在香港從事文學工作的源流發展，當中有什麼議題，經過怎樣的討論，作品本身的取向如何，以及香港這城市在當中發揮了什麼作用。本書基於原始文學史料的考掘，首先講述抗戰爆發後的香港如何成為抗戰文藝的「據點」以及當中的意義，再介紹抗戰時期各種香港文藝刊物的面貌，「抗戰時期香港報刊要述」一節根據目前可見之刊物原件、影印本或電子版本，或相關記述和研究，整理出五十種報刊材料，擇其重點分別介紹。「抗戰與『和平』」、「寫實與抒情」兩章講述當時的文學議題及重要作品。「文藝青年大召集」一章講述文協香港分會成立的青年組織「文藝通訊部」的歷史及重要成員。

第七章「香江雅聲」回顧抗戰時期的舊體文學，柳亞子、楊鐵夫、陳居霖、何曼叔、古卓崙、黃偉伯等等一眾舊體詩家，呼應抗戰意識，融鑄生活觀察，留下珍貴的戰時記錄，其中古卓崙〈香江曲〉對香港歷史的觀照，不從簡化辨分夷夏的國族主義而論，表達了一種基於香港實際情況的本土歷史觀。第八章「人物與刊物」整理作家及其他關心文化的人，如何在抗戰時期籌辦刊物，具備怎樣的編輯理念。第九章「轟炸與銷毀」講述一九四一年十二月八日的日軍空襲事件後，侶倫、劉火子、徐遲、舒巷城等等不同作家對空襲事件留下怎樣的文學記述，亦講述香港淪陷前夕，作家、出版社如何銷毀稿件和書刊。第十章「淪陷與逃亡」講述一九四一年十二月二十五日香港淪陷之前和之後，報人如何堅守至最後一刻，文化人如何逃離鐵蹄下的香港，當時及事後留下怎樣的文學記錄，並將分別析述話劇《再會吧，香港！》與歌曲〈再會吧，香港！〉的內容特點。第十一章「矛盾與抵抗」講述日治時期的香港，李志文、陳君葆、葉靈鳳與戴望舒等留港作家的處境，分析他們的創作，如何表現出矛盾的並置和內在的抵抗。本書屬有系統的學術著作，並非單篇論文結集，讀者宜留意不同章節之間的連繫。

本書具文學史的角度，分述不同流派、不同藝術取向的作家，介紹其主要作品，追溯文學觀念的淵源和發展，如國防文學、抗戰文學在香港的討論，也考掘、整理作家的經歷，包括本地作家和南來作家，但不以「本地」或「南來」本身作為標籤式的概念；所論及之人物、刊物和作品，包括新文學範圍內之主要體裁即新詩、小說、散文、戲劇、評論，此外，也包括舊體文學、兒童文學和電影。本書參考大量原始材料，引述資料亦以第一手資料為主，唯當第一手資料未可得見而引自他人的整理成果時，亦必具體注明，論述上盡量參考不同政治取向的材料後以較中性立場表述，務求重現也正視歷史中的矛盾，不輕易附和既有觀點，不迴避歷史事實本身的矛盾。

以上是本書的方法和原則，然而儘管如此，本書未算是嚴格意義下的文學史著述，事實上仍有許多空白有待補充。本書的資料蒐集與寫作，歷時三年，全書內容主要在二〇一五年十二月至二〇一七年八月間寫成，這一年有半之時日中，在學校工作以外，幾乎所有公餘時間都用於本書之寫作。本書不屬於任何研究計劃，幸賴本人參與陳國球教授主持之「香港文學大系編纂計劃」，二〇一五至一六年編纂《香港文學大系一九一九－一九四九．文學史料卷》期間得以涉獵抗戰時期香港文學資料，根據相關線索，陸續覓得更多材料，再據多種資料重新查證、組織、剪裁，結合相關作品分析，而撰成本書，絕大部分章節內容完成後從未發表，小部分內容是由本人過去的相關論文改寫，但落筆大半年後，二〇一六年暑假，我幾乎把所有已完成之十萬字初稿全數刪掉再重寫，因感材料所涉論題遠比想像複雜，不得不以大量時間翻查不同立場的資料，務求以更仔細而中性的筆觸縷述歷史。

本書極力搜求不同立場的資料，務求全面，唯亦不可能把所有作家和事件寫入，必定有所取捨也有所遺漏，唯期望本書可以指出抗戰時期香港文學的特質，標舉主要作家和刊物的意義，重新組織、講述當中的故事，期望引發讀者對抗戰時期香港文學現象的興趣，引發學界進一步研究和討論，以至補充、訂正本書的內容。

第二章

香港的「據點」位置

抗戰局勢的變化

藍海（田仲濟，1907－2002）早於一九四六年寫成的《中國抗戰文藝史》中，已指出香港在抗戰文藝史上的「據點」位置：

> 在沉寂的一年中最活躍的地區是作為文藝據點之一的香港，因大批文藝作者的集中和一些書店資金的外移，香港的文藝活動在入夏以後，顯得蓬勃而活躍起來……[1]

藍海《中國抗戰文藝史》一九四七年在上海出版，是中國第一部現代文學斷代史，被視為「研究中國抗戰文藝發展的必備專著」[2]，該書第三章「抗戰文藝的動態和動向」之第三節「銷沉的季節」，論及一九四一年「江南事件」（即「皖南事變」，或稱「新四軍事件」）後的形勢，提出一九四一年是抗戰文藝界銷沉的一年，「本來蓬蓬勃勃的氣象全被春江的寒流衝散」[3]，指的

1 藍海：《中國抗戰文藝史》（上海：現代出版社，1947），頁 56。

2 趙晉光：〈《中國抗戰文藝史》與抗戰時期的田仲濟〉，原刊《中華讀書報》，2005 年 11 月 23 日，收入藍海：《中國抗戰文藝史》（台北：秀威資訊科技股份有限公司，2010），頁 169。另參李建平：《桂林抗戰文藝論》（台北：秀威資訊科技股份有限公司，2013），頁 343。

3 藍海：《中國抗戰文藝史》（上海：現代出版社，1947），頁 55。

是皖南事變後，原在重慶出版的多份刊物遭國民政府查禁，新聞檢查進一步收緊，消息被封鎖，編輯人員及作家被迫逃亡；該批作家部分來到香港，復辦原有刊物，在報紙副刊和雜誌繼續抗戰文藝的編輯和寫作，由此，香港再一次構築出一道讓被禁制者發聲的舞台。

藍海《中國抗戰文藝史》指出香港在抗戰文藝史上的「據點」位置，這說法並非單一論點，多位作家包括茅盾、夏衍、林煥平、張友漁、薩空了等等，在當時的記錄或後來的回憶中，都有相關之說。考其源流，香港成為抗戰文學的據點，源於全面抗戰後局勢的急劇變化，因中國內地城市相繼陷落，作家移轉到香港復辦刊物，繼續抗戰文學工作。一九三八年多份報刊在香港創辦或復刊，當時已有「香港作為文化中心」之說，至一九四一年初的「皖南事變」後，中共及其他不同黨派人士在香港興辦多種報刊，以香港為突破言論禁制的窗口，進一步確立香港在抗戰時期的「據點」位置，當中有文化、經濟、軍事上的因素，也牽涉國、共兩黨及其他不同黨派人士在港的文化工作部署。

一九三七年七月七日，抗戰爆發，七月底北平、天津相繼遭日軍攻陷，八月十三日「八一三戰役」後，上海的抗日救亡運動呼聲愈益昂揚，加上從北平、天津移轉到上海的作家，使上海的抗戰文學迅速發展，成為抗戰初期「抗戰文學的策源地」[4]，是「當時中國文學的唯一中心」[5]；然而隨着日軍加緊進犯，上海文化界也不得不作有計劃的撤退，陳青生指出：「從八月下旬起，有些作家相繼離開上海，這種情況在九、十月間形成高潮」[6]，王文英主編的《上海現代文學史》亦提出：「大致到一九三七年十一月底，一大批曾經長期居住在上海的著名作家如郭沫若、茅盾、夏衍、周揚、胡風、田漢、鄭伯奇、穆木天、任鈞、宋之的、歐陽予倩等人，都已離開了上海。」[7]

4　王文英主編：《上海現代文學史》（上海：上海人民出版社，1999），頁 400。

5　陳青生：《抗戰時期的上海文學》（上海：上海人民出版社，1995），頁 10。

6　同上註。

7　王文英主編：《上海現代文學史》，頁 402－403。

一九三七年十一月十二日，經歷四行倉庫保衛戰後，中國守軍撤出，上海及周邊地區除租界以外已落入日軍控制，上海進入「孤島時期」。十一月二十日，國民政府宣佈遷都重慶，隨後南京、杭州、濟南等地相繼失陷，從戰地撤退的作家分別播遷武漢、長沙、西安、重慶、延安、廣州、香港等地。由於武漢是戰略重鎮，也是從南京通往重慶的交通樞紐，使武漢成為另一個戰時文化中心。一九三八年三月二十七日，「中華全國文藝界抗敵協會」在漢口成立，推動大規模的、全國性的抗戰文藝宣傳工作，許多作家都積極創作抗日歌曲、戲劇和文學，直至同年十月二十五日武漢遭日軍攻陷為止。

抗戰初期另一個撤退地點是廣州，一九三八年一月一日，原在上海出版的《救亡日報》在廣州復刊，編輯人員包括夏衍、葉靈鳳等亦先後從上海到達廣州。茅盾於一九三八年二月從武漢到達廣州籌辦《文藝陣地》，其後他到了香港，主要的組稿、編輯工作在香港進行，完成工序後送往廣州印刷，一九三八年四月十六日《文藝陣地》創刊。此外，廣州作家於一九三七年二月成立廣州詩壇社，同年七月創辦《廣州詩壇》，以呼應抗戰文藝為重要目的，十一月再改組為《中國詩壇》，成員包括蒲風、雷石榆、林林、蔣錫金、林煥平、李育中、陳殘雲、黃寧嬰、克鋒、黃魯等等多人。一九三八年十月二十一日，廣州淪陷，抗戰的南方據點遂移轉至香港和桂林等地，原在廣州出版的《中國詩壇》，一九三九年在香港復刊。武漢、上海、廣州相繼淪陷之後，內地作家陸續移轉香港延續抗戰文藝工作，除了復辦刊物、繼續創作以外，也建立組織、舉辦活動，一九三九年先後成立的「中華全國文藝界抗敵協會香港分會」和「中國文化協進會」，標誌着抗戰文藝工作在香港的另一階段。

在香港教育史的論述中亦提到，因應抗戰局勢的變化，一九三七至三九年間大批原在內地特別是廣東省的大學、中學、小學以及各種職業學校紛紛遷港復校，內地學人遷港辦學，「使香港之教育事業，一時特為蓬勃，使香港教育達致銳進階段」[8]。遷港復校的大學共有四家，包括嶺南大學、廣州大學、廣東國民大學、南華大學；[9] 楊華日提到嶺南大學因廣州淪陷而遷往香港的過程：

> 一九三八年十月十二日，日軍在大鵬灣登陸，沿鐵路線向廣州推進。不旬日間佔領廣州。時李校長公出香港，由朱教務長帶領學生及儀器，緊急撤退。抵港者有數百人。得香港大學校長史羅士（Sloss）借地上課。[10]

遷港復校或設分校的中學則包括原在廣州的真光女子中學、培英中學、培道女子中學、知用中學、興華中學、大中中學、真中女子中學、美華中學、華英中學等等。[11] 從內地遷校來港的師生及來港後招收的學生，豐富了香港的閱讀人口，促成一九三八年至四一年間，香港多份報刊陸續增設以青少年為對象的副刊，也刊登青少年讀者投稿，包括《星島日報・學生園地》、《華僑日報・學生園地》、《大公報・學生界》、《國民日報・青年作家》、《國民日報・新少年》、《國民日報・新壘》、《大眾日報・學生生活》、《立報・言林》等等，由於以上各報的抗日立場，亦促使在港學生參與抗戰文學創作。

在經濟、軍事上，自上海、武漢、廣州等內地大城市相繼淪陷，香港因應本身的轉口港貿易位置，在物資轉運上發揮支援內地的作用。抗戰爆發後，大量人口自上海和廣州等地移入香港，特別在一九三八年十月廣州、深圳失守之後，大量人民流徙到香港，使香港人口在短短一年間由八十萬

8　方美賢：《香港早期教育發展史》（香港：中國學社，1975），頁 139。

9　參考方美賢：《香港早期教育發展史》，頁 220－221。

10　楊華日：《鍾榮光先生傳》（香港：嶺南大學香港同學會，1967），頁 343。

11　參考王齊樂：《香港中文教育發展史》（香港：三聯書店，1996），頁 315－317。

急增至一百八十萬；[12] 內地工業、銀行和資金亦多有移港，高馬可（John M. Carroll）指出：「到了一九三八年初，中國的對外貿易有一半改經香港進行，中國銀行和交通銀行把總部遷移香港，把此地變成全中國的匯兑銀行中心」[13]，經濟意義以外，香港各界的抗戰捐款，部分如香港學生賑濟會（學賑會）舉行的募捐和義賣所得，「通過國家銀行轉匯前線部隊」[14]，另據一九三八年六月九日《工商晚報》及一九三八年六月十四日《大眾日報》之報道，學賑會曾撥款一千元購買藥品並派員攜赴廣州以協助救援受傷軍民，另自倫敦購置救護車及外科儀器等捐贈四路軍。[15] 又據徐遲的記述，國民政府財政部駐香港辦事處以「陶記公司」為名辦理海外華僑的抗戰捐款轉匯，陶記公司辦事處位於香港匯豐銀行大廈四樓，方便工作人員處理來自世界各地華僑以不同貨幣支票作出的抗戰捐款。[16]

軍事方面，自一九三七年抗戰爆發起，香港即作為中國從美國、德國、蘇聯等輸入軍火的重要渠道，王正華研究指出：

> 上海戰事展開，原訂軍火都改在香港起卸，加以正在商議的蘇聯軍火運輸方式，香港成為轉運軍火重要的國際孔道。中國駐英大使郭泰祺曾向英方表示：「我國此後軍火輸入將唯香港是賴，故香港關係戰爭前途頗巨」。[17]

12　參考冼玉儀：〈社會組織與社會轉變〉，收入王賡武編：《香港史新編（上冊）》（香港：三聯書店，1997），頁 195。

13　高馬可（John M. Carroll）著、林立偉譯：《香港簡史——從殖民地至特別行政區》（香港：中華書局，2013），頁 145。

14　鄧開頌、陸曉敏主編：《粵港關係史》（香港：麒麟書業有限公司，1997），頁 180。

15　參見〈學賑會撥款購藥品派員攜赴廣州〉，《工商晚報》，1938 年 6 月 9 日；〈港大學賑會昨改選職員以救護車儀器贈四路軍〉，《大眾日報》，1938 年 6 月 14 日。

16　徐遲：《我的文學生涯》（天津：百花文藝出版社，2006），頁 178。有關徐遲的記述，可參本書第五章「寫實與抒情」之「徐遲的思想轉折事件」一節。

17　王正華：〈抗戰前期香港與中國軍火物資的轉運（民國 26 年至 30 年）〉，收入港澳與近代中國學術研討會論文集編輯委員會編：《港澳與近代中國學術研討會論文集》（台北：國史館，2000），頁 396－397。

一九三八年初，國民政府派宋子良到香港，以「西南運輸公司」名義辦理軍火轉運工作，經由香港轉運中國內地的多種軍需品，包括坦克、高射炮、榴彈砲、炸彈起重機及各種槍械、彈藥等，據統計從一九三七年七月抗戰開始至一九三八年七月間，從外國輸入中國的軍火中，有百分之七十五是經由香港轉口進入，一九三八年二月至十月間，僅由九廣鐵路輸入的軍火便有十三萬噸；[18] 廣州淪陷之後，國際支援中國抗戰的物資，仍經由香港運至緬甸仰光或越南海防，再經由緬甸公路或滇越鐵路轉運至中國，從而突破了日軍對中國沿海的封鎖。[19]

國、共兩黨及其他黨派的文化工作

抗戰期間，國、共兩黨針對局勢變化而加強在香港的文化工作部署，旗下刊物各自爭取抗戰文藝陣地和話語權，此外，民主政團同盟（一九四四年後改稱中國民主同盟）的機關報《光明報》、救國會負責人之一鄒韜奮主辦的《大眾生活》先後創刊，促成更多文藝空間和討論的出現，使香港文藝界更趨熱鬧。

一九三八年，國民黨五屆四中全會後，成立中央海外部，着意加強海外宣傳工作，包括統籌、團結海外華僑支援抗戰的力量。抗戰爆發前，國民黨在香港和澳門的組織工作，是由港、澳兩個直屬支部負責，抗戰爆發後，尤至一九三八年十月廣州淪陷之後，國民黨中央海外部將港、澳兩個直屬支部，合併改組為駐港澳總支部，吳鐵城（原任廣東省政府主席）為執行委員會主任委員（最高負責人），其他委員包括陳策、俞鴻鈞、歐陽駒、簡又文等。[20]

18　同上註，頁 393－439。

19　同上註，頁 430。

20　參考李盈慧：〈淪陷前國民黨在香港的文教活動〉，收入港澳與近代中國學術研討會論文集編輯委員會編：《港澳與近代中國學術研討會論文集》，頁 441－471。

一九三九年七月，國民黨港澳總支部正式成立，劉維開指出，國民黨港澳總支部成立後的首要工作，「在徵求新黨員，以擴大組織，增強本身力量，至28年底，完成了5000多名新黨員的入黨」[21]。港澳總支部下設文化運動、僑工福利等外圍組織，[22] 並以「榮記行」名義，在中環亞細亞行二樓設立表面是貿易公司，而實際是支部辦公室，內設編審室，以津貼款項，招攬在港文化人，委員包括嚴既澄、張孤山，祝秀俠、龍大均、陸丹林、祝百英等。[23] 以上各人當中，以簡又文和陸丹林在香港文藝界最為活躍，經常發表文章，曾創辦《大風》半月刊，參與中國文化協進會的組織工作。

隨着國民黨港澳總支部正式成立，《國民日報》亦於一九三九年六月六日創刊，林友蘭指《國民日報》是「堂堂正正代表國民政府說話的報紙」[24]，李盈慧指該報「代表國民政府，以言論支持抗戰救亡政策，一面和左派報紙戰鬥，一面和支持汪精衛和平運動的《南華日報》對抗」[25]，先後由陶百川、陳訓悆出任社長，王新命、樊仲雲任主筆。《國民日報》很重視副刊，其主要之文藝副刊「新壘」，由郭蘭馨、陳福愉、杜衡、路易士、胡春冰先後擔任編輯，另有多種副刊，包括由中國文化協進會主編的「文化界」，鼓勵青年學生投稿的「青年作家」和「新少年」，以及「木刻與詩」、「詩刊」、「藝術」、「婦女戰線」等等副刊。[26] 據一九四〇年統計數字，國民黨的海外僑報社共有一百二十八所，香港與南洋數量最多，而與一九三五年相比，香港方面增加最多，比戰前多出一倍以上，李盈慧指出：「這正足以說明戰時國民

---

21 劉維開：〈淪陷期間國民黨在港九地區的活動〉，收入港澳與近代中國學術研討會論文集編輯委員會編：《港澳與近代中國學術研討會論文集》，頁479。

22 李盈慧：〈吳鐵城與戰時國民黨在港澳的黨務活動〉，收入陳鴻瑜主編：《吳鐵城與近代中國》（台北：華僑協會總會，2012），頁76。

23 盧瑋鑾：《香港文縱：內地作家南來及其文化活動》（香港：華漢文化實業公司，1987），頁42。

24 林友蘭：《香港報業發展史》（台北：世界書局，1977），頁58。

25 李盈慧：〈淪陷前國民黨在香港的文教活動〉，收入港澳與近代中國學術研討會論文集編輯委員會編：《港澳與近代中國學術研討會論文集》，頁467。

26 有關《國民日報》及其多種副刊，詳見本書第三章「抗戰時期的香港報刊」之「抗戰時期香港報刊述要」一節。

黨中央特別派員前往香港主持宣傳工作的根本原因。」[27]

共產黨方面，二三〇年代中共本已在香港海員和工人之間建立組織，推動不同的工人運動，一九二七年「大革命失敗」後，有不少左翼知識份子從廣州和其他廣東省地區流亡到香港，吳華胥曾撰文憶述他一九二七年四月從汕頭流亡到香港進行地下工作，未幾在港的中共機關被破獲，吳華胥與其他戰友遂按照疏散指示再潛返內地。[28] 吳華胥其後一度經香港轉赴泰國工作，至一九三一年，吳華胥再度來港，任教於潮州同鄉會附屬小學，並在《大光報》、《工商日報》、《華僑日報》等報發表散文和評論。[29] 一九三六年，中共南方臨時工作委員會（南臨委）在香港成立，提出「爭取公開，利用合法」的方針，推動群眾工作，同年，香港工作委員會（香港工委）成立，下設文化、學生、婦女、工人四個支部；[30] 其中，文化支部書記由吳華胥出任。[31]

一九三七年五月，吳華胥、李育中等創設香港中華藝術協進會（藝協），成員主要是來往於廣州和香港兩地的作家，包括吳華胥、李育中、杜埃、黃楚青、梁上苑、勁持、何涅江等人，會員有一、二百人。為使藝協能合法公開活動，李育中邀請香港文化界名人杜其章擔任理事長，由此使藝協得以成為在香港政府註冊的合法團體，李育中指出：「左翼團體在香港殖民地公開合法活動，這是破天荒的。」[32] 藝協下分文藝組、音樂組、美術組等，該會於一九三八年創辦附設於《大眾日報》副刊的「文化堡壘」作為機關刊物。李育中在後來的回憶文章形容該會是「統戰性的進步團體」，維持

27 李盈慧：〈淪陷前國民黨在香港的文教活動〉，收入港澳與近代中國學術研討會論文集編輯委員會編：《港澳與近代中國學術研討會論文集》，頁 468。

28 參考吳華胥：〈四．一五事變後的流亡生活〉，收入吳康民編：《吳華胥紀念文集》（香港：萬里書店，1992），頁 145－150。有關吳華胥的論述，另見本書第四章「抗戰與『和平』」之「國防文學與抗戰文藝」一節。

29 參考〈吳華胥年譜〉，收入吳康民編：《吳華胥紀念文集》，頁 12－21。

30 參考袁小倫：《粵港抗戰文化史論稿》（廣州：廣東人民出版社，2005），頁 31－33。

31 參考〈吳華胥年譜〉，收入吳康民編：《吳華胥紀念文集》，頁 12－21。

32 李育中：〈回首我們無悔的青春——悼念好友華胥同志〉，收入吳康民編：《吳華胥紀念文集》，頁 37。

了三、四年。[33]

藝協之合法註冊，可說落實了上文所述中共南臨委提出「爭取公開，利用合法」的方針。一九三八年間，中共以「粵華公司」名義，在中環皇后大道中十八號二樓設立八路軍駐港辦事處，由廖承志和潘漢年擔任領導工作，其他工作人員包括連貫、梁上苑、杜埃、馮勁持等等，[34] 貫徹執行中共的抗日統一戰線策略，並曾以油印方式出版《華僑通訊》，一九三九年間再出版了《抗戰大學》（港版），第一期刊出了廖承志批評汪精衛親日主張的〈汪逆出走以後〉。[35] 一九三九年三月二十六日，中華全國文藝界抗敵協會香港分會（簡稱「文協香港分會」）假香港大學中文學院禮堂舉行成立典禮，選出幹事包括許地山、歐陽予倩、戴望舒、葉靈鳳、蔡楚生、簡又文等。一九三八年在武漢成立的中華全國文藝界抗敵協會本是由中共領導的文藝界統一戰線組織，同年武漢、廣州相繼失守後，大批作家移轉香港，由他們主導成立的文協香港分會也是貫徹中共提出的抗日統一戰線宗旨，卻與後來由具國民黨背景文人成立的中國文化協進會存在「暗湧式的鬥爭」。[36]

文協香港分會以南來文人為主導，但亦透過一九三九年成立的「文藝通訊部」（簡稱「文通」）培育本地青年作家，一九三九年至四一年間，文通舉辦過七月文藝通訊競賽、八月文藝通訊競賽、「香港的一日」徵文、「文藝講習班」等活動，成功召集大批文藝青年加入，文協香港分會派出資深作家指導，主要的組織工作皆由年輕的文通成員負責，其間，中共也派員參與或滲透文通的內部組織，根據文通學社所撰的〈「文通」簡史〉，中共派員「在『文通』正式成立黨小組。一九四〇年五月以後，又在黨小組的基礎上，成

33 李育中：〈我與香港——說說三十年代一些情況〉，收入黃維樑主編：《活潑紛繁的香港文學：一九九九年香港文學國際研討會論文集》上冊（香港：香港中文大學新亞書院、中文大學出版社，2000），頁 131。

34 參考梁上苑：〈八路軍香港辦事處建立內情〉，收入魯言等著：《香港掌故．第十二集》（香港：廣角鏡出版社，1989），頁 62－75。

35 參考梁上苑：〈抗戰初期的香港文化界〉，收入魯言等著：《香港掌故．第十二集》，頁 76－87。

36 參考盧瑋鑾：《香港文縱：內地作家南來及其文化活動》，頁 104－107。

立黨支部，負責『文通』的政治思想和組織領導工作」[37]，另據袁小倫指出的事例，亦見中共着意在香港的文藝青年間進行工作，袁小倫指出「中共在港組織通過種種途徑關懷培養他們」，他以黃文俞為例，一九三八年起，黃文俞開始在香港發表作品，成為小有名氣的文藝青年，當時的中共在港組織高層、香港市委書記楊康華（盧煥章）透過其他比黃文俞年輕的文藝青年與他接觸，黃文俞從他們的言行知道他們是共產黨員，其後又有一位詩人每週與黃文俞見面，至一九四一年六月二日，黃文俞被吸收加入共產黨，當日舉行的宣誓儀式上，楊康華（盧煥章）終於以監誓人身份出現。[38]

另一方面，文協香港分會成立時，國民黨中央委員簡又文也參加並撰文支持，但在第一屆理事選舉中失利，盧瑋鑾據高貞白一九七八年九月十六日的口述訪問中指出：「簡又文只得了個候補幹事名位，會裏右派代表完全佔不到地位。因此，不到半年，他就受吳鐵城之命，另組『中國文化協進會』了。」[39] 一九三九年九月十七日，由簡又文、陸丹林、葉淺予、黃祖耀（黃苗子）、歐陽予倩、胡春冰、李應林等發起的「中國文化協進會」正式成立，當日在勝斯酒店舉行之成立典禮上，有教育界鍾魯齋、張瀾洲、郭兆華等；新聞界金誠夫、賈納夫、李紹清、袁錦濤等；繪畫界高劍父、吳公虎、趙少昂等；電影界羅明佑、蘇怡等；戲劇界胡春冰、李化、姜明等；漫畫界黃鼎等；音樂界伍伯就等總共七八十人出席，以團結香港文化界、籌辦文化活動為目的。[40]

盧瑋鑾研究指出，中國文化協進會的核心成員大多與國民黨關係密切，所辦活動亦得國民政府資助，[41] 李盈慧亦指，中國文化協進會「是為對抗左

37　文通學社：〈「文通」簡史〉，收入文通學社編：《歷史的軌跡——中華全國文藝界抗敵協會香港分會文藝通訊部、香港青年文藝研究社、香港秋風歌詠團紀念文集》（廣州：廣東人民出版社，1987），頁3。有關文通，詳見本書第五章「文藝青年大召集」。

38　參考袁小倫：《粵港抗戰文化史論稿》，頁153。

39　盧瑋鑾：《香港文縱：內地作家南來及其文化活動》，頁44。

40　參考〈旅港文人新組合中國文化協進會正式成立〉，《國民日報》，1939年9月18日。

41　參考盧瑋鑾：《香港文縱：內地作家南來及其文化活動》，頁93－111。

派在香港的文化活動而設立的」[42]，並與西南圖書公司、華僑圖書館等，並為國民黨港澳總支部所建立之「外圍組織」之一，可引證盧瑋鑾有關該會與國民黨關係密切的研究。

除了《國民日報》，另據王新命《新聞圈裏四十年（下）》，當時與國民黨有關的在港機構，還有大時代書局、財政評論社、《星報》和《時事新報》，皆由許性初主持，大時代書局總編輯是孫寒冰，出版譯著《亞洲內幕》、《歐洲內幕》、《美日必戰論》等。財政評論社總編輯是何西亞，《星報》總編輯是王德馨。[43] 一九四〇年一月，端木蕻良與蕭紅從重慶來到香港，端木蕻良為大時代書局編「大時代文藝叢書」，住處在尖沙咀樂道八號二樓，位於大時代書局隔壁。[44]

國、共兩黨雖然分別經營不同的文化機構，彼此存在「暗湧式的鬥爭」，但都是在抗日的前提上推行文化工作，並非絕對壁壘分明，王新命指出，許性初主持的大時代書局、財政評論社、《星報》、《時事新報》等機構都有左翼人士參加工作，「他們目的在於佔有這些機構，來實行自己的宣傳計劃。但他們儘管已附於這些文化機構生存，許性初先生卻坦然不以為意，他知道社會已經『向左轉』，用一些左派人士，實係一種生意經。」[45]

此外，一九四一年一月「皖南事變」後，多個政治黨派雲集香港，各有不同的工作，他們來港興辦不同刊物，成為另一種文化空間。柳亞子曾有頗集中的憶述：

> 這時候，國內政治潮流正趨向反動方面，各黨各派都以香港

42 李盈慧：〈淪陷前國民黨在香港的文教活動〉，收入港澳與近代中國學術研討會論文集編輯委員會編：《港澳與近代中國學術研討會論文集》，頁 469。

43 參考王新命：《新聞圈裏四十年（下）》（台北：龍文出版社股份有限公司，1993），頁 486－491。

44 端木蕻良：〈友情的絲——和戴望舒最初的會晤〉，《八方文藝叢刊》第 5 輯，1987 年 4 月。另參鍾耀群、孫可中：〈端木蕻良生平及著作年表〉，收入鍾耀群編：《端木蕻良》（香港：三聯書店，1988），頁 254－282。

45 王新命：《新聞圈裏四十年（下）》，頁 485。

為海外扶餘，爭來活動了。救國會的鄒韜奮，鄉治派的梁漱溟，青年黨的曾愚公，第三黨的張雲以和李伯球，都到了香港，中國民主政團同盟也非正式的公開起來。韜奮和漱溟，都來訪問我，和我長談了好幾次。長江主持《華商報》，胡仲持當總編輯，廖沫沙當總經理；漱溟主持《光明報》，俞頌華當總編輯，薩空了當總經理；茅盾主持《筆談》，韜奮主持《大眾生活》，他們都要我寫文章。《華商》《光明》兩報和端木蕻良主持的《時代文學》，則更替我發表詩，非常熱鬧。[46]

柳亞子提到的《華商報》是「皖南事變」後在港的中共組織以「灰皮紅心」的形式創立的報刊，[47]《光明報》、《大眾生活》、《時代文學》，還有一九三八年六月創刊、由周鯨文主編的《時代批評》，則是不同黨派人士在香港興辦的報刊。《光明報》是一九四一年成立的中國民主政團同盟（一九四四年後改稱中國民主同盟）的機關報，同年十月十日刊載民主政團同盟成立宣言及十大綱領，主張貫徹抗日、實踐民主精神、結束黨治、調整黨派關係，保護合法言論、出版、集會、結社自由等等。[48] 中國民主政團同盟的前身是統一救國同志會，由張君勱、左舜生、梁漱溟、黃炎培、曾琦、李璜等人組成，其後再聯合多個不同黨派成員，包括三黨：農工民主黨（第三黨）、國家社會黨（後稱民主社會黨）、青年黨，三派：職業教育派、鄉村建設派、教授派，聯合組成中國民主政團同盟。[49] 柳亞子提到的救國會、

---

46 柳無忌、柳無非編：《柳亞子文集 —— 自傳．年譜．日記》（上海：上海人民出版社，1986），頁 231－232。有關柳亞子的生平及香港時期作品，可參本書第七章「香江雅聲」。

47 參考陳遐瓚：〈省港抗戰文化活動概述〉，收入中共廣東省委黨史研究室編：《廣東黨史研究文集（第三冊）》（北京：中共黨史出版社，1993），頁 240。另見本書第三章「抗戰時期的香港報刊」之「抗戰時期香港報刊要述」一節。

48 參考華商報資料室編：《一九四九年手冊》（香港：華商報社，1949），頁（甲）13－14。

49 參考薩空了：〈創辦香港《光明報》的回憶〉，收入祝均宙、蕭斌如編：《薩空了文集》（上海：上海科學技術文獻出版社，2002），頁 86。另參考馬仲揚、蘇克塵：《鄒韜奮傳記》（重慶：重慶出版社，1997），頁 444。

鄉治派、青年黨、第三黨等，即是上述的三黨三派。

中國民主政團同盟選擇在香港創辦機關報《光明報》，緣於當時國民黨不承認除了國共兩黨外還存在其他政治組織，「因此決定在香港辦一份同盟的機關報，宣佈中國民主政團同盟的成立，同時為今後的宣傳工作準備輿論陣地」[50]，一九四一年九月十八日創刊的《光明報》，由薩空了、施白蕪主編副刊「雞鳴」，薩空了、梁漱溟、茅盾、柳亞子經常發表文章。

《光明報》以及鄒韜奮在港出版的《生活日報》和《大眾生活》，都代表國共兩黨以外的文化力量，鄒韜奮早於一九三六年六月七日在香港創辦《生活日報》，鄒韜奮任社長，金仲華任國際新聞版編輯，[51] 社址位於利源東街，是一條窄巷中的破舊樓房，工作條件不佳，但鄒韜奮仍勉力辦報，在〈創刊詞〉提出以「努力促進民族解放，積極推廣大眾文化」[52] 為宗旨，其後再出版《生活日報星期增刊》，但終於因為虧損嚴重，《生活日報》出版五十五日後，於同年七月三十一日停刊，《生活日報星期增刊》改名為《生活日報週刊》後再出版至八月十六日停刊。[53] 一九四一年一月的「皖南事變」後，鄒韜奮再度來港，同年五月十七日復辦在上海遭查禁的《大眾生活》，鄒韜奮在〈復刊詞〉提出「建立民主政治，由此使抗戰堅持到底，以達到最後勝利」[54]，港版《大眾生活》得到讀者支持，銷量達到十萬份，[55] 但由於國民政府的禁制，《大眾生活》不能正常行銷內地，但仍透過郵寄、油印複製的辦法流通。據《生活書店史稿》一書記述，一九四一年六月二日，「駐重慶郵局的特務檢扣了一份由內地讀者翻印的《大眾生活》新二號的油印本，國民黨的中央圖書雜誌審查委員會得知後，驚慌不迭地連忙上報國民黨中宣

50 薩空了：〈創辦香港《光明報》的回憶〉，收入祝均宙、蕭斌如編：《薩空了文集》，頁 87。

51 參考華平、黃亞平編著：《金仲華年譜》(上海：上海孫中山故居、宋慶齡故居和陵園管理委員會，1994），頁 22。

52 轉引自馬仲揚、蘇克塵：《鄒韜奮傳記》，頁 289。

53 參考馬仲揚、蘇克塵：《鄒韜奮傳記》，頁 286－296。

54 轉引自馬仲揚、蘇克塵：《鄒韜奮傳記》，頁 439。

55 參考馬仲揚、蘇克塵：《鄒韜奮傳記》，頁 439。

部通令各地檢扣，予以取締」[56]。

《光明報》、《大眾生活》和「皖南事變」後其他不同黨派人士在香港興辦的報刊，某程度上都針對當時的國民政府，以香港為突破言論禁制的窗口，成為國、共兩黨以外另一股文化力量，其間，不同黨派刊物也支持中共的抗日民族統一戰線，正如夏衍所說：「《大眾生活》和《華商報》緊密合作，在宣傳戰線上起了很大的作用。」[57]

「皖南事變」的影響

一九四一年一月的「皖南事變」（或稱「新四軍事件」）後，國民政府加緊言論控制與新聞檢查，進一步在所控制的國統區城市禁制左翼立場言論，包括查封左翼報刊，緝捕左翼人士，因此促使部分作家、報人南下香港繼續文化工作。皖南事變本身是當時中國軍隊內部不同派系之間的衝突，卻在國共鬥爭的形勢下，由於言論空間收縮而衝擊內地文藝界，國民政府大舉緝捕左翼文化人，查禁左翼書刊，又指「中共利用生活書店等散佈違禁書刊」，二月七日下令查封成都、桂林、貴陽、昆明、曲江等地生活書店，書刊與財產沒收，職工亦遭逮捕，「讀書生活出版社和新知書店同遭此厄運」。[58] 當時在重慶準備參加第二屆國民參政會的生活書店創辦人鄒韜奮，為營救各地生活書店，曾向國民黨中央宣傳部交涉而不果，憤而辭任國民參政員，決定離開重慶，出走香港。鄒韜奮經中共安排護送，三月經桂林轉乘飛機到香港，五月十七日復辦《大眾生活》，五月二十九日與茅盾、金仲華、惲逸群、范長江、于毅夫、沈茲九、沈志遠、韓幽桐合共九人聯名發表〈我們對於國事

56　生活書店史稿編輯委員會編：《生活書店史稿》（北京：生活．讀書．新知三聯書店，1995），頁264。

57　夏衍：《懶尋舊夢錄》（北京：三聯書店，1995），頁460。

58　生活書店史稿編輯委員會編：《生活書店史稿》，頁236。

的態度和主張〉，向國民政府喊話，提出堅持抗戰等多項主張，在第七點提出：「解除對抗戰文化的壓迫與封鎖。應即開啟無故被封的書店、報館、通訊社等文化團體，釋放無故被捕的工作人員。」[59]

「皖南事變」是影響重大的事件，茅盾亦指出皖南事變對文藝界的影響，他說：「皖南事變之後，重慶文藝界的一切活動都停頓了，我不再參加集會，也不寫文章，——能寫什麼呢？想寫的又能登出來麼？」[60] 中共在「皖南事變」發生後，隨即部署安排文藝工作者南下香港的策略，一九四一年二月，周恩來在重慶曾家岩會見茅盾，對茅盾說：

> 我把你從延安請到重慶，沒想到政局發生這樣大的變化，現在又要請你離開重慶了。這次我們建議你到香港。三八年你在香港編過《文藝陣地》，對那裏比較熟悉。現在香港有很大變化，所處的地位十分重要，是我們向資本主義國家和海外華僑宣傳中國共產黨政策，爭取國際輿論的同情和愛國僑胞支持的窗口，又是內地與上海孤島聯繫的橋樑。萬一國內政局發生劇變，香港將成為我們重要的戰鬥堡壘，因此，我們要加強香港的力量，在那裏開闢一個新陣線。已經從重慶和桂林等地抽調一些人去了，其中有夏衍和范長江，韜奮先生也要去，他在這裏不安全。[61]

這不單記錄了周恩來對茅盾前赴香港的指示，也記錄了皖南事變後中共對香港的觀察、策略變化和從內地移轉文化人的部署。經由周恩來所領導的中共南方局「有組織有計劃地疏散國統區的進步文化人士」[62]，從一九四一

59 原載一九四一年五月二十九日出版的《大眾生活》第四期，此處轉引自生活書店史稿編輯委員會編：《生活書店史稿》，頁 263。另參馬仲揚、蘇克塵：《鄒韜奮傳記》，頁 440－443。

60 茅盾：《我走過的道路》下冊（香港：三聯書店，1988），頁 215。

61 茅盾：《我走過的道路》下冊，頁 216。

62 肖效欽、鍾興錦主編：《抗日戰爭文化史》（北京：中共黨史出版社，1992），頁 65。

年一月底至五月底，茅盾、鄒韜奮、夏衍、范長江、胡繩、戈寶權、胡風、宋之的、千家駒、于伶、張友漁等知名作家、報人、學者陸續抵達香港，其間周恩來與時任八路軍駐香港辦事處主任、中共南方局委員的廖承志通訊，擬定接待、組織來港文化人以及建立文化工作的策略，成立了由廖承志、夏衍、潘漢年、胡繩、張友漁等組成的文化工作委員，下設由夏衍負責的文藝小組、由胡繩負責的學術小組、由張友漁負責的新聞小組，並組織文藝座談會、戲劇座談會等。[63] 一九四一年四月八日，廖承志、夏衍、范長江等創辦了《華商報》，進一步實現中共在港的文化工作。

一九四一年四月八日，廖承志、夏衍、范長江等創辦的《華商報》創刊，作為中共在港喉舌，由夏衍主編文藝副刊「燈塔」，刊出抗戰局勢分析，更有多篇支持蘇聯對抗納粹德軍的文章和詩歌，例如趙彥寒〈敵給列寧格勒的工人 —— 寄蘇聯第四號信〉、思風〈慰問蕭河洛霍夫 —— 寄蘇聯第二號信〉等文，陳殘雲〈列寧格勒頌〉、袁水拍〈莫斯科的夜，黑亮的夜〉等詩歌，表現廣闊的世界視野。一九四一年五月，原在上海出版、由鄒韜奮主編的《大眾生活》在香港復刊。一九四一年九月，由茅盾主編的《筆談》創刊，同年九月十八日，中國民主政團同盟成員梁漱溟創辦《光明報》，以上刊物均出版至同年十二月中，日軍開始轟炸香港才宣告停刊。

突破封鎖的文化中心

自一九三八年十月廣州、武漢相繼淪陷，香港成了華南地區少數得以發表抗戰言論的地方，作家南遷、成立文藝團體、復辦在內地因戰火而停歇的報刊、搬演抗日話劇、朗誦抗戰詩歌、出版抗戰刊物，使香港成為抗戰上半

63　參見以下文獻，〈廖承志關於文化戰線的具體意見致中央書記處並周恩來電〉（1941 年 3 月 24 日）；〈周恩來關於領導文化工作者的態度給廖承志的指示〉）（1941 年 5 月 7 日）；〈周恩來關於香港文藝運動情況向中央宣傳部和文委的報告〉（1942 年 6 月 21 日），收入南方局黨史資料徵集小組編：《南方局黨史資料．文化工作》（重慶：重慶出版社，1990）。

期，即一九三七年至一九四一年十二月底期間，相當重要的抗戰文藝據點。當時從內地移轉香港的作家，亦意識到香港在抗戰局勢中的「據點」作用，從上海來港復刊《立報》的薩空了，提出香港作為「文化中心」和讓兩種文化合流的作用：

> 本來所謂文化中心的形成，多半是人為的，地域環境，只有一小部分的關係。在交通的關係上講，現在香港已代替上海來作全國的中心了，所以只要加上「人力」，今後中國文化的中心，至少將有一個時期要屬香港。並且這個文化中心，應更較上海為輝煌，因為它將是上海舊有文化和華南地方文化的合流，兩種文化的合流，照例一定會濺出來奇異的浪花。[64]

一九三八年創辦《星島日報》的青年報人胡好亦提到香港作為「文化中心」的作用：「在抗戰爆發以後，香港已蔚為華南文化的中心，而尤其重要的，這裏已成為國內與海外文化工作連繫上的一個轉接站。」[65] 胡好所說的「轉接站」，除了戰時人口往還、作家南遷、刊物南移復刊，亦因應香港本身的航運和貿易作用，有助於南北物資以至消息和情報的流通，在戰時尤其發揮重要作用。據記載，一九三七年至一九四一年十二月期間，香港的《大公報》、《星島日報》、《大光報》、《循環日報》、《工商日報》、《申報》、《星報》、《大眾報》、《珠江日報》、《立報》等多種報刊，七天內便運抵桂林，而大後方的報刊，也由桂林轉往香港，再轉運上海等淪陷區。[66] 香港成為戰時報刊的中轉站，當中的意義是，許多抗戰消息、情報和相關的文藝作品和宣傳文字，都藉由香港報刊登載，經桂林轉往中國內地，由此而突破了日軍的封鎖。

64　了了（薩空了）：〈建立新文化中心〉，《立報・小茶館》，1938 年 4 月 2 日。
65　胡好：〈創刊詞〉，《星島週報》創刊號，1939 年 5 月 14 日。
66　參考蔡定國、楊益群、李建平：《桂林抗戰文學史》（南寧：廣西教育出版社，1994），頁 14。

因應皖南事變的影響，除了茅盾按周恩來的指示來港工作，夏衍也在一九四一年一月下旬從桂林來港，他在回憶中指出：

> 在啟德機場降落的時候，是一片「送舊迎新」的爆竹之聲……（中略）
>
> 在國際新聞社住了一夜，第二天就去找廖承志同志。從他的談話中，知道了周恩來同志要我到香港，不單是為了「避難」，主要是為了要在香港建立一個對「南洋」（現在叫東南亞）和西方各國華僑、進步人士的宣傳據點。[67]

夏衍在回憶中明確地指出，他來港的目的不是避難，而是受命在香港建立「宣傳據點」，這是他們來港的任務。一九四一年初的皖南事變後，左翼文化人來港的主要「任務」，是利用香港相對自由的言論空間，突破國民政府的鎮壓和封鎖，正如夏衍指出：

> 因為皖南事變之後，國民黨不僅加強了新聞檢查和「郵檢」，還查封了各地的生活書店，這樣，香港同胞和廣大華僑，就看不到《新華日報》、《救亡日報》和一切進步刊物了。……因此，利用香港這個地方，建立一個對外宣傳據點，讓香港同胞和散處世界各地的千百萬華僑和外國進步人仕，能有機會知道中國共產黨的方針政策，揭露帝國主義玩弄的「東方慕尼黑」陰謀，就成了我們當前最迫切的任務。[68]

建立對外宣傳據點的具體工作之一，就是創辦《華商報》及其他文化刊

67　夏衍：《懶尋舊夢錄》，頁454－455。

68　同上註，頁455。

物，辦報之目的是突破國民政府的鎮壓和封鎖，也是為了團結在港的文化界人士：

> 廖承志同志還告訴我，為了反擊國民黨頑固派發動的第二次反共高潮，從重慶、桂林等地將有一大批文化、新聞界人士撤退到香港，所以必須盡快出一份統一戰線性質的報紙和一些文化、文藝刊物。[69]

後來擔任《華商報》總主筆的張友漁也在回憶中提及，他們是根據周恩來指示「在香港建立我們自己的宣傳據點，出我們自己的一張報紙」[70]，茅盾同樣在回憶中指出：「這次來香港的主要任務就是辦報紙辦刊物」[71]，可見他們的目標很明確而且一致。

面對在香港展開新一波的文化工作，他們首先重新評估當時香港文化的形勢。據茅盾的觀察，因應抗戰以至國際局勢的變化，一九四一年香港的文化環境已和三年前——即一九三八年茅盾初到香港時很不同，他說：

> 香港經過三年戰火的薰染，已有了很大的變化，政治空氣濃厚了，持久抗戰的道理，在先進工人和知識界中已成常識，一般市民對於國家大事也不再漠不關心。港英當局，自從邱吉爾上台組成戰時內閣，並對軸心國的遠東伙伴日本的態度日益強硬以來，他們對於抗日宣傳已不再阻攔。[72]

69 同上註。

70 參考張友漁：〈我和《華商報》〉，《新聞研究資料》第十二輯（北京：中國社會科學出版社，1982），頁18－26。

71 茅盾：《我走過的道路》下冊，頁221。

72 同上註，頁220。

香港在抗戰局勢中成為文化上的據點，其意義不單是促進香港本身的文化空間，更如同茅盾所說，知識界以至普羅讀者、工人、市民的視野、眼界、關懷面都有所擴闊，由抗日戰爭引發追求知識、思考世界的文化氣氛，而本來已作為交通及貿易樞紐的香港，這時更發揮自由言論空間的位置。

據點的意義

皖南事變後中共銳意在港建立宣傳據點，另一方面，國民政府也加強在港的文化工作，一九四一年茅盾再度來港，發現當時已出現與之前不同的形勢，他說：

> 國民黨的勢力擠進來了。重慶方面終於發現香港是一塊重要的陣地，且已被共產黨「捷足先登」。他們向香港派出了幹員，建立了各種社團，到處活動；五月份收買了香港最有影響的進步報紙《星島日報》；以盟邦身份要求港英當局取締一切違背國府抗建國策和損害國府聲譽的言論。[73]

茅盾提到「國民黨的勢力」「五月份收買了香港最有影響的進步報紙《星島日報》」，是指一九四一年五、六月間，《星島日報》總編輯金仲華及相關職員因政治壓力而被辭退事件。一九四一年初的皖南事變後，《星島日報》總編輯金仲華發表一系列社論，與《國民日報》總主筆王新命就國共兩黨的抗日戰爭策略紛爭問題上展開筆戰，[74]《星島日報》被指「反國府反國民黨」，

73　同上註，頁220。又，文中的「抗建國策」，是指國民政府的「抗戰建國」方略。

74　王新命1935年曾與何炳松、陶希聖等十教授發表〈中國本位的文化宣言〉(史稱「十教授宣言」)。抗日戰爭期間擔任香港《國民日報》主筆。

《國民日報》則被指為「造謠生事」，[75] 此外，金仲華亦曾將周恩來針對皖南事變及國民政府就此事件的新聞封鎖而寫、原刊一九四一年一月十七日重慶《新華日報》的「千古奇冤，江南一葉；同室操戈，相煎何急？」題字，製成鋅版重刊於香港《星島日報》「國內版」[76]，其間，《星島日報》社長受到來自國民政府方面的壓力，終將金仲華等人辭退，改由程滄波出任總編輯。一九四一年六月一日，《星島日報》頭版刊出金仲華、邵宗漢、羊棗、郁風署名的〈告別讀者〉:「由於國內政治逆流的影響，我們的工作受到了種種限制，使我們不能不向本報當局提出辭職。」[77]

一九四一年的《星島日報》撤換總編輯事件，反映皖南事變後國、共兩黨的鬥爭延伸至香港，互相爭奪文化陣地；從側面看也反映國、共兩黨對香港作為抗戰初期據點位置的重視，互相以文藝陣地作競爭的結果，也造就香港文藝空間的擴闊。在政治因素以外，香港的報刊編輯、作家也和來自內地的報刊編輯、作家共同利用香港相對自由的文化環境，支援也參與抗戰文藝工作。

一九三八至三九年間，到延安訪問一年的卞之琳為響應文藝界發起的「慰勞信運動」，寫了一批致抗日官兵的組詩《慰勞信集》，是中國抗戰文藝史上具代表性的作品之一。《慰勞信集》的二十首詩當中，有十六首都是分別發表於香港《大公報》和《星島日報》。[78] 一九四〇年由當時在香港的陳占元所主持的「明日社」出版《慰勞信集》單行本初版，[79] 卞之琳曾指出:「明日社當時是在香港，卻掛名在昆明，書是從滇越鐵路運銷內地的。」[80]《慰勞

75 盧瑋鑾:《香港文縱：內地作家南來及其文化活動》，頁 41－49。另參林友蘭:《香港報業發展史》，頁 51－63。

76 參考華平、黃亞平編著:《金仲華年譜》，頁 132。

77 轉引自盧瑋鑾:《香港文縱：內地作家南來及其文化活動》，頁 49。

78 包括在《雕蟲紀歷》和《卞之琳全集》中，作者認為取材不當和格調不高而自行刪去的兩首。

79 陳占元為廣東南海人，一九二七年留學法國，曾任職於譯文雜誌社、香港《珠江日報》等，長期從事文學翻譯工作，一九三八年參與香港版《大公報》的創辦，一九三九年中華全國文藝界抗敵協會香港分會成立時，被選為候補理事。

80 卞之琳:〈重印弁言〉，《卞之琳全集》上冊（合肥：安徽教育出版社，2000），頁 5。

信集》在《星島日報》發表的其中兩首是用「薛林」為筆名發表，[81] 刊出後《大公報》再陸續刊登方敬、令狐令德、杜運燮等作者的撰詩回應，另有穆旦在香港《大公報》發表的評論〈《慰勞信集》—— 從《魚目集》說起〉，可見《慰勞信集》的發表和出版，如何透過香港再流轉中國內地而發揮它的影響。

一九三八至四一年間，除了《大公報》、《星島日報》和《國民日報》，香港讀者也可以在《立報》、《大眾日報》、《申報》、《華商報》、《光明日報》、《中國詩壇》、《文藝青年》、《文藝陣地》、《大地畫報》、《耕耘》、《頂點》等等多種刊物上，讀到大量抗戰文藝作品；就當中不同的取向，讀者如何選取，有何反應？目前未見有關當時讀者反應的直接記載，但在一九四一年馬蔭隱的〈檢討與願望〉一文中，提供了一點間接的參考：

> 在海外，成為戰爭爆發後的海外文化活動中心的香港，它是不會為詩歌運動者所忽視的。
>
> 香港的詩壇不能供應香港的群眾對於詩的要求，這種不能供應群眾對於詩的要求是表現在群眾對於詩歌的癡愛上，差不多每個群眾團體的壁報上都是剪貼着報紙上同一的詩稿。[82]

馬蔭隱〈檢討與願望〉發表於一九四一年四月的《中國詩壇．號外》，他在文中記錄了戰前香港詩歌「供不應求」的情況，再比較香港的抗戰詩歌與中國內地的分別，並從讀者的情況回應抗戰詩的論爭：

> 那些掛在驚嘆號上的，口號化了的詩的浮誇與簡陋的筆法是不為香港讀者所歡迎；不能向深與廣兩方面盡量地表現出革新時代的豐富內容是不能和香港的群眾解放了的思想相調和的。[83]

81　卞之琳曾用「薛理安」、「大雪」等名發表小說《山山水水》的片段。

82　馬蔭隱：〈檢討與願望〉，《中國詩壇．號外》第三次（號外第三期），1941 年 4 月 10 日。

83　同上註。

馬蔭隱〈檢討與願望〉一文多次重複提及「香港的詩歌運動」，讓我們知道一位來自廣州的抗戰文學作者對當時香港文學環境的看法比較正面，其「香港的詩歌運動」說法是把香港的抗戰詩歌與內地連繫，認同了香港在抗戰文學中的地位。更重要而罕見的，是他記錄了香港讀者對抗戰詩的反應，讓我們知道在詩人、作家的論爭之外，一般報刊讀者的看法。

根據馬蔭隱的記錄，香港讀者也不認同口號化的抗戰詩，不滿足於浮誇、簡陋的筆法，因為香港讀者的思想水平已有所提升。此外，在《大地畫報》主編馬國亮的回憶文章中，也提到當時讀者思想水平的提升：「那時的廣大讀者是學生、店員和有些文化修養的工人。都在渴求知識，渴求了解抗戰進展情況，抱着更高層次的理想，吸收和充實自己。」[84]

在茅盾、馬蔭隱和馬國亮的記述中，分別提到抗戰期間，香港知識界以至普羅市民的視野、眼界都有所擴闊，抗戰不單觸發基於憂患意識的民族認同，也促成追求知識、思考世界的文化氣氛，正如馬蔭隱說，「香港的詩歌運動，在中國整個詩歌運動上說它是記下了不能抹掉的功績」，抗戰時期的香港文藝不單因應時代需要而擴闊空間、支援抗戰文藝突破種種政治力量的封鎖，香港文藝本身包括作者和讀者也因應時代憂患而提高了思想水平，在當中有所超越。

84 馬國亮：《浮想縱橫》（香港：開益出版社，1996），頁 283。

第三章

抗戰時期的香港報刊

獨立言論傳統

香港本為近代中文報刊發源地之一，王韜（1828－1897）在大約寫於一八七六年的〈論日報漸行於中土〉一文，敘述近代中文報刊由馬六甲海峽至香港再到上海的發展過程：

> 華地之行日報而出之以華字者，則自西儒馬禮遜始，所刻東西洋每月統紀傳是也，時在嘉慶末年。同時，麥君都思亦著特選撮要，月印一冊；然皆不久即廢，後繼之者久已無人。咸豐三年，始有遐邇貫珍刻於香港，理學士雅各、麥領事華陀主其事。七年，六合叢談刻於上海，偉烈亞力主其事，採搜頗廣。[1]

英國傳教士馬禮遜（Robert Morrison，1782－1834）一八一五年在馬六甲創辦《察世俗每月統記傳》（*Chinese Monthly Magazine*），一八二三年，另一位英國傳教士麥都思（Walter Henry Medhurst，1796－1857）沿用《察世俗每月統記傳》之形制在巴達維亞（今雅加達）創辦《特選撮要

1 王韜：〈論日報漸行於中土〉，收入王韜：《弢園文錄外編》（北京：中華書局，1959），頁206。

每月統記傳》(*Monthly Magazine*)，即王韜〈論日報漸行於中土〉一文所言之「東西洋每月統紀傳」及「特選撮要」。馬禮遜和麥都思均通曉漢語，其所辦之《察世俗每月統記傳》與《特選撮要每月統記傳》，在中國報刊史上公認為發源於馬六甲海峽的近代中文報刊源頭，李少南指出，其特色及報刊史上的意義為「有別於傳統上中國官方刊行、缺乏採寫自由、專載官文詔令的古代報紙」,「為中國現代報刊豎立了一個典範模式」。[2]

一八五三年，麥都思帶着豐富的辦報經驗和印刷知識，創辦了香港第一份中文雜誌《遐邇貫珍》(*Chinese Serial*)，其後接任主編的奚禮爾(Charles Batten Hillier，1820－1856)、理雅各(James Legge，1815－1897)亦皆通曉漢語,《遐邇貫珍》雖由基督教傳教士所辦，實際內容以時政報道及西方文化引介為主，宗教內容反而較少，更重要是延續了《察世俗每月統記傳》與《特選撮要每月統記傳》以來的近代中文報刊特色，不囿於官方立場，能以獨立言論觀點報道時事，例如《遐邇貫珍》創刊號所載之〈西興括論〉一文，詳細報道了當時太平天國自廣西金田起兵至定都南京的經過，稱其「法律嚴整，又頒發新曆書，行軍恆有法度，分行晳伍，最為肅穆」[3]，敘述觀點迥異於清廷視太平天國為亂黨之說；又如《遐邇貫珍》第三號再報道了小刀會發動起義佔領上海縣城的事件，稱其「但與地方官吏為仇，民間則秋毫無犯，諭其安堵樂業，果民庶終不罹荼毒之刼與，是斯民之深幸也」[4]，同樣沒有附和清廷的官方論點，凸顯《遐邇貫珍》在清廷「治外」之獨立言論立場，實為香港報刊之重要位置所本。

《遐邇貫珍》創刊號有〈香港紀略〉一文，由香港割予英人的歷史講起，論及十九世紀香港地理及都市發展：

2　李少南：〈香港的中西報業〉，收入王賡武編：《香港史新編》下冊（香港：三聯書店，1997），頁 493。

3　〈西興括論〉，《遐邇貫珍》第壹號，1853 年 8 月。

4　〈近日雜報〉，《遐邇貫珍》第叁號，1853 年 10 月。

港內復有諸式華美樓臺屋宇。如禮拜堂、臬司署、兵營、醫院、公司、會館等處之類。不一而足。至商人居宅，俱依本國規模，亦屬高廣壯麗，即漢人舖宇酒樓。亦不減廣州光景，海壖並有通衢馬車廣路一條，長二十餘里，另有官路圍繞其島，以資往來，是則香港固儼然一大都會也。[5]

文中指出香港都市設計具西方現代都市規模，而華人店舖酒樓又秉承廣州傳統，由此中西合璧之貌而建設出獨特的都會。〈香港紀略〉一文不單正面描述香港的都會建設，亦點出中西文化交匯的作用，以商人居宅之「依本國規模」，對應於漢人舖宇之「不減廣州光景」。文中之「本國」是指英國，與「廣州」在文中皆作為香港之對照，提出「本國」與「廣州」兩者之糅合而造就了香港中西交匯的都會面貌，〈香港紀略〉以一種具文學感染力的語言，向讀者喻示香港的都會特色。

〈香港紀略〉之撰寫與發表，在清廷割讓香港、簽署南京條約十一年後，其實殖民地建立之初，有不少經濟和社會問題，至一八五〇年代初，因中國內地的太平天國起義事件引發連串兵災動亂，大批商人、百姓移居香港避亂，漸使香港經濟復甦，高馬可（John M. Carroll）指出太平天國起義以及華人社群的發展，對香港經濟有深遠影響，使香港從邊陲的殖民前哨，快速發展為海外華人的跨國貿易中心，[6]〈香港紀略〉一文的樂觀語言，大概基於此背景；而《遐邇貫珍》之創辦，亦配合香港在一八五〇年代初期之華人社群發展，例如刊於第四號之〈本港議創新例〉，是為新來港之商人，即該文敘述中的「中土人」解釋香港法例，文中提及「近日來港者，冠冕之彥，接踵日增，凡有緣事而隸各司署審理其詞訟者，亦復不少」[7]，正是該文的寫

5 〈香港紀略〉，《遐邇貫珍》第壹號，1853 年 8 月。

6 參考高馬可著、林立偉譯：《香港簡史 —— 從殖民地至特別行政區》（香港：中華書局，2013），頁 19－46。

7 〈本港議創新例〉，《遐邇貫珍》第四號，1853 年 11 月。

作動機。《遐邇貫珍》針對香港華人之需要，無論對於通商或追求現代文明以至現代都會建設而言，香港華人社群都需要一種有別於清廷立場觀點之媒體聲音，《遐邇貫珍》之獨立言論，正符合當時的時代需要，亦開創香港華文媒體獨立言論之先聲。

《遐邇貫珍》出版三年後，一八五六年停刊，其後再有《中外新報》及《華字日報》之設，分別為英文報紙《孖剌報》（*Daily Press*）及《德臣西報》（*China Mail*）之中文版，一八七四年二月四日王韜與黃勝在香港創辦《循環日報》，被視為首份由華人獨資創辦之中文報紙。晚清時期，因位處清廷權力範圍外，香港報紙容納許多不見容於清廷之維新以至革命思想，例如王韜在《循環日報》刊發的時評社論「多以協進洋務與維新救時為旨」[8]；又如一八九九年，孫中山先生派陳少白到香港籌辦《中國日報》，旨在宣傳革命。在新聞報道以外，文藝副刊更發揮重要的薰陶、感染人心的力量。由《中國日報》另出之十日刊《中國旬報》副刊「鼓吹錄」，「專以遊戲文章歌謠雜俎譏刺時政，由楊肖歐、黃魯逸任之。是為吾國報紙設置諧文歌謠之濫觴」[9]。報紙之外，二十世紀初年，香港至少已出版過小說期刊《中外小說林》、《小說世界》和《新小說叢》三種，都是傳播新思想的載體，《中外小說林》以「喚醒國魂」、「開通民智」為宗旨，《小說世界》「刊登的大多是反帝反清的作品」，《新小說叢》以小說為「變國俗，開民智」的載體。[10]

由十九世紀中的《遐邇貫珍》、《循環日報》至二十世紀初的《中國旬報》、《中外小說林》、《小說世界》和《新小說叢》，香港報刊發揮在清廷「治外」之獨立言論位置；相對於清廷，《遐邇貫珍》具緩和、中立的政治立場和引進西學知識作用，《循環日報》、《中國旬報》、《中外小說林》、《小說世界》和《新小說叢》則具抗衡清廷以至對抗立場，從另一角度推動中國

8　羅香林：《香港與中西文化之交流》（香港：中國學社，1961），頁 187。

9　馮自由：〈陳少白時代之中國日報〉，收入馮自由：《革命逸史．上》（北京：新星出版社，2009），頁 59。

10　參考陳智德：〈導言〉，《香港文學大系 1919－1949．文學史料卷》（香港：商務印書館，2016），頁 53－58。

的政治改革或革新，但其着眼點和關鍵所在，不完全是中國內地政治，而是香港華人社群的獨立言論，配合追求現代文明以至現代都會建設的時代發展需要。

香港報刊與抗戰文藝

如本書第一章「序論」所述，在抗戰爆發前的十年間，一九二八年至一九三七年，可說是香港的「新文藝大爆炸」時期，幾乎每年都有一本新的文學雜誌創刊；此外再看報紙副刊方面，亦頗為熱鬧，一九二〇年代中至三〇年代初，已有《大光報》「大光文藝」、「微波」、「光明運動」、《循環日報》「燈塔」、《南強日報》「過渡」、「鐵塔」等等刊登新文學作品的報紙副刊，一九三二年有白茫文藝社主編的《南強日報・繁星》、三三社主編的《南強日報・電流》，一九三四至三五年間有侶倫主編的《南華日報・勁草》，另外較有特色的副刊還有《華僑日報》的「香海濤聲」、《大光報》的「大觀園」、《工商日報》的「文庫」、「市聲」、「文學週刊」、「文藝週刊」。其中《南華日報・勁草》在一九三〇年代的讀者眼中，是帶有現代派氣息的文藝副刊，如呂覺良的記述：「民國廿一廿二年之間，曾有一些愛好詩歌的青年，如張弓、劉火子，李育中，侶倫，和死去了的易椿年等寫過一些當時流行的『現代詩派』的詩歌，發表於南華副刊的『勁草』上面」[11]，呂覺良所說的「現代詩派」詩歌，是指三〇年代的香港詩人呼應源自上海《現代》雜誌的「現代派」詩歌，李育中曾在訪問中提及，他們那一輩作者，受《現代》雜誌的影響頗多。[12] 可以補充的是，一九三五年一月《南華日報・勁草》也曾刊登劉火子的長篇論文〈論「現代」詩〉（全文約九千字，分七天連載），

11 O.K：〈香港詩歌工作者初次座談會剪影〉，《大眾日報・文化堡壘》，1938 年 7 月 20 日。

12 參考梁秉鈞：〈李育中訪談錄〉，收入陳智德編：《三四〇年代香港新詩論集》（香港：嶺南大學人文學科研究中心，2004），頁 137－138。

提出「在神秘主義文學風行一時的今日，『現代詩』便中了很深的毒」[13]，可見一九三〇年代的香港作者對源自內地的文學流派既有所呼應，亦有所反思和批評。

在抗戰爆發前十年，即一九二八年至一九三七年間的香港文學，一方面有新文學形式和現代文藝意識上的追求，呼應來自上海的文藝雜誌如《現代》、《幻洲》的現代文藝意識，對都市現象每多反映和批評，另一方面，也有社會意識的凸顯，如侶倫（1911－1988）所說：

> 一九二七年的期間，正是中國國民革命狂飈突進的時代，為幾件慘案牽起來的當地的罷工潮又應時而起。在政治上是個興奮的局面，在文壇上，又正是創造社的名號飛揚的時期；間接受了國內革命氣燄的震動，直接感着大風潮的刺戟，不能否認的是，香港青年的精神上是感着相當的振撼。[14]

一九二〇年代末的內地時局風潮為香港青年帶來文化與思想衝擊，一九三一年的九一八事變以至一九三二年的一．二八事件後，抗日呼聲亦提高青年的時代意識，如平可（岑卓雲，1912－？）所說：

> 「一．二八」以後的香港在許多方面都有急劇的變化，事實上，在一九三二年的前幾年，香港的變化已逐漸顯現了，特別是在文化方面。那時期國內的新思潮已如澎湃的波濤，香港當然難免受到衝擊。[15]

13　劉火子：〈論「現代」詩〉，《南華日報．勁草》，1935年1月18、19、20、21、23、26及27日。

14　貝茜：〈香港新文壇的演進與展望〉，《工商日報．文藝週刊》，1936年8月18日至9月15日。

15　平可：〈誤闖文壇述憶〉，《香港文學》第3期，1985年3月。

具體反映時代意識的作品包括志輝〈月明之夜〉、遊子〈勝利的死——紀念前衛女戰士丁玲〉、拉林〈時代速寫〉、李六石〈救亡雜話〉等等。志輝〈月明之夜〉一九三二年一月刊於《新命》第一期，該小說透過一對新婚夫婦談話中的日軍侵略東北事件，引出有關抗戰與和平的思考，小說主人公身處和平環境，但仍考慮到遠方的動蕩。[16] 遊子〈勝利的死——紀念前衛女戰士丁玲〉是三幕劇劇本，刊於一九三三年出版的《小齒輪》，作者因從當時報刊讀到丁玲遇害的消息（實是誤傳，當時許多報刊都有作出報道），在前言說明該劇是根據《現代》第三卷第二期適夷的小說〈死〉來改編，提出「目前真是一個大黑暗大恐怖的時代」[17]。拉林的小說〈時代速寫〉亦刊於一九三三年出版的《小齒輪》，故事是敘述一九三三年間一群工人籌劃「全市工友大罷工」的過程，正面描寫工人的革命熱情，其間遭遇警察的監視和拘捕。

寫於一九三六年的李六石〈救亡雜話〉，提出「救亡聯合陣線」的主張：「舊賬不計，信仰不分，老少男女，不管富和貧，只要是不願做亡國奴的人們，都應聯合起來，在民族解放的旗幟下，集中着力量」，而具體方法和行動綱領是：「把秘密的救亡工作公開起來做，公開地做救亡工作才可以收最大的效果，才可以避免政治當局的誤會和壓制」、「不要害怕群眾，把群眾嚴密地組織起來，有計劃地耐心地去教育他們」，最後提出「充分地理解和活用救亡聯合陣線的理論」等四點工作方向綱領，文末署「廿五，十一，十七早」[18]。李六石〈救亡雜話〉一文的論點，可說呼應了中共提出把工人、農民、學生、城市小資產階級、民族資產階級聯合起來的「抗日民族統一戰線」主張，也呼應一九三六年在香港成立的中共南方臨時工作委員會（南臨

16 參考志輝：〈月明之夜〉，《新命》第 1 期，1932 年 1 月。

17 遊子：〈勝利的死——紀念前衛女戰士丁玲〉，《小齒輪》第一卷第一期，1933 年 10 月。

18 李六石：〈救亡雜話〉，《南風》出世號（第一期），1937 年 3 月。

委）提出「爭取公開，利用合法」，推動群眾工作的方針；[19] 而一九三二年刊於《新命》的志輝〈月明之夜〉、一九三三年刊於《小齒輪》的遊子〈勝利的死 —— 紀念前衛女戰士丁玲〉、拉林〈時代速寫〉以及一九三七年刊於《南風》的李六石〈救亡雜話〉等作品，皆作為香港抗戰文學的先聲，是日後香港接續和支援抗戰文藝工作的基本。

抗戰期間，香港既有本身的報刊呼應抗戰文藝，也有多份原於中國內地出版的報刊遷港復刊，促成文化空間的熱鬧多元。香港固有的《華字日報》、《華僑日報》、《工商日報》等幾家大報在本身的文藝副刊中增加了抗戰文藝的討論和引介，一九三八年創刊的《星島日報》聘請來港不久的戴望舒主編文藝副刊「星座」，憑藉其文藝識見和人脈，使「星座」成為抗戰前期華南地區重要的抗戰文藝陣地。同於一九三八年，原於上海出版的《申報》、《立報》、《大公報》，因應抗戰局勢而南遷香港復刊，它們比較着重來自內地讀者的閱讀口味，更重要是利用香港的位置，報道內地戰訊，支援抗日宣傳。

其中，《立報·言林》和《大公報·文藝》是南來報刊中的重要副刊，均支持抗戰文藝，《立報·言林》由茅盾和葉靈鳳先後主編，《大公報·文藝》由蕭乾和楊剛先後主編。此外，代表國民政府立場的《國民日報》在一九三九年創刊，設有文藝副刊「新壘」，由同具現代派文學背景的杜衡、路易士（紀弦）二人先後主編，及後路易士另編新的副刊「文萃」。一九四一年，反映中國共產黨立場的《華商報》創刊，陸浮、夏衍先後主編副刊「燈塔」，同年作為中國民主政團同盟（一九四四年後改稱中國民主同盟）機關報的《光明報》創刊，由薩空了、施白蕪主編副刊「雞鳴」。

一九三九年分別成立的中華全國文藝界抗敵協會香港分會（文協香港分會）與中國文化協進會，均重視透過報刊推動抗戰文藝，文協香港分會的機

19　有關中共南方臨時工作委員會（南臨委），可參考袁小倫：《粵港抗戰文化史論稿》（廣州：廣東人民出版社，2005），頁 31－33。另參本書第二章「香港的『據點』位置」之「國、共兩黨及其他黨派的文化工作」一節。

關刊物《文協》曾分別於《大公報》、《星島日報》、《珠江日報》、《申報》、《華僑日報》、《立報》、《國民日報》及《大眾日報》輪流刊載，接觸到很多讀者，而由文協香港分會主編、與重慶總會合作出版之英語刊物《中國作家》（*Chinese Writers*），創刊號於一九三九年八月六日出版，目標之一是「將抗戰文藝作品譯成英文向外國介紹」[20]，藉以爭取國際輿論對中國抗日的支持，編者包括戴望舒及徐遲。中國文化協進會亦於《國民日報》副刊設立「文化界」作為會刊，一九三九年十一月十一日創刊，第一期包括郭步陶〈從固有文化說到文化侵略〉、黎覺奔〈關於戰地文化〉等文。中國文化協進會創辦人之一簡又文早於一九三八年三月在港創辦《大風》半月刊，並指該刊是「揭櫫『擁護中央，抗戰到底』兩大原則以作文藝抗戰的陣地」[21]。

以上多種不同文藝取向但共同支持抗戰的文藝報刊，在當時已引起文壇及讀者注意，一九四〇年刊於《文藝陣地》的馮延〈南海的一角〉，曾比較當時香港各報刊的特點：

> 抗戰以後，首先是幾家「外江」報紙南遷，重新在此出版，像大公報申報（其後又停刊）立報等。它們都有文藝副刊：「文藝」（「大公」），「自由談」（「申報」），「言林」（「立報」）。另外再有「星島日報」的「星座」：最近又有「僑南日報」的「熱風」。這些文藝副刊雖則內容並不相同，像「文藝」注重創作（牠把其他文藝部門之論文，批評刊入週末的綜合版）；「自由談」比較是一般性的；「言林」注重雜文，以短小精桿見長；「星座」登載作品，也登載翻譯，論文，詩歌（最初有「十日新詩」特輯，其後是「半月新詩」）以及長篇小說連載；「熱風」對於文藝各部門輕重相等；總括起來，他們都屬於抗戰文藝的陣營。[22]

20 〈「中國作家」出版〉，《立報．言林》，1939 年 8 月 7 日。
21 簡又文：〈香港的文藝界〉，《抗戰文藝》第四卷第一期，1939 年 4 月 10 日。
22 馮延：〈南海的一角〉，《文藝陣地》第五卷第一期，1940 年 7 月 16 日。

文中指出的「外江」報紙即內地遷港復刊的報紙，本地與內地遷港報刊各有不同立場，彼此存在競爭，但正如馮延〈南海的一角〉的分析，各報都很重視文藝副刊，發展出不同特色，以文藝為爭取讀者的手段。

在諸種報刊當中，《星島日報．星座》與《大公報．文藝》是備受香港和中國內地讀者注意的文藝副刊，蕭天談及抗戰時期香港文藝情況：「那時香港的文藝空氣確是蓬勃一時的，因為廣州失後，作家來港的極多，而原來的還沒有離開，便十分熱鬧」，「青年作家開始嶄露頭角，他們以前還是文藝的愛好者，到香港後才執筆學習，如今卻已獲得常識了」。[23] 蕭天並將《星島日報．星座》與《大公報．文藝》作出比較：

> 為什麼要將這兩個副刊並列呢？這因於它們篇幅（每期約五六千字）、刊期、質量方面都旗鼓相當，大可比較一下。
>
> 「星座」與「文藝」同樣刊登長篇連載，同樣以厚酬招致內地作家的短篇，同樣在香港文藝界中佔一地位。可是難道就不分上下嗎？這倒也不，由於歷史傳統的關係，「文藝」的作風比較端莊嚴謹，「星座」活潑自由，「文藝」偏重於小說報告散文，「星座」卻較多譯文，詩歌插圖和雜論，「文藝」經常寫稿的有沈從文、何其芳、卞之琳、蕭乾、李廣田……「星座」則為端木蕻良、艾青、施蟄存、葉靈鳳……等等，大致各有千秋，要絕對分出這兩大副刊孰優孰劣是很困難的，須視文章而定。不過「文藝」似覺呆板枯燥，「星座」又太散漫，是美中不足。兩年來這兩大副刊登出的長篇連載有端木的「大江」、「新都花絮」、「蒿壩」，蕭紅的「後花園」，沈從文的「湘西」、「長河」，沙汀的「賀龍將軍」，葉紫「菱」的斷片……較之國內各大副刊實無愧色。[24]

23　蕭天：〈香港文藝縱橫談〉，《現代文藝》第二卷第二期，1940 年 11 月。

24　同上註。

從馮延〈南海的一角〉、蕭天〈香港文藝縱橫談〉二文對抗戰時期香港不同報刊的分析和比較，可見各報都以副刊吸引讀者，並在當時已引起了評論界的注意，蕭天論及《大公報》和《星島日報》的副刊以刊載內地知名作家（包括已來港者）的創作為主，包括蕭紅的中篇小說《呼蘭河傳》在一九四〇年九月至十二月香港的《星島日報．星座》連載一百一十三日，再如沈從文的《長河》和《湘西》亦分別在香港《星島日報．星座》和《大公報．文藝》連載；在另一方面，也正如平可在後來的回顧中指出：

> 若只論寫作技巧，那些名家畢竟是大師，身手不凡；但他們的作品對典型的香港市民缺乏吸引力，而當時一切報刊所努力爭取的讀者正是人數眾多的典型香港市民。
>
> 外來的作者並非故意不理會讀者，也非不知典型香港市民是重要對象，但有許多困難是他們不易克服的。有些作者自視為「過客」，無意在香港久居，這類作者是不必提了；其他的作者雖有久居意，也願同化，但居港期間畢竟不長，對香港社會的實況和傳統所知有限，他們縱刻意遷就讀者，所用的題材仍不能不以過去的見聞和經驗為根據，因為不易博得典型香港市民的親切感。[25]

因應內地名家作品「不易博得典型香港市民的親切感」、「對典型的香港市民缺乏吸引力」，促使以本土讀者為主要對象的報刊，尋求符合本地口味的創作，平可因此而開始在《工商日報》連載小說《山長水遠》而大受歡迎，其後再於《天光報》連載〈錦繡年華〉，其他成功例子包括望雲（張吻冰）的《黑俠》和《人海淚痕》、傑克（黃天石）的《紅巾誤》等，這些小說以較通俗形式面世，有部分也在內容上呼應抗戰局勢，由此更受讀者歡迎，如

25　平可：〈誤闖文壇述憶〉，《香港文學》第六期，1985 年 6 月。

望雲的《人海淚痕》和《黑俠》都曾改編為同名電影在港上映。[26]

本書在第二章「香港的『據點』位置」提到，抗戰期間香港的《大公報》、《星島日報》、《大光報》、《循環日報》、《工商日報》、《申報》、《星報》、《大眾報》、《珠江日報》、《立報》等多種報刊，七天內便運抵桂林，而大後方的報刊，也由桂林轉往香港，再轉運上海等淪陷區。[27] 香港成為戰時報刊的中轉站，許多抗戰消息、情報和相關的文藝作品和宣傳文字，都藉由香港報刊登載，經桂林轉往中國內地，由此而突破了日軍的封鎖。

一九三九年七月初，香港文藝界為紀念七七事變，由文協香港分會發起「文章義賣」三天，《工商日報》、《立報》、《星島日報》、《大公報》等多份報紙副刊的作者把稿費捐出以支援中國內地的抗戰，當時因作者紛紛響應，個別報刊更把義賣期延長。[28] 另一方面，自汪精衛在香港《南華日報》發表主張對日議和的「豔電」，《南華日報》為配合汪精衛提出的「和平運動」，在副刊「一週文藝」陸續刊載主張「和平文藝」的論述和創作，提出「和平反共」、反對抗戰等主張，在當時已引來抗戰文藝陣營很大反響，香港《星島日報》、《立報》、《大公報》、《文藝青年》等刊物都刊登不少文章指摘汪派陣營的對日議和主張，一九四〇年五月十四日，《星島日報》刊出「肅清賣國文藝特輯」，撰文者包括戴望舒、施蟄存、徐遲、馬蔭隱、葉靈鳳等作者，以強硬措詞指出和平文藝的謬誤，但內文被港府新聞檢查機關大幅抽檢刪除，甚至全篇文章被刪去；[29] 於是葉靈鳳等人特將被刪文章，航寄桂林《救亡日報》，獲該報以「香港文藝界聲討文化漢奸專頁」全文刊出，所載文章包括葉靈鳳〈及早回頭〉、楊剛〈怎樣反漢奸文化〉、喬木〈徹底地清

26　由望雲小說《人海淚痕》改編的同名電影，一九四〇年在香港上映，李鐵導演、望雲編劇，張瑛、黃曼梨主演；由望雲小說《黑俠》改編的同名電影，一九四一年在香港上映，陳鏗然導演、望雲編劇，吳楚帆、路明主演。有關望雲小說《人海淚痕》，另參見本書第四章「抗戰與『和平』」。

27　參考蔡定國、楊益群、李建平：《桂林抗戰文學史》（南寧：廣西教育出版社，1994），頁 14。

28　參考靈鳳：〈言林文章義賣展期三天〉，《立報．言林》，1939 年 7 月 11 日。

29　參見本書第四章「抗戰與『和平』」之「『和平文藝』的端倪爭議」一節。

除這一群〉、陸丹林〈文化界清潔運動〉、施蟄存〈盡我們的本份〉、林煥平〈迫切的任務〉、戴望舒〈實踐我們的運動〉、徐遲〈宣判〉等文。[30]

由以上事例可見，抗戰期間香港報刊配合時代需要，分別針對本地讀者與從內地來港讀者，激發共同的抗戰意識，其意義和針對點不止於香港，也發揮支援內地抗戰的意義。

抗戰時期香港報刊要述

抗戰時期香港報刊不下數十種，部分在抗戰前已出版，部分在抗戰期間創刊，或自中國內地遷港復刊，包括報紙《華字日報》、《華僑日報》、《工商日報》，雜誌《大風》、《星島週報》、《大地畫報》、《中國作家》、《文藝青年》、《耕耘》、《時代批評》、《文藝陣地》、《中國詩壇》等等；當中有純文藝雜誌，也有綜合文化刊物而以固定篇幅刊載文學者，都成為抗戰時期香港文學的重要載體。以下據抗戰前已出版而在抗戰期間仍有出刊、或在抗戰期間創辦、復刊者為範圍，按各報刊之在港創刊或港版復刊日期為次序，從其與文藝之關係，擇取重點分別介紹：

1)《華字日報》

創於一八六四年，陳靄亭創辦，潘蘭史、勞緯孟先後主持編務，一九三四年曾出版《華字日報七十一週年紀念刊》。主要副刊有綜合文藝版「精華錄」、「生活世界」，抗戰期間除了「精華錄」，另有「說林」，刊載社會小說、奇情小說；「新語林」刊載雜文，「電影週刊」、「藝壇」刊載電影、話劇消息及藝評。一九三九年三月五日起增設「學燈」版，發表學生投稿，

30 參考蔡定國、楊益群、李建平：《桂林抗戰文學史》，頁 15。

刊登學界消息、名人記錄等。一九四〇年十一月十一日起增設「戰火」版，內容以戰局分析及軍事知識為主，例如介紹英美戰艦戰機之種類等，亦有連載由勁草翻譯之偵探（間諜）小說〈第五縱隊〉。

2)《循環日報》

一八七四年二月四日創刊，王韜與黃勝在香港創辦，王韜主持筆政，被指開創近代中國「文人論政」的先河。[31] 二〇年代中期有刊登新文學的副刊「燈塔」。一九四〇年十月開設「新園地」，作為中華全國文藝界抗敵協會香港分會（文協香港分會）所屬青年組織「文藝通訊部」（文通）繼《中國晚報·文藝通訊》後第二種機關刊物，出版至一九四一年中，共二十多期。[32]

3)《大光報》

一九一三年創刊，洪孝充、張亦鏡、陸丹林、黃冷觀等先後主持筆政，[33] 一九三八年遷至韶關出版。[34] 一九二〇年代設有刊登新文學作品的「大光文藝」、「微波」、「光明運動」等副刊。[35] 一九二七、二八年間，謝晨光、龍實秀、陳靈谷、平可等人在《大光報》副刊發表作品，平可在回憶錄指出：「當年謝晨光龍實秀等在香港倡導新文藝，顯然是在黃天石的鼓勵和扶掖下進行。他們所憑以發表能夠一新青年讀者耳目的文章，是因《大光報》

31　林友蘭：《香港報業發展史》（台北：世界書局，1977），頁 21。

32　參考文通學社：〈「文通」簡史〉，收入文通學社編：《歷史的軌跡 —— 中華全國文藝界抗敵協會香港分會文藝通訊部、香港青年文藝研究社、香港秋風歌詠團紀念文集》（廣州：廣東人民出版社，1987），頁 7。

33　陳華新：〈近代香港報刊述略〉，《廣州文史資料》第四十五輯（廣州：廣東人民出版社，1993），頁 62。

34　參考李少南：〈香港的中西報業〉，收入王賡武編：《香港史新編》下冊，頁 511。

35　參考貝茜：〈香港新文壇的演進與展望〉，《工商日報·文藝週刊》，1936 年 8 月 18 日至 9 月 15 日。

創設了一個新穎的副刊，當時《大光報》的總編輯是黃天石。」[36]

4)《華僑日報》

由岑協堂、岑維休創辦，李大醒、胡惠民先後擔任總編輯，一九二五年六月五日創刊，前身是《香港華商總會報》。[37]《華僑日報》早期的文藝副刊「香海濤聲」和「遊藝錄」自一九二五年該報創刊伊始即設立，抗戰期間的文藝副刊則包括「文藝」、「華嶽」、「僑樂村」和「學生園地」。一九三七年八月二十一日，李育中在《華僑日報．文藝》發表〈論戰時文藝的形態〉，提出「戰時文藝是屬於非常時的文藝」，形式上要以大眾化和通俗化為先。[38]其論點似乎與同年二月二十三日發表在《工商日報．文藝週刊》的華秋〈國防文學與通俗讀物〉一文相呼應。此外，一九三八年三月十九日及二十六日，李育中在《華僑日報．文藝》發表〈抗戰文學中的浪漫主義質素〉，提出抗戰文學也可容納浪漫主義，但仍以現實主義為主。[39] 其他與抗戰有關的文章，尚有一九三八年十一月二十四日發表在《華僑日報．華嶽》的杜文慧〈抗戰戲劇的內容與形式〉，以及一九三七年十月三十日發表在《華僑日報．文藝》的劉火子新詩〈火焰裏的歌聲〉。[40]

5)《工商日報》

一九二五年七月八日創刊，第一任總編輯黎工佽在作為創刊詞的「本

36 平可：〈誤闖文壇述憶〉，《香港文學》第三期，1985 年 3 月。

37 參考李家園：《香港報業雜談》（香港：三聯書店，1989），頁 58－64，另參丁潔：《〈華僑日報〉與香港華人社會》（香港：三聯書店，2014），頁 33－41。

38 李育中：〈論戰時文藝的形態〉，《華僑日報．文藝》，1937 年 8 月 21 日。因原件字體模糊，未能全篇文章閱讀。

39 李育中：〈抗戰文學中的浪漫主義質素〉，《華僑日報．文藝》，1938 年 3 月 19 日、26 日。

40 劉火子：〈火焰裏的歌聲〉同因原件字體模糊，未能全篇閱讀，筆者僅憑個別可辨字句判定該詩與抗戰內容有關。

報宣言」提出「謀求工商兩界之聯合，以達到真正救國之目的」[41]。一九二九年，《工商日報》改組，由何東接辦，任命胡秩五（1903–1984）為社長。[42]在一九三〇年代，副刊編輯是曾參與創辦新文學刊物《島上》的龍實秀，主編該報主要之文藝副刊「文庫」，作者包括袁振英、任穎輝、侶倫、魯衡、華胥、黎學賢等。小說版「繽紛」，作者包括黃崑崙、黃言情、豹翁、落花、冰子等等。一九三二年間在「繽紛」版連載的豹翁（蘇守潔）〈黃鶴樓感舊記〉、〈五年前之空箱女屍案〉，是當年著名的作品，連載完畢後，均由《工商日報》出版單行本。豹翁同時也是三〇年代小報《探海燈》的主要作者之一。

一九三六至三七年間，「市聲」版不時刊載詞鋒銳利之時論，據李育中之回憶：「這個日報副刊編輯龍實秀，原是搞過新文藝的，暗中同情進步文化工作者，他在副刊頭條闢一專欄《並非閒話》每天千字雜文，由華胥和我、還有遊子、雁子，無形中讓我們四個人包起來。記得華胥用的筆名有：望愉、若滄、渚清。」[43] 一九三六年間，《工商日報·文藝週刊》有作者撰文呼應中國內地文壇的「國防文學」和「國防戲劇」等說法，包括華胥〈國防文學與戰爭文學〉、遊子〈論國防戲劇〉、華秋〈國防文學與通俗讀物〉等文。[44] 一九三六年十月二十七日之「追悼魯迅先生專號」，華胥、雁子合撰〈悼中國文壇巨人——魯迅先生的死〉。

6)《南強日報》

一九二八年創刊，[45] 是《華僑日報》的聯營報之一，着重體育消息報

41 轉引自林友蘭：《香港報業發展史》，頁 39。

42 參考李家園：《香港報業雜談》，頁 65–93。

43 李育中：〈回首我們無悔的青春——悼念好友華胥同志〉，收入吳康民編：《吳華胥紀念文集》（香港：萬里書店，1992），頁 36。

44 詳見本書第四章「抗戰與『和平』」。

45 參考林友蘭：《香港報業發展史》，頁 49。

道。[46] 一九三〇年代初有文藝副刊「鐵塔」和「繁星」，作者包括李育中、李心若、葉夢影、林本禮、張弓等等。一九四〇年間，《南強日報》進行革新，加強副刊及評論文章，曾刊載傑克〈翡翠環〉、平可〈夢佳期〉等長篇小說，另有苗秀、陳靈谷、黃達才、夏果等人之文章，鄭家鎮、黃墅、林擒等人之漫畫。

7)《南華日報》

一九三〇年二月一日創辦，林柏生任社長，陳克文任副社長，一九三二年至一九三五年間由陳克文任社長。[47] 文藝副刊先後有「新地」、「勁草」、「一週文藝」、「半週文藝」、「前鋒」、「椒邱」等等。三〇年代中期以前，《南華日報》着力經營本地新聞、文藝副刊和體育新聞。一九三四年間，陳克文發起舉辦文藝茶話會，作為該報副刊與作者之間的連繫，參加者包括陳克文、杜格靈（陳廷）、張弓、劉火子、李育中、侶倫、謝晨光、張吻冰等等；該報後來另一份文藝副刊「新地」即文藝茶話會的聚會衍生出。[48] 侶倫主編「勁草」期間，被視為刊登「現代派」詩歌的園地，[49] 後來報社改組，侶倫離開了南華日報社，「勁草」作者群更換，現代派詩歌的印象不再。

抗戰爆發後，林柏生從上海來港再主持《南華日報》，推行汪精衛主張的「和平運動」，為配合此，一九三九年至四一年間，《南華日報》文藝副刊「一週文藝」（後改為半週文藝）刊登多篇提出「和平文藝」口號的文章，作者包括娜馬、陳檳兵、李志文、李漢人、蕭明等。[50]

---

46 參考丁潔：《〈華僑日報〉與香港華人社會》，頁 56－57。

47 參本書第一章「序論」註 18。

48 參考侶倫：〈文藝茶話會與《新地》〉，收入《向水屋筆語》（香港：三聯書店，1985），頁 22－24。

49 參考 O.K：〈香港詩歌工作者初次座談會剪影〉，《大眾日報．文化堡壘》，1938 年 7 月 20 日。

50 有關《南華日報》與「和平文藝」的關係，可參本書第四章「抗戰與『和平』」之「『和平文藝』的端倪爭議」一節。

8)《工商晚報》

一九三〇年十一月十五日創刊，主要的文藝副刊「晚香」，一九三七年九月二日連載懺生〈戰血餘腥錄〉，標示為「軍事小說」，內容以上海「八一三事變」為背景；另有即紅浣之言情小說〈黑胭脂〉、〈白門紅樹〉，滄波的武俠小說〈紫雲女俠〉，魯園的雜文等，一九三八年六月十一至十三日連載李輝英的散文〈鄭州剪影〉，描述日軍轟炸下的鄭州市。

9)《華字晚報》

確實之創刊日期未能查知，唯據林友蘭所指，因見《工商晚報》之成功，《循環晚報》和《華字晚報》相繼創刊；[51] 則《華字晚報》之創刊約為一九三〇年底至一九三一年之間。其主要文藝副刊「晚霞」，據一九三七至三八年間資料所見，載有黃言情〈糊塗先生〉、〈鬼方探奇錄〉，雙清館主〈雌虎殲仇記〉、〈烏衣外史〉等連載小說以及薛尺雲、宋萬里、熙熙之雜文。一九三七年十一月增設「新藝壇」，刊登電影界、戲劇界消息及相關評論，第一期有黃亭〈影壇隨筆〉、滄桑〈馬歸聲中之粵劇新動態〉等文。

10)《東方日報》

一九三一年五月二十八日創刊，至一九三八年七月十四日停刊，陳雁聲擔任總編輯，特因、李伯鳴、賴文清先後擔任主筆。副刊包括「逼射」、「朝暉」、「光芒」、「戰時戲劇」、「曉色」、「南島」、「學生園地」各版。[52]

---

51 參考林友蘭：《香港報業發展史》，頁 43。

52 參考楊國雄：《香港戰前報業》（香港：三聯書店，2013），頁 263－267。

11)《天光報》

一九三三年二月六日創刊，《工商日報》旗下報紙，是一種早報，[53] 胡秩五兼任社長，汪玉亭擔任總編輯兼副刊編輯；[54] 主要的文藝副刊「大白」，一九四〇至四一年間曾刊載傑克〈癡兒女〉、〈情味〉、平可〈錦繡年華〉、望雲〈小夫妻〉、〈黑俠〉、〈杜夫人〉等連載小說，另有何文法〈蘆溝埋骨記〉的戰地寫實連載。傑克、望雲和平可的連載小說在當時很受讀者歡迎，李家園指出：「《天光報》的小說名噪一時，它以小說掀起讀者讀報的熱潮，以後許多報紙都有小說版，多多少少是受了《天光報》的影響。」[55]

12)《大眾日報》

一九三四年創刊，林友蘭指其為「以陳銘樞為首閩變份子的機關報」[56]，其後經過改組，李育中指該報「原來是十九路軍系統辦下來的，因為經費支絀便讓出來，由國民黨實業部副部長陳孚木出錢，仍維持左派喉舌的面目，由饒彰風負責，杜埃編副刊，我和華胥負責寫社論，名義是主筆」[57]，杜埃亦指：「八路軍駐香港辦事處張雲逸同志（代表延安）與十九路軍合辦《大眾日報》。我為派出合辦報社的三人小組組長，寫社論及主編文藝副刊」[58]，根據李育中和杜埃的說法，抗戰時期的《大眾日報》特別其副刊可說具有支持當時中共的立場。

該報的文藝副刊包括「文化堡壘」、「大地」、「村語」、「大眾呼聲」、

53 參考林友蘭：《香港報業發展史》，頁 47。

54 平可：〈誤闖文壇述憶〉，《香港文學》第 7 期，1985 年 7 月。

55 李家園：《香港報業雜談》，頁 126。

56 林友蘭：《香港報業發展史》，頁 57。

57 李育中：〈回首我們無悔的青春 —— 悼念好友華胥同志〉，收入吳康民編：《吳華胥紀念文集》，頁 37。

58 杜埃：〈賢者不逝，永駐人間 —— 悼念吳華胥老友逝世一週年〉，收入吳康民編：《吳華胥紀念文集》，頁 31。

「青年知識」、「學生生活」等。其中「大地」、「村語」、「大眾呼聲」刊登不少香港青年作家的作品，包括彭耀芬、鄭官哲、葉楓，他們都曾參加文協香港分會屬下組織「文通」舉辦的活動。此外，「文化堡壘」由香港中華藝術協進會（藝協）負責主編，[59] 第一期於一九三八年五月十一日出版，〈創刊的話〉提到：「我們建立這個『文化堡壘』，無疑的，牠的任務是保衛我們的文化，保衛中華民族光榮燦爛的文化」[60]，「文化堡壘」既揭櫫這樣的理念，它所載內容也多關乎抗戰，可說是一份抗戰文藝副刊，第一期所載即全部關乎抗戰，包括洛兒〈抗戰與新文藝運動〉、流螢〈關於「塞上風雲」〉、勞生〈抗戰歌曲與民族精神〉等。其他重要文章包括呂覺良〈如何集中文藝界的力量 —— 藝協文藝組座談會紀錄〉（一九三八年六月八日）、O.K〈香港詩歌工作者初次座談會剪影〉（一九三八年七月二十日）等報道記錄，以及張弓〈我歌七月〉（一九三八年七月十三日）、何涅江〈「七，七」在香港〉（一九三八年七月二十日）、李一燕（李育中）〈偉大的旗幟〉（一九三八年十月十九日）等抗戰詩歌。

13)《朝野公論》

一九三六年六月二十日創刊，半月刊時論刊物，黃天石（傑克）、謝星河（謝晨光）主編，第三期起除時論以外亦登載文藝作品，包括侶倫〈都會的哀情〉（小說）、遮陽鏡（小說）、黑麗拉（小說）、杜格靈〈火奴魯魯的藍天使〉（小說）、公問〈桂林速寫〉（散文）、荊冬青〈山寸夜語錄〉（散文）、黃谷柳的「從軍通訊」〈一萬塊錢打邊爐〉、傑克的話劇劇本〈天風人語〉等。

59　有關香港中華藝術協進會，可參本書第二章「香港的『據點』位置」。

60　端人：〈創刊的話〉，《大眾日報．文化堡壘》，1938 年 5 月 11 日。

14)《天文臺半週評論》

一九三六年十一月七日創刊，社址位於香港德輔道國民行五樓，創辦人陳孝威（1893－1973）出身軍旅，畢業於保定軍官學校，一九二三年在江西任少將旅長，一九二六年任河北泰寧鎮守使，官拜中將，一九三〇年出任河北省林務局局長，一九三一年九一八事變後，鄭孝胥邀陳孝威出任滿洲國要職，為陳孝威所拒，同年辭官，經粵、桂等地到香港，曾任職於香港廣西銀行，一九三四至三六年間居於上海，一九三六年再移居香港，創辦《天文臺半週評論》，至一九四一年十二月香港淪陷後，避居桂林等地，一九四九年起定居香港。[61]

《天文臺半週評論》是一份三日刊小型報，另稱《天文臺三日刊》。該刊由陳伯流擔任總編輯，設有「抗戰詩選」專欄連載時人詩詞，另有「抗戰語錄」、「戰鼓琴音」等欄目，以及陳孝威所撰之〈若定廬隨筆〉、林眾可〈方鏡樓雜記〉等雜文連載。陳孝威在該刊撰文評議二戰局勢，曾準確預測戰局，李谷城指其「以豐富的軍事知識，每期撰寫評論，宣傳抗戰，語多中肯，因而該報被稱為『軍事評論報』」[62]。陳孝威委託譯者將其政論翻譯為英文，寄達英美政界，因其對二戰局勢的精闢分析，獲美國總統羅斯福、英國首相邱吉爾致函褒獎，陳孝威撰詩作為酬謝，楊雲史亦參與唱和，陳孝威由此發起詩界唱酬，以尋求美國擴大對中國抗戰的支援，一九四一年四月開始徵詩，香港、中國內地及南洋各地詩壇紛紛寄和，詩作連載於《天文臺》，作者包括岑學侶、許世英、林庚白、邱菽園等舊體詩家三百多人，當年陳孝威擬編印《太平洋鼓吹集》，唯未及刊行而香港淪陷，陳孝威「舉所獻詩全部墨蹟譯本及藏書三萬卷，盡付劫火，一家流離」[63]，終於一九四二年四月抵

61 陳孝威生平，參陳孝威編輯：《泰寧去思圖題詠集》（香港：天文台報社，1968）及李家園：《香港報業雜談》，頁 136－140。

62 李谷城：《香港報業百年滄桑》（香港：明報出版社有限公司，2000），頁 168。

63 陳孝威：〈太平洋鼓吹集自序（初版原作）〉，收入陳孝威編：《太平洋鼓吹集》（台北：國防研究院，1965），頁 17。

達桂林，陳孝威重行搜集友人所珍藏之《天文臺半週評論》舊刊，重編《太平洋鼓吹集》於一九四三年九月印行桂林初版。[64]

15)《珠江日報》

一九三六年創刊，社長韋永成，其後由黎蒙接任，林友蘭指出該報是「第五路軍機構報」[65]；陳廷（杜格靈）擔任經理兼副刊編輯，[66] 主要文藝副刊是「光明」版。一九三八年九月，劉火子擔任該報特派記者赴華南戰地採訪，寫成一系列戰地報道，以「劉寧」為筆名刊載，包括〈大戰後崑崙關巡禮〉、〈韶關空城記〉、〈「二月反攻」〉等文。[67]

16)《藝林半月刊》

一九三七年二月創刊，黃枝南、宋儉超、梁積臣、馮志剛、彭硯農擔任編輯，一九四一年出版至第九十六期。內容包括香港、中國內地以及國際電影資訊報道、評論、影人特寫、訪問等等，署名文章作者包括彭硯農、胡春冰、南海十三郎、嚴夢等等。一九四〇年二月，張吻冰、江河、余寄萍、彭硯農、李粹如、劉芳、林擒、馮鳳歌、鄭家鎮、陳廷、馮亦代、梁積臣等等二十三人在《藝林半月刊》雜誌聯署發表〈香港中國電影筆會宣言〉，標舉以電影配合抗戰建國的需要，強調電影對大眾的教育意義。[68]

---

64 陳孝威所編之《太平洋鼓吹集》一九四三年九月在桂林初版後，一九六五年在台灣再版。

65 林友蘭：《香港報業發展史》，頁 58。

66 平可：〈誤闖文壇述憶〉，《香港文學》第 6 期，1985 年 6 月。

67 參考劉麗北主編：《奮起者之歌：劉火子詩文選》（上海：東方出版中心，2011），頁 157－172。

68 張吻冰、江河等等：〈香港中國電影筆會宣言〉，《藝林半月刊》第 67 期，1940 年 2 月。另參本書第四章「抗戰與『和平』」之「國防戲劇與香港戲劇」一節。

17)《南風》

一九三七年三月創刊，李育中與魯衡合編，作者包括侶倫、李育中、易椿年、魯衡、雁子、華胥、勁持、李六石等，內容包括報告文學、社會雜感、散文隨筆，其中李六石〈救亡雜話〉重申抗日救亡的聯合陣線之重要性，在抗戰爆發前夕提出「公開地做救亡工作才可以收最大的效果，才可以避免政治當局的誤會和壓制」[69]。

18)《申報》(香港版)

一九三八年三月一日在香港復刊。《申報》早於一八七二年在上海創刊，是內地廣負盛名的報紙，其副刊「自由談」是二、三〇年代著名的文藝副刊。抗日戰爭爆發後一度停刊而移轉香港復刊，不久，一九三八年十月十日《申報》上海版復刊，港版《申報》則於一九三九年七月三十一日停刊。

港版《申報》仍以「自由談」為主要的文藝副刊，主編是上海時期已主編過「自由談」的吳景崧，作者包括蔡楚生、茅盾、林煥平、適夷、杜埃、黃繩、陳畸、袁水拍、潔孺、黃魯等等，編者提出：「本刊所要的稿件是隨筆，雜感，戰地雜寫，救亡情報，文藝理論，國內外文壇消息，國內外重要著(任)〔作〕刊物介紹，科學小品等等稿件。」[70]

除「自由談」外，另有「春秋」、「電影與戲劇」等副刊。「電影與戲劇」版的編輯陸浮指出：「當本報港版擴充的時候，我們特別開闢這個小小的園地，希望在這能夠相當地建立起健全而正確的國防電影戲劇的理論和批評，提高藝術工作者自身的教育和力量，發揚國防藝術的功能。」[71]

---

69 李六石：〈救亡雜話〉，《南風》第一期，1937 年 3 月。

70 〈就算開場白吧〉，《申報．自由談》，1938 年 12 月 5 日。

71 陸浮：〈我們的號角〉，《申報．電影與戲劇》，1938 年 12 月 11 日。

19)《大風》

一九三八年三月創刊，上海宇宙風與逸經兩社在港聯合主辦，簡又文、陸丹林主編，由簡又文撰寫的發刊詞〈大風起兮〉提出該刊「擁護中央，抗戰到底」兩大原則，簡又文在一九三九年四月十日發表於重慶《抗戰文藝》第四卷第一期的〈香港的文藝界〉一文中，亦提及《大風》是「揭櫫『擁護中央，抗戰到底』兩大原則以作文藝抗戰的陣地」[72]。《大風》是綜合性文化刊物，內容包括時論、散文、小說、文藝評論等，重要作品包括許地山〈鐵魚底鰓〉、〈玉官〉，施蟄存〈薄凫林雜記〉、〈我的家屋〉，柳存仁〈現代文人論——紀念許地山先生〉、馬國亮〈八一三在香港〉等；第二期起陸續連載馮自由的《革命逸史》，除了民國初期史料，馮自由所撰之〈廣東戲劇家與革命運動〉、〈辛亥前之革命書報補遺〉亦提供早期香港文學史料。

20)《星報》

一九三八年三月創刊，社長是凌憲揚，總編輯是姚蘇鳳，主任編輯陳福瑜（筆名桑榆），經理羅吟圃，社論由羅吟圃執筆，羅吟圃離港後改由喬木寫社論。副刊由姚蘇鳳負責，袁水拍以「望諸」為筆名，常在《星報》副刊發表譯文。徐遲和馮亦代曾任電訊翻譯。馮亦代指出：「《星報》的真正老闆是國民黨中四大家族之一孔祥熙的兒子孔令侃」[73]，馮亦代並憶述在《星報》的工作情形：

> 《星報》每日出版對開一大張。頭版是國內外要聞和社論，由周〔覺宏〕編輯，二、三版是副刊由姚蘇鳳負責編發，四版是社會新聞及娛樂消息，由一位姓王的編輯發稿，可惜我現在已記不

72　簡又文：〈香港的文藝界〉，《抗戰文藝》第四卷第一期，1939年4月10日。

73　馮亦代：〈我的文藝學徒生涯〉，《新文學史料》1996年第1期，1996年2月。

起他的名字了。後來副刊又每星期用一版的篇幅刊登電影戲劇的批評文章，取名為《第八藝術》由我編輯，我也從姚蘇鳳那裏學會了一套畫版面的技術。[74]

21)《立報》(香港版)

《立報》由成舍我在上海創辦，抗日戰爭爆發後，一九三八年四月一日在香港復刊，由薩空了出任發行人，主要副刊包括「言林」、「花果山」、「小茶館」等。「言林」最初由茅盾主編，後由葉靈鳳接編，「花果山」由卜少夫主編。[75]「言林」曾刊登茅盾的長篇連載小說〈你往哪裏跑？〉。在港版《立報・言林》刊出的首天，茅盾發表了〈獻詞〉作為該版發刊詞，提出「今日我中華民族正在和侵略的惡魔作殊死戰，『言林』雖小，不敢自處於戰線之外，『言林』雖說不上是什麼重兵器，然亦不甘自謂在文化戰線上它的火力是無足輕重的。它將守着它的崗位，沉着射擊」[76]，表明支援抗戰的立場。

港版《立報・言林》發刊初期，茅盾常以不同筆名發表文章，包括「止水」、「仲方」，茅盾後來回憶指出：「《言林》剛復刊時，我還不得不自己動手趕寫文章，四月一日復刊到四月六日，每天有我一篇文章，但不久香港和華南一帶的投稿就雪片似地飛來，並且逐漸形成了一支經常寫稿的『核心隊伍』……（中略）這一群青年中，現在還能記起名字的有杜埃、林煥平、李南桌、黃繩、袁水拍等。」[77]

74　同上註。文中提到一位姓王的編輯，應是指王德馨，參考林友蘭：《香港報業發展史》，頁 51。
75　參考李家園：《香港報業雜談》，頁 142。
76　茅盾：〈獻詞〉，《立報・言林》，1938 年 4 月 1 日。
77　茅盾：《我走過的道路》下冊（香港：三聯書店，1988），頁 44。

22)《時代批評》

一九三八年六月創刊，周鯨文主編。內容以時論為主，包括國際局勢及抗戰局勢分析，以支持對日抗戰為基本立場，創刊之始即主張團結抗戰力量，組織各黨派的聯合政府，「結果是被權勢者通令全國禁止銷售」[78]，該刊在香港出版至一九四一年十二月太平洋戰爭爆發而停刊，至一九四七年六月復刊。《時代批評》是時論刊物，但亦間中刊登文藝作品，一九四〇年十二月第三卷第六十期開始連載端木蕻良的長篇小說〈科爾沁前史〉，一九四一年二月出版的第三卷第六十四期開始連載蕭紅的長篇小說《馬伯樂》第二部。

23)《星島日報》

一九三八年八月一日創刊，戴望舒主編文藝副刊「星座」。（詳見本書第八章「人物與刊物」之「戴望舒與《星島日報．星座》」一節。）

24)《星島晚報》

一九三八年八月十三日創刊，郭步陶主編。[79] 設有副刊「星雲」。

25)《大公報》（香港版）

港版《大公報》在一九三八年八月十三日創刊。《大公報》本於一九〇二年在天津創刊，其後有天津版、上海版、漢口版、重慶版、桂林版等，抗戰爆發初期，由於天津、上海、漢口等城市相繼淪陷，《大公報》一度只剩下重慶版，直至一九三八年八月十三日，《大公報》增加了香港版，由此亦

78 本社同人：〈復刊辭〉，《時代批評》第四卷第八十五期，1947 年 6 月。
79 參考李少南：〈香港的中西報業〉，收入王賡武編：《香港史新編》下冊，頁 518。

見抗戰期間香港位置的重要性。《大公報》「文藝」是內地廣負盛名的副刊，香港版《大公報》副刊包括「文藝」、「小公園」、「學生界」、「電影週刊」、「婦女週刊」等，其中「文藝」是該報最主要副刊，由蕭乾和楊剛先後主編，作者包括陳畸、嚴杰人、黃藥眠、黃魯、徐遲、司馬文森，也曾連載沈從文的〈湘西〉[80]。一九四一年十二月十三日，香港版《大公報》停刊，戰後復刊。

26)《中國晚報》

一九三八年八月創刊，由留美學生程鴻浩、黃謙益等主持，黃伯飛任總主筆，首頁刊出之「每日評論」專欄，由李微塵負責。[81] 一九四〇年一月四日發刊「文藝通訊」第一期，作為中華全國文藝界抗敵協會香港分會（文協香港分會）所屬青年組織「文藝通訊部」（文通）之機關刊物，也是文通成員發表作品的園地。[82]「文藝通訊」第一期發刊當天刊登〈文藝通訊員登記表〉以及署名「文通港九分部組織股」的〈給文藝同志的一封信〉。

27)《世界知識》(香港版)

金仲華主編，一九三八年八月遷港出版。《世界知識》原於一九三四年九月十六日在上海創刊，是「蘇聯之友社」同人倡議的國際政治、經濟刊物，由生活書店編輯、出版和發行，胡愈之、畢雲程共同負總編之職。[83] 一九三七年初，金仲華接任《世界知識》主編，[84] 抗戰爆發後，《世界知識》

80 沈從文的〈湘西〉一九三八年八月十三日起在香港版《大公報》連載至同年十一月十七日。

81 林友蘭：《香港報業發展史》，頁 54。

82 參文通學社：〈「文通」簡史〉，收入文通學社編：《歷史的軌跡——中華全國文藝界抗敵協會香港分會文藝通訊部、香港青年文藝研究社、香港秋風歌詠團紀念文集》，頁 5－7。

83 華平、黃亞平編著：《金仲華年譜》(上海：上海孫中山故居、宋慶齡故居和陵園管理委員會，1994)，頁 15。

84 同上註，頁 25。

遷漢口、廣州出版，至一九三八年八月，金仲華「與《世界知識》編輯部的成員一起抵達香港，繼續出版《世界知識》。在廣州期間，《世界知識》共出版了三期，其中兩期是合刊。由於《世界知識》在香港未能辦妥登記手續，故先期在港出版的《世界知識》的版權頁上仍印廣州出版」[85]，至同年十月二十一日，《世界知識》正式在香港登記註冊，出版至一九四一年香港淪陷為止。[86]

28)《大公晚報》(香港版)

一九三八年十一月十五日創刊，[87] 設有「小公園」、「香港風」、「兒童樂園」等文化副刊，據一九三九年七月十日之《申報．文協》，文協香港分會與《大公晚報》合作出版「香港風」，一九三九年七月四日出版第一號，內容有時事報告、長篇小說等。[88]

29)《大地畫報》

一九三八年十一月創刊，由曾任上海《良友畫報》主編的馬國亮主編。(詳見本書第八章「人物與刊物」之「馬國亮、曹克安與《大地畫報》」一節。)

30)《時事晚報》

一九三九年三月創刊，[89] 報社位於中環擺花街，黃范毅任社長，喬冠華

85　同上註，頁 31。

86　抗戰勝利後，一九四五年十二月一日，《世界知識》在上海復刊。

87　參考李谷城：《香港報業百年滄桑》，頁 169－170。

88　〈文協留港員通訊啟事〉，《申報．文協》，1939 年 7 月 10 日。

89　參考徐遲：《我的文學生涯》(天津：百花文藝出版社，2006)，頁 182。

（喬木）擔任主筆，葉靈鳳擔任副刊編輯。[90] 主要文藝副刊有「晚鐘」。喬冠華每天撰寫社論，馮亦代指：「每天寫的社論成為香港關心世界戰局的人必讀的文章」[91]，徐遲在回憶文章中亦大篇幅地加以引用。[92]

31)《成報》

一九三九年五月一日創刊，何文發、何文台、汪玉亭、李凡夫等人合資所辦，[93] 發行人兼社長是何文發。林友蘭指該報「副刊風趣，富於地方色彩，其連載漫畫，尤受讀者歡迎」[94]。

32)《星島週報》

一九三九年五月十四日創刊，星島日報社長胡好任督印人，編輯委員包括金仲華、馮列山、葉啟芳、羅応士、戴望舒、張光宇、周新。胡好在〈創刊詞〉說：「在抗戰爆發以後，香港已蔚為華南文化的中心，而尤其要重的，這裏已成為國內與海外文化工作連繫上的一個轉接站。本報出版地點，恰在這個文化轉接站上，我們願以這點地利上的方便，把國內抗戰建國的真實情況，以及著名作家的重要文字，充分介紹於我僑胞讀者；同時，也將以僑胞對於祖國抗戰的熱烈情緒，以及僑胞所感到關切的問題，隨時在本刊發表，使國內同胞得有充分之認識。」[95]《星島週報》是一種綜合文化時論畫報，每期刊載有關二戰及中國抗戰之時論，以支持抗戰為基本立場，亦刊登夏衍

90 有關《時事晚報》的記述很少，可參喬冠華、章含之：《那隨風飄去的歲月》（上海：學林出版社，1997），頁 147－156；葉靈鳳：〈喬木之什〉，收入《讀書隨筆．二集》（北京：生活．讀書．新知三聯書店，1988），頁 45－47。

91 馮亦代：〈我的文藝學徒生涯〉，《新文學史料》1996 年第 1 期，1996 年 2 月。

92 參考徐遲：《我的文學生涯》，頁 185－189。

93 李谷城：《香港報業百年滄桑》，頁 170。

94 林友蘭：《香港報業發展史》，頁 55。

95 胡好：〈創刊詞〉，《星島週報》創刊號，1939 年 5 月 14 日。

〈娼婦〉、育中〈台城印象〉、〈羅坤——一個東江游擊隊領導人物素描)〉，蘆焚〈上海手札〉、林煥平〈河內漫遊記〉、功義〈記「文協」晚會〉等文藝作品。

33)《中國詩壇》(港版)

一九三九年五月遷港出版。《中國詩壇》原在廣州出版，一九三八年十月廣州淪陷之後，陳殘雲、黃寧嬰等來港復刊，一九三九年五月出版「新一號」，同年七月和九月分別再出版「新二號」和「第三號」，是為港版《中國詩壇》，每期均刊登大量抗戰詩歌，一九四一年四月再出版了《中國詩壇・號外》之第三次(號外第三期)。[96] 陳殘雲指《中國詩壇》「走的是革命詩歌的路，是中國革命文學的組成部分」，而中國詩壇社則是「南中國左翼詩歌的旗幟」。[97]《中國詩壇》先後在廣州、香港和桂林出版。一九三九至四一年出版的港版《中國詩壇》，發表詩作及評論的作者包括馬蔭隱、陳殘雲、黃寧嬰、李育中、黃魯、林煥平、杜埃、黃繩、零零、新波等等。

34)《國民日報》

一九三九年六月六日創刊，先後由陶百川、陳訓悆出任社長，何西亞任總編輯，王新命、樊仲雲任主筆，黃苗子任總經理；[98] 郭蘭馨、陳福愉、杜衡、路易士、胡春冰先後擔任副刊「新壘」編輯。林友蘭指該報是「堂堂正

96　據《中國詩壇・號外》第三次(號外第三期)所載之「第一次目錄」及「第二次目錄」，《中國詩壇・號外》在一九四一年四月之前曾出版第一期及第二期，唯至今未能見。香港大學孔安道紀念圖書館藏有一九三九年出版之《中國詩壇》(港版)「新二號」、「第三號」和一九四一年四月出版的《中國詩壇・號外》第三次(號外第三期)。

97　陳殘雲：〈序〉，收入陳頌聲、鄧國偉編：《南國詩潮：〈中國詩壇〉詩選》(廣州：花城出版社，1986)，頁 2－4。

98　參考陶百川：《困勉强狷八十年》(台北：東大圖書公司，1984)，頁 166。

正代表國民政府說話的報紙」[99]。《國民日報》設有多種副刊，包括由中國文化協進會主編的「文化界」；全國木刻協會香港分會、香港十月詩社聯合編輯的「木刻與詩」、香港十月詩社主編的「詩刊」；鼓勵青年學生投稿的「青年作家」和「新少年」；由路易士主編的「文萃」等。[100] 在前後共二十六期的「木刻與詩」和「詩刊」中，集中地刊載不少詩作。另有「藝術」、「婦女戰線」等文藝副刊。一九四一年十二月八日，日軍開始空襲香港後，該報堅持出刊至十二月二十六日始停刊。[101]

35)《中國作家》(*Chinese Writers*)

一九三九年八月六日創刊，英語刊物，由文協香港分會主編、與重慶總會合作出版，《立報．言林》曾以〈「中國作家」出版〉為題報道：

> 為實現「文章出國」這口號，加強對外文化宣傳工作，「全國文協香港分會」利用此地環境的便利，與重慶總會合作，出版英文月刊「中國作家」(*Chinese Writers*)將抗戰文藝作品譯成英文向海外介紹，創刊號已於昨日出版，有茅盾之文藝論文，野蘋等人之小說，袁水拍的詩，以及書評報導等。並有木刻插繪多幅。這月刊係由戴望舒，徐遲，馬耳等所主持，並聘有旅港英美文化人多名為顧問。[102]

該刊由馬耳（葉君健）主編，戴望舒任經理編輯，徐遲任編輯，馮亦代

99 林友蘭：《香港報業發展史》，頁 58。

100 路易士即後來以「紀弦」筆名著名的台灣詩人，他在二〇〇一年出版的《紀弦回憶錄》中亦談及他編《國民日報．文萃》之事。

101 有關《國民日報》之堅守，詳見本書第十章「淪陷與逃亡」之「淪陷前的堅守」一節。

102 〈「中國作家」出版〉，《立報．言林》，1939 年 8 月 7 日。

任經理，第一期有郭沫若關於抗戰文藝的文章，由馬耳翻譯為英文，並由當時到了香港，曾參加宋慶齡發起的保衛中國同盟的著名記者愛潑斯坦（Israel Epstein）協助潤飾文稿。第二期因馬耳已返回內地，轉由徐遲接編，有穆時英本人以英文撰寫的 The Birth of a God（〈一個菩薩的誕生〉），有由徐遲翻譯的艾青詩歌〈雪落在中國的土地上〉，第三期由馮亦代編，第四期由戴望舒編。[103] 另據馮亦代回憶，有關《中國作家》的出版經過如下：

> 一九四〇年夏初，有天望舒來找我，說收到茅盾先生的來信，要他在香港辦一個英文版的文學刊物，把中國抗戰時期的文學作品，譯成英文出版，使海外同情中國抗戰的朋友，更能了解情況。茅盾先生託人帶來的錢不多，因此必須在港多籌一些錢來維持出版。我答應做這一工作，設法就地籌款來完成這個任務。雜誌定名為《中國作家》，參加工作的除了望舒和我之外，還有葉君健、徐遲和鄭安娜等人。望舒還請了艾潑斯坦和另一位名叫艾倫的美國朋友，來幫助我們潤飾文字和打開在國外的發行關係。[104]

36）《天下圖畫半月》

一九三九年八月十六日創刊，[105] 半月刊，天下圖書公司出版，社址位於皇后大道中八十八號，梁晃擔任督印人兼總編輯，鄭家鎮、陳廷、黃鳳洲、梁行擔任編輯。[106]《天下圖畫半月》是一種綜合文化畫報刊物，內容包括國際時事報道、中國內地戰訊、香港新聞和評論、散文、小說、傳記、遊記等

103 參考徐遲的回憶，見《我的文學生涯》，頁 193－194。

104 馮亦代：《龍套集》（北京：三聯書店，1984），頁 37。

105 據香港中文大學圖書館著錄資料。

106 據一九四〇年二月一日出版之《天下圖畫半月》第十七期版權頁。督印人兼總編輯梁晃也是一九三三年創刊的《紅豆》的創辦人兼主編之一，參見本書第一章「引論」之「香港的『新文藝大爆炸』」一節。

等，形式包括攝影、圖畫和文字，有「時事一月」、「先生」、「天下漫畫」、「香島動態」、「娛樂之頁」、「香港新聞」等欄目。文藝方面的作者包括夏果、孔武、彭硯農、張弓、望雲等等。

37)《英文中國半月刊》（*The China Fortnightly*）

一九三九年十二月創刊，中央通訊社出版，任玲遜主編。一九四一年九月一日出版之第三卷第四期內容有林語堂〈哲學戰勝槍炮〉、陶希聖〈日本南進與北進申論〉、任玲遜〈讀書隨筆〉等。一九四一年十二月停刊。[107]

38)《耕耘》

一九四〇年四月創刊，由畫家郁風、葉淺予、張正宇、黃苗子等主編，是一份綜合性的圖文並茂文藝刊物。抗戰爆發後，許多內地來港作家、畫家聚居於薄扶林道學士台一帶，即使並不居住該處或後來遷出的作家，也經常來到學士台一帶與友人聚首，一九四〇年初，郁風、葉淺予、張正宇、黃苗子等人就在學士台的聚會中提出興辦《耕耘》的主意。根據郁風的憶述：

> 不記得是誰先出的主意：既然我們有這麼多人，有作家、畫家、詩人、翻譯家、編輯家，何不辦一個綜合性的圖文並茂的文藝刊物？大家越說越起勁，談了幾次，越談越具體，從內容到形式七嘴八舌出主意，名稱從幾種設想一致選出「耕耘」。辦法是有錢多出錢，有力多出力，同人共同負責並向內地各線朋友拉稿。
>
> 當時夏衍同志正好從桂林救亡日報到香港來購買印刷器材，於是我就去徵求他的意見，並約好在中華閣仔茶室和大家見面。

107 參考李盈慧：〈淪陷前國民黨在香港的文教活動〉，收入港澳與近代中國學術研討會論文集編輯委員會編：《港澳與近代中國學術研討會論文集》（台北：國史館，2000），頁 468。

有葉靈鳳、葉淺予、張光宇、徐遲、黃苗子、馮亦代、丁聰和我，這時已是一九三九年底。夏衍同志先談了抗戰形勢和香港政治環境的特殊性，同意並支持我們搞這樣一本雜誌。並指示說以宣傳抗戰為宗旨，利用香港的印刷條件，內容和形式不妨活潑多樣，發揮文藝的感人作用。[108]

郁風也提到《耕耘》發行到中國內地的情況：

抗戰以來，在全國範圍來說，像《耕耘》這樣的印刷條件、圖版占一大半的綜合性文藝刊物還是第一次嘗試。因此第一期出版兩千冊，大部分由生活書店發行到內地後，很快銷售一空，而且都是輾轉傳閱，特別是有少數進入延安，美術界的戰友如獲至寶。[109]

另據馮亦代回憶：

《耕耘》之能出版，全靠黃苗子的支持，他當時是國民黨在港出版的《國民日報》經理，由他的關係找到一家印刷廠承印，對外則稱這個刊物是桂林出版的。當時除了圖畫木刻由在港的美術家承擔外，文字部分就由楊剛、袁水拍、徐遲、戴望舒、葉靈鳳和我寫稿。[110]

經過郁風、葉淺予等人的籌備，夏衍的同意，黃苗子的支持，《耕耘》第一期在一九四〇年四月出版，內容包括黃苗子、新波、廖冰兄、李樺等人

108　郁風：《急轉的陀螺》（香港：三聯書店，1987），頁 156。

109　同上註，頁 159。

110　馮亦代：〈我的文藝學徒生涯〉，《新文學史料》1996 年第 1 期，1996 年 2 月。

的畫作以及葉靈鳳、徐遲、林煥平、艾青等人的文學作品。第二期在一九四〇年八月出版，內容包括葉淺予、郁風、張光宇、張望等人的畫作，袁水拍、葉靈鳳、巴人等人的文學作品。

39)《文藝青年》

一九四〇年九月創刊，文協香港分會所屬青年組織「文藝通訊部」（簡稱「文通」）之機關刊物，楊奇、麥烽等主編。（詳見本書第八章「人物與刊物」之「楊奇、麥烽與《文藝青年》」一節。）

40)《大觀電影》

一九四〇年十月十日創刊，李楓、鄺修一編輯，大觀影片公司出版。創刊號為「國慶特輯」，刊載趙樹燊〈紀念國慶與電影界的任務〉、鐵木〈論新電影〉等文，以及有關國際影壇、重慶和上海電影消息之報道。[111] 大觀影片公司一九三五年正式在香港成立，創辦人是趙樹燊，出品電影《生命線》、《昨日之歌》、《殘歌》、《半開玫瑰》等。[112] 一九四〇年，大觀影片公司出品由李鐵導演、望雲（張吻冰）原著及編劇之電影《人海淚痕》，[113] 同年十月出版之《大觀電影》創刊號，即以《人海淚痕》男主角張瑛、女主角黃曼梨的劇照為封面。

111 參考連民安編著：《創刊號（1940's－1980's）》（香港：明報周刊，2012），頁 4。

112 參考余慕雲：《香港電影史話．第二卷》（香港：次文化堂），頁 85－86。

113 有關望雲（張吻冰）原著之小說《人海淚痕》，另見本書第四章「抗戰與『和平』」之「望雲及其小說《人海淚痕》」一節。

41)《時事解剖》

一九四一年四月八日創刊，張孤山主編，時事解剖社出版，社址位於英皇道四八五號二樓。一九四一年九月出版的第一卷第八期內容有張孤山〈美日談判與太平洋和戰關鍵〉、任勞〈黃任之先生〉、張弓〈劉緯緒之略歷及其文章〉。一九四一年十一月出版至第一卷第十一期後停刊。

42)《華商報》

一九四一年四月八日創刊，根據周恩來指示「在香港建立我們自己的宣傳據點，出我們自己的一張報紙」[114]，在香港的中共組織以「灰皮紅心」的形式，由廖承志、夏衍、范長江等創辦，「是中共運用統戰政策領導文化工作的一個範例」[115]，陳遐瓚指出該報人事分工如下：「政治上由廖承志領導，主持日常工作的副總經理范長江、總編輯胡仲持，夏衍主管文藝版，張友漁主管社論、理論、時事等」，其宗旨是「堅持抗戰、團結、進步的方針，反對投降、分裂、倒退；反對英美對日妥協政策和東方慕尼黑陰謀」[116]。《華商報》之主要文藝副刊「燈塔」，由陸浮、夏衍先後主編，作者包括蔡楚生、郭沫若、茅盾、戈寶權、宋雲彬、陳殘雲、林林、文俞等等，一九四一年四月八日即創刊之日起連載茅盾的長篇小說〈如是我見我聞〉。此外，《華商報》的影劇副刊「舞台與銀幕」刊載電影與戲劇的活動消息與評論，戲劇史學者高度評價該刊，指出它「是抗戰以來最有實力和理論基礎的報刊影劇評

114　參考張友漁：〈我和《華商報》〉，《新聞研究資料》第十二輯（北京：中國社會科學出版社，1982），頁 18－26。

115　陳遐瓚：〈省港抗戰文化活動概述〉，收入中共廣東省委黨史研究室編：《廣東黨史研究文集（第三冊）》（北京：中共黨史出版社，1993），頁 240。

116　同上註。

論園地」。[117]

43)《大眾生活》

一九四一年五月遷港復刊，鄒韜奮創辦，原於一九三五年起在上海出版，以抗日救亡為宗旨，一九三六年二月遭國民政府查禁。編委會成員包括：金仲華、夏衍、喬木、千家駒、鄒韜奮、胡繩。鄒韜奮任主編，程浩飛任助編，辦事處位於雪廠街太子行二樓 122 號。該刊曾連載茅盾的日記體小說《腐蝕》，夏衍則以「夏衍」及另一筆名「任晦」發表〈週本筆談〉和散文、隨筆等。

44)《時代文學》

一九四一年六月創刊，端木蕻良、周鯨文主編，時代批評社出版。劉以鬯指：「雜誌封面雖然印着『周鯨文、端木蕻良主編』，實際工作卻是端木蕻良做的。周鯨文祇是掛名而已。」[118] 該刊以強大的撰稿陣容為號召，創刊號撰稿者包括端木蕻良、巴人、林淡秋、史沫特萊、楊剛等，第二期刊登了蕭紅的小說〈小城三月〉、以群的報告文學〈一個小兵的故事〉、艾蕪的小說〈戲院中〉、周鋼鳴的評論〈論藝術的概括〉等。一九四一年十二月出版至第二卷第一期後停刊。

45)《新兒童》

一九四一年六月創刊，曾昭森創辦，黃慶雲主編。（詳見本書第八章

117 羅卡、法蘭賓、鄺耀輝編著：《從戲台到講台：早期香港戲劇及演藝活動 1900－1941》（香港：國際演藝評論家協會〔香港分會〕，1999），頁 85。

118 劉以鬯：〈端木蕻良與《時代文學》〉，《文學世紀》總 42 期，2004 年 9 月。

「人物與刊物」之「曾昭森、黃慶雲與《新兒童》」一節。）

46)《青年知識》

一九四一年八月六日創刊，週刊，青年刊物，張鐵生主編，創刊號內容有韜奮〈對青年朋友的小小貢獻〉、喬木〈我們和我們的時代〉、茅盾〈如何縮短距離〉、宋之的〈一場熱鬧〉（中篇連載）等；八月十三日出版的第二期內容有張友漁〈「八一三」的意義和教訓〉、冬青〈青年教育諸問題〉、曹伯韓〈教科書和學生〉、戈寶權〈高爾基是怎樣開始讀書的〉等；八月二十日出版的第三期內容有喬木〈時事討論提綱〉、以群〈你想做文學家嗎〉等。

47)《女光》

一九四一年八月二十日創刊，半月刊，女性刊物，梁淑德主編，女光出版有限公司出版，地址設於中環華人行四樓，創刊號刊登〈近代中國婦女之責任〉、〈女性的神秘〉、〈丈夫的悲哀〉、〈多人懷念中的冰心女士〉等文，九月五日出版之第二期內容有華蓀〈話說天下大勢〉、明之〈太平天國與婦女參政〉等。一九四一年十一月出版至第七期後停刊。

48)《光明報》

一九四一年九月十八日創刊，民主政團同盟（中國民主同盟）的機關報，梁漱溟擔任社長，薩空了任總經理，俞頌華任總編輯，薩空了、施白蕪主編副刊「雞鳴」，梁漱溟主編「中國問題」。創刊號內容包括梁漱溟〈我努力的是什麼〉、〈九一八紀念感言〉、以群〈九一八斷想〉、柳亞子〈詩二首〉、胡風〈九一八與文學〉等等。

薩空了指出：「我之為『雞鳴』（副刊的名稱）寫文章則是自始至終每天

至少一篇，多時兩篇乃至三篇。和國民黨反動派所作的不大忠厚的筆戰，都是在雞鳴上進行的。就是梁漱溟先生，也是每天要寫幾千字。他的『我努力的是什麼』一文，每天在光明報連載，說明他抗戰以來為國共團結，為發動民眾而努力的經過，又在副刊上闢中國問題一欄，闡述他個人對中國問題尤其是中國和民主的關係這一問題的見解。」[119]《光明報》出版至一九四一年十二月十四日停刊，一九四六年九月十八日在香港復刊。

49)《筆談》

一九四一年九月創刊，茅盾主編，曹克安督印人，曹吾助編。作者陣容包括茅盾、胡風、柳亞子、林煥平等等。一九四一年十二月一日出版至第七期後因戰事爆發而停刊。茅盾以「甫」、「仲」、「來復」、「形天」、「明」、「玄」、「直」、「亮」、「民」、「克」、「華」、「葉明」、「德」、「明甫」、「希」、「曉」等多個筆名在該刊發表雜感、隨筆、書評等。[120]

50)《戲劇與電影》

一九四一年創刊，沈鏞、馮亦代主編，翁靈文亦參與工作，封面由漫畫家丁聰設計。[121] 出版兩期後，因太平洋戰爭爆發而停刊。據馮亦代的回憶：

> 沈鏞又和我辦了個《戲劇與電影》不定期刊，主要介紹大後方的抗日戲劇與電影活動，這個雜誌只出了兩期，第一期是我編的，第二期是他編的。後來因為稿源困難，出不下去了。但出的

119 薩空了：〈關於光明報的回憶〉，《光明報》新一號，1946年9月18日。

120 參考盧瑋鑾、黃繼持編：《茅盾香港文輯 1938－1941》（香港：廣角鏡出版社有限公司，1984），頁364。

121 參考翁靈文：〈海天雲樹懷馮亦代〉，《開卷月刊》總第21期，1980年9月。

兩期，每期都銷出四、五千份，很受讀者歡迎。這個銷路，當時在香港是不常見的。[122]

以上所述五十種報刊，屬抗戰前已出版而在抗戰期間仍出刊者有十五種，一九三七至四二年間在港創辦、復刊者有三十五種。相關資料十分零散，以上五十種報刊的資料是根據眾多不同材料整理出，已盡量根據目前可見之刊物原件、影印本或電子版本，未可見者是參考後來的記述和研究。

除了以上所述，其他抗戰時期之香港報刊尚有《循環晚報》、《大眾報》、《天演日報》、《越華報》、《文藝陣地》、《戰鼓》、《今日中國》、《申報畫刊》、《東方畫刊》、《東方雜誌》、《國際週報》、《華僑通訊》、《抗戰大學》、《學生呼聲》、《兒童世界》、《少年畫報》、《工商月刊》以及學生刊物《黃龍報》、鄉族刊物《鶴僑報》、《崇正月刊》、《桂洲月報》、工會刊物《酒樓月刊》、《存愛》等等，[123] 一九四一年一月的「皖南事變」後再有《國訊》旬刊香港版、《救國叢刊》等等多種。[124]

一九三六年出版的《戰鼓》，是香港中共黨刊，羅理實（雁子）、吳華胥主編。[125] 一九三八年四月創刊的《文藝陣地》，由茅盾、樓適夷主編，其編輯、出版過程十分曲折：「起初，刊物由茅盾在香港編好，交廣州生活書店排印出版，廣州淪陷，因國內印刷條件太差，轉到上海排印」，「一九三九年六月，樓適夷從香港到上海來編校《文藝陣地》，原稿仍由茅盾在香港編好，按期交香港生活書店託船友帶來。上海分店即着手安排到科學印刷廠排印」[126]。

---

122 馮亦代：《龍套集》，頁 12。

123 相關資料可參考楊國雄編著：《舊書刊中的香港身世》（香港：三聯書店，2014）。

124 參考馬仲揚、蘇克塵：《鄒韜奮傳記》（重慶：重慶出版社，1997），頁 438。

125 參考〈吳華胥年譜〉，收入吳康民編：《吳華胥紀念文集》，頁 14－15。

126 生活書店史稿編輯委員會編：《生活書店史稿》（北京：生活·讀書·新知三聯書店，1995），頁 311。

戰時報刊檢查

一九三六年，同盟會會員、南社社員馬小進在香港《工商日報・市聲》連載發表〈三十年前香江知見錄〉系列文章，記述三十年前即一九〇六年前後的文壇故事，其中有〈岑春萱嚴禁港報進口札文〉一文，記述一九〇六年清廷兩廣總督岑春萱，因《公益報》、《中國日報》、《香港少年報》、《珠江鏡報》、《有所謂報》、《商報》等六家香港報紙報道、批評清廷將粵漢鐵路收歸官辦以及其對美國華工禁約事件的態度，因而被清廷禁止進口內地。[127] 馬小進在文中引錄岑春萱札文如下：

> 近來香港進口各報紙。如公益報、中國報、少年報、珠江鏡報、有所謂報、商報等。議論既多狂悖。紀載尤多虛謬。往往捏造謠言。顛倒黑白。甚至肆口簧鼓。希圖煽惑滋事。有關於世道人心。大碍於地方治安。亟應速嚴查禁。以免內地商民。為所蠱惑。除劄行各關稅務司。飭令華洋員役。遇有大小輪船渡船進口。嚴密搜查。如載有以上各報。即行截留送關銷燬。[128]

馬小進所引錄的清廷兩廣總督岑春萱頒佈的公文，應屬最早有關香港報紙被中國內地政府禁止進口的記載。馬小進〈岑春萱嚴禁港報進口札文〉一文以回憶話舊為主旨，卻也微妙地諷喻着二三〇年代香港政府以至內地國民政府的報刊檢查制度，晚清時代，刊載革命思想的香港報刊被禁，二三〇年代，被禁的卻是內地的左翼言論，以及香港部分的抗日言辭；事實上，馬小進發表該文，原是呼應、聲援一九三六年的華人報界、輿論界爭取港府取消

127 有關這事件的始末可與馮自由的〈香港同盟會史要〉互相參照，參馮自由《革命逸史・中》（北京：新星出版社，2009），頁 534－553。

128 馬小進：〈三十年前香江知見錄・岑春萱嚴禁港報進口札文〉，《工商日報・市聲》，1936 年 10 月 12 日。

報刊檢查制度事件。

香港政府的報刊檢查制度，可追溯至一九二五年的省港大罷工發生後，華民政務司設置新聞檢查處，下令報刊出版前，須經華民政務司人員檢查，陳謙《香港舊事見聞錄》一書有以下記載：

> 新聞檢查處設於華民政務司署二樓，以華民政務司署的高級華人文員劉子平為首，其下設委員三名，除了那時任職於教育司署的漢文視學員劉淑莊、林伯聰而外，尚有專職委員章少初一名。每夜自七時起至天明止，各委員分三班工作，各報送到的新聞稿件，隨到隨檢，檢後，由負責檢查的委員認可，簽名作實，才能發表。
>
> 檢查新聞，是香港當局在香港大罷工時期對香港人和從事新聞工作者的一種手段。但這新鮮事物，各委員雖小心謹慎秉承英人的意旨，仍然顧慮重重，唯恐獲咎。他們檢查新聞內容字句，十分挑剔，不但罷工期間，國內反帝動態不准登載隻字，即其他各外埠新聞，若文字上用「帝國主義」或「共產社會主義」字樣，亦一律禁止登載。[129]

這種報刊審查制度自一九二五年起一直沿用多年，而且特別針對華文報刊，出版前必需送審，犯禁字詞必須刪除，報刊編輯一般以「x」或「□」代替遭禁言詞，以至全篇遭禁時以「開天窗」表示抗議。一九二七年二月魯迅應邀到香港基督教青年會分別以〈無聲的中國〉和〈老調子已經唱完〉為題進行兩場演講，其後由筆錄者整理演講內容在《華僑日報》、《大光報》發表時，內容就遭新聞檢查處刪節，張釗貽對此問題曾作詳細考證。[130]

129　陳謙：《香港舊事見聞錄》（香港：中原出版社，1987），頁 217－218。

130　參考張釗貽：〈魯迅與香港新聞檢查〉，《東亞現代中文文學國際學報》第二期（香港號），2006年2月。

香港政府的報刊檢查制度與其殖民地政策密切相關，有些新聞禁止中文報紙刊載，然而卻准英文報紙發表。王新命指出：

> 據說：香港之有此習慣，是從十六年開始。十六年二月十九日，國民革命軍收回了漢口英租界和九江英租界，港府不許華字報紙刊登消息，專讓英字報紙發表。於是香港華字報紙地位遭抑降，而能閱英字報紙者，遂被目為「高等華人」。[131]

香港政府的報刊檢查制度對中文報紙與英文報紙具差別待遇，凸顯該檢查制度不完全是新聞本身的政治禁忌問題，而更是香港政府用以分化華人社群和矮化一般華人的殖民手段。

至一九三六年，華人報界、輿論界曾爭取港府取消報刊審查制度，由時任定例局（立法局）議員的羅文錦作為代表，在一九三六年八月二十六日舉行的定例局會議上，正式提出撤銷華文報紙檢查制度的議案，卻於同日大會上遭否決，理由之一是另一華人代表曹善允指「百份之九十七華人人口，其中大部份之智識程度不及百份之三之外人，故不能一視同仁」[132]，翌日《工商日報》、《華字日報》等多份報紙以大篇幅以至全版刊載議案的提出、羅文錦和曹善允等人的發言以及議案否決過程，以「事實雖失敗正氣則長存」為標題之一，可見輿論界對議案遭否決之憤慨，而諷刺的是，八月二十七日《工商日報》報道議案遭否決的新聞文字本身，即有若干部分被刪去，留下多個空格。

羅文錦議案遭否決後，華人報界、輿論界繼續爭取，同年九月至十月間，《工商日報》、《華字日報》發表多篇社論批評香港政府的報刊檢查制度；而在輿論壓力下，港府同意改善報刊檢查制度，例如減省手續，加快檢

131 王新命：《新聞圈裏四十年（下）》（台北：龍文出版社股份有限公司，1993），頁 410。

132 〈事實雖失敗正氣則長存。羅文錦代表我華人請命。提議取銷檢查竟慘遭否決〉，《工商日報》「本埠新聞」版，1936 年 8 月 27 日。

查過程等，但未可撤銷檢查。十月二日，華民政務司致函羅旭和、羅文錦、曹善允、周俊年四名華人代表，明確申明以下四類文字必須「避免刊登」：

> 甲、凡於效忠大英帝國之事而有所紊亂者、乙、凡可損害英國對於中國或其他友邦之友誼者、丙、所有宣傳共產主義之文字、丁、凡屬挑撥文字以致擾亂治安者[133]

此後港府的報刊檢查制度實際上未有放寬，及後更因應二戰局勢而加緊限制。在省港大罷工後的二〇年代中至三〇年代，香港政府的報刊檢查針對的是左翼言論和反英、反殖言辭；抗戰爆發至太平洋戰爭開始之前，香港政府顧慮的是二次大戰間的國際局勢，透過報刊檢查制度，禁止明顯的反日言論，特別針對一些關鍵性的字眼，陸丹林寫於一九四〇年的文章〈在香港辦刊物〉提到：

> 香港的刊物，除了季刊或社團內部佈告式非售品者以外，一切定期刊物，不論日報，晚報，三日刊，週刊，旬刊，半月刊，月刊等，所有全部分圖文稿件，排好之後，必要送樣兩份，給華文新聞紙檢查處檢定之後，纔能夠付印，從前檢去之字還可以用□□來代替，現在則不准了。
>
> 他們檢查稿件，對於淫蕩肉麻的小報稿件，還不十分的注意，最注意的有兩種，一是關於英國的，如鴉片戰爭或英國人在印度怎樣之類，二是關於日本的，如果對於日本或日軍有些刻劃，都不能發表。去年他們油印好一張小紙，分給各刊物，聲明「敵，倭奴，倭夷，蝦夷，島夷，東虜，日寇，暴日，獸行，獸性，獸兵，強盜，無恥，焚刦，姦淫，擄掠，屠殺，以及其他類

133 〈華民政務司函覆華人代表〉，《工商日報》「本埠新聞」版，1936 年 10 月 3 日。

似此等字句者。」都一概不准用。[134]

陸丹林另於一九三九年的〈續談香港〉一文透露以上字詞遭禁的原因：

> 因為日本駐香港的領事，常常和香港當局交涉，取締抗日文字。他是以香港是屬於第三者，應該中立，不應該有袒護某一方的文字的宣傳。因之華民政務司就印了一張小紙，交給各刊物的負責人，請他在文字上特別注意，即是不能用，免使排字的檢查的，多一重手續。[135]

陸丹林在〈續談香港〉及〈在香港辦刊物〉兩篇文章，都有引錄香港華民政務司分派給新聞機關的「一張小紙」，陸丹林在〈續談香港〉強調自己是「不易一字把原文鈔錄」，由此而為後世保留了重要史料。[136]

茅盾的回憶錄《我走過的道路》也提及當年有列出二十幾個違禁字詞的「一個表」，印證了陸丹林所言：

> 英國政府怕得罪日本人，在報刊上不准用敵人的「敵」字，甚至「彼此敵對」、「同仇敵愾」中的「敵」也不能用，一律用「x」代替，此外還有「奸淫擄掠」等二十幾個字列在一個表內，都禁止使用。[137]

「見證」這違禁字詞表的還有先後於《立報》、《光明日報》工作的薩空了，他在一九四一年十二月二十四日的日記中，回憶一九三八年《立報》初

134 陸丹林：〈在香港辦刊物〉，《黃河》第三期，1940 年 4 月。
135 陸丹林：〈續談香港〉，《宇宙風（乙刊）》第十一期，1939 年 8 月。
136 陸丹林該兩篇文章都在香港境外發表，〈續談香港〉發表在上海，〈在香港辦刊物〉發表在西安。
137 茅盾：《我走過的道路．下冊》，頁 48。

到香港復刊時，會見華民政務司那魯麟（Roland Arthur Charles North，1889－1961）之情形：

> 那時抗日，還只是中國人的事，我記得那魯麟曾招邀我們到他的辦公室去，每人給一張印就的中文紙條，上面寫了許多單字，如「敵」「虜」「奸淫」「焚掠」之類，他說：香港是中立地帶，中國報在港印行不能用侮辱英國友邦的字樣，這個紙條上印的字，一律不許再用。
>
> 當時我們曾以兩個問題，問的他不能回答，（一）如果蔣委員長發表一篇文告稱日本為「敵」，難道我們能夠更改他的文告？（二）像「奸淫」「焚掠」的字都不能用，事實上，我們的敵人是在奸淫焚掠，請問應當用什麼字代替？
>
> 他最後的答覆是蔣委員長公告中的敵字可以照用。以外則須以「日」代「敵」；至於「奸淫焚掠」，如果確有其事自然可以用，但仍希望少用，以免刺激感情。
>
> 當時我並不怪他，他執行的是張伯倫大人的綏靖政策，而那不得罪日本的決定，最後修正到「希望少用」，也正是我們常見的官僚主義作風。[138]

薩空了更明確地指出，抗戰時期的香港政府奉行英國對外政策，特別是英國首相張伯倫（Arthur Neville Chamberlain，1869－1940）執政時代主張的綏靖主義，縱容德、日兩國侵略他國以換取暫時的和平。這種政策對於抗戰時期的香港文化界以至香港報業都有很大影響，因為報道抗戰消息、在港延續抗戰文藝，是當時報人和作家堅持的責任，由此不免抵觸港府新聞檢查制度，尤其在抗戰時代當一名編輯，面對長長的違禁字詞名單，可謂掣

138 薩空了：《香港淪陷日記》（北京：三聯書店，1985），頁 84。

肘處處，然而有風骨的報人不甘文章被刪，每以「x」或「□」代替違禁字詞，以至「開天窗」(原本刊登文章的版位完全空白，只有「全文被檢」四字)表示不滿。曾主編《星島日報》文藝副刊「星座」的戴望舒說：

> 在當時，報紙上是不准用「敵」字的，「日寇」更不用說了。在「星座」上，我雖則竭力避免，但總不能躲過檢查官的筆削。有時是幾個字，有時是一兩節，有時甚至全篇。而他們的「違禁」的範圍又越來越廣。在這個制度之下，「星座」不得不犧牲了不少很出色的稿子。我有時不得不索興在「星座」上「開天窗」一次，表示我們的抗議。可是這種空言抗議，後來也辦不到了，因為檢查官不容我們「開天窗」了。這種麻煩，一直維持到我編「星座」的最後一天。三年的日常工作便是和檢查官的「冷戰」。[139]

蕭乾曾在一九三八年主編香港版《大公報・文藝》，他在一篇回憶文章中，也有提到「開天窗」的做法：

> 那時戴望舒在編《星島日報》的文藝副刊。我們相約遇有文章禁登，就盡可能讓它空着，不補旁的文章，好讓讀者領教一下香港有多麼民主！刊物上的這種空白，當時的行話叫「開天窗」。如果翻翻那個時期的報紙，天窗的確開了很不少。[140]

在讀者眼中，那些「x」或「□」的原意其實都可猜知，最主要的禁忌，離不開明顯抗日的字詞，儘管如此，「x」或「□」的原意反而更為明確地傳遞出，讀者以其對時代風氣的敏銳，準確猜度出以至發展了「x」或「□」

139 戴望舒：〈十年前的星島和星座〉，《星島日報・星座》，1948 年 8 月 1 日。

140 蕭乾：《一本褪色的相冊》(香港：三聯書店，1981)，頁 159。

的原意，禁制者設想不到的是，禁制，反而更助長了人們對被禁制物的想像，加速了被禁制意念的傳遞，又或者，最聰明的禁制者也心知禁制的反效果，但他們實在很需要一種外在的、形式化的手段以維護其權位。在種種想像和延伸的符號間，透過檢查、禁制，抗戰時期香港報刊的文學性反而由此而得以實現。

一九四一年初由重慶來港，擔任《大眾生活》編委的胡繩，在其回憶文章中曾比較國民政府的出版審查與香港政府的報刊審查：

> 那時，國民黨當局實行圖書雜誌原稿送審的制度，在香港也有這種審查制度，出版雜誌要送港英當局審查。兩邊的檢查標準當然不一樣，例如在香港，「帝國主義」、「半殖民地」這樣的詞言是不准出現的。香港的辦法是可以把檢查機關刪去的字句留下空白。[141]

清末以來，香港以自由港及殖民地政府奉行的資本主義自由經濟理念，擔綱容納異見的位置，華人知識份子向中國大陸喊話，發出相對邊緣聲音，微妙的是，香港本身也有它的禁忌，以及抗戰時期意圖消解衝擊的企圖，然而當中抗衡的聲音到底沒有被禁絕，也許相對於一九二〇、三〇年代中國大陸國民政府的書刊審查制度，以拘捕、封鎖、燒毀等手段壓制左翼言論，香港的制度已相對寬鬆，雖然也有其底線，關乎殖民統治之威權為不容挑戰，但其對華人的抗日立場仍相對寬鬆，這就使抗日戰爭期間，香港成為華南地區文化據點的重要原因，因香港本身有獨立報刊傳統，亦頗慣於人民流動往來，對外來聲音沒有排他，而且省籍認同容易擴大為民族認同，在抗日呼聲中趨向更大的共同。

141　胡繩：〈香港雜憶〉，《世紀行》1997 年第 5 期。

第四章

抗戰與「和平」

國防文學與抗戰文藝

一九三六年，中國內地文壇展開有關「國防文學」與「民族革命戰爭的大眾文學」的「兩個口號」論爭，同年在香港，吳華胥、李育中在《工商日報》、《華僑日報》等報紙撰文引介，把該論爭所涉的抗戰文藝討論帶到香港。從吳華胥、李育中二人的文章可見，他們生活在香港，卻對中國內地文壇狀況相當了解，而在引介「國防文學」、指出「兩個口號」論爭的要點以外，也從「遠處華南」的位置，提出個人角度的補充。當時在吳華胥、李育中二人對「國防文學」持較正面的論述以外，另有王訪秋〈文藝零感之一：國防文學〉一文提出對「國防文學」有可能成為專制觀念的擔憂。

自一九三一年的九一八事變、一九三二年的一二八事變等戰事激發中國內地抗戰呼聲，「國防文學」這口號於一九三四年間由周揚提出，他在〈「國防文學」〉一文中首先介紹源自蘇聯的「國防文學」觀念，再慨嘆當時中國文壇關於「一二八」戰事和東北義勇軍的作品很少，最後提出「只有擴大民族革命戰爭才能把中國從帝國主義瓜分下救出，使它成為真正獨立的國家。這樣意義的『國防文學』就是目前中國最需要的！」[1] 一九三五年十二月，

1　周揚：〈「國防文學」〉，《周揚文集（一）》（北京：人民文學出版社，1984），頁 120。

周立波於〈關於「國防文學」〉一文中重申「國防文學」這觀念來自蘇聯，解釋把來自蘇聯的「國防文學」觀念移到中國的原因，並提出兩者的分別。一九三六年五月三十一日，胡風在《文學叢報》發表〈人民大眾向文學要求什麼？〉一文提出「民族革命戰爭的大眾文學」，強調「人民大眾」和「勞苦大眾」的要求，指出「『民族革命戰爭的大眾文學』應該說明勞苦大眾底利益和民族利益的一致」[2]，引發中國內地文壇展開連串有關「國防文學」與「民族革命戰爭的大眾文學」的「兩個口號」論爭。

胡風〈人民大眾向文學要求什麼？〉一文發表後，周揚在一九三六年六月二十五日的《光明》發表〈現階段的文學〉，進一步闡釋「國防文學」的內容，提出「小資產階級知識份子是民族革命中可靠的同盟者」，「國防文學的範圍應該放得更廣大一點」[3]。艾思奇在同年七月五日的《文學界》發表〈新的形勢和文學的任務〉，認為「國防文學」這口號「可以號召廣大的作者來盡他們的時代任務，而不把這任務局限在一部分前進者的圈子裏」，「為什麼我們要讚同國防文學的口號，而認為『民族革命戰爭的大眾文學』不恰當？因為這一口號用在現階段裏是太狹隘了」[4]。魯迅則於八月發表的〈答徐懋庸並關於統一戰線問題〉提出，「民族革命戰爭的大眾文學」這一口號是由魯迅、馮雪峰、茅盾授意胡風提出。陳順馨認為「民族革命戰爭的大眾文學」這口號「代表了左翼文學裏面較重視藝術方法和文學的大眾性的一批人的意見」，意味着「對提出『國防文學』口號的人的權威的挑戰」。[5]

參與一九三六年「兩個口號」論爭的作家包括周揚、胡風、艾思奇、魯迅、茅盾、徐行、郭沫若等，除了抗戰文學的理論路線問題，也涉及左聯、

2　胡風：〈人民大眾向文學要求什麼？〉，原載《文學叢報》，此處據《胡風評論集（上）》（北京：人民文學出版社，1984），頁 374－376。

3　周揚：〈現階段的文學〉，原載《光明》第一卷第二號，1936 年 6 月 25 日，此處據《周揚文集（一）》，頁 178－185。

4　艾思奇：〈新的形勢和文學的任務〉，原載《文學界》一卷二期，1936 年 7 月 5 日。此處據《中國新文學大系 1927－1937．文學理論集二》（上海：上海文藝出版社，1987），頁 787－793。

5　陳順馨：《社會主義現實主義理論在中國的接受與轉換》（合肥：安徽教育出版社，2000），頁 135。

左翼文學陣營內部的紛爭。[6] 以上簡述「兩個口號」論爭的過程和重點內容，是為了提出一九三六年間的香港也有論者參與其中，就在胡風〈人民大眾向文學要求什麼？〉、周揚〈現階段的文學〉、艾思奇〈新的形勢和文學的任務〉等文章發表前、「兩個口號」論爭正式開展之前，曾參與創辦「香港文藝協會」及「香港中華藝術協進會」的吳華胥，一九三六年五月十二日在香港《工商日報．文藝週刊》發表〈國防文學與戰爭文學〉，以張天翼《齒輪》、蕭軍《八月的鄉村》、蕭紅《生死場》等作品為具有「國防文學」意義的先驅例子，提出「國防文學」目的是求民族的解放，有別於狹隘的「戰爭文學」。[7]

吳華胥（吳夢龍，1899－1991）是三〇年代活躍於香港文壇的進步（左翼）作家，另有筆名一夢、阮迪新、若滄、勉為、望榆、渚青、黃粱、勵予等，原籍廣東惠來，一九二六年加入中國共產黨，一九二七年從汕頭到香港，一個月後回汕頭，一九二八年再到香港轉赴泰國，從事教育工作；一九三一年被泰國驅逐出境後再到香港，任教於潮州同鄉會附屬小學，並在《大光報》、《工商日報》、《華僑日報》等報發表作品。一九三六年由吳有恆、羅理實介紹重新加入共產黨，擔任新成立的香港工委文化支部書記，一九三六至三七年分別參與創辦「香港文藝協會」及「香港中華藝術協進會」，一九三七年與李育中同任《大眾日報》主筆，一九三八年返回內地參加抗戰工作，一九四六年重來香港，一九四九年返回內地工作。[8]

吳華胥〈國防文學與戰爭文學〉一文發表在一九三六年五月十二日，時間上是在「兩個口號」論爭開始前，該文不為針對胡風或周揚，純粹從抗戰

6　參見徐訏：〈左聯分裂的過程和原因〉，收入徐訏：《現代中國文學過眼錄》（台北：時報文化出版企業有限公司，1991），頁 91－105；陳炳良：〈國防文學論戰 —— 一筆五十年的舊賬〉，收入陳炳良：《文學散論 —— 香港．魯迅．現代》（香港：香江出版公司，1987），頁 145－172；丸山升：〈關於「國防文學論戰」〉，收入丸山升著，王俊文譯：《魯迅．革命．歷史 —— 丸山升現代中國文學論集》（北京：北京大學出版社，2005），頁 120－165。

7　華胥：〈國防文學與戰爭文學〉，《工商日報．文藝週刊》，1936 年 5 月 12 日。

8　參考〈吳華胥年譜〉，收入吳康民編：《吳華胥紀念文集》（香港：萬里書店，1992），頁 12－21。

宣傳及「民族解放」的角度而支持「國防文學」，着眼點不在於內地文壇論爭，反而頗有針對當時香港一般副刊文字的通俗取向之意，因而文章結束前有「應該停止一切無聊的寫作，一致的努力創造起『國防文學』」這說法，從這角度看，吳華胥這篇文章，可說是藉引介中國內地文壇的「國防文學」論點，向香港文壇特別是報紙副刊讀者、作者喊話，提出從香港位置參與「國防文學」的呼籲。

一九三六年六月至八月間，中國內地文壇多篇有關「兩個口號」論爭的文章已陸續面世，論爭愈演愈烈，並衍生出有關「創作自由」的討論，如茅盾在〈關於引起糾紛的兩個口號〉提出「我們所希望的是全國任何作家都在抗日的共同目標之下聯合起來，但在創作上需要有更大的自由」[9]，周揚則撰〈與茅盾先生論國防文學的口號〉一文回應茅盾，認為「創作的自由不是沒有限度的，絕對的創作自由的說法是有害的幻想」[10]。因應以上論點，吳華胥繼〈國防文學與戰爭文學〉一文之後，一九三六年十月六日在《工商日報．文藝週刊》再發表〈口號之爭與創作自由〉一文，回應一九三六年六月以來的「兩個口號」論爭，他首先針對陣營內部的紛爭：

> 大家正在朝着聯合陣線進行的時候，文藝界竟因口號論爭，而發生內戰起來，這次內戰綿延了三閱月，至今還未見停止，真是未見聯合，先見分裂，使敵人拍手稱快，不能不算是文藝界一種不幸的現象。……目前文藝界論爭中最中心的問題，是兩個口號——「國防文學」與「民族革命戰爭的大眾文學」。因為這兩個口號的糾紛，實在是費了不少文藝家的筆墨的。[11]

9　茅盾：〈關於引起糾紛的兩個口號〉，原載《文學界》第一卷第三期，1936年8月10日，此處據《中國新文學大系1927－1937．文學理論集二》，頁820－824。

10　周揚：〈與茅盾先生論國防文學的口號〉，原載《文學界》第一卷第三期，1936年8月10日，此處據《周揚文集（一）》，頁186－191。周揚經《文學界》編輯安排下讀過茅盾〈關於引起糾紛的兩個口號〉一文的原稿後，撰〈與茅盾先生論國防文學的口號〉回應，與茅盾〈關於引起糾紛的兩個口號〉一文同於《文學界》第一卷第三期刊出。

11　華胥：〈口號之爭與創作自由〉，《工商日報．文藝週刊》，1936年10月6日。

在四千多字的文章中，吳華胥先後引用魯迅〈答徐懋庸並關於統一戰線問題〉、茅盾〈關於引起糾紛的兩個口號〉等文章以及周揚、郭沫若等人的論點，對「國防文學」與「民族革命戰爭中的大眾文學」兩個口號都有基本評介，其後提出自己想法：「我是認〔為〕『國防文學』這個口號比較『民族革命戰爭中的大眾文學』更為切合現階段的客觀需要」[12]，吳華胥之所以比較認同「國防文學」這口號，是基於階段性策略的考慮，他指出：「我們就不應拿着適用於號召左翼作家的口號『民族革命戰爭的大眾文學』，作為號召一切不同階層不同派別的作家的口號。因為那是很容易使落後的作家嚇走的」[13]，即基於建立抗日聯合陣線的需要，「國防文學」是比較有利的口號。

吳華胥的論點，對「兩個口號」論爭本身並無多大補充，但該文在論爭中的位置，正如吳華胥在文章起首提到的獨立角度：

> 我們遠處華南，離開火線是很遙遠的，不獨看不見雙方的陣容，而且聽不見砲聲，本來用不着搖旗助戰。同時，目前一般從大處着眼的文藝家，是希望這種內戰趕早結束，以便全力對外，無論那一方面，是不需要援軍的，好在我們的論調，並不是挑撥內戰，而是要求息爭，所以參加論列，自信並無重大妨碍的。[14]

該文在論爭中的位置，在於其「遠處華南」的位置，也就是獨立於論爭利害關係以外的獨立角度，某程度上也可說是一種香港的位置和角度。吳華胥在文中盡量引述不同論者的觀點，指出重點所在，最後作者也提出自己的立場，但不涉派系利害之爭。吳華胥在該文討論到有關「創作自由」的部分時，贊同周揚〈與茅盾先生論國防文學的口號〉一文的論點，主張對創作自由有所限制，吳華胥說：「我覺得茅盾先生那種態度，未免太會為落後的作

12 同上註。
13 同上註。
14 同上註。

家打算了」，卻頗與吳華胥在文中曾提及要號召一切不同階層不同派別的作家，避免嚇走落後作家的說法，有所矛盾。總的來說，吳華胥所持的是主流的抗戰文藝角度，在抗日聯合陣線的考慮下，提出「息爭」的說法，站在超越利害關係的位置，鞏固抗日民族統一戰線的立場，凸顯該文「遠處華南」的位置和貢獻。

有關國防文學，一九三六年十月十三日和二十日在《工商日報・文藝週刊》再有李一燕（李育中）〈最近一年來的中國文壇〉回顧國防文學及兩個口號論爭問題，作者據《文學季刊》、《海燕》、《文學界》、《光明》等期刊的相關文章作出介紹，概述各文章主要論點，而作者本人則站在支持國防文學的立場，最後提出「把我們的筆集中到民族解放的鬥爭吧！」作為號召。在正面的引介和支持以外，另有王訪秋〈文藝零感之一：國防文學〉一文提出對認同國防文學的擔憂，王訪秋認為茅盾的〈給青年作家的公開信〉一文是較寬宏的論點：「茅盾先生在倡導聯合戰線時，先來一箇尊重各派文學的聲明，不失為聰明人的話」，王訪秋擔憂國防文學的主張成為「統制文藝的專制面目」出現，[15] 提出集體聲音中的異見，是該文立論的主要目的。

一九三七年二月二十三日，華秋在《工商日報・文藝週刊》發表〈國防文學與通俗讀物〉一文，以鄭振鐸在《文學季刊》有關大眾文藝的論文為例子，討論「通俗讀物在國防文學上的位置」，最後提出「我敢為大家倡，要寫國防文學，不妨在通俗讀物上加以努力」[16]。八月二十一日，李育中在《華僑日報・文藝》發表〈論戰時文藝的形態〉，提出「戰時文藝是屬於非常時的文藝」，形式上要以大眾化和通俗化為先。[17] 其論點似乎與華秋〈國防文學與通俗讀物〉一文相呼應。

一九三七年抗戰爆發後，更多抗戰文藝作品產生，包括各種小說、詩

15　王訪秋：〈文藝零感之一：國防文學〉，《朝野公論》第六期，1936 年 9 月。

16　華秋：〈國防文學與通俗讀物〉，《工商日報・文藝週刊》，1937 年 2 月 23 日。華秋疑為吳華胥另一筆名。

17　李育中：〈論戰時文藝的形態〉，《華僑日報・文藝》，1937 年 8 月 21 日。因文獻原件字體模糊，未能全篇文章閱讀。

歌、報告文學、街頭劇、通訊和速寫等，一九三八年十月廣州失守後，內地作家南來亦延續抗戰文藝的創作及相關論爭，如孫毓棠在香港《大公報》發表〈談抗戰詩〉一文後，引起廣泛論爭，[18] 但在抗戰宣傳的需要下，「國防文藝」及文藝大眾化的論點提出政治功能必須掩蓋文藝性，最終大眾化的訴求掩蓋了藝術語言的反思。在其間，也有作家提出對抗戰文藝形式的思考，一九三八年三月十九日及二十六日，李育中在《華僑日報．文藝》發表〈抗戰文學中的浪漫主義質素〉，提出抗戰文藝的局限：

> 雖然把握着現實主義作為創作活動的指針，多的只有淺狹的理解，以為現實主義之外，是沒有什麼東西可以存在的，並且蔑視形式，藝術的加工不夠，使到作品沒有吸引人的地方，形成大量的報章文學，於是在集納主義的控制下，好的作品是難於產生的，現在一般的缺乏多樣化，缺乏文藝上所必須的深度，闊度和強度，牠的根源，自然還有着許多其他的原因，而作者只是如實地去寫便算盡了責任，這顯然是非常不夠。[19]

李育中提出以現實主義為宗的抗戰文藝，其局限正在於許多作家對現實主義的理解是「淺狹的」，李育中以蘇聯作家高爾基為例，提出「革命的浪漫主義」的「革命性，英雄性，樂觀性，戰鬥性」，可為中國的抗戰文藝所借鏡，作為現實主義的補充。無論這補充是否真正有效，該文的價值也在於對抗戰文藝形式，從文學理論角度作出反思，在主流的聲音中提出了一點異議。

李育中在「目前抗戰文學的一般現象」這一節指出：「最近這幾年不

18 孫毓棠：〈談抗戰詩〉一文發表於一九三九年六月十四日至十五日的香港《大公報．文藝》，其後引發錫金、穆木天、拉特等作者的論爭，可參鄭樹森、黃繼持、盧瑋鑾編：《早期香港新文學資料選：1927－1941》（香港：天地圖書，1998）及陳智德編：《三四〇年代香港新詩論集》（香港：嶺南大學人文學科研究中心，2004）。

19 李育中：〈抗戰文學中的浪漫主義質素〉，《華僑日報．文藝》，1938 年 3 月 19 日及 26 日。

能不說是現實主義主宰了全面，浪漫主義卻成為可憐地衰退，甚至被人排斥。」似乎頗有感於浪漫主義在抗戰文藝主潮中受排斥，當然他也認為現實主義是「正確的大道」，卻又提出「這趨勢實在是極可喜的，但是他們仍然存有缺陷」，他所提出的「缺陷」就是上文引述的對現實主義只有淺狹的理解，而且「蔑視形式，藝術的加工不夠」，「缺乏文藝上所必須的深度，闊度和強度」，可見他對抗戰文藝主流批評之深，他本認同現實主義，而且在抗戰局勢中是必須的形式，但同時也提出「集中在現實主義」所引申的教條限制：

> 在今天，中國一切的年青文藝工作者和學習者，都集中在現實主義的大旂幟下邊，但是只會固定在圖式和教條裏，並不是妥當的，現實主義的法規不是用來束縛人，而是叫人尋求更新鮮的路向，可以向着這個目標，而走不同的道路。[20]

就是這「走不同的道路」的想法，使這篇文章具有反思抗戰文藝、質疑單一聲音的意義，在當時是可貴、難得卻容易招引誤會和抨擊的觀點，所以李育中在文中一再強調支持現實主義為抗戰文藝正確大道的觀點，文末亦重申「抗戰文學容納了浪漫主義，這與現實主義並不矛盾，它會是作為有機的構成部分，而進入於現實的主義」，文章的目的仍是使那「走不同的道路」的想法能得到容許，可說是一篇用心良苦的評論，而今日將之置於抗戰文藝的發展中重讀，更見那「走不同的道路」的邊陲聲音，與吳華胥〈口號之爭與創作自由〉一文的「遠處華南」位置，同樣貫徹那獨立於論爭利害關係以外的獨立角度，卻更能凸顯一種香港角度：以有異於主流觀點的邊陲位置獨立聲音，向中原的文學主潮作出喊話。

20　同上註。

國防戲劇與香港戲劇

針對抗戰局勢，除了國防文學，中國內地文化人紛紛提出國防戲劇、國防電影以至國防音樂的口號，見諸多種不同刊物，報紙副刊如上海《大晚報．火炬》、《時事新報．每週文學》，雜誌如《文藝群眾》、《生活知識》等，部分更以專輯組稿，如一九三六年二月《生活知識》第一卷第十期的「國防戲劇」特輯，刊出了旅岡〈國防戲劇底現階段的意義〉、周鋼鳴〈民族危機與國防戲劇〉、張庚〈國防戲劇的題材和題材處理〉等文，其中周鋼鳴〈民族危機與國防戲劇〉引錄了上海劇作者協會所制定的《國防劇作綱領》，[21] 提出「國防戲劇」的主題，是「反帝抗日反漢奸，爭取中華民族的解放」、「國防戲劇必須描寫ＸＸ帝國主義侵略中國底陰謀，及種種暴行」，「同時我們更要描寫中國大眾在外寇內賊雙重壓迫下底英勇的鬥爭」等共六項主張。[22]

據一九三六年的〈九一八以來國防劇作編目〉，國防戲劇作品包括田漢〈回春之曲〉、〈水銀燈下〉、〈戰友〉，適夷〈活路〉、張天翼〈最後列車〉，李健吾〈老王和他的同志們〉等。[23] 此外，國防戲劇也包括于伶（尤兢）的《回聲》、《漢奸的子孫》、《撤退趙家莊》、《浮屍》，洪深的《走私》、《洋白糖》，張庚的《秋陽》，夏衍的《都會的一角》、《賽金花》等作品。

一九三六年九月十五日，遊子在香港《工商日報．文藝週刊》發表〈論國防戲劇〉，引介國防戲劇觀念，指出「國防戲劇名詞的確立，還是今年內的事，可是國防戲劇作品的產生，在九一八事變之後就已經開始了」，文章的重心，是中段以大篇幅指出國防戲劇的主題，許多都沿用周鋼鳴〈民族危機與國防戲劇〉中的六項主張，例如「國防戲劇必須描寫敵人侵略中國的種種陰謀，種種暴行」、「同時我們更要描寫中國大眾在外寇內賊雙重壓迫下

21　一九三六年二月，中國左翼戲劇家聯盟解散後成立的上海劇作者協會制定並發表了《國防戲劇綱領》，提出「國防戲劇」口號，以代替「無產階級戲劇」口號。

22　周鋼鳴：〈民族危機與國防戲劇〉，《生活知識》第一卷第十期，1936 年 2 月。

23　〈九一八以來國防劇作編目〉，《生活知識》第一卷第十期，1936 年 2 月。

的英勇的鬥爭」，遊子寫作時顯然手上有一九三六年二月的《生活知識》，他參考了周鋼鳴〈民族危機與國防戲劇〉一文，特別沿用當中的六項主張，差不多等於把周鋼鳴文中，上海劇作者協會所制定的《國防劇作綱領》在香港發表一次。在六項主張以外，遊子對劇本的創作還是提出了個人論點，例如有關生活化和地方色彩的問題：「盡可能把抗敵救國的事件和日常生活聯繫起來。多作富有地方色彩的劇本，以便各地方演出，使適於當地群眾的接受。」[24]

遊子對劇本創作問題較多個人發揮，因為他本身也參與劇本創作，一九三三年有三幕劇劇本〈勝利的死 —— 紀念前衛女戰士丁玲〉發表在香港《小齒輪》創刊號，由於丁玲一九三三年五月被拘禁，一度傳出死訊（實際上是誤傳），[25] 遊子以該戲劇作為紀念，他在前言提出其創作動機：「一方面揭破法西斯蒂的面具，一方面在閱者心中激起些微悲憤與壯烈的熱情！」[26]

遊子亦名李遊子（1911－1987？），一九三三至三八年間，在香港《小齒輪》、《工商日報．文藝週刊》、《工商日報．市聲》，《大眾日報．文化堡壘》等刊物發表散文、小說及評論，是《工商日報．市聲》版之評論專欄「並非閒話」四名主要作者之一。[27] 一九三六年八月二十三日出席香港文藝協會成立大會，為該會會員，亦是一九三七年五月成立的香港中華藝術協進會（藝協）文藝組成員。目前對李遊子的生平資料所知不多，據其散文記述，李遊子來港前，曾在廣東潮州讀書，之後在當地任職教員；[28] 另據《廣

24　遊子：〈論國防戲劇〉，《工商日報．文藝週刊》，1936 年 9 月 15 日。

25　丁玲一九三三年五月被拘禁，引起文壇疑慮和擔憂，一度傳出死訊。丁玲於一九三六年逃脱，前赴延安。

26　遊子：〈勝利的死 ——紀念前衛女戰士丁玲〉，《小齒輪》創刊號，1933 年 10 月 15 日。

27　據李育中的回憶，《工商日報》「市聲」版之評論專欄「並非閒話」，主要作者包括李遊子、羅雁子（羅理實）、吳華胥和李育中。參考李育中：〈我與香港 ——説説三十年代一些情況〉，輯於黃維樑主編《活潑紛繁的香港文學：一九九九年香港文學國際研討會論文集》上冊（香港：香港中文大學新亞書院、中文大學出版社，2000），頁 126－133。

28　參考遊子：〈中秋雜憶（下）〉，《工商日報．市聲》，1935 年 9 月 13 日。

東革命歷史文件彙集（中共香港市委文件）1938－1941》一書所載，李遊子一九三七年間曾參與香港工作委員會（香港工委、市工委或稱中共香港市委）文化支部的工作。[29]

國防文學和國防戲劇的觀念，對抗戰時期香港戲劇界的創作和演出，具有實質影響，正如馮勉之指出：「『國防文學』的口號的提出，就是反映了這次事實。跟着作為民族解放運動有力的一環的戲劇的怒潮也衝到香港了，它像一陣颶風，把籠罩着香港劇壇的沉悶空氣漸次吹開。」[30] 一九三〇年代，香港已有現代劇團、時代劇團、青年戲劇社等本地劇團的演出；由盧敦、李晨風等成立的時代劇團，一九三八年七月十日作成立後第一次公開演出，劇目是陽翰笙創作的《前夜》，由李晨風與陸孚擔任導演，演員有張瑛、吳回等等。[31] 一九三九年，原在廣州的廣東戲劇協會來港重組第一劇團，演出胡春冰《中國男兒》（胡春冰導演）、夏衍《自由魂》（胡春冰、鍾啟南導演）、莫里哀《情仇》（鍾啟南導演）、于伶《女子公寓》（鍾啟南導演）等。

抗戰爆發後，中國旅行劇團（中旅）、中華藝術劇團（中藝）、中國救亡劇團（中救）、中華業餘劇團（中業）、中國新興劇社等內地專業劇團留港活動，進一步促進香港劇壇更趨蓬勃。一九三九年，為響應香港各界賑濟華南難民聯席會之號召，中華藝術劇團、香港青年戲劇協會及廣東戲劇協會留港同人這三大劇團發起全港戲劇界聯合大公演，為籌款撫恤前方陣亡將士家屬，五月三、四、五日一連三天在太平戲院演出《黃花崗》（廣東劇協集體創作，歐陽予倩等集體導演），顯示香港戲劇界為支援抗戰而團結。[32]

一九三九年七月至八月，廣東戲劇協會第一劇團籌備上演夏衍的《自由魂》，演出前夕舉行《自由魂》演出座談會，邀請夏衍演講，並由胡春冰作

29 羅修湖、范胤敏編：《廣東革命歷史文件彙集（中共香港市委文件）1938－1941》（北京、廣州：中央檔案館、廣東省檔案館，1988），頁 259－261。

30 馮勉之：〈香港的戲劇〉，《戲劇時代》第一卷第二期，1937 年 6 月。

31 陳錦波：《抗戰期間香港的劇運》（香港：萬有圖書公司，1981），頁 2。

32 參考李殊倫：〈香港的戲劇藝術〉，《劇場藝術》第九期，1939 年 7 月。另參陳錦波：《抗戰期間香港的劇運》，頁 20－21。

主持。為紀念上海「八一三事件」，第一劇團選擇在八月十二、十三、十四日演出，劇目包括《自由魂》、《海上風雲》及《烽煙萬里》。[33] 盧偉力指出，《自由魂》之演出是意義重大的文化事件，「標誌着左翼劇人要在香港建立根據地，因為公開身份是作家的夏衍，二十年代末已加入共產黨，是上海左翼影劇運動的領導」[34]。

從國防戲劇觀念的引進開始，抗戰局勢與強烈的民族救亡意識，促成了一九三七至三九年間香港戲劇界的蓬勃，然而這蓬勃景象至一九三九年底逐漸褪色，原因包括「大陸來的專業劇團紛紛離去，本地的專業團體或維持不下去而結束，或減少演出。電影方面，觀眾似乎對愛國抗敵鋤奸的國防電影看得膩了，加上三九年中肺癆病肆虐，九月英國向德國宣戰，盟軍正式進軍歐戰場，整個香港一時陷入愁雲慘霧之中。這可能也影響到狂熱了一年多的國防影劇退潮」[35]。

以上原因以外，還有更內在的關乎理念思考的問題，包括在救亡意識以外，如何在戲劇藝術上發展，如何針對現實題材以及延續戲劇熱誠，都是一九四〇年間香港戲劇界的反思問題，伴隨着發展上的低潮，相關論述不只一次出現在當時的文獻中，例如一九四〇年七月刊於《文藝陣地》的馮延〈南海的一角〉一文，提到「現在話劇界極度衰落。只一二業餘劇團偶然公演」[36]。又如一九四〇年六月七日刊於《立報．言林》的殊倫〈談香港戲劇運動的新方向〉一文，提到「許多人都以為香港的戲劇運動是降到了空前絕後的低潮了，甚至一般從事戲劇運動的工作者，也都抱有同樣的態度」[37]，李殊倫分析香港的劇運「從高潮降落到極度的低潮」的原因，包括劇團的經濟能

33　參考陳錦波：《抗戰期間香港的劇運》，頁 4－7。

34　盧偉力：〈導言〉，收入盧偉力主編：《香港文學大系 1919－1949．戲劇卷》（香港：商務印書館，2016），頁 54。

35　羅卡、法蘭賓、鄺耀輝編著：《從戲台到講台：早期香港戲劇及演藝活動 1900－1941》（香港：國際演藝評論家協會〔香港分會〕，1999），頁 82－83。

36　馮延：〈南海的一角〉，《文藝陣地》第五卷第一期，1940 年 7 月 16 日。

37　殊倫：〈談香港戲劇運動的新方向〉，《立報．言林》，1940 年 6 月 7 日。

力不足、劇本選擇的問題、沒有大量基本觀眾、劇團的組織力量薄弱，以及「沒有更適合於『此時此地』的劇本生產」這五個因素，成為香港劇運的癥結，引致「一年來，香港的劇團，解散的解散，停頓的停頓」，最後李殊倫提出香港劇運應該轉換新方向，加強本位工作，指出「香港正需要大量簡單平易而且能夠反映當前抗戰現實的劇本，它應該是諷刺的，熱鬧的，香港風的」；由這文章大略可以見到，國防戲劇觀念與民族救亡意識都引發香港戲劇關注更廣闊的層面，其後，一個「此時此地」角度的對「當前抗戰現實」的反映，引申出更多有關香港戲劇的思考。

國防電影與香港電影

隨着國防文學的提出，中國的左翼電影界也提倡「國防電影」，如夏衍指出：「我是國防文學這個口號的支持者，也在戲劇界、電影界提倡過這個口號，認為這個口號通俗易懂，容易為廣大的文藝工作者所接受，甚至連國民黨人也不敢公開反對。」[38] 因應國防電影之說，香港電影界也作出響應，一九三七年一月十五日，盧敦、蘇怡、李晨風、任畢明、張吻冰、侶倫等導演、編劇、演員、作家出席有關國防電影題材的座談會；[39] 一九四〇年二月，張吻冰、江河、余寄萍、彭硯農、李粹如、劉芳、林擒、馮鳳歌、鄭家鎮、陳廷、馮亦代、梁積臣等等二十三人在《藝林半月刊》雜誌聯署發表〈香港中國電影筆會宣言〉，標舉以電影配合抗戰建國的需要，強調電影對大眾的教育意義。[40]

香港電影界早於一九三五年十一月三十日已有導演關文清拍攝抗日題材電影《生命線》上映，由吳楚帆、李綺年、花影容主演；一九三七年抗戰爆

38 夏衍：《懶尋舊夢錄》（北京：三聯書店，1985），頁 321。

39 周承人、李以莊：《早期香港電影史 1897－1945》（香港：三聯書店，2005），頁 211。

40 張吻冰、江河等等：〈香港中國電影筆會宣言〉，《藝林半月刊》第 67 期，1940 年 2 月。

發後，南來影人與香港影人拍攝更多抗日題材電影或稱國防電影，包括《血濺寶山城》（蔡楚生、司徒慧敏編劇，司徒慧敏導演）、《游擊進行曲》（司徒慧敏導演）、《孤島天堂》（蔡楚生導演）、《白雲故鄉》（夏衍編劇，司徒慧敏導演）、《大地晨鐘》（唐滌生編劇，胡鵬導演）、《最後關頭》（蘇怡、高梨痕、陳皮、趙樹燊聯合導演）等等。

其中，《游擊進行曲》在一九三八年拍攝完成，表現日軍士兵的反戰情緒和中國百姓的抗日精神，卻因日本駐港領事抗議而遭香港政府禁映，結果經大幅刪剪又改名為《正氣歌》後，才能在一九四一年公映。[41]《血濺寶山城》、《游擊進行曲》、《孤島天堂》都以內地的抗戰事件為題材，而一九四〇年公映的《白雲故鄉》則是「以香港為背景的抗戰影片，述知識青年對愛國的醒覺」[42]，「此片有美麗的南國風光、偉大的義賣場面（一九三九年香港小販義賣獻金的可歌可泣場面、壯烈的戰事景象和驚心的轟炸實錄）」[43]。同於一九四〇年公映的《大地晨鐘》反映當時影人和電影商為支持抗戰，不惜犧牲電影本身商業考慮的情況，《藝林半月刊》介紹《大地晨鐘》時提到：「這是一部配合抗戰意識的國防電影，百利同人這樣的勇敢，拍製被人認為沒有生意眼的影片。」[44]

據余慕雲的統計，從一九三五年至一九四一年，「香港一共出產過九十八部愛國電影，其中包括七十五部粵語片、六部國語片、十六部新聞紀錄片和一部動畫片」，「香港出產的愛國電影的產量，比起同時期的中國大陸愛國電影的產量（共廿一部），多出三倍有多」，余慕雲分析當中的原因是抗戰爆後，抗日呼聲高漲，「加上一九三七年末上海淪陷後，中國電影的

41　參考杜雲之：《中國電影史（第二冊）》（台北：臺灣商務印書館，1972），頁36－37；另參余慕雲：《香港電影史話．第二卷》（香港：次文化堂，1997），頁169－170。

42　杜雲之：《中國電影史（第二冊）》，頁37。

43　余慕雲：《香港電影史話．第三卷》（香港：次文化堂，1998），頁9。

44　《藝林半月刊》第65期，1940年1月。

製作中心，已從上海移轉到香港」[45]。此外，一九三八年五月一日出版的《藝林半月刊》，也記載抗戰時期香港影業的重要位置：

> 六七個月以前，我國電影事業顯然有兩個中心，北方在上海，南方在香港。「八一三」事變突起連天炮火之下，上海各家影片公司工作完全停止，從業員各自逃難。可憐二十餘年慘淡經營的根據地，一旦風流雲散。……大家明白，在這長期抗戰當中，華南無疑是一塊復興中國的重要根據地，同樣，說句本行話，為了時勢造成，香港現在也變成了復興國片的中心。[46]

杜雲之也指出：「大後方物資供應困難，拍片不易。『中製』認為香港是良好的製作陣地，大可利用它來拍抗戰影片。在香港成立大地影業公司，拍攝抗戰國語片。」[47]「中製」是指具國民黨資金背景、在重慶的中國電影製片廠，一九三九年在香港成立分支機構大地影業公司，蔡楚生執導的《孤島天堂》為該公司的創業作。[48] 從余慕雲提出抗日題材電影數量超越同時期中國內地、一九三八年《藝林半月刊》有關「香港現在也變成了復興國片的中心」的記載，以及杜雲之提出中國內地電影公司改以香港為製作抗戰影片的陣地，均可見抗戰時期香港作為「據點」的位置。

抗戰時期香港電影的特色，正如周承人、李以莊所論，是由南來影人與香港本地影人合作，「共同帶動和鼓勵電影事業中的進步傾向」[49]，這一點與文學的情況也是共通的，即當中的抗日文藝理論路線和「進步傾向」，主

45　余慕雲：〈香港電影的愛國主義傳統——戰前香港愛國電影的初步研究〉，收入《早期香港中國影像》（香港：市政局，1995），頁54。

46　〈國語片的南洋市場〉，《藝林半月刊》第二十九期，1938年5月1日，轉引自鍾寶賢：《香港百年光影》（北京：北京大學出版社，2007），頁91。

47　杜雲之：《中國電影史（第二冊）》，頁36。

48　參考鍾寶賢：《香港百年光影》，頁89。

49　周承人、李以莊：《早期香港電影史 1897－1945》，頁226。

要源於中國內地論者的觀點，再由香港本地作者承續、發揮；而內地作者南來，與本地作者共建、分享文化空間的過程中，卻也未嘗沒有文化差異以至內地看待香港的「大中原心態」問題，周承人、李以莊亦指出：

> 在產生正面影響的同時，南下影人有時也不免流露出他們獨具的中原心態，如他們的作品多數是內地題材，即使寫到香港，也以回歸祖國、走向大陸為理想結局。對於本地影人作品，雖然會作出善意的鼓勵，卻又難免以高踞者的身份和口吻進行指點。[50]

更重要的思考，在於香港作者承續、發揮源自中國內地的文藝觀念的同時，是從什麼角度承續，而其發揮、呈現的表現、水準如何，其間又有沒有自己的反省和創造。曾於二〇年代末與侶倫、岑卓雲、謝晨光等成立「島上社」，參與創辦文藝雜誌《鐵馬》並任主編的早期香港新文學拓荒者之一張吻冰，三〇年代中期轉向電影發展，一九三七年與關右章合作導演《委曲娥眉》，同年再獨立執導抗戰電影《氣壯山河》，當時他已反省到「國防電影」的僵化模式，有意在《氣壯山河》注入不同的拍攝手法，他在〈我的氣壯山河〉一文中說：

> 自九一八以後，抗戰影片甚囂塵上，在民族精神的立場說，這現象是好的，但可惜有些影片不免有過大的誇張，把我們的戰士寫成神話中的騎士一樣，把日本兵殺個片甲不留，這種阿Q式的精神的迅速普遍化，對於抗戰中的民眾只會有害。
>
> 《氣壯山河》值得誇張的地方就是它避免了戰利的誇耀，而集中於抗敵的前仆後繼的鼓勵，在一個虛構的故事之中，它只非常忠實地寫出了這個民族的厄運，在這個最後關頭內我們該怎樣

50　同上註。

掙扎求存，為什麼掙扎而圖存，片中的雷孟臨再上前線時，撫摸着他孩兒的臉說：「我們去，我們的犧性完全為了這更年青的一代的。」[51]

很可惜香港戰前電影的拷貝許多都已不存，電影《氣壯山河》今天未能看到，唯據一九三八年一月七日及九日電影公映時在報紙刊登的廣告，《氣壯山河》由吳楚帆、白燕、盧敦、梅荔玲主演，李晨風、高魯泉等合演，影片內容可參考以下的宣傳介紹：「旋風般的劇力，寫盡亡省同胞的悲哀」、「炸彈般猛烈，激勵恢復失地的悲壯！」[52]「由兒女之私，說到衝鋒陷陣」「由亡省之痛，說到雪恥復仇」[53]；而在拍攝取向上，據張吻冰〈我的氣壯山河〉一文，他拍攝《氣壯山河》時，並沒有照搬「國防電影」的慣見模式，特別是反省到當時香港電影界引進「國防電影」時的因循僵化，故而在自己拍攝的電影中作出調整，這調整也有點近似於李育中〈抗戰文學中的浪漫主義質素〉一文的取向，在認同源自中國內地的文學主潮（現實主義文藝）的同時也要「走不同的道路」，從獨立角度作出補充，特別是〈我的氣壯山河〉一文提出一種強調人性和個人角度的理解，去考慮「我們該怎樣掙扎求存，為什麼掙扎而圖存」，片中的角色再上前線時，沒有把「為民族、為國家」掛在口邊，有別於國防文學和抗戰文藝處處以集體為先的國族主義考量。

望雲及其小說《人海淚痕》

《氣壯山河》的導演張吻冰（張文炳，1910－1959），另有筆名望雲，是一位長期被遺忘了的作家兼粵語片導演，他著有多種小說集、散文集，絕

51 張吻冰：〈我的氣壯山河〉，《華字晚報．新藝壇》，1938 年 1 月 8 日。
52 〈氣壯山河〉（電影廣告），《華字晚報》，1938 年 1 月 7 日。
53 〈氣壯山河〉（電影廣告），《華字晚報》，1938 年 1 月 9 日。

版多年一直沒有再版，也很少見到有關其作品的評論。張吻冰早年就讀於香港聖約瑟書院，一九二八年前後與侶倫、岑卓雲（平可）、謝晨光、黃谷柳等成立「島上社」，[54] 曾主編《大同日報》副刊「島上」，一九二九年參與創辦文藝雜誌《鐵馬》並任主編，一九三〇年參與創辦《島上》，一九三四年與侶倫、劉火子、李育中等參加「文藝茶話會」，三〇年代以張吻冰或吻冰為筆名，於《伴侶》、《鐵馬》、《島上》、《小齒輪》、《南華日報》等刊物發表多篇小說及譯作，活躍於早期香港文藝界。

在文學以外，望雲亦很早參與香港電影工作，一九三七年與關右章合作導演《委曲娥眉》，同年執導抗戰電影《氣壯山河》，一九四〇年二月與余寄萍、彭硯農等在《藝林半月刊》聯署發表〈香港中國電影筆會宣言〉。[55] 戰後執導的作品尚有《小夫妻》（1947）、《黑俠與李青薇》（1948）和《情賊》（1958）等，吳其敏曾在〈導演過剩〉一文，提出當時（一九四八年）電影業界的生存問題，而他所列出的當時導演人名五十四人當中，亦包括望雲之名。[56]

望雲最初用筆名張吻冰發表散文和小說，早期的小說如〈費勒斯神父〉、〈粉臉上的黑痣〉和〈重逢〉等都具早期五四文藝小說的筆調，及後往電影界發展，仍沿用張吻冰之名，不過他在一九三七年拍攝《委曲娥眉》和《氣壯山河》兩齣電影時，仍然藉藉無名，直至一九三九年轉用「望雲」為筆名，在《天光報》以通俗小說形式發表長篇連載小說《黑俠》，卻因而聲名大噪，一九四〇年在《大眾報》再連載《人海淚痕》，那時他已和傑克及平可並列香港三大最受歡迎的小說作家。

《人海淚痕》原是一九三八年前後寫成的電影劇本，但「放在抽屜裏兩年多，無人過問」[57]，張吻冰再把劇本改寫成長篇小說，一九四〇年一月一日

54　參考侶倫：〈島上的一群〉，收入《向水屋筆語》（香港：三聯書店，1985），頁 32－34。

55　張吻冰、江河等等：〈香港中國電影筆會宣言〉，《藝林半月刊》第 67 期，1940 年 2 月。

56　參考吳其敏：《吳其敏文集．電影戲劇編》（香港：文壇出版社，2001），頁 332－333。

57　望雲：〈前言〉，《人海淚痕》（香港：南天出版社，1940），無頁碼。

起在《大眾報》逐日連載，同年由李鐵導演，望雲編劇，拍成了電影《人海淚痕》。[58] 香港戰前電影的拷貝許多都已不存，《人海淚痕》電影至今未能看到，尚幸原著小說的報紙連載版及單行本版本都能找到。《人海淚痕》是大約九萬字的長篇小說，在通俗小說的外觀下，蘊含社會批評以及知識份子改造社會的理想。故事以抗日戰爭使廣州人民避難香港為背景，其間對香港環境、居住空間以至社會、文化環境都有很仔細描述，具濃厚地方色彩。小說開首從一個全景的敘述觀點開始，先用俯瞰角度介紹故事發生的所在：

> 在中國之南，珠江流域盡頭附近，那兒沖積了一個小島。一百年前尚是山石嶙峋，荊棘荒蕪，為一般海洋大盜的出沒所在。後來經外人努力經營，這小島以天時地利之勝，竟逐漸發達起來，成了遠東數一數二的重要商埠，該島面積雖小，移山填海，一時倒住上了八九十萬人口。近這一二年來，受了中日戰事影響，避居到這小島上來的真不少，人口乃驟增至百萬過外，街頭巷尾是人，海邊山頂是人，樓上是人。[59]

接着寫廣州淪陷之後來到香港的小說主人公：廣州中山大學畢業生周平，先暫居於中環必列者士街，後來被迫遷出，轉為租住於蘭桂坊。小說透過周平遷居的過程及其後的記者工作，對必列者士街、閣麟街等三十間（「卅間」）一帶至中環蘭桂坊的地方景觀頗仔細地描寫，[60] 凸顯故事的香港背景和香港角度。

周平到處找工作不遂，後來憑他曾在廣州當記者（書中稱為「訪員」）

58　一九五三年，導演李鐵再據《人海淚痕》的基本人物和情節，改編為另一部電影《危樓春曉》。有關《人海淚痕》與《危樓春曉》的關係及相關論述，可參考陳智德：〈新民主主義文藝與戰後香港的文化轉折——從小說《人海淚痕》到電影《危樓春曉》〉，輯於梁秉鈞等編：《香港文學與電影》（香港：香港公開大學出版社、香港大學出版社，2012），頁 104－121。

59　望雲：《人海淚痕》，頁 1。

60　小說特別提到必列者士街一帶通稱為「三十間」，保留了當地居民的舊稱。至二千年代初，該區老居民仍有此稱，不接受「蘇豪區」這外來說法。

的經驗，覓得一份撰寫特寫稿的工作，他在找工作的過程中，眼見當時大批抗戰後逃難到香港的難民兒童生活沒有保障，於是在特寫稿中以難童生活為題材，批評「難童生活社」等慈善機構的虛偽。特寫稿原本由報館編輯安排刊登，但到總編閱後表示不便刊出，周平與編輯交涉時說：「這是社會的黑幕，全港幾千萬受難兒童的呼籲，一張報紙假如認為這樣的稿不便刊登，那它說道怎麼做人民的喉舌呢？」該編輯只無奈地說：「這個社會簡直是漆黑一團，我看你的文章病在寫的太坦白。」[61]

除了難童生活，周平亦留意到當時蘭桂坊一帶的連環圖租書攤檔，許多兒童流連於該處，周平特別提出「那些連環圖大部分由上海來的」，他頗嚴厲地批評從上海來的連環圖毒害香港兒童，再論到香港電影時說：「還有電影界，你看今日的粵語片成個什麼樣子？」[62] 後來周平終於找到一份正式的記者工作，他一直關注香港報業問題，向戀人方瑪利提出自己的理想是要「在一個作為文化中心地點的香港」成立一家通訊社。

小說的高潮是周平當上記者後，為報道和揭發毒品的販賣，請得本任職的士司機而其後失業的趙輝混進販毒機關並提供消息，事件揭發後，毒販與警察發生槍戰，周平為救趙輝而被流彈所傷，但仍不忘拍攝現場，其後負傷返回報館向同事口述事件經過後終告不支，送院後傷重死亡，翌日全港大小報紙都在顯著版位刊登周平殉職一事，並「譽為模範記者報界的英雄」。

小說還有不少香港地方景觀的描述，部分是作為周平提出社會批評的基礎，他的批評有異於三四〇年代內地文人對香港疏離的嘲諷，而代之以比較投入的關注。角色的身份雖為南來者，而其觀點卻是一種本土的角度，而且最終成為了一種感召的力量。在小說中段，周平與同樣來自廣州的方瑪利談話時，方瑪利表示自己對廣州的歸屬感：「但我終有一天要回去，廣州始終是我們的廣州」，當周平死後，另一同屋住客趙輝打算返回內地，並勸方瑪利另找地方搬遷，但方瑪利決意留下來承繼周平的遺志，周平的死改變了她

61　望雲：《人海淚痕》，頁 38。按：文中「幾千萬」的意思不是實數，而是指幾近成千上萬的意思。
62　望雲：《人海淚痕》，頁 43。

返回廣州的初衷，由此也呼應了小說開頭及中段周平所提出的社會批評，指向對地方的感情和承擔。

小說的地方色彩是為了塑造周平的知識份子改革社會的形象，凸顯其理念以及所引起的精神感召，小說主人公周平因廣州戰事而南來，本具南來者身份，卻站在香港本土的角度批評來自上海的連環圖毒害本地兒童，還有他對粵語片的批評、對香港社會事件的投入，亦見出在這角色的描述上，表面是南來者而實際上是本土的角度，《人海淚痕》由此而成為了在當時而言非常罕見的香港本位批評文本。

《人海淚痕》以知識份子改造社會的理想，承接五四思想的啟蒙意義，無論是小說主角對香港社會的觀察或批評，其視點都帶着五四文化想像的理想主義，此所以小說中的報紙編輯認同周平的社會批評論點，但又同時指他的文章「病在寫的太坦白」。《人海淚痕》着力塑造主角周平耿直的知識份子形象，更對周平的死作英雄式描寫，而在他死前更多着墨的是他的失意、不滿和感觸，他的英雄形象因此有基礎，具改良社會的理想，同時正視現實的限制。望雲以知識份子為英雄的寫法，其所表現的文藝理念繼承自五四文學的啟蒙思想，而迥異於三〇年代已開始流行的左翼文藝調子，望雲對此似有一點自覺，在小說中表示同情左翼運動，如提到方瑪利在廣州的愛人「信仰共產主義」，並因此而被擄走，一去不返。《人海淚痕》並非沒有意識到左翼文化，卻仍保持較接近五四傳統的不同傾向。

《人海淚痕》帶着個人取向的知識份子改造社會的想像，缺少當時作為文藝主流的左翼立場和典型的抗戰文藝元素，也和望雲寫於一九三八年的〈我的氣壯山河〉一文中調整國防電影固有模式的觀點互相呼應，大概也由於此抗衡主流口味的取向，望雲的電影事業未見理想，近乎要放棄，為生計轉為撰寫通俗小說，並因此棄用文藝創作時期的筆名張吻冰而轉用另一筆名

「望雲」，大有放棄自己和孤注一擲的意思，[63] 他也想不到自己出於放棄理想而撰寫的通俗小說《黑俠》竟然大受歡迎，小說《人海淚痕》正是他成名之後，把較早前寫下而未能拍攝的電影劇本修訂為小說。

從《人海淚痕》的本地景觀描寫和本地角度社會批評而言，《人海淚痕》可說是一個具有本土性的文本，而香港的本土意識創作亦可見於戰前香港電影，以至更早期的二三〇年代的文學創作中，因此香港文藝的本土性問題並非延至六七〇年代才浮現，但這說法的重點不是爭論本土性出現的先後，因為更值得討論的不是香港文藝的本土性在早期而言「有沒有」的問題，而是因何及如何「斷裂」的問題。[64]

鷗外鷗及其「香港的照相冊」系列詩作

鷗外鷗（李宗大，1911－1995），廣東東莞人，童年時代居於香港跑馬地，就讀於育才書院。一九二五年，十四歲的鷗外鷗離港赴廣州，入讀南武中學，一九二五至二七年間參與學生運動；一九三〇年代開始發表詩作，曾在《現代》、《新時代》、《矛盾》、《婦人畫報》等刊物發表作品，一九三七年主編《詩群眾》月刊並任《中國詩壇》編委，一九三八年再返香港，任教於香江中學，後任印刷廠總經理，一九三九年出席中華全國文藝界抗敵協會香港分會成立大會，一九四二年從香港前往桂林，任《詩》月刊編委，並任大地出版社編輯室主任。一九四六至四七年間在香港《新兒童》月刊發表〈鸎的流線型列車〉、〈被懲罰的射擊手〉等兒童詩。

63　據平可的回憶：「我有一位朋友跟張吻冰也很熟，他説張吻冰因搞電影搞不出名堂，非常灰心，情緒激動時往往幻覺自己已到了窮途末路。他決意暫別電影圈而從事寫作，還説如果連這條路也不通，他只有『睇天』。他用『望雲』做筆名就是這個原因。『睇天』是當時很流行的俗語，意義是『死』。」參考平可：〈誤闖文壇述憶〉，《香港文學》第 7 期，1985 年 7 月。

64　有關本土形式的創作及本土創作的斷裂問題，亦可參陳智德：《解體我城：香港文學 1950－2005》（香港：花千樹出版有限公司，2009），頁 1－32。

一九三九年，鷗外鷗在香港《大地畫報》以「詩·香港」為總題發表〈和平的礎石〉、〈禮拜日〉、〈文明人的天職〉三詩，一九四三年出版《鷗外詩集》時，這三首詩與〈狹窄的研究〉、〈大賽馬〉合稱「香港的照像冊」。〈和平的礎石〉描寫當時放置於中環中央廣場（皇后像廣場）的梅含理（或譯梅軒利，Sir Francis Henry May，1860－1922）港督銅像，特別透過其以手托腮思索的形態，引申出對戰事憂慮的思考，詩中也描繪出抗戰時期香港維多利港海面佈防的特殊狀況，包括港內停泊的「鷹號母艦」、「潛艇母艦美德威號」，以及維港夜空之防空探射燈「夜夜交錯着探射燈的X光」，留下珍貴圖像：

金屬了的總督。
是否懷疑巍巍高聳在亞洲風雲下的
休戰紀念坊呢。
奠和平的礎石于此地嗎？
那樣想着而不瞑目的總督，
日夕踞坐在花崗石上永久地支着腮
腮與指之間
生上了銅綠的苔蘚了——
在他的面前的港內，
下碇着大不列顛的鷹號母艦和潛艇母艦美德威號
生了根的樹一樣的。
肺病的海空上
夜夜交錯着探射燈的X光
縱橫着假想敵的飛行機，
銀的翅膀
白金的翅膀。

朱自清寫於一九四三至四四年的〈朗讀與詩〉一文中曾評論鷗外鷗〈和

平的礎石〉一詩，指出其「名詞用作動詞」的造句以及「永久的支着腮」當中的隱喻意味。[65] 差不多同時，聞一多將這詩編入《現代詩鈔》一書，作為與當時在華的英國作家兼翻譯者白恩（Robert Payne）合作編譯《中國新詩選譯》的選詩之一。[66]〈和平的礎石〉不但是香港新詩中的經典，在中國抗戰詩歌中也應有其位置，然而鷗外鷗在文學史論述中被視為「一直有爭議，一度被冷落」的作家，[67] 他的第一本詩集《鷗外詩集》一九四三年出版，直至一九八五年第二本詩集《鷗外鷗之詩》在廣州出版，重新引起文學界的重視，香港的《八方文藝叢刊》在一九八七年編輯了「重讀鷗外鷗」特輯，包括〈重讀鷗外鷗〉、〈各家讀《鷗外鷗之詩》〉、鍾玲〈論鷗外鷗的詩：《狹窄的研究》〉、梁北〈鷗外鷗詩中的「陌生化」效果〉[68] 等文，與《鷗外鷗之詩》一起重新奠定了鷗外鷗在文學史上的位置。

〈和平的礎石〉有別於主流抗戰詩歌，一方面在於其相對抽離的非宣傳口號化語調，遠離了孫毓棠所批評的「口號大全」和「抗戰八股詩」[69]；更深刻的意義在於該詩的諷刺對象，不在於引發戰爭的侵略者，而在於保衛香港的殖民地政府。在二十世紀初至一九四一年十二月香港淪陷期間，維多利亞女皇銅像、多尊英國皇室成員銅像及梅含理港督銅像曾一起放置於中環海濱的中央廣場（皇后像廣場），具有政治威權的展示作用，很明顯地作為一種殖民符號。鷗外鷗在詩中以客觀描述的視角，也接近於一個市民觀察的視角，作出對殖民政治的懷疑：面對戰爭陰霾而「日夕踞坐在花崗石上永久地支着腮／腮與指之間／生上了銅綠的苔蘚了」，連串停頓的意象，暗喻殖民政府在防衛上的無力和虛怯。

詩的起首說「思慮着什麼呢？／憂愁着什麼的樣子。」寫這個港督銅像

65　朱自清：〈朗讀與詩〉，《新詩雜話》（香港：新文學研究社，1975），頁 95。

66　可參考陳智德：〈導言：香港新詩與「無名詩人」〉，收入《三、四〇年代香港詩選》（香港：嶺南大學人文學科研究中心，2003），頁 xix－xxxv。

67　蔡定國、楊益群、李建平：《桂林抗戰文學史》（南寧：廣西教育出版社，1994），頁 595。

68　《八方文藝叢刊》第 5 輯，1987 年 4 月出版。按梁北即梁秉鈞。

69　有關孫毓棠對抗戰詩的批評及相關論爭，可參本書第五章「寫實與抒情」之「抒情的放逐」一節。

是有所思慮的，從下面「大不列顛的鷹號母艦和潛艇母艦美德威號」和「探射燈的X光」、「縱橫着假想敵的飛行機」等描寫中，可知當中的思慮是有關戰爭的，但本詩沒有為這思慮提供出路，而是寫那「想着而不瞑目的總督／日夕踞坐在花崗石上永久地支着腮／腮與指之間／生上了銅綠的苔蘚了」，支着腮和生上苔蘚實與「金屬了的他」和「金屬了的手」互相呼應，共同把停頓的意象，進一步指向政治上的無力、徒勞，本詩實以敏銳的觀察力，洞悉了一個政府和以至整個政治集團，在表面上「探射燈的X光」、「縱橫着假想敵的飛行機」等行動以外，實際上對戰爭的局面感到無奈。本詩表面上寫和平，實質指向戰爭，表面上寫銅像港督，實際上寫政治，因此詩題〈和平的礎石〉並非正面讚頌，而是一種反諷。

鷗外鷗小時曾在香港生活，十四歲離港往廣州，一九三〇年代重返香港工作，寫了很多以香港都市景觀為背景的詩，「香港的照相冊」系列中還有以下的一首〈禮拜日〉：

株守在莊士敦道，軒尼詩道的歧路中央
青空上樹起了十字架的一所禮拜寺
嗚響着鐘聲！

電車的軌道，
從禮拜寺的V字形的體旁流過
一船一船的「滿座」的電車的兔。
一邊是往游泳場的，
一邊是往「跑馬地」的。

坐在車上的人耳的背後聽着那
鏗鳴着的禮拜寺的鐘聲，
今天是禮拜日呵！

感謝上帝！

我們沒有甚麼禱告了，神父。[70]

本詩寫及電車，表面上看是用以襯托詩中的「禮拜寺」（禮拜堂），實質上電車才是真正焦點。詩中所寫的「禮拜寺」，正是香港灣仔軒尼詩道與莊士敦道交界的循道衛理聯合教會香港堂，該堂於一九三六年落成，從此成為灣仔區的重要地標。〈禮拜日〉寫於一九三九年，是鷗外鷗「香港的照相冊」系列的其中一首。本詩寫一座禮拜堂，但不是寫它的莊嚴和寧靜，而是凸顯它的地理位置：「歧路中央」，而「從禮拜寺的 V 字形的體旁流過」一句則再次強調該禮拜堂位於繁雜的都市當中，旁邊是不息的電車，車上的人聽到禮拜堂的鐘聲，卻沒有改變他們既定的路程，反襯出那鐘聲的徒勞。

禮拜堂不是單純的建築物，它可以負載無數觀念層次上的意念，但這意念在本詩中卻被都市的交通蓋過，作者把觀看禮拜堂的目光集中在它的地理位置，為要突出禮拜堂與外在都市疏離的對比。「鏗鳴着的禮拜寺的鐘聲，／今天是禮拜日呵！」首句是來自禮拜堂的呼喚，次句是乘客的反應，結尾「感謝上帝！／我們沒有甚麼禱告了，神父。」再發展這反應，凸顯該呼喚的徒然。詩中的乘客沒有回應教堂鐘聲的呼喚而下車去參加禮拜，但作者的用意不是反宗教，倒是寫出都市「非神性」的一面。本詩寫禮拜堂的呼喚沒有在都市的過路人中發揮效用，但不是否定禮拜堂背後的觀念，因這首詩表面上以禮拜堂為焦點，實質上是指向都市背後觀念層次上的思考。

「和平文藝」的端倪爭議

抗戰爆發後，汪精衛持「主和派」立場，脫離重慶國民政府，推行「和

70　詩末署寫作日期為 1939 年。鷗外鷗：《鷗外鷗之詩》（廣州：花城出版社，1985），頁 46。

平運動」。一九三八年十二月二十九日，香港《南華日報》刊出汪精衛表明對日議和立場的「豔電」[71]，該報副刊自一九三九年起開始刊載有關「和平運動」的宣傳，稍後再有種種有關「和平文藝」的理論宣傳，使香港成為相關論爭的中心。據《宣傳部第一屆全國宣傳會議報告彙編》所載「南華日報社」報告及伍培之〈香港宣傳工作概況〉所述，改組後的《南華日報》，其副刊是為「和平運動」的宣傳而設計，在主要的文藝副刊「一週文藝」（後改為半週文藝）主張「和平文藝」，並與抗戰文藝陣營（伍培之文中稱「妄戰文藝」）展開論戰，另一文藝副刊「前鋒」則「以專載一般愛好和平之青年作品為中心」[72]。

「豔電」發表後，汪精衛再於廣州發表〈怎樣實現和平〉，被視為「從事和平運動實際工作之開始」[73]，稍後汪氏政權提出「和平、反共、建國」政治綱領，[74] 其和平運動之主張，主要延續一九三八年日本近衛內閣提出「建設東亞新秩序」和汪精衛「豔電」的對日議和主張，提出停止抗日，與日本共存共榮。[75] 所謂「和平文藝」或稱「和平文學」或「和平建國文藝」，主要是為配合「和平運動」的宣傳製造輿論，而香港在「和平文藝」陣營中的位置，早在一九四二年已由上海《中華日報》的編輯楊之華提出：

> 為更生中國的「豔電」發表以後，中國的國民革命運動又有了另一個新的出發，緊隨着我們最高領袖汪先生的指示，「和平運動」於一九三九年末一九四〇年初，先後發動於香港和上海兩地，

71　早年外地新聞稿件以電報傳遞，「豔」為中文電碼中表示日期為「二十九日」的代碼。

72　參考「南華日報社」報告及伍培之：〈香港宣傳工作概況〉，刊於《宣傳部第一屆全國宣傳會議報告彙編》，南京：1941年6月。見秦孝儀等編：《中華民國重要史料初編：對日抗戰時期》第六編傀儡組織（台北：中國國民黨中央委員會黨史委員會，1981），頁939－940。伍培之任宣傳部特派員，曾負責香港《南華日報》的副刊工作。

73　汪精衛〈怎樣實現和平〉一文的編者按語，見宣傳部編：《和平反共建國文獻》（南京：宣傳部，1941），頁21。

74　參考〈中國國民黨第六次全國代表大會宣言〉，見宣傳部編：《和平反共建國文獻》，頁27－35。

75　汪精衛：〈和平宣言〉，見宣傳部編：《和平反共建國文獻》，頁97－99。

而作為配合於這一運動的「和平文學」也就為了時代的需要而產生。關於和平文學理論的出發點始自香港的「南華日報」，而這一理論的建立，則為上海的「中華日報」。[76]

香港《南華日報》實與上海《中華日報》並為一九四〇至四二年間「和平運動」宣傳的中心，根據楊之華的說法，「和平文藝」的理論更首先發軔於香港。《南華日報》由汪精衛的親信林柏生在香港創辦，該報前身是一九二九年創辦的小報《胡椒》（初名為《參綠》），據一九四一年出版的《南華日報概況》的介紹，《胡椒》的任務是「揭發軍閥官僚的黑幕」[77]，實際上是配合汪精衛陣營針對蔣介石、進行國民黨內部鬥爭的「護黨救國運動」，利用香港殖民地相對自由的言論空間作政治宣傳，正如李家園所論，「捧汪（精衛）正是林柏生辦《胡椒》的真正目的」[78]。

一九二九年汪精衛居住香港期間，曾多次使用筆名在《胡椒》發表文章；[79] 然而《胡椒》是以小報形式出刊，其格局和發揮作用有限。一九三〇年，林柏生應汪精衛之命，以大報的規模再辦《南華日報》。由於國民黨政治形勢改變，三〇年代中期以前，《南華日報》的政治色彩常為其着力經營的本地新聞內容、文藝副刊和體育新聞所掩蓋，[80] 一九三四至三五年間陳克文任報社社長、侶倫主編文藝副刊「勁草」期間，更被視為刊登「現代派」詩歌的園地，[81] 後來報社改組，侶倫離開了南華日報社，「勁草」作者群更

76　楊之華：〈新文藝思潮的起源及其流變〉，原刊《東方文化》創刊號，1941 年，這裏轉引自劉心皇：《抗戰時期淪陷區文學史》（台北：成文出版社，1980），頁 21。楊之華（1913－？）另有筆名楊樺、楊一鳴，廣東省人，少年時曾在香港讀書，上海淪陷後擔任《中華日報》副刊主編，一九四四年曾赴東京參加第三屆大東亞文學者大會，編著有《文藝論叢》和《文壇史料》等。

77　《南華日報概況》（香港：南華日報社，1941 年 8 月 4 日），頁 5。

78　李家園：《香港報業雜談》（香港：三聯書店，1991），頁 106。

79　參考陳方正編輯、校訂：《陳克文日記：1937－1952（下冊）》（台北：中央研究院近代史研究所，2012），頁 1353。

80　Lawrence M. W. Chiu, “The South China Daily News and Wang Jingwei’s Peace Movement, 1939-41”, *Journal of the Royal Asiatic Society Hong Kong Branch*, Vol.50, 2010 p. 344.

81　參考 O.K：〈香港詩歌工作者初次座談會剪影〉，《大眾日報．文化堡壘》，1938 年 7 月 20 日。

換，現代派詩歌的印象不再；而自一九三八年底汪精衛的「豔電」發表後，《南華日報》之汪系政治色彩愈益明顯。

為配合汪精衛主張的和平運動，《南華日報》透過副刊推行「和平文藝」理論與創作，開始把政治意識與文藝路線結合。一九三八年，林柏生受汪精衛指派在港成立「國際問題研究所」，實際上是執行國民黨反共宣傳工作的「藝文研究會」的香港分會，周邊機關包括「蔚藍書店」、「國際編譯社」和「日本問題研究會」，出版刊物有《國際周報》（樊仲雲主編）、《國際通訊》（朱樸主編）、《國際問題》（梅思平主編）等，工作人員有胡蘭成、連士升、杜衡和林一新等人。[82] 除《南華日報》外，《天演日報》、《自由日報》和《新晚報》亦配合汪精衛政權的「和平運動」，以「和平文藝」與《大公報》、《星島日報》、《國民日報》等等抗日輿論陣營對壘。《南華日報》、《天演日報》、《自由日報》和《新晚報》這四份報紙，俱由於推行「和平運動」的宣傳，在一九三九至四一年間獲南京汪系政權「中央黨部宣傳部」按月發給補助。[83] 至一九四一年十二月底香港淪陷，香港進入日治時期初期之一九四二年間，仍見《南華日報》鼓吹「和平文藝」理論和創作，唯及後逐漸減少。

楊之華提到參與上海「和平文藝」的作者包括穆時英、劉吶鷗、張資平、丁丁、陳大悲等等，但沒有再說及香港的情況。[84] 翻查一九四〇至四二年間的《南華日報》，可知香港「和平文藝」陣營的主要作者包括娜馬、陳

82 參考朱樸：〈記蔚藍書店〉、羅君強：〈一個暗中散佈反共降日毒素的灰色文化團體——藝文研究會〉，收入黃美真、張雲編：《汪精衛集團投敵》（上海：上海人民出版社，1984），頁 206－207 及頁 201－202。此外，據路易士（即紀弦）的回憶，一九四〇年他從上海再次來到香港，也經杜衡介紹進「國際通訊社」工作，他在香港、上海和南京先後與杜衡、林一新、楊之華及胡蘭成交遊，但強調自己並未實際參與「汪派」陣營，其與楊之華合作創辦《文藝世紀》只屬文藝工作，不涉政治。參考紀弦：《紀弦回憶錄》第一部（台北：聯合文學出版社，2001），頁 117－122 及頁 152－154。

83 參考《宣傳部第一屆全國宣傳會議報告彙編》第一輯「宣傳部報告」，南京：宣傳部，1941 年 6 月。收入秦孝儀等編：《中華民國重要史料初編：對日抗戰時期》第六編傀儡組織，頁 650－652。

84 事實上「和平文藝」在香港的活動情況也長期湮沒無聞，直至鄭樹森、黃繼持、盧瑋鑾編的《早期香港新文學資料選（1927－1941 年）》出版，相關文獻才重新公開，三位編者在前言〈早期香港新文學資料三人談〉中也論及香港「和平文藝」的情況，《早期香港新文學資料選（1927－1941 年）》一書可說是第一本有系統地整理香港「和平文藝」的著作。

檳兵、李志文、李漢人、蕭明等人，理論文章有娜馬〈論和平文藝的創作方法〉、〈和平文藝工作者的再教育〉、李漢人〈和平文藝之新啟蒙意義〉、〈理性的吶喊 —— 和平文藝作家大團結〉、瑩冷〈論和平文藝的兩個問題〉等文，明確提出與日本合作、「建設東亞新秩序」、「和平反共」、反對抗戰等主張，這在當時已引來抗戰文藝陣營很大的反響，香港《星島日報》、《立報》、《大公報》、《文藝青年》等刊物都刊登過不少文章指摘和平文藝的親日主張，《星島日報》且組織過「肅清賣國文藝特輯」，撰文者包括有戴望舒、施蟄存、徐遲、馬蔭隱、葉靈鳳等作者，以強硬措詞指出和平文藝的謬誤，以致內文被港府新聞檢查機關大幅抽檢刪除。

對於抗戰文學的指摘，「和平文藝」陣營亦有自己的反擊，例如娜馬〈關於「寫生競賽」的批判 —— 給大公報文藝版編者的公開信〉一文反駁葉靈鳳、施蟄存等作者的批評。除了「和平文藝」理論，娜馬、陳檳兵、李志文等作者也發表詩歌和散文，在香港淪陷之後依然活躍於《南華日報》副刊。

有關和平文藝的具體內容，在初期即一九四〇年未有統一說法，不同論者各有不同表述重點，娜馬〈論文藝的創作方法 —— 建立和平建國的現實主義〉強調「和平文藝的現實主義」，瑩冷〈關於通俗化〉強調通俗化和大眾化，李漢人〈和平文藝之新啟蒙意義〉提出「和平文藝否定了五四文化運動的個人主義，同時也否定了五四以來的國防文學和民族文藝」[85]。塞綺明〈和平文藝的反戰文學〉則澄清和平文藝「決不是純在人道主義的立場來反對屠殺」，作者指「仇恨地，咀罵抗戰論者的反戰文學」與「盡量歌頌皇軍的文明的過火的稱讚的反戰文學」同樣是錯誤的方向，因而提出「今日之反戰文學是基於理性主義的立場來宣傳反戰⋯⋯針對着抗戰論的陰謀，而同時基於東亞千年大計為出發點，那末，這才是能夠發揮積極作用的反戰文學」。[86] 以上可見和平文藝陣營的論點從現實主義、通俗化、啟蒙到反戰等等各有不同重點，當然在文學討論的表面以外，最重要還是反對抗戰文學的

85 李漢人：〈和平文藝之新啟蒙意義〉，《南華日報．一週文藝》，1940 年 7 月 13 日。
86 塞綺明：〈和平文藝的反戰文學〉，《南華日報．半週文藝》，1940 年 11 月 7 日。

主張，至一九四一年的施紛〈和平文藝現階段的政治綱領〉一文，提出和平文藝服務於政治的真正目的，可視為回到政治主題：

> 和平文藝，我們不必否認，而更該驕傲地大聲疾呼地去承認，是服務於偉大的和平建國反共的革命運動的；因之，我們和平文藝的一切創作傾向與創作方法，也該是毫無條件的受着和平反共建國底偉大的革命運動之嚴厲的政治制約的，換一句話說，和平文藝就是一種和平、反共、建國的文藝。[87]

文中提出因應政治形勢改變，即當時「國府還都」和「中日條約」的訂立，和平文藝原先反對戰爭（主要是針對抗戰文藝）的策略須予調整為「反映條約之實行中之一切之現實」，和平文藝理論重點亦開始轉變，即不再強調「反戰」或針對抗戰文藝的內容，而是視和平文藝理論為一種配合汪精衛政權政治主張的工具。

87　施紛：〈和平文藝現階段的政治綱領〉，《南華日報．半週文藝》，1941 年 4 月 21 日。

第五章

寫實與抒情

抒情的放逐

抗戰在實體的炮火、硝煙以外，也引發許多不同形質的戰爭，在文學而言，是藝術和政治的角力。相關的爭議也許一直存在，抗日戰爭則成為當中最敏感的觸媒，或引線。抗戰爆發後四年，著名的寫實主義詩人艾青（蔣正涵，號海澄，1910－1996），第一時間回顧一九三七至四一年間抗戰詩歌的發展，撰寫〈抗戰以來的中國新詩〉一文，是抗戰上半期最重要的歷史回顧資料之一。[1] 寫這篇文章之時，艾青身處延安，利用他一直着意搜集保存的報刊資料，點評抗戰以來的重要詩人，文中提及的詩人名字，部分在後來的文學史上一再論述到，包括田間、何其芳、卞之琳、穆旦等等，另有一部分，對一般讀者來說一定感到陌生，包括李育中、劉火子、柳木下、袁水拍等，他們都與香港淵源甚深，三〇年代初已在香港發表詩作，或抗戰爆發後自內地來港，在報刊發表作品而開始廣受著目。艾青在〈抗戰以來的中國新詩〉一文的第六部分「新人的生產」一節，列出抗戰以來的新詩人，他說：

1　艾青〈抗戰以來的中國新詩〉一九四一年七月發表在《中蘇文化》九卷一期「抗戰四週年紀念特刊」。

> 或許也有是在抗戰以前就已開始寫作的，主要的是他們的創作都在抗戰期間才被引起了普遍的注意，…… 星島日報的副刊「星座」上，曾出現了許多新人，主要的如袁水拍，這詩人技巧極熟練，有古典的冷靜與完整，常能用較簡練的語言給事物以明亮的輪廓；「歌」的作者括洛，富於想像與旋律的美，可惜他寫得很少。劉火子 ——「路」和「海」的作者，具有男性的健康和野生的力；最近他翻譯了許多瑪耶珂夫斯基的詩。[2]

文中提及的袁水拍、劉火子、括洛，都曾在《星島日報》副刊「星座」發表詩作，劉火子的〈公路〉刊於一九三九年七月二日，〈海 —— 呈艾青兄〉刊於一九三九年八月十日，袁水拍一九三九至四一年間在《星島日報》副刊「星座」發表〈勇敢的，都走了〉、〈雜小詩〉、〈耕種者〉、〈後街〉、〈雨中的送葬〉、〈無聲之歌〉、〈海〉、〈火車〉、〈關於米〉等等多首詩作，括洛一九三九年七月十三日在《星島日報》「星座」發表〈歌〉，但正如艾青所說，括洛似乎很少發表詩作，目前僅見該首，又或「括洛」是另一詩人較少運用的筆名。

〈抗戰以來的中國新詩〉一文的選材和敘述角度，顯出艾青對抗戰文學史料的取態和眼光，而該文另一要點，是他在正面肯定抗戰詩歌的時代意義的同時，也清醒地點出了許多抗戰詩歌的流弊，在抗戰宣傳作為主流文學取向的當時，尤顯示出該文發論之不易，然而艾青最後仍把政治需要作為抗戰詩優劣的前提。艾青在該文第七節，指出抗戰詩歌普遍的缺點是「單純的愛國主義與國民精神的空洞叫喊，常用來欺騙讀者的那種比較浮囂的情感」，該文更關鍵的論點是：「普遍的詩人，把抗戰詩單純地作為戰爭詩而制作，卻不能在鼓舞抗戰意識以外，在作品上安置一定的革命因素」，這「革命因素」亦即該文後面提及的「由一定的歷史條件的需要去批判與幫助政治的發

2　艾青：〈抗戰以來的中國新詩〉，《中蘇文化》第九卷第一期，1941 年 7 月。按，文中之「瑪耶珂夫斯基」，當代通譯為馬雅可夫斯基。

展」，因此，該文仍不脫要文學為政治服務的論點，代表抗戰詩論中以政治需要為主導的觀點。

隨着國防文學的提出及一九三六年的「兩個口號」論爭，詩壇上也展開有關「國防詩歌」的討論，大概分為提倡國防詩歌和批評國防詩歌的不同立場。戴望舒一九三七年在上海發表〈關於國防詩歌〉，批評國防詩歌過於口號化而缺乏詩質，更反對國防詩歌論者主張詩必須包含國防意識情緒而不容許其他主題的偏狹取向；[3] 未幾即有任鈞〈讀戴望舒的「談國防詩歌」以後〉一文提出反駁，同年在廣州出版的《今日詩歌》以「本社同人」名義刊登〈斥戴望舒談國防詩歌〉亦提出質疑，任鈞與《今日詩歌》同人皆重申國防詩歌的政治需要。

一九三七至三八年間，上海與廣州等地先後淪陷，抗戰詩歌論爭遂移轉至大後方的重慶、桂林、香港等地。一九三九年，徐遲〈抒情的放逐〉和孫毓棠〈談抗戰詩〉二文在香港發表，皆引起廣泛討論，是抗戰詩歌論爭另一階段的重要文獻。徐遲〈抒情的放逐〉一文批評一九二〇、三〇年代以來中國新詩中浪漫感傷的傾向，藉着因應抗戰的訴求而引介二十世紀西方現代詩論，希望為中國新詩提出抒情以外的選擇：

> 我覺得這一點，在現在這個戰爭中說明牠，是抓到了一個非常好的機會。因為千百年來，我們從未缺乏過風雅和抒情，從未有人敢詆辱風雅，敢對抒情主義有所不敬。可是在這戰時，你也反對感傷的生命了。即使亡命天涯，親人罹難，家產悉數毀於砲火了，人們的反應也是忿恨或其他的感情，而決不是感傷，因為若然你是感傷，便尚存的一口氣也快要沒有了。也許在流亡道上，前所未見的山水風景使你叫絕，可是這次戰爭的範圍與程度之廣大而猛烈，再三再四地逼死了我們的抒情的興緻。⋯⋯ 至於

3 參考戴望舒：〈關於國防詩歌〉，《新中華雜誌》第五卷第七期，1937 年 4 月。

> 對於這時代應有最敏銳的感應的詩人，如果現在還抱住了抒情小唱而不肯放手，這個詩人又是近代詩的罪人。在最近所讀到的抗戰詩歌中，也發見不少是抒情的，或感傷的，使我們很懷疑他們的價值。
>
> 然而這並不是我所要說的，我扯遠了。我寫這篇文章的意思不過說明抒情的放逐，在中國，正在開始的，是建設的，而抒情反是破壞的。[4]

徐遲提出，抗戰是一個好時機，讓中國新詩反省過去着重浪漫感傷或風雅抒情的傾向，而開始考慮節制情感、更多思考的寫法。徐遲在〈抒情的放逐〉一文主要根據英美現代主義詩歌的「理性化」論點，包括開篇引用台劉易士（C. Day-Lewis）有關艾略特（T. S. Eliot）的說法，由此再借用抗戰的時機，提出「個人感傷」和「風雅」之落後和無力。[5]

雖然徐遲指戰爭凸顯了抒情的無效與謬誤，但他反對抒情的重點不是因為抒情妨礙抗戰，而是提出舊有的表達模式再無法適用於新的局面中。他針對的是表達的模式而不是表達的主題，即是說，徐遲反抒情的觀點是一種藝術上的考慮，多於政治上的訴求。因着這種藝術上的考慮，在當時引起不少批評，其中陳殘雲〈抒情的時代性〉指徐遲「近於機械地否斥抒情」，認為「新的時代是需要新的情感」、「我們的抒情詩是革命的，是一種鬥爭，而且比一切詩的形體，抒情詩是一種更有力的鬥爭工具」。[6] 徐遲是基於藝術考慮而反抒情，陳殘雲則針對抗戰的需要，以詩為「鬥爭工具」而肯定抒情，陳殘雲之不同意徐遲反抒情，顯然不是認同徐遲所反對的感傷和風雅，而是不同意徐遲一文背後那針對藝術考慮而多於政治訴求的態度。

4 徐遲〈抒情的放逐〉一文先發表在 1939 年 5 月 13 日由戴望舒主編的香港《星島日報》星座版，同年 7 月 10 日再刊登於戴望舒與艾青合編的詩刊《頂點》一卷一期。

5 參考陳國球：《抒情中國論》（香港：三聯書店，2013），頁 194。

6 陳殘雲：〈抒情的時代性〉，《文藝陣地》四卷二期，1939 年 11 月。

差不多同時，孫毓棠發表在香港《大公報》的〈談抗戰詩〉亦引起論爭，針對孫毓棠〈談抗戰詩〉的文章，《中國詩壇》有林煥平〈詩到底是民眾還是少數人的〉和〈「真正文學的詩」新解〉；《文藝陣地》有錫金〈詩歌的技術偏至論者的困惑 —— 讀孫毓棠先生的《談抗戰詩》〉和穆木天〈關於抗戰詩歌運動 —— 對於抗戰詩歌否定論的常識的解答〉；《立報．言林》有懷宇〈斥「談抗戰詩」〉，《大公報．文藝》有拉特〈關於「真正文學的詩」〉等文章，其中拉特〈關於「真正文學的詩」〉是較容易透過與孫毓棠〈談抗戰詩〉的比對，看出這場論爭背後關鍵所在的文章。

多種對孫毓棠的批評，有如前文所論陳殘雲之不同意徐遲，是基於在主流的抗戰文藝觀之中，不能容納藝術考慮。孫毓棠強烈批評完全無視詩的藝術特性的「口號大全」和「抗戰八股詩」，提出抗戰文藝亦須致力於「真正文學的詩」[7]；拉特〈關於「真正文學的詩」〉並非不知道「口號大全」和「抗戰八股詩」的問題，所以沒有為那些作品從技巧或藝術上作辯解，而是重申抗戰文藝的政治性和宣傳教育功能：

> 目前的抗戰詩縱然它的技術與詞藻還表現着相當的幼稚和脆弱，但它所反映着新的主題與新的現象都表現了某種真實的角度。縱然所反映着的某種真實角度一樣的顯示着相當的貧弱，但是這並沒有消滅抗戰詩之成為真正文學的詩的重要因素。……
>
> 所謂真實的表現時代，它必須是緊緊的表現神聖的抗戰的各方面的真實，更具體的說，必須要詩人們有高度的政治熱忱，用民族民主革命的精神來滲透新的主題，新的現象，向讀者來宣傳教育，提高他們民族的自信心和自尊心，滌清一切民族失敗主義悲觀主義的毒菌，披露一切阻礙民族覺悟與民主解放的愚頑，保守的黑暗要素。[8]

7 孫毓棠：〈談抗戰詩〉，《大公報．文藝》，1939年6月14－15日。

8 拉特：〈關於「真正文學的詩」〉，《大公報．文藝》，1939年6月27日。

拉特〈關於「真正文學的詩」〉一文值得討論的是，在表面理論化、技術性的文字背後，拉特沒有反對孫毓棠對「口號大全」和「抗戰八股詩」的批評，拉特的文章不是要反駁孫毓棠的主要論點，而是有如陳殘雲〈抒情的時代性〉一文，真正用意是指出孫毓棠〈談抗戰詩〉所針對的，根本不是一個「合時」和「適切」的問題，因此重申抗戰文藝的政治性和宣傳教育功能，拉特提出的是抗戰文藝的根本方向：即意識形態方面的考慮必須蓋過藝術考慮的觀點，這看法，大概也是各種抗戰詩歌論爭背後的基要。由此看來，徐遲〈抒情的放逐〉和孫毓棠〈談抗戰詩〉受批評的方向可說是一致的，他們真正被針對的不是其藝術觀點，而是他們忽略意識形態的考慮，而這才是抗戰文藝論爭的關鍵，也足見主流的抗戰文藝觀的基本取向。

文藝確然應該反映時代，在特定時代的重大議題中，文學人的聲音難以缺席，在抗戰局面和抗日民族統一戰線下，文學不應背離抗戰立場；然而文藝也應有其獨立性，不受政治和權力的支配，它應有自己獨立的聲音。今日回顧抗戰文學的發展，抗戰詩歌為鼓動群眾情緒，達到團結、激勵士氣的效果，藝術考慮放到次要的位置，是可以理解，但由於此，不少抗戰詩的文學性薄弱，缺少值得流傳的超越價值，在日後經不起時間考驗，失去原有的可讀意義，也是不能迴避的事實。

徐遲的思想轉折事件

徐遲（徐商壽，1914－1996）本是三〇年代現代派詩人一員，而且詩風具突出風格，孫玉石認為「徐遲在現代派詩人中屬於最富超前意識的年輕人」[9]，然而，抗戰期間在香港的經歷，使徐遲產生重大的思想轉向，從一名現代派詩人轉變為一位左翼詩人，徐遲本人視之為一種覺醒。

9　孫玉石：《中國現代主義詩潮史論》（北京：北京大學出版社，1999），頁 131。

徐遲一九三二年間曾就讀於燕京大學，同年起向不同的文學刊物投稿詩作，其中對他日後影響最大的是上海的《現代》雜誌，他十分欣賞這份刊物，亦因為投稿詩作而得到《現代》編輯施蟄存的賞識，徐遲到上海拜訪施蟄存，並透過施蟄存結識了杜衡、葉靈鳳等人。[10] 在上海的經歷使他寫出了〈都會的滿月〉、〈七色之白晝〉、〈年輕人的咖啡座〉等詩作，其中〈都會的滿月〉成為三〇年代現代派詩歌的名篇之一，後來他再結識了戴望舒、金克木、路易士等現代派詩人，也成為「現代派詩人群」的一員，[11] 一九三六年與戴望舒、路易士、卞之琳等在上海創辦《新詩》月刊，同年出版首本個人詩集《二十歲人》。

一九三五年初，徐遲首次到香港，目的是探望在廣州的鷗外鷗以及在香港聖保祿女中教書的三姐。徐遲到港後經鷗外鷗的介紹，認識了杜格靈和侶倫，徐遲曾建議辦一份刊物，由上海、香港的文友共同支持出版，但最後沒有辦成。當時侶倫是《南華日報．勁草》的主編，大概因為這緣故，徐遲在一九三五年三月六日的《南華日報．勁草》發表了一首新詩〈戀女的籬笆——試選詩葉．1935．一月〉，是他在香港發表詩歌之始，他當時一定沒有想到，他將會在香港發表更多創作，在香港的經歷更將成為他一生中的重大轉折。

一九三八年五月，徐遲一家三口，與戴望舒一家三口，一起乘船從上海來到香港，徐遲一家暫居於港島西環桃李台，而在附近學士台一帶聚居的還有同樣來自上海的張光宇、張正宇、葉淺予、葉靈鳳、穆時英、杜衡、施蟄存、路易士等作家。之後數年，學士台一帶成為文化人聚集的一個熱點，多少文藝活動的念頭、興辦刊物的想法，以至文學思想的激盪，皆由此而迸

10 有關徐遲與《現代》雜誌同人的交往，可參考徐遲：《我的文學生涯》（天津：百花文藝出版社，2006），頁 79－82。

11 路易士（紀弦）也在回憶中提及與徐遲之交往，視徐遲等現代派詩人群為「最要好也最受我重視的」，參考紀弦：《紀弦回憶錄（第一部）》（台北：聯合文學出版社，2001），頁 64。

發。[12]馮亦代曾追憶那段日子：

> 抗戰時期的香港學士台以及依山下坡的桃李台等，成了南來文化人聚居的地方。山腰是薄扶林道，山上林泉居裏住着戴望舒、穆麗娟和他們的掌上明珠大朵朵。薄扶林道下面第一級是學士台，住着穆時英夫婦，王道源夫婦，還有那時在蔚藍書局、後來投了汪（精衛）偽的杜衡，再下面是住在桃李台的張光宇、正宇兄弟，葉靈鳳、徐遲、袁水拍和卜少夫等人。[13]

徐遲在學士台結識了許多同樣來自上海的新知舊友，又經友人介紹，應聘到《星報》擔任電訊翻譯，後來再兼任《立報》的電訊翻譯，不久轉職到名義上稱「陶記公司」實際上為國民政府財政部駐香港辦事處，位於中環匯豐銀行大廈四樓，當時「陶記公司」正辦理海外華僑的抗戰捐款轉匯，徐遲負責當中的文件檔案工作，他說陶記公司「所收華僑捐款，大部分是歸諸國民黨所有，也有相當一部分，尊重了捐款人的意志，捐給了共產黨八路軍，對敵後一些抗日根據地也是起了不少的作用的」[14]；徐遲根據經濟學家費鞏（費香曾，1905－1945）的說法指出：「一九三八年全年華僑匯款達六萬萬元之鉅，『抗戰賴以支持』」[15]，肯定了海外華僑捐款對抗戰的貢獻及香港作為抗戰捐款轉匯中介的重要位置。[16]

徐遲在香港結識了馮亦代和袁水拍，成為莫逆之交，徐遲先在學士台的作家群中結識了馮亦代，後來徐遲任職於陶記公司，每天到匯豐銀行大廈

12　有關徐遲兩次來港之事，參徐遲《我的文學生涯》，另有關學士台，可參考馮亦代：〈我的文藝學徒生涯〉，《新文學史料》1996 年第 1 期，1996 年 2 月；盧瑋鑾：《香港文學散步（增訂版）》（香港：商務印書館，2007），頁 155－169。

13　馮亦代：〈我的文藝學徒生涯〉，《新文學史料》1996 年第 1 期，1996 年 2 月。

14　徐遲：《我的文學生涯》，頁 179。

15　同上註，頁 180。

16　費鞏（1905－1945），原名費福熊，字寒鐵，後字香曾，江蘇省吳江縣人，浙江大學教授，主講政治經濟學和西洋史。

四樓上班，巧合地，馮亦代任職的中央信託局正位於中環匯豐銀行大廈七樓，[17] 二人在工餘經常談文論藝。不久，徐遲再結識了同樣在匯豐銀行大廈上班的袁水拍，他工作的單位是中國銀行信託部，位於五樓。袁水拍當時已在香港的《星報》、《星島日報》等發表散文和詩歌。

這三位各於匯豐銀行大廈不同樓層上班的文友，幾乎每天聚首，自稱「三騎士」，有時下班後一起到擺花街逛書店，有時到中環一帶常有文友聚集的幾家咖啡店：皇后大道附近的藍鳥咖啡店、位於告羅士打行的聰明人咖啡座、中華百貨公司的閣仔茶室一起聊天。[18] 馮亦代憶述：

> 徐遲、袁光楣和我三人都在香港滙豐銀行大樓辦公，不過所在的樓層不同，但我們經常在一起。我們又常在中華閣仔飲茶，所以自稱為三騎士，也就是法國小仲馬《三個火槍手》中的人物，這個外號一直帶到重慶，到勝利後各人分散，才無人提及。[19]

徐遲、馮亦代和袁水拍三人最常光顧的，是中華百貨公司的閣仔茶室，就在那裏，一九三九年的春天，徐遲經葉靈鳳介紹，再結識另一位對他有深遠影響的作家、時事評論家喬冠華（1913－1983），後來加入了由喬冠華所組織的秘密讀書會。在此之前，徐遲已折服於喬冠華分析時事的非凡識見，視他為「我們的頭兒」、「香港知識界人士的中心人物」，着迷地閱讀喬冠華每天發表在《時事晚報》的社論。事實上不只徐遲，馮亦代也對喬冠華十分折服，他是透過《時事晚報》編輯羅吟圃的引介，在聰明人咖啡座首次與喬冠華會面，馮亦代形容喬冠華發表在《時事晚報》的社論和時局分析不

17　中央信託局是國民政府內之金融機關，總局設於上海，後來在香港設立辦事處，由孔令侃主持。

18　這三家茶室、咖啡座是旅港文人經常聚集的場所，多種文獻都有提及，如柳亞子〈九日午，吳江同鄉第十二次聚餐在聰明餐室，集者二十三人〉，見柳亞子：《柳亞子文集．磨劍室詩詞集》（上海：上海人民出版社，1985），頁920－921。

19　馮亦代：〈我的文藝學徒生涯〉，《新文學史料》1996年第1期，1996年2月。

單精闢富有見地，而且「有滿腔熱情的詩樣文字」，使他入迷。[20]

一九三九年三月二十六日，喬冠華、葉靈鳳、徐遲、馮亦代、袁水拍與其他合共七十一名在港作家，出席了在香港大學中文學院禮堂舉行的中華全國文藝抗敵協會香港分會成立大典，此後，徐遲的文學活動更趨活躍，他為戴望舒與艾青合辦的詩刊《頂點》向袁水拍約詩稿，又參與文協香港分會出版的《中國作家》第二期的編務，並為該刊翻譯艾青的〈雪落在中國的土地上〉一詩為英文。一九三九年底，郁風在學士台幾位文友的閒談間蘊釀出創辦《耕耘》的意念，剛好夏衍也從桂林到了香港，於是郁風與葉靈鳳、徐遲、馮亦代、葉淺予、張光宇、黃苗子、丁聰等作家和畫家，相約在閣仔茶室與夏衍會面，徵得夏衍的同意及以抗戰宣傳為依歸的指示，正式開始《耕耘》的籌辦工作。

這期間，徐遲特別投入於抗戰詩歌的討論思考，從一九三九年五月至九月，他在《星島日報．星座》先後發表了〈抒情的放逐〉、〈詩的道德〉、〈從緘默到詩朗誦〉、〈文藝者的政治性〉等評論。另一方面，徐遲在陶記公司的工作不甚愉快，受不了官僚機構的舊派作風，他在回憶錄中多次提到，他在同事之間有「苦悶無比」的感受，以至為着辦公室各種人事問題和事件而整天抑鬱。

一九四〇年一月十日，徐遲、郁風在袁水拍夫婦家裏聚會，除了《耕耘》的事，在閒談間談到寫文章的作用及良好作用的標準，郁風提出當中有不變的標準，在於「動員人民起來抗戰」，徐遲不同意這「人民」的說法，認為「人民是一個抽象的概念」，郁風於是與徐遲展開爭辯，討論「人民」的含意，她說：

> 什麼是人民？人民人民，據我看，工人、農民，就是人民，工農知識份子，就是人民，革命知識份子，都包括在內，為人民

20　同上註。

> 說話，為人民做事。有的是一些非常嚴肅的人，譬如孫中山、宋慶齡。還有譬如魯迅，他吶喊過，他彷徨過，「路漫漫其修遠兮，吾將上下而求索」，他求索了，後來他找到了，他成了一個馬克思主義者。[21]

說到這裏，袁水拍加入表示同意郁風的論點，徐遲沒有作聲，爭辯似乎到此結束，他覺得郁風的話很有份量，回家以後仍整夜反覆思索着「什麼是人民」，他想起早前袁水拍曾介紹他閱讀《什麼是列寧主義》一書，但徐遲當時沒有很大興趣，就把書放在一旁，也未知道袁水拍已比他早一步加入喬冠華主持的秘密讀書會；而且，徐遲覺得袁水拍「可像推銷什麼商品似的把那些書塞給我，他只能是一個很不高明的馬克思主義的推銷員」[22]。

徐遲幾乎失眠了一整夜，翌日吃過早餐後，他本要立即往陶記公司上班，但「什麼是人民」這樣的思索驅使他，在上班之先，到匯豐銀行大廈附近的另一條街巷，一家書店去訪書，也彷彿真有上天安排，他在書店踫見葉靈鳳，徐遲向葉靈鳳喚了一聲早安之後，就請葉靈鳳為他挑選兩本有關馬克思主義的入門書，葉靈鳳就為他選出了恩格斯的《社會主義從空想到科學的發展》和《費爾巴哈論》二書。

徐遲回到陶記公司，與同事處理了一會檔案工作後，禁不住取出《社會主義從空想到科學的發展》和《費爾巴哈論》二書來讀，他就在辦公桌上，用一個上午時間把這兩本書讀完，雖然未完全了解，但也「懂得了一些向來不懂的道理」，他以破冰船打開航道比喻自己的思想覺醒：「已上了路，我再也不回頭」，那一天是一九四〇年一月十一日，徐遲視為他的覺醒日，是「第二次誕生」，他很認真地指出：「我的覺醒是一次『奧伏赫變』，是一次自我革命」，他視這覺醒日比原本的生日更重要：「從此我歲歲年年，都把

21　徐遲：《我的文學生涯》，頁 223。

22　同上註，頁 226。

這一天當作我的生辰。」[23]

當天中午，徐遲上匯豐銀行大廈五樓去找袁水拍，說自己已把《社會主義從空想到科學的發展》和《費爾巴哈論》二書讀完，袁水拍表示大為吃驚和高興。[24] 午後，袁水拍來到徐遲辦公所在的四樓，交給他一首當天中午寫就的詩，〈悲歌——給徐遲〉：

看，你看啊，人不當自己
是人活着。償付生命的積欠。
貧窮的大街，腸壁蠕動，消化
這抽完血液和笑容的，消化
這沒有計數的時日。
疲倦得要死，街車急叫，喘氣拉扯
又拋棄中年人，少年人，頭髮枯白。
奔波每一天，為了要奔波，直到
停止在對面那三樓上，他們把他
裝在最後的不需付租的小木箱裏，
送他，用每天都有的鼓吹。
……
忙碌着走完各自的路，誰有
工夫？我們記得這裏的路，
這裏的天氣，永不變換
……[25]（節錄）

正如徐遲所說，這首詩不是悲哀的悲歌，而是一種慷慨悲歌的悲歌。袁

23　同上註，頁 227。
24　同上註。
25　袁水拍：〈悲歌——給徐遲〉，收入袁水拍：《人民》（香港：新詩社，1940），頁 52－53。

水拍以接連跳躍的跨行句，刻劃窄巷中的低下層市民，袁水拍指出當中特別與土地、權力和階級有關的剝削，同時提示於徐遲不應把這景象忘記。

就在徐遲的覺醒日不久，畫家沈振黃從內地的戰地服務隊來到香港採辦器材和物資，停留數天，聚居於學士台的畫家張光宇、張正宇、葉淺予等熱情招待他，徐遲在聚會中聽到沈振黃述說各種戰地服務工作，請求他帶同自己前往。徐遲徵得陶記公司一位科長的支持，又得葉淺予借出舊軍服，以及《星報》編輯姚蘇風的幫助，一九四〇年二月，徐遲以香港《星報》特約記者及作家身份出發，經惠陽、韶關、衡陽到達桂林，經夏衍安排，隨《廣西日報》記者、詩人韓北屏赴昆崙關前線採訪。[26]

回港後，徐遲從這次戰地之行取材，寫成了一篇小說〈無我〉，以第五戰區的政治工作人員為人物骨幹，稱他們為「文化戰士」，中段講述戰事形勢突變，一批未及撤退的政工人員滯留另一戰區，沈同志自告奮勇前往通知該批人員撤離，當他說「我去」，敘事者指出他就成了一個「無我」的人，「我」這個字再沒有意義。但經過連夜的暴風雨，局勢稍平和後的第三天，發現了沈同志的屍體。追悼會過後，徐遲在小說的結尾寫道：「我們的工作是叫人民覺醒。覺醒到一個最高級的覺醒。」[27]

徐遲以〈無我〉這篇小說，變奏在戰地的見聞，更透過這小說，提出他個人的覺醒，並呼應一月間對「人民」這概念的反思。徐遲回港後不久，被接納為一個讀書會的成員，據他的回憶：「因為回到香港以後，我等於是受過了一次火的洗禮了，我立刻得到了通知，我被接納到一個馬克思主義的讀書會去了。」[28]

該讀書會就是前述由喬冠華主持的秘密讀書會，已存在一段時期，據馮亦代憶述，「這是一個由黨員和進步人士參加的組織」[29]，每星期集會一次，

26 一九三九年底至一九四〇年初的昆崙關戰役為抗日戰爭的大型戰役之一。

27 徐遲：〈無我〉，《耕耘》第 1 期，1940 年 3 月。

28 徐遲：《我的文學生涯》，頁 251。

29 馮亦代：〈我的文藝學徒生涯〉，《新文學史料》1996 年第 1 期，1996 年 2 月。

活動包括上課聽講及集體討論，參加者包括馮亦代、袁水拍、沈鏞、張宗祜、時宜新、盛舜等，[30] 他們當時都在香港銀行界工作，徐遲指：「馮是中央信託局的，袁、沈、張是中國銀行的，時則是上海銀行的，我其實也算是財政部的」[31]，研讀的書包括蘇聯哲學家米丁的《新哲學大綱》、馬克思的《法蘭西內戰》和《資本論》，講課導師就是喬冠華。

該讀書會後來再由「業餘聯誼社」及其他組織成立不同的分支，業餘聯誼社由沈鏞組織，成員主要是香港銀行界人員，馮亦代指，「業餘聯誼社事實上是黨在香港領導青年工作的組織」[32]，一九三七、三八年間已開始運作，除了青年工作，也積極籌集醫藥用品及物資寄送到內地抗日前線，一九四〇年間，曾組成「香港業餘劇團」，在中環娛樂戲院義演《葛嫩娘》，是一齣講述明末抗清活動的話劇，由馮亦代擔任導演，演員包括翁靈文、鄒德華、陳海倫、韋志超等，往後再有演出話劇《黎明》。[33]

昆崙關前線採訪回港後，徐遲參加讀書會的同時，也積極參與文協香港分會的活動，並與袁水拍、戴望舒和梁宗岱一起擔任文協香港分會所屬的青年組織「文藝通訊部」（簡稱「文通」）的導師，該會於一九四〇年六至八月，假香港堅道中華中學舉辦文藝講習班，徐遲本身也是由文協香港分會委派的「文通」指導人，他將講習班上的講稿整理成〈詩與紀錄〉一文，交《文藝青年》發表，文中主張以詩作為日常生活以至談話的紀錄：「現在我只要求我是一個詩的記錄員，不敢要求自己是一個詩的創作者。」[34]

抗戰期間香港詩壇承續內地的「詩朗誦運動」，舉辦過多次活動，其中一次有詳細記錄的詩朗誦活動，於一九四〇年三月在香港孔聖堂舉行，會上徐遲朗誦長詩〈最強音〉，更配合舞台燈光、幕後的插話式女聲朗誦，徐

30　張宗祜曾在一九四〇年香港文藝界紀念魯迅的晚會，飾演由蕭紅創作的《民族魂》中魯迅一角，徐遲指：「因為他長相很像魯迅先生」，參見徐遲：《我的文學生涯》，頁 267。

31　徐遲：《我的文學生涯》，頁 251。

32　馮亦代：〈我的文藝學徒生涯〉，《新文學史料》1996 年第 1 期，1996 年 2 月。

33　翁靈文：〈海天雲樹懷馮亦代〉，《開卷月刊》總第 21 期，1980 年 9 月。

34　徐遲：〈詩與紀錄〉，《文藝青年》創刊號，1940 年 9 月 16 日。

遲本人朗誦的聲調則撇除了常見的誇張腔調和動作，改以「詩句本身的聲調和色彩，自然流露的感情，有節制地，同時又坦白地傳達給了聽眾」[35]。稍後，一九四〇年十月在魯迅誕辰六十年的紀念會上，有另一次詩朗誦活動，同樣在香港孔聖堂舉行，先後由許地山、蕭紅等人致詞後，再有徐遲的詩朗誦。[36]

一九三八年至一九四一年間，徐遲在《星島日報．星座》、《大公報．文藝》、《立報．言林》、《大風》、《耕耘》等報刊，發表許多詩歌、小說、散文、評論和翻譯，刊於《大風》第三十二期的小說〈兒子〉，以武漢大轟炸為背景，寫及撤退時的混亂；刊於《耕耘》的〈無我〉則以一九四〇年初的昆崙關前線之行取材。此外，一九四一年間徐遲以筆名「唐鄉」，在《華商報．燈塔》、《筆談》、《大公報．文藝》等報刊發表詩歌和散文，包括〈兩個形象〉、〈貝蒂加 ——「在斯太林戰線上」之三〉、〈光明和黑暗的戰爭〉等等，都以二戰歐洲戰事為題材，強調當中有「光明和黑暗」的對立，例如〈兩個形象〉寫納粹德軍與蘇聯紅軍的對比，〈光明和黑暗的戰爭〉組詩的最後一首〈那幾個字〉更提出「把全世界動員起來」的國際共產主義理想將被呼喊出，但當時尚未到合適時機：「親愛的，請等着這幾個字。/ 不要太早喊出這聲音 / 太早要減少聲音的力量 / 不要太遲的喊出來，親愛的，/ 太遲了這呼喊的影響微弱！」[37]。

徐遲在這段香港時期的創作中，寫了許多呼應抗戰的作品，一九三九年的〈抒情的放逐〉一文，提出抗戰局面凸顯了抒情的無效與謬誤，他從現代派文藝角度，藉抗戰時機調整五四以來新詩的浪漫感傷傾向，強調詩歌的文

35　袁水拍：〈詩朗誦 ——記徐遲「最強音」的朗誦〉，《星島日報．星座》，1940 年 3 月 22 日。關於該次朗誦會尚有仿林中學學生李炳焜的記錄，見李炳焜〈朗誦詩拉雜〉，李炳焜本身是文協香港分會所屬的青年組織「文藝通訊部」成員。據該文記載，徐遲該次在孔聖堂的朗誦會於 1940 年 3 月 17 日晚上舉行。

36　參考郡嬰：〈紀念巨人的誕生 —— 加山孔聖堂昨天一個盛會〉，收入盧瑋鑾編：《香港文學散步（增訂版）》，頁 146－151。

37　徐遲：〈光明和黑暗的戰爭〉，《華商報．燈塔》，1941 年 6 月 29 日。〈光明和黑暗的戰爭〉組詩包括〈收音機旁〉、〈沉思〉、〈機器〉、〈那幾個字〉四首。

藝性，〈抒情的放逐〉一文的意義在於提出即使是抗戰時代，政治考慮不能掩蓋文藝價值。今天回看這論點，仍未感過時，然而，香港的經歷改變了徐遲，使他從現代派文藝的路上轉向，不單以更多現實主義修辭告別現代派時期的美學追求，更愈益強調文學作品的政治含意。經過香港時期帶給他的思想轉折，正如孫玉石所指，徐遲「走出自我，走向街頭，走向大眾，成為大後方重慶風行一時的朗誦詩運動的積極倡導者和實踐者」[38]。徐遲從香港返回內地後，進一步發揮他的現實主義詩歌創作，在五〇年代出版了《戰爭，和平，進步》、《美麗，神奇，豐富》和《共和國的歌》等詩集。

徐遲在香港所經歷的，是現代詩歌史上另一個轉向的例子，徐遲當然視自己的思想轉折為一次重大覺醒，卻教當時的現代派同路人大惑不解，正如路易士（紀弦）提到：「有一件事令人感到遺憾，那便是我的好友徐遲，竟被左翼詩人馬凡陀（即袁水拍）拐走了 —— 他居然在上下班時坐在公共汽車上大啃其《資本論》而不已。」[39] 孫玉石指出穆木天、何其芳同樣經歷由現代派走往現實主義的轉向；[40] 當然還有袁水拍，他比徐遲更早「覺醒」，也是徐遲在香港轉向的引路者之一，一九四九年新中國成立後，徐遲與袁水拍二人走上不同的路，歷經種種政治風潮，友誼無可避免褪色，更深沉的，是徐遲在袁水拍逝世的一九八二年，為《袁水拍詩歌集》所寫的序文中，指出在袁水拍詩歌的三大類型：抒情詩、山歌和政治諷刺詩當中，「寫得最好的還是抒情詩」，然而「社會現實和理論的號召使他把主要精力平分到山歌和政治諷刺詩裏去了」，徐遲不欣賞袁水拍的山歌和政治諷刺詩，其實某程度上也在反省自己從現代派到現實主義的轉向，徐遲結合序文前段提到對袁水拍後來種種轉變的慨嘆，再提到早年的自己：

> 我早年曾寫過一篇短文叫〈抒情的放逐〉，預言了放逐抒情

38　孫玉石：《中國現代主義詩潮史論》，頁 268。

39　紀弦：《紀弦回憶錄（第一部）》（台北：聯合文學出版社，2001），頁 116。

40　參考孫玉石：《中國現代主義詩潮史論》之第八章，頁 264－317。

> 詩人的災難。這年頭可不是抒情的年頭，這世紀也再不是抒情的世紀了。袁水拍本能寫出很多很好的抒情詩，然而終究不能寫出更多更好的抒情詩，是無可奈何的。[41]

徐遲在該序文中，紀念袁水拍其人和評介袁水拍詩歌以外，其實也反思自己的轉向，他也許不完全否定自己的轉向或否定現實主義文學本身，而是質疑時代與政治風潮何以左右作家的獨立自主。徐遲寫於一九三九年的〈抒情的放逐〉一文，在當時而言主要是回應抗戰時局下新的文學需要，今天重讀該文，也許亦為抒情詩人被放逐的命運，下了一種預言式的喻示。

李育中的報告文學〈四月的香港〉

李育中（1911－2013），筆名李爾、方皇、白廬、白鳥、李航、李遠、馬葵生、韋舵等等。廣東新會人，生於香港，童年在澳門生活，一九二二年到香港讀英文。一九二五年因省港大罷工而被迫回到內地，幾年後重回香港。一九二九年在香港《大光報》開始發表作品。一九三三年《天南日報》連載由他翻譯的海明威小說《訣別武器》（*A Farewell to Arms*），為中國最早譯本。一九三四年與張弓合編《詩頁》。一九三六年與侶倫、劉火子等組織「香港文藝協會」，一九三七年與魯衡合編《南風》雜誌，與吳華胥同為《大眾日報》主筆。一九三八年回中國內地工作，曾隨軍入緬，擔任英文秘書兼戰地記者，並於內地報刊發表戰地通訊。戰後在廣州從事教育工作，任教於華南師範大學中文系。三、四〇年代在香港《大光報》、《天南日報》、《南強日報》、《南華日報》、《工商日報》、《星島日報》、《今日詩歌》、《紅豆》、《時代風景》、《南風》；廣州《烽火》、《文藝陣地》；桂林

41 徐遲：《網思想的小魚》（武漢：湖北人民出版社，1997），頁 100。

《野草》、《詩創作》、《文學批評》等刊物發表作品。[42]

李育中在三〇年代的詩作，如〈都市的五月〉、〈維多利亞市北角〉等都具現代派詩風，他曾在一次訪問中指出上海的《現代》雜誌對他們那一輩青年的影響，[43] 不過李育中更主要呈現的是寫實主義詩歌風格，例如抗戰期間寫的〈凝望〉、〈湖〉、〈「凱旋」〉、〈今之漁家〉等詩，其創作上的風格是糅合了報告文學的表現手法。他在一九三八年從香港到廣州工作之前，除了參與組織「香港文藝協會」及與魯衡合編《南風》雜誌，在寫作上更重要貢獻是引進報告文學的討論並在創作上實踐，寫成了〈四月的香港〉一文。

一九三七年四月，李育中在他參與創辦的《南風》雜誌，發表〈論近代的報告文學〉，在大約四千多字的論文中，他分別回顧中國與西方報告文學的發展，再詳細論述報告文學的特色、目標和方法，強調報告文學的社會任務以及現實主義文學的關係。文章的起首，他提出「中國第一個介紹報告文學的似是沈端先，那時是一二八上海戰爭的前夕，文章是一篇川口浩的報告文學論，因為他新鮮而又正正切要的緣故，於是便被年青的前進的一輩文藝工作者接受下來」[44]，文中提到的沈端先即夏衍（夏衍原名沈乃熙，字端先），一九三二年翻譯川口浩原著的〈報告文學論〉，署名「沈端先」發表在上海《北斗》雜誌。川口浩原著的〈報告文學論〉引述捷克作家基希（Egon Erwin Kisch，1885－1948）指出以社會主義貫徹報告文學的社會任務，並據基希〈地方通訊員的實踐〉一文提出撰寫報告文學的三個條件，強調報告文學是以表現社會主義為目的，提出報告文學是「非依從普洛寫實主義不可的」[45]。

42　李育中生平資料參見李育中：〈我與香港——說說三十年代一些情況〉，收入黃維樑主編：《活潑紛繁的香港文學：一九九九年香港文學國際研討會論文集》上冊（香港：香港中文大學新亞書院、中文大學出版社，2000），頁 126－133。

43　參考梁秉鈞：〈李育中訪談錄〉，收入陳智德編：《三四〇年代香港新詩論集》（香港：嶺南大學人文學科研究中心，2004），頁 137－142。

44　李育中：〈論近代的報告文學〉，《南風》出世號（第一期），1937 年 3 月。

45　川口浩原著、沈端先譯：〈報告文學論〉，《北斗》第二卷第一期，1932 年 1 月。

李育中〈論近代的報告文學〉大致延續川口浩〈報告文學論〉的論點，指出報告文學是把知性和感性統一，而所謂感性不是浪漫主義式的感性，而是要歸結到現實主義的技巧中，以社會主義為最終指向：

> 報告文學不是把某時某地的事實報告出來就了，他是把知性和感性統一起來的，他所最需要的是，賦予他一個藝術的形式……無論是什麼的浪漫主義都是有害於報告文學的，他唯有站到現實主義的台基才能有他的發揚蹈厲。自然，這決決不是照相機攝取物象那麼地機械去處理所得來的材料的，他有一定的目的和一定的傾向，這就是社會主義。[46]

李育中亦引述了基希提出撰寫報告文學的三個條件，一再強調以社會主義為前提：

> 報告文學是有着社會的任務的，所以最被現代在變革期中的社會所需要，因為他能夠從單純的事實探討，而後便會導到社會主義的路去，那才是最終結的。[47]

李育中〈論近代的報告文學〉一文，有如他的〈抗戰文學中的浪漫主義質素〉、〈論戰時文藝的形態〉、〈最近一年來的中國文壇〉等文，可見出他引進文學論述的努力，而〈論近代的報告文學〉一文的發表，亦配合他與友人創辦的《南風》，在創刊號標示出「報告文學」這標題，除了李育中〈論近代的報告文學〉，另有周延〈故鄉的感受〉和吳健民〈街頭剪影〉兩篇文章，可說是當時香港文藝刊物的新創舉。李育中把握住報告文學的特點，結

46 李育中：〈論近代的報告文學〉，《南風》出世號（第一期），1937 年 3 月。
47 同上註。

合寫實主義文學技巧到他的詩歌創作中。寫實主義作為一種文學概念，意義包含很廣，李育中抗戰期間寫的〈凝望〉、〈湖〉、〈「凱旋」〉、〈今之漁家〉等詩，融合了報告文學的手法，使反映現實的批判中多了一層客觀的平靜，情感即使熱烈高昂，也因為有一點安排和制約在當中而不流於浮誇，即李育中所說的把知性和感性統一，可說是一種報告文學式的寫實。他在〈湖〉這詩中，以不同角度寫老船家的生活：

老舟子是長遠生活在湖邊的
滄桑他是經歷過了
湖上雖然還平滑
但他生涯的風浪多險峻
在淡青色的月下
我們欣悦着湖上的美好
　（宇宙像做夢
　　人也恍如穿過夢境）
我們遂話着昨年浩劫的舊事
老舟子甚麼也知道
像他知道湖水每一處多深多淺一樣
他熟悉於這有名的小湖
也熟悉於這有名的古城
他說日本兵來過以後
湖上浮着幾個殘屍
城裏燒毀無數屋宇
從此這裏便變得淒涼
燈光更覺黝暗
見不到往昔的家園的幽泣了
見不到妻兒的幽泣了
但抹過眼淚之後

他們卻深知道誰所賞賜[48]

〈湖〉寫老船家的生活，但沒有誇張他的滄桑經歷，「我們遂話着昨年浩劫的舊事／老舟子甚麼也知道」，作者的筆法冷靜，詩中的角色也對苦難保持平靜，「老舟子甚麼也知道」，相對於遊人「我們」的感興和浪漫的想像「我們欣悅着湖上的美好（宇宙像做夢／人也恍如穿過夢境）」，作者寫老舟子是實寫，而遊人的角度則作為虛筆，作者在兩者之間是有所褒貶的，作者批評遊人的角度，遊人對「昨年浩劫的舊事」的談論是基於固有的浪漫想像，但本詩的用意不是批判遊人的談論，而是凸顯觀察角度和反思寫實的重要性，由此，李育中其實也表達了一種詩觀，期待一種結合報告文學精神的抗戰詩歌。

一九三八年，李育中離港赴廣州工作前夕，寫成〈四月的香港〉一文，他首先描述上海與香港的轉變：「世態有滄桑之感：這裏已是從前的上海，上海已是從前的哈爾濱」，這一句很精警地點出抗戰局勢造成上海和香港的轉變，李育中再以香港作為戰爭的避難所為描述的切入點，強調在避難的現實中的不同矛盾，例如一個從廣州轉學來港的女學生批評香港本地的女學生「只會賣花」，同時另有在內地做過救亡工作的青年焦急地喊叫：「我要救國，我要工作」，以一組近乎對稱的人物反應對比，凸顯現實處境中的矛盾，也就是李育中心目中試圖呈現的，香港在抗戰時局中的矛盾。經過這層鋪排後，〈四月的香港〉的文章重心，是以主要篇幅描劃面對動盪時局下，熱烈和冷淡兩種態度並見的香港：

香港——仍然是娛樂的城市，被人呼為東方的 Riviera 這是不會錯的，而且，蒙地加勞離此地也不遠。

皇后大道中兩所最名貴的影戲院驕傲地對峙着，而又和氣地

48 李育中：〈湖〉，《星島日報．星座》，1939 年 7 月 14 日。

> 對他的顧客引誘；一邊聲明這個「香豔歌舞巨片」的《清歌妙舞》要連映四日，一邊卻以「全部彩色本年歷史俠豔巨片」的《遍地黃金》「聯合獻映」以示抵制與競賽。……
>
> 另一家影戲院卻別闢途徑——《克復台兒莊》。這是一月來最動人的字眼，每日七場，絕無虛座。……
>
> 街外不知何處又再飄來一段《義勇軍進行曲》，是孩子們的聲音，而播音機卻於同一時間裏播送着《昭君畫眉》之類的東西。[49]

在這段文字中，在《清歌妙舞》與《遍地黃金》兩齣電影的對峙當中，《克復台兒莊》才是與前者真正相對，而孩子們傳唱的歌曲《義勇軍進行曲》則相對於收音機所播送的《昭君畫眉》，在兩兩相對的事物中，李育中既有意寫出香港的兩面，也隱伏了他的立場和寄意。

〈四月的香港〉以客觀遠距描寫的角度，報告文學的筆法，寫兩種力量、兩種傾向的並置和對立，作者似沒有表達本人態度，但在種種並置描寫的事物間，強調出香港在一般刻板印象以外的面貌，即是在《清歌妙舞》、《昭君畫眉》的播放以外，也有《克復台兒莊》和《義勇軍進行曲》的播放、傳唱；文章最後以「有人召集幾個勞動團體和一些學生」公開地舉行紀念五卅慘案的活動，同時有一家教堂用演唱中國現代音樂的名義唱了許多救亡歌曲，這兩種現象作結。〈四月的香港〉可說報道了抗戰局面中的香港社會實況，留下種種既真實又矛盾的現實記錄，最終透過種種對抗戰的呼應，指出香港在一般刻板印象以外的面貌，突破了對香港刻板印象的「資本家的天堂」、「人慾橫流」等等單向描述。

49　李育中在〈我與香港——說說三十年代一些情況〉一文中提到：「一九三八年我寫完一篇〈四月的香港〉報告文學，便去廣州工作。」〈四月的香港〉發表在《文藝陣地》一卷四期，一九三八年六月。

劉火子、《不死的榮譽》與微光出版社

劉火子（劉培燊，1911－1990），廣東台山人，香港出生，曾用筆名火子、劉寧、劉朗等。劉火子一九二三年曾入讀廣州第三小學，一九二六年回港，一九二九年進香港華胄英文書院夜校，一九三三年至一九三七年間先後在香港數間中、小學任教，他憶述在香港模範中學任教期間，結識了在港的「進步人士」李拉特、葉錦田、李遊子、羅理實（羅雁子）、連貫等等，一起推動左翼文化的宣傳。[50] 一九三六年與友人創設「香港新生兒童學園」，校址位於旺角奶路臣街。

劉火子是早期香港新文學的主要作者之一，一九三四年與戴隱郎創辦《今日詩歌》，三〇年代在香港《南華日報》、《天南日報》、《大眾日報》等報刊發表詩作和評論，其後除了香港的《星島日報》、《大公報》、《華僑日報》、《時代文學》等報刊，並在上海的《文叢》、《烽火》、《文藝復興》、桂林的《詩創作》、重慶的《詩文學》等刊物上發表。一九三八年任香港《大眾日報》記者，此後一直從事新聞工作。[51]

劉火子擔任《大眾日報》記者期間，發表了〈島上人的「仲夏夜之夢」〉、〈島上的婦女們怎樣過這夏天 —— 替她們算一算賬〉、〈救亡情緒高漲　書店生意興隆 —— 香港文化巡禮之一〉、〈到泳場去！到泳場去！ —— 石澳、荔枝角都各有千秋〉、〈「娛樂」門前一瞥〉等等多篇描繪香港社會生活的特寫報道。一九三八年九月，劉火子轉任香港《珠江日報》記者，十月份前赴韶關、桂林等地，撰寫戰地新聞報道，一九四〇年一月二十九日、三十日、二月一日在《珠江日報》以劉寧為名，發表長篇報道〈大戰後昆崙

50　參考劉麗北主編：《奮起者之歌：劉火子詩文選》（上海：東方出版中心，2011），頁 231。

51　一九四二至一九四六年間，劉火子先後在韶關、桂林、重慶、上海等地報社工作，一九四七年回港任職於《新生晚報》，一九四八年參與香港《文匯報》的創辦，一九五〇年接任《文匯報》總編輯，一九五一年離港赴滬，任職於上海《文匯報》，一九九〇年在上海逝世。關於劉火子的生平詳見劉麗北：〈劉火子生平簡歷〉，《香港文學》第 174 期，1999 年 6 月。另參劉以鬯編：《香港文學作家傳略》（香港：市政局公共圖書館，1996）。

關巡禮 —— 並記殲滅戰的大捷及勞軍的經過〉，詳細記述一九三九年底至一九四〇年初的昆崙關戰役，除了戰事經過，該文中段亦提及當地民眾協助修復受戰火破壞的公路，卻也受命為防止日軍進襲而破壞公路，劉火子由此另外寫了長詩〈公路〉，最後一節是這樣：

看旁人一個一個在勞動的顫抖中，
送去了晚年，送去了
羸弱的身子！
自家兒只抵着無言的痛楚，
把路面從山腰挖掉！
他們凝望着往日車馬盈千
馳驅而過的康壯大道；
而且印有無數挑着農產品的村民
那闊大而粗笨的腳跡的大道，
流下深沉的吁嘆！

但問他們誰覺得難過嗎？
答道只為不讓歹徒踏進呀！[52]

這詩也如同〈大戰後昆崙關巡禮 —— 並記殲滅戰的大捷及勞軍的經過〉的寫實指向，不作浮誇或口號化的敘述，而是透過特定敘述角度，凸顯詩文背後的抗戰理念。劉火子這段時期的戰地通訊尚有〈韶關空城記〉、〈粵北的掃蕩戰〉、〈桂南混戰的縱橫面〉等文，而在桂林期間，他曾出席中華全國文藝界抗敵協會桂林分會舉辦的「詩歌之新形式問題」座談會，席間朗誦詩歌〈不死的榮譽〉，這詩同年十一月三十日發表於香港《大公報．文藝》。

52 劉火子：〈公路〉，《星島日報．星座》，1939 年 7 月 2 日。

一九四〇年中，劉火子從桂林返回香港，在《時代文學》、《大風》、《文藝青年》等刊物發表多首新詩。這年底，劉火子的詩集《不死的榮譽》由微光出版社出版，列「黎明叢書．甲輯之二」，收錄一九三七至一九四〇年間詩作二十二首，分別寫於香港和桂林。當中多首作品，如〈公路〉、〈熱情祖國〉、〈海〉、〈筆〉、〈中國的黎明〉、〈棕色的兄弟〉等皆呼應抗戰主題，〈公路〉和〈棕色的兄弟〉着重於敘事，〈熱情祖國〉、〈中國的黎明〉則着重抒情和理念表述。劉火子的詩歌風格明朗，主要運用自由詩體和散文化形式，在白描中亦多轉換視點，因刻劃現實的角度本身豐富多變，故詩的態度鮮明而不流於口號化，感情可感而不浮誇。〈棕色的兄弟〉和〈海燈〉兩首詩中，作者關注的是外在現實，沒有提到自己，但詩最動人的還是作者透過寫實所表現出對外在事物的感情。

出版《不死的榮譽》的同時，微光出版社亦出版了艾青的詩文合集《土地集》，[53] 列「黎明叢書．甲輯之一」。微光出版社由鄺達芳（鄺明，又名鄺魯直，1914－1983）與劉火子合辦，據劉火子一九八四年十二月十四日給劉福春的信中提及鄺達芳說：

> 亦從桂林到香港，與我合辦微光出版社，他任經理，我任編輯，主編黎明叢書，先後出版了艾青的詩、散文合集《土地集》和我的詩集《不死的榮譽》。計畫中還將出版戴望舒、王春江、羅烽等人的創作或翻譯集。可惜叢書才出了艾青和我的兩種，一九四一年底太平洋戰爭爆發，日軍進攻香港，出版社宣告結束。[54]

又，劉麗北〈劉火子生平及文學創作簡歷〉一文提及艾青亦有參與微光

53 艾青的《土地集》分為「迎」、「哀巴黎」、「憶杭州」三輯。第一、二輯收〈迎〉、〈高粱〉、〈仇恨的歌〉、〈魯迅〉等詩十二首，第三輯收〈憶杭州〉、〈分居〉、〈夏日書簡〉等散文。

54 劉福春：〈艾青詩集敘錄〉，《湖南人文科技學院學報》第 1 期，2009 年 2 月。

出版社的運作：「由鄺達芳負責集資，劉火子組織香港、桂林作家的稿件，艾青約請重慶、解放區作家的稿件」，其所編之「黎明叢書」除了甲輯，亦本計劃以乙輯出版小說作品，並已「先後收到艾蕪、戴望舒、羅烽、黑丁、王春江等的作品」[55]。

微光出版社在桂林和香港分別設有通訊處，桂林為「桂林掛號郵箱一六八號」，香港是「香港大道中洛興行二樓」，即是中環皇后大道中三十三號洛興行（原址一九七〇年代改建為萬邦行）。[56] 微光出版社在當時應是稍具規模的出版社，準備在香港幹一番文學出版事業，柳亞子曾有〈為微光出版社題壁〉一詩題贈該社：

> 群龍無首血玄黃，瀛海鏖兵作戰場。直筆自應存正義，謙辭何意托微光。宣尼禮運傳心法，國父民生有主張。願祝青年齊努力，追蹤前哲好流芳。[57]

詩中寄喻了微光出版社為抗戰文學工作的宗旨，並作出勉勵。相信這詩裝裱後曾作為匾額或立幅，掛於微光出版社壁上，柳亞子另有詩記述劉火子和鄺達芳分別向他索書之事，包括〈贈劉火子〉：「大好青年劉火子，索書火急似催逋。黎明在望須前進，榮譽從教屬我徒」[58]，柳亞子自註云：「火子著《不死的榮譽》一卷，輯入黎明叢書」，記述了劉火子詩集《不死的榮譽》的出版。另有〈贈鄺魯明〉：「鄺生與我不相識，卻介黃劉索我書。失笑涂鴉三十載，居然瓦礫當瓊琚」，柳亞子自註云：「劉火子以黃苗子之介，與余通訊，魯明又屬火子向余索書」[59]，以上三首詩大約寫於一九四一年二月，記

55　劉麗北主編：《奮起者之歌：劉火子詩文選》，頁 280。
56　由羅明佑成立之「聯華影業製片印刷有限公司」，辦事處亦位於洛興行二樓。
57　柳亞子：《柳亞子文集．磨劍室詩詞集》，頁 906。
58　同上註，頁 907。
59　同上註。

述了微光出版社的成立以及劉火子和鄺達芳向柳亞子求取贈詩的經過，從中亦顯出劉火子等很重視這出版社，視其成立為大事，因而設法請柳亞子為出版社題詩，而柳亞子亦受其呼應抗戰之精神所動，撰詩題贈以作勉勵。

微光出版社成立後，出版了艾青的詩文合集《土地集》和劉火子的詩集《不死的榮譽》作為「黎明叢書」甲輯，亦本計劃以乙輯出版艾蕪、戴望舒等人的作品，很可惜不久太平洋戰事爆發，未及實踐宏願，戰前資料星散，人物凋零，所幸劉火子的詩集《不死的榮譽》仍有影印本流傳，[60] 亦有柳亞子的詩，為微光出版社留下片言記錄。

陳殘雲：抒情和鬥爭的寫實

陳殘雲（陳福才，1914－2002），原籍廣東廣州，在廣州出生，一九三〇年從廣州來到香港工作，開始接觸新文學，並投稿到香港和上海的報刊。一九三五年考進私立廣州大學中文系，結識溫流、黃寧嬰、陳蘆荻等詩人，加入廣州藝術工作者協會（廣州藝協）詩歌組，參與《詩場》、《今日詩歌》、《廣州詩壇》等刊物的編務，三份刊物於一九三七年改組為《中國詩壇》，先後在廣州、桂林和香港出版。一九三九年，陳殘雲在香港參與中華全國文藝界抗敵協會香港分會（文協香港分會）的活動，並和黃寧嬰復刊《中國詩壇》。一九四〇年到桂林工作，一九四一年曾返回香港，抗戰期間在粵北、桂林等地工作，一九四五年返回廣州，與司馬文森合編《文藝生活》，一九四六年因《文藝生活》被政府查禁，赴香港繼續出版。一九四七年在香港香島中學任教，後任職於香港南國影業公司，撰寫電影劇本《珠江淚》。一九四八至四九年任文協香港分會理事，一九五〇年回廣州。

陳殘雲與李育中一樣，在早期創作階段曾有經歷接近現代派詩風的時

60 一九九九年四月，劉火子長女劉麗北攜劉火子詩集《不死的榮譽》影本，捐贈予香港大學，現存於香港大學圖書館之「香港特藏」。

期，他在回顧自己的早年詩作時說：「一九三五年沒有進入大學之前，我是香港一間小作坊的店員，我愛上了新文藝，讀了較多的小說和新詩。我胡亂地讀着，不知道哪些作品是進步的，哪些是不進步的」[61]，「我寫的是自以『高雅的』的象徵詩，朦朦朧朧，自己也看不懂」[62]。陳殘雲接近現代派詩風的時期很短，他後來在廣州、桂林和香港的《星島日報・星座》、《大公報・文藝》、《文藝陣地》、《文藝生活》、《中國詩壇》等刊物發表的詩，主要傾向明朗和寫實的手法。

陳殘雲在抗戰期間發表大量詩作，細讀這批作品，許多都具有藝術水平，比當時更多被稱為「街頭詩」、「傳單詩」的作品優秀，原因可能是陳殘雲詩中的抒情性和當中對於情感的掌握。當然陳殘雲詩中的抒情並非新月派詩人浪漫主義式的抒情，也不是三〇年代戴望舒結合浪漫和象徵主義手法的抒情，陳殘雲主張以抒情作為革命和鬥爭的工具，他的抒情是與左翼詩歌理念相結合的，他的詩是以寫實為本而結合了抒情的元素，以革命和鬥爭為目標，而部分革命和鬥爭性較少的詩作，因應本身受到寫實手法制約的抒情成分，反而更耐讀，例如〈烽火下的抒情詩〉的第一組詩：

一　守夜衛

清幽的下弦月
　沉落在人家的屋簷
峭寒的夜風
　吹來山後底木葉
這凝霜的深宵啊
我用殭硬底手

61　陳殘雲：〈序言〉，《陳殘雲自選集》（廣州：花城出版社，1983），頁 1。
62　陳殘雲：〈黎明散曲・序〉，轉引自許翼心：〈陳殘雲在香港十年的文學成就〉，《香港文學》第 78 期，1991 年 6 月。

握緊

　殭硬底槍桿

在破舊的營幕之前[63]

……（節錄）

詩中守夜衛兵的意志，背後有下弦月、夜風的種種動靜作為襯托，使中段衛兵的言志有了基礎。末段寫同志帶着節奏的鼾聲，亦把情感引向另一個未發生的時空。「待明朝／再上戰場」固然是一個口號，幸有鼾睡中的同志作為形象，把口號變得具體可感，「同志們的鼾睡聲／彷彿都有着／鬥爭的節奏」，末段隱藏着衛兵的視點，以觀察代替了情感的直接表白：當中的重要訊息是，一個聽鼾聲而引為鬥爭節奏的衛兵，他的意志的可貴實不下於鬥爭本身。〈烽火下的抒情詩〉以細寫參與「鬥爭」的角色，代替「鬥爭」本身的宣揚，凸顯人物的意志比直接表白更可感。雖然陳殘雲在〈抒情的時代性〉一文中以抒情作為革命手段和鬥爭工具，[64] 但他的詩作之所以動人不是因為革命和鬥爭，而是因為詩中的抒情經過了安排，有着進程，亦留有空間。

陳殘雲以詩為「鬥爭工具」的觀點並不罕見，《廣州詩壇》的創刊辭即提出「詩歌必須服務於民族解放運動」[65]，由《廣州詩壇》同人發展而成的《中國詩壇》，由於一九三九年廣州淪陷，從廣州南遷香港復刊，由陳殘雲、黃寧嬰等主編，戰時一度移至桂林，和平後返回廣州出版，至一九四八年再由於政治因素，《中國詩壇》亦再遷港出版，出版了三期。在香港出版的《中國詩壇》，實把廣州詩人的左翼詩歌傳統帶到香港。

陳殘雲在五、六〇年代創作了不少小說和電影劇本，而他最重要的新詩和詩論則寫於抗戰期間。陳殘雲三、四〇年代前後居住在香港約有十年，但

63　陳殘雲：〈烽火下的抒情詩〉，《文藝陣地》二卷十期，1939 年 3 月。

64　詳見本書上文「抒情的放逐」一節。

65　參考張振金：《嶺南現代文學史》（廣州：廣東高等教育出版社，1989），頁 173。

與不少從內地來港的作者一般，在有關香港的詩作當中，每多負面描寫，例如〈海濱散曲〉和〈都會流行症〉二詩，所寫的都是香港，作者的態度不僅負面，且帶着厭惡、不屑和憎恨，在他的筆下，香港作為一個都市，狡猾、無恥、醜惡而且有病。

在〈都會流行症〉一詩當中，陳殘雲描繪的是一個形容為有病的都市：「都會是狡猾與無恥／哭泣，歡笑，飢餓與徬徨／呵呵！都會的流行症／長期的都會流行症」，都市在發展過程中自有不少負面的問題，陳殘雲把當中的問題形容為一種「流行症」，都市男女的享樂生活則是病態的表現，然而這有病的描繪主要還不是都市本身問題，關鍵實在於作者的選擇角度：「白日看不見太陽／夜裏也看不見月亮／人永遠在黑暗中／都會永遠在黑暗中」，都市在作者眼中本是一個異化的地方，但他選取「白日看不見太陽／夜裏也看不見月亮」這樣的觀察，突出不健康的、日夜也無光的觀感，實是一種「再異質化」的處理，即把一個看來負面的現象進一步凸顯，從而加深負面的程度。[66]〈都會流行症〉對一個病態的都市有不少寫實描述，但本詩最令人著目的反倒不是那都市現象的寫實描述，而是作者在觀念上對都市的強烈厭惡和徹底否定的感情。這感情在另一首寫於一九四一年的〈海濱散曲〉中有更明確的呈現，全詩共十段，以下是第一、第三和第十段的節錄：

一

吐一口憎恨的唾沫
我遠離了你藍色的海
像一隻野馬
　向被歌讚的火的大地

66　有關「再異質化」的論述，可參考陳智德：〈懷鄉與否定的依歸：徐訏和力匡〉，收入《解體我城：香港文學 1950－2005》（香港：花千樹出版有限公司，2009），頁 52－79。

今日又回來了
從冷冷的城，悶悶的城
　回到你身邊
我失眠的眼睛
第一回看見你
　便有夢後的懊惱感

你還有醜惡，我知道
有新的欺騙與陰謀
　和無從傾訴的深積的恨

也容許遠遠而來的人
　有一聲嘆息
這便是含淚而笑的婢女
　一點無可奈何的自由

三

每夜我頹然
　躑躅於海濱
樓頭便有豪貴者的眼睛
　投一線輕蔑

這勢利的病態的都市
我誠然要叫人
　有小偷的感覺

而竊取我們國家的財寶的人

夜夜都逍遙於海國
　人們會歌功頌德
我呵，一個精神勞動者
　竟變作流氓麼

我憎恨地望着
暗啞的海岸的燈

十

我走了
馱着聖教徒的虔誠的心
航過白浪滔天的遠海
投向勞動者
　新闢的聖地

我不再蟄伏如小蟲
嗟息人生的困倦
或空望着窗外
　歌讚陽光
我要做光明的創造者
握着火把
　向黑暗燃燒

而你醜陋的充滿梅毒的島
你島上的不要臉的狗
你強姦了人的純良的魔手
　通通都毀滅

　都悲鳴而死吧
光明要來，火要來
春天要來，風要來
我要來，要來啊
把火熱而輕快的歌
帶回這靜寂的海濱[67]（節錄）

作者沒有明說，但〈都會流行症〉和〈海濱散曲〉所寫的都是香港。陳殘雲於〈海濱散曲〉詩末署「一九四一年初秋於香港」，之前他到桂林工作約一年，寫這首詩時剛從桂林再到香港，陳殘雲雖由三〇年代已間歇地在香港生活過，但始終沒有認同感。香港這都市在作者筆下，不但「狡猾」、「無恥」、「醜惡」，而且有病，更甚的是，在〈海濱散曲〉詩中，該病已由一種流行病演變成「勢利的病態」，以至更具有厭惡和詛咒意味的「梅毒」：「而你醜陋的充滿梅毒的島／你島上的不要臉的狗」，作者的描寫不單負面，而且正如第一組詩的首句「吐一口憎恨的唾沫」和第三組的結句「我憎恨地望着／暗啞的海岸的燈」，作者對都市厭惡、不屑、憎恨之情更清晰可見。

陳殘雲三〇年代加入的廣州藝協和中國詩壇社都並非單純的文藝團體，是有它特定的政治傾向和任務。廣州藝協詩歌組組長是溫流，陳殘雲指「溫流可能是共產黨員，他的政治警惕性很高，每次座談會都變換地址……時聞市內有人秘密失蹤，我們卻沒有發生過意外的事」[68]，廣州藝協詩歌組稍後改組為廣州詩壇社，再而為中國詩壇社，陳殘雲本人則於一九四五年加入中國共產黨。[69] 陳殘雲的詩觀也接近左翼文藝的觀點，他曾在〈抒情的時代性〉一文中說：「我們的抒情詩是革命的，是一種鬥爭，而且比一切詩的形

67 陳殘雲：〈海濱散曲〉，原刊 1941 年桂林《文藝生活》，此處據陳殘雲：《陳殘雲文集》第七卷（天津：百花文藝出版社，1994），頁 35－42。

68 陳殘雲：〈序〉，收入鄧國偉、陳頌聲編：《南國詩潮——中國詩壇詩選》（廣州：花城出版社，1986），頁 1－2。

69 參考陳衡、袁廣達編：《廣東當代作家傳略》（廣州：中山大學出版社，1991），頁 18。

體，抒情詩是一種更有力的鬥爭工具。」[70] 陳殘雲重視詩的抒情成分，卻以詩作為革命鬥爭的工具，〈都會流行症〉和〈海濱散曲〉二詩，實際上以寫實為本而結合了抒情的元素，最終以革命和鬥爭為目標，可說是一種結合了抒情和鬥爭的寫實。

70　陳殘雲：〈抒情的時代性〉，《文藝陣地》四卷二期，1939 年 11 月。陳殘雲〈抒情的時代性〉是針對徐遲〈抒情的放逐〉而發。

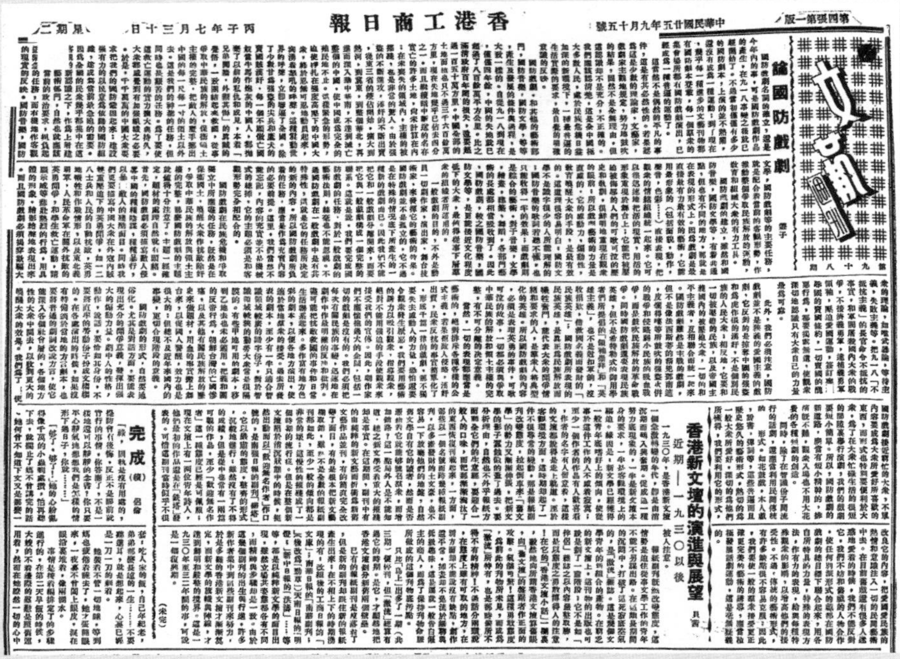

第四張第一版 中華民國廿五年九月十五號 香港工商日報 丙子年七月三十日 星期二

文藝 第九十八期

論國防戲劇 遊子

香港新文壇的演進與展望 貝茜

近期——一九三〇以後

完成（續） 侶倫

《工商日報·文藝週刊》

一九三六年八月十八日至九月十五日，侶倫以「貝茜」為筆名在《工商日報·文藝週刊》連續三期發表〈香港新文壇的演進與展望〉，同年，多位作者撰文呼應中國內地文壇的「國防文學」和「國防戲劇」等説法，包括華胥〈國防文學與戰爭文學〉、遊子〈論國防戲劇〉、華秋〈國防文學與通俗讀物〉等文。

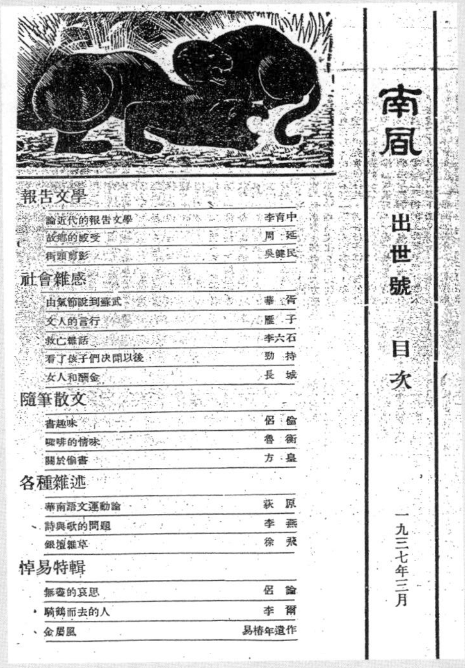

南風

出世號

目次

一九三七年三月

《南風》

一九三七年三月創刊，李育中與魯衡合編，作者包括侶倫、李育中、易椿年、魯衡、雁子、華胥、勁持、李六石等，內容包括報告文學、社會雜感、散文隨筆等。

中華民國廿七年七月二十日（星期三）　大衆日報

第十期

「詩」的專號

詩歌大衆化與詩歌朗誦

楚青

中國的新詩運動，十幾年來在摸索中前進，我們曾經揚棄了受拘束舊體詩，但我們又到外國去搬來不少的古董，弄來弄去，花樣雖然百出了，而嚴格地來說：新詩却仍然是徘徊在羊腸的岐路上面。

現在，我們想給新詩運動走上康莊的大道，我們必需使詩歌大衆化，這我相信誰都沒有反對的，但如何才能大衆化呢？這却是一個不容易解決的問題。

抗戰以來，詩歌朗誦已在廣大的羣衆中出現了。詩歌從活動中已漸漸的和大衆接近了。

但是，在過去詩的誦出，好像在廣州在延安，都沒有很大的收穫，甚至失敗了。然而失敗的原因，並不是詩歌朗誦的要不得，而是詩的本身，未能適合於大衆口胃的原故。我們知道，現在很多的詩人，把詩看得太容易了，隨便拿幾句雜感來排列就是詩。隨便喊幾句口號也是詩！在默讀的時候已經令人感到無味，拿來朗誦，所給與人家的印像自然更不用說。

據說白居易當他每完成一首詩的時候，就先拿來朗讀一遍給他的老嫗聽。如果他的老嫗聽得不懂的話，他一定重新的删改或竟把它燒去。這種寫作的精神，倒可以做我們新詩人的好榜樣。

現在我們的詩可以有機會在很多人的面前來朗誦了。過去的失敗，是我們一個好好的敎訓，我們應該詳細的檢討過去，我們的缺點究竟在什麼地方？比如口語化方面，我們如何才能够用得適當，使人家聽了之後都能懂得？格律方面，應該如何講求，才可以做成起伏奔落的氣勢？節奏方面，我們要怎樣才可以使人聽了感動？我們多一次的覊出，就多一次的經驗，也就多有一次的改進。而漸漸使詩歌和大衆接近，成爲眞正大衆化的東西！

新詩人們，努力吧，加倍努力，展開詩歌朗誦運動。

「七，七」在香港

何呈江

喚醒的有着充份異國情
調的香港，
一向給人們目爲樂園，
天堂；
可是，這一回，樂國傾
域天堂裏：
一個偉大沉痛悲壯交流
的
抗戰建國廣案一週年紀
念的日子，
高高的燒着民族解放自
由的火光！
×　×　×　×
天眞漫爛活潑可愛底小
學生，
熱誠愛國決不是花瓶的
女郎，

《大眾日報．文化堡壘》

《大眾日報》副刊「文化堡壘」由香港中華藝術協進會（藝協）主編，第一期於一九三八年五月十一日出版，作者包括呂覺良、張弓、何浧江、李一燕（李育中）等等。

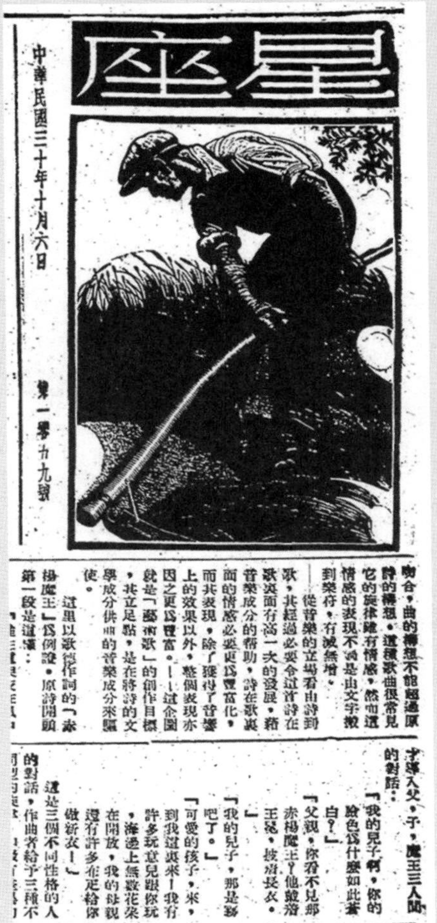

星座

中華民國三十年十月六日　第一零九九號

吻合，曲的構想不能超過原詩的構想。這種歌曲很常見它的旋律雖有情感，然而這情感的表現不過是由文字搬到樂符，有減無增。

從音樂的立場看由詩到歌，其經過必要令這首詩在歌裏面有高一次的發展，藉音樂成分的幫助，詩在歌裏面的情感必要更為豐富化，而其表現，除了獲得了音響上的效果以外，整個表現亦因之更為豐富。——這企圖就是「藝術歌」的創作目標，其立足點，是在將詩的文學成分供曲的音樂成分來驅使。

這里以歌德作詞的「赤楊魔王」為例說。原詩開頭第一段是這樣：

才導入父，子，魔王三人間的對話：

「我的兒子啊，你的臉色為什麼如此蒼白？」

「父親，你看不見那赤楊魔王？他戴着王冕，披着長衣。」

「我的兒子，那是霧吧了。」

「可愛的孩子，來，到我這裏來！我有許多玩意兒跟你玩，海邊上無數花朵在開放，我的母親還有許多布疋給你做新衣！」

這是三個不同性格的人的對話，作曲者給予三種不

《星島日報．星座》

一九三八年創刊的《星島日報》聘請來港不久的戴望舒主編文藝副刊「星座」，憑藉其文藝識見和人脈，使「星座」成為抗戰前期華南地區重要的抗戰文藝陣地。

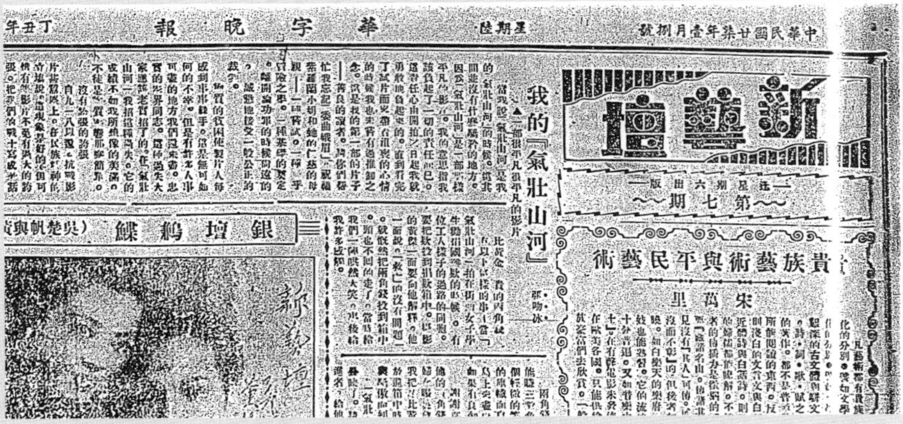

中華民國廿柒年壹月捌號　星期六　華字晚報　丁丑年

新藝壇

第七期

我的『氣壯山河』

張吻冰

貴族藝術與平民藝術

宋蔦里

銀壇鵝鰈

張吻冰〈我的氣壯山河〉

早期香港新文學拓荒者之一張吻冰，一九三〇年代中期轉向電影發展，一九三七年執導抗戰電影《氣壯山河》，當時他已反省到「國防電影」的僵化模式，有意注入不同的拍攝手法，他在一九三八年一月八日《華字晚報．新藝壇》發表〈我的氣壯山河〉，解釋他的理念。

《中國詩壇》（港版）

《中國詩壇》原在廣州出版，一九三八年十月廣州淪陷之後，一九三九年五月遷港出版，一九三九年七月出版「新二號」。

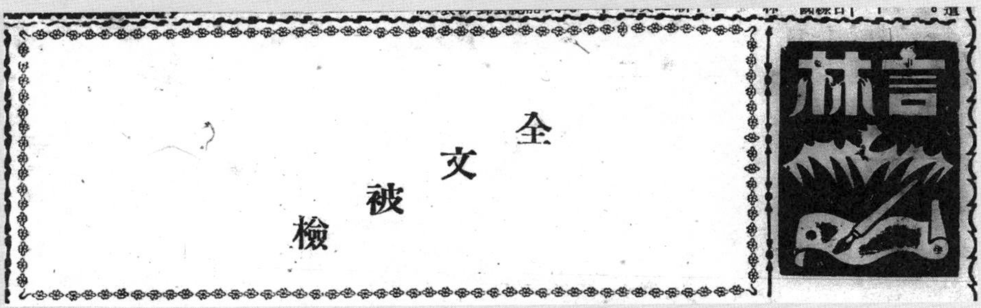

一九四〇年五月一日的《立報．言林》

抗戰期間，香港政府對報刊設有檢查制度，犯禁字詞必須刪除，報刊編輯一般以「×」或「口」代替遭禁言詞，以至全篇遭禁時以「開天窗」表示抗議。

《文藝青年》

一九四〇年九月創刊，文協香港分會所屬青年組織「文藝通訊部」（簡稱「文通」）之機關刊物，楊奇、麥烽等主編。創刊詞〈我們的目標——代開頭話〉中提到，該刊是以培育本地青年成為「文藝戰線的尖兵」、團結文藝青年，提供發表園地為目標。

劉火子《不死的榮譽》

劉火子詩集《不死的榮譽》一九四〇年由微光出版社在香港出版，列「黎明叢書・甲輯之二」，收錄一九三七至一九四〇年間詩作二十二首，當中多首作品，如〈公路〉、〈熱情祖國〉、〈海〉、〈筆〉、〈中國的黎明〉、〈棕色的兄弟〉等皆呼應抗戰主題。

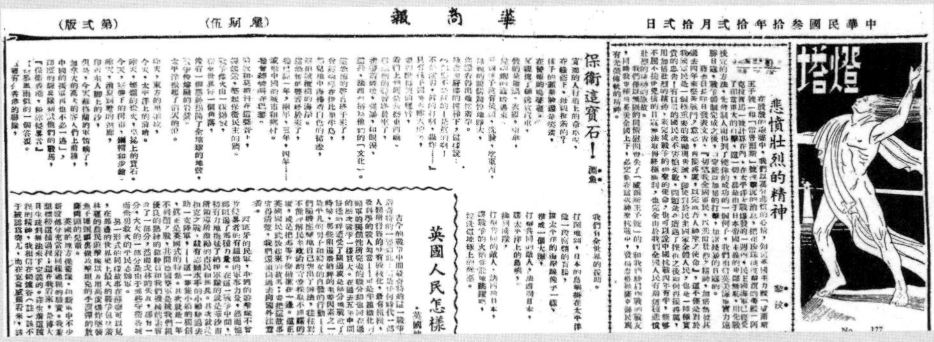

淵魚〈保衛這寶石！〉

一九四一年十二月八日日軍空襲香港後，淵魚在十二月十二日《華商報・燈塔》發表新詩〈保衛這寶石！〉，該詩以寫實手法，對香港戰役初期情形有很具體描寫。

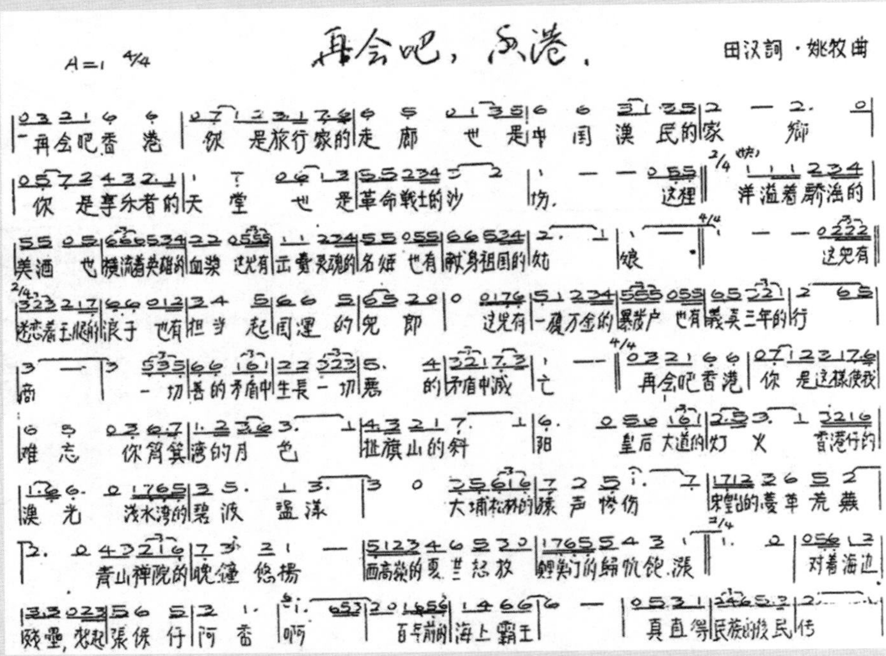

〈再會吧，香港！〉簡譜本

一九四二年在桂林上演的話劇《再會吧，香港！》，同名主題歌〈再會吧，香港！〉由田漢作詞，現時流傳的版本，有香港《晶報》刊載的手抄簡譜本、徐月清核對重抄的簡譜版本、收錄在張大年編《香港開埠前後的詩史 —— 香港詩歌選》的版本、收錄在胡從經編《歷史的跫音》的版本，以及《田漢全集》第十一卷收錄的版本。

《艱苦的行程》

舒巷城著於一九七〇年代、以小説筆法寫成的回憶錄《艱苦的行程》，在第二章「燒書焚稿」一節記載香港淪陷前，作家銷毀文稿的過程，日軍空襲翌日，一位本身也是文藝青年的街坊朋友探望敘事者，提示必須把有關抗日的書籍和文稿銷毀，當時許多人都已有此打算。

第六章

文藝青年大召集

「文通」與「八月文藝通訊競賽」

中華全國文藝界抗敵協會香港分會（文協香港分會）成立後，一方面為接續原在廣州推行的「文藝通訊員運動」，另方面也為培育本地青年，一九三九年八月六日籌組「香港文協文藝通訊部」，由黃繩、胡危舟、袁水拍、寒波、杜埃、文俞、溫功義等負責，分組織、編輯、指導、服務四股，並發起舉辦「八月文藝通訊競賽」，旨在徵收文藝青年為成員，[1] 九月二十五日在《大眾日報・文協》出版「八月文藝通訊競賽特輯」擴大宣傳。文俞在〈通訊員的組織〉一文提出文藝通訊員運動旨在透過不同的支站來「推動當地的文藝救亡工作」，通訊員亦可藉着通訊員組織彼此支援，使支站成為「集體自我教育的處所」。[2]

八月文藝通訊競賽至一九三九年十月二十五日截稿，投稿者達一百多人，「大多數是青年工人、店員、學生；作品以通訊、速寫為主，極為廣泛地反映了各個階層各個生活角落人們的動態，作品內容具有積極的現實意

1 蕭天：〈香港文藝縱橫談〉，《現代文藝》第二卷第二期，1940 年 11 月。

2 文俞：〈通訊員的組織〉，原刊一九三九年九月二十五日《大眾日報・文協》，此據文通學社編：《歷史的軌跡——中華全國文藝界抗敵協會香港分會文藝通訊部、香港青年文藝研究社、香港秋風歌詠團紀念文集》（廣州：廣東人民出版社，1987），頁 64－65。

義」[3]。八月文藝通訊競賽由戴望舒和葉靈鳳擔任主要的評選者，入選作品名單如下：

> 最優秀的（兩篇）：馮鑣昆〈八月的鄉村〉。黃得華〈苦難的一群〉
>
> 優秀的（三篇）：紀澤〈八月的中山〉。勵德〈上海的「歹土」〉。卓男〈不平凡的一天〉
>
> 值得推薦的（十篇）：郁林〈為了要生〉。鄭擎培〈傳單〉。更生〈陷落後的南通〉。徐秋林〈戒嚴〉。何三林〈八月記述〉。羅鼎芳〈我們並不怕雨〉。辰生〈奴隸〉。知新〈賣鞋〉。亮暉〈某先生的故事〉。王鐵夫〈中計了〉[4]

以上入選作品曾在《大眾日報》、《大公報》、《立報》、《星島日報》和《大風》等刊物發表，此外，文通在十月二十九日舉行「文藝通訊員聯歡座談會」，正式公佈入選作品，出席者包括戴望舒、葉靈鳳、黃繩、袁水拍、寒波、杜埃、溫功義、馮亦代、徐遲、楊剛、喬冠華（喬木）、林煥平、曾潔孺等作家以及馮鑣昆、黃得華、蔡郁林、徐秋林、黃海燕、羅鼎芳、譚亮暉、鐵夫等入選者。

透過八月文藝通訊競賽，文通開展了具體工作，八月文藝通訊競賽的入選者亦有許多成為文通的成員以至幹事。一九三九年十一月二十六日於業餘聯誼社舉行第二次文藝通訊員座談會，十二月二十四日《立報．文協》刊登了〈文協文通部港九分部徵求同志〉的登記表，一九四〇年一月四日在《中國晚報》發刊「文藝通訊」第一期，刊登〈文藝通訊員登記表〉以及署名「文

3　文通學社：〈「文通」簡史〉，收入文通學社編：《歷史的軌跡 —— 中華全國文藝界抗敵協會香港分會文藝通訊部、香港青年文藝研究社、香港秋風歌詠團紀念文集》，頁 3。

4　〈「文通」歷次徵文入選作品目錄〉，收入文通學社編：《歷史的軌跡 —— 中華全國文藝界抗敵協會香港分會文藝通訊部、香港青年文藝研究社、香港秋風歌詠團紀念文集》，頁 140－143。

通港九分部組織股」的〈給文藝同志的一封信〉，由此，文通進入了正式公開招募成員的階段。

一九四〇年三月至四月間，文通舉行了多次會員大會，定出幹事名單，包括總務股幹事黃得華、何求；組織股幹事林螢牕、袁大頓；研究股幹事徐秋林、黃海燕；指導股幹事張漠青、羅鼎芳，並於四月十八日在《中國晚報》刊登〈香港「文協」文藝通訊部港九分部組織簡章草案〉，七月再增選麥烽、楊奇、彭耀芬等人為理事。[5] 至此，文通建立了完整的組織。

文通由本身成員擔任組織幹事，另由文協香港分會派出黃繩、文俞、馮亦代、徐遲等人為導師。此外，根據文通學社所撰的〈文通簡史〉，中共也派員參與或滲透文通的內部組織：

> 「文通」組建初期，就在中國共產黨領導下開展工作。當時在「文通」的地下黨員有陳漢華、林螢牕、鍾膺等人，為了便於開展工作，經上級黨組織決定，在「文通」正式成立黨小組。一九四〇年五月以後，又在黨小組的基礎上，成立黨支部，負責「文通」的政治思想和組織領導工作。從此，「文通」黨的工作，由陳漢華負責聯繫；文藝工作則由楊剛、喬冠華、黃文俞等作家聯繫。[6]

文通透過一九三九年的八月文藝通訊競賽，成功召集大批文藝青年加入，一九四〇年四月發起「香港的一日」徵文，五月在中華中學舉辦「文藝講習班」，請得茅盾、林煥平、戴望舒、馮亦代等作家講課，參加的學員有一百多人，七月份發行舉辦「七月文藝通訊競賽」，九月創辦《文藝青年》，十月在《循環日報》開設「新園地」週刊，成為繼《中國晚報．文藝

---

5 文通學社：〈「文通」簡史〉，收入文通學社編：《歷史的軌跡 ——中華全國文藝界抗敵協會香港分會文藝通訊部、香港青年文藝研究社、香港秋風歌詠團紀念文集》，頁5－6。

6 同上註，頁3。

通訊》後第二個文通機關刊物。一九四一年二月至七月再舉辦了兩屆「文藝講習班」。

文通所辦的多種刊物及活動，成功團結了大批香港青年，文通在當時已被視為香港文協的「台柱」，「是香港文藝運動最有成就的一種」[7]；一九四〇年創辦的《文藝青年》發揮重要影響力，且在一九四一年一月的皖南事變（新四軍事件）後，發表〈新四軍解散事件討論大綱〉，提供了解事件的線索，最後提出「反對分裂堅持抗戰的緊急任務」這綱領。[8] 周恩來一九四二年向中共南方局中央宣傳部和文委的報告中，亦特別提到《文藝青年》的貢獻：

> 文協只是一個有名無實的組織，只有廣東文藝通訊社香港分社可以做一點事情，團結一部分青年文藝愛好者，組有文藝研究社和文藝講演會等。該會刊物有《文藝青年》，內容進步，到新四軍事件時，香港各報登的消息非常壞，只有《文藝青年》主持正義，因此被封，後雖曾數度擬復刊未果。[9]

報告中所述的「廣東文藝通訊社香港分社」，應是指文協香港分社成立的「香港文協文藝通訊部」；「文藝研究社和文藝講演會」應是指文通舉辦的「文藝講習班」與由學員組成的「香港青年文藝研究社」。周恩來在報告中指《文藝青年》對皖南事變的報道「主持正義」，可見其作出的肯定。

文通引導香港青年參與抗戰文藝工作，留下大量作品和活動記錄，以下再分別介紹，至於《文藝青年》這刊物，則見本書第八章「人物與刊物」的介紹。

7　蕭天：〈香港文藝縱橫談〉，《現代文藝》第二卷第二期，1940 年 11 月。

8　〈新四軍解散事件討論大綱〉，《文藝青年》第 10、11 期，1941 年 2 月。

9　〈周恩來關於香港文藝運動情況向中央宣傳部和文委的報告〉，收入南方局黨史資料徵集小組編：《南方局黨史資料．文化工作》（重慶：重慶出版社，1990），頁 16。

香港的一日

一九四〇年四月，文協香港分會及文通發起「香港的一日」徵文，仿傚茅盾主編之《中國的一日》，[10] 從徵集作品中選入佳作，出版《香港的一日》文集：

> 我們打算通過「香港的一日」的號召，來全面的，深刻的，暴露香港一日間萬花繽紛的生活動態——光明與黑暗，繁榮與貧困。另一方面我們也想藉此作一個「文藝通訊」的普及運動，促使文藝工作上的生氣與活躍。[11]

黃繩提出其目標還在於「吸收文藝寫作者，擴大香港文藝活動的營壘」[12]，不過原定由文藝生活叢刊社出版《香港的一日》文集的計劃，因種種問題而撤消，其後文通社把徵集所得之優秀作品向各報推薦，分別由《立報．言林》、《國民日報．青年作家》、《星島日報．文協》及《中國晚報．文藝通訊》各刊登載。十月底，《立報．言林》、《國民日報．青年作家》等刊出〈文協文通部啟事〉，解釋文集計劃撤消之事，並列出「香港的一日」徵文入選作品名單：

> 甘茶〈誘〉

10 參考茅盾：〈關於編輯的經過〉，收入茅盾主編：《中國的一日》（上海：生活書店，1936），頁1–7。亦可參考許定銘：〈「中國的一日」與「上海的一日」〉，《醉書閑話》（香港：三聯書店，1990），頁1–7。

11 原刊《中國晚報．文藝通訊》，1940年4月5日，此據文通學社編：《歷史的軌跡——中華全國文藝界抗敵協會香港分會文藝通訊部、香港青年文藝研究社、香港秋風歌詠團紀念文集》，頁84。

12 黃繩：〈關於「香港的一日」〉，《星島日報．文協》，1940年4月23日，此據文通學社編：《歷史的軌跡——中華全國文藝界抗敵協會香港分會文藝通訊部、香港青年文藝研究社、香港秋風歌詠團紀念文集》，頁84。

何憶華〈歡喜的一天〉

林曼〈史泰哈諾夫運動〉

李一飛〈漁村〉

李天鈺〈上課〉

李俊良〈偽幣四萬元〉

淋漓〈突圍〉

陸丹林〈一個文字工作者的自白〉

徐歌〈最後的一課〉

陳基〈出糧〉

黃海燕〈四月十四日：不平常的事情〉

勃斯〈職業〉

張漠青〈奇遇〉

蔡郁林〈他是一個工人〉

錢松〈第十一個〉[13]

七月文藝通訊競賽

繼一九三九年的「八月文藝通訊競賽」，文通在一九四〇年七月再舉辦「七月文藝通訊競賽」，期間楊奇在《大公報・文協》發表〈七月與「七月文藝通訊競賽」〉一文，作為宣傳引介之餘，也為反駁汪派陣營的攻擊。[14]七月文藝通訊競賽至一九四〇年八月十五日截稿，共收來稿七十八篇，經葉靈鳳、黃繩、馮亦代等評審，九月中在《立報》、《星島日報》等公佈入選

13 〈「文通」歷次徵文入選作品目錄〉，收入文通學社編：《歷史的軌跡 —— 中華全國文藝界抗敵協會香港分會文藝通訊部、香港青年文藝研究社、香港秋風歌詠團紀念文集》，頁 140－143。

14 文通學社：〈「文通」簡史〉，收入文通學社編：《歷史的軌跡 —— 中華全國文藝界抗敵協會香港分會文藝通訊部、香港青年文藝研究社、香港秋風歌詠團紀念文集》，頁 6。

作品：

最優秀的（兩篇）：沈邁〈過曲江的第二日〉。原野〈鞭撻下的牛馬〉

優秀的（五篇）：為群〈未完成的工作〉。丹尼〈明天〉。希聲〈搬啦！〉。徐歌〈學生意〉。麥烽〈香港午夜線〉

值得推薦獎的（十篇）：何憶華〈七月的噩夢〉。楊兆湞〈一個角落〉。楊奇〈「我不願意這樣死」〉。思默〈留守〉。林螢聰〈第九號房〉。卓男〈裂痕〉。趙慶生〈一個練習生的自白〉。芬伍〈趙老板的醒覺〉。星火〈大時代肇慶婦女的素描〉。羅鼎芳〈九龍城的一天〉[15]

七月文藝通訊競賽入選結果公佈後，九月二十二日假香港堅道十三號A文協會所舉行頒獎禮，評審葉靈鳳、馮亦代，文通成員林螢聰、楊奇及各得獎者出席典禮，並由喬木代表文協頒獎給得獎者。

文藝講習班與「香港青年文藝研究社」

一九四〇年中，文通已招聚了大批香港文藝青年，為加強培育工作，六月底開辦第一期文藝講習班，由多位作家擔任導師，至八月結業，學員組成了「香港青年文藝研究社」（簡稱「文研社」或「文研」）。一九四一年再辦了兩屆文藝講習班，每屆為期兩個月，總共三屆，後兩屆的學員亦有加入該社。

第一屆文藝講習班假座堅道中華中學舉行，由楊剛、馮亦代、戴望舒主

15 〈「文通」歷次徵文入選作品目錄〉，收入文通學社編：《歷史的軌跡——中華全國文藝界抗敵協會香港分會文藝通訊部、香港青年文藝研究社、香港秋風歌詠團紀念文集》，頁 140－143。

持，學員五十人，參與講課的導師陣容鼎盛，包括有許地山、葉靈鳳主講散文，戴望舒、梁宗岱、徐遲、袁水拍主講詩歌，楊剛主講小說，馮亦代、葛一虹主講戲劇，黃繩、林煥平、黃藥眠主講文藝理論，喬木主講哲學，劉思慕主講國際時事。第一期至八月結業後，一九四一年一月至六月，在堅道中華中學及德輔道西漁業俱樂部再續辦第二屆和第三屆，每期學員七八十人。講者除了第一屆各導師外，另請了茅盾、柳亞子、蕭紅、端木蕻良等作家擔任講者。

一九四〇年十二月二十六日，文協香港分會在《星島日報．星座》刊登了第二屆文藝講習班招生章程，列出由許地山、馬鑑、戴望舒、葉靈鳳、楊剛、喬木、端木蕻良等「義務擔任文學各部門問題之研究演講及指導」，一九四一年一月五日至三月三十日期間每週一、三、五晚七時至九時上課，共十二週，總課時七十二小時，科目包括文學概論、寫作研究、詩歌、報告文學、抗戰戲劇、近代法國文學、戰爭文學、現代歐美文學、弱小民族文學、新現實主義及臨時講座等。[16] 徐遲憶述文藝講習班上課情形：「文協的人給他們開班上課，時而還開報告會，時而開座談會。因為我們外來的人廣東話說不好，就由陳殘雲、林煥平、周鋼鳴、杜埃、黃繩、黃文俞他們主持。但喬木、楊剛、郁風、馮亦代等常去講課。」[17]

第一屆文藝講習班結束後，學員組成了「香港青年文藝研究社」，後來第二屆和第三屆學員也有加入，經常參與活動的有五十多人。「文研社」有本身的幹事，並由文協香港分會派出黃文俞擔任該會導師。另據收錄於《歷史的軌跡》一書的〈回憶「香港青年文藝研究社」〉所載，第一期文藝講習班籌備期間，在港的中共地下黨已派員參與組織工作：

16　〈來件 —— 文協分會舉辦第二屆文藝講習會〉，《星島日報．星座》，一九四〇年十二月二十六日。

17　徐遲：《我的文學生涯》（天津：百花文藝出版社，2006），頁 254。

籌辦期間，楊剛找陳漢華談話，希望從「文通」找幾個人到文藝講習班協助工作。上級黨便決定從原來「文通」黨小組基礎上成立文化支部，負責領導「文通」和文藝講習班的工作，派了陳漢華和史野、鍾膺等人去工作。[18]

香港青年文藝研究社成立後，由陳漢華、蔡史野、鍾膺、李少芳等擔任幹事，一九四一年二月，第二屆文藝講習班結束後，增選了彭耀芬、李伯英、王遠威、陳善文、宋因明等為文研社幹事。文研社被視為文通的「姊妹團體」，「在比較重大的文藝活動中，經常聯合行動」。[19] 文研社成員作品除了刊於《中國晚報．文藝通訊》、《立報．言林》等報刊，亦出版了一種十六開本的油印刊物《文研》。[20] 一九四〇年九月至一九四一年二月，文通和文研社同人創辦《文藝青年》，也參與楊剛發起的「反新式風花雪月論戰」。

反新式風花雪月論戰

一九四〇年十月，時任《大公報》副刊編輯楊剛在文通成員主編的《文藝青年》第二期發表〈反新式風花雪月——對香港文藝青年的一個挑戰〉，針對內地來港青年所寫的文章，離不開懷鄉抒情的題材，「其中除了對祖國的呼喚在某方面能夠引起相當的共鳴而比較有意義以外，別的都可以風花雪月式的自我娛樂概盡。風花雪月，憐我卿正是這類文章的酒底，不過改了個

18 陳漢華、李少芳、鍾膺、史丹：〈回憶「香港青年文藝研究社」〉，收入文通學社編：《歷史的軌跡——中華全國文藝界抗敵協會香港分會文藝通訊部、香港青年文藝研究社、香港秋風歌詠團紀念文集》，頁 38。

19 文通學社：〈「文通」簡史〉，收入文通學社編：《歷史的軌跡——中華全國文藝界抗敵協會香港分會文藝通訊部、香港青年文藝研究社、香港秋風歌詠團紀念文集》，頁 7。

20 陳漢華、李少芳、鍾膺、史丹：〈回憶「香港青年文藝研究社」〉，收入文通學社編：《歷史的軌跡——中華全國文藝界抗敵協會香港分會文藝通訊部、香港青年文藝研究社、香港秋風歌詠團紀念文集》，頁 39。

新的樣子，故統名之曰新式風花雪月」[21]，楊剛提出當中是一種「創作傾向」的失誤，並在文末呼籲青年擴大題材。

文章發表後，引發當時文壇不同陣營的強烈反響，有《國民日報》的胡春冰〈關於新式風花雪月的論爭〉與曾潔孺〈錯誤的「挑戰」——對新風花雪月問題的辯正〉提出反駁，認為當中是「創作方法」的問題，而不是「傾向」。[22] 汪派的《南華日報》文人娜馬、李漢人等亦批評楊剛，指為「抗戰文藝的內哄」，娜馬、李漢人藉此宣揚他們的「和平文藝」論調。[23] 另有黃繩、許地山、喬木等作家進一步闡釋楊剛的論點，以及文通成員陳傑、漢華、甘震重申「世界觀」的問題。另據馮亦代憶述，戴望舒亦以化名寫了文章參與論戰：「這時《星島日報》的資方已經被國民黨ＣＣ派拉過去了，他遵照ＣＣ派參加《星島日報》一位主筆的唆使，向望舒提出警告，要望舒不支持這場論戰，但給望舒嚴詞頂回去了。」[24]

文通成員亦透過《文藝青年》積極參與，在一九四〇年十一月的《文藝青年》第四期編了特輯，發表陳傑、漢華、甘震三人的文章，並以「本社」名義整理出〈新式風花雪月討論大綱〉；十一月二十四日，文協香港分會舉辦「反新式風花雪月座談會」，地點就在香港堅道十三號Ａ文協會所，楊剛、戴望舒、葉靈鳳、喬木、馮亦代、黃繩、袁水拍、郁風、文通和文研社的同人，以及《國民日報》的胡春冰、曾潔孺都參加了，出席者達二百多人

21　楊剛：〈反新式風花雪月——對香港文藝青年的一個挑戰〉，《文藝青年》第二期，1940 年 10 月。

22　參考胡春冰：〈關於新式風花雪月的論爭〉，《國民日報．新壘》，1940 年 11 月 8 日；潔孺：〈錯誤的「挑戰」——對新風花雪月問題的辯正〉，《國民日報．新壘》，1940 年 11 月 9 日。

23　參考娜馬：〈關於新風花雪月〉，《南華日報．半週文藝》，1940 年 11 月 18 日；李漢人：〈關於「新風花雪月論戰」〉，《南華日報．半週文藝》，1940 年 11 月 21 日。

24　馮亦代：〈戴望舒在香港〉，《龍套集》（北京：三聯書店，1984），頁 36。

（一說八十三人）。[25]

楊剛在座談會首先發言，她解釋寫〈反新式風花雪月 —— 對香港文藝青年的一個挑戰〉一文的動機，原是針對她所編《大公報．學生界》的青年來稿。而座談會的爭論重點，在於楊剛、黃繩、喬木、馮亦代等認為「新式風花雪月」的問題在於創作傾向和生活態度，而胡春冰、曾潔孺等則認為只是創作方法問題。這場座談會大致延續了各人在其文章中的論點，而論戰的結果，據文通學社所撰的〈「文通」簡史〉，是「胡春冰等人詞窮理屈，敗陣而退」[26]。

鄭樹森在〈早期香港新文學資料三人談〉指出：「在這個反新式風花雪月的論戰裏，論點似乎相當模糊不清，人人也插進去參與討論，但卻相當空洞」，「由於論旨不清晰，所以後來變成了大混戰，然後不了了之」[27]；另據陳國球在《香港文學大系 1919－1949：評論卷一》的〈導言〉指出，「對於香港的文藝青年來說，這場辯論其實是一種『離地』的『革命啟蒙』」[28]。

文協香港分會本以南來文人為主導，然而透過文通及所舉辦的徵文比賽、講習班等活動，成功吸收、培育香港青年成員，一方面引導他們投身抗戰文藝，另方面也透過在港中共地下黨主導的講習班、讀書會等活動，加強文藝理論上的訓練，特別強調左翼文藝的「世界觀」，文通成員彭耀芬、陳

---

25 在楊奇、麥烽的論述中，稱胡春冰、曾潔孺是「作為對立面的人物」，又指「青年黨的張若榮和一些國民黨『中統』份子也到來了」；參楊奇、麥烽：〈一份秘密印刷公開發行的文藝刊物 —— 抗戰期間香港《文藝青年》半月刊憶記〉，收入文通學社編：《歷史的軌跡 —— 中華全國文藝界抗敵協會香港分會文藝通訊部、香港青年文藝研究社、香港秋風歌詠團紀念文集》，頁 30。另在李一鳴、王遠威、彭耀芬、麥烽、徐歌的記錄中，座談會出席者為八十三人，參文藝通訊部：〈「反新式風花雪月」座談會紀錄〉，原載《中國晚報．文通》，1940 年 12 月 19 日、26 日，此據文通學社編：《歷史的軌跡 —— 中華全國文藝界抗敵協會香港分會文藝通訊部、香港青年文藝研究社、香港秋風歌詠團紀念文集》，頁 103。

26 文通學社：〈「文通」簡史〉，收入文通學社編：《歷史的軌跡 —— 中華全國文藝界抗敵協會香港分會文藝通訊部、香港青年文藝研究社、香港秋風歌詠團紀念文集》，頁 9。

27 鄭樹森、黃繼持、盧瑋鑾：〈早期香港新文學資料三人談〉，收入《早期香港新文學資料選（一九二七－一九四一年）》（香港：天地圖書有限公司，1998），頁 17。

28 陳國球：〈導言〉，收入陳國球編：《香港文學大系 1919－1949：評論卷一》（香港：商務印書館，2016），頁 61。

善文、李炳焜等等均積極投稿各報刊，他們的作品既有抗戰文藝觀念和題材的呼應，也有香港現實生活的寫實反映。一九三九年八月成立的「文通」，至一九四一年十二月因日軍佔領香港而停止了活動，直至戰後在香港復會。

反殖詩人彭耀芬

一九三九至一九四一年間，文通成員在《星島日報》、《大公報》、《中國晚報》、《立報》、《華商報》、《文藝青年》等刊物發表了許多富有寫實氣息的作品，其中彭耀芬（1923－1942？）是相當突出的一位，他的詩作具堅實的寫實理念，〈歌日後的戰士〉呼應抗戰主題，〈勞者之歌〉反映香港社會現實生活，〈給「香港學生」——給殖民地下的一群之一〉及〈給工人群——給殖民地根下的一群之二〉更針對殖民主義，具反建制的理念，卻由於此，使他成為香港史上第一個因為發表新詩而被警察拘捕且遭遞解出境的青年。一九四一年五月二十日香港《華商報》的港聞版上，刊出以「彭耀芬將被解出境」為標題的報道：

> 文藝青年彭耀芬，去月廿三日上午，在德輔道中某號三樓，由警方傳去問話，迄今二十餘天，迭經警方查詢，認其犯有不利本港之文字嫌疑。根據戰時法例，已送交華民政務司，一度錄訊，將於日間遞解出境。查彭原籍東莞，現年十八歲，喜歡寫作，常有作品在各報副刊發表云。[29]

報道所指彭耀芬「迭經警方查詢，認其犯有不利本港之文字嫌疑」，是由於他發表了一連串具反殖意念的詩歌，特別是一九四一年三月間因應香港

29　〈彭耀芬將被解出境〉，《華商報》，一九四一年五月二十日。

成為英國殖民地一百周年而發表的新詩〈香港百年祭〉，觸怒了港府（下文將再詳述）。

彭耀芬就讀初中期間已開始創作，向多份報刊投稿，一九三八年在上海《紅茶文藝半月刊》發表新詩〈火線外的桃源——香港〉，表露他早慧的思想，他很清醒地意識到，抗戰前半時期，香港難得的和平景象裏，同時存在麻痺人心的假象，因而呼籲讀者拋棄桃源，奔向戰火中的祖國。《紅茶文藝半月刊》一九三八年六月在上海創刊，第七期起增設「中學生園地」欄目，彭耀芬〈火線外的桃源——香港〉發表在《紅茶文藝半月刊》第十期的「中學生園地」欄目，署名前標注「香港興國中學初中二年級」。

一九三九至一九四一年間，是彭耀芬發表最多作品的時期，他把作品投稿到香港的《星島日報．星座》、《大公報．文藝》、《國民日報．青年作家》等報刊，也在文通的刊物《文藝青年》發表，作品以詩歌為主。其間，彭耀芬參與文通的組織工作，一九四〇年七月增選為理事，參與籌辦該會機關刊物《文藝青年》，一九四一年二月，被選為文藝講習班學員組成的香港青年文藝研究社幹事。香港青年文藝研究社分為文藝理論、詩歌、小說等幾個小組進行學習活動，彭耀芬是詩歌組的負責人。[30] 彭耀芬也是文通設在九龍的學習小組的組長，每週一晚在旺角一間小學開會，由黃文俞擔任輔導。[31]

一九四〇年六至八月，文通曾假堅道中華中學舉辦文藝講習班，詩歌方面邀請徐遲、袁水拍、戴望舒和梁宗岱擔任導師，徐遲本身亦由文協香港分會委任為文通的指導人，他將講習班上的講稿整理成〈詩與紀錄〉一文，交《文藝青年》發表，文中主張以詩作為日常生活以至談話的紀錄：「現在我只要求我是一個詩的記錄員，不敢要求自己是一個詩的創作者」。[32] 未幾彭耀芬在《文藝青年》發表〈新詩片論〉，亦主張以詩作為紀錄的論點：「如其說

30　李少芳：〈生活的新起點〉，收入文通學社編：《歷史的軌跡——中華全國文藝界抗敵協會香港分會文藝通訊部、香港青年文藝研究社、香港秋風歌詠團紀念文集》，頁 270。

31　參考梁允麟：〈良師益友，永銘我心〉，收入文通學社編：《歷史的軌跡——中華全國文藝界抗敵協會香港分會文藝通訊部、香港青年文藝研究社、香港秋風歌詠團紀念文集》，頁 267。

32　徐遲：〈詩與紀錄〉，《文藝青年》創刊號，1940 年 9 月 16 日。

是一個詩的創造者，毋寧說是一個詩的記錄員：把生活紀錄，把語言紀錄，把時代的每一種行動紀錄」[33]，明顯地受到徐遲的影響或啟發。

彭耀芬與其他文通成員一樣，發表作品時都很年輕，一九四〇年大約只有十七歲，但在《國民日報．青年作家》發表的一組〈燈下散詩〉中，見出他對寫實詩歌的精神和技巧已相當掌握，如〈燈下散詩〉之〈邊境即事〉：

新界的邊境
有着破壞的火
更有發抖的刺刀　釘靴嚙在土瀝青上
而邊界外更有醜陋的暴漢

粉嶺墟頭十室九空
紛紛攜袱逃亡　情堪狼狽
逃到那裏　逃到那裏
桃源人開始聽到一口不安定的砲[34]

這首八行短詩中，彭耀芬把焦點集中在邊界內外的對比，既有基本的客觀環境描述，也寫出對現實背後那日軍侵略問題的批判；作者描繪邊界內外兩種境況，在當中有所批判也有其同情，但沒有過多地介入，最後把視點放回對逃難者的關懷，從「逃到那裏　逃到那裏」到「桃源人開始聽到一口不安定的砲」收結，從逃難方向引伸到邊界內人民的不安感，很能引導讀者去想像和感受。又如〈燈下散詩〉之〈寄遠〉：

沒有一朵鮮紅而有刺的玫瑰花
我有一根松針

33　彭耀芬：〈新詩片論〉，《文藝青年》第九期，1941年1月16日。
34　彭耀芬：〈燈下散詩〉，《國民日報．青年作家》，1940年7月30日。

在維多利亞的山腰摘下
它刺激你的心　你的細胞

你在戰陣上引吭高歌
你把心口貼在日人的槍口
你底血液是寶貴的
可是你不會為國家民族而吝嗇一滴[35]

彭耀芬以這詩向遠方的戰士致敬，詩一開始時未有寫及與抗戰直接關聯的事物，而是寫玫瑰花、松針，再以此呼應第二節寫及的抗戰意象，以松針呼應戰陣的高歌，玫瑰花呼應戰士的血，如此使第二節寫及的抗戰，有了一種遠距的呼應，也凸顯了作者本人是從他所處的位置：「維多利亞的山腰下」向着遠方的戰士致敬，達致一種虛實呼應的效果。

彭耀芬另一組詩作，是寫他對殖民地社會環境的批判，例如長詩〈勞者之歌〉之〈掘防空壕〉提到：

在一盞把人的生活照得慘白的漏燈下
開鑿、捽磚，鋪鋼鐵
把生命向黑暗攢入去
向硬厚的山壁挖、鋤
手指挖出了血，肩胛壓成了扁形
他們，他們……那些垃圾
那些長在土根的「廢物」
替一些上層的人
在開築生命的保險庫

35　同上註。

而自己餓着，病着
給滾了油的大鐵轆抽輾着
可是還要加工，加力[36]

詩中對掘防空壕的工作不但有很具體仔細的描述，更提出對挖掘工人的關懷，第六、七句寫及的「垃圾」和「廢物」不是真的批評，而是一種反諷，用以凸顯「上層的人」之沒有付出，而在工人與上層的人的對立對比當中，也凸顯這詩歌的左翼立場關懷。在〈勞者之歌〉之〈修路〉、〈高樓的畫像〉和〈後街的廢物〉這另外三組詩中，同樣延伸當中的階級對立和對比的描繪、批判，這描述本身不免有點簡化，但仍可見作者盡量從不同角度凸顯上層結構與無產階級之間的矛盾，透過客觀寫實引導讀者的覺醒。

彭耀芬〈燈下散詩〉、〈勞者之歌〉以及〈沒停息的步伐〉、〈給「香港學生」——給殖民地下的一群之一〉等詩，語言堅實，情感熱誠可感而不浮誇，是他較佳的作品，另有部分作品難脫口號式吶喊的弱點，例如〈給工人群——給殖民地根下的一群之二〉：

那些殘暴者還毫不姑息
剋減了你的工資
不給你們麵包
卻要擠你們的奶
以全部的青春給他
以飢餓疾病還給你
而且把解散，失業來恫嚇你
他們的心，是比夜更黑！[37]

36　彭耀芬：〈勞者之歌〉，《文藝青年》第五期，1940 年 11 月 16 日。

37　彭耀芬：〈給工人群——給殖民地下的一群之二〉，《文藝青年》第十、十一期合刊，1941 年 2 月 16 日。

這樣的詩表達了直接的憤怒，卻沒有空間把憤怒積聚、轉化為反抗的力量，而且該憤怒的思路本身已在壓迫者的預期之中，作者沒有脫離壓迫者的預期，故只有憤怒卻缺乏顛覆的能量。總括而言，彭耀芬的詩作關懷面廣，呼應抗戰主題，也關懷身邊的社會事物，寫實意涵豐富、明確且具文學性，很可惜他過早逝世，未及寫出更成熟作品。

一九四一年三月，彭耀芬投到新加坡報刊發表的詩作〈香港百年祭〉，被指「犯有不利本港之文字嫌疑」[38]，四月二十三日，香港當局派出政治部便衣探員，到中環惠羅行三樓中新社辦公室拘捕彭耀芬，監禁近一個月後，至五月下旬，港府以戰時法例將彭耀芬遞解出境，經各方奔走後，彭耀芬被遞解到澳門。同年十二月二十五日，香港被日軍攻陷。一九四二年一月，徐遲與葉淺予、戴愛蓮、盛舜等人乘船離開香港到了澳門，據徐遲憶述：「彭耀芬也在那裏，看到我那樣的狼狽，儘管他自己也處於飢寒交迫的境地，在一天深夜，他還是擠在人群中，等到天亮，為我買到了兩個熱乎乎的澳門麵包」[39]，未幾徐遲等人離開澳門，經拱北、中山等地最後抵達重慶。[40] 及後，彭耀芬從澳門出發潛返被日軍侵佔下的香港，到新界加入了東江游擊隊港九大隊，在紅石門大隊部政訓室參與抗日宣傳工作，然而，「彭耀芬長期生活道路坎坷，營養不良，身體本已羸弱，況且剛剛受到牢獄的折磨，未及恢復健康，又到了艱苦的游擊區，因而染上了瘧疾，部隊裏缺醫少藥，不久便病逝於新界紅石門大隊部政訓室的油印室崗位上」。[41]

---

38 見《華商報》一九四一年五月二十日報道，標題是「彭耀芬將被解出境」。

39 徐遲：〈一些往事的回憶〉，收入文通學社編：《歷史的軌跡——中華全國文藝界抗敵協會香港分會文藝通訊部、香港青年文藝研究社、香港秋風歌詠團紀念文集》，頁219。另可參徐遲：《我的文學生涯》，頁297。

40 徐遲：《我的文學生涯》，頁296－305。

41 張子燮：〈記彭耀芬同志之死〉，收入文通學社編：《歷史的軌跡——中華全國文藝界抗敵協會香港分會文藝通訊部、香港青年文藝研究社、香港秋風歌詠團紀念文集》，頁258－259。另參楊奇、麥烽：〈一份秘密印刷公開發行的文藝刊物——抗戰期間香港《文藝青年》半月刊憶記〉，收入文通學社編：《歷史的軌跡——中華全國文藝界抗敵協會香港分會文藝通訊部、香港青年文藝研究社、香港秋風歌詠團紀念文集》，頁23－34。

彭耀芬投到新加坡發表的詩作〈香港百年祭〉，至今一直未能得見，[42]未知是否或如何觸犯港府之禁忌，不過彭耀芬之所以被拘捕且遭遞解出境，不完全是因為發表詩作。一九四〇年一月，彭耀芬與其他文通理事陳漢華、楊奇、麥烽參與創辦《文藝青年》，正如楊奇、麥烽指出，《文藝青年》是一份秘密印刷而公開發行的文藝刊物，版權頁寫出版者文藝青年社位於廣東曲江風度北路八十號，實際上是在香港出版，這樣做不只為了逃避繳付保證金，更因為刊物的進步（左翼）傾向，有特定的目標和任務，一方面固然是支持抗戰，團結香港文藝青年，提供發表園地，以文學作品呼應抗戰主題，另方面也透過文學揭示香港的殖民地本質，引導讀者的覺醒，例如在一九四一年一月一日出版的《文藝青年》第八期，刊登署名「本社」的〈一個鬥爭年頭的前奏〉一文，揭示該刊針對香港保守社會環境，展開「青文運」的鬥爭綱領；凡此皆引起香港當局的注意，特別在一九四一年一月的「皖南事變」（或稱「新四軍事件」）之後，二月份出版的《文藝青年》第十、十一期合刊發表〈新四軍解散事件討論大綱〉後，香港當局即採取行動，一九四一年二月二十日，「港英政治部派人到大成印務公司搜去《文藝青年》第十二期的部分稿件，並揚言要控告他們非法印刷未經登記的刊物」[43]，未幾《文藝青年》宣告停刊。

一九四一年四月二日，曾有便衣警察到天文台半週評論報社準備拘捕楊奇，楊奇不在報社，翌日即離開香港，參加東江游擊隊。四月下旬彭耀芬被拘捕後之兩三日，另一文通幹事史明亦被香港警察政治部探員帶走，向他偵查有關彭耀芬及文通的問題，史明被傳訊三次，都是盤問有關文通的活動及人物等問題，史明一一向在港中共組織匯報，不久，在彭耀芬被遞解出境

42　筆者多年來一直留意相關材料，並曾查閱目前在網上資料庫可見之一九四一年二月至四月的新加坡《南洋商報》、《總匯報》，但未有發現，亦一直未見有其他資料引錄過該詩內容。

43　楊奇、麥烽：〈一份秘密印刷公開發行的文藝刊物——抗戰期間香港《文藝青年》半月刊憶記〉，收入文通學社編：《歷史的軌跡——中華全國文藝界抗敵協會香港分會文藝通訊部、香港青年文藝研究社、香港秋風歌詠團紀念文集》，頁33。另參本書第八章「人物與刊物」之「楊奇、麥烽與《文藝青年》」一節。

前，史明亦離港參加了東江游擊隊。[44] 由以上連串事件可見，港府不但逼使《文藝青年》停刊，亦注意到文通的活動，展開連串調查，拘捕彭耀芬不單因其詩作，也是當時港府連串針對左翼青年、防範左翼言論的行動之一。

44 參考史明：〈從「文通」到游擊隊〉，收入文通學社編：《歷史的軌跡——中華全國文藝界抗敵協會香港分會文藝通訊部、香港青年文藝研究社、香港秋風歌詠團紀念文集》，頁 275－277。

第七章

香江雅聲

舊體文學源流

清代以至更早以前的香港，一直不乏文人雅集之團體唱和，晚清文人在香港創辦報刊後，使香港一地之文學進入公共空間，部分與晚清之新小說、維新和革命思潮呼應，如一八七四年二月四日王韜與黃勝在香港創辦《循環日報》，在時評社論中提出維新改革思想，[1] 又如一九〇七年從廣州遷往香港出版的《中外小說林》，以「喚醒國魂，開通民智」為宗旨，[2] 林紫虬主編的《新小說叢》以新小說為「變國俗，開民智」的載體，都是晚清主張革命或改革的文人，利用香港相對自由的文化環境，以文學作為新思想的載體。[3]

另一方面，清末民初之際，有大批不認同辛亥革命的文人移居香港，被

1　參考李少南：〈香港的中西報業〉，收入王賡武編：《香港史新編》下冊（香港：三聯書店，1997），頁 502－503。

2　〈小説林之趣旨〉原刊一九〇七年出版之《中外小説林》第一期，原文未見，二〇〇〇年由夏菲爾國際出版公司出版之《中外小説林》影印本亦未有收錄該期，此據陳平原、夏曉虹編：〈二十世紀中國小説理論資料．第一卷》（北京：北京大學出版社，1989），頁 204。又，方志強編著：《小説家黃世仲大傳》一書亦有引用〈小説林之趣旨〉一文，見《小説家黃世仲大傳》（香港：夏菲爾國際出版公司，1999），頁 69。

3　另參陳智德：〈導言〉，《香港文學大系 1919－1949．文學史料卷》（香港：商務印書館，2016），頁 53－58。

視為前清遺老或遺民，感時傷世，參與雅集唱酬，亦推動了香港的舊體文學發展，例如有羅香林所指以「懷古作品」為代表的「隱逸派人士」，包括陳伯陶、張學華、蘇澤東、賴際熙、汪兆鏞、吳道鎔、丁仁長、何藻翔等，羅香林指其作品「所作多含蓄凝煉，大雅不群」[4]，除了個人結集，其作品亦見諸蘇澤東所編之《宋臺秋唱》及陳步墀《宋臺集》等。

陳步墀（1870－1934）字子丹，廣東饒平人，曾任香港保良局總理，熱心公益慈善事業，一九〇八年夏，廣東一帶暴雨成災，陳步墀作《救命詞》三十首，於《實報》發表，呼籲各界捐款賑濟，詩句摹寫災情之餘，亦能寓積極勸世之意，因而呼應者眾，更得婦女界舉辦之賑災會上繡詩義賣，終籌得巨款達成善舉。由此因緣，陳步墀將位於香港皇后大道西的寓所「十萬金鈴館」更名為「繡詩樓」，並在一九〇九年起輯印《繡詩樓叢書》，其後數年陸續刊行共三十六種；內容「專收清末民初天崩地烈世紀交替之間的時代聲音及心靈紀錄，而且更幾乎全是獨一無二初次發表的著作，很多未及流傳，甚至還未為人所發現」[5]，極具史料價值，黃坤堯指出，「這代表了晚清文化遠離故土，在香港和海外延續及傳播的艱苦使命」[6]。

隨着封建政治道統消亡，陳伯陶〈宋王台懷古並序〉、〈九龍宋王台麓新築石坦記〉、吳道鎔〈偕陳燾公伯陶張闇公學華伍趯公銓萃賴智公際熙游九龍砦訪宋季遺蹟〉諸作，將歷史敘事延伸至香港文化歷史遺跡的重述，正如高嘉謙指出：「寄託遺民情懷之際，他們等於在個人的避難存身之處形構遺民的主體性。這同時勾勒出避居殖民地所營造的遺民空間，有着一種特殊的地方（place）認知與地域文化意識」[7]，陳伯陶等「隱逸派人士」在懷古作品以外，更編纂廣東文史資料，投入建構地域文化的歷史記憶，其意義不僅在於呼應古典遺民論述。

4　羅香林：《香港與中西文化之交流》（香港：中國學社，1961），頁 197。

5　黃坤堯：《香港詩詞論稿》（香港：當代文藝出版社，2004），頁 4。

6　同上註，頁 14。

7　高嘉謙：《遺民、疆界與現代性：漢詩的南方離散與抒情（1895－1945）》（台北：聯經出版事業股份有限公司，2016），頁 303。

民國初年，香港古典文學界相繼成立海外吟社、香海吟壇、聯愛詩社、潛社、蓮社等詩社，舉辦雅集，徵集作品，部分詩詞作品刊於《循環日報》、《華字日報》、《工商日報》、《華僑日報》等。一九二四年成立的北山詩社為「民初香港最大的詩社」，「曾一度形成以利園山北山詩社為中心的文人群」[8]，成員以南社社友為骨幹，包括廣東南社社長蔡哲夫，及其他在港的南社社友劉伯端、張雲飛、鄭天健、勞緯孟、何冰甫，繼承清末民初南社雅集的傳統。[9] 一九二五年一月至二月間，蓮社舉辦徵集竹枝詞活動，一月十六日《華字日報》「港聞」一欄有報道云：

> 蓮社徵集香江竹枝詞　本港堅道二十號宏文女校教員陳啟君女士等、組織蓮社、互相唱和、提倡風雅、茲更懸獎徵集本港竹枝詞、欲藉以採訪港中名區勝蹟、風土人情、與乎軼事遺聞風尚等、擬分甲乙丙三等，凡入選等、先在本報發表、將來或編纂成書、以為通俗教育之一助、並以備本港社會史之資料云[10]

一九二五年二月間，《華字日報・精華錄》刊登蓮社主人、黃沛祥、阿難等人所撰之〈香江竹枝詞〉、〈香港竹枝詞〉多首，程中山指出：「這是香港第一次公開徵集竹枝詞的活動，意味着香港人對創作竹枝詞的強烈自覺。」[11]

五四運動後，香港亦同中國內地一樣經歷新舊文學的對立，在內地有學衡派、甲寅派的梅光迪、章士釗與新文學倡導者胡適、鄭振鐸之論辯，而在二〇年代的香港，也有《文學研究錄》的編者羅五洲提出：「不知者或以

8　程中山：〈導言〉，《香港文學大系 1919－1949・舊體文學卷》（香港：商務印書館，2014），頁58。

9　參考程中山：〈開島百年無此會 —— 1920 年代香港北山詩社研究〉，收入陳平原、陳國球、王德威編：《香港：都市想像與文化記憶》（北京：北京大學出版社，2015），頁 52－75。

10　〈蓮社徵集香江竹枝詞〉，《華字日報》，1925 年 1 月 16 日。

11　程中山編：《香港竹枝詞初編》（香港：匯智出版有限公司，2010），頁 8。

五洲見白話橫行。毀文者風靡。特痛文學之將亡。而欲以振之也」[12]，另有何惠貽〈四六駢文之概要〉指責新文學破壞國粹，「由是作出種種無價值、無智識、怪誕陸離、不可思議之新文學、新名詞。務欲與歐西並美。推倒舊文詞。」並引胡適八不主義，「且如新文學家之所謂『不用典。文廢駢。詩廢律。不摹仿古人。不避俗字俗語』諸主義，信秉此而行，則我國數千年之文章國粹。不三十年。湮沒殆盡矣。悲夫」[13]。

相對於羅五洲與何惠貽對新文學提出較激烈批評，《小說星期刊》的編者羅澧銘則相對溫和地主張「折衷」辦法，讓新舊文學並存，他在〈新舊文學之研究和批評〉一文中首先概述新文學運動推行以來的論爭，再引用胡適〈建設的文學革命論〉中「八不主義」的主張，逐一詳論其得失，最後在結論指出：「實行所謂白話中之文言。文言中之白話。不新不舊。不欹不偏。折衷辦法。庶其可乎。」[14] 正由於羅澧銘這較溫和的折衷主張，使一九二四、二五年間的《小說星期刊》成為兼容新、舊文學的刊物。[15]

戰時香港古典文壇

抗戰爆發後，如同新文學界、電影界、戲劇界同時有南來文人與本地作者參與，香港的古典文壇也分為北方文人和廣東文人兩大類，程中山指出：

> 北方文人有張仲仁、徐謙、章士釗、楊雲史、柳亞子等，廣

12　羅五洲：〈序〉，《文學研究錄》第八期，1922 年 7 月。

13　何禹笙原著．何惠貽錄刊：〈四六駢文之概要〉，《小説星期刊》第二年第一期，1925 年。文章雖標示「何禹笙先生原著．良溪何惠貽錄刊」，此段文字屬於全文中的〈弁言〉，筆錄者先説明記錄業師講課的源起，故本部分可視為何惠貽本人的著述。

14　羅澧銘：〈新舊文學之研究和批評〉，《小説星期刊》第六期，1924 年。全文由第一期連載至第六期始刊完。

15　相關論述可參考陳智德：〈五四新文學與香港新詩〉，收入陳智德編：《三四〇年代香港新詩論集》（香港：嶺南大學人文學科研究中心，2004），頁 146－157。

> 東文人則有葉恭綽、李仙根、楊鐵夫、葉次周、江孔殷等，他們同心抗日，唱和往來。其中北方文人張仲仁、章士釗原為政壇要人，短暫來港，對文壇實際影響不大，反而傳統文人楊雲史、柳亞子居港期間寫了很多詩文，頗為矚目。[16]

程中山所指的北方文人當中，楊雲史（1875－1941）著有《江山萬里樓詩詞鈔》，他於一九三八年來港，詩詞作品刊於《大風》、《天文臺》等刊物，除了抒寫思鄉之情的作品，亦有不少描述抗戰的作品，如〈賀新涼・弔張自忠將軍〉、〈歲暮聞晉南寇氛甚惡，我潼關守軍力拒，賊不得渡河〉、〈巴山哀〉、〈米珠嘆〉等詩。

柳亞子（1887－1958）是江蘇吳江人，一九〇六年參加同盟會，一九〇九年與陳去病等創立南社，以詩歌呼應革命，民國成立後到上海擔任《天鐸》、《民聲》、《太平洋》等報主筆，一九二四年加入國民黨，曾任江蘇省黨部執行委員會委員兼宣傳部長、第二屆中央監察委員等職，一九四〇年十月從上海來港，期間與舊體詩家馬小進、潘小磐，新文學作家茅盾、夏衍等從遊；與香港文化界人物亦多往來唱酬。一九四一年初皖南事變後，與宋慶齡、何香凝等聯合發表宣言，「為皖南事件譴責重慶國民黨政府。文由柳亞子起草」。[17] 從一九四〇年十月來港至一九四一年十二月底香港淪陷期間，柳亞子在香港《華商報》、《大風》、《筆談》、《大眾生活》等刊物發表舊體詩、文學評論及時論，他後來把一九四〇年至一九四一年主要是香港時期的詩作，編為《圖南集》，並在卷末說：「客香港經歲，得詩數百首」[18]，意思是一年間便寫了數百首詩，可見著作之豐。

這期間柳亞子詩作的特色除了反映時局和民族情懷，也有不少記錄與香港文藝界人物的來往，具文學史料價值，例如〈贈陳畸一首〉：

16 程中山：〈導言〉，《香港文學大系 1919－1949・舊體文學卷》，頁 65。

17 柳無忌編：《柳亞子年譜》（北京：中國社會科學出版社，1983），頁 110。

18 柳亞子：《柳亞子文集・磨劍室詩詞集》（上海：上海人民出版社，1985），頁 955。

海內子陳子，聞名溯百年。地靈人自傑，筆健墨頻研。欲補餘杭史，煩搜合作篇。風雲愁變幻，熱淚又盈箋。（時方乞君覓餘杭先師暨馬相伯先生聯合宣言稿於工商日報社。）[19]

這詩記述了柳亞子為訪尋章太炎與馬相伯於一九三二年二月針對日軍侵略東三省及當時國民政府抗日政策而發表的〈馬相伯章太炎聯合宣言〉（又稱「二老宣言」），到工商日報社請陳畸協助。

〈贈劉火子〉一詩記述了劉火子詩集《不死的榮譽》的出版：「大好青年劉火子，索書火急似催逋。黎明在望須前進，榮譽從教屬我徒」，自註云「火子著《不死的榮譽》一卷，輯入黎明叢書」[20]，〈為微光出版社題壁〉則作為給予劉火子等人所創立之微光出版社的勉勵。[21]〈三十年「九．一八」紀念，為《光明報》創刊之期。先六日，漱溟、頌華、空了三先生招集勝斯飯店徵稿，錄舊作應之並希指正〉記述了一九四一年九月十八日《光明報》創刊之前六日，梁漱溟、薩空了、俞頌華三人向柳亞子徵稿之事。〈彌敦道畫室有作呈李鐵夫〉和〈九龍畫室贊鐵夫詩畫〉兩首則記述一九四一年十一月柳亞子到李鐵夫畫室探訪的事。其他具文學史料價值的作品尚有〈馬小進五十三歲壽詩〉、〈夜赴香港新文字學會歡迎會〉等等。

抗戰時期香港古典文壇的廣東文人包括葉恭綽、朱汝珍、江孔殷、黎季裴、楊鐵夫、黃慈博、黃詠雩等，程中山指出：「因為粵港語言及生活習慣相同，所以他們很快成為香港文壇的主流人物，其中以葉恭綽為領袖」[22]，一九三九年朱汝珍、江孔殷成立「千春社」，社員包括葉恭綽、黎季裴、楊鐵夫、江孔殷、黃慈博、黃詠雩等，誠如程中山所論，「千春社」同人「生

19　同上註，頁 903。

20　同上註，頁 907。

21　有關劉火子詩集《不死的榮譽》及微光出版社，另參本書第五章「寫實與抒情」之「劉火子、《不死的榮譽》與微光出版社」一節。

22　程中山：〈導言〉，《香港文學大系 1919－1949．舊體文學卷》，頁 66。

逢國難當頭之際，作品不純粹是風花雪月，亦有不少作品反映家國憂患」[23]。

詩與憂患：何曼叔、楊鐵夫、柳亞子等人的作品

抗戰時期香港的舊體詩家，上承中國傳統詩歌的憂時傷國精神，因應時代憂患，結合抗戰意識，融鑄生活觀察，成就反映現實的古典詩語言，不只是表達抗戰口號，更具生活感。他們的作品見諸《大風》、《天文臺》等雜誌，以及《大眾日報》、《國民日報》、《華僑日報》、《華商報》等報紙，而經受早期香港舊式教育薰陶的一代讀者，普遍都具接受、理解古典詩詞語言的能力，該批作品形式雖舊，卻仍能成為具時代對應意義的作品。

本書第二章「香港的『據點』位置」提到，一九三八年十月廣州、深圳失守之後，大量人民流徙到香港，使香港人口在短短一年間由八十萬急增至一百八十萬；[24] 其中很多都是流離失所的難民，香港政府及各福利、慈善機構盡力救助，但在安置住所、分配糧食上仍構成沉重壓力，許多難民被安排到政府在港九、新界空地臨時設立的難民營，亦有不少露宿在山野地區或市區街頭。[25] 當時曾在香港《大眾日報》任職的何曼叔（1895－1955），以寫實而淺近的詩歌語言，記錄新界難民情況，其〈赴元朗訪玉汝，值南頭避難人士群擁車站〉中段有云：

> 夙昔未經路，車箱心懷敞。荃灣瞥眼過，山勢在前擋。俄達元朗墟，難民欲爭上。攜男與帶女，老弱盡惝恍。避難自寶安，

23 同上註，頁67。

24 參考冼玉儀：〈社會組織與社會轉變〉，收入王賡武編：《香港史新編》上冊（香港：三聯書店，1997），頁195。

25 參考關禮雄：《日佔時期的香港（增訂版）》（香港：三聯書店，2015），頁9－10。

襆被別鄉黨。今朝南頭城，敵炮數十響。飛機共六架，軋軋淩空漾。敵艦十八艘，發炮自海上。停車遐問答，老嫗一一講。怕見慘切容，焦土倘安向。[26]

何曼叔這詩以樂府詩敘事風格的筆法，描述自寶安縣南頭城來港難民實況，「俄達元朗墟，難民欲爭上」當中的離亂，「攜男與帶女，老弱盡惝恍」的徬徨，「飛機共六架，軋軋淩空漾」的真實感，「停車遐問答，老嫗一一講」的生動，「怕見慘切容，焦土倘安向」的不忍，頗帶點漢末建安詩人王粲〈七哀詩〉的韻味，不同的是，哀愁過後，這詩最後仍回到抗戰主題：「保國與保民，要使敵人創」。

七七事變後，香港雖以殖民地而暫保安全，唯亦愈來愈感受到戰爭的威脅，因而逐步加緊防衛。一九三八年，香港政府成立防空處，一九四〇年展開更大規模的防空工程，在山邊建造防空洞，在高地興建炮台、碉堡，在大廈屋頂裝設警報器，實施燈火管制及防火演習。[27] 港九多處如魔鬼山、鯉魚門都有以炮台、碉堡為主的防衛設施，部分亦設探射燈台。另有輔助沿岸炮台的「環繞港島四周，以鐵絲網、地雷區、海岸探照燈（二十四處）及機槍據點組成的海岸陣地」。[28] 本書在第四章「抗戰與『和平』」之「鷗外鷗及其『香港的照相冊』系列詩作」一節，論及鷗外鷗〈和平的礎石〉寫到香港維多利港海面的佈防情況，包括港內停泊的「鷹號母艦」、「潛艇母艦美德威號」，以及維港夜空之防空探射燈；此外，澳門舊體詩家梁彥明亦有寫及維港夜空之防空探射燈，其〈香江晚望〉一詩有云：

仰視太平山，山高雲霧封。……海上吐白蛇，豪光燭蒼穹。

26 何曼叔：〈赴元朗訪玉汝，值南頭避難人士群擁車站〉，原刊香港《大眾日報》，1938 年 2 月 6 日，此據程中山編：《香港文學大系 1919－1949．舊體文學卷》，頁 290。

27 參考關禮雄：《日佔時期的香港（增訂版）》，頁 36－38。

28 高添強：《香港戰地指南》（香港：三聯書店，1995），頁 7。

迴環四照射，搜索敵機蹤。云是慎空防，戒嚴夜夜間。望山復觀海，夜氣雨濛濛。觀者發長歎，東漸慨歐風。輿圖長易色，誤國在和戎。[29]

梁彥明（1885－1942）是澳門崇實中學校長，澳門本土詩社雪社成員，澳門中華教育會創立者之一，亦為國民黨澳門支部委員，因堅持抗日，一九四二年十二月在澳門遭日本特務暗殺。[30] 梁彥明到港雖屬過境暫居，但留下的香港書寫亦彌足珍貴，〈香江晚望〉一詩細寫維港夜空之防空探射燈，「迴環四照射，搜索敵機蹤。云是慎空防，戒嚴夜夜間」四句點染肅殺氣氛，最後以「觀者發長歎」引出感喟，末句強調「誤國在和戎」，既承接前句「輿圖長易色」針對香港殖民地處境，亦作為回應其時香港汪派的和平運動言論，歸結為寧戰勿降的抗戰意識。

一九四一年十二月八日，太平洋戰爭爆發，日軍突襲珍珠港，[31] 向英美宣戰的同時，也派戰機轟炸香港以及東南亞英美殖民地，十二月八日及九日連續兩日轟炸香港及九龍市區多處，造成大量死傷，並正式開啟香港守軍的攻防戰，苦戰兩星期最後失陷，十二月二十五日聖誕節香港守軍投降，日軍宣告佔領香港，開始三年零八個月的日治時期（或稱日佔時期或淪陷時期）。

十二月八日及九日日軍戰機轟炸香港之事，新詩、舊詩各有記錄，新詩有徐遲的〈太平洋序詩——動員起來，香港！〉，淵魚的〈保衛這寶石！〉，本書第九章「轟炸與銷毀」將會論及，而舊詩方面則有楊鐵夫（1869－1943）、柳亞子、陳居霖等詩家，留下可堪傳頌的記載。先看楊鐵夫〈秋思耗〉的小序及上闋：

港中戰事發生，飛機習習翔頭上，苦無避戰處，社中諸子分

29 梁彥明：〈香江晚望〉，《國民日報．新壘》，1940年9月16日。

30 參考鄭煒明：《澳門文學史》（濟南：齊魯書社，2012），頁44。

31 日軍於一九四一年十二月七日（美國時間）早上突襲珍珠港，也就是香港時間十二月八日凌晨。

散兩岸，消息且不知，況乎唱和？譜夢窗韻寄諸子。

吟帽當簷側。輒南山、雷起破轟晨色。雲路散花，玉壺投矢，天地都窄。看眉蹙青山、替人垂淚寫怨抑。漲蠻荒、滄海碧。想曩昔燕雲，九重圍裏，傳有大羅仙唱，令人思憶。[32]

楊鐵夫〈秋思秏〉的小序說明詞作緣起，因戰事忽至而掛心詩友境遇，上闋當中的「輒南山、雷起破轟晨色」一句，是寫一九四一年十二月八日，日軍戰機首次轟炸香港的情景，「雲路散花，玉壺投矢，天地都窄。看眉蹙青山、替人垂淚寫怨抑」，則寫戰亂之際，掛心詩友境遇，卻音信杳然的情狀。

一九四一年十二月十一日，柳亞子以筆名「亞子」在《華商報・燈塔》發表〈三十年十二月八日倭寇始犯香港有懷余握奇將軍曲江〉及〈九日渡海有作〉兩首舊詩，〈九日渡海有作〉後來收錄在《柳亞子文集・磨劍室詩詞集》之「圖南集」，題作〈十二月九日晨從九龍渡海有作〉，《柳亞子詩詞選》題作〈十二月九日日寇突襲香港，晨從九龍渡海有作〉[33]，〈三十年十二月八日倭寇始犯香港有懷余握奇將軍曲江〉一詩則未收入《柳亞子文集・磨劍室詩詞集》和《柳亞子詩詞選》。

〈九日渡海有作〉記錄了日軍空襲香港翌日，十二月九日清晨與家人離開九龍柯士甸道寓所，乘船到港島暫避的情況：

蘆中亡士氣猶譁，一葉扁舟逐浪花。匝（底）〔歲〕羈魂宋臺石，連宵鄉夢洞庭茶。轟轟炮火懲倭寇，落落乾坤復漢家。挈婦

32　楊鐵夫：〈秋思秏〉，收入程中山編：《香港文學大系 1919－1949・舊體文學卷》，頁 234。

33　柳亞子：《柳亞子詩詞選》（北京：人民文學出版社，1981），頁 93。

將雛寧失計，紅妝季布更（高）〔清〕華。（謂清揚女士也）[34]

「蘆中亡士」用伍子胥典故，柳亞子藉此謂逃亡之艱困卻志氣未減，「匝歲羈魂宋臺石」二句寫自己居港約一年而時常懷念家鄉，「轟轟炮火懲倭寇」二句寫日軍空襲香港，寄望同時也相信中國終於抗日戰事中得勝。「挈婦將雛寧失計」寫自己攜妻小逃難之況，「紅妝季布更清華」句末原註之「謂清揚女士也」，在《柳亞子文集・磨劍室詩詞集》及《柳亞子詩詞選》二書皆刪去，但此註應予保留，柳亞子透過註解，指出該句是寫劉清揚的俠義之舉。劉清揚（1894－1977）早年與周恩來、鄧穎超等成立覺悟社，曾加入中國共產黨和中國民主同盟，柳亞子在港期間曾與劉清揚參與文化界活動並發表演說，柳亞子在〈八年回憶〉一文提到，十二月八日日軍空襲香港首天，他去探望蕭紅，並叫端木蕻良去找劉清揚，「因為她說有避難的地方可以安頓我們」。十二月九日清晨，柳亞子與家人乘船到港島暫避，「船中碰到了清揚，她說她預備避難的地方發生了問題，不能前去，但蕭紅和端木，則已經渡海，叫我放心」[35]，可確知「紅妝季布更清華」是寫劉清揚，以及柳亞子在船中遇到她而獲知有關蕭紅和端木蕻良的情況。

以舊詩形式寫及一九四一年十二月日軍攻港之事的，還有時年二十歲的青年舊體詩家陳居霖，其〈香江兵中・日軍進侵香港將迫九龍予自九龍乘小舟渡港彈下如雨驚險萬狀〉云：

百載沉酣歌舞聲。一朝夢醒戰雲橫。望窮滄海無舟楫。不信蓬萊有甲兵。開府竄身愁失道。杜陵揮淚哭蒼生。那堪冷雨淒風

34 亞子（柳亞子）：〈九日渡海有作〉，《華商報・燈塔》，1941 年 12 月 11 日。「匝底」，《柳亞子文集・磨劍室詩詞集》及《柳亞子詩詞選》皆作「匝歲」，「匝底」應是報紙排字之誤，當作「匝歲」。「落落乾坤復漢家」，《柳亞子詩詞選》作「落落乾坤覆漢家」。「紅妝季布更高華」，《柳亞子文集・磨劍室詩詞集》及《柳亞子詩詞選》皆作「紅妝季布更清華」。

35 柳無忌、柳無非編：《柳亞子文集——自傳・年譜・日記》（上海：上海人民出版社，1986），頁 233－234。

夜。縮瑟江頭待曉行。[36]

這詩寫到當時正值香港政府和居民慶祝香港開埠百年，而香港在抗戰爆發以來一直暫保和平，對日軍突然攻港感到詫異，故有「不信蓬萊有甲兵」之句。後半段寫戰事當中，居民逃難之狀。

陳居霖（1921－　），廣東清遠人，習醫於廣東中醫藥專門學校，一九三八年避亂於香港，一九四二年返回內地，戰後再來港，創立現代中醫藥學院，著有《藥園詩選》、《現代中醫內科學》等。陳居霖一九四一年四月一日在《國民日報．詩刊》發表〈雨訪宋王台〉，藉宋王臺抒發時局憂患，其一云：「抱得春愁海樣深，江山如晦忍重臨。崖門極目蒼波冷，空憶當年帝璽沉」[37]，與當時許多抒寫宋皇臺的舊詩一樣，不單寫景，更將時代憂患與個人飄零之悲合而為一。

香港角度詩史：古卓崙〈香江曲〉

古卓崙（1900－1982），廣東中山人，一九一三年畢業於廣東省立高等文科專門學校，再到北京大學攻讀。歷任中山鵬縣公署秘書長、教育科長等，後從商，歷任香港先施人壽公司司理、香港中山僑商會董事、副主席。四〇年代與方若文、江蹀雲等創立春秋詩社，曾發刊詩歌合集《春秋詩社》。[38]

一九四二年十月，古卓崙撰七古歌行體紀事詩〈香江曲〉，序文提及

36　陳居霖：〈香江兵中．日軍進侵香港將迫九龍予自九龍乘小舟渡港彈下如雨驚險萬狀〉，收入陳居霖：《藥園詩選》（香港：現代中醫藥學院，1967），頁 14。

37　陳居霖：〈兩訪宋王台〉，《國民日報．詩刊》，1941 年 4 月 1 日。這詩收錄在陳居霖：《藥園詩選》，改題為〈雨訪宋皇台偕雪瑛三首錄二〉。

38　古卓崙之生卒年及生平資料是據程中山編：《香港文學大系 1919－1949．舊體文學卷》，頁 385；另可參胡從經編：《歷史的跫音》（香港：朝花出版社，1997），頁 237。古卓崙之確實生卒年仍有待查證。

一九四一年香港淪陷之年，適值香港開埠百年紀念（或稱英佔香港為殖民地百年）：「按英人殖民於此，恰滿百年，慘淡經營，成為著名口岸。一旦淪於敵手，形勢為之一變」，於是「感慨繫之，追詠成詩」[39]。一九四一年香港政府本紀念其開埠百年，二月下旬曾有連串慶祝活動，又發行香港開埠百年紀念郵票，不意十個月後，香港即告陷落，更加重時人的憂患滄桑之感，古卓崙撰〈香江曲〉，不為紀念或緬懷香港開埠百年，卻值此時代憂患和轉折，表達一種歷史意識的反思。

〈香江曲〉長達四百多行、三千餘字，以敘事詩體紀述香港由開埠建設至淪陷時期的百年社會轉變，詩的開首從港島太平山俯瞰的視野開始：

> 香爐直上峰之巔，玉宇瓊樓矗萬千，四面傖波涵碧落，萬家燈火燦珠躔。燈火迷離城不夜，茫茫人海分夷夏，百年慘澹費經營，全港繁華足驚詫。[40]

這開篇八句詩以開闊的圖景，提出繁華背後為「茫茫人海分夷夏」的矛盾，「百年慘澹費經營」則表達那繁華實屬得來不易，為〈香江曲〉開篇後一大段歷史回顧角度的敘述作準備。

「估舶千帆海外來，洋場十里島中開。南琛西賮森奇貨，居賈行商萃異才」，寫香港的商業繁華，再引出各階層人士的都市生活，包括北角游泳棚、馬場賽馬、銀幕歌壇、茶樓品茗等閒適生活。詩的中段，言及「急士避秦逃世外，名流浮海至天涯」，寫內地局勢驅使「急士」、「名流」南遷香港，「天涯淪落萍蹤寄，躑躅長安居不易。立館授徒勉治生，變夷用夏時關意。瓜廬座滿客論文，荔坨門盈車問字」，六句是寫辛亥革命後來港興學授徒的

39 古卓崙：〈香江曲〉，此據程中山編：《香港文學大系 1919－1949．舊體文學卷》，頁 322。

40 同上註，頁 322－325。下文所引〈香江曲〉亦同，不再一一作註。

陳伯陶（1855－1930）和賴際熙（1865－1937），[41] 一九二三年，陳伯陶與賴際熙等人創立學海書樓，承傳中華傳統文化，古卓崙詩中「變夷用夏時關意」尤能點出其理念所在。

這一段的〈香江曲〉提出香港除了商業繁華、閒適生活，亦有民間自發的文化建設，並自有一番文壇氣象：「群賢洛下偶相逢，吟社歡聯李杜宗。客邸集招文酒會，講壇歸去打詩鐘」，是寫一九二〇、三〇年代香港北山詩社、正聲吟社等文人社群，雅集聯吟，唱和詩鐘的活動情形。

在〈香江曲〉的上半部分，語調歡快，最後且有「人人海國樂堯天」、「不信桃源真此地」這樣的形容，可見古卓崙對百年香港的歷史態度是正面肯定的，即使那是一種殖民地歷史，但那慘澹經營出的繁華，無論是商貿或文化，實質上由民間自發創建者甚多。古卓崙〈香江曲〉由香港民間出發的歷史觀照態度，不從簡化辨分夷夏的國族主義而論，也可說表達了一種基於香港實際情況的本土歷史觀。

〈香江曲〉上半部分以「不信桃源真此地」這樣的形容結束，緊接是戰爭描述，下半部分進入截然不同的語調：「穿山忽鑿防空洞，列戍縱橫貫錦田。避彈短垣森櫛比，防江小壘障堤邊」，四句寫當時香港及新界的防務，其背景如上文論述梁彥明〈香江晚望〉一詩時已提及，而古卓崙〈香江曲〉有更具體描寫。

「公曆歲時逢臘八，忽振軍聲嚴肅殺，城頭彈落震春雷，島際機翔迅秋鶻」，四句寫一九四一年十二月八日日機轟炸香港。「餓莩縱橫滿道途，流尸飄蕩浮江海」寫戰後的慘狀。〈香江曲〉以「君不見皓月江天一鑑懸，相逢易缺本難圓。塘西寂寞瓊筵散，依舊爐峰翠掃天」作結，全詩歸結為一種風流雲散的悵惘，呼應詩的上半部寫及的商貿繁華和文化風雅，因經歷戰火而摧折，哀悼一種文化的失落。

〈香江曲〉完篇後接近三年，一九四五年八月十五日，日本宣佈無條件

41　陳伯陶（1855－1930）著有《瓜廬詩賸》、《瓜廬文賸》等；賴際熙（1865－1937），號荔垞，著有《荔垞文存》等。

投降，抗戰勝利，香港重光，古卓崙再撰〈後香江曲〉，細寫香港淪陷期間「三年零八個月間」的見聞。開篇四句是這樣：「爐峰落木氣蕭蕭，賸水殘山土半焦。自揭干旄飄旭日，空餘傑閣聳層霄」[42]，太平山又名「爐峰」，古卓崙以「賸水殘山」形容淪陷之後境況，並點出肅殺氣氛。

相對於〈香江曲〉對文化失落的哀悼，〈後香江曲〉對戰爭時局有更激烈的批評：「中荷英美無前敵，菲緬泰越皆盟邦。更有南京偽國府，死生相誓共甘苦，構成東亞共榮圈，認作神州安樂土」，而「安樂土」一詞真正對應的是一種諷刺，因為真實情況是：「政刑不減申商酷，號令還逾閹猷凶」、「鳳知親善假心腸，時露猙獰真面目」。〈後香江曲〉詳述淪陷期間政令之不公及市民的苦難，包括「軍鈔濫發」、「苛政淫威」、「殺機徧佈」、「民生窘窮」、「商廛冷落」等況，記述頗為全面。

在〈後香江曲〉全篇的結束處，古卓崙重新歸結為一個回顧歷史的視點：「八年擾攘妖氛靖，百感低徊噩夢醒，我效詞人詩作史，紀將前事續吟聲」，古卓崙自覺地以詩作史，〈香江曲〉及〈後香江曲〉提出一種歷史觀，在苦難中回顧而點出「香江」的可珍惜處，談到戰爭時局的批評，不從國族主義而論，卻仍標示真偽和是非之辨，使其成為一種更有流傳價值的香港角度詩史。

被遺忘的記錄：黃偉伯未刊稿

黃偉伯（1872－1955），名棣華，號偉伯，齋號負暄山館，以號行。廣東順德人，光緒二十年考中秀才，工詩文。民國初年在香港營商，一九二〇年代到中國大連發展業務，其後回港定居，亦商亦文，與南海胡子晋共結嚶鳴社，戰前在香港參加正聲吟社，一九四五年五月與友人謝焜彝、馮漸

42 古卓崙：〈後香江曲〉，此據程中山編：《香港文學大系 1919－1949．舊體文學卷》，頁 325－328。下文所引〈後香江曲〉亦同，不再一一作註。

逵、伍憲子成立碩果詩社，其〈碩果詩社第一集序〉云：「因時局之不靖，詞客之雲散，蒞會者寥若晨星，爰以『碩果』二字名社，非自矜也，蓋有感也」[43]，序文指出香港淪陷後，詩友四散離港，戰後參與重組詩社者不多，詩社以「碩果」命名，亦有碩果僅存之意。碩果詩社初成立時，香港尚未重光，數月後抗戰結束，招湛銓（量行）、李景康（鳳坡）分別自澳門、曲江歸港，加入碩果詩社，戰後詩社繼續活動，規模亦有所擴大。

黃偉伯著有《負暄山館紀事詩鈔》（1930）、《負暄山館詩草》（一函二冊，第一冊題：《負暄山館紀事詩鈔》，第二冊題《負暄山館游詩草》）（1927－1949）、《負暄山館選刊詞鈔》（1953）、《負暄山館十五省紀遊詩鈔》（1954）等，作品另見《正聲吟社詩鐘集》、《碩果詩社第一集》等。黃偉伯戰前著有不少紀遊詩及紀事詩，描述戰前香港人事地貌，甚具史料價值。一九四一年十二月香港淪陷前後，黃偉伯一直居港，期間撰寫大批紀事詩，記述香港淪陷前後事件，部分收錄在一九五四年出版的《負暄山館十五省紀遊詩鈔》，更大部份收錄在未刊行的《負暄山人古稀後詩鈔》（手稿本共八冊）。

收錄在《負暄山館十五省紀遊詩鈔》卷末的「香港九龍澳門紀游二百六十八首」，其中香港淪陷紀事包括〈日人毀九龍城外屋宇闢作飛機場〉、〈三月晦日九龍送春。是日戒嚴〉、〈記紅磡災區狀況〉、〈記冬月十一日青山海面嶺南丸輪船被炸事〉、〈重過深水埗遊樂場。香江淪陷時代〉、〈乙酉五月廿一日組成碩果詩社，賦呈焜彝、憲子、漸逵三友〉、〈七月廿五日，眼見日軍投降，英人接收香港，記以詩〉七首，另有記述大戰局勢，如〈七月四日亞洲宣佈停戰〉等詩。

《負暄山館十五省紀遊詩鈔》的七首香港淪陷紀事詩中，以〈記紅磡災區狀況〉記述最詳盡。一九四四年十二月一日盟軍空襲九龍紅磡黃埔船塢，當時為日軍在港軍事據點之一，但有部分炸彈落在附近的蕪湖街和寶其利街

43　黃偉伯：〈碩果詩社第一集序〉，原刊《碩果社第一集》（香港：復興印刷所，1947），卷 1a。此據程中山編：《香港文學大系 1919－1949．舊體文學卷》，頁 343。

人煙稠密地區，包括小學、戲院等都受波及，死傷者眾多。黃偉伯當日身處在九龍塘花墟，翌日聽聞「紅磡一隅最凶重」，於是十日後「趨往視察審跡踪」，他特往紅磡災區別無現實生活上之目的，純為以詩記述災區所見，有如記者為採訪而走進現場：

> 先從馬頭圍道入，即睹船廠殘破容。垣墉圮毀棟樑折，鐵架彎曲如垂虹。旋復前進看樓宇，戲院學校一掃空。聞道學校尤悽慘，死者二百多兒童。一彈恰中防空洞，霎時火熾燄光熊。至今陳列操場上，焚餘數百汽油筒。正值日落黃昏後，入市買菜人悤悤。彈雨縱橫亂揮洒，被其彈者中背胸。目視三五尋屍者，喪服揮涕一棺從。碎石殘磚未清理，其中想有屍骸封。[44]

〈記紅磡災區狀況〉寫及戰爭、轟炸與傷亡，但這詩沒有強調感慨，而是以客觀的紀實語言敘述事件，從時、地、人各方面傳達現場實況。

黃偉伯描述淪陷時期香港的詩作，更大部分收錄在未刊行的八冊手稿本《負暄山人古稀後詩鈔》，它原來幾乎失傳，幸賴有心人從街頭垃圾收集站撿拾出保存多年，再經具香港古典文學知識者鑑定、介紹，才得以傳世，方寬烈記述當中的故事：

> 一九八四年家在荃灣的李勇抗，有一天晨早外出飲茶，偶然經過街頭廢物收集站，看到一些類似中式賬簿的東西，堆放在一起，以為是過期的賬簿沒用處而被拋棄，因此不加理會。等他喝完早茶已近中午，漫步回家，那些賬簿依舊堆在路邊，沒人拿走。好奇之下順手掀開一冊看看，竟是用毛筆書寫，字體整齊的詩集，因為不忍它被人當垃圾處理，乃拿回家裏一直收藏了廿多

44 黃偉伯：《負暄山館十五省紀遊詩鈔》（香港：仁記印務館，1954），頁 202－203。

年。今年八月，李君在圖書館看到我的《漣漪詩詞》，知道我是寫詩的，於是透過出版社約我茶敘，並帶同這些詩稿，告知發現經過。我一看就知道這是去世多年老詩人黃偉伯的遺稿。[45]

據方寬烈記述，黃偉伯這八部《負暄山人古稀後詩鈔》是從一九四一年十二月八日，日本軍機空襲香港的事件開始：

品茗樓頭興正濃，突然鐵馬襲爐峰。通衢晝寂硝煙罩，傑閣宵寒劍氣衝。道上販夫皆絕跡，山間樵子亦無蹤。外援不至終淪陷，得志倭人猛似龍。[46]

詩中記述作者在茶樓飲茶品茗時遭遇軍機空襲，當中的突然和嚴肅氣氛，與古卓崙《香江曲》中的記述云「公曆歲時逢臘八，忽振軍聲嚴肅殺，城頭彈落震春雷，島際機翔迅秋鶻」，也是一致的。

黃偉伯將八部詩稿題為《負暄山人古稀後詩鈔》，即七十後所寫作品，年份是一九四二年，《負暄山人古稀後詩鈔》所載也以一九四二年以後的事件為主，記述許多香港日治時期的生活情形，如〈無米配給者連日歸鄉甚眾〉、〈配米二首〉、〈愛護團議決晝夜出巡〉、〈平宋皇台作飛機場弔以一絕〉、〈九龍花田改作機場〉等詩，甚具史料價值，如〈九龍花田改作機場〉云：「夷平花壟作機場，多少花農業告荒。奼紫嫣紅零落盡，賣花生計感淒涼」，這詩可與收錄在《負暄山館十五省紀遊詩鈔》的〈日人毀九龍城外屋宇闢作飛機場〉一詩並讀，皆記述九龍城附近屋宇、田地如何遭日軍破壞，用以擴建啟德機場。

記述淪陷時期生活之事，有〈遣兩孫返佛山依鍾毅弘女婿別尋生活〉、

45 方寬烈：《香港文壇往事》（香港：香港文學研究社，2010），頁 323－324。

46 轉引自方寬烈：《香港文壇往事》，頁 325。

〈糴米買束薪〉等詩，〈遣兩孫返佛山依鍾毅弘女婿別尋生活〉提及「香江百業皆凋敝，糊口無方劇可憂」，因生活所迫，黃偉伯忍痛把原本與自己同住的兩孫，託人送返鄉間生活。〈糴米買束薪〉詩題出自蘇軾〈糴米〉一詩，黃偉伯將此用以描述淪陷時期香港經濟問題，古詩中的「糴米買束薪」現象，在當時重現。

收錄在《負暄山人古稀後詩鈔》的詩稿還有〈記空戰三首〉、〈鏞記酒家前兩月被炸化為瓦爍場，過而見之感賦此什〉、〈輪船被炸感賦三首〉、〈眼見英兵督率日本降卒開墾荒地感賦〉等詩，對香港淪陷時期有多方面描述，誠如方寬烈所言：「假如廿三年前李君不把黃偉伯手稿從廢物堆拾取收藏，這些有價值的詩作將永遠遺失，而香港戰時軼史亦會缺少一些重要參考資料。」[47]

47 方寬烈：《香港文壇往事》，頁 340。

第八章

人物與刊物

戴望舒與《星島日報・星座》

戴望舒（1905－1950）是著名現代派詩人，畢業於震旦大學（上海復旦大學前身），曾留學法國，三〇年代已嶄露頭角，參與編輯著名的《現代》雜誌。抗戰爆發後，一九三八年五月，戴望舒從上海來到香港，與許多從內地逃避戰火的人一樣，本打算經香港轉赴大後方重慶等地，但一次偶然的機會改變了他的決定。

一九三八年，商人胡文虎及其子胡好在香港籌備創辦《星島日報》，戴望舒經由當時《大風旬刊》的陸丹林推薦，與胡好會面，被當時年僅十九歲的胡好的誠意所打動，決意留港加入星島日報社工作，主編副刊「星座」。戴望舒在〈十年前的星島和星座〉一文說：

> 有一天，我到簡又文陸丹林先生所主辦的「大風社」去閑談。到了那裏的時候，陸丹林先生就對我說，他正在找我，因為有一家新組織的日報，正在物色一位副刊的編輯，他想我是很適當的，而且已為我向主持人提出過了，那便是「星島日報」，是胡文虎先生辦的，社長是他的公子胡好先生。說完了，他就把一封已經寫好了的介紹信遞給我，叫我有空就去見胡好先生。
>
> 我躊躇了兩天纔決定去見胡好先生。使我躊躇的，第一是如

> 果我接受下來，那麼我全盤的計劃都打消了；其次，假使我擔任了這個職務，那麼我能不能如我的理想編輯那個副刊呢？因為，當時香港還沒有一個正式新文藝的副刊，而香港的讀者也不習慣於這樣的副刊的。可是我終於抱着「先去看看」的態度去見胡好先生。[1]

戴望舒心目中想做的是抗戰文藝工作，但不是純粹作為宣傳功能上的文藝，戴望舒對文藝一方面本有着更高的要求，另方面，他也對流於口號化的「抗戰八股」感到不滿，一九三七年他已在上海發表過〈關於國防詩歌〉，除了批評國防詩歌口號化的傾向沒有詩質，更反對國防詩歌主張詩必須包含國防意識情緒而不容許其他主題的偏狹取向。[2] 一九三八年戴望舒來香港，本不打算在港實踐抱負，他說：「那時我的計劃是先把家庭安頓好了，然後到抗戰大後方去，參與文藝界的抗敵工作，因為那時中華文藝界抗敵協會已開始組織起來了。」[3] 然而五月份他到位於港島灣仔道一百七十七號剛設立的星島日報社會見年輕的社長胡好後，改變了計劃：

> 使我吃驚的是胡好先生的年輕，而更使我吃驚的是那慣常和年輕不會合在一起的幹練。這個十九歲的少年那麼幹練地處理着一切，熱情而爽直。我告訴了他我願意接受編這張新報的副刊，但我也有我的理想，於是我把我理想中的副刊是怎樣的告訴了他。胡好先生的回答是肯定的，他告訴我說，我會實現我的理想。[4]

1　戴望舒：〈十年前的星島和星座〉，《星島日報．星座》，1948 年 8 月 1 日。

2　參考戴望舒：〈關於國防詩歌〉，《新中華雜誌》第五卷第七期，1937 年 4 月。

3　戴望舒：〈十年前的星島和星座〉，《星島日報．星座》，1948 年 8 月 1 日。

4　同上註。

就這樣，戴望舒參與《星島日報》的創刊工作，憑着他在文藝界的聲望和人脈關係，以及他本身的文藝識見，使「星座」成為抗戰前期華南地區重要的抗戰文藝陣地。在《星島日報》創刊的一九三八年八月一日，戴望舒主編的副刊「星座」也刊出了第一期，他在〈創刊小言〉一文中，除了申述編輯宗旨，也藉着描寫維港寧靜的景色，寄託他憂時傷國的思想：

> (這)〔連〕日陰霾，晚間，天上一顆星也看不見，但港岸周遭明燈千萬，也彷彿是繁星之羅佈。倘若你真想觀賞星，現在是，在這樣陰霾的氣候，衹好權且拿這些燈光來代替了。
>
> 沉悶的陰霾的氣候是不會永遠延續下去的，牠若不是激揚起更可怕的大風暴，便是變成和平的晴朗天。大風暴一起，非但永遠沒有了天上的那些星星，甚至更會毀滅了港島上的這些權且代替星星的燈光，若是這陰霾居然有開霽的一天，晴光一放，夜色定然比往昔愈為清佳，不但有燦爛的星，更有奇麗的月，那時，港灣裏的幾盞燈光還算得什麼呢。
>
> 「星座」現在是寄託在港島上。編者和讀者當然都盼望着這陰霾氣候之早日終了。晴朗固好，風暴也不壞，總覺得比目下痛快些。但是，若果不幸而還得在這陰霾氣候中再掙扎下去，那麼，編者唯一的渺小的希望，是「星座」能夠為牠的讀者忠實地代替了天上的星星，與港岸周遭的燈光同盡一點照明之實。[5]

戴望舒在這段文字中，多次提及「星」，在文中是作為美好生活的象徵，而相對的「陰霾」、「大風暴」則是威脅美好生活的破壞力量，文章言簡意賅地，在描寫維港寧靜景色的背後，暗示着戰爭隱伏的陰影。戴望舒沒有明白說出、也沒有提及抗戰，然而在當時的讀者看來，都能意會這段文字

5 〈創刊小言〉，《星島日報》，1938年8月1日。

談論的是戰爭陰霾下的香港。在一九三八年的香港，即使言論相對自由，但對抗日言論也有嚴格審查，因此戴望舒在文中以星暗示遭日軍威脅的原有美好生活，不單作為藝術上的技巧，也有現實上的需要。[6]

「星座」第一期的作者有茅盾、施蟄存、郁達夫、徐訏，都是內地名家，之後刊登的尚有沈從文的小說、胡風、馬國亮、穆時英的散文，以內地作者為主，但至一九三八年底也有香港本土作者侶倫的散文〈珍貴之頁〉、〈沉默的伴侶〉，劉火子的散文〈信號〉、〈廣州的緬懷〉，李育中的新詩〈桂林古城〉、李心若的新詩〈無盡的行列〉、馬御風（柳木下）的新詩〈群眾〉、〈遠的方向〉、〈母親〉等。

戴望舒所編的「星座」自一九三八年八月一日起每天刊出，[7] 篇幅佔一頁報紙的半版，內容基本上是綜合性文藝，作品體裁包括新詩、散文、小說、評論、翻譯等，而自一九三九年三月十二日起，在「星座」原有版位增設「十日新詩」，顧名思義，每十日使用「星座」原有版位集中刊登新詩，實際上是附設於「星座」上的詩刊。「十日新詩」第一期作者包括袁水拍、徐遲、陳時、陳江帆、馬御風、何維爾、繆白苗，第二期作者有艾青、陳殘雲、戴望舒（譯作）、吳風（柳木下）、袁水拍、徐遲，第三期作者有陳時、徐遲、馬御風、袁水拍、黃魯、路易士、陳江帆，基本上內地作者與香港作者份量各佔一半。

「十日新詩」的出刊，對於中國新詩來說是別具意義，特別是對三〇年代的現代派詩歌來說，具重要的承接意義。一九三六年在上海，曾有一份大型的《新詩》月刊，由戴望舒、卞之琳、孫大雨、梁宗岱、馮至等現代派詩人所成立的「新詩社」創辦。中國新詩學者孫玉石曾指出《新詩》月刊在中國現代文學史上的地位：

> 這個新詩刊物發表了許多現代派詩歌的代表性作品和有份量

6　有關戰時報刊檢查的情況，參見本書第三章「抗戰時期的香港報刊」之「戰時報刊檢查」一節。

7　一九三九年十月二日至十二月二十九日隔日出刊，一九四〇年一月起改回每日出版。

> 的理論文章，可以視為三〇年代現代派詩人群系創作上聚集的一個最重要的陣地，在當時曾產生了很大的影響，成為中國現代新詩發展史上最重要的刊物之一。[8]

這份凝聚三〇年代中國現代派新詩的重要刊物《新詩》月刊共出版十期，至一九三七年七月便因戰火而停刊。當戴望舒來到香港後，他仍念及這份重要的刊物，以及因戰火而四散的詩友，他很希望把《新詩》月刊復刊，一九三九年初致艾青的信上，戴望舒提到為《新詩》月刊籌備經費的事：「我很想再出《新詩》，現在在籌備經費。辦法是已有了，那便是在《星座》中出《十日新詩》一張，把稿費捐出來。」[9]《新詩》月刊最終沒有復刊，但一九三九年戴望舒與身在桂林的艾青持續通信，商議創辦並合編一本新的詩刊《頂點》，以三個月為籌備期；一九三九年七月十日，新的詩刊《頂點》成功創刊，在香港及中國內地都有發行，作者以原有的新詩社成員為主，在第一期不署名但相信是戴望舒與艾青合著的〈編後雜記〉上，提到《頂點》是作為「抗戰的一種力量」，但戴望舒與艾青也強調，「我們所說不離開抗戰的作品並不是狹義的戰爭詩」，他們始終重視文學藝術的本質，抗戰文藝本有宣傳抗日、激勵士氣的作用，然而文學的藝術性仍然需要維繫。

差不多同時，附設於《星島日報》「星座」版的「十日新詩」仍有出刊，一九三九年九月二十三日「十日新詩」出刊至第十九期後，十月十六日起改為「半月新詩」，以後每隔半月出刊一期，至一九四〇年四月三十日，「半月新詩」出刊約十一期後未見繼續再刊。

大概可以這樣總結，《星島日報》「星座」版的「十日新詩」，與一九三九年七月十日創刊的《頂點》，同樣都是一九三六年在上海出版的《新詩》月刊的延續，就在香港這樣一個地方，戴望舒暫時遠離了戰火的威嚇，

8 孫玉石：《中國現代主義詩潮史論》（北京：北京大學出版社，1999），頁129。

9 戴望舒：〈致艾青（一九三九年）〉，收入王文彬、金石主編：《戴望舒全集．散文卷》（北京：中國青年出版社，1999），頁252。

得以延續現代派詩歌的理想，但也不單如此，戴望舒更把現代派詩歌與抗戰文藝的理念結合、互補，為那一個戰亂而苦難的時代，留下具有藝術特色的時代見證。

馬國亮、曹克安與《大地畫報》

一九三八年十一月創刊的《大地畫報》，由曾任上海《良友畫報》主編的馬國亮主編。馬國亮（1908－？）是廣東順德人，少年時曾從廣州來到香港學習英文，入讀私塾式的譚衛之學校，後再轉到香港華仁書院就讀，[10]一九二五年省港大罷工期間，馬國亮隨罷工罷課的隊伍離港返回廣州。一九二七年，馬國亮到上海新華藝術學院學習美術，約一九二九年進上海《良友畫報》工作。抗戰爆發後，《良友畫報》曾遷到香港出版一段時期，但很快又停刊，馬國亮遂起用港版《良友畫報》原班人馬創辦《大地畫報》。[11]

馬國亮邀得曹克安（1909－？）出任《大地畫報》督印人，馬國亮則擔任總編輯，曹克安為此特地成立了「大地圖書出版社」，由他出任社長。曹克安是香港甚具名望的紳商、定例局（立法局）議員曹善允之子，曹克安本人則是一名律師，熱心國是，與友人發起組織「中國青年救護團」支援抗戰，曹克安所成立的「大地圖書出版社」亦對抗戰文化事業有所貢獻。如本書第二章所述，抗戰期間港府設新聞檢查制度，所有刊物出版前須預先送檢，遇違禁字詞即由檢查官刪除，但由於曹克安與港府華民政務司檢查官劉子平素有交情，曹克安所辦刊物都能獲得優待，他在回憶錄說：「本人主持之各種刊物，全部通過。從未有一字、一詞、一句被刪除的。」[12]《大地畫報》由曹克安成立的「大地圖書出版社」出版，此外，曹克安也擔任了鄒韜

10　馬國亮：《浮想縱橫》（香港：開益出版社，1996），頁 249－252。

11　同上註，頁 280。

12　曹克安：《家居香港九十年》（香港：星島有限公司，1986），頁 10。

奮主編之《大眾生活》及茅盾主編之《筆談》的督印人，曹克安在回憶錄中特別提及，對鄒韜奮十分景仰：「鄒韜奮先生主編之『大眾生活』，在上海發行時，經已得舉世之中國同胞，非常之愛戴。我本人亦是讀者之一。我平日對鄒韜奮先生，非常之景仰，對於『大眾生活』之社論，立論嚴正，敢言敢說，令我這民族青年，五體投地」[13]，因此當馬國亮提到，鄒韜奮希望在港復刊《大眾生活》，曹克安馬上答應擔任該刊督印人，並由大地圖書出版社印行。由於曹克安在香港上層社會的地位，使《大地畫報》、《大眾生活》、《筆談》在新聞檢查過程中得到優待。[14]

《大地畫報》沿用上海《良友畫報》的模式，屬於綜合性新聞畫報，而更針對當時的抗日局勢，作出不同角度的報道，每期內容包括新聞照片圖輯、時事報道及評論、戰地特寫、國際時事、人物特寫、文藝、科學小品等。因應抗戰局勢，《大地畫報》刊載很多有關抗戰的報道，曾採訪當時在香港組織「保衛中國同盟」以支援抗戰的宋慶齡，又以專輯報道內地戰訊，如第八期的「華北游擊區專號」、第九期的「戰時教育特輯」、第十一期的「長沙會戰專號」、第十三期的「西北大後方特輯」等。

文藝方面，一九三九年二月出版《大地畫報》第三期有總題為「詩．香港」的系列新詩，包括鷗外鷗的三首描寫香港的作品：〈和平的礎石〉、〈禮拜日〉和〈文明人的天職〉，均配合相關圖片刊登，〈和平的礎石〉提到港督梅含理（或譯梅軒利，Sir Francis Henry May，1860－1922）的銅像，該期《大地畫報》亦刊出當時仍擺放於中環皇后像廣場之梅含理銅像照片，該銅像在日軍佔領香港後，已被運走並銷毀，該期《大地畫報》是僅有的詩歌描述與銅像圖片配合的記載，極具史料價值。《大地畫報》第四期，再有

13 同上註，頁 19－20。

14 諷刺的是，曹克安的父親，定例局（立法局）議員曹善允，在一九三六年八月二十六日羅文錦提出撤銷華文報紙檢查制度的議案上，曹善允以「百分之九十七華人人口，其中大部分之智識程度不及百分之三之外人，故不能一視同仁」為由而反對撤銷華文報紙檢查制度，致該議案被否決，參 1936 年 8 月 27 日《工商日報》「本埠新聞」版的報道，另見本書第三章「抗戰時期的香港報刊」之「戰時報刊檢查」一節。

鷗外鷗的另一首描寫香港的詩〈狹窄的研究〉，同樣配合相關照片刊出。[15]

馬國亮在上海時已著有多種散文和小說，出版散文集《昨夜之歌》、《給女人們》、《偷閒小品》，小說集《露露》等，來港後繼續寫作，在《星島日報．星座》發表散文多篇。他在港除了主編《大地畫報》，更應導演李應源之邀擔任編劇，馬國亮以「陳明」為筆名，與李應源合作編寫劇本，後來拍成了《花好月圓》（伊秋水、林妹妹主演）、《如花美眷》（薛覺先、鄭孟霞主演）、《天作之合》（薛覺先、路明主演）三齣電影。[16]

日軍在一九四一年十二月八日空襲香港，展開太平洋戰爭香港戰事的序幕，馬國亮仍多次返回大地畫報社與同人商議，直至香港局勢危在旦夕，馬國亮與同人決定把新印起而未發行的《大地畫報》十二月號全數銷毀，「連同原有的各期少量的，都一起裝在一部貨車上，駛到海旁，全數往海裏倒掉，因為裏面全是抗日的圖片和文章」[17]，就這樣《大地畫報》最新的第二十四期，就此永遠消失。

楊奇、麥烽與《文藝青年》

一九三九年三月文協香港分會成立不久，八月再成立了「香港文協文藝通訊部」（簡稱「文通」），目的之一是要「提拔新的文藝工作後備軍」[18]，培育香港青年作者接續抗戰文藝的工作。文協香港分會本以南來文人為主導，卻也透過文通及所舉辦的徵文比賽、講習班等活動，成功吸收、培育了大批香港本地及抗戰後南來香港的文藝青年，投入抗戰文藝的宣傳和創作。文協

15　有關鷗外鷗的幾首詩，詳見本書第四章「抗戰與『和平』」之「鷗外鷗及其『香港的照相冊』系列詩作」一節。

16　馬國亮：《浮想縱橫》，頁 289－290。

17　同上註，頁 293。有關《大地畫報》的銷毀，另見本書第九章「轟炸與銷毀」之「無可挽回的損失」一節。

18　豐：〈「文協」成立文藝通訊部〉，《立報．言林》，1939 年 8 月 11 日。

派出黃繩、文俞、馮亦代、徐遲等人擔任文通的導師，具體的組織工作由文通成員負責，經過一九四〇年三、四月間的會員大會，他們選出了黃得華、何求、林螢聰、袁大頓、徐秋林、黃海燕、張漠青、羅鼎芳、麥烽、楊奇、彭耀芬等人擔任理事，負責不同的工作。

一九四〇年一月四日，文通在《中國晚報》發刊「文藝通訊」第一期，刊登成員作品和相關會訊，但再經過同年四月舉辦的「香港的一日」徵文及七月舉辦的「七月文藝通訊競賽」後，文通成員有感原有《中國晚報．文藝通訊》的篇幅不足以應付擴大了的會務及刊登會員作品，經過文通理事陳漢華、楊奇、麥烽、彭耀芬等人的籌備，一九四〇年九月創辦了《文藝青年》。

《文藝青年》以香港青年為主要讀者對象，以「做成文藝戰線的尖兵」、「做成文藝青年學習及戰鬥的園地」、「團結廣大的文藝青年群」為目標，[19] 為了躲避在香港政府華民政務司登記時須繳付的一千元保證金，遂於版權頁寫出版者文藝青年社位於廣東曲江風度北路八十號，該處其實是麥烽一位朋友的住處；後來出版地點再轉為「上海」，實際上是在香港出版，版權頁沒有列出承印者，實際上是由位於中環擺花街的大成印務公司承印，版權頁「香港通訊處」為「德輔道中國民行四〇七號轉」，實際上是《天文台半週評論報》的社址，楊奇當時在該報擔任校對，得到收發信件的同事支持，在報社老板不知情下，秘密地作為收發稿件所在。[20]

因此，陳漢華、麥烽、彭耀芬常於晚上到《天文台半週評論報》與楊奇商議《文藝青年》的編務，每期內容由四人共同決定，另有不同的分工，陳漢華負責對外連繫，楊奇、麥烽負責編務，彭耀芬負責發行和財務。《文藝青年》的發行是由星群書店總經銷，生活書店也參與發行和零售，另由天一

19 本社：〈我們的目標——代開頭話〉，《文藝青年》創刊號，1940 年 9 月 16 日。

20 參考楊奇、麥烽：〈一份秘密印刷公開發行的文藝刊物 ——抗戰期間香港《文藝青年》半月刊憶記〉，收入文通學社編：《歷史的軌跡 ——中華全國文藝界抗敵協會香港分會文藝通訊部、香港青年文藝研究社、香港秋風歌詠團紀念文集》（廣州：廣東人民出版社，1987），頁 23－34。又，《文藝青年》版權頁的「香港通訊處」，一九四一年一月十六日出版的第九期起改為「香港郵箱 1233 號轉」。

圖書公司負責南洋各地的發行，每期總發行量達三千多份。[21]「文通」在組織上是由中國共產黨直接領導，中共在「文通」先後設立黨小組和黨支部，「負責文通的政治思想和組織領導工作」[22]，楊奇、麥烽亦提到，每期《文藝青年》編好後都先由文協的黃繩過目，個別重要文章會由他修訂，後來再由文俞負責，此外楊剛亦常與陳漢華見面作出指導。[23]

《文藝青年》至一九四一年二月共出版十一期，銷量達三千多份，除了刊登詩歌、隨筆、小說和評論之外，重要內容包括第二期發表楊剛〈反新式風花雪月 —— 對香港文藝青年的一個挑戰〉一文，引發一九四〇年香港文藝界廣泛參與的「反新式風花雪月論戰」。第三期的「魯迅先生四年祭特輯」，有文俞、尚英、业震、楊奇、溫功義、亮暉等人的文章、彭耀芬的詩歌和文藝青年社組織的〈魯迅先生四年祭筆談會〉，參與筆談的作者有麥烽、杜其蘇、楊之棟、黃海燕等。第四期的「關於『反新式風花雪月』」特輯，刊出陳傑、漢華、甘震三人的文章，並以「本社」名義整理出〈新式風花雪月討論大綱〉。一九四〇年十一月發起舉辦「學校生活寫生競賽」及「工廠文藝寫生競賽」，第四期刊出〈學校・工廠・競賽！〉一文揭示徵文宗旨及細則，截止後收到百多篇來稿，經過評選工作，選出十六篇作品，另有備選入圍的十六篇。入選結果在一九四一年一月一日出版的《文藝青年》第八期揭曉，並在第八期和第九期刊登入選作品。文藝理論的引介亦為《文藝青年》的特色，不定期有不具名的「小辭典」欄目介紹新寫實主義、革命的浪漫主義、文藝民族形式、報告文學等概念。

《文藝青年》在版權頁顯示出版地位於曲江，不完全只為了逃避繳付保證金，更因為它的進步（左翼）傾向，除了呼應抗戰主題的作品，例如彭耀

21　同上註。

22　文通學社：〈「文通」簡史〉，收入文通學社編：《歷史的軌跡 —— 中華全國文藝界抗敵協會香港分會文藝通訊部、香港青年文藝研究社、香港秋風歌詠團紀念文集》，頁3。

23　參考楊奇、麥烽：〈一份秘密印刷公開發行的文藝刊物 —— 抗戰期間香港《文藝青年》半月刊憶記〉，收入文通學社編：《歷史的軌跡 —— 中華全國文藝界抗敵協會香港分會文藝通訊部、香港青年文藝研究社、香港秋風歌詠團紀念文集》，頁23－34。

芬的詩歌〈同志，你底血不是白流的〉，第六期起每期有更多反映香港工人問題和針對殖民地教育的作品，包括孟梅〈老闆〉、何涅江〈在某機器鋸木廠裏〉、耀芬〈勞者之歌〉、鄭福華〈校服——課堂裏的風景〉、岸殊〈枯萎青春的殖民地教育實供〉、彭耀芬〈給「香港學生」——給殖民地下的一群之一〉、〈給工人群——給殖民地根下的一群之二〉等，都具強烈的批判意識；此外，在一九四一年一月一日出版的第八期，刊登署名「本社」的〈一個鬥爭年頭的前奏〉，揭示該刊針對香港保守社會環境，展開「青文運」的鬥爭綱領，又在一九四一年一月的「皖南事變」（或稱「新四軍事件」）之後，發表〈新四軍解散事件討論大綱〉；凡此皆引起香港當局的注意，據楊奇、麥烽指出，第十、十一期合刊出版後，一九四一年二月二十日，「港英政治部派人到大成印務公司搜去《文藝青年》第十二期的部分稿件，並揚言要控告他們非法印刷未經登記的刊物。於是，大成印務公司緊急通知我們，不再承印《文藝青年》了」[24]，於是《文藝青年》同人在二月二十五、二十六日兩天的《星島日報》刊出停刊啟事，宣告停刊，但至四月二日，兩名便衣警察到天文台半週評論報社準備拘捕楊奇，當時楊奇不在報社，次日早上，「楊奇已翻過新界大霧山，進入東江游擊區辦報去了」[25]。

楊奇（1922－　）在中山縣沙溪出生，十歲移居香港，少年時代透過每天閱讀《星島日報》和《大公報》自學。[26] 一九四〇年三月，楊奇報考中國新聞學院，成為該校第二屆學生，[27] 同年參加文協香港分會所成立的文藝通訊部。正如本書在「文藝青年大召集」一章所述，楊奇與許多參加文通的青年一樣，加入文通時年僅十七八歲，楊奇當時在《天文台半週評論報》任職校對，晚上到中國新聞學院上課，一九四〇年在文通舉辦的「七月文藝通訊競賽」中，以〈我不願意這樣死〉一文入選，其後在七月份舉行的文通會

24　同上註，頁33。

25　同上註。

26　參考陳敬堂：《香港抗戰英雄譜》（香港：中華書局，2014），頁220。

27　廣州、香港中國新聞學院校友會籌備會編：《歷史．話舊．懷念——中國新聞學院紀念文集》（香港：三聯書店〔發行〕，1984），頁21。

員大會中，與麥烽、彭耀芬等人一起被增選為理事。[28] 一九四〇年間，他在《文藝青年》發表〈三角洲的怒浪〉、〈阿Q在今天〉、〈朋友俊〉，在《立報》發表〈一個號召〉，在《大公報．文協》發表〈七月與「七月文藝通訊競賽」〉等文。

一九四一年一月皖南事件發生不久，楊奇根據香港生活書店出售的《解放》雜誌，用油印方式自製報道皖南事件真相的傳單一百多份，在德輔道中幾所大廈內秘密散發，一九四一年三月十二日，楊奇由陳漢華、葉挺英介紹及見證下加入共產黨。一九四一年二月下旬，發生前述的《文藝青年》事件，《文藝青年》被迫停刊，四月二日，楊奇亦險遭香港當局拘捕，於是楊奇經由在港中共組織安排，「隨即由秘密交通員帶路，翻山越嶺，進入東江游擊區」[29]。

楊奇離港赴內地後加入東江游擊隊，擔任報刊工作，一九四二年三月起擔任東江游擊隊的機關報《前進報》（前身是《新百姓》和《東江民報》）的社長。[30] 據《東江縱隊志》第七篇「人物志」之「縱隊機關及直屬單位負責人簡歷」，對楊奇有以下介紹：

> 楊奇，廣東省中山市人，一九二三年一月生，一九四一年三月入黨，一九四一年四月參軍。歷任東江游擊區《新百姓》報編輯，《東江民報》主編，東江縱隊機關報《前進報》社長兼總編輯，中共廣東區黨委在香港註冊出刊的《正報》社長兼總編輯。[31]

戰後，楊奇回港創辦《正報》，後在《華商報》工作，一九五〇年代任

28　文通學社：〈「文通」簡史〉，文通學社編《歷史的軌跡——中華全國文藝界抗敵協會香港分會文藝通訊部、香港青年文藝研究社、香港秋風歌詠團紀念文集》，頁5－6。

29　陳敬堂：《香港抗戰英雄譜》，頁224。

30　參考何小林主編：《東江縱隊志》（北京：解放軍出版社，2003），頁255－256。另參《東江縱隊史》編寫組：《東江縱隊史》（廣州：廣東人民出版社，1985），頁68。

31　何小林主編：《東江縱隊志》，頁380。

廣州《南方日報》副社長、《羊城晚報》總編輯，一九七八年再返香港，任職新華社，一九八八年任《大公報》社長，編著有《英國撤退前的香港》、《香港概論》等。

《文藝青年》另一位編輯麥烽（1918－2009），一九四〇年在文通舉辦的「七月文藝通訊競賽」中，以〈香港午夜線〉一文入選，一九四〇年間在《立報》發表〈機器．人．及其他〉、〈狗篇〉、〈論「學習魯迅風」——寫在這巨人的四年祭〉、〈為「華威先生」進一解〉、〈正視這個挑戰——關於《反新式風花雪月》的二三意見〉等文，在《文藝青年》發表小說〈異鄉人〉等。一九四〇年七月與楊奇、彭耀芬等人一起被增選為文通理事，同年十一月二十四日，他出席文協香港分會舉辦的「反新式風花雪月座談會」，並與李一鳴、王遠威、彭耀芬、徐歌一起記錄了座談會情形，合撰〈「反新式風花雪月」座談會紀錄〉，於《中國晚報．文通〉發表。

香港淪陷之後，麥烽離港進入內地，一九四三年間在重慶，[32] 戰後回港，積極推動攝影藝術，一九六四年參與《攝影畫報》的編輯工作，先後擔任執行編輯、主編和執行董事等職務。麥烽著有《風景攝影術》（1968）、《攝影二十講》（1963）等攝影理論和技術著作，麥烽本人的攝影作品亦結合了寫實風格和文藝氣息，輯有《綠色的風，綠色的陽光：草木有情》（1992）、《香港曾經是這樣的》（1997）等攝影集。

在攝影畫廊 The Upper Station 的網站中，對麥烽有如下評論：「他從影半個世紀，拍攝題材無數，着重於攝影影像能否反映或保存當時或當代的文化背景、人的物質生活或感情生活。」[33]

32 參考唐炳鐸：〈難忘的山城歲月——記「文通」會員在重慶的活動〉，收入文通學社編：《歷史的軌跡——中華全國文藝界抗敵協會香港分會文藝通訊部、香港青年文藝研究社、香港秋風歌詠團紀念文集》，頁 277－279。

33 The Upper Station 網站：http://www.theupperstation.com/artists/makfung/makfung_ch.html，2017 年 2 月 4 日瀏覽。

曾昭森、黃慶雲與《新兒童》

香港的兒童刊物可溯源至一九二〇年代的《大光報．兒童號》，抗戰時期則有《大眾日報．小朋友》和《大公晚報．兒童樂園》，後二者因應時局，不單純提供教育和趣味性內容，更揭櫫抗戰救國的意識，如宋因〈血紅的國旗〉、森〈快到聖誕節了〉及林英〈節約，儲蓄，建國〉等文。[34] 一九三九至四〇年間，香港中華基督教青年會少年部推動「兒童劇場」，學者、作家馬鑑、胡春冰、吳其敏大力推動，而抗戰後從廣州遷港復校的嶺南大學，亦有師生包括曾昭森、黃慶雲參與其中。

曾昭森（1901－？）在一九四一年一月發表的〈兒童戲劇運動在香港的意義〉一文，詳述香港推行兒童劇場的背景及兒童劇場的理念，他亦提到在香港推動兒童劇場可以蘇聯和美國作為借鏡，尤其蘇聯的兒童劇場已十分發達，他指出，「提起兒童戲劇每每有人就想起蘇聯的兒童劇場……蘇聯有蘇聯的做法，香港有香港的做法，這是無須引起疑慮的」[35]；此外當時香港報刊亦頗有介紹蘇聯兒童戲劇的文章，如〈兒童戲劇在蘇聯——一本書的提要〉、黎國雄譯〈托爾斯泰的兩個兒童短劇〉等文章，[36] 新世界戲院也上映了蘇聯兒童製片廠的影片：《我的童年》（高爾基原著）。黃慶雲曾憶述參與兒童劇場的經過：

> 從舉辦兒童劇場的時候起，我就被青年會邀請參加少年部的活動。每個星期天我和那一群兒童小骨幹（當時叫領袖班，都是小學生）活動、講故事、野營，發動一些兒童的公共活動。我們把兒童劇場堅持到最後，有幾場還專為街童演出。我的第一個兒

34　參考霍玉英：〈導言〉，收入霍玉英主編：《香港文學大系 1919－1949．兒童文學卷》（香港：商務印書館，2014），頁 46－51。

35　曾昭森：〈兒童戲劇運動在香港的意義〉，《資治月刊》，1941 年 1 月 5 日。

36　〈兒童戲劇在蘇聯——一本書的提要〉，《大公晚報．兒童樂園》，1939 年 11 月 2 日。

童劇本《中國小主人》就是那個時候寫的。[37]

在此背景下，形成了一股關注香港兒童、推動兒童戲劇的風氣，加上抗戰局勢，以戲劇表達救國意識成為了文化需要，到了一九四〇年，「似乎已形成了一定自覺意識，把推動兒童戲劇、學校戲劇作為一種民族文化運動，甚至談論推動的方法、心態」[38]，胡春冰〈此時此地的兒童戲劇運動〉、狄晞〈「兒童劇場」的對象——兒童觀眾〉、凌鶴〈兒童節談兒童戲劇〉等文記述了當時在香港推動兒童戲劇的情況。

撰寫〈兒童戲劇運動在香港的意義〉一文的作者曾昭森畢業於廣州嶺南大學，後留學美國，獲哥倫比亞師範學院哲學博士學位，回國後任教於廣州嶺南大學，一九三八年十月廣州淪陷，曾昭森跟隨嶺南大學遷港復校。他有感於一九四〇年間香港兒童戲劇運動形成的風氣以及抗戰宣傳的需要，在一九四一年創辦進步教育出版社，出版《新兒童》半月刊及「新兒童叢書」多種。他根據美國教育家杜威（John Dewey，1859－1952）的基本教育理念，寫成〈兒童教育信條〉，作為《新兒童》的辦刊宗旨。[39]

一九四一年，曾昭森邀請其學生黃慶雲（1920－　）出任《新兒童》主編，黃慶雲回憶道：「這樣，一九四一年春天，指導我論文（我的論文就是兒童文學啊！）的老師曾昭森博士問我願不願意當一個兒童雜誌的主編，我就毫不考慮的答應了。」[40]《新兒童》創刊號於一九四一年六月出版，刊載了許地山撰寫的童話作品〈螢燈〉和〈桃金娘〉，還有〈我底自傳〉，其他作者還有鷗外鷗、胡春冰、林檎、曾昭森等。

37　黃慶雲：〈回憶《新兒童》在香港〉，收入周蜜蜜主編：《香江兒夢話百年：香港兒童文學探源（二十至五十年代）》（香港：明報出版社有限公司，1996），頁21－22。

38　盧偉力：〈導言〉，收入盧偉力主編：《香港文學大系1919－1949．戲劇卷》（香港：商務印書館，2016），頁62。

39　霍玉英：〈導言〉，收入霍玉英主編：《香港文學大系1919－1949．兒童文學卷》，頁46－51。

40　黃慶雲：〈回憶《新兒童》在香港〉，收入周蜜蜜主編：《香江兒夢話百年：香港兒童文學探源（二十至五十年代）》，頁22。

一九四一年十二月，《新兒童》出版至第十三期後，太平洋戰事爆發，香港淪陷之後，曾昭森逃離香港，輾轉抵達桂林，一九四二年十月在桂林復辦《新兒童》，曾昭森在〈復刊詞〉中提到《新兒童》的創辦過程說：「為着當時我們工作同人服務和求學的嶺南大學因廣州失陷而遷到香港，我們藉着香港印刷技術及材料的便利，便選擇了香港做出版地，於去年六月一日創刊。」[41] 香港淪陷之後，黃慶雲亦從香港脫險，她經澳門轉入內地，再到了桂林，終於重回《新兒童》的主編工作崗位。戰後，《新兒童》一九四六年再於香港復刊。

41　曾昭森：〈復刊詞〉，《新兒童》第二卷第一期，1942 年 10 月。

第九章

轟炸與銷毀

空襲下的文學：侶倫、劉火子

一九四一年十二月八日凌晨，日軍偷襲珍珠港，向英、美、法諸國宣戰，再於同日早上轟炸香港及南洋等地，開啟了太平洋戰役，[1] 另一方面，上海日軍開入公共租界和法租界，結束了上海的「孤島時期」。日軍先以轟炸機空襲九龍啟德機場，同日從深圳沿陸路入侵新界，五天內便控制了九龍半島。從日軍開始轟炸至十二月二十五日香港被日軍佔領的這段期間，除了第七章提及的舊詩之外，也有許多作家，包括侶倫、劉火子、馬國亮、陳君葆、薩空了、徐遲、舒巷城等人，在當時或其後，以散文、新詩、小說、日記等體裁，記錄日軍的轟炸、人們的傷亡和避難，部分人更提及憂慮香港即將被攻佔，為免遭日軍搜索而招致殺身之禍，唯有忍痛把文稿及書刊銷毀。他們留下的，是香港淪陷前夕，一段有關轟炸與銷毀的文學記錄。

日軍空襲香港翌日，十二月九日，《華商報．燈塔》刊登了葉明〈香港武裝起來了！〉、柳亞子〈紀念一二九〉、懷沙〈告慰的懷念〉、宋慶齡〈戰爭來到香港〉、余伯約〈炮聲響了〉等文，大部分都是回應十二月八日的空襲事件，並呼籲動員和緊守。十二月十日，由《星島日報》「星座」改版而

1 日軍於一九四一年十二月七日（美國時間）早上突襲珍珠港，也就是香港時間十二月八日凌晨。

成的「戰時生活」版刊登了徐遲回應空襲事件的新詩〈太平洋序詩 —— 動員起來，香港！〉，呼籲動員抵抗，是目前所知最早發表的直接描述日軍侵略香港的新詩。十二月十一日，《華商報・燈塔》刊登柳亞子〈三十年十二月八日倭寇始犯香港有懷余握奇將軍曲江〉及〈九日渡海有作〉兩首舊詩。[2] 十二月十二日，《華商報・燈塔》刊登淵魚的新詩〈保衛這寶石！〉。十二月中以後，大部分報刊已停刊，以上是當時在報刊發表描述日軍空襲香港的文學記載，另有未及發表或後來寫成的散文、日記、小說、詩歌等作品，包括侶倫〈難忘的記憶〉、劉火子〈紅香爐的百年祭〉、薩空了《香港淪陷日記》、陳君葆《陳君葆日記全集・卷二》、徐鑄成《徐鑄成回憶錄》、舒巷城《艱苦的行程》、馬國亮《浮想縱橫》、徐遲《我的文學生涯》等著作，以及本書第七章「香江雅聲」述及的楊鐵夫、柳亞子、陳居霖、古卓崙、黃偉伯等人的舊體詩詞作品。

侶倫當時住在九龍城近海處，他把居所題為向水屋，在〈難忘的記憶〉一文中，詳細記載了一九四一年十二月八日早上，日軍開始空襲九龍的情形：

> 我永遠也記得清楚，一九四一年十二月八日那個早晨八點鐘左右，我是被一種沉重的爆炸聲震動得醒覺過來的。……一隻許久以來停泊在海心的中國緝私艦旁邊，有一團一團的白煙浮在那裏，白煙下面，水花濺了起來。在緝私艦上空，盤旋着幾隻飛機。……高空上，銀灰色的敵機以三隻一組的形式在盤旋着，蜂群似的機聲簧然地瀰漫着空中。[3]

2　〈九日渡海有作〉收錄於《柳亞子文集・磨劍室詩詞集》題作〈十二月九日晨從九龍渡海有作〉，收錄於《柳亞子詩詞選》題作〈十二月九日日寇突襲香港，晨從九龍渡海有作〉，詳見本書第七章「香江雅聲」之「詩與憂患」一節。

3　侶倫：《無名草》（香港：星榮出版社，1950），頁52。

日軍最初的目標是啟德機場及九龍一帶的軍事設施，但同時有許多民房遭殃，侶倫再記述九龍城一帶的災情：

> 差不多每個街頭或街尾，都有敵機隨意肆虐的痕跡。最利害的是城南道：一個巨彈由四層樓上的屋頂直穿到地下，兩旁的毗連樓房都同時塌下來；人大部分是死了，在頹牆碎瓦之中，可以看到血肉模糊的破碎肢體。[4]

〈難忘的記憶〉一文是侶倫一輯題為「火與淚」的散文的首篇，據他寫於一九四九年的《無名草．題記》所說，是其「戰時在內地所寫的『香港淪陷回憶錄』的斷片」[5]，寫於一九四二年在廣東曲江避難之時，原準備給一份籌備中的報紙發表，但該報紙沒有辦成，侶倫只能索回部分稿件，其後收入一九五〇年出版的散文集《無名草》。

除了九龍，同一天日軍的空襲目標還包括港島半山的炮壘、中央警署、摩星嶺軍營等處，[6] 當時住在港島半山的劉火子，記述空襲後的港島所見：

> 我住在半山區，這正正是一條敵人炮火的火線。每天，聽着敵人的大炮彈呼嘯着劃過高空，跟着就在山上爆裂，其聲撕破了你的神經。有一天，全個島上的半山區，遭受了一回難以形容的恐佈炮擊，敵人的大炮首先向着山頂炮台，跟着把炮口轉移下來，沿着梅道、督憲府、羅便臣道、般含道一線打去，前後一百餘響，我們捱足了三、四個鐘頭，聽着呼呼的叫聲和爆擊聲。我住所前後都中了彈，破片一直飛到洋台上面，跟着爆擊聲音的就

4 同上註，頁 54。

5 同上註，無頁碼。

6 參見薩空了：《香港淪陷日記》（北京：三聯書店，1985），頁 7；徐遲《我的文學生涯》（天津：百花文藝出版社，2006），頁 290。

> 是一片玻璃墜地的聲音。就在這一次慘烈炮擊中，我們得到了一個經驗，就是呼嘯的聲音並不可怕，可怕的卻是吱吱作響的聲音，這聲音告訴我們，炮彈已經臨到面前了！[7]

劉火子曾任香港《大眾日報》、《珠江日報》等報記者，他以寫實的報告文學手法，詳述空襲帶來的衝擊，透過文中「呼呼的叫聲」、「爆擊聲」、「玻璃墜地的聲音」等描寫，從不同角度寫出轟炸的可怕，以不同的聽覺描述，引發讀者真實的共感，然後再提出另有更可怕的聲音，不是一般的轟炸巨響，而是「吱吱作響的聲音」，因為它提醒人們「炮彈已經臨到面前了」。

動員起來，香港：徐遲、淵魚

徐遲、戴望舒、葉靈鳳也住在港島，空襲後他們與其家人一起到堅道的防空洞暫避，徐遲憶述當時的情況：「不知不覺到了下午五點了，坐在隧洞一側的座位上。望舒緊挨着我的旁邊。大概也是因為空氣不夠了，他忽然『哦』地一聲，暈了過去，我正好摟住了他。好在他很快悠悠地醒過來了」。[8] 警報過後，徐遲回到家中，晚上伏案疾書，寫就了〈太平洋序詩 —— 動員起來，香港！〉一詩，到了翌日即十二月九日，徐遲把詩交給戴望舒帶返報館發稿，十二月十日即刊於由《星島日報》「星座」改版而成的「戰時生活」版，是目前所知，日軍空襲香港後，第一首發表的直接描述日軍侵略香港的新詩，也是第一首直接描述太平洋戰爭的新詩。全詩三段如下：

7　劉火子：〈紅香爐的百年祭〉，收入劉麗北主編：《奮起者之歌：劉火子詩文選》（上海：東方出版中心，2011），頁 181－182。

8　徐遲：《我的文學生涯》，頁 290。

一

南太平洋開始歌唱了，
怎禁得我唱太平洋的歌。

太平洋啊，碧綠的波浪，
著名的珊瑚島，珍珠港，
白晝裏滿天的白鷗，
夜晚點滿了燦爛的燈光，
聖誕佳節臨近了；
然而一朵烏雲浮着。

一朵烏雲浮着，
已經一個月兩個月了，
暴風雨，來吧！來吧！
太平洋的碧綠的波浪，
本是溫暖的陽光的愛人。
現在暴風雨來了！來吧！

二

阿比西尼亞的沉淪，
西班牙的史詩，
法蘭西的悲劇！
戰爭飛翔着，
恐怖飛翔着！
饑荒飛翔着！
中國流血，流淚，流亡，

但是支持着。

轉身兒，我們看見
紅色的人民，在飛雪的
莫斯科，列寧城，羅斯托夫，
莊嚴愉快地戰鬥。

太平洋的暴風雨，來吧，
在一夜天中間，
世界劃分了兩個，
侵略者和民主國家。

三

動員起來，香港，
歌唱起來，香港，
組織起來，香港，
號手，吹！鼓手，敲！
砲手，搜索天空和水平線，
搜索間諜……
如果香港燃燒，
東京也要燃燒，
太平洋，歌唱吧！[9]

在這詩中，歌聲與炮聲、聖誕燈飾與烏雲，形成強烈對比，描繪出一

9　徐遲：〈太平洋序詩——動員起來，香港！〉，《星島日報．戰時生活》，1941 年 12 月 10 日。

種既慘痛又激昂奮發的複雜心情，最後強調的，是「支持」和「歌唱」，而詩末的「歌唱」，亦呼應起首的「歌唱」，既喻示戰爭，也喻示昔日的美好生活和目前的迎戰。如同詩的起首「聖誕佳節臨近了；／然而一朵烏雲浮着」所指向的意義，作者觀察的起點是香港，但詩的中段以後，也把視野擴大至世界其他受二戰影響的國家，當提出「世界劃分了兩個，侵略者和民主國家」，則表示出作者的立場，最後，作者再由香港的動員、歌唱和組織，結連到太平洋戰事，結句中的「太平洋，歌唱吧！」表示迎戰，作為對太平洋戰事中的抵抗力量的激勵。這詩具徐遲個人的感情和觀察角度，同時也呼應抗戰詩歌的主題，提出動員和團結，由此，把這詩放在抗戰時期新詩的脈絡中而觀，這詩也可說是在抗戰中期，從香港處境再引向抵抗太平洋戰事的角度。

在徐遲的〈太平洋序詩——動員起來，香港！〉以外，淵魚也在十二月十二日的《華商報．燈塔》發表新詩〈保衛這寶石！〉，相對於徐遲從香港的動員、歌唱和組織，結連到太平洋戰事的昂揚，淵魚〈保衛這寶石！〉以寫實手法，對香港戰役初期情形作更具體的描寫：

寬闊的人行道上的童車呢，
在綠蔭下，母親推着的？
孩子的蘋果臉還是笑着，
在警報的鳴聲裏。
父親駕了輛送貨汽車，
裝的是飯鍋、衣服、雨傘，
從炮烟的邊境逃來。
三個孩子沒有梳頭，洗臉、吃東西，
母親的眼睛驚惶地睜大，
你還看得出她懷着孕。
她在四層樓的樓梯下，這樣說：
「怎麼不是真的！是真的啊！

不是演習，真的打啊，轟炸……」
只有孩子還笑着昨天的笑，
要掙脫母親的雙臂，
看街上到底是甚麼東西響。
這恐怖的聲音終於來了，
攜帶着破壞，強暴，和眼淚，
這些，法西斯稱為他們的「文化」。

以上是詩的第一節，從一個家庭在街上遇上空襲的角度展開敘述，提及初時市民聽見警報還以為是演習，生動而具體地描述了空襲初期市民的驚恐和逃難情形，在寫實形式的客觀呈現筆法以外，仍見作者一點低沉和哀悼的語氣，「只有孩子還笑着昨天的笑」以童稚的笑臉寫出悲哀，「孩子的蘋果臉還是笑着」相對於「母親的眼睛驚惶地睜大」，也寫出了對戰爭的驚愕和憤怒。詩的第二節至第四節把敘述的角度擴展，如第二節提到：

倫敦和莫斯科在這聲音下，
提起槍，築起保衛民主的牆。
戰爭像火山一樣爆發，
在全世界每一個角落，
像有一個惡神揭開了全地球的地殼，
戰爭像熔融的岩漿。
太平洋掀起了滔天的浪。

這詩與徐遲的〈太平洋序詩——動員起來，香港！〉同樣把視角擴展至二戰及太平洋戰爭爆發的局勢，不過這詩在第三節再把視點集中到香港：

昨天，東方的里維拉，
今天，太平洋上的前哨。

昨天，燦爛的燈火，皇冕上的寶石。
今天，空襲下的街市，鋼帽和步槍。
昨天，消夏別墅的迴廊，
印着主人腳上的沙，
但是，今天蘇格蘭的軍笛響了，
加拿大的高大的客人們上前線，
中國的孤軍再也不必「逃」，
印度的騎兵隊初試他們的戰馬，
「保衛香港，粉碎侵略者」
—是暴風雨似的一個答覆。
這裏有全香港的聯隊，
我們有全世界的援助。[10]

作者以對比手法，描述過去的香港像歐洲地中海城市般悠閒優美，如今變成空襲下的城市，然而作者並不由此哀歎，而是強調駐港英軍、中國軍隊（「孤軍」指廣州淪陷之後部分南遷香港的數百名國軍，香港政府一度把他們關押，直至香港淪陷前釋放）、加拿大援軍、印度援軍聯合迎戰，呼應詩題「保衛這寶石！」的呼籲。

燒書焚稿：侶倫、劉火子、舒巷城

淵魚〈保衛這寶石！〉第一節提到市民聽見警報初時還以為是演習：「怎麼不是真的！是真的啊！／不是演習，真的打啊，轟炸……」，是一種寫實描述，當時其他作家也有相關記載，如陳君葆在十二月八日的日記寫道：

10　淵魚：〈保衛這寶石！〉，《華商報．燈塔》，1941 年 12 月 12 日。

晨約八時突警報發出，初猶以為是練習，繼乃聞轟炸聲，跟着高射炮聲四起，隱隱自鯉魚門一帶發出，…… 聞諸孫述萬，今晨的空襲炸了飛機一架，啟德機場着火，另一炸彈中中華書局工廠，此消息尚未證實。[11]

時任港版《大公報》編輯的徐鑄成有以下回憶：

「一二・八」清晨，我方朦朧入睡，忽九龍遠處傳來炮聲，以為英軍在演習，沉睡如故。工友急聲將我叫醒：「徐先生，不是演習。是敵軍開始進攻了！」我即披衣登陽台遙望，果見新界方面白煙滾滾，翻入上空。[12]

柳亞子亦有憶述當時的警察說是演習：

明天一早起來，還有寫詩，啟德機場的炸彈已由敵機丟下來了。有巡捕挨街視察，問問他還說是演習。[13]

侶倫寫於一九四二年的〈難忘的記憶〉一文也提到：

日寇的進攻香港，最先遭殃的是九龍。不要說住在香港那邊的人，事後許久還以為那是空防演習。就是九龍方面，在事發的時候，也有好些人不相信戰爭已經臨頭。…… 在另一個區域裏，一個路人悠閒地望着天空的敵機，推測地自語：「是演習吧？」旁

11　陳君葆：《陳君葆日記全集・卷二》（香港：商務印書館，2004），頁 39。

12　徐鑄成：《徐鑄成回憶錄》（北京：三聯書店，1998），頁 84。

13　柳無忌、柳無非編：《柳亞子文集——自傳・年譜・日記》（上海：上海人民出版社，1986），頁 34。

邊跑過一位空防救護隊員，張惶地插咀應着：「不，這一次是真的了！」[14]

〈難忘的記憶〉作為侶倫一九四二年在曲江撰寫的「香港淪陷回憶錄」系列文章的首篇，以「一九四一年十二月八日」為副題，詳述日軍空襲九龍的傷亡情況，因為侶倫當時的居所位於九龍城海濱，因而有許多親身目睹的記述，加以其寫實筆法，在文學以外，亦具史料價值。「香港淪陷回憶錄」系列的另一篇〈火與淚〉，則投放更多個人情感，抒寫面對戰爭、逃難時之所感，其中談及自己作為作家、著有抗日文字而面臨日軍很有可能攻佔香港的局面，他很珍視自己的著作，視為生命一部分，在逃難中主要的行李就是自己的著作和未付印的文稿，他說：

那裏面塞着自己的一本書，一本編好了準備付印的散文集，和幾十篇三四年間寫下的雜文；此外，是十多本包括了十三年生活紀錄的日記。……在我的日記中，不但有着我自己，而且也有着朋友，有着親切的友誼底記憶！[15]

侶倫知道他的著作和日記必須在日軍攻佔香港前銷毀，但感到不捨而猶豫着，直至聽聞日軍已攻至九龍的青山道，離市區已不遠，不單大人們緊張地銷毀文件，連小孩子也奉命銷毀含抗日內容的教科書和習作等，侶倫寫道：

姊姊在傾箱倒篋的找尋危險性的東西，撕毀着書信和文件。孩子們也奉了緊急命令，分頭從他們的書包裏，從牆角裏，翻尋

14 侶倫：《無名草》（香港：星榮出版社，1950），頁 53。
15 同上註，頁 59。

> 他們的有「抗日」意味的教科書，習字簿和自由畫。字紙在地面堆成一個小丘，孩子們輪流地把它們搬進廚房的火爐裏去。[16]

在這情況下，侶倫本人即使不捨也不能再猶豫，把行李中的稿件和日記全部銷毀：

> 在家人的惶急的催促下，我再也不能遲疑了。我立即挽出我的沉重的包裹，解開來，把我的稿本和日記全部倒在地上。憤恨和絕望的情緒支配了我，我差不多用了瘋狂的一種意志把它們一本一本的撕毀，讓孩子們一堆一堆的搬到火爐裏去，我沒有勇氣向它們多看一眼。[17]

劉火子在一九四二年二月發表的〈紅香爐的百年祭〉一文中，記述人們銷毀書籍、文件以至畫稿的情況，而劉火子也銷毀了自己多年以來的照片和稿件：

> 我看到了不少家屋的煙突，在升着一股一股黑煙，我知道他們的爐灶裏一定又正在焚燒着不少珍貴的書籍和文件了！我所知道的，不少的名作家，名畫家，他們的藏書，他們長久蒐集的畫稿，都迫得付諸一炬。是的，誰願意在逆境中來招惹一場不必要的災殃呢？但是，我將會永遠想着這一幕景象的：我損失了不少可紀念的照片、字跡，和自己十餘年筆耕下來的一點微薄的收穫！[18]

16　同上註，頁 60。

17　同上註，頁 60。

18　劉火子：〈紅香爐的百年祭〉，收入劉麗北主編：《奮起者之歌：劉火子詩文選》（上海：東方出版中心，2011），頁 190。

有關香港淪陷前，作家銷毀文稿的事，舒巷城著於七十年代、以小說筆法寫成的回憶錄《艱苦的行程》也有記載。抗戰爆發初期，正值舒巷城初習寫作之時，他以「王烙」為筆名發表詩與散文於《立報．言林》及《文藝青年》，包括含抗日言論之小說。在《艱苦的行程》第二章「燒書焚稿」一節，舒巷城提到日軍空襲翌日，一位本身也是文藝青年的街坊朋友探望他，提示必須把有關抗日的書籍和文稿銷毀，當時許多人都已有此打算，然後他們再一起去找其他文友。再隔兩天，情勢更緊張，舒巷城終於忍痛把書籍和文稿銷毀：

> 於是我先把店子裏的存書分批帶進廚房裏忍痛燒掉。南叔也幫忙我做這份「工作」。
>
> 然後在一個下午，我把那些放在家裏的書稿也「解決」了。那些書是心愛的書。那些稿，發表過或不曾發表過的，雖不是成熟之作，卻是個人的一點滴小小的心血。它是我歷年來在努力自修中文寫作的情形下，以少年人、青年人的一顆愛國心寫下來的。[19]

一九三九年至四一年間，舒巷城以「王烙」為筆名發表〈秘密〉、〈朱先生〉、〈歌聲〉、〈三才子〉、〈關於「笑」〉、〈談「戀舊」〉等小說和散文，以及新詩評論〈關於「詩」的二三事〉，其中〈朱先生〉以一個宣揚抗戰訊息的中學教師為小說主人公，〈歌聲〉敘述一群孩子學習唱頌《保家鄉》、《大路》、《義勇軍進行曲》等抗戰歌曲的故事，此外，他也在〈關於「詩」的二三事〉提出自己對詩歌的主張：「光明面的英勇抗戰的事蹟，固然要謳歌，黑暗面的種種弱點也不放過，這才是現階段詩歌工作者應負起的任務。」[20] 以上這些關乎抗戰言論的文稿，連同他與朋友的詩歌合集《三人集》，就在

19　舒巷城：《艱苦的行程》（香港：花千樹出版有限公司，1999），頁 25。

20　王烙：〈關於「詩」的二三事〉，《立報．言林》，1939 年 6 月 13 日。

《艱苦的行程》描述的情況下銷毀。[21] 一九四二年秋天，舒巷城與友人輾轉從新界西貢出發，避過日軍的封鎖而到達中國內地。

無可挽回的損失：《大地畫報》及其他

除了個別作家銷毀文稿，對出版機構來說，香港淪陷同樣是一場文化災難，一九三八年十一月創刊的《大地畫報》，是沿用上海《良友畫報》模式出版的綜合性新聞畫報，出版人利用香港的「據點」位置，經常刊載有關抗戰局勢的報道，人物專訪部分曾採訪當時在香港組織「保衛中國同盟」以支援抗戰的宋慶齡，又以專輯報道內地戰訊，如第八期的「華北游擊區專號」、第十一期的「長沙會戰專號」等，皆有利於香港讀者了解抗戰局勢。由於種種與抗日有關內容，一九四一年十二月八日太平洋戰爭香港戰事揭開序幕後，主編馬國亮多次返回大地畫報社與同人商議，直至局勢危在旦夕，馬國亮及同人決定把新印起的《大地畫報》十二月號全數銷毀，他在回憶文章中說：

> 四一年十二月，日軍突襲香港。《大地》十二月的一期已從印刷所運到我們的辦事處待發。畫報裏面全是抗日的圖片，情勢不僅不容許發售，而且保存下來也非常危險。看看香港早晚會失守，於是在大家商量之下，當機立斷，僱了部貨車，將全部畫報搬到海邊，倒向大海，一本不敢留。（時至今日，我自己一本《大地》也沒有，恐怕在香港也難以找到）。[22]

21　另可參舒巷城：〈放下包袱，談談自己〉一文，收入秋明編：《舒巷城卷》（香港：三聯書店，1989），頁 1－6。

22　馬國亮：《浮想縱橫》（香港：開益出版社，1996），頁 282。

《大地畫報》是印刷精美且在當時是支援抗戰的刊物，它的銷毀可說是重要的文化損失。馬國亮在文中提到：「時至今日，我自己一本《大地》也沒有，恐怕在香港也難以找到」，他自己也十分痛惜；事實上，目前香港各大學圖書館當中，僅香港大學圖書館的「香港特藏」存有《大地畫報》，但只有一九三八年十一月出版的第一期至一九四一年八月出版的第二十期，缺九月以後出版的期數，尤其是馬國亮憶述一九四一年十二月出版的第二十四期，未及推出市面發售已因形勢所迫而銷毀，成為無可挽回的捐失。此外，擔任《大地畫報》督印人的曹克安在其回憶錄提到，日軍空襲香港後，馬國亮把歷年藏書、照片及各種重要文件，移交友人保管，但是「他的朋友，不能繼續保留這些引人注目之文件，把它全部燒燬」[23]。

一九三六年，侶倫曾以「貝茜」為筆名，在《工商日報．文藝週刊》發表〈香港新文壇的演進與展望〉，整理一九二七至一九三六年的香港新文學歷史，唯因為抗戰局勢，繼而香港淪陷，該文未受到文壇注意，也沒有收錄在侶倫後來整理出版的著作中，直至一九八六年，香港大學孔安道紀念圖書館館長楊國雄從《工商日報》發掘出〈香港新文壇的演進與展望〉一文，連同一篇介紹該文的文章，發表在《香港文學》第十三期，該期作為《香港文學》「一周年紀念特大號」，以「香港文學的過去與現在」為專輯主題，廣邀作家學者回顧香港的文藝期刊，當中侶倫亦受邀撰寫了〈我的話〉一文，而侶倫讀了重新刊登的貝茜〈香港新文壇的演進與展望〉一文後，即再撰〈也是我的話〉一文，交給《香港文學》第十四期發表，他說：

> 由於「貝茜」這署名喚起我的記憶，我把楊國雄先生好意地介紹出來的這篇文章讀了一遍，意外地「發現」這竟是我的拙作。因為戰爭關係，所有在戰前所寫文章的剪存稿件，都在香港淪陷時全部燒燬，我根本忘記了自己曾經寫過這樣一篇東西。如今重

23　曹克安：《家居香港九十年》（香港：星島有限公司，1986），頁21。

讀起來，真有恍如隔世之感了。[24]

在侶倫發表〈也是我的話〉一文的一九八六年，已有整整五十年沒有人提起過〈香港新文壇的演進與展望〉這篇文章，後世研究者不知「貝茜」的真正身份，甚至貝茜即侶倫本人都忘記了這篇文章，正如他在〈火與淚〉提出自己戰前的著作、文稿和日記都在香港淪陷前付諸一炬，事實上，侶倫、劉火子、舒巷城之焚稿，以及《大地畫報》的銷毀，只是戰時文化損失之一端，戰後香港文學，不論是文學界本身還是讀者對於香港文學的認識，都出現很大斷層，戰前的文學經驗很少能延續至戰後，當中的原因除了人員的往返去留，刊物的停辦、資料的散佚也是原因之一；當中損失的不單是文稿和刊物，更是一段一段香港文化記憶的失落。

24　侶倫：〈也是我的話〉，《香港文學》第十四期，1986 年 2 月。

第十章

淪陷與逃亡

淪陷前的堅守

淵魚〈保衛這寶石！〉寫到十二月八日的日軍空襲香港事件，初時市民聽見警報還以為是演習，侶倫、柳亞子、陳君葆、徐鑄成均有所記述，已見諸前一章「轟炸與銷毀」；此外，薩空了也在十二月八日的日記中記述：「這一天的警報傳出後，全港居民，誰都以為又是防空演習」[1]，薩空了是《光明報》負責人之一，日記中除了念及家人及個人安危，他特別關注報社以至香港報界情況，空襲事件後多次往返報社，十二月八日第一時間返回報社，見到社長梁漱溟已先抵達。十二月十二日記述遇見《華商報》「燈塔」版編輯郁風，動亂中仍不忘向薩空了約稿：

> 因為明天的燈塔除了她自己寫了一篇〈燈下談〉、〈號召精神武裝〉，該報記者華嘉寫了一篇香港戰時生活特寫外，還差一千多字。她曾向許多人拉稿，都以無寫作情緒和環境，寫不出來。其實我現在又何嘗有心情寫稿。[2]

1　薩空了：《香港淪陷日記》（北京：三聯書店，1985），頁 1。
2　同上註，頁 41。

薩空了希望盡力維持《光明報》出刊，但終因為戰火引致的各種混亂局面，無法維持，十二月十四日起停刊，不少香港其他報紙出版至十二月中停刊，《華商報》出版至十二月十二日停刊，鄒韜奮主編的《大眾生活》在十二月六日的新三十號後停刊，「連韜奮同志寫的〈暫別讀者〉也未能發表」[3]，《華商報》停刊那天即十二月十二日的社論是〈團結動員抗拒敵寇〉，副題為「在香港紀念雙十二」。十二月十六日至十八日間，薩空了分別聯絡已停刊的《華商報》、《大公報》、《國民日報》負責人，建議以臨時聯合版方式復刊，以「表示團結抗日的精神」，參與商談的包括有胡政之、范長江、溫源寧、徐鑄成等報人，終因為戰火引致的報社和印刷廠電力停頓、工人星散、紙張缺乏等因素，未能達成聯合復刊之事。[4]

日軍攻港後，不少在港文化人、報人仍緊守工作崗位，十二月八日空襲事件後，《大公報》編輯徐鑄成仍堅持每晚返回報館編報，而且不單編輯如此，「工友情緒甚高昂，按時操作」[5]，終至十二月十三日，《大公報》不得已停刊，當日最後一次發刊的社評由徐鑄成執筆，題為〈暫別港九讀者〉。此外，主編《星島日報．星座》的戴望舒後來憶述日軍空襲後在報館工作的情形，並提到港府新聞檢查對抗日言論的控制已取消：

> 一九四一年十二月七日的清晨，太平洋戰爭爆發起來了。雖則我的工作是在下午開始的，這天我卻例外在早晨到了報館。戰爭的消息是證實了，報館裏是亂烘烘的。敵人開始轟炸了。當天的決定，「星座」改變成戰時特刊，雖則衹〔出〕了一天，但是我卻慶幸着，從此可以對敵人直呼其名，而且可以加以種種我們可以形容他的形容詞了。

3　夏衍：《懶尋舊夢錄》（北京：三聯書店，1995），頁 465。

4　薩空了聯絡各報，建議出臨時聯合版之事，除了薩空了本人的記述（《香港淪陷日記》）以外，亦見諸徐鑄成的記錄，參見徐鑄成：《徐鑄成回憶錄》（台北：臺灣商務印書館，1999），頁 85。

5　徐鑄成：《徐鑄成回憶錄》，頁 84。

> 第二天夜間，我背着棉被從薄扶林道步行到報館來。我的任務已不再是副刊的編輯，而是譯電了。因為炮火的關係，有的同事已不能到館，在人手少的時候，不能不什麼都做了。從此以後，我便白天冒着炮火到中環去探聽消息，夜間在館中譯電。在緊張的生活中，我忘記了家，有時竟忘記了飢餓。接着炮火越來越緊，接着電也沒有了。報紙縮到不能再小的大小，而新聞的來源也差不多斷絕了。然而大家都還不斷地工作着，沒有絕望。[6]

這期間戴望舒和葉靈鳳把《星島日報》原有的「星座」改版成「戰時生活」版，十二月十日刊登了徐遲描寫日軍首次空襲香港並呼籲「動員起來」的〈太平洋序詩——動員起來，香港！〉，戴望舒則在《星島日報》工作至淪陷前三天。

《國民日報》編輯王新命回憶日軍空襲香港後，《國民日報》決定把編輯部遷到中華樓的三層樓上，使該報繼續出版，「儘可能的一直出報，出到不能續出為止」[7]，王新命亦提到胡春冰盡力維持《立報》的出版：「另一件很動人的事，是胡春冰和立報的故事。當時成舍我已飛往重慶，立報本由胡氏任總編輯，戰事發生後，立報處於無米為炊的狀態，胡氏仍使之出版多日，直到真正無法維持，才宣告停刊。」[8] 至於《國民日報》則出版至十二月二十六日，香港正式淪陷的翌日停刊，可見當時在港報人奮力維持至最後一刻，王新命有如下記述：

> 香港投降的那天下午，我們僅四時許就離開中華樓，先到擺花街領薪水，然後再回般含道的王家。在走到荷李活道時，回顧海中一艘油船正在失火燃燒，耳畔還是陸陸續續有步槍手槍的聲

6　戴望舒：〈十年前的星島和星座〉，《星島日報．星座》，1948 年 8 月 1 日。

7　王新命：《新聞圈裏四十年（下）》（台北：龍文出版社股份有限公司，1993），頁 502。

8　同上註，頁 503。

> 音，頭上也還有偵察的飛機，那種情景是永遠無法遺忘的。
>
> 我們的國民日報，編好了，印好了，因為恐怕再晚一點就發不出去，便囑發行人連夜趕發，不要等待明天。趕發是成功的，因為二十六的拂曉，我們在半山還買到自己的報。[9]

這事在薩空了的《香港淪陷日記》中亦有記述，他在十二月二十六日下面寫道：「國民日報，還在出，最叫我驚訝，買後翻閱，並沒有香港被佔的消息。我推想他們的報是昨日下午就已編好，當時還不知道日軍已佔全港的消息，社長編輯都已離開印刷發行部照例的將報印就發出，不想已是兩種局面了。」[10]

「歸鄉」與逃亡

一九四二年二月，劉火子在韶關《建國日報》發表〈紅香爐的百年祭〉，全文二萬多字，分十七期連載，細寫香港淪陷前後的境況，其中第十七節寫及香港淪陷之後的蕭條：

> 人們再不會懶洋洋地在「兵頭花園」散步，也不會在「皇家碼頭」的椅子上朝着海坐一個整天，「告羅士打酒店」的八樓已經沒有了昔日的豪客，「聰明人咖啡座」門口的貓頭鷹，兩隻眼睛也閃不出光芒。淺水灣的「海國泳場」那裏的洋台，人們再沒有撐起顏色明朗的傘子，偷閑一個下午的興緻，「麗池」的露天舞場、雪展場，也不會泛起一串一串的笑聲！搖曳樂，禮拜堂的頌詩怕今後都寂然下來了。「上海銀行」門首的兩隻象徵着一個國家

9　同上註，頁 505。
10　薩空了：《香港淪陷日記》，頁 89－90。

的雄獅，現在他們祇有徒然地張開了咀巴，徒然地憤然而已，維多利亞女皇的銅像，我想，牠的眼睛一定是陰沉，而蒙着一股憂鬱吧！[11]

劉火子其後與友人結隊逃離香港，事實上一九四二年一月以後，有大批市民逃離日軍統治下的香港。因應糧食緊張及治安惡化等問題考慮，一九四二年一月起由「軍政廳」實施「歸鄉政策」，目標是將香港原有的一百六十多萬人口減至五十萬左右，日方以廣播和報紙宣傳歸鄉政策，並透過同鄉會等團體安排、組織市民返回中國內地，陸路可沿新界進入深圳、寶安，水路方面亦有安排船隻往台山、澳門、廣州灣以至汕頭、汕尾等地；據一九四二年九月的統計，香港人口已從戰前的一百六十多萬減至九十七萬五千。[12]

「歸鄉政策」實施前，市民已自行設法離開，日軍因應「歸鄉政策」，不阻止平民離境，然而關禮雄指出：「但是日人想羅致或正在追緝的，例如，渝方的要人、香港的紳商名流，或曾與日軍為敵者，則屬例外」[13]，原來早在香港淪陷以前，日方已掌握了一份準備羅致或緝捕的在港官商富紳、文化藝術工作者和抗日份子名單，並透過不同渠道收集他們的資料，司徒慧敏憶述：

香港淪陷後，來了一些搞文化宣傳的日本人，有個叫和久田幸助，可能認得我，因為我在日本呆過。他們在香港的各電影院公開打出幻燈，點名「請」梅蘭芳、蔡楚生、司徒慧敏等五個人

11 劉火子：〈紅香爐的百年祭〉，收入劉麗北主編：《奮起者之歌：劉火子詩文選》（上海：東方出版中心，2011），頁 207。

12 有關一九四二年初的歸鄉政策，可參關禮雄：《日佔時期的香港（增訂版）》（香港：三聯書店，2015），頁 100－103；劉智鵬、周家建：《吞聲忍語：日治時期香港人的集體回憶》（香港：中華書局，2009），頁 45－56。

13 關禮雄：《日佔時期的香港（增訂版）》，頁 101。

到香港半島酒店與他們會面。[14]

司徒慧敏提到的和久田幸助，一九一五年在東京出生，天理外國語學校畢業，曾在廣州居住和學習，能操流利國語和廣東話，一九三六年間曾在日本南支派遣軍艦嵯峨號擔任粵語翻譯員，廣州淪陷之後轉到香港從事情報工作，化名姓李，負責搜集有關電影、戲劇方面的情報，不少電影界人士和他友好，並不知道他是日本人。[15] 香港淪陷後，和久田幸助以「香港佔領軍報道部藝能班班長」的身份，召集留港影劇界人士會面。侶倫在《向水屋筆語》有提到和久田幸助一九四〇年已混入香港電影界，掌握不少內部情況，其召集香港電影界人士會面的目的之一，是要拍攝一齣歌頌「大東亞共榮」的影片。[16] 劉火子在〈紅香爐的百年祭〉一文中提到：「敵人一到香港，首先就以『山崎報導部』的名義封閉了一切的戲院，而且在那裏免費放映『東京電影新聞社』的宣傳片」，劉火子在文中也提及，香港淪陷之初，電影與戲劇工作者最先成為目標，和久田幸助召集留港影劇界人士準備拍一套「發揚東亞新秩序的影片」。[17]

日方計劃拍攝的電影名為《香港攻略戰》，本擬誘使著名演員吳楚帆、白燕等等參與拍攝，此外又邀請胡蝶到日本拍攝《胡蝶到東京》，但在港影人不願參與拍攝，紛紛計劃逃亡，部分如胡蝶、張雲喬由東江游擊隊營救出，部分如關文清、吳楚帆等則自行設法逃亡。[18] 必須補充的是，和久田幸助一方面誘使影人參與拍攝《香港攻略戰》，另方面多方設法接濟影人生

14　司徒慧敏：〈一九四二年從香港撤出的經過〉，收入黃秋耘、夏衍、廖沫沙等：《秘密大營救》（北京：解放軍出版社，1986），頁 335。

15　參考和久田幸助：《日本占領下香港で何をしたか》（東京：岩波書店，1991），頁 63；黃旭初原著、蔡登山主編：《黃旭初回憶錄：廣西前三傑：李宗仁、白崇禧、黃紹竑》（台北：獨立作家，2015），頁 114；謝永光：《香港抗日風雲錄》（香港：天地圖書有限公司，1995），頁 89－90。

16　侶倫：《向水屋筆語》（香港：三聯書店，1988），頁 74。

17　劉火子：〈紅香爐的百年祭〉，收入劉麗北主編：《奮起者之歌：劉火子詩文選》，頁 199。

18　參考周承人、李以莊：《早期香港電影史 1897－1945》（香港：三聯書店，2005），頁 265－270。

活，錢似鶯在訪問中提及，香港淪陷初期，和久田幸助曾幫助錢似鶯一家免受日軍騷擾，又讓他們以廉價購得白米，[19] 余慕雲亦在訪問中提到：「多虧和久田送來白米，不少藝人才有飯吃⋯⋯和久田把大批白米送到錢似鶯家中，讓其他人去領取。著名粵語片導演龍圖說他曾受到和久田的恩惠。和久田對藝人的行蹤和住處一清二楚，他把白米分批送到各人家中。不管基於哪種意圖，不少藝人因和久田的特權而不至於餓死是事實。」[20] 余慕雲另於《香港電影史話．第三卷》說：「據不只一個認識他的人告訴我，他是一個開明的日本人⋯⋯他是一個反對侵略的正直人士，他一直譴責日本侵華。」[21] 和久田幸助後來在自己的著作中亦提及向留港影人供應白米的事，並由於對中國人持同情態度，加上被認為須對胡蝶、薛覺先等人的出逃負責，「在沒有經過正式調查之情況下，就被標籤為思想犯」[22]，遭憲兵隊逮捕入獄，終戰前已遣返日本。

除了電影與戲劇工作者，還有新聞工作者、學者、作家都是日方的羅致目標，日軍攻陷香港後即實施宵禁，以分區分段方式搜查目標人物或抗日份子，「同時，還貼出告示限令在港的知名文化界人士前往『大日本軍報道部』或『地方行政部』報到，否則『格殺勿論』」[23]。《大公報》編輯徐鑄成也提到針對新聞界的類似事件：「某日，敵軍報道部長多田派兵至宿舍，強迫我與誠夫兄赴其報道部（設在娛樂戲院二樓），威脅《大公報》限日復刊。」[24] 馬國亮憶述他在逃離香港前一天最後一次回到大地畫報社，「我發現我的辦公桌上放着寫有我的名字的信封。拆開一看，是一張日本皇軍的文藝機關的請柬，邀請翌日到告羅士打酒店茶敘」[25]，一九四二年二月初，馬國亮趁日軍

19　邱淑婷：《港日影人口述歷史：化敵為友》（香港：香港大學出版社，2012），頁 59－61。

20　同上註，頁 10。

21　余慕雲：《香港電影史話．第三卷》（香港：次文化堂，1998），頁 66。

22　和久田幸助：《日本占領下香港で何をしたか》，頁 47。

23　何小林主編：《東江縱隊志》（北京：解放軍出版社，2003），頁 132。

24　徐鑄成：《徐鑄成回憶錄》，頁 85－86。

25　馬國亮：《浮想縱橫》（香港：開益出版社，1996），頁 296。

實施「歸鄉政策」之時，與一群文化界朋友乘船到了澳門，再輾轉抵達桂林。

日方企圖羅致的目標，還有一九四一年在香港大學任教的學者陳寅恪，據蔣天樞《陳寅恪先生編年事輯》在「民國三十一年壬午（一九四二） 先生五十三歲」條下引錄陳寅恪之女陳流求記述：「這年春節後，有位父親舊時學生來訪，說是奉命請父親到當時淪陷區的上海或廣州任教。父親豈肯為侵略我國的敵人服務。只有倉促設法逃出」，[26] 又引錄吳雨僧〈答寅恪〉詩自注：「聞香港日人以日金四十萬圓強付寅恪辦東方文化學院，寅恪力拒之，獲免」[27]，陳寅恪拒絕日人重金羅致後，一九四二年五月五日與家人乘船離開香港，取道廣州灣返回內地，至六月底到達桂林。[28]

因應香港淪陷後的種種威脅與危險，在港文化人紛紛計劃逃亡，而逃亡路徑分為兩大類，一、自行策劃逃亡：各自組成小隊尋求出路，大部分在一九四二年一月底至二月初其間，趁佔港日軍實施「歸鄉政策」之時，混入難民隊伍中，乘難民船離港或以陸路返回內地。二、由重慶國民政府或中國共產黨策劃營救：國、共兩黨分別都有其疏散在港要員的計劃，其中以中共策劃、由東江縱隊護送數百名文化界人士，經水陸兩路逃亡的規模最龐大，為抗戰史上著名的「秘密大營救」事件，留下相關記述亦最詳細；[29] 而自行策劃逃亡的文化人當中，也有部分或多或少地得到東江縱隊的幫助。以下先講述文化人自行策劃逃亡及重慶國民政府疏散在港要員的情況，因這部分歷史過去未見有系統整理，資料十分散亂，只能就目前所見的文獻作出整理；而中共策劃的「秘密大營救」，將在下一節獨立講述。

徐鑄成在日軍至其宿舍強迫他到報道部並迫令《大公報》限日復刊後，第三日清晨，即與《大公報》同寅金誠夫、郭根、黃致華「四人於晨光熹微

26 蔣天樞：《陳寅恪先生編年事輯》（上海：上海古籍出版社，1981），頁 119。

27 同上註。

28 同上註，頁 120。

29 可參考黃秋耘、夏衍、廖沫沙等：《秘密大營救》；何小林主編：《東江縱隊志》；陳敦德：《八路軍駐香港辦事處紀實》（香港：中華書局，2012）；陳敬堂：《香港抗戰英雄譜》（香港：中華書局，2014）等等。

中化裝為流氓，乘敵軍疏散難民船在油麻地碼頭登輪」，[30] 經廣州、韶關，輾轉抵達桂林，未幾出任《大公報》桂林版總編輯。《國民日報》編輯王新命亦憶述他與胡春冰等一行人乘難民船離港的情形：

> 日軍備船遣送的難民，是三十一年一月二十二、三日的事情，然我們卻在二十五日才踏上了難民船。難民船係由雞眼漁船三四艘再配上一艘有馬達動力的渡輪所組成，每艘漁船所載難民都在五百名以上，……（中略）我們上難民船的那一天，胡春冰成了指揮官。他帶了報館仝人外，還帶了姓麥的一家。[31]

王新命、胡春冰一行人在一九四二年一月二十五日乘難民船離開香港，後來到了廣東中山上岸，經石岐、小欖、小沙坪、柳州，各人再分途前往桂林和重慶；王新命統計從一九四二年一月二十五日逃離至二月二十六日抵重慶，前後歷時三十三日。[32]

薩空了在其日記中記述了一九四二年一月間策劃逃亡的過程，先是一月九日，薩空了收到范長江約他見面的信，在一家咖啡店見了面，范長江當時已換了一身江湖人物打扮作為掩飾：「長江的裝束，完全像一個爛仔了，一頂舊呢帽，一身廣東人的短衫褲，我幾乎已不能認識他」[33]，范長江指翌日有一艘往澳門的舢舨，還有兩個位子，問薩空了是否同往，薩空了說先讓給梁漱溟，另一個位子留給一個可照應梁漱溟的朋友，薩空了記述：「長江說如果決定，下午四時便要交一百二十元港紙，我答應下午四時一定給他答覆」[34]，薩空了籌好了金錢，也找了可照應梁漱溟的朋友後，一月十日清晨，

---

30 徐鑄成：《徐鑄成回憶錄》，頁 86。

31 王新命：《新聞圈裏四十年（下）》，頁 506。

32 同上註，頁 506－512。

33 薩空了：《香港淪陷日記》，頁 136。

34 同上註。

在德輔道西送了梁漱溟登上一艘赴澳門的舢舨。范長江前一天另外為薩空了約了張友漁在灣仔英京酒家見面，商談另一助其逃亡的路徑，薩空了送梁漱溟上船後，同日早上十時到了英京酒家門外，薩空了恐引起敵兵或途人注意，遂於酒家一帶來回踱步以等待張友漁，但至下午二時仍未見到張友漁出現，他唯有再另尋逃亡之法。至一月二十五日，薩空了終於與家屬乘難民船赴澳門，再經石岐、江門、肇慶、梧州，二月抵達桂林。[35]

徐遲在其自傳亦記述，他一家三口參與由葉淺予、戴愛蓮、盛舜等人組成的一行十二人小隊，經由「疏散難民歸鄉的九龍總幹事」拿到護照，一九四二年一月底從荔枝角上船離開了香港，先到澳門，再經拱北、中山、石岐、肇慶、梧州，至三月二十三日抵達重慶。[36] 端木蕻良則在蕭紅病逝後，一月二十五日經于毅夫安排，乘船離開香港，他與駱賓基先抵澳門，再經肇慶、開平、坪石，最終抵達桂林。[37] 一九四一年參與創辦《新兒童》的黃慶雲也從水路逃亡：「那時我們聽到了日本佔領者正在搜集一些文化人去為他們做事，就匆忙坐了一隻小船偷渡到澳門。同行的還有另一條船，被日軍截住查問，我們卻僥倖避過了。」[38] 黃慶雲到澳門後轉入內地，一九四二年春天抵達桂林，終在桂林復辦《新兒童》。

劉火子在韶關《建國日報》發表的〈紅香爐的百年祭〉提到他從陸路逃亡的過程：

> 我們取道深圳這一條路走。現在，我們又必須來一次偷渡的冒險了，香港和九龍之間的交通，敵人為了節省煤斤，始終不讓

35 同上註，頁136－201。另參薩沄：〈薩空了年表〉，收入祝均宙、蕭斌如編：《薩空了文集》（上海：上海科學技術文獻出版社，2002），頁411－431。

36 徐遲：《我的文學生涯》（天津：百花文藝出版社，2006），頁296－305。

37 鍾耀群、孫可中：〈端木蕻良生平及著作表〉，收入鍾耀群編：《端木蕻良》（香港：三聯書店，1988），頁264。

38 黃慶雲：〈憶《新兒童》的朋友們〉，收入周蜜蜜主編：《香江兒夢話百年：香港兒童文學探源（二十至五十年代）》（香港：明報出版社有限公司，1996），頁33。

原日的小輪船開行。但是「蘿蔔頭」又不准許人們偷渡，同英軍一樣，他們一看見偷渡的船就要射擊。偷渡的前一天，我曾到海旁去過一次，我親眼看見幾個日本憲兵放槍射死一個偷渡的人。我看見幾個榜人用竹竿把死屍撈起。但如果我們決心要走的時候，這一個偷渡的冒險是必要的。我們決定在凌晨的時候起行。[39]

劉火子起行的日期是一九四二年一月四日，他「通過日軍封鎖線，空身逃離香港。步行彌月，抵達韶關」，二月在韶關《建國日報》擔任編輯半年，九月到了桂林《廣西日報》工作。[40] 舒巷城在副題為「一位香港青年在抗戰期間的生活見證」的故事式自傳《艱苦的行程》提到他是在一九四二年初秋，與友人從九龍馬頭角出發，繞過日軍的站崗，沿小路步行到新界西貢偷渡返內地，最後抵達桂林。[41] 路易士（紀弦）在其回憶錄提到作家杜衡與國際通訊社同事林一新乘船到澳門，再從廣西沿陸路到重慶，他則到一九四二年夏天，與家人乘船返上海。[42]

另一方面，重慶國民政府於日軍開始空襲香港的翌日，即十二月九日派出運輸機來港，接宋慶齡及宋靄齡離港。[43] 曾於廣東主政的陳濟棠亦獲重慶派專機來接，唯專機途中失事，未幾啟德機場已落入日軍控制，陳濟棠另尋他法，終至一九四二年一月十一日乘船經大澳返回內地。[44] 與高宗武在香港聯名揭發「汪日密約」並脫離汪精衛組織的陶希聖，亦本由重慶安排於十二月九日乘飛機離港，但陶希聖錯過時間，至十一日有另一架飛機來接卻未能成功降落機場，直至一九四二年初，陶希聖等乘日軍疏散難民之際，經由蔡

39 劉火子：〈紅香爐的百年祭〉，收入劉麗北主編：《奮起者之歌：劉火子詩文選》，頁 208－209。

40 劉麗北：〈劉火子生平及文學創作簡歷〉，收入劉麗北主編：《紋身的牆：劉火子詩歌賞評》（香港：天地圖書有限公司，2010），頁 281－282。

41 參考舒巷城：《艱苦的行程》（香港：花千樹出版有限公司，2009），頁 67－86。

42 紀弦：《紀弦回憶錄（第一部）》（台北：聯合文學出版社，2001），頁 118－119。

43 參考關禮雄：《日佔時期的香港（增訂版）》，頁 97。

44 參考陳濟棠：〈香港脱險記〉，原載《廣東文獻》創刊號，此據葉德偉等編著：《香港淪陷史》（香港：廣角鏡出版社，1984），頁 301－315。

仁抱等取得難民證，與胡敘五、蔣伯誠、楊克天等一行三十六人夾在難民的行列中返回內地，經韶關、桂林最後抵達重慶。[45]

以上各種記述散見不同文獻，有點散亂，但整理之後可見出，香港淪陷後，文化人自行逃亡的路徑多為水路，大部分在一月二十五日前後，趁佔港日軍實施「歸鄉政策」之時，乘難民船離港，最終目的地是桂林或重慶。

秘密大營救

香港淪陷之後，一九四二年初，數百名文化界人士，包括茅盾、夏衍、鄒韜奮、柳亞子、金仲華、胡風、宋之的等等，在中共策劃下，由東江縱隊經水陸兩路護送離港，為抗戰史上著名的「秘密大營救」事件，許多作家都在當時的著述或後來的回憶文章裏留下了記錄，其中比較集中記述的有茅盾《我走過的道路》和《脫險雜記》、夏衍〈走險記〉、柳亞子〈流亡雜詩十首〉，以及收錄黃秋耘、夏衍、廖沫沙等文章的《秘密大營救》一書。

日軍開始空襲香港的第一天，一九四一年十二月八日，中共中央急電周恩來、廖承志、潘漢年、劉少文，指示要設法保護留港文化人撤離；[46] 當日夏衍與喬木趕到港島，出席廖承志召集的緊急會議，其他文化界、新聞界和中共在港工委亦出席，商討空襲後的形勢，夏衍在文章中指出，「廖承志同志當機立斷，決定立即派人和東江縱隊聯繫，要曾生同志盡快派一支別動隊到九龍協助疏散工作，因為從九龍翻過一座山，就是東江縱隊的游擊基地」[47]。東江游擊隊收到來自中共的指令後，按照廖承志提出的營救對象名單分別作出聯繫，先協助其轉移到新的秘密住所，分批從港島偷渡過海，護送

45　參考陶希聖：《潮流與點滴》（台北：傳記文學出版社，1964），頁 177－193。

46　何小林主編：《東江縱隊志》，頁 133。

47　夏衍：《懶尋舊夢錄》（北京：三聯書店，1995），頁 464。夏衍提到的曾生，是東江縱隊第三大隊大隊長，參考何小林主編：《東江縱隊志》，頁 298－300。

至九龍佐敦道、花園街、上海街等處的秘密接待站，再組織不同路線離開香港。[48] 東江游擊隊為此「秘密大營救」行動建立了東、西兩條路線：西線從九龍市區至荃灣大帽山、錦田、元朗至落馬洲，中途設不同的秘密接待點，提供嚮導和通信員，最後越過邊界到內地。東線從九龍的牛池灣區到新界的西貢、企嶺下，然後乘船到大鵬灣進入內地，[49] 其中從西線逃出的包括茅盾、鄒韜奮、戈寶權和鳳子等文化人。[50]

茅盾於一九三八年及一九四一年都曾到香港工作，一九四一年來港的工作包括創辦《筆談》、擔任鄒韜奮主編的《大眾生活》的編輯委員，以及在《華商報》、《大眾生活》、《時代批評》、《時代文學》等刊物發表大量作品，包括小說、散文、時論、書評等，[51] 並出席許多文化活動。一九四一年十二月，日軍攻佔香港，為逃避日軍的搜捕，茅盾與葉以群、廖沫沙、戈寶權等作家一起輾轉躲藏，至一九四二年一月九日，他們先到一處改換「唐裝」衣著，混在難民的隊伍中，通過日軍設置的檢查站，到銅鑼灣海邊，經大船再乘小艇到九龍，茅盾在《脫險雜記》中記述：

> 一共有三條或四條小艇，艇內都是我們的朋友，在這霧氣迷濛的海面，銜尾而行。我們這艇子裏有Y君、小高、寶公，以及其他的朋友；也許還有「長柄葫蘆」及其愛人，可記不清了。我們說說笑笑，確信「偷渡」一定順利完成。[52]

茅盾與葉以群、廖沫沙、鄒韜奮、戈寶權等人到紅磡上岸後過了一夜，

---

48 何小林主編：《東江縱隊志》，頁 135。

49 參考陳瑞璋：《東江縱隊：抗戰前後的香港游擊隊》（香港：香港大學出版社，2012），頁 42－43。另參何小林主編：《東江縱隊志》，頁 135－136。

50 茅盾和鄒韜奮在本書中已多次提到，戈寶權是翻譯家，鳳子是話劇及電影演員，曾用筆名「禾子」發表散文，皖南事變後撤退到香港。

51 有關茅盾一九三八至一九四一年間在香港所寫作品，可參盧瑋鑾、黃繼持編：《茅盾香港文輯 1938－1941》（香港：廣角鏡出版社有限公司，1984）。

52 茅盾：《脫險雜記》（北京：中國社會科學出版社，1980），頁 208。

明晨沿青山道北上，抵荃灣後離開大路上大帽山，經茅盾稱為「嚮導」和持槍的「綠林好漢」引路和保護，到元朗附近鄉村，乘船往深圳，最後抵達桂林。這段由東江縱隊護送最安全「脫險」的經歷，茅盾一九四二至四四年間寫成〈劫後拾遺〉、〈脫險雜記〉、〈虛驚〉、〈過封鎖線〉、〈太平凡的故事〉、〈歸途雜拾〉等文，曾以總題「脫險雜記」收錄在一九五二年由北京開明書店出版的《茅盾選集》，一九八〇年再由香港時代圖書公司以《脫險雜記》為書名出版單行本。茅盾在《脫險雜記》以小說筆法詳細記述脫險過程的細節，躲藏、偷渡至途上所見的「綠林好漢」和東江縱隊人員都有生動的描寫。

夏衍〈走險記〉則留下驚險記載，皖南事變後到港的夏衍，一九四二年一月八日清晨被帶到西環碼頭邊一處漁欄，與其他同船逃亡的人會合，一行共二十一人，都經過化裝以掩飾身份：「漂亮的小姐變成了襤褸的乞婆，一位著名瀟灑的名演員今日扮成了一個淪陷後的香港最橫行的『爛仔』。」[53] 夏衍一行人所乘小艇經長洲時遇到日軍檢查，日軍登船認出二十一人當中有刻意塗黑面容的年輕女子，「一面用棍棒撥弄着她們還留着捲痕的頭髮」，夏衍恐將出事，即時以日語與日軍交涉，指他們是商人和家屬，要疏散到長洲住下；日軍見夏衍能用日語交談便緩和了氣氛，終能平安放行。夏衍一行人有驚無險地到長洲過了一晚後，翌日清晨再出發，一月九日下午抵澳門，至一月十九日會合了兩批朋友，二十日再僱船前往內地：「這一天正是舊曆十二月初二，眉月升得很早，六支槳打在水上發出銀絲閃亮的螢光，飛也似地離開了這動蕩不安的半島。」[54]

夏衍在〈走險記〉一文留下電影場面一般的記載，但沒有指出同行各人的名字，據《金仲華年譜》，一月八日金仲華與夏衍、金山、蔡楚生、司徒慧敏等經澳門、台山，赴桂林；[55] 郁風也提到，她與「夏衍、司徒慧敏、

53　夏衍：〈走險記〉，收入黃秋耘、夏衍、廖沫沙等：《秘密大營救》，頁 325。

54　同上註，頁 329。

55　華平、黃亞平編著：《金仲華年譜》（上海：上海孫中山故居、宋慶齡故居和陵園管理委員會，1994），頁 132。

蔡楚生、金仲華、金山、王瑩、謝和賡、鄭安娜等同志十六人一路，乘漁船經澳門到都斛上岸，再經台山、梧州到桂林」[56]，司徒慧敏指出「最早走的有我、夏衍、金山、王瑩、郁風、謝和賡、金仲華和張雲喬」[57]，則可知夏衍〈走險記〉所指的一行二十一人包括了夏衍、金仲華、金山、蔡楚生、司徒慧敏、郁風、王瑩、謝和賡、鄭安娜、張雲喬等人。

柳亞子寫於一九四二年一月的〈流亡雜詩十首〉，以敘事詩形式，記述太平洋戰事爆發後，柳亞子輾轉逃難，最後由東江游擊隊護送脫險的經過，第八章云：

> 亡命龍城變姓名，周郎更挈小喬行。范睢張祿尋常事，不道黃生是謝生。（周鯨文、翟舒翎伉儷同舟，不期而遇，稱上海黃先生。余變姓名為黃重，而舟主謝君亦詭為黃姓，三人巧合亦一奇也。）[58]

柳亞子在〈流亡雜詩十首〉第八章記述了與《時代批評》主編周鯨文同船，皆改易姓名以作提防。第九章記述乘小船抵長洲後，再輾轉逃難之險況：

> 南海波濤君實易，西山薇蕨伯夷難。重洋七日孤帆泊，倘有曹娥殉父來。（自長洲島乘帆船渡海豐之馬貢，七晝夜未達。風浪傾側殊甚。余謂垢兒殆將並命矣。「南海波濤，誓追張陸；西山薇蕨，甘學夷齊」。余旅港時致渝友書中語也。）[59]

56 郁風：《急轉的陀螺》（香港：三聯書店，1987），頁 171。

57 司徒慧敏：〈一九四二年從香港撤出的經過〉，收入黃秋耘、夏衍、廖沫沙等：《秘密大營救》，頁 335。

58 柳亞子：《柳亞子文集・磨劍室詩詞集》（上海：上海人民出版社，1985），頁 957。

59 同上註。

詩中記述從長洲乘小船出發後，七日七夜未能抵達目的地，而且途中遇上大風浪，柳亞子恐與女兒柳無垢皆命殞海上，幸在第十章提到遇上東江游擊隊小艇而獲救：

> 無糧無水百驚憂，中道逢迎舴艋舟。稍惜江湖游俠子，只知何遜是名流。（舟中糧水俱盡，忽值游擊隊巡邏之小艇，聞廖夫人在，乃得接濟，並貽贈炙雞、乳粉，余惟優游伴食，深以為恧。）[60]

柳亞子在〈流亡雜詩十首〉的末章記述在小船七日七夜且糧水俱盡之後，因遇上東江游擊隊小艇而獲救，當日柳亞子父女原與何香凝及其家人同船，東江游擊隊聞知船上何香凝之名，因而送上食物，卻似乎對柳亞子感到陌生，故有「稍惜江湖游俠子，只知何遜是名流」之句；這事何香凝之長女廖夢醒亦有記述：

> 本來兩天可到達東江，但因無風可乘，風帆發揮不了作用，竟在海面漂泊了好幾天。當時船上的淡水和食物都吃光了，大家心急如焚，焦急萬分。
>
> 可幸的是，正巧我東江游擊隊的巡邏艇駛過。他們聽說船上有廖仲愷烈士的夫人，立刻報告了上級，並當即寫信表示敬意，還送來了一隻燒雞，煮熟的雞蛋，還有奶粉。寫明「請交給何老人」。送給我母親。[61]

廖夢醒的文章可說補充亦印證了柳亞子在〈流亡雜詩十首〉的記述。

60　同上註。

61　廖夢醒：〈海上脱險〉，收入黃秋耘、夏衍、廖沫沙等：《秘密大營救》，頁 359。

柳亞子父女與何香凝及其家人終於同船脫險，抵達海豐後，柳亞子一行與何香凝一行再分別上路，柳亞子一行經興寧、曲江、衡陽，至六月七日抵達桂林。[62]

一九四一年十二月二十五日聖誕節香港守軍投降，日軍宣告佔領香港，開始了「三年零八個月」的香港淪陷時期。一九四二年一月至二月間，薩空了、徐鑄成、王新命、徐遲、端木蕻良、劉火子、舒巷城、夏衍、金仲華、金山、蔡楚生、司徒慧敏、胡風、宋之的、郁風、胡春冰、馬國亮、黃慶雲、楊奇、麥烽以及其他許多作家陸續以各種途徑逃離，《大地畫報》、《文藝青年》、《耕耘》、《新兒童》、《筆談》、《中國詩壇》等刊物完成了它們的使命，香港結束了這時期的文學時代。

話劇《再會吧，香港！》的演出與被禁

一九四二年一月至二月間，大批文化人逃離香港，其中有許多都集中到達了桂林，如上文所述，包括有茅盾、葉以群、廖沫沙、鄒韜奮、戈寶權、夏衍、金仲華、柳亞子、金山、蔡楚生、司徒慧敏、郁風、端木蕻良、薩空了、黃慶雲、劉火子等等。桂林本是抗戰文藝的南方據點之一，有「文化城」之稱，出版業蓬勃，抗戰期間有純文學期刊三十六種，綜合性文藝期刊五十二種，[63] 均配合抗戰文學的發展，而且「大力支持、聲援香港及東南亞抗戰文學運動」[64]。從香港輾轉撤退到桂林的大批作家，除了繼續從事抗戰文藝工作，一九四二年三月八日，由田漢、洪深、夏衍合寫的話劇《再會吧，香港！》在桂林新華大戲院上演，這劇的內容及其演出引起的風波，為抗戰時期的香港文學留下另一角度的延伸。

62 參考柳無忌編：《柳亞子年譜》（北京：中國社會科學出版社，1983），頁 115－116。

63 蔡定國、楊益群、李建平：《桂林抗戰文學史》（南寧：廣西教育出版社，1994），頁 3。

64 同上註，頁 18。

有關《再會吧，香港！》的創作、演出和被禁，創作者夏衍、田漢、新中國劇社的導演杜宣以及首演當晚在場的郁風皆留下了第一手記述，成為後世了解事件的主要依據。一九四二年二月五日，夏衍一行人脫險抵達桂林，文化界自是熱誠招待，夏衍在一次宴會中，向田漢、洪深、歐陽予倩等戲劇界、文藝界朋友講述在港見聞、脫險經歷，「洪深靈機一動說，我們現在正鬧劇本荒，我們可以突擊一下，把這場悲喜劇寫一個劇本，田漢表示同意，予倩當場表示，你們三個寫，我來導演，酒酣耳熱，一言為定，《再會吧，香港！》這個劇本居然很快地寫出來了」[65]，就這樣採用集體創作的方式，由夏衍寫第一幕，洪深寫第二及第三幕，田漢寫第四幕，由田漢作最後整理並創作了與劇本同名的主題歌的歌詞，再由姚牧譜曲。

在創作與排演的過程中，參與者都懷抱莫大熱誠，一九四二年三月八日，《再會吧，香港！》在桂林新華大戲院上演，由新中國劇社同人擔綱演出，郁風指出：「由於從編劇到演員都是一流名牌，觀眾爆滿」[66]，杜宣憶述：「當天廣告一登出，即日下午四時，票就賣完了，這在當時桂林是空前的」[67]，田漢也記述，當天下午六時在戲院門外已掛出了「滿座」牌。[68] 可是，當第一幕演出過後，觀眾正等待第二幕上演時，「突然來了一排全副武裝的兵，有的站在觀眾後面，有的就走上台，還有些便衣打手就去扯下幕布」，洪深從後台走上舞台宣佈《再會吧，香港！》被臨時禁演，這時台上的後幕也拉開，全體演員站在洪深後面，洪深右手舉起演前得到的准演證，左手舉起現在的禁演通知書，表示對當局出爾反爾的抗議，並說：「按說這齣戲是反對日本帝國主義侵略，反映日軍佔領香港的暴行的真實宣傳，是應該鼓勵

65　夏衍：《懶尋舊夢錄》，頁 470。

66　郁風：〈「再會吧，香港！」〉，收入《時間的切片》（石家莊：河北教育出版社，1997），頁 137－138。

67　杜宣：〈回憶新中國劇社在初創時的一些情況〉，收入潘其旭等編選：《桂林文化城紀事》（南寧：漓江出版社，1984），頁 342。

68　田漢：〈新中國劇社的苦鬥與西南劇運〉，原載上海《評論報》第 1、2 號，1946 年 11 月。此據《田漢全集》第十五卷（石家莊：花山文藝出版社，2000），頁 522。

演出的。但是政府卻出爾反爾的下了禁演命令，我們只有服從」[69]，洪深並宣佈退票安排，觀眾卻高呼「我們不退票」，「一時只見全場的人都舉起手撕票，成為很特別的一種抗議示威行動。軍警無法鎮壓」[70]。《再會吧，香港！》的首演就此被中斷。

《再會吧，香港！》演出前原有就着當局規定，得到省黨部和警備廳的准演執照，但演出中途卻遭「民政廳邱廳長一個電話臨時禁演」[71]，更由軍警到場阻止演出。《再會吧，香港！》的內容主題，正如郁風所說：「主題是針對英美尚未參戰，借一些人物情節寫香港的陷落，揚露日軍進一步侵略的野心。其實矛頭並非針對國民黨」，然而最終遭禁，郁風認為：「可是國民黨特務機關為了打擊共產黨的文化活動，卻幹了這樁蠢事，於是演出另一齣幕前戲。」[72] 當局當然不會說明禁演的真正理由，夏衍說：「劇本審查處不宣佈禁演的理由，我想，大概是因為我們把進步文化人和共產黨寫得臨危不懼，從容撤退，而把國民黨的那些大官巨富寫得毫無準備，事發後放棄了國家的大量物資財富而倉皇逃竄，揭了一下他們的痛處而已。」[73]

《再會吧，香港！》遭禁的消息傳出後，當時在桂林經營國民大戲院的白惟義將軍同情新中國劇社的遭遇，對《再會吧，香港！》遭禁深表憤慨，因而邀請新中國劇社到國民大戲院演出。[74] 一九四二年五月，《再會吧，香港！》更名為《風雨歸舟》，內容亦經過「幾度刪改」後，在國民大戲院順

69 郁風：〈「再會吧，香港！」〉，收入《時間的切片》，頁 137－138。另參田漢：〈新中國劇社的苦鬥與西南劇運〉，收入《田漢全集》第十五卷，頁 515－550。

70 郁風：〈「再會吧，香港！」〉，收入《時間的切片》，頁 138。又，杜宣：〈回憶新中國劇社在初創時的一些情況〉一文亦有提到觀眾高呼「我們不退票」的情況。

71 田漢：〈新中國劇社的苦鬥與西南劇運〉，收入《田漢全集》第十五卷，頁 522。

72 郁風：〈「再會吧，香港！」〉，收入《時間的切片》，頁 137。

73 夏衍：《懶尋舊夢錄》，頁 470。

74 田漢：〈新中國劇社的苦鬥與西南劇運〉，收入《田漢全集》第十五卷，頁 523。

利上演，但觀眾反應不理想，該次演出以賠本告終。[75]

《再會吧，香港！》更名為《風雨歸舟》後，劇本曾在桂林的《戲劇春秋》第二卷第一期題為〈回到祖國〉發表，並由戲劇春秋月刊社再以《風雨歸舟》為書名出版劇本單行本。《再會吧，香港！》的故事以一九四一年秋天「一碗飯運動」的結束開始，「一碗飯運動」是一九四一年七月間由宋慶齡發起的支持抗戰募捐運動，得到上流社會至一般市民、小販的支持，故事透過「一碗飯運動」幹事陳毓芳和支持運動的名媛馮海倫這兩位女性，反映當時香港社會的各種心態，也透過詩人林謙與記者朱劍夫的辯論，指出了香港的「據點」位置以及其革命傳統。馮海倫原是嬌生慣養的小姐，結識陳毓芳後，受其啟發，決定跟隨陳毓芳回到中國內地，「幹些與國家民族有利的事」，在第四幕，馮海倫帶着行李、一支結他和女僕阿華到船上與陳毓芳會合並告知其決定，最後，陳毓芳向碼頭邊的送行者告別，唱出「再會吧，香港」這歌，海倫則以結他伴奏，「船上的旅客、海員，埠頭上送行的青年男女的聲音匯合成下面的熱情之流。直到這五千噸的郵船徐徐開動。」[76]

《再會吧，香港！》在桂林的創作、演出和被禁，可說是以夏衍等左翼作家，抗戰時期在香港種種工作的縮影，象徵其抗日和集體意志的熱情，也象徵他們遇到的種種來自不同政治力量的壓制。由《再會吧，香港！》刪改並改題為《風雨歸舟》，尤其反映當中的限制與妥協。由「再會」的原意修改成「歸舟」，改變了原著的香港角度，正如盧偉力指出：

> 《再會吧，香港！》表示一份我們必將回來之心，當時香港是全國文化精英聚集，國共兩黨人士可以公開活動的空間，所以對於左翼戲劇工作者，跟「香港」說再會，並非離開一個地方，而

75　同上註，頁 524；杜宣：〈回憶新中國劇社在初創時的一些情況〉，收入潘其旭等編選：《桂林文化城紀事》，頁 344。另有關《再會吧，香港》與《風雨歸舟》的研究，可參考徐霞：〈香港．1941——田漢話劇中的「香港」再現〉，收入陳平原、陳國球、王德威編：《香港：都市想像與文化記憶》（北京：北京大學出版社，2015），頁 307－324。

76　田漢、洪深、夏衍：《風雨歸舟》（桂林：戲劇春秋月刊社，1942），頁 136。

是轉戰於另一個環境，為的不單是重逢於這地方，而是迎接一個中華文化精英匯聚，思想與政治相對自由的空間。[77]

夏衍等左翼作家透過改題《風雨歸舟》，理解也呈現《再會吧，香港！》當中的限制與妥協，從「再會」而到「歸舟」，由此發出向另一種自由空間的呼求。

歌曲〈再會吧，香港！〉的歷史意識

劇本《再會吧，香港！》的同名主題歌〈再會吧，香港！〉，田漢作詞，姚牧譜曲，[78] 一九四二年三月五日晚上六時，由抗敵演劇第九隊（演劇九隊）成員朱琳在桂林電台播唱；[79] 三月六日在桂林《大公報．文藝》發表。歌曲〈再會吧，香港！〉不單作為同名戲劇的主題歌，也是四〇年代華南青年所喜愛並廣為傳唱的歌曲，[80] 陳柏堅在〈抗戰歌曲在香港〉一文指出，歌曲〈再會吧，香港！〉抗戰期間「在東江、珠江一帶的青年學生中流傳，……第二次世界大戰結束後，香港光復，這首歌曲又回流在青年中傳唱」[81]。

歌曲〈再會吧，香港！〉現時流傳的版本，有香港《晶報》刊載的手抄簡譜本（手抄簡譜本）、徐月清核對重抄的簡譜版本（重抄簡譜本）、收錄

77　盧偉力：〈導言〉，《香港文學大系 1919－1949．戲劇卷》（香港：商務印書館，2016），頁 60。

78　在不同的記述中，《再會吧，香港！》（《風雨歸舟》）劇中的歌曲〈再會吧，香港！〉有被稱為「主題歌」，也有被稱為「插曲」，今據創作者田漢的記述，稱其為主題歌。參考田漢：〈新中國劇社的苦鬥與西南劇運〉，收入《田漢全集》第十五卷，頁 522。

79　參考胡從經編：《歷史的跫音》（香港：朝花出版社，1997），頁 291。朱琳原是由周恩來、郭沫若創建的抗敵演劇第九隊成員，一九四二年由田漢借調至新中國劇社演出《秋聲賦》，參考田漢：〈新中國劇社的苦鬥與西南劇運〉，收入《田漢全集》第十五卷，頁 521。

80　參考謝永寬：〈四十年代傳唱田漢的一首歌詞〉，《廣東黨史》1998 年第 3 期，1998 年 6 月。

81　陳柏堅：〈抗戰歌曲在香港〉，《廣角鏡》總第 275 期，1995 年 8 月。

在張大年編《香港開埠前後的詩史 —— 香港詩歌選》的版本（張大年選編本）、收錄在胡從經編《歷史的跫音》的版本（胡從經選編本），以及《田漢全集》第十一卷收錄的版本（《田漢全集》本）。[82]

以上各種版本之間，個別字句頗有差異，現據《田漢全集》本作為底本引錄在下面，並在註釋中列出張大年選編本和胡從經選編本的異文。又，《田漢全集》第十一卷原把〈再會吧，香港！〉歌詞以新詩形式分行排印，本書考慮其屬於歌詞而非新詩，故以下改用詞的方式引錄，此外原文字句、標點，悉無改動：

> 再會吧，香港！你是旅行家的走廊，也是漁民的家鄉；[83] 你是享樂者的天堂，也是革命戰士的沙場。這兒洋溢着驕淫的美酒，[84] 也流淌着英雄的血漿；[85] 這兒有出賣靈魂的名姬，也有獻身祖國的姑娘。這兒有迷戀着玉腿的浪子，也有擔當起國運的兒郎。這兒有一擲萬金的暴發戶，也有義賣三年的行商。一切善的在矛盾中生長，一切惡的在矛盾中滅亡。[86]
>
> 再會吧，香港！你是這樣使我難忘！你筲箕灣的月色，扯旗山的斜陽，皇后大道的燈火，香港仔的漁光，淺水灣的碧波蕩漾，大埔松林的猿聲慘傷，宋王台的蔓草荒蕪，青山禪院的晚鐘悠揚，西高嶺的夏蘭怒放，鯉魚門的歸帆飽張。[87] 對着海邊殘壘，想起保仔與阿香。啊，百年前的海上霸王，真值得民族的後輩

82　有關《晶報》刊載的手抄簡譜本，以及徐月清核對再請人重抄而成簡譜版本，可參考徐月清：〈田漢《再會吧香港》的重新發現〉，《廣角鏡》總第 274 期，1995 年 7 月。

83　「也是漁民的家鄉」，張大年選編本、胡從經選編本均作「也是中國漁民的家鄉」。

84　「這兒洋溢着驕淫的美酒」，胡從經選編本作「這裏洋溢着驕淫的美酒」，下面三句仍作「這兒」。

85　「也流淌着英雄的血漿」，張大年選編本、胡從經選編本均作「也橫流着英雄的血漿」。

86　「一切善的在矛盾中生長，一切惡的在矛盾中滅亡」，張大年選編本作「一切善的矛盾中生長，一切惡的矛盾中滅亡」，胡從經選編本作「一切善的，矛盾中生長，一切惡的，矛盾中滅亡」

87　「鯉魚門的歸帆飽張」，胡從經選編本作「鯉魚門的歸帆飽漲」。

傳唱。[88]

再會吧，香港！可聽得海的那一方，奔號着兇猛的豺狼？它們踐踏着我們的國土，[89] 傷害着我們的爹娘！[90] 我們還等甚麼？莫只靠別人幫忙，可靠的是自己的力量，自己的力量！[91] 提起了行囊，[92] 穿上了戎裝，踏上了征途，顧不了風霜。只有全民的團結，才能阻遏法西斯的瘋狂！只有青年的血花，才能推動反侵略的巨浪！[93]

再會吧，香港！你是民主國的營房，反侵略的城牆。看吧！侵略者的烽火已經燒遍了太平洋！[94] 別留戀着一時的安康，疏忽了對敵人的提防。地莫分東西南，色莫論棕白黃，[95] 人人扛起槍，朝着共同的敵人齊放！[96] 用我們的手，奠定了今日的香港；用我們的手，爭取明日的香港！再會吧，香港！再會吧，香港！再會吧，香港！[97]

劇本《再會吧，香港！》雖被改名為《風雨歸舟》，尚幸全劇結束時唱出的主題歌〈再會吧，香港！〉未有更改歌名，這歌在首演前已在桂林《大公報》發表，又曾在桂林電台播放，抗戰期間仍以〈再會吧，香港！〉為題

88　「真值得民族的後輩傳唱」，張大年選編本作「真值得民族的後昆傳唱」，胡從經選編本作「真值得民族的後民傳唱」。

89　「它們踐踏着我們的國土」，張大年選編本作「牠們踐踏着我們的田園」，胡從經選編本作「他們踐踏着我們的田園」。

90　「傷害着我們的爹娘」，張大年選編本作「傷害着我們的爺娘」。

91　「可靠的是自己的力量，自己的力量！」，胡從經選編本作「可靠的是自己的力量！」

92　「提起了行囊」，張大年選編本作「提起行囊」。

93　「才能推動反侵略的巨浪！」，胡從經選編本作「才能推動反侵略的巨浪，巨浪，巨浪！」

94　「侵略者的烽火已經燒遍了太平洋！」，胡從經選編本作「侵略者的烽火已燒遍了太平洋！」

95　「地莫分東西南，色莫論棕白黃」，胡從經選編本作「地無分東、西、南，色莫論棕、白、黃」。

96　「朝着共同的敵人齊放」，胡從經選編本作「朝着共同的敵人放」。

97　田漢：〈再會吧，香港！〉，收入《田漢全集》第十一卷（石家莊：花山文藝出版社，2000），頁340－342。結束時連唱三次的「再會吧，香港！再會吧，香港！再會吧，香港！」，胡從經選編本作「再會吧，香港！再會吧，香港，香港！」

得到傳唱，最後收錄在二〇〇〇年出版的《田漢全集》第十一卷。

在田漢創作的〈再會吧，香港！〉歌詞中，田漢反覆指出香港的兩面，「是享樂者的天堂，也是革命戰士的沙場」，「有出賣靈魂的名姬，也有獻身祖國的姑娘！」「這兒有迷戀着玉腿的浪子，也有擔當起國運的兒郎」，種種二元對比，標示出「一切善的在矛盾中生長，一切惡的在矛盾中滅亡」中所強調的矛盾，仍歸結於善與惡的取捨。在抗戰文藝的主體論述和時代氣氛中，〈再會吧，香港！〉這歌免不了二元對立思維，但總算未作一面倒的簡化，關鍵是當中的香港想像，在既有而定型的美酒、名姬、暴發戶等等刻板印象以外，田漢一再以多種的「也有」來提醒讀者，香港有着備受忽視的另一面：「也有獻身祖國的姑娘」、「也有擔當起國運的兒郎」、「也有義賣三年的行商」，藉以反襯出固定的刻板印象未能完全代表田漢及夏衍一輩作家對香港的想像。

接着在歌曲的第二節，田漢以連串予人不同感覺的香港景色，進一步引證上文的種種「也有」，在不同的矛盾中，田漢選擇歌頌他心目中的抗清海盜張保仔和阿香，但眼前只有「海邊殘壘」作為遺跡，透過這已被後世遺忘的遺跡，提出其不應被遺忘；田漢由此如同招魂一般試圖喚醒讀者的歷史意識，作為歌曲下半段各種抵抗的基礎。最後，歌曲回到對抗戰主題的呼應，一再強調團結與抵抗，結束前重唱的「再會吧，香港」，當中「再會」的題旨已由對矛盾的告別，轉為着眼於「明日」那重臨的希冀。

田漢這位在一九三五年已譜寫出〈義勇軍進行曲〉歌詞的劇作家，曾到過香港，但未有長居或特定工作，一九二九年三月他從上海出發，隨南國社到廣州演出期間，北歸前應友人之邀，寫下〈桂枝香．香港紀游〉一詞，另有〈御街行．香港〉，[98] 應是他撰寫〈再會吧，香港！〉這歌曲之前，僅有的以香港為題的文學創作。田漢從事抗戰戲劇工作的主要地點是上海、重慶和桂林，抗戰爆發後他從上海轉移至武漢再到重慶，一九四一年的皖南事變

98 〈桂枝香．香港紀游〉與〈御街行．香港〉收入《田漢全集》第十二卷。

後他被迫離開重慶，仍選擇不往香港而到湖南後來再到桂林。[99] 當太平洋戰爭爆發的消息傳到桂林，田漢十分擔心夏衍等等在香港工作的作家，多方設法探聽他們的情況，又嘗試打電報給夏衍，但在混亂時局中，有不少令人憂慮的消息，甚至桂林有一家晚報作出「留港作家夏衍等殉國」的報道，直至後來得知夏衍最終自香港脫險，田漢感到很意外，「因為自香港成為戰場，我們聽飽了關於他們殉國的故事」[100]。一九四二年二月五日，夏衍等人從成為日本佔領地的香港脫險，輾轉抵達桂林，田漢、洪深等人熱情地到桂林火車站迎接，分別與步出月台的夏衍、司徒慧敏、蔡楚生和郁風相擁。[101]

桂林文化界為歡迎夏衍等人而設宴，田漢在席間賦詩〈歡迎夏衍等安全抵桂〉，詩中有「割鬚不作行商狀，抵足曾同海盜眠」[102]，描述了夏衍脫險期間短衣蓄鬚以掩人耳目的情狀，田漢又作了〈題蔡楚生作《黃坤逃難圖》〉一詩，描述夏衍化名黃坤逃難的經歷，內容皆來自夏衍的親身講述，由此可以說，田漢與夏衍、洪深合寫的《再會吧，香港！》劇作，以及田漢所作的〈再會吧，香港！〉歌詞，並非書寫田漢個人的香港經驗，而是從轉化、引申自夏衍等等從香港脫險者的講述，因此，《再會吧，香港！》劇作及主題歌可視為一種集體記述的轉化，寄寓着夏衍一輩的左翼作家，經歷抗戰時期投入於香港種種救亡工作的體驗，他們體會到香港在種種既定的刻板印象以外，有着多重備受忽視的面向，當中的香港想像，已由可受批判卻也過份簡化的「享樂者的天堂」這樣的刻板印象超越出，並且，在多重的「也有」及其所象徵的難忘景色，以及團結與抵抗的呼聲之間，「海邊殘壘」作為喚醒歷史意識的遺跡，正重新被喚起並成為最重要的連繫。

---

99 參考蔡登山：《曾經輝煌：被遺忘的文人往事》（台北：秀威資訊科技，2008），頁 186。

100 田漢：〈序《愁城記》〉，收入《田漢全集》第十三卷（石家莊：花山文藝出版社，2000），頁 561。

101 參考田漢：〈序《愁城記》〉，收入《田漢全集》第十三卷，頁 557－569。另可參夏衍：《懶尋舊夢錄》，頁 467。

102 田漢：〈歡迎夏衍等安全抵桂〉，收入《田漢全集》第十一卷，頁 344。

第十一章

矛盾與抵抗

日治時期香港文學的幾種取向

過去有關香港日治時期的研究，在政治和軍事方面已有豐富研究成果，例如關禮雄《日佔時期的香港》、鄺智文《重光之路：日據香港與太平洋戰爭》、謝永光《香港淪陷：日軍攻港十八日戰爭紀實》、莫世祥、陳紅《日落香江：香港對日作戰紀實》、陳瑞璋《東江縱隊：抗戰前後的香港游擊隊》；歷史論述類有葉德偉《香港淪陷史》、高添強、唐卓敏編著《香港日佔時期：1941 年 12 月－1945 年 8 月》、謝永光《香港抗日風雲錄》、Oliver Lindsay *The battle for Hong Kong 1941-1945: hostage to fortune*；口述歷史有劉智鵬、周家建《吞聲忍語：日治時期香港人的集體回憶》、張慧真、孔強生《從十一萬到三千：淪陷時期香港教育口述歷史》；教會史有陳智衡《太陽旗下的十架：香港日治時期基督教會史（1941－1945）》；報業史有鄺明仁《淪陷時期香港報業與「漢奸」》；民生歷史有周家建《濁世消磨：日治時期香港人的休閒生活》；人物研究有陳敬堂：《香港抗戰英雄譜》；書目資料類有尹耀全〈香港日佔時期書目〉（*Hong Kong Under Japanese Occupation : A Bibliography*）、劉潤和〈日佔時期的歷史檔案〉等。

其中，關禮雄《日佔時期的香港》屬較早有系統的研究，作者早在七〇年代已在香港中文大學和香港大學的校外課程講授「日佔時期的香港」課程，一九九三年出版的《日佔時期的香港》一書，對戰前形勢、淪陷過程、日軍對香港的分區統治、戰時香港社會民生等都有詳細記述，亦頗詳細地分析當時的軍事和社會情況；該書二〇一五年出版的增訂版再增補和更新了內容。其他相關論著，特別二〇〇〇年代以後出版者，在政治、軍事以外的層面，例如口述歷史、教會史、報業史等方面各有專研，唯有關文化和文學領域，一般讀者所知不多，甚至有印象認為日治時期文學都是漢奸文學，無甚足觀或不值得研究。

事實上，日治時期的香港文學資料長期湮沒無聞，直至盧瑋鑾、鄭樹森主編、熊志琴編校之《淪陷時期香港文學作品選：葉靈鳳、戴望舒合集》（2013）、《淪陷時期香港文學資料選（一九四一至一九四五年）》（2017）二書相繼出版，才補充了這方面的空白，二書不單收錄重要資料，在根據三位編者之對談而整理的〈淪陷時期香港文學及資料三人談〉一文，也表述了三人對日治時期香港文學的研究觀察，其中，盧瑋鑾提出「怎樣解讀在強權統治下為生存而寫出來的作品」，提醒讀者注意文字背後的環境，鄭樹森提出二戰期間日本看待亞洲佔領區的態度如何與納粹德軍鎮壓或管制所佔歐洲地區的方式有所分別，更是關鍵性的思考。[1]

日治時期的香港文學並不如一般想像的完全沉寂，而是具有至少兩種取向的作品，第一種是「和平文藝」理論及創作，其發展可追溯至戰前，本書第四章「抗戰與『和平』」之「『和平文藝』的端倪爭議」一節，評述過一九三九至一九四一年間，為配合汪精衛主張的和平運動，汪系報刊特別是《南華日報》刊載多篇「和平文藝」理論與創作，主要作者包括娜馬、陳檳兵、李志文、李漢人、蕭明等人。進入日治時期，這批作家仍有作品發表，當中不乏「和平文藝」論調，例如一九四二年二、三月間，《南華日報》副刊仍有李志文〈和平文藝論〉、恭公〈香港文壇的清潔運動〉等宣傳性的評

1　參考盧瑋鑾、鄭樹森、熊志琴：〈淪陷時期香港文學及資料三人談〉，收入盧瑋鑾、鄭樹森主編、熊志琴編校：《淪陷時期香港文學資料選（一九四一至一九四五年）（香港：天地圖書有限公司，2017），頁2－58。

論，但是其後「和平文藝」的宣傳大幅退減，報刊都轉以刊登文藝性質的文字為主。

第二種是戴望舒、葉靈鳳、黃魯、陳君葆、靈簫生、林瀋、崆峒（楊蔚文、同是佛山人）、小生姓高（高雄、三蘇）等作家，以曲筆或避免觸及禁忌或通俗文學的方式，繼續發表作品。例如戴望舒一九四四年在《華僑日報·文藝週刊》發表的〈致螢火〉、〈贈內〉、〈墓邊口占〉等詩，以及用「達士」為筆名在《大眾週報》發表的〈廣東俗語圖解〉等作。又如靈簫生發表在《大眾週報》、《香島日報》、《香港日報》的多篇通俗小說〈橫刀奪愛〉、〈冷暖天鵝〉、〈呢喃故燕聲〉、〈啼笑人生〉等等，還有崆峒在《大眾週報》連載的武俠小說〈少林英雄秘傳〉等。

以上兩種取向是大略的分類，但日佔時期香港文學的複雜性在於還有介乎兩者之間的第三種取向，參與「和平文藝」陣營的作者或難免被批評為「附敵」，以至其作品被歸入「漢奸文學」類別，但觀乎其個別作品，實未能一概以其曾為敵偽宣傳而否定之，李志文〈鄉音〉，羅玄囿〈生命沒有花開〉等作，潛藏着壓抑、矛盾和內在的抵抗，須更仔細閱讀；李志文在一九四四年七月間發表的幾篇名為〈門外文談〉的隨筆裏，多次對周作人被片岡鐵兵在第二屆大東亞文學者大會上指斥為「反動老作家」而作出回應，在〈懷念幾個友人〉一文則提及路易士（紀弦），李志文在這兩篇文章中，均對和平文藝本身提出批評。即使戰前發表多篇提倡和平文藝的評論、曾遭抗日文藝陣營批評的娜馬，也在一九四四年間發表了多篇文壇掌故，記述戰前的「廣東文學會」，具文學史料價值。

另一方面，戴望舒因香港淪陷期間被日方邀請參加第一屆大東亞文學者大會（戴望舒最終沒有赴會）及擔任徵文比賽評判等事，戰後一度被指斥為「漢奸」，但觀其日治時期作品並無親日言論，一九九九年，一封塵封了五十多年的書信，經由學者考據證實後首次公開發表，戴望舒在信中說：「如果人家利用了我的姓名（如徵文事），我能夠登報否認嗎？……我的抵抗只能是消極的，沉默的」[2]，不單道出了戴望舒在日治時期的種種辛酸，同時也是當時不少作家的共同處境。葉靈鳳曾擔任日方所控制的《大同畫報》及《新東亞》等刊物的編務，並與戴望舒一同被日方邀請參加第一屆大東亞文學者大會（葉靈鳳亦沒有赴會），戰後亦一度被指斥，然而七〇、八〇年代以來陸續公開的資料顯示，葉靈鳳實為潛入日方之地下情報人員，一九四三年曾被日方拘補入獄，[3] 日治時期他在《新東亞》發表的〈吞旃隨筆〉，曾以蘇武在北海牧羊渴飲冰饑吞氈以示不忘漢，頗有以曲筆表達抵抗之意。

日治時期的香港文學，不單未如一般想像的完全沉寂，更具有種種複雜面向，許多作家以曲筆、典故等方式表達，作品中潛藏着壓抑、矛盾和內在的抵抗，值得我們重新閱讀，在香港文學以至抗戰文學的範疇下再細察；而另一個重要的參照點，是有關中國淪陷區文學的研究，耿德華（Edward M. Gunn)《被冷落的繆斯：中國淪陷區文學史（1937－1945）》（1980）研究了淪陷時期身處北京和上海的周作人、錢鍾書、柯靈、師陀、張愛玲、姚克等作家，也留意到香港在抗戰中的位置：「早就成為反帝作家批判對象的香港殖民地，本身的文化不彰，卻由於大批著名劇作家、詩人、作家從被日軍佔領的北京和毀於戰火的上海抵達，並為一起逃難的人民而寫作，使香港文壇頓轉蓬勃。」[4] 他指出作家滯留在日本佔領區的原因，許多都關乎生活，而不涉及對政治的忠誠與否：「很難證明，任何留在日本佔領區的作家所創作的文學作品是出於對日本軍國主義的支持，或期望在日人統治下得到政治上的好處。」[5] 由此，耿德華提出淪陷區作家處境的複雜性與其作品的關係，破除了簡化的留在淪陷區工作就等於是「漢奸」或「附敵」論調。

2　戴望舒：〈我的辯白〉，《收穫》1999 年第六期，頁 156－157。本書下文將再有詳述。

3　可參考收錄於盧瑋鑾、鄭樹森主編、熊志琴編校：《淪陷時期香港文學作品選：葉靈鳳、戴望舒合集》的羅孚〈葉靈鳳的地下工作和坐牢〉、趙克臻〈趙克臻一九八八年六月二十四日致羅孚信件〉、朱魯大〈日軍憲兵部檔案中的葉靈鳳和楊秀瓊〉等文。

4　Edward M. Gunn, *Unwelcome Muse: Chinese Literature in Shanghai and Peking, 1937-1945* (New York: Columbia University Press 1980), p. 2.

5　Ibid., p.3.

張泉《淪陷時期北京文學八年》（1994）同樣突破了既定的意識形態框架，從評介蘇聯反法西斯文學、法國等歐洲國家淪陷時期文學、海外對中國抗戰文學和淪陷區文學的評價開始，論及中國抗戰時期文學的複雜性，再以北京淪陷區文學為核心，提出對於界定漢奸文學的問題。楊佳嫻《懸崖上的花園：太平洋戰爭時期上海文學場域（1942－1945）》（2013）以布迪厄的文化場域論述切入，對太平洋戰爭時期上海的文學期刊、作家社群活動和作品之間的關係作出剖析。陳言《忽值山河改：戰時下的文化觸變與異質文化中間人的見證敘事（1931－1945）》（2016）一書透過對東北淪陷區作家梅娘、柳龍光、袁犀的生平和作品考掘，探討「異質文化中間人」的游離位置和身份認同。以上四本論著都正視淪陷時期文學的種種矛盾，不作簡化的「漢奸」或「附敵」、「落水」標籤；日治時期的香港文學為時雖只三年又八個月，作品中潛藏的壓抑、矛盾和內在抵抗，也許在中國淪陷區文學的研究中獲得參照。

作家的矛盾與內在抵抗

一九四一年十二月二十五日，香港守軍投降，日軍宣告佔領香港，開始了三年零八個月的日治時期（或稱日佔時期或淪陷時期）。日軍佔領香港初期即一九四一年十二月底至一九四二年二月底，由「軍政廳」執行主要的統治工作，屬於軍治時期；一九四二年二月二十日，日軍正式宣佈香港為日本佔領地，稍後在香港匯豐銀行大廈設立「香港佔領地總督部」，由磯谷廉介出任香港佔領地總督，便進入「民政府」時期，直至一九四五年八月十五日日本宣佈投降為止。[6]

6　有關香港日治時期的歷史，可參關禮雄：《日佔時期的香港（增訂版）》（香港：三聯書店，2015）；高添強、唐卓敏編著：《香港日佔時期：1941 年 12 月－1945 年 8 月》（香港：三聯書店，1995）及鄺智文《重光之路：日據香港與太平洋戰爭》（香港：天地圖書有限公司，2015）等等。

「香港佔領地總督部」成立後，出於「以華制華」的政策，日方組織有名望的華人成立「華民代表會」及「華民各界協議會」（簡稱「兩華會」），新聞媒體方面，親日的《香港日報》、《南華日報》、《天演日報》和《自由日報》在一九四一年十二月底就已復刊，稍後《華僑日報》和由《星島日報》改組而成的《香島日報》亦陸續出版，日治時期的文學作品主要發表在《南華日報》、《香島日報》、《香港日報》和《華僑日報》的副刊和《新東亞》、《大眾週報》、《大同畫報》、《亞洲商報》、《香島月報》等刊物上。

在這特殊時期，作家自然難以暢所欲言地寫作，一些歌功頌德和替日軍宣傳的作品如若人〈勇士頌〉、振彝〈東亞新秩序〉等新詩，當然無甚足觀，不過即使是寫過有關「和平文藝」的作者，也不無可讀之作，如李志文的〈鄉音〉：

聞說故鄉在戰鬥中
是慣常之戰鬥

雖然近來很少夢到珠江
珠江正洪流浩蕩

當他奔馳於山川叢林
當他扶着母親守望
年青的人記着我[7]

本詩寫對故鄉的懷念，也寫對戰情的看法，後者尤其值得注意。當作者提到故鄉的戰情，在第二句形容為「是慣常之戰鬥」，強調那是慣常、是一般、常見，好像沒什麼特別，在這平淡的語氣中，當中的感情亦似乎是平淡

7　李志文：〈鄉音〉，《南華日報・副刊》，1944年7月14日。

的，不過再讀第二節，當作者談到很少夢及的珠江，卻形容為「洪流浩蕩」，在這不平靜的描寫當中，看到了作者的激情。另一方面，「很少夢到」指向於忘記，結句卻以「記着」作結，在遺忘與記憶中，作者最後強調的是記憶。

綜觀李志文〈鄉音〉全詩是矛盾的並置，既平淡又激盪，既遺忘又記着，但在詩句的前後安排中，又不難領會前者只是一種語氣上的掩飾，本詩真正指向的還是珠江的「洪流浩蕩」和對「記着」的執著。另一首值得一讀的詩是羅玄囿〈生命沒有花開〉：

我的家是一片落葉，
惟有單調與悠閑的綠色。

生活永遠地如此輕盈麼？
有如雲雀飛過野澗，
掉下了的一根羽毛，
沒有聲浪沒有縱跡。

憤懣蠶食着無聊的日子
把自己當做蝸牛罷；
生命蟄伏在硬殼裏，
沒有聲浪沒有縱跡。

黑夜裏生命不會開花，
我需要光和熱，
忍耐麼——沉默，
我期待黎明！[8]

8 羅玄囿：〈生命沒有花開〉，《南華日報．副刊》，1944年7月9日。

這詩寫平靜和悠閑的生活當中，潛伏着壓抑的憤懣，調子低沉、落寞，卻又不純然如此，在第四節表達了對現況的不滿，敘述者處於「不會開花」的黑夜，而期待有「光和熱」帶來改變，強調忍耐和期待，詩句隱藏着呼喊、真正內在的憤懣，但最終的沉默歸於壓抑。正由於當中的壓抑，更凸顯作者對沉默的內在抵抗，內裏有巨大的反抗和憤怒，在無聲、落寞、消沉當中，仍見矛盾的並置和內在的抵抗。

這「內在的抵抗」可說是日佔時期香港文學的特徵之一，其表現有時見諸作品中的曲筆和典故，其中最常見也最有代表性的是有關屈原的典故，例如李志文〈三月簡娜馬〉、陳檳兵〈像一朵雲〉和羅玄囿〈端陽節〉等詩，在和平文藝陣營以外，也有葉靈鳳的散文〈鄉愁〉，都共同借用了屈原的故事以言志。

李志文〈三月簡娜馬〉寫給另一位和平文藝陣營作者娜馬，詩中首先引用尼采的「你在想望幸福？幸福算什麼，你在想望工作」作勉勵，再以「智慧之泉源斬斷了」指向勉勵的徒勞，在最後一節，屈原的典故才出現：「苦行之人正臨於汨羅江邊；／我等待靈魂之呼唱！」[9] 從詩中的我對靈魂歌唱的期待來看，屈原典故在這詩中指向內在覺醒的期待。又如陳檳兵〈像一朵雲〉中的第三節：「水流竟似三閭之哭泣／孤帆中有人擊楫而歌」，屈原曾任三閭大夫，「擊楫而歌」出自東晉名將祖逖誓言克復中原的典故，這兩個典故在詩中的運用指向懷鄉和抵抗。再有羅玄囿〈端陽節〉的末句：「歲月默默洗淨騷人的煩哀，／今日端陽節，／沒有什麼——／只看眾人腹中是汨羅江，／糉子紛紛向肚裏投去」[10]；可解作對大眾的諷刺，也可指向大眾無法付諸行動的抵抗，若從後一說法，真正指向的還是抵抗和對無法付諸行動的無奈。

李志文除了寫詩，也寫評論和散文隨筆，在一九四四年七月間發表的幾篇名為〈門外文談〉的隨筆裏，多次對周作人被片岡鐵兵在第二屆大東亞文

9　李志文：〈三月簡娜馬〉，《南華日報・前鋒》，1942 年 3 月 16 日。
10　羅玄囿：〈端陽節〉，《南華日報・副刊》，1944 年 6 月 30 日。

學者大會上指斥為「反動老作家」而作出回應，總體上他不完全認同周作人對沈啟無的態度，但又同情周作人的遭遇，立場並不一致，但他行文的重點或不在於周作人，而是針對「以外力破壞內」的人，他說：「中國知識份子勾結盟邦知識份子，連一個老頭子周作人也不放過……只是我們內部那些害群之馬，在利慾高於一切之做人方法下，把國家意識掃蕩得一絲不存，然後半借外力以破壞內而已。」[11] 環顧日佔時期的香港報刊，宣傳性的和平文藝、風花雪月式的文字或隱晦的文學作品有不少，但像李志文這樣相對尖銳的批評並不尋常。

差不多同一時期，李志文在〈懷念幾個友人〉一文先認同路易士始終置身事外，再批評寫「和平八股」的人：

> 對於一個人之了解真不容易。路易士始終望天看雲，寫煙斗和手扙，這種頑固是好的，因為這是屬於徹底精神之一。但想不到有些一邊寫和平八股的人，卻會談起文學來。這種做人的方法真是有點使我恐怖，原因是太過於意識地來做人了。[12]

李志文指路易士「始終望天看雲，寫煙斗和手扙」，認同他的頑固，並把路易士和「有些一邊寫和平八股的人」分別開，似乎暗示路易士未有參與和平文藝論調，這或可作為路易士後來在其回憶錄中強調自己沒有參與「汪派」陣營的一種參考。[13] 接着李志文形容和平文藝為「和平八股」，並批評寫「和平八股」的人，又屬另一微妙，李志文本身作為香港《南華日報》和平文藝陣營之一員，其所撰述的和平文藝理論文章，雖不及娜馬和李漢人之多，但一九四二年一至二月間亦曾連載多篇〈和平文學論〉，況娜馬早在

11　李志文：〈門外文談〉，《南華日報．副刊》，1944 年 7 月 11 日。

12　李志文：〈懷念幾個友人〉，《南華日報．副刊》，1944 年 7 月 8 日。

13　參考紀弦：《紀弦回憶錄》第一部（台北：聯合文學出版社，2001），頁 117－122 及頁 152－154。

一九四〇年亦寫過〈和平救國文藝是沒有八股的〉一文，如今李志文〈懷念幾個友人〉一文卻在《南華日報》否定和平文藝的論調，加上〈門外文談〉對「以外力破壞內」的批評，一方面可見「和平文藝」在日治時期後期的內部矛盾，另方面或如鄭樹森在〈淪陷時期香港文學及資料三人談〉所說，進入日治時期以後，汪派和平文藝已「被日人要求的『大東亞文學』取代」[14]。又或在日治時期的後期，文化宣傳的需要已減退，官方再無意着力於文化上的控制，這方面仍有待進一步的研究。

陳君葆、葉靈鳳與留港作家處境

日治時期留港作家的生活情況，本來所知不多，一九九九年《陳君葆日記》和二〇〇四年《陳君葆日記全集》的出版，為我們提供了一些珍貴資料，例如一九四四年三月，「香港佔領地總督」磯谷廉介為歡迎島田謹二與神田喜一郎兩名教授來港，宴請香港文化界，戴望舒、葉靈鳳和陳君葆都應邀出席，日記亦記載戴望舒和葉靈鳳分別多次向陳君葆約稿的事，陳君葆應稿約寫了〈圖書館事業與香港〉、〈香港文化建設的先決條件〉、〈香港文化的回顧〉等文。一九四四年七月間，陳君葆在不得已情況下參加了「新聞記者協會」，他在日記寫道：

> 葉靈鳳們組織新聞學會邀我作名譽會員，已設法推辭，今天他們開成立大會，靈鳳又寫信來約去參加並說「港督又出席，而且有午餐，」我待不去，他打電話來說「座位是排好的，缺席恐

14　盧瑋鑾、鄭樹森、熊志琴：〈淪陷時期香港文學及資料三人談〉，收入盧瑋鑾、鄭樹森主編、熊志琴編校：《淪陷時期香港文學資料選（一九四一至一九四五年）》，頁29。

不好看」，於是我只得去了，在一方面看，倒像哺餟也似的。[15]

陳君葆本想拒絕參與，也不想出席大會，但因已排好座位，而且「缺席恐不好看」，陳君葆只好出席。陳君葆續記該大會以隆重的儀式進行，出席者包括磯谷廉介、海軍司令、憲兵司令和其他官員。陳君葆在日記中寫自己不得已而參加的情況，或可反映日治時期文化人出任工作的處境。

事實上，陳君葆忍辱留港工作，原有更重大的使命。香港淪陷前，陳君葆已擔任香港大學馮平山圖書館主任，香港淪陷後，香港大學曾遭日軍劫掠，後來幸得港大校長史樂詩（Duncan Sloss）與日軍達成協定，使港大校園設施、圖書館和教職員保持現狀，陳君葆亦極力保存圖書館藏書，正如關禮雄指出：「大學圖書館和馮平山圖書館藏書，在陳君葆和其他人員護翼之下，得以全數保全，也是大學不幸中之大幸」[16]，盧瑋鑾亦提出：「因為陳君葆，香港大學的藏書才不至被霸佔成為日本人所辦圖書館藏書總部的書。」[17]

香港淪陷之後，如本書第十章「淪陷與逃亡」所述，在港文化人紛紛計劃逃亡，有的自行組隊乘船離開香港，有的經由東江縱隊護送，從水陸兩路逃亡；但也有部分作家沒有離開香港，如戴望舒、葉靈鳳、黃魯，[18] 他們都曾參與抗戰文藝工作，香港淪陷之後，戴望舒、葉靈鳳與黃魯都先後被日軍拘捕下獄。

陳君葆在一九四三年至四五年間的日記中，多次記述與戴望舒、葉靈鳳的來往，包括許多重要記述，他在一九四三年八月三十一日的日記寫道：

15 陳君葆著、謝榮滾主編：《陳君葆日記全集・卷二》（香港：商務印書館，2004），頁 262。「新聞學會」另一處記作「新聞記者協會」和「新聞協會」，見《陳君葆日記全集・卷二》，頁 272。

16 關禮雄：《日佔時期的香港（增訂版）》，頁 92。

17 盧瑋鑾、鄭樹森、熊志琴：〈淪陷時期香港文學及資料三人談〉，收入盧瑋鑾、鄭樹森主編、熊志琴編校：《淪陷時期香港文學資料選（一九四一至一九四五年）》，頁 37。

18 黃魯是廣州中國詩壇社的成員，也曾參與《中國詩壇》在港復刊的工作，著有詩集《紅河》。

> 從東亞研究所出來順路到大同去走一遭看看望舒，靈鳳已出來了，相見之下不勝感慨，他面色灰白似舉步不大健的樣子，屈指相隔已三個多月了。[19]

陳君葆在日記所述的是一九四三年葉靈鳳因從事地下情報工作而被補入獄事件，陳君葆記述葉靈鳳入獄三個多月，與趙克臻在〈趙克臻一九八八年六月二十四日致羅孚信件〉的記述一致。[20]

葉靈鳳（1905－1975），本是內地著名的小說家、散文家，抗戰爆發後到廣州參與《救亡日報》的工作，其後到了香港，一九三九年加入文協香港分會，曾主編《立報·言林》。據孫源〈追憶良師益友戴望舒〉一文所述，葉靈鳳是「日軍一開始就勒令不准離港的少數著名文人」。[21]

一九四二年八月，葉靈鳳在《新東亞》創刊號發表總題為〈吞旃隨筆〉的〈伽利略的精神〉、〈火線下的《火線下》〉、〈完璧的藏書票〉三文，總題以蘇武在北海牧羊「渴飲雪、饑吞氈」以示不忘漢的典故，暗示其本人抵抗的意向。[22] 一九四三年十月，葉靈鳳被補入獄三個月再釋放後，在上海出版的《太平》雜誌重刊〈吞旃隨筆〉；目前未知這是葉靈鳳有意重發該文，還是出於《太平》雜誌偶然的轉載，但從葉靈鳳被捕的時間來看，還是他刻意重發的可能性較大。重發一篇藏有蘇武牧羊典故的文章，已是他當時僅餘的抵抗方式。出獄後，葉靈鳳不得已地發表了若干親日文章，如〈日本真意之認識〉，但也在發表於《新東亞》、《大眾週報》和《華僑日報》等報刊的多篇散文中，如〈中國人之心〉、〈投降，賣國與光榮的和平〉及〈秋鐙

19 陳君葆著、謝榮滾主編：《陳君葆日記全集·卷二》，頁 196。

20 趙克臻：〈趙克臻一九八八年六月二十四日致羅孚信件〉，收入盧瑋鑾、鄭樹森主編、熊志琴編校：《淪陷時期香港文學作品選：葉靈鳳、戴望舒合集》（香港：天地圖書，2013），頁 319－322。有關這事件，可參考收錄在該書的羅孚：〈葉靈鳳的地下工作和坐牢〉、朱魯大：〈日軍憲兵部檔案中的葉靈鳳和楊秀瓊〉等文。

21 孫源：〈追憶良師益友戴望舒〉，《香港文學》第 67 期，1990 年 7 月 5 日。

22 參考盧瑋鑾：〈香港淪陷期間，兩種鮮為人提及的作品〉，收入黃繼持、盧瑋鑾、鄭樹森：《追跡香港文學》（香港：牛津大學出版社，1998），頁 131－138。

照顏錄〉等，流露被迫附日的矛盾，以至曲筆為之的抵抗，更見其複雜處境。又如，葉靈鳳發表在一九四四年十一月《大眾週報》的〈獨漉堂詩〉和一九四五年二月發表在《華僑日報．文藝週刊》的〈讀獨漉堂詩〉二文中，一再引述明遺民詩人陳恭尹的詩作，並提到：「但讀着陳恭尹的詩，驀然鄰家的一隻警犬、狼一樣的叫得那麼淒厲難聽，我的胸間卻始終有一股熱氣在激蕩着，我不知道這是向於他的作品的意境同我置身的世界融合了，還是我的想像走進了他的世界中」[23]，強調個人對陳恭尹詩作相契、感同身受的處境，誠如張詠梅所論：「從這段文字，顯見葉靈鳳強調自己閱讀的投入感，正來自其身世之感，覺得獨漉堂詩寫出了自己處於異族統治下的心情。」[24]

日治時期的葉靈鳳，發表了若干親日文章，如〈日本真意之認識〉及《大眾日報》的每期社論，但也在〈秋鐙夜讀抄〉、〈歲寒知松柏〉、〈吞旃讀史室劄記〉、〈讀獨漉堂詩〉等文，以典故和暗語寄託家國之思以及個人不屈的意志，後世讀者必須把文章放回歷史脈絡中去細味，以思歷史、時代、文藝與倫理之間的複雜性；事實上，葉靈鳳自覺到當中的矛盾，他在香港重光後發表的〈跌下來的葉子〉一文，提到自己寫文章有不得已而為之的時候：「寫文章，有時為了自己，有時為了別人。最痛苦的，同時也是最壞的，是自己所不想寫而又不得不寫的文章。」[25] 葉靈鳳的矛盾與抵抗，實也是日治時期香港文學的矛盾和抵抗。

戴望舒〈獄中題壁〉、〈我用殘損的手掌〉

一九四六年二月，戴望舒因香港淪陷期間留港且在日人控制的報紙擔任

23 葉靈鳳：〈讀獨漉堂詩〉，《華僑日報．文藝週刊》，1945 年 2 月 25 日。

24 張詠梅：〈「信非吾罪而棄逐兮。何日夜而忘之。」——談《華僑日報．文藝週刊》（1944.01.30－1945.12.25）葉靈鳳的作品〉，《作家》總第 37 期，2005 年 7 月。

25 靈鳳：〈跌下來的葉子〉，《華僑日報．文藝週刊》，1945 年 12 月 1 日。

編輯工作及徵文比賽委員等事，被港粵兩地一批作家指為「附敵」，並向中國全國文藝協會重慶總會檢舉，[26] 戴望舒因此作出申訴：

> 我曾經在這裏坐過七星期的地牢，挨毒打，受饑餓，受盡殘酷的苦刑（然而我並沒有供出任何一個人）。我是到垂死的時候才被保釋出來抬回家中的。⋯⋯在這個境遇之中，如果人家利用了我的姓名（如徵文事），我能夠登報否認嗎？如果敵人的爪牙要求我做一件事，而這件事又是無關國家民族的利害的（如寫小說集跋事），我能夠斷然拒絕嗎？⋯⋯我的抵抗只能是消極的，沉默的。我拒絕了參加敵人的文學者大會（當時同盟社的電訊，東京的雜誌，都已登出了香港派我出席的消息了），我兩次拒絕了組織敵人授意的香港文化協會。我所能做到的，如此而已。[27]

這信件塵封多年，從未收進戴望舒的相關選集或全集中，直至一九九九年，才由馮亦代提供，經李輝反覆查證，在《收穫》中首次公開。信中提及在獄中情況及曾被邀請參加第一屆「大東亞文學者大會」而拒絕出席的事，為研究日佔時期戴望舒在港經歷提供了前此未知的重要資料。戴望舒在信中說明自己對關鍵的問題始終不屈從，但無法拒絕所有要求，實道出了當年留港作家在不得已情況下與日人合作的情況。對於外界「想當然」式的指控，戴望舒從實際情況的兩難和複雜性提出反駁，也從側面道出附敵與否未能輕易判斷。

戴望舒被囚七星期後獲釋，原因一方面是得到葉靈鳳營救，另方面日方也想利用戴望舒在文藝界的聲望。一九四二年至四五年間，日本文學報國會

26　參考〈留港粵文藝作家為檢舉戴望舒附敵向中國全國文藝協會重慶總會建議書〉，《文藝生活》光復版第二期，1946 年 2 月 1 日。另見鄭樹森、黃繼持、盧瑋鑾編：《國共內戰時期香港文學資料選（1945－1949 年）》（香港：天地圖書，1999），頁 83－84。

27　戴望舒：〈我的辯白〉，《收穫》1999 年第六期，頁 156－157。題目為整理者即李輝所加，同期《收穫》另刊登李輝〈難以出走的雨巷 —— 關於戴望舒的辯白書〉一文。

曾舉辦三次「大東亞文學者大會」，邀請中國作家參加，華北、華中與華南淪陷區都有作家應邀赴東京出席會議，在香港的戴望舒和葉靈鳳也曾在邀請之列，作為二名香港代表；戴望舒和葉靈鳳都拒絕參加，並無出席會議，不過他們始終無法拒絕一切日方的任命或邀請，例如在淪陷期間出席佔領地總督磯谷廉介的文化聚會、擔任徵文比賽的委員等等。

一九四二年春天，戴望舒遭日軍拘禁於香港中環域多利監獄，據戴望舒一九四六年致文協港粵分會的書信，他曾被日軍拘禁七個星期，「挨毒打，受饑餓，受盡殘酷的苦刑」，然而他「沒有供出任何一個人」[28]，這也引證了端木蕻良的回憶：「望舒被傳詢，敵置黑名單於側，要彼相認。」[29] 戴望舒在獄中或出獄前後期間寫了一首詩，題為〈獄中題壁〉：

如果我死在這裏，
朋友啊，不要悲傷，
我會永遠地生存
在你們的心上。

我們之中的一個死了，
在日本佔領地的牢裏，
他懷着的深深仇恨，
你們應該永遠地記憶。

當你們回來，從泥土
掘起他傷損的肢體，
用你們勝利的歡呼

28　戴望舒：〈我的辯白〉，《收穫》1999 年第六期，頁 156－157。

29　轉引自盧瑋鑾：〈災難的里程碑 ——戴望舒在香港的日子〉，收入盧瑋鑾：《香港文縱：內地作家南來及其文化活動》（香港：華漢文化實業公司，1987），頁 188。

把他的靈魂高高揚起，

然後把他的白骨放在山峰，
曝着太陽，沐着飄風：
在那暗黑潮濕的土牢，
這曾是他唯一的美夢。[30]

詩中提到「我」，也提到「我們」、「他」和「你們」，其中「我」是詩中抒情的主體，但僅見於詩的第一節，接着戴望舒把視點放置於「他」，亦即「我們之中的一個」，是與「我」並存於同一牢獄、同一時空的另一遭拘禁者，「你們」則是作者想像中的另一時空中的人物，代表着勝利和回歸。

在詩的第三和第四節，戴望舒藉勝利者的回歸，從側面突出「他」——一個「犧牲者」的形象：「傷損的肢體」、「靈魂高高揚起」、「白骨放在山峰」、「曝着太陽，沐着飄風」，這不但是「他」的「唯一的美夢」，也象徵着一種抗戰者不屈的精神面貌。在這詩中，戴望舒一方面把希望寄託於未來，卻在詩的結束處，把未來的想像拉回目前：一個沒有「美夢」的時空，表達出一點隱伏的傷感。

陷於戰時日軍的牢獄中，戴望舒及其他遭拘禁者所受的苦難，非今天所能想像，然而戴望舒在〈獄中題壁〉一詩中沒有刻意講述以至誇張獄中的苦難來吸引一般讀者注意，而是把獄中的苦難、死亡的威脅、個人的傷感，一同歸結為一個相對於勝利者的犧牲者形象，並藉着「白骨放在山峰」等一連串由勝利者埋葬犧牲者的動作，把抗戰的不屈精神，也連同戴望舒寫〈獄中題壁〉時那特定時空中的獄中苦難、死亡威脅和個人傷感都帶向永恆。由此看來，〈獄中題壁〉一詩在情感的制約和結構簡單的詩句背後，實蘊含了豐富、遠大的意義。

30　戴望舒：《災難的歲月》（上海：星群出版社，1948〔香港文史出版社一九七五年翻印本〕），頁46－48。

〈獄中題壁〉寫於香港淪陷時期，由於當中的抗戰題旨，直至抗戰勝利後才發表，而在淪陷時期發表的則另有〈贈友〉，〈示長女〉、〈在天晴了的時候〉、〈贈內〉、〈致螢火〉、〈過舊居〉等幾首，其中〈贈友〉一詩即一九三六年發表於《新詩》的〈贈克木〉，一九四五年七月一日，戴望舒擔任戰時由日人控制的《香島日報》副刊「日曜文藝」的編輯，[31] 並在「日曜文藝」版創刊當天把〈贈克木〉改題為〈贈友〉重發。

除了於香港淪陷時期發表的詩作，戴望舒另有寫於戰時但當時未發表而在戰後才發表的〈獄中題壁〉、〈我用殘損的手掌〉、〈心願〉、〈等待（一）〉、〈等待（二）〉、〈口號〉等，大部分已收進詩集《災難的歲月》中。其中〈獄中題壁〉和〈我用殘損的手掌〉都蘊含抗戰的主題，可歸入廣義的抗戰詩，然而這兩首詩絕非常見的口號化、宣傳性的抗戰詩，而是運用詩化的語言，把個人抒情與抗戰的題旨結合，時局動盪與環境的困逼不但無損戴望舒固有風格，更在抒情與抗戰題旨兩方面都擴闊了境界。

戴望舒出獄後一度與葉靈鳳、黃魯等人合股經營書店，再先後擔任過《華僑日報》副刊「文藝週刊」、《香港日報》副刊「香港藝文」及《香島日報》副刊「日曜文藝」的編輯工作，期間也在《新東亞》、《香島月報》、《大眾周報》等刊物發表散文、翻譯和少量詩作，一九四四年在《華僑日報・文藝周刊》發表〈詩論零札〉，也曾以「白銜」為筆名在《大眾週報》發表〈幽居識小錄〉，以「達士」為筆名發表〈廣東俗語圖解〉。[32] 一九四二年七月，戴望舒寫下了另一首抗戰時期的代表作〈我用殘損的手掌〉：

> 我用殘損的手掌
> 摸索這廣大的土地；
> 這一角已變成灰燼，

31 《香島日報》副刊「日曜文藝」版由一九四五年七月一日出刊至八月二十六日為止，共出刊九期。

32 相關考證詳見盧瑋鑾：〈香港淪陷時期，兩種鮮為人提及的作品〉，收入黃繼持、盧瑋鑾、鄭樹森：《追跡香港文學》，頁 131－137。

那一角只是血和泥；
這一片湖該是我的家鄉，
（春天，堤上繁花如錦障，
嫩柳枝折斷有奇異的芬芳）
我觸到荇藻和水的微涼；
這長白山的雪峰冷到徹骨，
這黃河的水夾泥沙在指間滑出；
江南的水田，你當年新生的禾草
是那麼細，那麼軟……現在祇有蓬蒿；
嶺南的荔枝花寂寞地憔悴，
儘那邊，我蘸着南海沒有漁船的苦水……

無形的手掌掠過無限的江山，
手指沾了血和灰，手掌黏了陰暗，
祇有那遼遠的一角依然完整，
溫暖，明朗，堅固而蓬勃生春。
在那上面，我用殘損的手掌輕撫，
像戀人的柔髮，嬰孩手中乳。
我把全部的力量運在手掌
貼在上面，寄與愛和一切希望，
因為祇有那裏是太陽，是春，
將驅逐陰暗，帶來甦生，
因為祇有那裏我們不像牲口一樣活，
螻蟻一樣死……那裏，永恆的中國！[33]

33 戴望舒：《災難的歲月》，頁 49－52。〈我用殘損的手掌〉原發表於 1946 年 12 月《文藝春秋》第三卷第六期，署寫作日期為一九四二年七月三日。

寫這首詩時，戴望舒心中有一幅中國地圖：「這一角已變成灰燼，/ 那一角只是血和泥；」透過它想像中國大地不同地區在戰時的處境，那地圖當然不是具體的實物，更不是一幅普通地圖，而是有影像、會活動，更散發不同的實地氣候和觸感，且蘊含着與觀者對應的感情。從觀者的角度而言，作者一方面把這想像中的地圖劃分為淪陷區和大後方，另方面也把視野分為現實和想像。

在淪陷區和大後方，大後方當然是戰時固守陣地的希望，因此戴望舒在全詩結束時把希望寄託於後方，但在詩的前半部分，戴望舒也着力細寫淪陷區的情形，在全詩而言，淪陷區和大後方，是一組並存的想像。在現實和想像的部分，作者着力想像中國大地的不同地方，從「我觸到荇藻和水的微涼」和「這黃河的水夾泥沙在指間滑出」等詩句，作者有意突出一種如在眼前的觸感，強調想像中的景物是可以觸摸的，這是作者想像的部分，而現實的部分是，作者用以觸摸那想像中的大地的手，是一雙當下充滿損傷的手，而在遠景的想像以外，作者也描述了當下的景況。

戴望舒用「蓬蒿」、「寂寞地憔悴」、「沒有漁船的苦水」、「血和灰」、「陰暗」等形象描寫目前，除了一種傷感的氣氛，也可以見出一個當下的角度，亦即戴望舒所身處的香港的角度。〈我用殘損的手掌〉可說是從香港北望的角度，想像戰亂中的內地、因戰火而破碎的河山。

綜觀全詩，想像景觀中的淪陷區和大後方，以及視野中為現實和想像，這兩組意象實互相滲透，虛實交溶，沒有捨棄任何一方。全詩既有民族精神的發揮、抗戰士氣的激勵，復有個人情感的抒發、回憶的流連懷緬，再融合成遠景與理想的想像，在敵我分別、個人與集體相抗、意識形態對立的年代中，難得地打破了二元對立的思維模式，一反當時主流的抗戰詩口號化寫法。

戰後戴望舒一度主編《新生日報》副刊「新語」，但僅三個月，一九四六年四、五月間返回上海，一九四八年在上海出版生前最後一本詩集《災難的歲月》，收錄多首在香港寫作和發表的詩作。一九四八年夏天再來港，寄居於葉靈鳳的家，期間曾主編《星島日報》副刊「讀書與出版」，一九四九年離港赴北京工作，七月參加首屆中華全國文學藝術工作者代表大會，新中國政府成立後，戴望舒被調任國際新聞局法文科科長，一九五〇年二月二十八日在北京病逝，終年四十五歲。[34]

日治時期的香港文學有許多不同取向及矛盾，我們不能單從作家的陣營或工作地點判定他是否附敵，必須檢視作品內容，從多方面考察作家的經歷。一九九九年公開的戴望舒書信和二〇〇四年出版的《陳君葆日記全集》，都道出了當年留港作家在不得已情況下與日人合作的情況，他們的複雜處境，可與其作品互相引證。葉靈鳳〈吞旃隨筆〉、〈秋鐙照顏錄〉等文流露被迫附日的矛盾，也見曲筆為之的抵抗，兩者同樣值得細味。戴望舒〈獄中題壁〉和〈我用殘損的手掌〉兩首詩深刻寫出被佔領的創傷，因明顯的抗日主題，至戰後才得以發表。戴望舒另有一首在香港日治時期發表的詩〈偶成〉，寫出抗戰末期的心境：

> 如果生命的春天來到，
> 古舊的凝冰都嘩嘩地解凍，
> 那時我會再看見燦爛的微笑，
> 和明朗的呼喚……這些迢遙的夢！
>
> 這些好東西都決不會消失，
> 因為一切好東西都永遠永在，
> 牠們祇是像冰一樣地凝結，
> 而有一天會像花一樣重開。[35]

戴望舒的〈偶成〉發表於一九四五年五月三十一日《香港日報》「香港

34　有關戴望舒生平資料，特別其香港時期，可參考盧瑋鑾：〈戴望舒在香港〉，收入施蟄存、應國靖編：《戴望舒》（香港：三聯書店，1987），頁 269－301。

35　戴望舒：〈偶成〉，《香港日報．香港藝文》，1945 年 5 月 30 日。

藝文」版。那是戰爭的末期，詩中的「好東西」不單是戴望舒於淪陷時期的希望，也是他內在的信念，「這些好東西都決不會消失」表示其不因外力而中斷，作者相信它們仍然存在，更重要的是當那希望和信念重新活躍，並不會以強勢的勝利者姿勢出現，而是「像花一樣重開」，不保留暴力的痕跡，也不替以張揚和擾攘，始終保持它原有的美好，在平和中現出生命力。這種顯現信念的方式，相信也就是詩的方式。戰爭的硝煙散去，戴望舒他們那一輩作者的信念，仍以詩的方式永存。

第十二章

結論：板蕩時代的抒情

邊陲位置的喊話

綜合以上所述，從一九三七至三八年間，北平、天津、南京、杭州、濟南、上海、武漢、廣州等地相繼失守，抗戰文藝工作無法在原地進行，而香港由於是英國殖民地，在一九四一年十二月太平洋戰爭爆發之前，是相對穩定地區，使中國內地大量人口和資金南下，以香港為戰時蔭庇之所，而更重要的，正如到港復刊《大眾生活》的鄒韜奮說：「我們到香港不是為逃難而來的，而是為了堅持抗戰，反對投降；堅持團結，反對分裂；堅持進步，反對倒退，創辦民主報刊而繼續奮鬥的。」[1] 對於肩負時代責任的作家來說，他們播遷香港有着比個人安危更重要的考慮，就是延續抗戰文藝的工作。自一九三八年十月廣州、武漢相繼淪陷，香港成了華南地區少數得以發表抗戰言論的城市，作家南遷、成立文藝團體、復辦在內地因戰火而停歇的報刊、搬演抗日話劇、朗誦抗戰詩歌、出版抗戰刊物，使香港成為抗戰上半期，即一九三七至一九四一年十二月底期間，相當重要的抗戰文藝據點。

香港本身具既有的文學傳統，抗戰爆發前十年正值香港的「新文藝大爆炸」時期，多種期刊、報紙副刊造就出文學空間，容納不同風格創作。本地

1 轉引自張振金：《嶺南現代文學史》（廣州：廣東高等教育出版社，1989），頁 178。

作家或已來港一段時期的作家，在一九三一年的「九一八事變」後不久即引進抗戰文學意識，一九三二年刊於《新命》的志輝〈月明之夜〉、一九三三年刊於《小齒輪》的遊子〈勝利的死 —— 紀念前衛女戰士丁玲〉、拉林〈時代速寫〉以及寫於一九三六年的李六石〈救亡雜話〉等作品，皆屬香港抗戰文學的先聲，連同多種報紙文藝副刊和《紅豆》、《南風》等等文學雜誌所連繫出的作者群和讀者群，成為日後香港接續和支援抗戰文藝工作的基本。

在前一階段引進的抗戰文學意識，透過一九三六至三七年間吳華胥、李育中等人的論述而進一步昇華 —— 結合了原有意涵和他們試圖作出的調和、修訂。吳華胥〈口號之爭與創作自由〉、〈國防文學與戰爭文學〉等文以「遠處華南」的位置和觀察，引進也回應內地文壇有關「國防文學」與「民族革命戰爭的大眾文學」的「兩個口號」論爭，從獨立於論爭利害關係以外的角度，凸顯出一種香港論述：以有異於主流觀點的邊陲位置獨立聲音，向中原的文學主潮作出喊話。李育中〈抗戰文學中的浪漫主義質素〉一文指出抗戰文藝的局限，因而提出「走不同的道路」的想法，使這篇文章具有反思抗戰文藝、質疑單一聲音的意義，在認同源自中國內地的文學主潮（現實主義文藝）的同時也要「走不同的道路」，從獨立角度作出補充，可說是一篇用心良苦的評論。

地方、空間與文學社群

抗戰爆發後，香港固有的《華字日報》、《華僑日報》、《工商日報》等幾家大報在本身的文藝副刊中，增加了抗戰文藝的討論和引介，內地作家轉移至香港繼續抗戰文學工作時，所面對的實在不是一片空白的文化環境。一九三八年，原於上海出版的《申報》、《立報》、《大公報》，因應抗戰局勢而南遷香港復刊，同年《星島日報》、《中國晚報》、《星報》、《大地畫報》、《大風》、《時代批評》等報刊相繼創刊，總計從一九三七年三月至一九四一年九月間，至少有三十五種報刊在香港創辦或從外地到港復刊，另有至少十五種抗戰前已出版而在抗戰期間仍出刊的報刊，除了站在汪精衛「和平運動」立場而反對抗日的《南華日報》、《天演日報》等報刊以外，皆利用香港位置報道內地戰訊、支援抗日宣傳、刊載抗戰文藝。

在共同或至少相近的抗戰意識下，在港作家組建、聚合成不同的文學小社群，一九三六年，劉火子、李育中、杜格靈、王少陵、張任濤、張弓、羅理實、李遊子等成立「香港文藝協會」；一九三七年五月，香港中華藝術協進會（藝協）成立，成員主要是來往於廣州和香港兩地的作家，該會於一九三八年創辦附設於《大眾日報》副刊的「文化堡壘」作為機關刊物；一九三九年再有中華全國文藝界抗敵協會香港分會和中國文化協進會成立，分別代表抗戰陣營中的不同社群。文協香港分會以南來文人為主導，但亦透過徵文比賽、講習班來吸收、培育香港青年成員，一九三九年成立的文藝通訊部（簡稱「文通」）和一九四〇年由文通創辦的《文藝青年》，皆發揮團結和培育文藝青年的作用，使抗戰文學意識進一步得到在地化的承接。

其他文學小社群還有聚居或曾居於西環學士台一帶的南來作家群，包括主要來自上海的戴望舒、葉靈鳳、徐遲、馮亦代、袁水拍、張光宇、張正宇、葉淺予、穆時英、杜衡、施蟄存、路易士等等作家和畫家。一九三九至四一年間，學士台一帶是文化人聚集的一個「熱點」，多少文藝活動的籌措、興辦刊物的計劃，以至文學思想的激盪，皆由此而迸發；當中堪稱典範的衍生物，可說是由郁風、葉靈鳳、徐遲、馮亦代、葉淺予、張光宇、黃苗子、丁聰等等作家和畫家在學士台的聚會間蘊釀討論，再相約在中環閣仔茶室與夏衍會面，徵得夏衍的同意及以抗戰宣傳為依歸的指示，最後在一九四〇年四月創刊的《耕耘》。

香港的「地方」和「空間」在締結社群上具不可忽視的作用，除了學士台，其他參與締造文學小社群的地方還有皇后大道附近的藍鳥咖啡店、位於告羅士打行的聰明人咖啡座、中華百貨公司的閣仔茶室，都是當時文化人經常聚集、閒聊的所在，甚至香港最重要的金融經濟地標——中環滙豐銀行大廈，也發揮它從未想到的作用：促成了三位「白領階級」詩人結盟。一九三九年間，徐遲、袁水拍、馮亦代三人剛巧同時在滙豐銀行大廈的不同樓層上班，徐遲在滙豐銀行大廈四樓的「陶記公司」（實際上為國民政府財政部駐香港辦事處）上班，袁水拍在五樓的中國銀行信託部上班，馮亦代在七樓的中央信託局上班，這三位各於滙豐銀行大廈不同樓層上班的文友，幾乎每天聚首，自稱「三騎士」，有時下班後一起到擺花街逛書店，有時到中環一帶常有文友聚集的幾家咖啡店延續未盡話題。就在上文提及的閣仔茶室，徐遲經葉靈鳳介紹結識了喬冠華（喬木），馮亦代則在聰明人咖啡座首次與喬冠華會面，徐遲和馮亦代均對喬冠華十分折服，他們後來分別加入了由喬冠華所組織的秘密讀書會，之後才知袁水拍原已比他們早一步加入了。據馮亦代憶述，該讀書會「是一個由黨員和進步人士參加的組織」[2]，每星期集會一次，活動包括上課聽講及集體討論，參加者包括馮亦代、袁水拍、沈鏞、張宗祜、時宜新、盛舜等等，該讀書會後來再由「業餘聯誼社」及其他組織成立不同的分支，馮亦代指：「業餘聯誼社事實上是黨在香港領導青年工作的組織」[3]；而這股潛流力量，實際上在抗戰時期的香港發揮了籌募抗戰捐款、組織演劇、時局討論以及青年思想指導等等靜態的支援作用，近乎無聲無息，也容易被忽略、遺忘。

時代與思想的轉折

無論對於本地作家或南來作家，抗戰時期在香港的經歷，對很多人來說都是一次重要的人生轉折，徐遲在香港領受左翼思想的洗禮，從現代派文學走往現實主義的道路，他以一九四〇年一月十一日為他的覺醒日。徐遲當然視自己的思想轉折為一次重大覺醒，卻教當時的現代派同路人大惑不解，路易士（紀弦）指出：「有一件事令人感到遺憾，那便是我的好友徐遲，竟被左翼詩人馬凡陀（即袁水拍）拐走了 —— 他居然在上下班時坐在公共汽車

2　馮亦代：〈我的文藝學徒生涯〉，《新文學史料》1996 年第 1 期，1996 年 2 月。
3　同上註。

上大唷其《資本論》而不已。」[4] 被徐遲視為導師的喬冠華，他固然早有傾向進步的左翼思想，但也是到香港以後，才正式在一九三九年十二月加入了共產黨，他說：「這件事在我的政治生活中是一個轉折，是個關鍵。」[5]

其他例子還有曾擔任「文通」導師的黃文俞，經由中共在港組織多次接觸和談話，終在一九四一年六月二日舉行宣誓儀式，加入共產黨。[6]「文通」是文協香港分會成立的青年組織，旨在吸收青年成員推行抗戰文藝工作，但中共也派員參與或滲透文通的內部組織，成立黨小組和黨支部，「負責『文通』的政治思想和組織領導工作」[7]。參加文通時年僅十七八歲的楊奇，透過其他文通成員，在一九四一年三月十二日宣誓加入共產黨。[8] 楊奇是文通機關刊物《文藝青年》的創辦人之一，一九四一年四月二日他險遭香港當局拘捕，很快由在港中共組織安排，潛赴中國內地加入東江游擊隊，戰後任廣州《南方日報》副社長、《羊城晚報》總編輯以及香港《大公報》社長等職。

對不同的政治黨派來說，一九四一年一月的「皖南事變」是另一種轉折，促使不同政治黨派加強在港的文化工作。一九四一年四月八日，在港的中共組織以「灰皮紅心」的形式創立《華商報》，同年五月鄒韜奮復辦《大眾生活》，九月十八日創刊的《光明報》是一九四一年成立的中國民主政團同盟（一九四四年後改稱中國民主同盟）的機關報。由於遭受國民政府的禁制，《大眾生活》不能正常行銷內地，但仍透過郵寄、油印複製的辦法流通。《光明報》以及鄒韜奮一九三六年在港出版的《生活日報》和一九四一年復刊的《大眾生活》，都代表國共兩黨以外的文化力量，以香港為突破言論禁制的窗口，成為國、共兩黨以外另一股文化力量。一九三七至一九四一

4 紀弦：《紀弦回憶錄（第一部）》（台北：聯合文學出版社，2001），頁116。

5 喬冠華、章含之：《那隨風飄去的歲月》（上海：學林出版社，1997），頁150。

6 參考袁小倫：《粵港抗戰文化史論稿》（廣州：廣東人民出版社，2005），頁153。

7 文通學社：〈「文通」簡史〉，收入文通學社編：《歷史的軌跡——中華全國文藝界抗敵協會香港分會文藝通訊部、香港青年文藝研究社、香港秋風歌詠團紀念文集》（廣州：廣東人民出版社，1987），頁3。有關文通，詳見本書第五章「文藝青年大召集」。

8 參考陳敬堂：《香港抗戰英雄譜》（香港：中華書局，2014），頁223。

年十二月期間，香港的《大公報》、《星島日報》、《大光報》、《循環日報》、《工商日報》、《申報》、《星報》、《大眾報》、《珠江日報》、《立報》等多種報刊，七天內便運抵桂林，而大後方的報刊，也由桂林轉往香港，再轉運上海等淪陷區；[9] 抗戰時期的香港成為戰時報刊的中轉站，許多抗戰消息、情報和相關的文藝作品和宣傳文字，都藉由香港報刊登載，經桂林轉往中國內地，由此而突破了日軍的封鎖。

一九四一年刊於港版《中國詩壇·號外》的馬蔭隱〈檢討與願望〉一文，記錄了香港讀者對抗戰詩的反應，馬蔭隱指出香港讀者不認同口號化的抗戰詩，不滿足於浮誇、簡陋的筆法，因為香港讀者的思想水平已有所進步。《大地畫報》主編馬國亮亦提到當時讀者思想水平的進步：「那時的廣大讀者是學生、店員和有些文化修養的工人。都在渴求知識，渴求了解抗戰進展情況，抱着更高層次的理想，吸收和充實自己。」[10] 因應時代憂患，抗戰時期的香港作者和讀者都提高了思想水平，在當中有所超越，他們共同地成就了時代，也成就了自己。

憂時傷國的情志

戰爭及時局的變化，招聚不同傾向的作家來到香港，與本土作家或已居港一段時期的作家共同參與抗戰文學的主題，分別以創作、辦刊物、引進概念、延伸討論的方式參與也演化抗戰主題，不論其本身的陣營或思想傾向，他們多少都呼應了「抗日民族統一戰線」那為着抗戰而團結不同黨派的理念，當中不為了「政治正確」或單純地配合主流路線，不為資本市場利益或政治服務而存在，而是以集體國族意識內化於個人情志的方式——一種憂時傷國的情志而貫徹。

9 參考蔡定國、楊益群、李建平：《桂林抗戰文學史》（南寧：廣西教育出版社，1994），頁 14。
10 馬國亮：《浮想縱橫》（香港：開益出版社，1996），頁 283。

對不同作家來說，香港是一個有所限制，有所缺欠卻又充滿可能性的城市，它具有反抗和革命的思想傳統，也有幾乎與生俱來的、自開埠即已成形的商貿生活及其所附帶的軟性文化；生活其間的作家覺察也逐漸理解當中的種種矛盾，卻也可能不太能夠接受香港的多面性，正如李育中所寫：「街外不知何處又再飄來一段《義勇軍進行曲》，是孩子們的聲音，而播音機卻於同一時間裏播送着《昭君畫眉》之類的東西」[11]；但是否正是容納和播放「《昭君畫眉》之類」的空間，使《義勇軍進行曲》得以突破其在原有空間受到的禁制並以另一形式延續、承接？關鍵不在於是否簡單地把二者並存甚至視為善惡對立，而是如何理解二者共同營造的文化現實。香港的生產、運作商貿的條件，同時促使報刊建立獨立評論傳統，逐漸構成香港的公共論述、公共媒介的作用，容納被外地禁制的言論，以至透過轉口報刊到其他城市而突破特定時空的文化封鎖。

一九四一年十二月八日，太平洋戰爭爆發，日軍突襲珍珠港，向英美宣戰同時，也派戰機轟炸香港以及東南亞英美殖民地，十二月八日及九日連續兩天空襲香港及九龍市區多處，造成大量人命傷亡和建築物破壞，正式開啟香港守軍的攻防戰，苦戰兩星期最後失陷，十二月二十五日聖誕節香港守軍投降，開始了「三年零八個月」的淪陷時期。香港淪陷之後，抗日言論自然完全被禁，許多刊物都停刊，不過一九四二至四五年間，仍有《南華日報》、《香島日報》、《香港日報》、《華僑日報》、《東亞晚報》以及《新東亞》、《大同畫報》等刊物可以出版，裏面固然仍有汪派陣營文人繼續發表「和平文藝」理論甚至歌頌「大東亞共榮」之劣作，但亦有不屬於汪派陣營的作家，在「和平文藝」以外的可能範圍中，以曲筆或避免觸及禁忌的方式，繼續發表創作。日治時期的香港文學，常予人一片空白的印象，但實際上仍有若干空間，只是戰後相關史料隨時局變化而湮沒。

日治時期的香港，作家處於艱險混亂之局勢中，有許多不由自主之事，

11　李育中：〈四月的香港〉，《文藝陣地》一卷四期，1938 年 6 月。

戴望舒和葉靈鳳雖然擔任由日人控制下的報刊編輯，戰後一度受到指摘，但及後有不少資料和研究顯示，二人實在沒有背棄應有之義。[12] 葉靈鳳、戴望舒、陳君葆、李志文等作家以曲筆典故和暗語寄託家國之思以及個人不屈的意志，後世讀者必須把其作品放回歷史脈絡中去細味，以思歷史、時代、文藝與倫理之間的複雜性。葉靈鳳、戴望舒、陳君葆、李志文等作家的矛盾與抵抗，實也是日治時期香港文學的矛盾和抵抗。

香港的陷落，象徵一個時代的終結，事實上一九四一年正值香港開埠百年，二月間有多種官方舉行的慶祝活動，民間亦有零星的不同角度記述或回顧；不意十個月後，香港即告陷落，更加重時人的憂患滄桑之感，進而造就一種歷史意識的反思。一九四二年，古卓崙撰寫長詩〈香江曲〉，記述香港由開埠建設至淪陷時期的百年社會轉變，既指出「百年慘澹費經營」的繁華得來不易，也深思「茫茫人海分夷夏」的矛盾；既寫本地不同階層人士的都市生活，也寫及內地文人避居香港，以「立館授徒勉治生，變夷用夏時關意」肯定他們的文化貢獻，當中最重要在於古卓崙提出「變夷用夏」這觀念。在〈香江曲〉上半部分，古卓崙從正面肯定的角度回顧香港百年歷史，即使那是一種殖民地歷史，但那慘澹經營出的繁華，無論是商貿或文化，實質上由民間自發創建者甚多，古卓崙由香港民間出發的歷史觀照態度，不從簡化辨分夷夏的國族主義而論，可說表達了一種基於香港實際情況的本土歷史觀。

一九四五年八月十五日，日本投降，抗戰勝利，香港重光，古卓崙再撰〈後香江曲〉，回首戰時歲月，分別從「軍鈔濫發」、「苛政淫威」、「殺機偏佈」、「民生窘窮」、「商廛冷落」等狀況，作出全面記述，也提出批評和諷刺。正如詩歌的結尾提出「我效詞人詩作史，紀將前事續吟聲」，古卓崙自覺地以詩作史，〈香江曲〉及〈後香江曲〉皆提出一種歷史觀，在苦難中回

12　可參考戴望舒：〈我的辯白〉、羅孚：〈葉靈鳳的地下工作和坐牢〉、趙克臻：〈趙克臻一九八八年六月二十四日致羅孚信件〉、朱魯大：〈日軍憲兵部檔案中的葉靈鳳和楊秀瓊〉等文，收錄於盧瑋鑾、鄭樹森主編、熊志琴編校：《淪陷時期香港文學作品選：葉靈鳳、戴望舒合集》（香港：天地圖書，2013）。

顧而點出「香江」的可珍惜處，談到戰爭時局批評，不從國族主義而論，但標示真偽和是非之辨，使其成為一種更有流傳價值的香港角度詩史。

抗戰時期的香港與文學，在人物、刊物、理念、空間四個基本因素上，構成從未出現過的文化面貌，不同作家為共同或至少近似的抗戰文藝理念工作，極力呼應、承接被戰火中斷的文化，也嘗試在當中有所轉化、有所創造，他們承接時代之聲，也超越了自己，同時造就了一九三七至一九四五年間散發特殊氛圍的香港，以及文學：一種憂時傷國的、在板蕩時局中的抒情。

主要參考文獻

一、原始文獻・專書

田漢、洪深、夏衍：《風雨歸舟》，桂林：戲劇春秋月刊社，1942。

茅盾：《脱險雜記》，北京：中國社會科學出版社，1980。

周揚：《周揚文集（一）》，北京：人民文學出版社，1984。

柳亞子：《柳亞子詩詞選》，北京：人民文學出版社，1981。

柳亞子：《柳亞子文集・磨劍室詩詞集》，上海：上海人民出版社，1985。

柳無忌、柳無非編：《柳亞子文集——自傳・年譜・日記》，上海：上海人民出版社，1986。

侶倫：《無名草》，香港：星榮出版社，1950。

袁水拍：《人民》，香港：新詩社，1940。

陳孝威編：《太平洋鼓吹集》，台北：國防研究院，1965。

陳孝威編輯：《泰寧去思圖題詠集》，香港：天文台報社，1968。

陳君葆：《陳君葆日記全集・卷二》，香港：商務印書館，2004。

陳居霖：《藥園詩選》，香港：現代中醫藥學院，1967。

望雲：《人海淚痕》，香港：南天出版社，1940。

黃偉伯：《負暄山館十五省紀遊詩鈔》，香港：仁記印務館，1954。

舒巷城：《艱苦的行程》，香港：花千樹出版有限公司，1999。
薩空了：《香港淪陷日記》，北京：三聯書店，1985。
戴望舒：《災難的歲月》，上海：星群出版社，1948。〔香港文史出版社一九七五年翻印本〕
鷗外鷗：《鷗外鷗之詩》，廣州：花城出版社，1985。

二、原始文獻．單篇作品

〈本港議創新例〉，《遐邇貫珍》第四號，1853 年 11 月。
〈西興括論〉，《遐邇貫珍》第壹號，1853 年 8 月。
〈事實雖失敗正氣則長存。羅文錦代表我華人請命。提議取銷檢查竟慘遭否決〉，《工商日報》「本埠新聞」版，1936 年 8 月 27 日。
〈近日雜報〉，《遐邇貫珍》第叁號，1853 年 10 月。
〈香港紀略〉，《遐邇貫珍》第壹號，1853 年 8 月。
〈彭耀芬將被解出境〉，《華商報》，1941 年 5 月 20 日。
〈華民政務司函覆華人代表〉，《工商日報》「本埠新聞」版，1936 年 10 月 3 日。
〈蓮社徵集香江竹枝詞〉，《華字日報》，1925 年 1 月 16 日。
O.K：〈香港詩歌工作者初次座談會剪影〉，《大眾日報．文化堡壘》，1938 年 7 月 20 日。
了了（薩空了）：〈建立新文化中心〉，《立報．小茶館》，1938 年 4 月 2 日。
川口浩原著、沈端先譯：〈報告文學論〉，《北斗》第二卷第一期，1932 年 1 月。
王烙：〈關於「詩」的二三事〉，《立報．言林》，1939 年 6 月 13 日。
王訪秋：〈文藝零感之一：國防文學〉，《朝野公論》第六期，1936 年 9 月。
王韜：〈論日報漸行於中土〉，收入王韜：《弢園文錄外編》（北京：中華書局，1959），頁 205－207。
古卓崙：〈後香江曲〉，收入程中山編：《香港文學大系 1919－1949．舊體文學卷》（香港：商務印書館，2014），頁 325－328。
古卓崙：〈香江曲〉，收入程中山編：《香港文學大系 1919－1949．舊體文學卷》（香港：商務印書館，2014），頁 322－325。
田漢：〈再會吧，香港！〉，收入《田漢全集》第十一卷（石家莊：花山文藝出版社，2000），頁 340－342。
田漢：〈序《愁城記》〉，收入《田漢全集》第十三卷（石家莊：花山文藝出版社，2000），頁 557－569。
田漢：〈新中國劇社的苦鬥與西南劇運〉，收入《田漢全集》第十五卷（石家莊：花山文藝出版社，2000），頁 515－550。
艾青：〈抗戰以來的中國新詩〉，《中蘇文化》第九卷第一期，1941 年 7 月。
艾思奇：〈新的形勢和文學的任務〉，收入《中國新文學大系 1927－1937．文學理論集二》

（上海：上海文藝出版社，1987），頁 787－793。
何禹笙原著．何惠貽錄刊：〈四六駢文之概要〉，《小說星期刊》第二年第一期，1925 年。
何曼叔：〈赴元朗訪玉汝，值南頭避難人士群擁車站〉，收入程中山編：《香港文學大系 1919－1949．舊體文學卷》（香港：商務印書館，2014），頁 290。
志輝：〈月明之夜〉，《新命》第 1 期，1932 年 1 月。
李六石：〈救亡雜話〉，《南風》出世號（第一期），1937 年 3 月。
李志文：〈三月簡娜馬〉，《南華日報．前鋒》，1942 年 3 月 16 日。
李志文：〈門外文談〉，《南華日報．副刊》，1944 年 7 月 11 日。
李志文：〈鄉音〉，《南華日報．副刊》，1944 年 7 月 14 日。
李志文：〈懷念幾個友人〉，《南華日報．副刊》，1944 年 7 月 8 日。
李育中：〈抗戰文學中的浪漫主義質素〉，《華僑日報．文藝》，1938 年 3 月 19 日、26 日。
李育中：〈湖〉，《星島日報．星座》，1939 年 7 月 14 日。
李育中：〈論近代的報告文學〉，《南風》出世號（第一期），1937 年 3 月。
李育中：〈論戰時文藝的形態〉，《華僑日報．文藝》，1937 年 8 月 21 日。
李殊倫：〈香港的戲劇藝術〉，《劇場藝術》第九期，1939 年 7 月。
李漢人：〈和平文藝之新啟蒙意義〉，《南華日報．一週文藝》，1940 年 7 月 13 日。
貝茜：〈香港新文壇的演進與展望〉，《工商日報．文藝週刊》，1936 年 8 月 18 日至 9 月 15 日。
亞子（柳亞子）：〈九日渡海有作〉，《華商報．燈塔》，1941 年 12 月 11 日。
周鋼鳴：〈民族危機與國防戲劇〉，《生活知識》第一卷第十期，1936 年 2 月。
拉特：〈關於「真正文學的詩」〉《大公報．文藝》，1939 年 6 月 27 日。
胡好：〈創刊詞〉，《星島週報》創刊號，1939 年 5 月 14 日。
胡風：〈人民大眾向文學要求什麼？〉，收入《胡風評論集（上）》（北京：人民文學出版社，1984），頁 374－376。
茅盾：〈關於引起糾紛的兩個口號〉，收入《中國新文學大系 1927－1937．文學理論集二》（上海：上海文藝出版社，1987），頁 820－824。
孫毓棠：〈談抗戰詩〉，《大公報．文藝》，1939 年 6 月 14－15 日。
徐遲：〈太平洋序詩 —— 動員起來，香港！〉，《星島日報．戰時生活》，1941 年 12 月 10 日。
徐遲：〈光明和黑暗的戰爭〉，《華商報．燈塔》，1941 年 6 月 29 日。
徐遲：〈抒情的放逐〉，《星島日報．星座》，1939 年 5 月 13 日。
徐遲：〈無我〉，《耕耘》第 1 期，1940 年 3 月。
徐遲：〈詩與紀錄〉，《文藝青年》創刊號，1940 年 9 月 16 日。
殊倫：〈談香港戲劇運動的新方向〉，《立報．言林》，1940 年 6 月 7 日。
袁水拍：〈詩朗誦 —— 記徐遲「最強音」的朗誦〉，《星島日報．星座》，1940 年 3 月 22 日。
馬小進：〈三十年前香江知見錄．岑春萱嚴禁港報進口札文〉，《工商日報．市聲》，1936 年

10 月 12 日。
馬蔭隱：〈檢討與願望〉，《中國詩壇・號外》第三次（號外第三期），1941 年 4 月 10 日。
張吻冰、江河等等：〈香港中國電影筆會宣言〉，《藝林半月刊》第 67 期，1940 年 2 月。
張吻冰：〈我的氣壯山河〉，《華字晚報・新藝壇》，1938 年 1 月 8 日。
梁彥明：〈香江晚望〉，《國民日報・新壘》，1940 年 9 月 16 日。
淵魚：〈保衛這寶石！〉，《華商報・燈塔》，1941 年 12 月 12 日。
陳殘雲：〈抒情的時代性〉，《文藝陣地》四卷二期，1939 年 11 月。
陳殘雲：〈海濱散曲〉，陳殘雲：《陳殘雲文集》第七卷（天津：百花文藝出版社，1994），頁 35－42。
陳殘雲：〈烽火下的抒情詩〉，《文藝陣地》二卷十期，1939 年 3 月。
陸丹林：〈續談香港〉，《宇宙風（乙刊）》第十一期，1939 年 8 月。
陸丹林：〈在香港辦刊物〉，《黃河》第三期，1940 年 4 月。
陸浮：〈我們的號角〉，《申報・電影與戲劇》，1938 年 12 月 11 日。
彭耀芬：〈燈下散詩〉，《國民日報・青年作家》，1940 年 7 月 30 日。
彭耀芬：〈勞者之歌〉，《文藝青年》第五期、第六期，1940 年 11 月 16 日，12 月 1 日。
彭耀芬：〈給工人群 —— 給殖民地下的一群之二〉，《文藝青年》第十、十一期合刊，1941 年 2 月 16 日。
彭耀芬：〈新詩片論〉，《文藝青年》第九期，1941 年 1 月 16 日。
曾昭森：〈兒童戲劇運動在香港的意義〉，《資治月刊》，1941 年 1 月 5 日。
曾昭森：〈復刊詞〉，《新兒童》第二卷第一期，1942 年 10 月。
華秋：〈國防文學與通俗讀物〉，《工商日報・文藝週刊》，1937 年 2 月 23 日。
華胥：〈國防文學與戰爭文學〉，《工商日報・文藝週刊》，1936 年 5 月 12 日。
華胥：〈口號之爭與創作自由〉，《工商日報・文藝週刊》，1936 年 10 月 6 日。
馮延：〈南海的一角〉，《文藝陣地》第五卷第一期，1940 年 7 月 16 日。
馮勉之：〈香港的戲劇〉，《戲劇時代》第一卷第二期，1937 年 6 月。
黃偉伯：〈碩果詩社第一集序〉，收入程中山編：《香港文學大系 1919－1949・舊體文學卷》（香港：商務印書館，2014），頁 342－343。
塞綺明：〈和平文藝的反戰文學〉，《南華日報・半週文藝》，1940 年 11 月 7 日。
楊剛：〈反新式風花雪月 —— 對香港文藝青年的一個挑戰〉，《文藝青年》第二期，1940 年 10 月。
楊鐵夫：〈秋思耗〉，收入程中山編：《香港文學大系 1919－1949・舊體文學卷》（香港：商務印書館，2014），頁 234。
葉靈鳳：〈讀獨漉堂詩〉，《華僑日報・文藝週刊》，1945 年 2 月 25 日。
遊子：〈勝利的死 —— 紀念前衛女戰士丁玲〉，《小齒輪》創刊號，1933 年 10 月 15 日。
遊子：〈論國防戲劇〉，《工商日報・文藝週刊》，1936 年 9 月 15 日。
劉火子：〈公路〉，《星島日報・星座》，1939 年 7 月 2 日。

劉火子：〈紅香爐的百年祭〉，收入劉麗北主編：《奮起者之歌：劉火子詩文選》（上海：東方出版中心，2011），頁 173－209。
蕭天：〈香港文藝縱橫談〉，《現代文藝》第二卷第二期，1940 年 11 月。
戴望舒：〈關於國防詩歌〉，《新中華雜誌》第五卷第七期，1937 年 4 月。
戴望舒：〈偶成〉，《香港日報．香港藝文》，1945 年 5 月 30 日。
戴望舒：〈十年前的星島和星座〉，《星島日報．星座》，1948 年 8 月 1 日。
戴望舒：〈我的辯白〉，《收穫》1999 年第六期，頁 156－157。
戴望舒：〈致艾青（一九三九年）〉，收入王文彬、金石主編：《戴望舒全集．散文卷》（北京：中國青年出版社，1999），頁 252。
簡又文：〈香港的文藝界〉，《抗戰文藝》第四卷第一期，1939 年 4 月 10 日。
薩空了：〈關於光明報的回憶〉，《光明報》新一號，1946 年 9 月 18 日。
羅五洲：〈序〉，《文學研究錄》第八期，1922 年 7 月。
羅玄囿：〈端陽節〉，《南華日報．副刊》，1944 年 6 月 30 日。
羅玄囿：〈生命沒有花開〉，《南華日報．副刊》，1944 年 7 月 9 日。
羅澧銘：〈新舊文學之研究和批評〉，《小說星期刊》第六期，1924 年。
靈鳳：〈跌下來的菓子〉，《華僑日報．文藝週刊》，1945 年 12 月 1 日。

三、參考文獻．專書

Edward M. Gunn, *Unwelcome muse : Chinese literature in Shanghai and Peking, 1937-1945* New York : Columbia University Press, 1980.
文通學社編：《歷史的軌跡 —— 中華全國文藝界抗敵協會香港分會文藝通訊部、香港青年文藝研究社、香港秋風歌詠團紀念文集》，廣州：廣東人民出版社，1987。
方美賢：《香港早期教育發展史》，香港：中國學社，1975。
方寬烈：《香港文壇往事》，香港：香港文學研究社，2010。
王文英主編：《上海現代文學史》，上海：上海人民出版社，1999。
王新命：《新聞圈裏四十年（下）》，台北：龍文出版社股份有限公司，1993。
王齊樂：《香港中文教育發展史》，香港：三聯書店，1996。
生活書店史稿編輯委員會編：《生活書店史稿》，北京：生活．讀書．新知三聯書店，1995。
何小林主編：《東江縱隊志》，北京：解放軍出版社，2003。
余慕雲：《香港電影史話．第二卷》，香港：次文化堂，1997。
余慕雲：《香港電影史話．第三卷》，香港：次文化堂，1998。
吳康民編：《吳華胥紀念文集》，香港：萬里書店，1992。
李谷城：《香港報業百年滄桑》，香港：明報出版社有限公司，2000。
李家園：《香港報業雜談》，香港：三聯書店，1989。

杜雲之：《中國電影史（第二冊）》，台北：臺灣商務印書館，1972。
肖效欽、鍾興錦主編：《抗日戰爭文化史》，北京：中共黨史出版社，1992。
周承人、李以莊：《早期香港電影史 1897－1945》，香港：三聯書店，2005。
周蜜蜜主編：《香江兒夢話百年：香港兒童文學探源（二十至五十年代）》，香港：明報出版社有限公司，1996。
和久田幸助：《日本占領下香港で何をしたか》，東京：岩波書店，1991。
林友蘭：《香港報業發展史》，台北：世界書局，1977。
邱淑婷：《港日影人口述歷史：化敵為友》，香港：香港大學出版社，2012。
侶倫：《向水屋筆語》，香港：三聯書店，1985。
南方局黨史資料徵集小組編：《南方局黨史資料．文化工作》，重慶：重慶出版社，1990。
柳無忌編：《柳亞子年譜》，北京：中國社會科學出版社，1983。
紀弦：《紀弦回憶錄（第一部）》，台北：聯合文學出版社，2001。
胡從經編：《歷史的跫音》，香港：朝花出版社，1997。
茅盾：《我走過的道路（下冊）》，香港：三聯書店，1988。
郁風：《急轉的陀螺》，香港：三聯書店，1987。
郁風：《時間的切片》，石家莊：河北教育出版社，1997。
夏衍：《懶尋舊夢錄》，北京：三聯書店，1995。
孫玉石：《中國現代主義詩潮史論》，北京：北京大學出版社，1999。
徐遲：《網思想的小魚》，武漢：湖北人民出版社，1997。
徐遲：《我的文學生涯》，天津：百花文藝出版社，2006。
徐鑄成：《徐鑄成回憶錄》，北京：三聯書店，1998。
秦孝儀等編：《中華民國重要史料初編 —— 對日抗戰時期．第六編　傀儡組織（三）》，台北：中國國民黨中央委員會黨史委員會，1981。
袁小倫：《粵港抗戰文化史論稿》，廣州：廣東人民出版社，2005。
馬仲揚、蘇克塵：《鄒韜奮傳記》，重慶：重慶出版社，1997。
馬國亮：《浮想縱橫》，香港：開益出版社，1996。
高馬可（John M. Carroll）著、林立偉譯：《香港簡史 —— 從殖民地至特別行政區》，香港：中華書局，2013。
高添強：《香港戰地指南》，香港：三聯書店，1995。
高嘉謙：《遺民、疆界與現代性：漢詩的南方離散與抒情（1895－1945）》，台北：聯經出版事業股份有限公司，2016。
張大年編：《香港開埠前後的詩史 —— 香港詩歌選》，香港：飲水書室，1997。
張振金：《嶺南現代文學史》，廣州：廣東高等教育出版社，1989。
曹克安：《家居香港九十年》，香港：星島有限公司，1986。
連民安編著：《創刊號（1940's－1980's）》，香港：明報周刊，2012。

陳方正編輯、校訂：《陳克文日記：1937－1952（上冊）》，台北：中央研究院近代史研究所，2012。
陳青生：《抗戰時期的上海文學》，上海：上海人民出版社，1995。
陳國球：《抒情中國論》，香港：三聯書店，2013。
陳順馨：《社會主義現實主義理論在中國的接受與轉換》，合肥：安徽教育出版社，2000。
陳敬堂：《香港抗戰英雄譜》，香港：中華書局，2014。
陳瑞璋：《東江縱隊：抗戰前後的香港游擊隊》，香港：香港大學出版社，2012。
陳錦波：《抗戰期間香港的劇運》，香港：萬有圖書公司，1981。
陳謙：《香港舊事見聞錄》，香港：中原出版社，1987。
陶百川：《困勉强狷八十年》，台北：東大圖書公司，1984。
陶希聖：《潮流與點滴》，台北：傳記文學出版社，1964。
黄秋耘、夏衍、廖沫沙等：《秘密大營救》，北京：解放軍出版社，1986。
喬冠華、章含之：《那隨風飄去的歲月》，上海：學林出版社，1997。
程中山編：《香港竹枝詞初編》，香港：匯智出版有限公司，2010。
華平、黃亞平編著：《金仲華年譜》，上海：上海孫中山故居、宋慶齡故居和陵園管理委員會，1994。
馮亦代：《龍套集》，北京：三聯書店，1984。
馮自由：《革命逸史．上》，北京：新星出版社，2009。
黃坤堯：《香港詩詞論稿》，香港：當代文藝出版社，2004。
黃繼持、盧瑋鑾、鄭樹森：《追跡香港文學》，香港：牛津大學出版社，1998。
楊國雄：《舊書刊中的香港身世》，香港：三聯書店，2014。
楊華日：《鍾榮光先生傳》，香港：嶺南大學香港同學會，1967。
劉心皇：《抗戰時期淪陷區文學史》，台北：成文出版社，1980。
廣州、香港中國新聞學院校友會籌備會編：《歷史．話舊．懷念 —— 中國新聞學院紀念文集》，香港：三聯書店〔發行〕，1984。
蔡定國、楊益群、李建平：《桂林抗戰文學史》，南寧：廣西教育出版社，1994。
蔣天樞：《陳寅恪先生編年事輯》，上海：上海古籍出版社，1981。
鄧開頌、陸曉敏主編：《粵港關係史》，香港：麒麟書業有限公司，1997。
鄭煒明：《澳門文學史》，濟南：齊魯書社，2012。
盧瑋鑾、黃繼持編：《茅盾香港文輯 1938－1941》，香港：廣角鏡出版社有限公司，1984。
盧瑋鑾、鄭樹森主編、熊志琴編校：《淪陷時期香港文學作品選：葉靈鳳、戴望舒合集》，香港：天地圖書，2013。
盧瑋鑾、鄭樹森主編、熊志琴編校：《淪陷時期香港文學資料選（一九四一至一九四五年）》，香港：天地圖書有限公司，2017。
盧瑋鑾：《香港文縱：內地作家南來及其文化活動》，香港：華漢文化實業公司，1987。

蕭乾：《一本褪色的相冊》，香港：三聯書店，1981。
謝永光：《香港抗日風雲錄》，香港：天地圖書有限公司，1995。
藍海：《中國抗戰文藝史》，上海：現代出版社，1947。
羅卡、法蘭賓、鄺耀輝編著：《從戲台到講台：早期香港戲劇及演藝活動 1900－1941》，香港：國際演藝評論家協會〔香港分會〕，1999。
羅香林：《香港與中西文化之交流》，香港：中國學社，1961。
關禮雄：《日佔時期的香港（增訂版）》，香港：三聯書店，2015。

四、參考文獻·單篇文章

Lawrence M. W. Chiu: The South China Daily News and Wang Jingwei's Peace Movement,1939-41. *Journal of the Royal Asiatic Society Hong Kong Branch* Vol. 50, 2010, p. 343－371.
卞之琳：〈重印弁言〉，《卞之琳全集》上冊（合肥市：安徽教育出版社，2000），頁 3－7。
王正華：〈抗戰前期香港與中國軍火物資的轉運（民國 26 年至 30 年）〉，收入港澳與近代中國學術研討會論文集編輯委員會編：《港澳與近代中國學術研討會論文集》（台北：國史館，2000），頁 393－439。
平可：〈誤闖文壇述憶〉，《香港文學》第 1 期－第 7 期，1985 年 1 月－2 月。
余慕雲：〈香港電影的愛國主義傳統 —— 戰前香港愛國電影的初步研究〉，收入《早期香港中國影像》（香港：市政局，1995），頁 53－59。
李少南：〈香港的中西報業〉，收入王賡武編：《香港史新編》下冊（香港：三聯書店，1997），頁 493－533。
李育中：〈我與香港 —— 說說三十年代一些情況〉，收入黃維樑主編：《活潑紛繁的香港文學：一九九九年香港文學國際研討會論文集（上冊）》（香港：香港中文大學新亞書院、中文大學出版社，2000），頁 126－133。
李盈慧：〈淪陷前國民黨在香港的文教活動〉，收入港澳與近代中國學術研討會論文集編輯委員會編：《港澳與近代中國學術研討會論文集》（台北：國史館，2000），頁 441－471。
李盈慧：〈吳鐵城與戰時國民黨在港澳的黨務活動〉，收入陳鴻瑜主編：《吳鐵城與近代中國》（台北：華僑協會總會，2012），頁 65－88。
杜宣：〈回憶新中國劇社在初創時的一些情況〉，收入潘其旭等編選：《桂林文化城紀事》（南寧：漓江出版社，1984），頁 334－346。
冼玉儀：〈社會組織與社會轉變〉，收入王賡武編：《香港史新編（上冊）》（香港：三聯書店，1997），頁 157－210。
胡繩：〈香港雜憶〉，《世紀行》1997 年第 5 期。
孫源：〈追憶良師益友戴望舒〉，《香港文學》第 67 期，1990 年 7 月 5 日。

徐月清：〈田漢《再會吧香港》的重新發現〉，《廣角鏡》總第 274 期，1995 年 7 月。

翁靈文：〈海天雲樹懷馮亦代〉，《開卷月刊》總第 21 期，1980 年 9 月。

張友漁：〈我和《華商報》〉，《新聞研究資料》第十二輯（北京：中國社會科學出版社，1982），頁 18－26。

張釗貽：〈魯迅與香港新聞檢查〉，《東亞現代中文文學國際學報》第二期（香港號），2006 年 2 月，頁 298－309。

張詠梅：〈「信非吾罪而棄逐兮。何日夜而忘之。」—— 談《華僑日報・文藝週刊》（1944.01.30－1945.12.25）葉靈鳳的作品〉，《作家》總第 37 期，2005 年 7 月。

梁上苑：〈八路軍香港辦事處建立內情〉，收入魯言等著：《香港掌故・第十二集》（香港：廣角鏡出版社，1989），頁 62－75。

梁上苑：〈抗戰初期的香港文化界〉，收入魯言等著：《香港掌故・第十二集》（香港：廣角鏡出版社，1989），頁 76－87。

梁秉鈞：〈李育中訪談錄〉，收入陳智德編：《三四〇年代香港新詩論集》（香港：嶺南大學人文學科研究中心，2004），頁 137－138。

陳柏堅：〈抗戰歌曲在香港〉，《廣角鏡》總第 275 期，1995 年 8 月。

陳國球：〈導言〉，收入陳國球編：《香港文學大系 1919－1949：評論卷一》（香港：商務印書館，2016），頁 43－89。

陳殘雲：〈序言〉，《陳殘雲自選集》（廣州：花城出版社，1983），頁 1。

陳殘雲：〈序〉，收入陳頌聲、鄧國偉編：《南國詩潮：〈中國詩壇〉詩選》（廣州：花城出版社，1986），頁 2－4。

陳華新：〈近代香港報刊述略〉，《廣州文史資料》第四十五輯（廣州：廣東人民出版社，1993），頁 55－63。

陳遐瓚：〈省港抗戰文化活動概述〉，收入中共廣東省委黨史研究室編：《廣東黨史研究文集（第三冊）》（北京：中共黨史出版社，1993），頁 232－243。

陳謙：〈「五四」運動在香港的回憶〉，《廣東文史資料》第 24 輯（廣州：廣東人民出版社，1979），頁 40－45。

程中山：〈導言〉，《香港文學大系 1919－1949・舊體文學卷》（香港：商務印書館，2014），頁 43－80。

程中山：〈開島百年無此會 —— 1920 年代香港北山詩社研究〉，收入陳平原、陳國球、王德威編：《香港：都市想像與文化記憶》（北京：北京大學出版社，2015），頁 52－75。

馮亦代：〈戴望舒在香港〉，《龍套集》（北京：三聯書店，1984），頁 36。

馮亦代：〈我的文藝學徒生涯〉，《新文學史料》1996 年第 1 期，1996 年 2 月。

端木蕻良：〈友情的絲 —— 和戴望舒最初的會晤〉，《八方文藝叢刊》第 5 輯，1987 年 4 月。

劉火子：〈香港有聲了！ —— 追記一九三六年香港舉行的魯迅追悼會〉，收入劉麗北主編：《奮起者之歌：劉火子詩文選》（上海：東方出版中心，2011），頁 221－224。

劉以鬯：〈端木蕻良與《時代文學》〉，《文學世紀》總 42 期，2004 年 9 月。

劉福春：〈艾青詩集敘錄〉，《湖南人文科技學院學報》第1期，2009年2月。

劉維開：〈淪陷期間國民黨在港九地區的活動〉，收入港澳與近代中國學術研討會論文集編輯委員會編：《港澳與近代中國學術研討會論文集》（台北：國史館，2000），頁477－499。

鄭樹森、黃繼持、盧瑋鑾：〈早期香港新文學資料三人談〉，收入《早期香港新文學資料選（一九二七——一九四一年）》（香港：天地圖書有限公司，1998），頁1－22。

盧偉力：〈導言〉，收入盧偉力主編：《香港文學大系1919－1949．戲劇卷》（香港：商務印書館，2016），頁43－74。

霍玉英：〈導言〉，收入霍玉英主編：《香港文學大系1919－1949．兒童文學卷》（香港：商務印書館，2014），頁46－51。

鍾耀群、孫可中：〈端木蕻良生平及著作年表〉，收入鍾耀群編：《端木蕻良》（香港：三聯書店，1988），頁254－282。

薩空了：〈創辦香港《光明報》的回憶〉，收入祝均宙、蕭斌如編：《薩空了文集》（上海：上海科學技術文獻出版社，2002），頁86。

□ 責任編輯：黎耀強
□ 裝幀設計：霍明志
□ 排　版：陳美連
□ 印　務：劉漢舉

【文化香港叢書】

主編　朱耀偉

板蕩時代的抒情：抗戰時期的香港與文學

□
著者
陳智德

□
出版
中華書局（香港）有限公司
香港北角英皇道 499 號北角工業大廈一樓 B
電話：（852）2137 2338　傳真：（852）2713 8202
電子郵件：info@chunghwabook.com.hk
網址：http://www.chunghwabook.com.hk

□
發行
香港聯合書刊物流有限公司
香港新界大埔汀麗路 36 號
中華商務印刷大廈 3 字樓
電話：（852）2150 2100　傳真：（852）2407 3062
電子郵件：info@suplogistics.com.hk

□
印刷
美雅印刷製本有限公司
香港觀塘榮業街 6 號 海濱工業大廈 4 樓 A 室

□
版次
2018 年 1 月初版

□
規格
16 開（230 mm × 170 mm）

□
ISBN：978-988-8489-66-4

誰在世界的中央

古代中國的天下觀

梁二平 著

自序

中央之國的文化由來

世界地圖是依據什麼觀念繪製的？思索這個問題，促成了我的《誰在地球的另一邊——從古代海圖看世界》。但還有一個問題仍纏繞著我：古代中國是怎樣將自己設定為「天下之中」，它對古代中國天下觀形成和對中國歷史進程的影響，這些問題的思考促成了這本書的寫作。

人類自從有了方位感，就有了空間的人為設定。這種定位留下的歷史痕跡，仍可在歷史悠久的漢字中找到。所以，這本書首先從古漢字入手，研究古人的方位認知。比如，東、西、南、北、中。這個排列與說法，更是「中」在方位裡核心地位的傳統表達。這個「中」似乎屬於方位，但又像是純粹的觀念，它好像不實際存在，而是由「東西南北」諸方位圍繞而成的觀念。另一方面，「中」又像是一種觀察「東西南北」的視點，是本體、是自我；「東西南北」是視線所及，是外在的處境。那麼，是先有存在，還是先有意識，是先有「中」，還是先有「東西南北」，可以留給玄學家接著探討。

《書》云：「人心唯危，道心唯微，唯精唯一，允執厥中。」舜帝告誡大禹說：人心是危險難測的，道心是幽微難明的，只有自己一心一意，精誠懇切的秉行中正之道，才能治理好國家。這裡的「中」字，已將中庸哲學最初的意思含在裡面：不偏謂中，不易謂庸。中者，天下之正道；庸者，天下之定理。中立而不依，無過而無不及。此時的「中」，已由確立方位提升到處世立場，進入了價值觀的層面。

接著本書由字而詞，在方位詞中繼續尋找先人的空間定位與地域分割。比如，甲骨文中提到的「方國」，《禹貢》中提到的「九州」。在「由家而國」和「化國為家」天下一統的過程中，漸漸有了「華夷貴賤」意識形態對空間認知的強力介入，也有了「蠻夷」對大中華「郁郁乎文哉」的融入與認同……古代中國對天下、對世界的認識，就是這樣一步步走過來的。

在相當長時間內，古代中國世界觀是獨立於世界之外而自成一體。如，「溥天之下，莫非王土，率土之濱，莫非王臣」、「帝王居中，撫馭萬國」、「恩威四海」、「萬國來朝」——雖然，古代中國長期以「王即天下」來看待世界，但它無法阻擋中國與世界的聯繫，或者說，開放的世界不會因此而不與中國發生關係，或產生衝突。比如，「張騫通西域」、「鄭和下西洋」、「英使馬戛爾尼訪問大清」……所以，古代中國的天下觀，也在變化中演進，在演進中碰撞出中國與世界的關係。

對世界的認知，除卻文字之外，還有地圖。地圖是空間表達的直觀反映。雖然，《史記》中有「圖窮匕現」的故事，可遺憾的是，我們不僅無法見到那幅燕國地圖，連秦一統天下後的「全國地圖」也見不到。我們能見到相對完整的「全國地圖」是宋代地圖，而古代中國的「世界地圖」則出現得更晚。元朝是中國歷史上極力追求擴張的一朝，但元朝的「世界地圖」也僅描繪了亞洲的西部以及靠近這一區域的非洲和歐洲的一小部份。

真正的世界地圖自西方傳來，即義大利傳教士利瑪竇為大明繪製的世界地圖——《坤輿萬國全圖》。利瑪竇使中國學者，甚至皇帝，認識到中國只是世界的一小部份；但與此同時，這位傳教士也以地圖的形式迎合了中國在世界中央的帝國心理，並成為延續至今中國版世界地圖的定式。

其實，以版圖而論世界的中央，是一個偽命題。因為地圖是一個文化的產物，它反映的不是自然，而是對自然的一種歸納；更多的時候，它呈現的政治現實，即權力現實。在帝王的眼裡，地圖甚至是流動的，每每構成新的延伸，給世界一個必須接受的現實。

凱撒時，羅馬的版圖最大，天下是羅馬的。

成吉思汗時，中國的版圖最大，天下就在蒙古人的馬蹄之下。

大航海時，葡、西兩國的版圖最大，地球一分為二，他們各取其一。

拿破侖時，法國的版圖最大，炮彈落到哪裡，哪裡就歸了小個子的帝國。

維多利亞時期，英國的版圖最大，有太陽的地方就有大不列顛的米字旗。

「王即世界」是所有帝國的世界觀，並非中國獨有。正如學者傅佩榮教授說：文化有四個特色，其中一個就是以自我為中心。一個民族不認為自己是文化的中心，而是邊緣，這個民族存在的理由就困難了。幾乎每一個國家都有這種文化傾向，要肯定自己在天地之間生存的價值。

從世界地理史看，西元前七世紀的巴比倫泥板地圖，即將兩河流域描繪為世界的中央。古羅馬，沒說自己是世界的中心，但卻說「條條大路通羅馬」。歐洲許多小國，都不以本國為世界的中心，卻以歐洲為世界的中心。如，近東、中東、遠東之說，就是以歐洲為中心來命名的。

自大不是古代中國獨有的毛病，只是古代中國在這種自大中，止步不前。在我們的先人以天朝為中心構想「萬國來朝」的和美圖景時，其他自大的國家，已開始用炮艦丈量和拓殖世界了。在中國人以「華夷貴賤」來區分文明的高下之時，西方人已開始信奉「優勝劣汰，適者生存」了。

以大清王朝而言，已不是不知道世界是什麼模樣的問題，而是害怕和無法應對，新觀念對王權對帝國的顛覆。皇帝以為舊的天下觀是「王道」與「道統」的保證和靠山，這才是古代中國最要命的與世界相處的態度。所以，「開眼看世界」也好，「師夷之長技以制夷」也罷，這些皮毛之變，都沒能讓這個王朝擺脫挨打的境地。

世紀之交時，有新銳地理學者擬將中國從世界地圖中央移開，構建新的中國版世界地圖，後來沒有付諸現實。因為，各國的本國版世界地圖都是將本國放在中央，這是通用的讀圖方式，它便於觀察本國與他國的空間關係。那種以東西半球為描繪基準的世界地圖，通常是作為國際版世界地圖來使用的。當然，觀察世界空間關係的最佳工具是地球儀，轉動它就會明白，我們該怎樣與這個世界相處。

梁二平

二〇一五年六月於中國深圳

目錄 CONTENTS

CONTENTS 目錄

目錄 CONTENTS

CONTENTS 目錄

目錄 CONTENTS

CONTENTS 目錄

目錄 CONTENTS

1 遠古方位，天經地義

遙遠的地平線

近代的符號學家說：「人不僅是理性和道德的動物，也是符號的動物。」人以符號的形式描繪世界，又用符號創造了新的世界。那麼，先讓我們從最簡單的符號，來看一看我們的祖先對這個世界「並不簡單」的描述。

祖先用「一」橫，描繪的是什麼呢？

世界最早的符號刻記，多數都留在陶器上，距今至少有八千年的歷史。由於陶符陶文多是以單體形式出現，讓人們很難確信它是文字，只能猜想它所表達的某種可能。

漢字，恐怕只有「一」這個字，出生之後就再沒有改變過。從陶符陶文、甲骨金文，再到大篆小篆，隸書楷書……「一」字的形體沒有絲毫改變。「一」是符號與文字的高度統一，以致我們無法比附它的前世，也很難知曉它是為何而造的。漢字是中國文化的構成因子，只有進入漢字的內部，才能對民族文化有所認知。

「一」是符號之源，是刻劃記憶之物，「一」也是造字之始。它是原始人以簡單應對複雜，以簡單符號概括複雜生活的表現。後來，原始人越來越聰明了，面對的世界也越發複雜了，要表達的東西更多了。符號轉而升級到文字，文字也越來越複雜，越來越像一幅畫了。

無論是中國的「兩河流域」，還是西亞的「兩河流域」，其出土的遠古陶器上都有眾多的「一」的單體符號。橫的「一」除去人們猜想的計數的作用外，更早的時候該是祖先對方位的表達與思考。

西方人認為字母出自陶文或泥板，東方亦認可漢字與陶文的淵源。

曾仔細觀看「人面魚紋」陶盆。這件新石器時代的陶盆，是半坡先民繪畫與符號的經典之作。人們對「人面魚紋」的含義有三十多種猜測，但我更想弄清楚陶盆邊上刻著多種符號，其中就有那神秘的「一」（圖1.1）。

蒙昧初開的先人，面對這個世界與自己的存在，他們用什麼來確定自己的所在，用什麼來區別空間所屬？在神產生之前，他們只能自己為所處的環境命名。大千世界，祖宗最先命名了哪個方位？答案就在「一」的刻劃中。它即是天，也是地，更是天地之間那條縫——地平線——的精彩概括。

祖先造「一」的時候，略去了地上的樹木，也不管天上的白雲，世界簡而約之為一條橫線。如果我們用西方語言學來分析，「一」的能指，它概括了世界的表象；而「一」的所指也進入了世界的本質。在這個意義上，可以

圖1.1：

新石器時代的「人面魚紋」陶盆，是半坡先民的繪畫與符號的經典代表，盆上除了圖畫，還刻了多種符號，其中就有神秘的「一」。

說「一」是表位的，是表數的，是物理的；更是說理的，甚至是精神的。

許慎在《說文解字》中，談了他對「一」的體會：「一，惟初太極，道立於一。造分天地，化成萬物。」劉安在《淮南子・詮言》中說「一也者，萬物之本也」。當然，說得最透的還是老子：「曲則全，枉則直，窪則盈，敝則新，少則得，多則惑。是以聖人抱一為天下式」。老子心中「一」即是天理，他認為「道生一，一生二，二生三，三生萬物」。所以，中國人以「天人合一」，為最高哲學。

漢字的高妙之處，在於它不像字母文字那樣，字母與意義是分開的；漢字的字，甚至是字中的一個筆劃，都有意義；字形與意義完全是一體的。此外，漢字還是向外不斷擴散的，一個字會變出另一個字。我們說它是「一」，它不僅僅是「一」，這偉大的一橫，代表的是天地方位的原點，它是原始部首之首，有著無數可能：一生「上」、一生「下」、一生「土」、一生「天」……「一」孕育著諸多方位和諸多意義的表達。

一生萬物，萬物歸一。

頭頂一片天

漢字是最具哲學意味的字，就說人間最崇高的詞——「天」的創造吧，其象形意味與哲學思想的融合，真是妙不可言。

甲骨文的「天」字有兩種：一種是，大字上面有個人頭的大頭人形象。另一種是，大字上面有一橫，近於頭頂藍天的形象。金文繼承了甲骨文的這兩種寫法，稍有變化。小篆將這兩個字合二為一，演進為「從一從大」的「天」字。

「天」是個又具象又抽象的字，表達的意思，也是一步步統一的。

最初的「天」字，指的不是天空。殷墟卜辭中的「天」，是人體之「天」，也就是腦袋。如，「疾朕天」，直譯即「病我頭」。甲骨文中，雖然沒有直接表示天空的「天」字的用法，但卻有表現降水的「雨」字。其字以「一」代天，下面是一串串「雨滴」。那個「一」表明了商朝人對天空的認識，並有了明確地表達。這「一」橫，看上去很簡單，實是偉大的定位。人們開始了對天的追問——甲骨文幾乎所有的問題都是「天問」。

金文中的「天」，已經有了天空意思，但所表達的是「上天」與「天命」的抽象概念。

西元前一千多年時，周王朝處在上升期，鋒頭正勁。康王封賞武將盂，告誡他要頭腦清醒，少喝酒。為了紀念此事，盂鑄了一尊今天看來是西周最大的鼎——大盂鼎，上面鑄有兩百九十一個字的「長篇」文章（商朝青銅器銘文很短，西周有所增加）。其銘文在讚美先王時，使用了「文王受天有大命」

的說法。這裡的「天」是最早的「天命」表達。在傳世最長銘文（四百九十七字）的西周毛公鼎內壁銘文中，還可以見到關於「皇天」一詞，其清晰的「天」字的第一筆仍是象徵人的頭部的圓點，「人」與「天」聯繫緊密（圖1.2）。純粹描繪自然天空的「天」，其用法還要更晚一些。

對天的定位，顯示了祖先的高超智慧。以頭為天，這個認識很高；頭上有天，這個認識更高；天人合一，則成就了中國哲學：

有物混成，先天地生。
寂兮寥兮，獨立而不改，周行而不殆，可以為天地母。
吾不知其名，強字之曰道，強為之名曰大。
大曰逝，逝曰遠，遠曰反。
故道大，天大，地大，人亦大。
域中有四大，而人居其一焉。
人法地，地法天，天法道，道法自然。

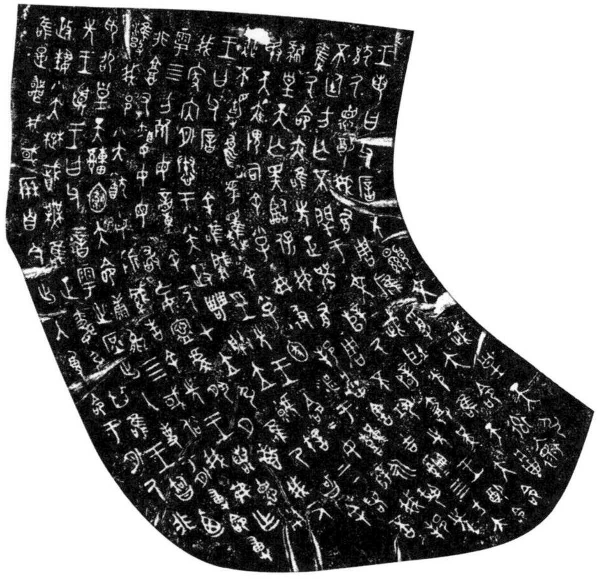

圖1.2：

西周晚期的毛公鼎內壁銘文中，第一行末尾「皇天」的「天」字，第一筆就是象徵人的頭部的圓點。

「大」是老子給「天」勉強取的名和字，「四大」的次序「人法地，地法天，天法道，道法自然」——則表達了中國人的古代世界觀。所以，後世將「天、地、人」謂之「三才」，作為古代地理學的基礎理論，而「地理」作為一門專學，也在這一時期形成。在《周易》中我們可以看到「地理」一詞的最早使用情況，也與「四大」理論相近，「易與天地準，故能彌綸天地之道，仰以觀於天文，俯以察於地理，是故知幽明之故」。

我們作為猴子時，哲學上的「自我」觀念還沒有形成。成為有思想的人之後，才有了「是、有、在」的概念，知道了「自在」和「自然」的時間與空間的大存在。這種認識到了莊子時代，有了更高明的表述。在《齊物論》、《讓王》、《列御寇》中，莊子率先使用了「宇」和「宙」這兩個超大的時空概念，「宇」是橫無際涯的空間，「宙」是無始無終的時間。古聖先哲們通過敬「天」，有了天地時空的認識。而更準確更細膩地表達它，還要一步步地加以區分與標識，世界在此過程中成為可以科學描繪的對象。

雙鳳朝陽

「所有的時間問題，說到底都是空間問題」——我相信這樣說法。因為，對於「我們從哪裡來，要到哪裡去」那樣宏大的命題，這句話更像地下車庫裡的箭頭，讓人實實在在地感覺到出口的存在。

最佩服當年沒有手錶的農民，他們看一眼太陽就能說出現在是幾點鐘。先祖的原始時間概念，想必是來自空間。人類認識了空間，才找到了自身的存在。而人類對空間的認識與佔有，亦最適用那個著名的句式——「這就是歷史，這就有幾千年的文明史」。

一九五三年，西安人在城外興建電廠時，無意間觸到了黃河文明的重要神經——半坡遺址；二十年後，人們又發現了長江文明的重要遺址——河姆渡。南北兩個文化遺址完整地保存著六千多年前的黃河人與長江人運用的符號和圖畫。我傾向於「符號不是文字」，但我願意相信「符號與圖畫是文字的前生」。至少，它透露了先人的生活訊息。

比如，在浙江我看到的河姆渡出土六千多年前的「雙鳳帶日」、「雙鳳朝陽」等骨器（圖1.3），其刻劃清晰意思明確的圖紋都表達了明確的朝向——日。那應該是先人最初的方向感和最為神聖的生存方位。如果地平線是秤桿，那太陽就是定盤星。以天定地是先人探索自然的法則所表現出來的聰明才智。

陶器在收藏界是不值錢的，但有了圖案，意義就大不一樣。山東龍山文化遺址，出土一個新石器時期的陶罐，上刻有「日、月、山」三個圖形合一的符號，它不僅是古人的信仰表達，也是對環境認識的一種概括。

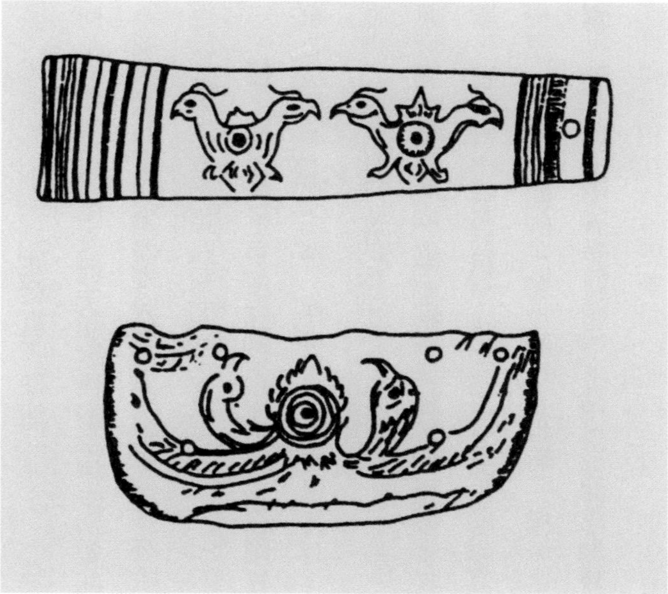

圖1.3：

河姆渡骨匕上的雙鳳帶日圖。河姆渡蝶形骨器上的雙鳳朝陽圖。

三國時的魏國術士管輅，在其所著《管氏地理指蒙》中，特別強調天象與山嶽的關係：「天尊地卑，其勢甚懸，山嶽烏乎而配天？蓋日月星辰光芒經緯之著，皆精積於黃壤，而像發於蒼淵」。在古代的堪輿家看來，天尊地卑，地上火水石土與天上的日月星晨的氣脈經絡是相通的，所以有「仰以觀於天文，俯以察於地理」的說法。

古文獻都說「殷人尚鬼」，其實，不僅在殷人那裡，在此前與此後相當長的時間裡，日、月、星，都是我們的先人要拜的神。因而，「日、月、星」是甲骨刻辭中出現次數最多的時空字詞，每個字至少出現過一千五百多次。細觀問卜之道，就會發現商人為後人留下不少關於空間的可貴探索。因此，我們有必要把古書中出現的日、月、星，都看作是古人的最為重要的方位詞。

先上後下

「先上後下」這裡說的可不是擠公共汽車「潛規則」，而是要討論：古人是先知上下，還是先定左右？這問題看似簡單，卻簡單到無法回答。在已知的古代文獻中，「上下左右」這四個字，同時存在於甲骨文中。我只能自以為是地認定：先上下，後左右；而且，上下二字，上為先誕，下為後生。

最初的「上」，造得很像個「二」。只是一短一長的兩橫都略向上彎。那長橫顯然是作為基礎面——地面——出現的，而短橫則是標示位置的。在饒宗頤先生的《吳城字符表》中，我們可以看到江西吳城出土的商代陶器符號中，已經有一些符號有了某種「上下」的意思（圖1.4）。祖先最初的「上」，近於廣東人今天還在說的「上位」。

接下來，似乎不用說「下」字了，它剛好是一個翻過來的「二」，一長一短的兩橫略向下彎。意思顯而易見。上下二字，在金文向小篆過渡時，為了不與計數的「二」相混淆，增加了一豎，上下二字就此改造成近於今天的樣子。

從一出生，「上」就不是純粹的指事字。「上」的位置，很快被表現為層級文化。上是一個好的位置，在甲骨中它就很是「上位」。商人將其先公列為「上甲」，其甲字上加一橫，或兩橫。金文中的「帝」字，上面的「點」原也是「一」橫。「上帝」與「上甲」表示的都是上和初的意思。上是個好位置，於是成就了許多好詞。上進、上升、上層，上級、上流……

與上相比，下就不是一個好位置，很少有客觀的下。下在層級文化中，被描繪為謙卑的身份和命運的可憐。如，在下，下級，下層、下鄉、下崗、下人、下流、下賤……

上與下定位清楚，貴賤分明。不清不楚時，就全靠自己體會了。比如，老闆對你說「能上能下」時，多半是要讓你下去。而說「上不去也下不來」時，那注定是難言的尷尬。說「上上下下的享受」時，那是某電梯藉曖昧意味在做廣告。當然，把空間位移化作娛樂與調侃，那是人們消解痛苦的智慧：「寡婦睡覺，上面沒人」，「李連英講故事，下面沒了」。

現存甲骨方位詞中，「上」字出現五百多處，「下」字也出現五百多處，它們是甲骨方位詞中出現次數最多的兩個詞。「上」與「下」看上去是最簡單的位置標示，演繹的卻是最複雜的世界與人生。

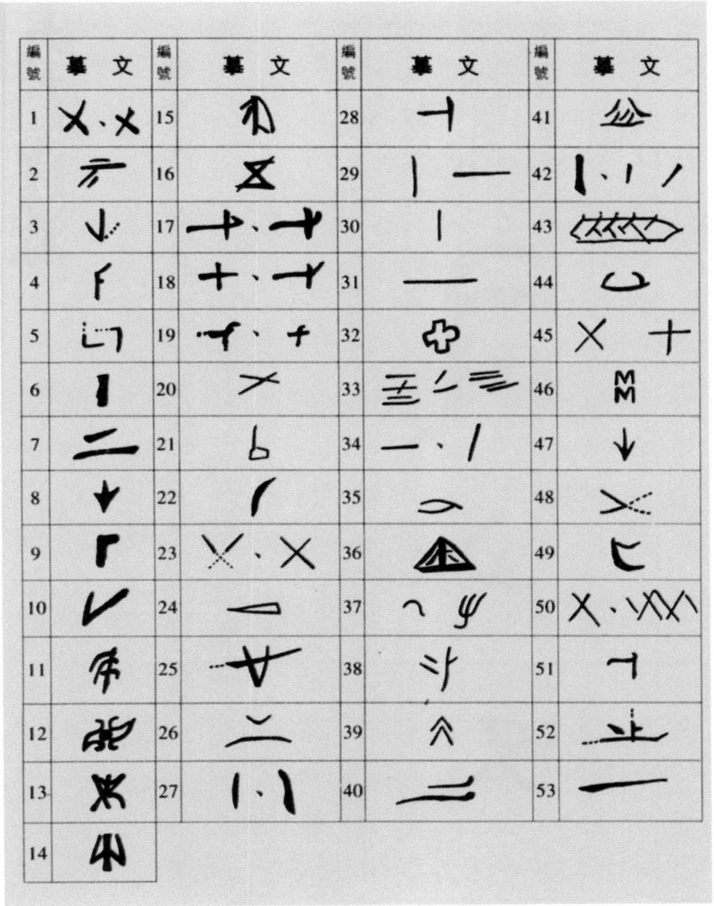

圖1.4：

江西吳城出土的商代陶器，其符號已經有某種字的意思，「上下」的標示，在饒宗頤先生的《吳城字符表》中也略露一二。

左右逢源

甲骨文中「左右」二字最好認。不用大師們來破解，一般人都認得出，那畫得像廣東早茶中的鳳爪似的，就是左右兩隻手，也猜得出「左右」兩個字應是同時造的，因為人同時擁有左右兩手（圖1.5）。

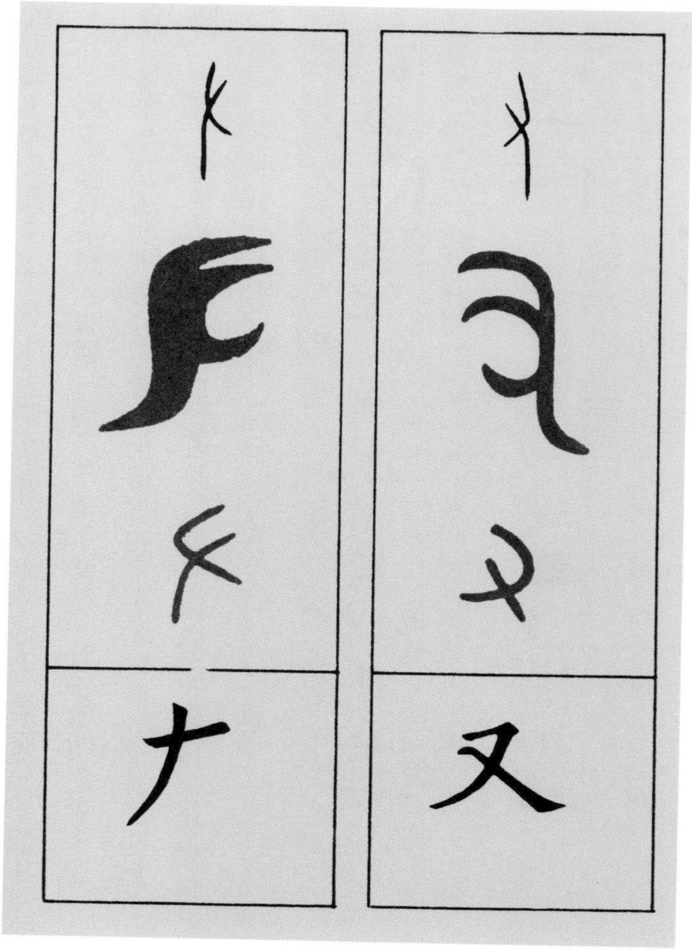

圖1.5：

甲骨文中的左右兩個字，畫的就是左右兩隻手。

「左右」二字在甲骨卜辭中，除了表示為左右手之外，還借左右手形以表左右方位，並演化出更多的意思。如，卜辭中右字即是左右之右，還是有無之有、福佑之佑、侑祭之侑、再又之又的意思。

現在，我們應用的「左右」這兩個字，下面多了一個「工」和一個「口」，是金文改造後的字。「左」字加「工」表示用工具勞動。「右」字加了「口」表示以手助食。所以，「左右」二字後來又生出的「佐佑」二字，都有輔助的意思。「左右」生出「佐佑」等字後，就專門表示位置與方位去了。

方位是由人來命名的，自然融入人的主觀意識。左右在不同的歷史時期，也表達了不同的風尚。商人所刻的卜辭中，在言及方位之時，左右方向已含有貴賤之分了。後世的學者居此得出「殷人尚右」一說。

據統計，現存甲骨文獻中，有六十八個「右」字，有六十個「左」字。當然，專家也不會僅僅以此為例，證「殷人尚右」。人們還發現，祈福卜辭中常見「受有佑」，殷人以為吉。另外，商代服飾也是以「右衽」為常，而考古資料中的殷商宮室、城建、墓葬、車馬坑等的排列現象也無不佐證商代重右的觀念。

至於殷人為何尚右，有人從地理上找因由：殷之先人興於今天的京津地區渤海灣一帶。殷後人北面祭祖之時，東北方向正在右上方。此說如果成立，如果人們面南而祭，則左右的定位則反了過來。中國位於北半球，古人一直以北極星定位，以北為上，坐北面南時，左手方向自然成為東的方位，崇敬太陽的族群，則會尚左。所以，朝代更迭，尚左尚右也變化不定。

周滅商後，改朝換代，風尚也出現了明顯變化。周人一反殷人尚右的風俗，轉而尚左。這一點在金文的文辭中已有明顯表現，如以「左右」為序。春秋戰國時，天下大亂，方位秩序更加亂。中原各國尚右，楚國、秦國尚左，但總的趨勢是尚左。如《老子》「吉事尚左，凶事尚右」、「君子居則貴左，用兵則貴右。兵者不祥之器，非君子之器」。漢代暴秦，漢初又改為以右為尊。漢太尉周勃統兵廢除呂氏時，說「為呂氏右袒，為劉氏左袒」；支持造反的皆袒左臂擁護劉氏，後勢的右派和左派是不是由此而來，不得而知，能夠大體查明的是，漢之後歷朝多以左為尊，除了蒙元一朝。古代官制常常是同一官職分為左官與右官。唐宋都是左官比右官高一等。但蒙元一朝反其道而行之，以右官居上，科考取士也分右榜、左榜，蒙古人列入右榜，漢人則在左榜。不過元亡之後，明清兩代，又回歸尚左。

歷史就這樣忽左忽右的折騰了幾千年，這種變來變去的風尚，到底有沒有一個可以服人的理由。其實，此中的奧秘，早在兩千多年前已被祖先點破：

左之左之，君子宜之；
右之右之，君子有之；
維其有之，是以似之。

這種該左就左，該右就右，君子無可無不可的聰明話，出自《詩經・小雅・裳裳者華》，後來，它又被總結為成語「左宜右有」，用來形容才德兼備，則無所不宜，無所不有。

不識東西

很顯然，遠古先民對太陽的崇拜，隱含著方向的確認。以「日出而作，日入而息」的人類生活規律推而論之，日出的方向，應是方位之首。至今，我們中國人仍然愛用「東、西、南、北、中」這種說法，進行方位排序。

以東為首，以東為重，完全是以太陽初升的方向為標誌的。但「東」的古字，其原始意義是不是指東方，至今沒有定論。很多專家傾向於「東」是從東西（物品）轉借而來的。因為，甲骨上刻劃的「東」字，極像一個兩頭紮口的口袋，而口袋是裝東西的。所以，專家推論它是表物之東西。但又找不到它表物的用句，或疑為祭名。

我比較傾向於許慎的說法。《說文》解釋，「東」是木與日結合而成的，日升到樹腰，即表示東方。從表意的角度看，也很接近事實。因為，在殷墟卜辭中，我沒找到以「東」作為物品的用法，而作為方位詞，卻被專家查出三百四十五處。說明至少在商時，它已指示方位了。

如，「貞：東土受年」、「甲子卜，其禱雨東方」。即，向東方之神，求豐年，求風調雨順。同樣的用法，也用於「西」字。如「甲午卜，賓貞：西土受年」。「西」作為方位詞，和「東」字一樣在殷墟卜辭中被廣泛使用。

「西」的本字，也很難講，看上去像個鳥巢。許慎沿著解說「東」的路子說：「西，鳥在巢上，象形，日在西而鳥棲，故以為東西之西。」甲骨上的那個西字，到了小篆時，那「小巢」上又加了個鳥一

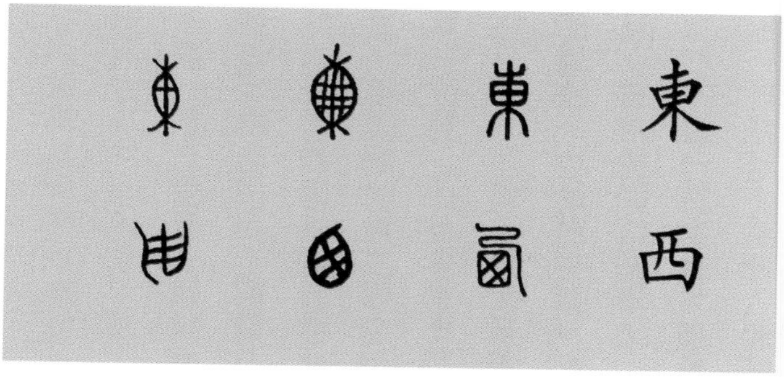

圖1.6：

甲骨文中「東」與「西」兩個字的形象。

樣的曲線。所以，這個字還有棲息的意思。借此言「西方」也比較貼切。也有人解，西是陶缶，泛指東西之西。東西一詞，來自陶缶和口袋，用以泛指物品之東西。可能更古有時候有此意思（圖1.6）。

人們確立方位，最初與神靈有關。四方大神，掌管命運。人進化了，用方位於日常生活。商人尚鬼，甲骨文中方位詞多與神相聯。到了周代，方位詞多進入日常生活。如，《詩經・齊風》，「東方未明，顛倒衣裳」。後來，人們又用它創造秩序。周人尊禮，以主為東客為西，所以，後來又有「西席」、「西賓」代指客師。因為主人之位在東，所以，稱主人為「作東」、「東家」。

三國時，曹操進行吏治改革，有些品行不端人想借此機會，把不徇私情的東曹掾毛玠裁掉，上書朝廷說「從前西曹為上，東曹為次，應當撤消東曹」。曹操何等聰明，早知這些人想借此機會裁掉毛玠，於是，巧借方位之說，保東撤西：「太陽從東方升起，月亮在東方明亮，凡是人們說到方位，也先提到東方。東方為上，怎麼能撤消東曹呢？」結果，自然是撤消了西曹。

東與西就這樣一點點成為了禮數，禮數後來就成了規矩。這些都是向後看的故事，我們一清二楚。但向前看，線索就斷了。作為方位的東西與甲骨、金文的原始含義，完全連接不上。東不是東，西也不是西。想想，那麼多大師都「不識東西」。我輩，也不強解了。

南北貴賤

「南」字的甲骨造型，像個倒置的瓦器，上邊懸一繩索，很像古代的一種瓦製打擊樂器。由此分析，「南」是後來被借作方位詞的，但也沒有什麼形意線索可尋。方向這玩藝兒太抽象。我猜，「南」是在祭祀中，先變成方神，後代為方位。在甲骨文獻中，連成句的「南」字，多用於方位表達。如，「王於南門逆羌」。

「北」字的甲骨造型，是兩個背對著的人。甲骨文用「人」造的字有很多，兩個「人」步調一致都向左叫作「從」。兩個「人」意見不合，一「人」向左，一「人」向右，叫作「北」，很像那個運動品牌「Kappa」——背靠背。古漢語中「北」與「背」二字相通。有學者認為，如果「北」即「背」，那麼，「南」則為向、為正、為面。由此可以推論，「北」是由「南」來定義的。

再進一步說，「背」即「北」，有離開之意，如果「南」為家，那麼「北」則為離鄉背井。《史記・樂書》：「北者敗也」，「敗北」一詞似乎為強者居南，敗者往北這一歷史所留下的記號。

古人崇拜祖先，以南方為尊位，祭祀祖先時面南行禮。《禮記》說，聖人南面而立，而天下大治。「南面」一詞後多作統治講，但從詞源來看「南面」即敬祖。可見創字人以「南」為尊、為祖、為根，以「北」為別、為敗。

我曾觀察過半坡遺址中那些被解說成「房屋」的地洞，四十五座遺址的「門」差不多都是朝南開的。這或許能說明，早在六千年前，居住在北方的祖先們已經由向陽而居，引申出向南而居的方向感。南在方位中，因其代表光明而有了老大地位。而夏商周三代，王朝也皆處北方，其建築多是背靠北而面

圖1.7：

山東嘉祥武氏祠中的東漢畫像石北斗圖。

朝南。「南」與「北」的貴賤，或許就這樣形成了。在馬王堆漢墓看了那張畫於帛上的「南上北下」地圖，我更相信，南北尊卑是有傳統可尋的。

有人說《詩》「維南有箕」、「維北有斗」的描述，是關於南北方位的最早記載。顯然不夠準確，在甲骨典籍中「南」出現了兩百三十次，北出現了兩百六十次。這個統計不僅表明，南與北的使用頻率之高，而且還引出了一個問題：在以南為尊的遠古，為何「北」的卜辭會略多一些？我以為，在難斷方位的遠古，我們的祖先習慣於白天以日定位（東），晚上以星定位（北）。因為，即使在今天，中國的絕大部份土地都在北迴歸線以北，先民們很容易看到北斗星，而基本上看不到南迴歸線的星星，更不可能看到南極星，所以，選擇了北斗作為方位的定盤星。以致，到今天我們還說「找不到北」，而從來不說「找不到南」（圖1.7）。

漢語中的南北關係，也是以中國所處的地理位置來確定的——南面稱帝——這是一種北半球說法。我在南緯五十五度的火地島旅行時，就見到正午的太陽高掛在正北邊的天上。這裡的人是不是要——北面稱帝呢？

南與北的貴與賤，都是人為定位，這之中有自然的因素，也有政治經濟的因素，就看發言權在哪一方了。就目前的經濟地圖來看，大部份已開發國家剛好在北半球，而開發中國家大都分佈在南半球。南北國家由此成為開發中國家和已開發國家。於是，又有了所謂的「南南合作」、「南北對話」，說著說著，就有了拯救南方的意思。

插旗立中

「東、西、南、北、中」這五個字的前四個字，在造字之初都與方位毫無關係，唯有「中」字是個例外。「中」的古字形狀就是立在地上的一面流蘇飄飄的旗幟。卜辭中多有「立中」之句，即插旗定位的意思，也是聚集士眾的號令。

「中」字也因此有了中央與核心的意思（圖1.8）。如，「丁酉貞，王作三師，右、中、左。」右師、中師、左師，要害在中師。《孫子兵法》云「擊其中則首尾具至」。而「東、西、南、北、中」這種排列與說法，更是「中」在方位裡的核心地位的明確表達。這個「中」似乎屬於方位，但又像是純粹的觀念，它好像不實際存在，而是由「東西南北」諸方位圍繞而成的觀念。而另一方面，「中」又像是一種觀察「東西南北」的視點，是本體、是自我；「東西南北」是視線所及，是外在的處境。那麼，是先有存在，還是先有意識，是先有「中」，還是先有「東西南北」，可以留給玄學接著探討。

「中」不僅在空間定位裡，地位顯要，精神層面的「中」，也深刻地影響著我們這個民族。最早表述「中」的思想的是《尚書》，在《大禹謨》一章裡，即有「人心唯危，道心唯微，唯精唯一，允執厥中」。這句話的意思是：人心危險難測，道心幽微難明，唯有一心一意，誠懇地秉行中正之道。「允執厥中」是舜帝告誡大禹的修心之法和治國之道，這裡的「中」字，已將中庸哲學最初的意思表達出來。

春秋之時，天下大亂，一心「復禮」的孔子，在他的傳道授業之中講到舜帝告誡大禹的故事：「堯曰：咨，爾舜。天之曆數在爾躬，允執其中。四海困窮，天祿永終。」這句話的意思是，依照天的曆

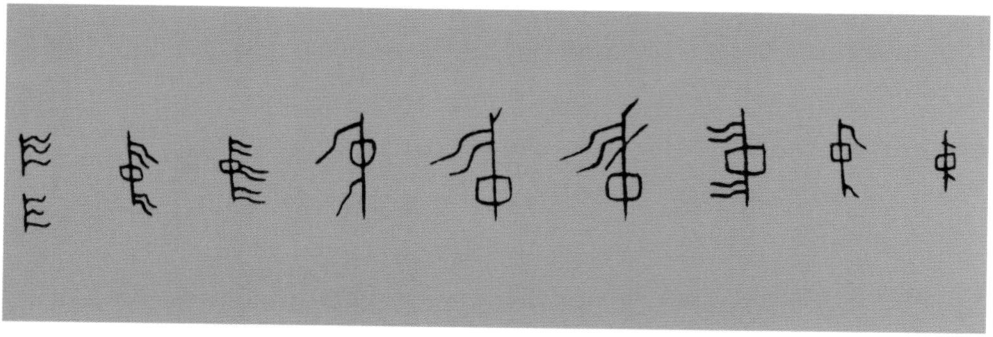

圖1.8：

「中」的古字形狀就是立在地上的一面流蘇飄飄的旗幟。卜辭中多有「立中」之句，即插旗定位的意思，也是聚集士眾的號令。「中」字也因此有了中央與核心的意思。

數，帝位當在你身上。你要誠實的執持其中道。要為四海之內的人民解除困窮之苦。天所賜予的祿位，長享於終身。這段話收錄在《論語》最後一章《堯曰》中。後來在《中庸》裡，孔子又把它明確的表述為：「舜其大知也與，舜好問而好察邇言，隱惡而揚善，執其兩端，用其中於民。」這裡孔子已不是客觀陳述舜對禹的教導，而是把它作為祖先的睿智來讚美和推崇。

此時的「中」至少有三層意思：一指中間，二指合適，三指人心。前邊兩層意思好理解，它是中的表象；最後這一層，是中的根本，解說也比較玄。道家解釋，人有三心：一是道心，二是人心，三是血肉心；心是執中的根本。《易經・文言傳》說：「君子黃中通理，正位居體，美在其中，而暢於四肢，發於事業，美之至也。」所謂「黃中」的集中點即是上丹田，位居人的中央所在地。

雖說，後世將中庸理論歸功於孔子，但孔子活著的時候，並沒有把他推崇的「中」完善成一個哲學體系，而《中庸》成文，也是他身後多年之事。《中庸》出自《禮記》，即西漢禮學家戴聖編纂的《小戴禮記》，據傳是孔子的孫子子思編纂。南宋朱熹把《中庸》和《大學》、《論語》、《孟子》並列稱為「四書」

之後，《中庸》成為學校官定的教科書和科舉考試的必讀書，才將這種哲學推向影響後世千年不衰的極致。

中就這樣成了中庸，中庸就這樣成了中國人的世界觀抑或方法論：不偏謂中，不易謂庸。中者，天下之正道；庸者，天下之定理。中立而不依，無過而無不及。中的概念，由確立方位到處世立場，最後昇華為一個哲學的表達，和追求中常之道，內外協調，保持平衡，不走極端，這樣一種穩健篤實的民族性格。

如今到北京故宮參觀的人，看過太和殿，接著向北走入中和殿，就會看到這個大殿的正上方，有一生愛好書法的乾隆皇帝題寫的「允執厥中」匾額，那高高在上的四個金字，是當朝皇帝向三代先王致敬，也是在光大「中」的哲學傳統。

十面埋伏

數字，存在於每種文明之中。各國的初文，都有關於數字的偉大創造。至少在商之甲骨裡，已經有一、二、三、四、五、六、七、八、九、十和百、千、萬等字，最大記數已達到二萬多。這龐大的數字體系多用來計算戰俘或羊群，其文明程度可見一斑。

整合數字的方法，各國不同。有十二進位制的、有二十進位制的，還有六十進位制的。有專家說，現在全球統一使用的「十進位制」是中國人發明的。它的開創性使得它應該和中醫中藥、赤道坐標系、雕版印刷術，一起構成中國古代的「新四大發明」。

「十」是一個很重要的字。有意思的是許慎對這個字有多重解釋：「十，數之具也。」這是說它表數；接著許慎又說，「『一』為東西，『丨』南北，則四方中央備矣。」有專家說，許慎只是依據小篆的「十」作臆測，不足為信。因為，十在甲骨文中是「丨」，中有一圓點。小篆時那圓點變為一橫，才寫成「十」。但我覺得許慎，也有他的道理。

因為，「十」在甲骨文之前，已經作為單體的符號存在幾千年了。在八千多年前的甘肅大地灣彩陶上，就有「十」字符號。大家熟悉的六千多年前的半坡人陶器上，也有「十」字符號。同一時期的西亞陶器上，也存在大量的「十」字單文。這些符號，可能是陶器上的裝飾，也可能表示某種意思，不論怎樣都跟文字有密切的關係。

饒宗頤先生在他的《漢字樹》中說，東西方的這些「十」字，還有變化的「萬」字符，早期都是代

圖1.9：

河南偃師二里頭出土的夏代青銅器——鑲嵌十字紋的方鉞。

表吉祥的符號。與饒先生的觀點有些接近的是，大陸甲骨文專家多認為，甲骨文中的「十」字是巫術的「巫」字。

我沒資格反對專家們的這些說法，只是覺得這兩種說法，與許慎的「十」為「東西南北」四方的說法，並不矛盾。圖形是物象，符號是指事。「十」是符號，其指事意義鮮明。「萬」字符，本身就有「東西南北」的指向與輪迴。而「巫」，更是講究方位的，請四方神仙，保四方平安。「十」怎麼就不能是方位的化身，或集方位與巫於一字呢？比如，河南偃師二里頭出土的夏代青銅器——鑲嵌十字紋的方鉞（圖1.9）。

事實上，商朝人運用甲骨文指事達意時，還沒有創出表達東西南北四個方位的專字。甲骨文中的東西南北四個字，在當時都不是表示方位的。它們作為方位詞是很久以後的借字。由此，我們更可以相信，許慎所說的「十」集合了四個方位，它是一個高度概括的符號或文字。

說到這裡，忽然想起「十面埋伏」這個詞，那個「十」或許就是「東西南北」，也就是「全方位」包圍的意思吧？

風神統帥的四方

「揚州八怪」皆蓋世奇才，總有人想見識一下。那天，一位朋友對善於畫松竹的李方膺說：「世上什麼東西都好畫，唯有風畫不了。」李方膺二話沒說，轉眼之間即把「風」畫了出來。於是，有了現藏於榮寶齋的那幅傳世名畫《風竹圖》。人們評說李方膺的《風竹圖》，「不僅把風畫出來了，而且，把風聲也畫出來了。」

我想，祖先創造「風」字時，或許也有相同的故事。

甲骨文中「風」字，實際上就是畫了一隻鳳凰。古人借「鳳」言「風」，兩字相通。甲骨文中的「大鳳」就是「大風」，「小鳳」就是「小風」，「不鳳」就是不颳風。小篆時代，造的字多了，遂將「鳳」字還給了「鳳凰」，轉而創造了「風」字。《說文》解小篆的「風」為：「風動蟲生」，這一回是借蟲言風了。

一方水土，養一方人；一方水土，成就一方文化。毫無疑問，能將「風」與「蟲」連在一起的，必是北方人。北方人對風的感受與南方人是大不同的。四季分明的北方，對風的需求，也比南方要大得多。風在需求中，被尊為了神；又在需求中，指代了四方。

商遺址出土的甲骨文中，有一片非常著名的「四方風」牛肩胛骨（圖1.10）。這片武丁時期的刻辭，不僅刻記了東南西北的四方風神之名：如「東方曰析」、「南方曰夾」；而且，還在風神的名字後面，根據四方風不同時節的特徵，對各方的風做了命名：如「東方曰析，風曰協；西方曰夷，風曰

圖1.10：

商遺址出土的甲骨文中，有一片非常著名的「四方風」牛肩胛骨。

彝……」

這種根據風向的「內容」，將風標上記號的傳統，到了西周以後，被進一步光大。《爾雅・釋天》以《詩》為據，詩意地解說了四方之風。「南風謂之凱風，詩曰：凱風自南；東風謂之谷風，詩云：習習谷風；北風謂之涼風，詩云：北風其涼；西風謂之泰風，詩曰：泰風有隧。」

在人類的意識尚不足以認識天地之時，天地之間自然是「百神之所在」，天理地理都是神的道理。風，既然是神，就不光負責今生，還管得著死後。晉代郭璞傳古本《葬經》謂：「氣乘風則散，界水則止，古人聚之使不散，行之使有止，故謂之風水。風水之法，得水為上，藏風次之。」占卜術士將「風水」與方位融為一體，為生生死死又添了一分妖術之氣。

風是空氣的流動，本是空氣的一種生命方式，但和人類生活產生聯繫後，風就變得不那麼純然了。總結出風的規律是人類的一大進步，而將風與方位之學神玄化後，不僅方位之學，失去純真，風也被妖魔化了。所以，在談論古代科學時，要特別警惕術士挖的「風水」之坑。

以天分地的天經地義

「天下」這個詞，看上去是講家國權利的，其實，表達的也是古人的地理邏輯，即，地理在天。古人發現天上的恆星是不動變的，利用天上的恆星做做標記，如日、月、金、木、水、火、土七星，就可以確立基本的空間關係。隨著人們對自然的認識提高，又有了「仰以觀於天文，俯以察於地理」（《易經・繫辭上》）的對天地關係的概括。

遠古觀天是既重要又具體的大事，天官往往是由「三皇五帝」這樣的部落首領來擔當。所以有「天子觀星，知民緩急，敬授民時」之說。天象萬千，似神似獸，中國的先民與外國的先民一樣都將星星做了形象化處理。在華夏文化中，至少在新石器時代就已有「象」的萌芽。一九八七年仰韶遺址即出土了有東龍、西虎「二象」墓葬；而「四象」之形，在周初的青銅器上，已有成組了的圖案形了。

古人心目中的天，是神的代言，所以，在很長時間裡，古人是把天文與地理「混為一談」的。其中，對地理影響最深最廣的即「四象」理論。古代的天文學家，把滿天的恆星劃分成為「三垣」和「四象」七大星區。所謂「垣」就是「城牆」的意思。「三垣」之中，「紫微垣」居中央，是天帝住的宮殿（故宮之所以叫紫禁城，其「紫」取的就是「紫微垣」的意思）；「太微垣」象徵行政機構；「天市垣」象徵繁華街市。這「三垣」環繞北極星呈三角狀排列。所謂「四象」：即「三垣」外圍分佈的「東蒼龍、西白虎、南朱雀、北玄武」，也就是說，東方的星象如一條龍，西方的星象如一隻虎，南方的星象如一隻大鳥，北方的星象如龜和蛇。

但天空遠沒有「三垣」、「四象」那麼簡單，古人還發明了與「四象」相配的「二十八宿」。古人在黃道赤道附近，選擇了二十八個星宿為坐標，借此定位大地空間。目前，考古為我們提供的「四象」與「二十八宿」相配的最早證物，是湖北曾侯乙墓中的戰國漆箱蓋，上面畫著二十八宿和蒼龍、白虎（圖1.11）。

二十八宿是古人觀測天象的基礎，按方位劃分為——

東方蒼龍七宿：角、亢、氐、房、心、尾、箕；

南方朱雀七宿：井、鬼、柳、星、張、翼、軫；

西方白虎七宿：奎、婁、胃、昴、畢、觜、參；

北方玄武七宿：斗、牛、女、虛、危、室、壁。

複雜的星象，不僅為了分割群星，還有更廣泛的用途：天文家利用它，以正四時；輿地家利用它，以辨九州；軍事家利用它，以定方向。

《周禮》曾記載，星官「以星土辨九州之地」，每塊分封之地，都有二十八宿之星名。《史記・天官書》也說

圖1.11：

湖北曾侯乙墓中的戰國漆箱蓋，上面畫著二十八宿和蒼龍、白虎。

「天則有列宿，地則有州域」，可見古人以天經對地義，已具體到了星宿與州域相對具體的地理應用。如二十八宿之——角亢氐、房心、尾箕之東方七宿……對應九州之東的——兗州、豫州、幽州……《漢書・地理志》也是用星宿的分界，定地面州與州的分野。如「秦地，於天官東井、輿鬼之分野」，以天分地，在古代是天經地義的事。

那麼，古人為何要依據天空，來給大地定位呢？這就是古人的大智慧，因為地面上的山川河流，只能提供相對方向與地面標誌，而宇宙間的天體，如太陽、月亮、北斗星……則能提供絕對方位。所以，不僅古人以天定地，就是在今天，最準確的定位系統——衛星定位——也來自天上。

細分方位的二十四向山

杜牧是位「一句頂一萬句」的大詩人，他說「牧童遙指杏花村」，山西、安徽幾個省都爭「杏花村」。他說「二十四橋明月夜」，後人就千年論證：二十四橋是一座橋，還是二十四座橋？在揚州遊瘦西湖時，我找到了「二十四橋」。但此橋是不是彼橋，沒人能說清。其實，對於我來講，它到底是不是杜牧說的那個橋，意思並不大。有意思的是，它讓我想起了中國文化為何這麼偏愛「二十四」這個數字呢？二十四橋、二十四孝、二十四史、二十四番花信、二十四向山──對了，三八──二十四，占盤中的二十四向山，或許，就是這個奇妙數字的源頭吧？

河洛之學，藏著數字的陰陽變化。這些數字又被古人以方位之名鑲在古老的羅盤之中。看似在破解一個八卦陣，實際又佈下了一個迷魂陣。我們看一看占盤，就會發現單純方位，被占卜者延展出諸多風水的「附加值」。占盤的中央是天池，內置指南針。外面是活動轉盤，內盤是一圈一圈的，每圈叫做一層。最外是一個方形盤身，叫外盤或方盤。內盤之中，有一層是二十四山，即以八千四維加十二支，用來指占盤上的二十四個方位，即，甲、卯、乙；辰、巽、巳；丙、午、丁；未、坤、申；庚、酉、辛；戌、乾、亥；壬、子、癸；丑、艮、寅。每個方位佔十五度，正好三百六十度。

世界上用於測方向的羅盤，基本上分水羅盤和旱羅盤兩種（後有高科技的，另論）。精細地表示所在與天地間的相互關係。但中國風水師門派眾多，其羅盤種類無數，三元盤、三合盤、三元三合兩用盤、易盤、玄空盤及各派所用的獨特盤。西人只辨方向，鮮論凶吉。中國人則沉於凶吉，醉於迷失。

二十四向羅盤與八卦宮位，又有所不同。羅盤以「卯」代表東方，以「午」代表南方，以「酉」代表西方，以「子」代表北方，以「巽」代表東南，以「坤」代表正西南，以「乾」代表正西北，以「艮」代表正東北。此外，每個宮又管三個山，如，巽管：辰巽巳三山。「巽」為正東南，而「辰」屬東南內之偏向東方，稱為東南偏東，而「巳」屬東南內之偏向南方，稱為東南偏南。二十四方位就是這樣分配的，壬子癸、丑艮寅、甲卯乙、辰巽巳、丙午丁、未坤申、庚酉辛、戌乾亥等。

中國應當是世界上最早把方位做精細劃分的國家，但精細的方位分配，卻遊於占卜者的卦象風水之中（圖1.12）。

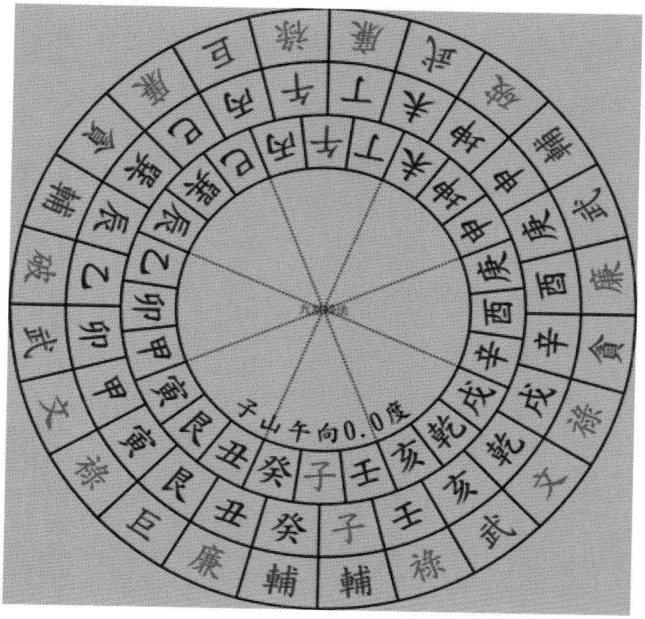

圖1.12：

古代中國的風水盤。

「天人合一」是中國人認識自然與人相互關係的一大進步，但「天人合一」也是占卜與迷信的核心。古老的倫理觀念是由天倫開始，而後進入人倫的。天倫有天命的含義，也有王命的含義，人在這個理論框架中，其位置是無法獨立的。在這樣的理論中，地理之學，即是天的哲學，命運的哲學。所以，傳統的地理學，看似很玄妙，其實很單薄，也很幼稚。包括號稱「四大發明」之一的指南針。

司南疑似指南物

先秦諸子，各為其主，參政議政，能言善辯。其政經方面的成果，為後世引為經典。其中，少不了旁徵博引，左右逢源之論，不經意間，還為後人研究科學史的提供了一些蛛絲馬跡。科學方面大家公推墨子為最能，其實，管仲、韓非也不是等閒之輩。

人們在溯源指南針的歷史時，發現《管子》一書，不僅涉及了地圖學，還兼論了地礦學。其《地數》最早透露了磁石的訊息「山上有慈石者，其下有銅金」。春秋初期，銅鐵界線不清，美金（銅）鑄劍戟，惡金（鐵）製農具。而關於磁石吸鐵的特性，戰國後期的《呂氏春秋》已有了準確表達「慈招鐵，或引之也」。而最接近指南針的敘述，則在《韓非子・有度》之中，「故先王立司南，以端朝夕。」

但他們畢竟戴不起科學家這頂大帽子。那些關涉科學的文字多是為政論服務的片言支語，細究起來，往往又不知所云。比如，韓非子最早提到的司南，到底是個什麼東西。是司職方位的官員，還是個指南的器具？人們找不到下文。《鬼谷子》中也有「鄭人之取玉也，載司南之車，為其不惑也」的記載。大約四百年後，在東漢的《論衡》中，我們又見到王充的「司南之杓，投之於地，其柢指南」的簡短記述。

司南好像是個指南物，但怎麼指也沒說清。唯一的圖像證物是河南南陽出土的東漢石刻：一個小勺子放在一個小方台上，旁邊還繪有風水先生一類的人物（圖1.13）。人們據此推斷，這就是傳說中

圖1.13：

司南唯一的圖畫證物是河南南陽出土的東漢石刻：一個小勺子放在一個小方台上，旁邊還繪有風水先生一類的人物。

的「司南」，即指南針的原形，所不同的是那根「針」（勺）是石頭做的。用磁針指南的歷史，還要更晚一些。最早見於九世紀的《酉陽雜俎》，書中有「勇帶磁石針」和「遇鉢更投針」的記載，十一世紀的沈括《夢溪筆談》則有更詳細的記載。

雖然，在各地的出土文物中，確實見到了石刻所描繪的方盤，盤多是用青銅做的，也有塗漆的木盤，盤子的四周刻有表示方位的格線和文字，是不是占盤？但磁石勺，至今沒有出土實物。現在大家能看到的司南實物，是中國國家博物館裡擺著的那個仿製品。其他博物館也依此仿製（圖1.14）。

不過，據文物學專家孫機先生講，中國國家博物館裡的那個司南是用人工磁鐵做的。實際上，天然磁石加工不出能指南的磁勺。一九五二年毛澤東要訪問三年前已造出原子彈的前蘇聯，郭沫若要求製作一個司南，作為毛澤東的出訪禮品。錢臨照院士找了最好的天然磁石，請玉工做成精美的磁勺，可是不論怎麼轉，它都無法指南。後來人們分

圖1.14：

出土文物中至今未見磁石勺，現在人們看到的所謂司南，都是後人按東漢石刻上的圖像復原出來的。

析：一是加工過程的熱度消解部份磁力，另外磁距太小，磨擦力又太大，使之無法指南。

我斗膽猜想：《韓非子・有度》中所說的「司南」，如果確有其器，也許是一種巫用的輪盤把戲之具；而鬼谷子記錄司南，他本人就是一個四處遊說的方士。後來，在漢代墓葬中，考古工作者見到了許多玉製的司南之勺。大家知道，漢代占卜之風大盛，最為流行的「三大辟邪之寶」，即有玉司南，另兩個是剛卯和翁仲。剛卯是由商周的玉管退化而來，四面皆刻有驅鬼之辭。翁仲，是一種驅鬼力士玉珮，採用「漢八刀」雕法，生動古樸。這些辟邪珮飾，生時多掛在身上，死後隨主人葬入墓中。所以，說司南是奇技淫巧之物，也未可知。

順便再說一則漢代的故事，僅供參考。

西漢方士欒大，曾利用磁石原理做了一副「鬥棋」，通過調整兩個棋子的正負極，忽而相吸，忽而相斥。欒大為顯示自己通神，便為漢武帝演示「鬥棋」。武帝深信其神通，遂封欒大為「五利將軍」，甚至，把女兒也許給了這位方士。

指南針的歷史真相

「歐洲第一個磁羅盤是阿瑪爾菲（Amalfi）人發明」的說法，令我印象深刻。因為，在義大利作沿海文化考察時，曾到過這座歷史名城。雖然，沒看到那個十二世紀的古羅盤，但小城依山面海的自然環境，讓我相信，這裡的人對航海羅盤會有強烈需求，且不說義大利產生的那些大航海家了。

我們的教科書，對「四大發明」介紹得很多。但課本有意無意地忽略了與我們的說法相衝突的西方科學活動。在說春秋初《管子・地數》「山上有慈石者，其下有銅金」是關於磁石的最早記載時，從來不提同一時期古希臘「科學元祖」泰勒斯（（Thales）約西元前六二五年～西元前五四七年），不僅發現了磁石，而且還明確指出了磁石吸鐵的現象：「萬物充滿了神的意志，馬格尼斯（Magnes，磁石）吸引鐵是因為它有靈魂的緣故。」

磁石的發現，東西方至少是同步的。

不過，磁石指南的現象，尚無證據顯示西方這方面的認識比中國早。所以，我一直相信指南針是從中國傳到西方的說法。關於磁石指南的最早記載，在戰國末期的《韓非子・有度》中即有「先王立司南，以端朝夕」。三國時，魏國的馬鈞受魏明帝之詔做指南車。人們多以為，這是一個磁指南的工具，其實不是。那個立在車上的小木人，不論車行何處，手始終指著南方。那是因為，車行之前，已事先定好南的方位，車子利用差動齒輪的原理，通過齒輪的作用，使小木人的方位不再改變（圖1.15）。

當然，最有說服力的是沈括的《夢溪筆談》。所謂「指南魚」，即用一塊薄薄的鋼片做成「魚」，

圖1.15：

三國時，魏國的馬鈞受魏明帝之詔做指南車。人們多以為它是個磁指南的工具，其實不是。車上的小木人，不論車行何處，手始終指著南方，因為車行之前，已定好南的方位，車子是利用差動齒輪的原理，使小木人的方位不再改變。

令肚的部份像小船一樣凹下去，將「魚」人工磁化後，使其浮於水面，「魚」就能指南了。

不過，古人的態度很端正。由先秦到晚清，先人從沒說過「司南」或者「指南魚」是中國最先發明的，也沒說夷人的指南針是盜版。將指南針列入「四大發明」，這樣「震驚世界」的說法，是英國人李約瑟提出的。此外，他還在沒有任何證據的情況下，推論水羅盤是從陸路傳到西方的。但西方學者不這樣看，他們普遍認為阿拉伯人至少在十一世紀之前，就先於中國在航海中使用磁羅盤了。

準確地講，指南針分為兩種，一種是水羅盤，一種是旱羅盤。中國人發明並使用的是水羅盤（北宋《宣和奉使高麗圖經》中有「視星斗前邁，若晦冥，則用指南浮針」（圖1.16）。而歐洲人發明並在航海中使用的是旱羅盤。明朝嘉靖年間，中國才從西方引進旱羅盤。前邊說過，有一種說法，認為義大利人阿瑪爾菲人在十二世紀最先發明了旱羅盤。十三世紀後半期，法國人又將旱羅盤加以改進，將其裝入有玻璃罩的容器中，成為便攜儀器。後來，這種攜帶方便的指南針被歐洲各國的水手廣為應用於航海實踐中。

說回「四大發明」這個今天看來有點可疑，當年確實「震驚世界」的說法。它是由李約瑟先生一手

圖1.16：

指南浮針。

創建的。一九四一年對中國科技史充滿興趣的李約瑟，來到中國實地研究中國古代科技。一年後，即推出「四大發明」的研究成果。當時，正值抗戰進入關鍵期，這個說法極大地鼓舞了中國人的民族自豪感和抗戰鬥志，遂被廣為傳揚。一九五四年《中國科學技術史》首卷正式出版，成為迄今為止這方面的權威著作。

但全世界廣泛使用的《大英百科全書》中，指南針是用兩個不同詞條解釋：第一個詞條為方向指定儀器：「中國古代四大發明之一，磁指南發明於西元前三世紀，稱為『司南』……」第二個詞條為羅盤：「航海或勘測時，在地球上使用的基本測向儀器……十二世紀，顯然，中國和歐洲的航海家都有各自的發現。」兩詞條分立，似乎羅盤才是真正的「指南針」。

我願意相信「四大發明」的存在，但美國經濟學家蘭德斯的一個說法更讓人深思。「歐洲人最大的發明是，他們發明了『發明』這個觀念與活動，從而熱中於不斷地創新，對於中紀末以來歐洲人的生產起了重要的幫助」。而我們的祖先對待發明，常常是一言以蔽之——「奇技淫巧」。所以，多說一句：即使是我們第一個發明了指南針，我們也照樣在歷史進步的路途中迷失了方向：一是知識技術造就的工業文明，二是航海擴張後形成的世界經濟。

河圖洛書中的方位謎團

傳統文化中最受寵的，往往不是那些樸素的真理，而是那些說不清道不明的東西。這種傳統似乎也對得起西方人給咱扣的那頂大帽子——「東方神秘主義」。

二〇〇七年夏天，那是第幾次研討《易經》了？恐怕河南人自己都不知從哪算起了。但這次的研討更旗幟鮮明，就叫「弘揚河洛文化」。河洛文化緣自「河圖洛書」這個頗有引經藏典意味的文化詞，讀書人耳熟能詳，但細究起所云何事何物，連《辭海》也未給出個定論：「河圖洛書是古代儒家關於《周易》和《洪範》兩本書的來源的傳說。《易・繫辭上》說：『河出圖，洛出書，聖人則之。』」傳說伏羲氏時，有龍馬從黃河出現，背負「河圖」；有神龜從洛水出現，背負「洛書」。伏羲依「圖」和「書」，畫成八卦，成為後來的《周易》來源。另說，大禹時，上天賜他《洪範九疇》（也被認為是《尚書》的來源），大禹依此治水成功……

「河圖洛書」由神而授，聖人依此辦事——這個說法出自《易》，但又沒有詳解，聖人是依圖辦事，還是依文辦事？「河圖洛書」到底是「圖」，還是「書」？從先秦到唐代，沒有人見過「河圖洛書」是什麼模樣。時至今日，就是開了無數河洛文化研討會的河南，也拿不出這方面的考古實證。所以，大家仍沿著《易》佈下的迷魂陣，一路瞎猜。

今天被大眾所熟悉的八卦圖，源於宋代。宋初，華山道士陳摶將河圖洛書演繹成兩幅圖。這兩幅圖從北宋傳到南宋，從華山道觀傳入鴻儒書房。最後，經朱熹之手刊於《周易本義》中，遂成儒道共

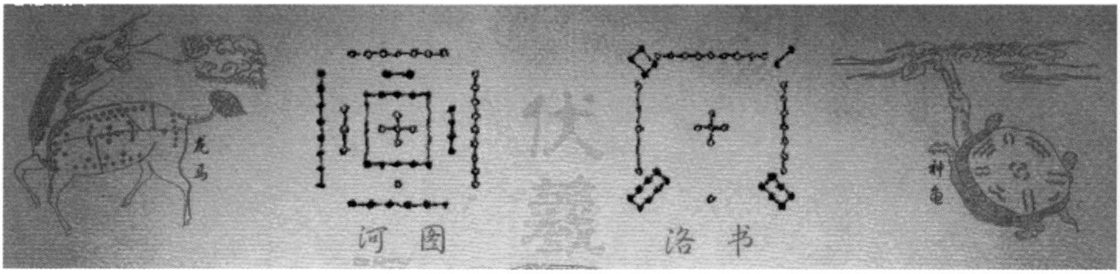

圖1.17：

左圖為西漢汝陰侯墓出土的「太乙九宮占盤」複製品。右圖為「河圖洛書」的復原圖。

用的「河圖洛書」的母本。「河圖洛書」就這樣棄「書」從「圖」了（圖1.17）。

說起來，一個道士演繹的圖，竟成了大儒認可的經典，頗為荒唐。但若從考古發現而論，還是有背景可查的。從周原遺址出土的卜骨上看，周時已有用「⚊」和「⚋」表示的卦象。而一九七七年安徽阜陽雙古堆西漢汝陰侯墓出土的「太乙九宮占盤」，其圖式就與洛書完全相符（圖1.18）。此占盤至遲為西漢時期文物。其正面按八卦位置和五行屬性（水、火、木、金、土）排列，九宮的名稱和各宮節氣的日數與《靈樞・九宮八風》首圖完全一致。小圓盤過圓心劃四條分線，在每條等分線兩端刻「一君」對「九百姓」，「二」對「八」，「三相」對「七將」，「四」對「六」，與洛書佈局完全符合。「九上一下，三左七右，以二射八，以四射六」，也與《易緯・乾鑿度》相合。有人據此認為，「太乙九宮占盤」的出現，說明「洛書」至遲於西漢時期已經形成，而北宋道士陳摶演繹的「圖」，也應該是有所本的。

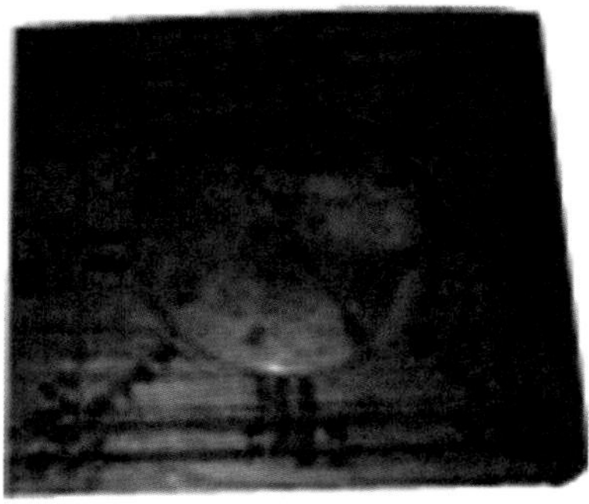

圖1.18：

一九七七年安徽阜陽雙古堆西漢汝陰侯墓出土的「太乙九宮占盤」，其圖式就與洛書完全相符。

不過，「圖」雖確立了，但對那些非黑即白的小圓點排列組合的破解，一千年來從沒有統一過：上古星圖、陰陽五行圖、東西南北方位圖、陰陽數字圖……還有人認為河圖為上古氣候圖，洛書為上古方位圖……總之，天倫地理，盡在圖中。

近來讀了西南師範大學編的《中國歷史地理文獻導讀》，書編得很好，但所收三十多篇歷史地理文獻中，獨獨沒有《易》的身影。《易》雖然巫氣重重，畢竟反映了古代中國的核心地理觀。《易》對天地方位做了第一次大整合，也為後代佈下了一個解讀天地方位的千古迷宮。

河伯獻圖與大禹鑄鼎的地圖夢

古代中國的地圖，始於何時？

很久很久以前，大禹奉王命去治理水患，有位老伯在河邊撿起一片青石送給了大禹；聰明的大禹發現，那片青石原來是一幅治水用的地圖；大禹依圖治河，終於取得成功——這就是《莊子》、《楚辭》等古代文獻中都記載過的「河伯獻圖」的故事。

大禹和地圖的故事，《左傳》中也記錄：「惜夏方有德也，遠方圖物，貢金九牧，鑄鼎象物，百物而為之備，使民知神奸」。這段話是說：在夏朝極盛時期，遠方的人把地貌、地物以及禽獸畫成圖，而九州的長官把這些圖畫和一些金屬當作禮品獻給夏禹，禹收下「九牧之金」鑄成鼎，並把遠方人畫的畫鑄在鼎上，以便百姓從這些圖畫中辨別各種事物——這是「禹鑄九鼎」的故事。

至少在夏朝，中國就已有了青銅器。商周時把需要保存的重要文字鑄於青銅器上，已是尋常之事；若將地圖鑄於青銅器上，也在情理之中。如果，我們拿這些源於戰國的文字描述當史實，就會得出中國至少有四千多年繪製地圖歷史的結論。不過，這些傳說都沒得到考古實證。目前已經出土了許多形制不同的九鼎，至今沒有見到鑄有山川形勢的銅鼎。

除了夏禹的傳說提到地圖之外，關於西周的一些文獻也提到了地圖。

比如，西周厲王時的散氏盤銘文，即記載了西周散與夨兩國土地糾紛的事：夨國侵略散國，後來議和。夨國派出官員十五人來交割田地及田器，協議訂約。夨人將交於散人的田地繪製成地圖，在周王派

圖1.19：

目前發現最古老青銅地圖是一九七〇年代河北平山縣中山王墓中出土的銅板地圖，它幾乎就是青銅地圖中的「孤本」。

來的史正仲農監交下，成為夨散兩國的正式券約。青銅盤原為盛水的器皿，但散氏盤在鐫鑄契約長銘後，已然成為家國宗邦的重器。

再如，《尚書‧洛誥》記載：西周周公旦輔政時，按照周武王的遺願，決定營建東都洛邑，由召公到武王選定的地區，測量地形，做作建都規劃，新都洛邑建成後，稱為成周。其中就提到了為選建洛陽城址而特意繪製的地圖。

我們至少可以相信，商周時已有了很好的地圖。但至今考古實踐中，仍看不到商周的地圖實物。目前發現的最古老的青銅地圖是一九七〇年代河北平山縣中山王墓中出土的銅板地圖（圖1.19），它幾乎就是青銅地圖中的「孤本」。

這幅戰國青銅地圖，實際上是中山王的陵園規劃圖，圖縱四十八公分，橫九十四公分，銅圖版上鑲嵌著金銀絲線條。圖中詳細整齊地排列了五個享堂的方位，圖面規整，線條勻稱，並注有相應文字說明。專家將其命名為《兆域圖》，「兆」為古代墓與祭壇之

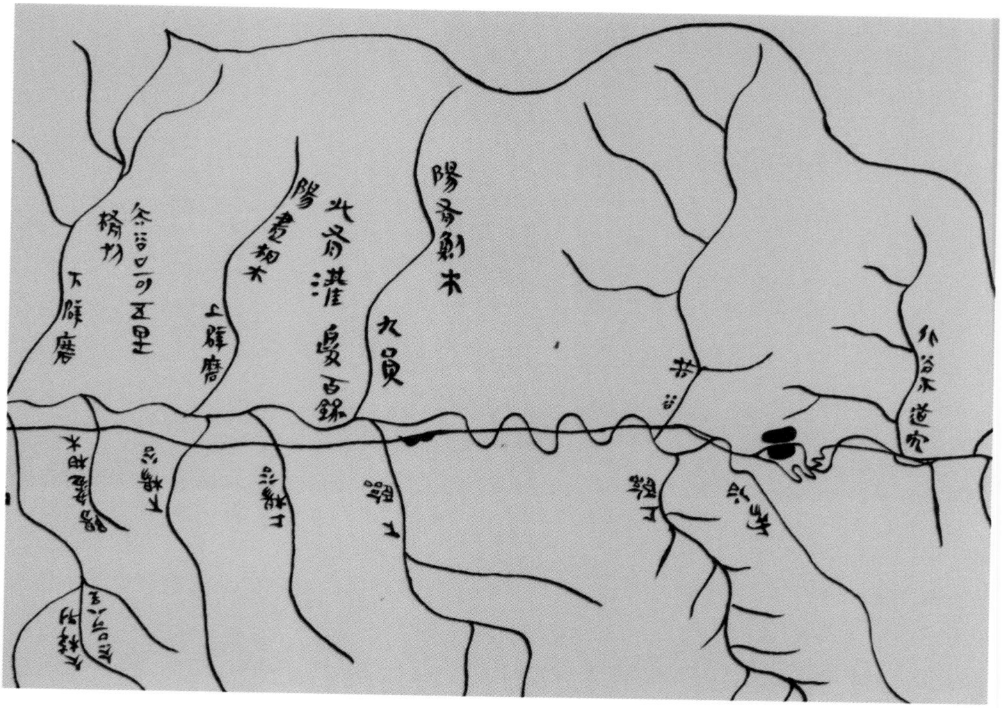

圖1.20：

天水放馬灘秦墓出土的木板地圖六號圖（墨線圖）。

稱。此圖現藏於河北考古研究所。

不過，《兆域圖》畢竟表現的不是一個地域的方位圖景。它還不能稱為真正的中國最早的地圖。傳說早期的《孫子兵法》竹簡上曾附地圖卷，但至今沒有找到考古實證。不過，依我在湖北九連墩出土文物展覽中，見過的繪有花紋的竹簡卷子推斷，當時應有在竹簡上繪製地圖的可能。

除了竹簡，木版也是一種古人刻畫地圖的材料。《論語・鄉黨》中有「負版」之說，但是不是背著木板地圖，專家說法不一。幸運的是在一九八六年天水放馬灘秦墓發掘中，人們見到了戰國木板地圖，此為目前我們所見到的最早的古代木板地圖。

這組戰國末期的秦國縣區地圖，以黑線繪製在縱十八公分，橫二十六公分，厚一公分的三塊松木板的兩面上，共有七幅。根據同時出土的竹簡紀年和隨葬品的特徵推斷，專家認為這些地圖應為秦王政八年（西元前二三九年）的物品，是目前所知世界上最早的木板地圖（圖1.20）。

放馬灘木板地圖反映了秦統一後誕生的最早的縣之一：邽縣的地理概況。地圖不僅繪有山川、河流、居民點、城邑，並有八十二條文字注記，特別是標注了各地之間的相距里程，其中的二號圖中，還標注了北為「上」（與馬王堆出土的《地形圖》的方向相反，或表明了秦漢時代地圖版式方向還沒有一致規定，可以是上北下南，也可以是上南下北）。這些地圖的目的性，可以從它的描繪內容去推想：它可以是地方官的《行政區劃圖》，也可以是《治水工程圖》，還可以是《林木資源圖》，更可以是保家衛國的《軍事地圖》。

秦漢以前的地理學在繪製地圖方面是否有嚴格的標準，史無明確記載。晉代地圖學家裴秀總結前人製圖經驗，提出了「製圖六體說」，即分率（比例尺）、準望（方位）、道里（距離）、高下（地勢起伏）、方邪（傾斜角度）、迂直（河流道路的曲直）作為繪圖六原則。放馬灘木板地圖除沒有明確的「分率」外，餘皆具備。所以，這組地圖被專家認為是「古代中國第一圖」，現藏於甘肅省文物考古研究所。

如果說《河伯獻圖》和《九鼎圖》是後人借大禹這個傳說中的人物，來表達祖先的繪製地圖的願望，那麼，放馬灘木板地圖則可以說，是將人們帶入了科學描繪空間世界的地圖時代。

2 方國天下，華貴夷賤

在水一方

蒹葭蒼蒼，白露為霜。所謂伊人，在水一方。
溯洄從之，道阻且長。溯游從之，宛在水中央。
蒹葭淒淒，白露未晞。所謂伊人，在水之湄。
溯洄從之，道阻且躋。溯游從之，宛在水中坻。
蒹葭采采，白露未已。所謂伊人，在水之涘。
溯洄從之，道阻且右。溯游從之，宛在水中沚。

這首詩出自《詩經・秦風》，名為《蒹葭》，所謂蒹葭即蘆葦。這首詩令我感興趣的不是它藉蘆葦變化抒發的相思之情，而是它一口氣用了六個「在」字。《蒹葭》中的「在」字，用得十分流暢與精確，營造了非常美的意境。我由此猜想：最初，古人是怎樣確認自身所處的方位與存在的？

「在」字是由「才」字演變而來的。「才」字最初的字形有很多，大都描繪的是草木生長的形象，近於「十」字，有枝有根。它應該有點「存在」的意思，也有點標示方位的意思。所以，甲骨卜辭中，借這個「才」，來當「在」用。

甲骨卜辭中的「才」，有很多近於今天「在」的用法，表達行為所涉及的空間與時間。如，「王才亳」、「才六月甲申工」、「彝才中丁宗才三月」。金文的「才」，旁邊加了「士」，小篆將「士」又變為「土」，更加明確了空間概念的表達。金文中，「在」是一個使用頻率很高的字，僅《殷周金文集成》中，計有四百二十八次，可見古人對於「在」的重視。

中國的「在」，非常實在。聖賢之書，言之鑿鑿：《論語》有「父在，觀其志，父歿，觀其行」，此言存在；《易經》有「在下位而不憂」，此言所處。市俗話語，情之切切：即有「所謂伊人，在水一方」的目標鎖定；又有「新晴在在野花香」的處處留情好風光。

西方的「在」，非常玄妙。比蘇格拉底資格還老的巴門尼德（**Parmenides**），一上手就用古希臘文將「在」塗抹得不清不楚：「存在物是存在的，存在物是不存在的」。巴門尼德用「在」這個詞，指明了認識世界的兩條道路，而後人多數迷離於這個「在」字之外，大致能辨認出它是個包含著「是、有、在」三層意思的一個動詞。

「在」是一門重要的功課，漂浮於時空之間。時間不會變長，因為沒有長度；空間可以變大，因為沒有邊界。時空中，「在」因事起意，有事則「在」，無事則「恆」。海德格（Martin Heidegger）寫《存在與時間》（*Sein und Zeit*），他的門徒則寫《存在與虛無》（*Sartre's Being and Nothingness*）。沒有「無」所啟示出來的原始境界，就沒有自我的存在，就沒有自由。「無」並不是有了存在者之

圖2.1：

鬼方是歷史上著名的方國，即後來的匈奴。考古發掘出的甲骨中，刻有「鬼方」的甲骨，目前僅有三塊，此為其一。

後才提供出來的相對概念，而是原始地屬於本質自身。這是海德格說的。在哲人那裡，我們所說的「在」，它一會兒「在」，一會又不「在」了。方位與處所漸漸消失，剩下的不是指涉內心，就是關乎自由。

一個動詞就這樣升格為一個哲學的根本命題。

接下來，我還要說說「所謂伊人，在水一方」。這一次不說「在」了，而是：在水一方的「方」，最初是哪一方？

方字，甲骨字形與今天幾乎沒有大差別，有專家說是起土的鍤，後引申為方形，方圓，沿著起土成形的意思，方圓與方國在空間概念上，找到了重合的理由。方與國的表達也就融為一體。

從考古上講，商朝與「氣血兩虧」的夏朝不同，商有甲骨文撐腰，凝聚了信史的底氣。商的國家在甲骨刻辭中，多以「方」記。如「危方以牛其蒸於甲申」，其「危方」即危國；再如「伐羌方」，即討伐羌國；「鬼方」，即後來的匈奴（圖2.1）。甲骨刻辭中這一類記載，有一百多個。因而，後人稱此時之諸侯國為——方國。

商朝的方國，按《呂氏春秋》講「至於湯而三千餘國」，比現在聯合國統計的全世界國家多出十倍有餘。這些方國雖多不可考，但從已知的方國地望，如周方（今陝西岐山一帶）、商方（今河南商丘一帶）、井方（今山西河津一帶）、危方（今淮陰之西）……將其連接起來，可略知商朝方國的區域和文化圈。

方，在商朝除了代表國家、方國之外，還代表方神，即四方之神。方神不像其他自然神，它沒有物象，只有方位。如「其求年於方，受年。」即向方神祈求好年成。方神有四方之神，也有單一方向的神，何方神聖都可以拜，都可以求。如「甲子卜，其求雨於東方」、「南方受年」。即求東方之神，求南方之神，授雨順豐年。商朝人能夠將方向轉化為一種崇拜對象，可見，斯時的人們對方位的認識已達到一定高度。

方是對自然的認識，也是對生活的感悟。

但是到了莊子的時代，明明白白的方向，卻被上升為玄玄乎乎的哲學。莊子說，彼方出於此方，此方也存於彼方，方是對立，且互生的。所以，又有「六合之外，聖人存而不論，六合之內，聖人論而不議」之論。莊子所說的「六合」，即天地及東南西北。本來各自分立的方，向外無限伸展的方，有多種可能的方……被莊子加底扣蓋弄成一個「論內不論外」的盒子，謂之天下。顯然，這是一種偏於消極的天下觀。

傾國傾城

東北的「忽悠」，實際上是從河北學來的。這裡就不細論二人轉的「秧歌打底，蓮花落鑲邊」的淵源了，僅講一個古代河北人忽悠皇上的光榮事跡。

那日，漢武帝閒來無事，令中山（今河北定州）歌手李延年，弄個小曲解悶兒。李延年知道皇上那幾道彎彎腸子裡想的是啥。放膽唱道：「北方有佳人，絕世而獨立。一顧傾人城，再顧傾人國。寧不知傾城與傾國？佳人難再得！」漢武帝的「饞蟲」一下被勾了出來，明知山有虎，偏向虎山行——速將那個能亡國的美女給我找來。有人告訴皇上，那北方佳人就是歌者李延年的妹妹。小女子即刻被召入宮，歌舞果然了得。龍顏大悅：賞，舉賢不避親的好幹部協律都尉——李延年。

這是班固錄在《漢書》中的事。

傾國傾城的故事，多是用來講女人是禍水的道理。其實，最初的「傾國傾城」，講的是正反兩方面的典型。詩曰「哲夫成城，哲婦傾國」。說的是聰明的男人，可以成全一個城市；有心計的女人，可以弄垮一個國家。

古「國」字，說起來是一個很男性化的字，與女人一點關係都沒有。最早的「國」字，很像現在的「或」字。左邊那個「口」，代表城防與地界；右邊是一支「戈」，代表武裝與守衛。到了小篆，這個「或」字，才被一個更大的方框給圍上了，就成了國（圖2.2）。

最早被「傾」的「城」與「國」，還不完全是一個完整的國家概念。甲骨卜辭中的「國」，多是指國族，即部落、邦國、族群，也有一點方國的意思。「方」是族群與土地的兩個概念的合成，在甲骨卜辭中，我們能看到一百多個不同名號的方國名字。在商朝，人名、地名、族名和國名，往往是不做區分的。《說文》說「或，邦也」，城與域，都與之相關。所以，城裡的人，也叫國人。相對應的，城外為郊人，郊外為野人。西元前八四一年，國人不滿於周厲王的統治，舉行著名的「國人暴動」，就是一次「城裡人」造反，推翻了執政國王。

但真正的國家之「國」，是西周之後的認識。國是個地域詞，更是個政治詞。它表達了複雜的權力與利益。西周以後不僅「國」的概念清楚了，「國界」的意思也一點點顯露出來。到了東周列國時期，城與國，城防與國防，更是緊密相連。從秦人築的長城，一直到明代築的長城。這個「城防」一直是與「國防」緊密相連的。所以，從這個意思上講，「傾城」也就「傾國」了。

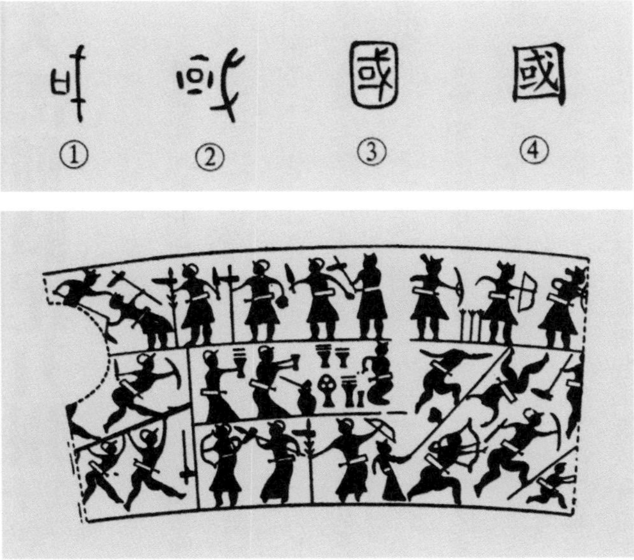

圖2.2：

「國」字的古字形象和漢代石刻中的攻戰圖紋和很多相似之處。

歷代的文人，都將貪色誤國的事，納入到文學的主題中來，並有許多強調「軟國防」的名句，千古傳揚。如，「漢皇重色思傾國」。明言「軟國防」，就是要防那些「回眸一笑百媚生」的女人。

大禹何時定九州

傳說中，夏代也有自己的歷史文獻。據《左傳·昭公十二年》載：楚靈王稱讚左史倚相：「是良史也，子善視之，是能讀《三墳》、《五典》、《八索》、《九丘》。」關於這些史前經典，據說是孔子撰寫的《尚書序》中有這樣的解釋：「伏羲、神農、黃帝之書，謂之《三墳》，言大道也。少昊、顓頊、高辛（嚳）、唐（堯）、虞（舜）之書，謂之《五典》，言常道也。八卦之說，謂之《八索》，求其義也。九州之志，謂之《九丘》。」

大家知道夏是沒有文字的，所以夏的經典《三墳》、《五典》、《八索》、《九丘》皆是春秋學人假托古聖先賢或撰寫或傳說的古老典籍。實際上，不論是《伏羲八卦》、《神農本草經》、《黃帝內經》，還是論述「九丘」的《禹貢》，最早成書都不超過春秋戰國。

現在，說回刊定九州的禹。關於禹的文字描述，皆來自《尚書·禹貢》。但《禹貢》成書又在何時呢？我們只好求助中國文化中兩個重要的寶貝；一個是青銅器，一個是甲骨文。它們保證了信史的真實性和可見性。誰也想不到歷史老人會在二〇〇二年，為我們亮出一份關於大禹、關於《禹貢》的青銅證明。這年春天，寶利藝術博物館的專家在香港古董市場購得一件西周中期的青銅器遂公盨（圖2.3）。盨，是一件古代用來盛粱食用的器具，也是一種禮器。遂公，據李學勤先生考證，應是遂國之君，也是這個禮器的製作者。遂國在今天的山東寧陽西北，傳為虞舜之後，春秋魯莊公十三年（西元前六八一年）被齊所滅。令學界感到震驚的是這個禮器內底，有一篇九十八字的銘文。銘文劈頭就是一句：「天

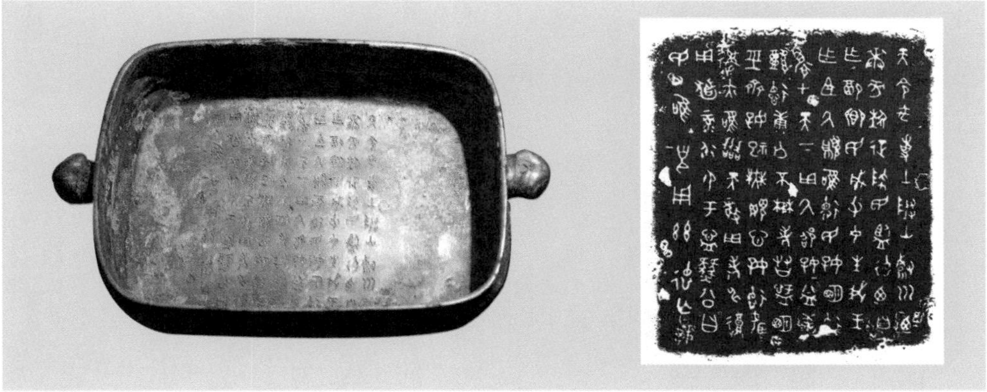

圖2.3：

西周中期的青銅器遂公盨銘文，是大禹，以山水為依，浚河分土事跡的最早記錄。

命禹敷土，隨山浚川，乃差地設征……」這句銘文與《尚書・禹貢》的第一句，「禹敷土，隨山刊木，奠高山大川——」何其相似。說的都是：禹，以山水為依，浚河分土之事。

此前，學者們只見到過春秋的秦公簋等青銅器上關於「禹跡」等片言隻語。所以，學者多認為，《禹貢》成於春秋戰國。只有王國維說《禹貢》雖「係後世重編，然至少亦必為周初之人所作」。而今，這件西周中期的遂公盨，王國維的推論提供了證物，撫今追昔，王國維真不愧是大師中的大師。

大禹的業績，歷代傳揚的多是他治水的故事；而他的另一偉業，則被淹沒了。其實，大禹治水的同時，他還借此機會，劃分了中國最早的行政區「九州」。如《左傳》所言，「茫茫禹跡，畫為九州。」按《禹貢》所載，禹所劃分的「九州」為：冀、兖、青、徐、揚、荊、豫、梁、雍。

甲骨文的「州」字，源於「川」字，而「川」字又源於「水」字。所不同的就是「州」比「川」多了水中的小島。所以，州的意思也非常明確，「水中可居曰州」。古人為何要依水而居，主要是便於農作和居家過日子。所以，甲骨文中就有了「川」的地名，如，「丁歸在川」。但是，依水而居又要防止洪水，房子往往建於傍水的山丘之上。因而，「州」又成為居住區域的名稱，遂有「夏州」、「戎州」、「陽州」、「瓜州」之名。而在歷史悠久的中原，今天我們還能見到「商丘」這樣有明顯地貌特徵的地名。

既然，有了各個「州」的地理存在，隨著慾望的增長幅度的不斷擴大，自然產生了管理這些州的帝國。於是，有了「茫茫禹跡，畫為九州」的偉大事變。大禹畫出這九個行政區，不是簡單地為九個州分出地界，而是為了讓大家守好責任田，而後分頭納稅，供養帝國。

「九州」是古代中原人活動的主要範圍，並不是現今中國的範圍。冀州：即今之山西與陝西間的黃河以東，河南與山西間的黃河以北，和山東的西北部及河北的東南部。雍州：相當於今之陝西中部，甘肅東南部，寧夏南部，及青海的黃河以南。豫州：即今之河南全省及湖北的荊山以北。荊州：即今之漢江以南，南漳以西，衡山北。兗州：即今之河北滄縣以南，山東濟南以北。揚州：即今之淮河以南，至長江南岸，東臨東海。青州：即今之山東德州和濟南一線以北，及河北的一部份。徐州：即今之山東東南，長江以北的江蘇大部。梁州：即今之陝西秦嶺以南，子午河和任河以西，至貴州的桐梓。

《禹貢》「九州」中的各州之名，也不一定就是現今的各州。「九州」所指範圍，大約在今天的山東、山西、河南、河北、陝西、安徽、江浙、兩湖等地，或者更大一點，也許更小一點；當然，也有專家們認為，「九州」根本就是虛指。

雖然，禹的故事與銘文，都說得言之鑿鑿，但西周時，周王的力量畢竟還很有限，不可能統一天下，更不可能統治「九州」那麼多、那麼大的地方。所以，我們只能說，西周時，中國人就有了「九州」的理想。

學者們認為，《禹貢》中的「九州」之「九」，雖然說得很具體，但決非指九個大型的行政區劃，而應當是眾多有河流環繞的山丘的總稱。因為，禹時天下未定，大一統的格局尚未形成。但後來「九州」所表達的統一思想被認可，進而引申為「全國」的代稱。國人因此形成了以內外文野來區別地域，確立了一種講「秩序」的「世界觀」。如南宋嘉定二年（一二〇九年）蔡沈復原的禹貢山川的歷史地圖，《禹貢》中的九州等重要地名都有所反映（圖2.4）。

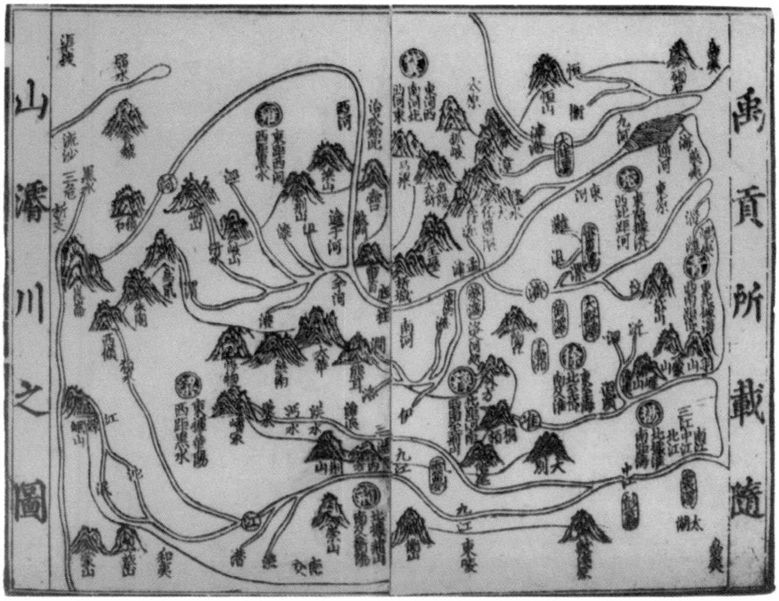

圖2.4：

南宋嘉定二年（一二〇九年）蔡沈復原的禹貢山川的歷史地圖，《禹貢》中的九州等重要地名都有所反映。

州在周朝時，已被用來做民戶編制，「五黨為州」。東漢時期，州成為正式行政區劃。而後代「州」越分越多，越分越細，有直隸州、散州等，轄區範圍亦呈縮減之勢。隨著「州」的行政區的確立，人們為表達「水中陸地」的意思，又造了一個「洲」字，以示區別。

不過，從政治地理的角度講，我以為，「九州」到底指哪，到底有多大範圍，這些都不是重要。這個「九州」的價值，在於它代表了一種道統地理的思想。「九州」雖不是一個標準的行政區劃，但卻是統一王權的世界觀在地理上的反映。如此來看，西周並非只是分封制的歷史，而是在分中求合的歷史，「九州」即是大一統地域觀的天下格局。

攤一張「畿服」的大餅

說到中國的行政區劃，皆言堯因洪水之災，分中國為十二州；而後，禹依治水之山河，又將中國劃分為九州；再後之商周，又把中國以中原為中心向外擴張，分為五服、九服。當神話被當成歷史來講述時，所謂歷史，只好估妄聽之。

《尚書》、《國語》中都有五服的記載：九州畫定，國都確立。此後，如何建立國家的納稅體系？如何建立國家的安全體系？

先王創造了五服區劃制度。即，甸服、侯服、綏服、要服、荒服。具體講，就是在天子的領地之外，每五百里為一個行政地段——服。各服依次向外延伸：「邦內甸服，邦外侯服，侯衛綏服，夷蠻要服，戎狄荒服」。五服有服務、服役、服從的多重意思。如，甸服主要為天子治田出穀稅；侯服為天子和國家服差役；綏服推行國家的文化與教育，並擔當保衛國家的任務；要服區域內的人，要遵守王法，和平相處；最外邊的荒服，人們可以自由流動遷徙。依照五服的順序，貢期分別為一年一次、兩年一次、三年一次、四年一次、五年一次。《周禮》進而將將「五服」擴展為「九服」：「侯服」、「甸服」、「男服」、「采服」、「衛服」、「蠻服」、「夷服」、「鎮服」、「藩服」。

古人這種「五服」、「九服」的說法，實際是後世學者對前朝政治的一種理想表述，而非歷史實錄。商周實行「封邦建國」的分封制，封國內獨立為君主，天朝並無任何行政區劃。中國真正的行政區劃始於西周之後的郡縣制度。

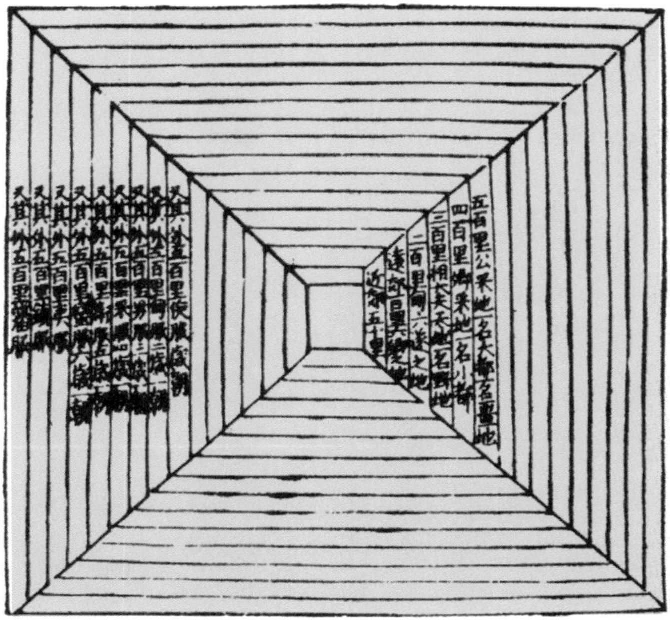

圖2.5：

宋代《新定三禮圖》中的「九服」示意圖。

自東周實行郡縣制以來，分封制開始瓦解。自秦漢以來，郡縣制一直佔主導地位，但分封制並沒有完全消亡，它也以與西周不同的形式長期延續存在。分封制與郡縣制都是君主專制政體下中央和地方關係的體現形式，二者的長期對抗反映了中央集權與地方分權的鬥爭。

古人「五服」、「九服」的理想主義行政區劃，很像今天的北京城的一環、二環、三環……五環的道路規劃，有著濃厚的「攤大餅」式的農民色彩（圖2.5）。但它卻展現了中國人對於世界秩序的一種獨特的理解，即「中心」與「周邊」的親疏與從屬關係。從而確立自我為核心，而後層層保護，或者，漣漪式向外擴張的政治策略。儘管歷史上這張大「餅」，曾不斷被異胡夷之族扯破，但每一次現實的挫折，都強化了國人關於這種世界秩序的想像。

周人初定「宅茲中國」

如果說「國」是以武力勾畫的勢力範圍，那麼「中國」，則是國家對所處位置的定位與命名。有意思的是，在十萬片甲骨裡，「中」和「國」都有近百個，就是沒有「中國」一詞。那麼，「中」與「國」是什麼時候扯在一起的呢？一九七〇年代以前，很多文章都說「中國」一詞最早見於中國的第一部書《尚書》，如「皇天既付中國民」，但考古學家後來發現了最早的「中國」二字，證明早在青銅器時代，就已有了「中國」這個詞。由於這個發現，晚之又晚，所以鮮為人知。

話要從一九六三年陝西的一場大雨說起，雨水沖塌了寶雞農民陳堆的後院土崖，露出一個閃閃發亮的銅器。陳堆和妻子用小橛頭刨出了這個銅傢伙，見它沒什麼用處，就拿到廢品收購站——三十斤三十元——當廢銅賣了。兩年後的一天，寶雞市博物館的佟太放在廢品收購站，發現了尚未送去冶煉的銅尊，一眼認出這是件文物。於是，寶雞市博物館仍以三十元的廢品價格將它收購。這是一尊西周初期的青銅酒器。高三十九公分、口徑二十八・六公分、重十四・六公斤。專家認定，這是一件精品文物。但其中暗藏的驚天機密，仍未被發現。

轉眼十年過去，一九九五年中國調集全國新出土的文物精品出國展出，寶雞的這件文物來到了籌展的青銅器專家馬承源手裡。大師到底是大手筆，在清除銅尊蝕銹時，馬先生發現內膽底部有一篇一百二十二個字的銘文：「唯王初遷宅于成周。復稟王禮福自天。在四月丙戌，王誥宗小子于京室，曰：『昔在爾考公氏，克弼文王，肆文王受茲命。唯武王既克大邑商，則廷告于天，曰：余其宅茲中

圖2.6：

最早刻有「中國」二字的西周青銅酒器——何尊。右圖為何尊銘文。

國，自茲乂民。嗚呼！爾有雖小子無識，視于公氏，有勳于天，徹命。敬享哉！』唯王恭德裕天，訓我不敏。王咸誥。何賜貝卅朋，用作庾公寶尊彝。唯王五祀」。

何尊的最高價值在於這一百二十二個字的銘文，銘文大意是：成王五年四月，周王開始在成周營建都城，對武王進行豐福之祭。周王於丙戌日在京宮大室中對宗族小子何進行訓誥。講到何的先父追隨文王，文王受上天大命統治天下。武王滅商後則告祭於天：「余其宅茲中國，自之辟民」（我將中國作為統治地，親自統治那裡的民眾）。周王賞賜何貝三十朋，何家作此尊，以示紀念。

何尊記載了周成王繼承武王的遺訓，營建被稱為「成周」的洛邑，也就是今天的洛陽這一重要史實。同時，在表示定都天下的中央時，使用了兩個驚天之字——

「中國」——這是青銅器上首次發現「中國」二字，也是「中」、「國」二字首次以一個詞的面目出現。因銅尊銘文表明它是何姓人家所製，遂被命名為「何尊」。何尊因馬先生的「二次發現」而被列入六十四件永久不准出國展出的中國國寶級文物目錄中（圖2.6）。

「中國」兩字作為詞組，首次在青銅銘文中出現。這是中國人應該記住的一件大事。青銅銘文就是用青銅鑄造出的寶貴歷史，除了印證史籍或彌補史籍的不足外，它們又代表著真實、代表著不朽。以周之青銅及銘文而論，何尊的價值遠在毛公、大盂、大克三大鼎之上；以尊而論，它比商代的四羊方尊還有價值。但堪稱「鎮國之寶」的何尊，藏於寶雞，幾乎不為大眾所知。令人稍感安慰的是，一九八二年發行的《西周青銅器》特種郵票，印上了它的身影。這套一共八枚的郵票，第一枚就是何尊。

大中華概念的形成

如果說，西周何尊的銘文最早出現的「中國」二字，是選一個中央的位置建都立國；那麼，最早進入史書中的「中國」二字，講的則是執政中國的任務與目標：「皇天既付中國民，越厥疆土於先王，肆王唯德用，和懌先後迷民，用懌先王受命」——《尚書・梓材》中的這段話，沒有具體說中國的位置。但即是周公之言，所指當是關中、河洛地區，用現在的行政地理來論，即陝西河南一帶。

周人的地盤不大，但「中國」這種說法卻被後世普遍接受。春秋戰國，列強分立，但都不排斥「中國」之說，如齊、楚這樣的「邊緣」大國，都在歷史演進中接受或自覺使用了「中國概念」。《管子・輕重乙》記述了管仲為齊國相時，曾說了一套治國與稱王稱霸的理論：「請在國家四方建立『壤列』制度，天子在中央，統治地方千里，大諸侯國的土地三百里，普通諸侯約有百里，靠於海有子爵、男爵約有七十里。這樣就像胸使用臂，臂使用指一樣方便。這樣就可以控制全國的物資和物價了。」

戰國七雄不僅以「中國」自居，也相互認可皆是「中國」。所以，隨著各諸侯國的「另立中央」意識增強，皆稱中國，進而使「中國」的疆域越變越大。到了漢時，連不屬黃河流域，但在中原王朝統轄範圍之內的地區，皆稱為「中國」。

在二〇〇九年的深圳博物館舉辦的國寶展上，我見到一九五二年於湖南長沙出土的「中國大寧」漢代鎏金銅鏡。周邊刻有銘文：「中國大寧，子孫益昌，黃裳元吉，有紀綱。聖人之作鏡兮，取氣於五

圖2.7：

湖南長沙出土的「中國大寧」漢代鎏金銅鏡。周邊的銘文再次證明，漢時「中國」，已是大一統概念。

行。生於道康兮，咸有文章。光象日月，其質清剛。以視玉容兮。辟去不祥。」這件銅鏡，再次證明，漢時「中國」，已是大統概念（圖2.7）。

雖然，漢以後，曾有過西晉東晉，有過南北朝的割裂局面，但南北政權都爭以「中國」為正統。隋唐兩朝，天下再度走向統一，在修史的過程中，將歷史上分裂的南北政權，皆歸入「中國」，納入正史，從而在道統上，強化了中國的統一意識。

綜觀「中國」之意，不出下面幾種：從文化本位與傳承上講，是指夏裔居住之地；從正統上論，是指京師首都，或天子直轄地區；泛而言之，可指華夏或漢人所建立的所有政權。

久而久之，「中國」就成了通用名號，也形成了中國人的中國觀。宋代一士大夫說：「夫，天處乎上，地處乎下，居天地之中者曰中國，居天地之偏曰四夷。四夷外也，中國內也。天地為之乎內外，所以限也。」這就是古代中國人的中國觀，但它不是一成不變的，也是一點點演進的。正如梁啟超的「中國三段論」所言，先是中國之中國，然後，才是亞洲之中國，最後是世界之中國。

中國人以自己為世界的核心，其實，西方世界也以自己為中央。中國被他們稱之為東方。其稱謂五花八門：秦、漢、絲國、茶國、陶瓷國……更奇怪的是：從西周初青銅器上始刻「中國」之名，到最後一個王朝大清的絕滅，三千多年竟沒有一個王朝以「中國」為正式的國名。明中晚期以後，世界各國漸漸統一使用「CHINA」來稱呼中國，但直到那場改天換地的革命降臨，「中國」才有了偉大的命名。

通常人們都講，以中華民國為國號的時間是一九一二年元旦。其實，還應更早一點。一九一一年，趁清政府調湖北新軍赴川鎮壓「保路運動」，新軍中的革命黨人在武昌發動起義。軍政府宣佈：中國為中華民國，號召全國推翻清政府。並通過了《中華民國臨時政府組織大綱》。一九一二年元旦，孫中山就職臨時大總統，正式定國號為：中華民國。二月十二日，溥儀的母親隆裕太后發佈退位詔書：「將統治權公諸全國，定為共和立憲國體」國家為「中華民國」。至此，「中國」正式成為我們的國名。

溥天之下，莫非王土

如果僅從題目上看，《詩經》中有好多詩是寫山的，有東山、南山、北山。但細讀這些寫山的詩篇，又都不是山水詩，而是借山言事。比如，《東山》寫的是服兵役，背井離鄉去打仗，久久不歸；《節南山》寫的是君權旁落，壞官當道；而本文要說的《北山》，尤其是那常常被引用的經典段落，寫的幾乎就是江山社稷。

溥天之下，莫非王土，
率土之濱，莫非王臣。

漢初《詩經》已立為博士，成為經典。秦時對其「斷章取義，予取所求」的研究之風，更是進一步「發揚光大」。《北山》經常被引用的這段，即是個鮮活的例證。其實，它的前邊還有詩的首段：「陟彼北山，言采其杞。偕偕士子，朝夕從事；」它的後邊還有「四牡彭彭，王事傍傍；嘉我未老，鮮我方將；」等幾個段落。

這首以山為名的詩，實是一首諷刺詩。它講的是一個人上山去採枸杞，一天忙到晚，也幹不完國王的差事，這樣做還不一定能養活家中的老娘。天下的土地，都是國王的，所有的人，都是國王的臣民。那些當官的辦事不公，讓我幹這苦力活。國王的事，永遠幹不完……

應當說《詩經》創作和編輯的時代，是個言論自由的時代。這些詩若是寫在乾隆王朝，作者和編輯早沒命了。不過，《詩經》之所以能成為經，必然有它存在的理由。它某些內容顯然符合了某種需要。比如，這「溥天之下，莫非王土，率土之濱，莫非王臣」的說法，即是對王道的高度概括與認同。這種思想被一代代儒生以「經」的名義，不斷放大，反覆引用，長久強調，就成了臣民們自覺接受的「帝王邏輯」和「國家主義」的現實，就成了臣民們認可的「王即天下」的世界觀。

秦始皇之後（圖2.8），天下一統。中國成為一姓天下的「家天下」，如此「溥天之下，莫非王土」的認識，自然是統治者和統治集團所樂見，並極力張揚。郡縣制之後，中國進入「化家為國」的漫長歷史階段，在此階段中，一切貴族家庭與集團都瓦解了，全國只保留一個家，這一家就是國王之家。國土的「王化」，使國家也「家化」了。

將「國」與「家」組合在一起，成為一個獨特的概念，這是中國所獨有的。

「溥天之下，莫非王土」，經過長期的鼓吹，漸漸深入人心。民眾亦天真地認為：臣民天生就沒有土地，土地天生就是王的土地。在王道之下，民眾只知「王道樂土」，不思「民道樂土」。一切歸王所有的生存

圖2.8：

中國第一位皇帝秦始皇。郡縣制之後，一切貴族家庭與集團都瓦解了，全國只保留一個家，這一家就是國王之家。國土的「王化」，使國家也「家化」了。

格局，就這樣假經典的名義，植入強大的意識形態之中。而「民貴君輕」的話，也只有孟子敢說，但亞聖的觀念，即使列入「四書」之中，也沒被王朝所重視，甚至還被刻意掩蓋。如，朱元璋就曾把孟子從聖人的廟堂中趕了出去。

「詩」是「禮」的前奏曲，孔子編輯《詩經》之後，它一直是被當作祖先的「規章制度」來推廣的，「正得失，動天地，感鬼神」。而學詩的人在《北山》中看到的則是：一個沒有土地的人，一個飽受壓迫的人，卻在認可王道，忍受剝削。兩千多年來，只有漢文帝，搞過一次免除地租，歷時十一年。此後，老百姓就在「王土」上，天經地義地為王而耕作。

「溥天之下，莫非王土，率土之濱，莫非王臣」是傳承了兩千年的「經典錯誤」，但這個人類原始階段的世界觀，生存觀，卻伴著中國人走過了漫長的歲月。

黃帝夢遊華胥國

找不到夏文化的「發源地」，其「星星之火」，就難以得到「燎原」的證明。

祖先為何稱我們的國家為華夏？夏，大家知道是中國的第一個王朝，華呢？說法就複雜了。有人說，西北地區，曾有一個華胥國。所以，中原先民自稱「華夏」。從字義上來講，「胥、雅、夏」等古字相通，華胥就是華夏。也有人說，華者，美也；夏者，大也；連綴而用，即雍容至美。

二〇〇六年的初夏，我到陝西旅行。陝西是文化大省，到處都是文化遺跡，但最讓人眼花撩亂的是祭祖神台，我們到底有幾個祖宗？在這裡是炎帝陵，那裡也是炎帝陵，藍田地區又多出了個華胥陵。

傳說中的華胥氏，是女媧和伏羲的母親（圖2.9）。記載中的華胥國，有《列子》的「黃帝夢遊華胥國，華胥之人……其國無帥長，自然而已；其民無嗜好。自然而已。」此外，《淮南子》、《山海經》等古籍中，也有華胥的記載。所以，據參與祭祖的專家理直氣壯地說：華胥是炎帝和黃帝的遠祖，是伏羲和女媧的母親……但我聽著，這就像在推論誰是「二郎神」的母親。但藍田人願意相信華胥是一段真實的歷史。因為，這裡有媧氏村、華胥鎮，這裡就該是傳說中的華胥古國。

圖2.9：

華胥氏，神話傳說中女媧和伏羲的母親。

於是，僅有四萬人的小鎮，熱熱鬧鬧地舉行了「全球華人恭祭華胥氏大典」。當地打出的口號是「開發一座陵，建成一座城」。公祭使旅遊經濟到底增了多少，尚未算出，據說，那兩天的甘蔗價至少翻了兩番。

「華胥」也好，「華夏」也罷，這些詞，顯然晚於已鑄於西周青銅器上的「中國」一詞。它顯然是一個稍晚些的文明區域的概念，所以，在地理方位的表達之外，又加了一層美意。「華夏」一詞，最早見於《春秋左傳》，其襄公二十六年中，有「楚失華夏」之語。但「華夏」並非當時唯一的美化中國的名詞。《春秋穀梁傳》即有：「秦人能遠慕中華君子」的說法。似乎在表達「中華」，即是「中國」與「華夏」的重組，是連綴壓縮後的更美妙的說法。

我們的祖先為何要創造這麼多美好的名詞自稱呢？主要是確立自己的核心地位和其他部族的貴賤之別。唐代在法律中，正式出現「中華」一詞。見於唐朝永徽四年（六五三年）頒行的法律文本《律疏》，對「中華」一詞做了明確的解釋：「中華者，中國也。親被王教，自屬中國。衣冠威儀，習俗孝悌，居身禮儀，故謂之中華。」意思是說，凡行政區劃及文化制度自屬於中國的，都稱為中華。

中華是中國的「自我」，這個「我」是中國的本體，也是存在的基點。以自我為中心，是本體對自身的肯定，從這個意義上講，以自我為中心是民族國家必然的文化選擇。中國人「華夷之辨」的這種文化，有自身的文化驕傲，還有自大和文野之分，但還沒有發展成西方式的「優勝劣汰」，沒有上升到要「汰」夷的衝突層面，融合仍是中華的處世主旋律。所以，唐代詩人韓偓，有詩云：「中華地向邊城盡，外國雲從島上來」，已把「中華」與「外國」對舉，你來「朝我」的自得之情溢於言表，但沒有說要去打外國。

六億神州盡舜堯

「曰若稽古」，言必稱《書》。

《書》在先秦就已被認定是最古的一部上古史書，所以，後來稱其為《尚書》和《書經》。稽古之事，不僅我們要查這部書，就連司馬遷寫《史記》，其上古部份，也都是從這裡照搬照抄的。

後人說的「三代」，常指夏商周三代。而信史之前，還有一個「三代」，即《尚書》中記錄的堯、舜、禹這三代。稽至這三代的地望，我們就找到了華夏的老家。

如果我們從旅遊的意義上尋祖，像找炎黃一樣，我們很容易撞到三祖的廟門。山西臨汾，據說唐代就立了堯廟，後來又塑了堯的金身；山西運城也根據唐代建的舜陵，自認了舜都；河南登封也不示弱，這些年來不停地挖掘，說是找到了禹城。其他地方當然也不示弱，陝西河北也有三位老祖的根據。然而，稽古之事，終還要往遠了探問，心裡才會踏實。

堯的古字在甲骨文中可以找到，但這個字描述的是窯包之意。後有堯居陶丘一說，故稱堯號陶唐氏。《尚書》以《堯典》為開篇。記載了帝堯的偉業，其中有堯命羲仲、羲叔、和仲、和叔四人分別觀測太陽在四方運行的規律，「敬授民時」。如果破解《堯典》提到的東暘谷，南明都，西昧谷，北幽都，即可劃定，堯之地盤。

清人汪之昌曾有《湯谷、明都、昧谷、幽都今地釋》，認為「暘谷」在朝鮮，「明都」在交趾（越南）……皆去國絕遠，想來堯時，不會有這麼寬廣的地理視野。所以，說這些所謂「地名」是泛指東南

圖2.10：

漢代的大禹石刻圖。

西北四方，更為可信。細看那暘、明、昧、幽四名，也都是對太陽四時的描述而已。

堯這個字，在甲骨文中忽隱忽現，似與神靈有點關係。但這些堯字與方國沒有關係，斯時，堯還夠不成是一個方國，自然，我們也弄不清堯的地望。只好退一步，以舜推堯。舜的古字，不見於甲骨文，也不見於金文，只是出現於小篆之中，已屬很晚的漢字。其字的本義被認為是蔓地蓮花，一種植物。更晚才被借用於上古帝王之名。「舜」實際是個謚號。舜所在部落的叫「有虞氏」，故有「虞舜」之稱。

堯禪讓於舜，《尚書》亦二帝合志。舜承堯制，也關注四時，「歲二月，東巡守，至於岱宗，柴。」但其地理指向更明確了，舜巡守四岳。當時的四岳指的是哪幾座山，很難說清。唯一能說清的就是東岳，指的是泰山。如此來說，舜的部落至少是在泰山之西。

舜禪讓於禹（圖2.10），《尚書》有很多關於禹的記載，如《大禹謨》、《皋陶謨》、《禹貢》等，其《禹貢》是托名大禹治水，制定九州貢法的著作，最能反映當時的古人認知地理範圍。但《禹貢》成書，王國維認為成書約在周初（後來的考古發現，也支持了這一觀點），郭沫若認為成書約在春秋，顧頡剛等人則認為成書於戰國。總之，《禹貢》所言的「九州」方位，去夏絕遠，也不會是堯舜時代的地理認知。

至於，三代老祖的地望到底在哪，《尚書》與《史記》並不看重，古人看重的都是「德自舜明」。今人對堯舜禹的懷想，也側重於那個時代的德政與清明。於是，有詩唱道「春風揚柳萬千條，六億神州盡舜堯」。

東夷的大人之弓

方位在有了領地之爭之後，慢慢就族群化了，歷史由此進入「以方代族」或「以族代方」的歷史時期。東夷、南蠻、西羌、北狄……之說撲面而來，而四方外族的字，從蟲、從羊、從犬多含貶意。

唯有「夷」字，至少從字形上看不出貶意。有學者認為，最初的「夷」，應是神的名字，大約是風之神，隨著風神崇拜的傳播，四方皆稱「夷」了。後來「夷」才與中原以東的部族聯繫起來，稱為「東夷」。其「東」概指泰山以東，古之齊魯一帶，今之山東、蘇北、淮北地區。東夷人最早的頭領，為五方上帝之一少昊（圖2.11）。

圖2.11：

東夷指今天的山東，淮北靠海的部份。圖為東夷人最早的頭領少昊畫像。

先人為何選擇「夷」字來代指東方部族呢？這又要回到它的字形上來論。許慎在《說文解字》裡是這樣解釋的：「夷，東方之人也。從大。從弓」。清段玉裁在《說文解字注》中進一步注釋說：「唯東夷從大，大，人也。夷俗仁。仁者壽。有君子不死之國。按天大、地大、人亦大。大象人形，而夷篆從大，則與夏不殊。夏者，中國之人也。從弓者，肅慎氏貢楛矢砮石之類也。」如此，我們就該這樣理解「東夷」，它是指住在東方的腰上佩弓，身材高大的族群。

是夷吻合了東方人的形象，還是東方人塑造了夷的內涵，古人就沒說清，或許兩者都有吧。有意思的是古代人說「夷」的時候，多是指化外之族。而今，東夷人則用來證明歷史悠久之榮光。膠東之萊夷，今天之萊州，左經右史地證明自己是東夷的「主力部隊」，歷史悠久顧盼自雄。事實上，東夷也確實創造了不少豐功偉績。史學家范文瀾先生就認為：冶鐵技術極有可能是萊夷人發明的。因先秦時「鐵」字的結構就是左「金」右「夷」。古字裡暗含著萊夷人煉鐵的秘密。近來，連韓國人都說自己與東夷關係甚深，也不足為怪。

東夷在融入華夏大文化圈後，「夷」這個字與「東」分手。隨著大一統的王朝的建立和國朝與周邊國家的交往增多，「夷」的所指不斷慢慢地向外擴張。一是指偏遠族群，二是指番邦外國，其貶損與自大之意仍在其中。手頭有本廣東梁姓士紳寫的《夷氛聞記》，這本關於鴉片戰爭的小書，開篇即言「英夷狡焉思逞於內地者久矣」。葡夷、英夷、法夷、俄夷、洋夷……進入晚清，眾夷侵我。「夷」已不是一個落後與不開化的代名詞，而是堅船利炮的強國代稱了。

這個夷，那個夷，說了兩千多年後，中國人第一次認真研究這個「夷」字。伴著第一次鴉片戰爭的淚水，魏源編撰六十卷的《海國圖志》。是書何以作？曰：「為以夷攻夷而作，為以夷款夷而作，為師夷長技以制夷而作。」可惜，夷夏之辯又爭了二十年。待李鴻章等大興洋務時，魏公已作古，時局更不堪問。怎一個「夷」字了得。

西邊的鬍子，東北的匪

文字掌握在中原人手裡，中原人就有了文化的發言權。天下留下的也都是「中原視角」所描述的天下。如「中國」一詞，就將皇天后土的核心地位與所處方位，作了毋庸置疑地一錘定音。

商是商朝是正宗和核心，而西周自然就被商看作是西夷。西周時，周朝掌管天下，周自是正宗，夷又另有所指。秦原本也是西夷，有著濃得化不開的戎狄成分。但秦人坐了天下，就看不起戎狄了。自秦以西，又都被認為是外族。史家寫的歷史，說到底都是當朝的政治史，所有的歷史都是為現實服務的。

西漢以降，胡又成了新的族群定位。據講「胡」這個字，最初說的不是胡人，也不是鬍鬚，而是指動物脖子下邊的肉。把有攻擊性的外族稱為胡，是後來的說法。關於胡是怎麼來的，陳寅恪先生認為，胡是匈奴的壓縮讀法。王國維在《西胡考》中說，漢人謂西域諸國為西胡，本對匈奴與東胡言之。六朝以後，史傳釋典所用胡字，皆不以此斥北狄，而以此斥西戎。所謂「五胡亂華」是指鮮卑、氐、羌、匈奴和匈奴的支部羯族。

那麼，胡與鬍鬚是怎麼聯繫在一起的呢？《漢書・西域傳》記：「自宛以西至安息，其人皆深目多鬚髯。」後世以此為本，所言胡人容貌，無不將胡人與鬚髯連在一起。於是，貌類胡人者，皆呼之曰胡，亦曰鬍子。至唐代，人已謂鬚為胡。外族之胡，就這樣被鬍鬚化了，胡人也同劫掠連在一起（圖2.12）。

關於留胡之人種是「果從東方往，抑從西方來」的疑問？王國維先生的解答是：西域之地，凡征

圖2.12：

敦煌壁畫中的唐人西行，在西域路上被胡人打劫的圖畫。

伐者自東往，貿易者自西來。「太古之事不可知，若有史以來，侵入西域者，唯古之希臘、大食……其餘，若烏孫之徒，塞種之徒，大夏之徒，大月氏之徒，匈奴之徒，厭噠之徒，九姓昭武之徒，突厥之徒，回鶻之徒，蒙古之徒，莫不自東而西。」

西胡，當年的地盤有多大，難說清楚。但十幾年前，我曾到過《說文》所說的「鄯善，西胡國也」，乘車飛馳，幾日未出其縣界。古鄯善有多大，我不知道，但今天的鄯善，至少有四個海南島大。

所謂胡人，西晉初期，還都環居於中國的北方，並與邊疆的漢人雜居。西晉時期，五胡和其他胡人入侵中原，佔領了中原廣大土地，並建立了大大小小幾十個國家，史稱「十六國」。胡人入侵，客觀上促成了胡漢的民族融合，使胡人漸漸完全變成了新漢人。同時，胡入中原，一路燒殺。據史書記載，羯族行軍作戰從不攜帶糧草，專門擄掠漢族女子作為軍糧，稱之為「雙腳羊」，意思是像綿羊一樣驅趕的性奴隸和牲畜，可姦淫，可烹食。曾經建立了雄秦盛漢的中原人大量外逃，造成又一次民族大遷徙，史稱「衣冠南渡」。跑到閩、粵的那一支漢人，又成了新的「蠻」——「客家人」。

歷史的方位，血腥而錯亂，最後的結果，與當初的願望剛好相反，佔領化為了融合：漢人和南人結合，漢人和胡人結合，胡人和南人結合——各民族的大融合，到隋朝統一全國，東西南北的胡漢文化已融成了一個整體。

「鬍子」這個說法，近晚之時被北方人挪去，當作對土匪的別稱了。

絲之貴與南之蠻

「夷」這個字，是先貴後賤——先是高大的持弓之人，英雄也；後來指代為強悍的化外之人，外族也。「蠻」字的流變，也是如此，小姐的身子，丫環的命。

最初的「蠻」字，沒有下邊那個「蟲」。金文中是兩個「系」中間夾一個「言」，好似一個人挑起兩捆「系」，也就是絲。中國的造絲史，少說也有五千年，所以「系」在甲骨文中就已大量出現。金文中的「蠻」字，表示的是蠶絲生產之意（圖2.13）。以絲之貴重推論，「蠻」字當屬褒意詞。

歷史上的褒貶，多取決於勝敗。隨著華夏與周邊諸多族群接觸的增加，南方北方之間征戰不斷。商周時期，會生產絲的南方部落，不斷被強大的北方部落征服，南方人淪為北方人的奴隸。為表示輕蔑和歧視，到了篆文時代，就有了加義符「蟲」的「蠻」字。漢許慎在編《說文解字》一書時，即將「蠻」字放在「蟲部」來解說：「蠻，南蠻，蛇種，從蟲。」可見在漢代的「蠻」字已帶上了「法定」的貶義的意思。

秦漢以降，中原人的正統與高貴的意識不斷膨脹，對中原以外的族群，「北狄從犬、西羌從羊」，多用貶詞稱之。並產生了「東夷、南蠻、西戎、北狄」這些具有方位限制與族群之分的名詞，將中原以外的族群，皆看作化外之人。

蠻的方位在歷史的演進中，也越擴越大：以數字而言有了六蠻，就有了八蠻，再後又有了百蠻，以地域而言，又有荊蠻、武陵蠻、黔中蠻、烏蠻、白蠻……範圍包括了今天的湘、楚、黔、滇、川……正

圖2.13：

漢代畫像石，表現了織布、紡紗、繞絲的場面。屋頂的柱子上掛著一團絲。

南和西南的廣大地區。這些地方的部族，雖通稱為「蠻」，但卻是完全不同的族群。

說到族群，順便說一下「族」字。「矢」（箭）所叢集謂之「族」，引申為「眾」，成群之意。族群的意思最早出現在《尚書・堯典》中，「克明俊德，以親九族」。這句話說明，在古人眼裡至少在堯的時代，「族」已代表著親屬或群體的合稱了。

值得注意的是，在古代漢語的「族」，並沒有「民族」的含義。「民族」一詞是近代從日語中引進的。梁啟超先生在一八九九年所寫的《東籍月旦》一文中，最早使用了「民族」這個新概念。國父孫中山更是在政治意義上，將其發揚光大。中共建政後，各民族在政治上、法律上獲得了前所未有的平等地位。從此，歷史上對少數民族的所有歧視性稱謂都被廢除了。

不過，說回蠻。歷史上的蠻，也不全是貶意。如《菩薩蠻》這個詞牌，即是從古代羅摩國（今緬甸境內）引進，後經漢樂工改制而來的。「像菩薩似的蠻國人」的詞牌，伴著先民製曲填詞，走過多少「花明月暗飛輕霧，今宵好向郎邊去」的風花雪月。

被嘲笑的不知有「漢」

「採菊東籬下，悠然見南山」的陶淵明，雖然是個遠離世事的灑脫之士，但《桃花源記》中對「不知有漢」的挖苦，仍顯露出內心深處藏著的正統，即使是在戰亂之晉，漢仍被士大夫尊為正朔。

那個尊貴的「漢」，我沒見過它的開頭，卻感受過它的結尾——我說的是大漢之源——漢水。二〇〇二年，我曾以選手的身份參加了「武漢國際搶渡長江挑戰賽」，搶渡終點就設在漢水與長江交匯的南岸嘴。那次的比賽成績，對我來講是個遺憾。不遺憾的是，我卻由此親近了漢水，並用我的思緒逆流尋根：先游荊門，再上溯襄樊，而後進入陝南，最後在漢水之源——漢中登岸。莽莽秦嶺，是漢的源頭，更是周的故里。

「三代」之說，起自西周。當年是周滅的商，自然不願意以商為正朔，於是就把自己說成是夏的承繼者，遂有華夏、諸夏之說。周將諸夏之外，皆稱夷狄。如，苗、黎、荊、淮夷、徐戎、嵎夷、萊夷、和夷、島夷、百越、巴、蜀、庸、盧、微、彭、氐、羌、濮、西戎、驪戎、犬戎、北戎、山戎、鬼方、赤狄、白狄、義渠、林胡……此時的諸夏部族還沒資格稱別的族群為「少數民族」。

諸夏成為「多數」，要感謝春秋戰國的天下大亂，是大混亂促成了大融合：北之燕、趙，征服兼併了許多狄人的部族；東之齊、魯，征服同化了東夷各部族；西之秦，本身就是戎夏混合的族群，又征服西夷與巴蜀一帶的氐、羌；南之楚，原本南蠻，又吞吳併越……各方的「華夏化」，為秦並六國提供了大一統的基礎。

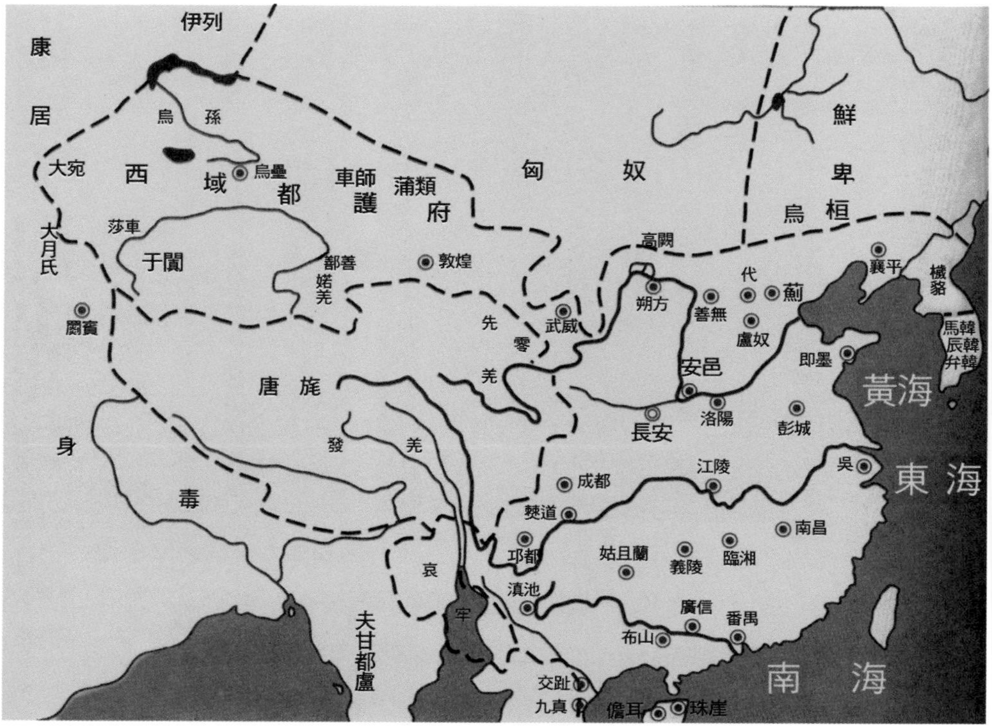

圖2.14：

西漢天下形勢圖。

秦建立了第一個帝國，擁有了真正多數的族群，依此而論我們該叫它「秦族」。事實上，外國人至今還用「秦」的洋音來稱呼我們。但秦不爭氣，只坐了十五年天下——漢接收了一個現成的「大戶人家」（圖2.14）。

漢高祖劉邦本是江蘇沛縣人，原本與漢水一點關係都沒有。為秦朝當差的劉邦，聽說陳勝、吳廣反了，就隨大流去抗秦。楚王因其抗秦有功，派劉邦到漢中，當了漢王。此後，楚漢相爭，劉邦得了天下，遂將漢王之號升級為漢朝國號。漢朝以降，雖然，漢的意識形態被歷朝所承繼，但各朝一直以華夏人自稱，直到元朝以後，才正式稱漢族。

發源於秦嶺之陽的漢水，南下武

漢與長江相會，原本是上天的一個水系佈局。但無意之中，卻編織了中華民族的文明網絡。從很古的時候起，漢水就與長江、黃河、淮河並稱為「江河淮漢」。這一古老的水系打通了文明通道，使黃河文化圈與長江文化圈得以交匯融合，從而完成了華夏文化的偉大架構。融合了不同族群與不同文化的漢族，而今人口已達十三億，不僅是中國人口最多，也是世界上人口最多的民族。

「漢」的古字，《說文》解為「漾也」，本意是水名，指的即是漢水。也有人將古「漢」字解為「灘」。其實，灘也是江水的另一種描述。漢朝一統天下後，漢這個字漸漸脫離了水名，成為了一個巨大王朝與族群之名。北方少數民族稱漢朝的人為「漢子」，後來，被代指男子，成為「男子漢」。「漢」這個字，一步步被美化，一步步被誇大，再後來，連說銀河之事都用上了這個「漢」，叫「星漢燦爛」。

楚河漢界一溝分

秋天是懷古的季節。

那地方，兩千多年前叫滎，現還叫滎。雖然，滎陽已稱市了，但對於我這個遊客來說，它就是鄭州的郊區。出鄭州城北上，中巴車狂奔三十多公里後，把我拋到一片荒野之中——前邊就是鴻溝了。

一個農民指著溝邊的一段土壩對我說，這就是古城，西邊是漢王城，東邊是霸王城。聽著像是信口胡說，兩千多年前的兩位豪傑或流氓，怎會在這裡放下屠刀，以一條荒山溝為楚漢分立的邊界？

話還要扯回兩千多年前，眼前這條三百公尺寬，百十來公尺深的大溝，魏惠王在西元前三六〇年挖的一條與黃河相連的運河。因為溝在廣武山下，當年人們稱其為廣武澗。不論是運河也好，廣武澗也罷，都說明古時這溝是有水的，河水是後來才乾的。關於這一點，比我早一千多年來此考察的韓愈已經發現。他在《過鴻溝有感》一詩中嘆道「力盡烏江千載後，古溝芳草起寒雲」。芳草也好，荒草也罷，眼前這了無生機的溝溝坎坎，剛好成就了憑弔古戰場所需要的那種淒美。

一九八六年，這裡被中國列為省級文物保護單位。其實，古代這裡就是名勝了，阮籍來過，李白來過，韓愈也來過。康熙年間，這裡還立了刻有「鴻溝」二字的石碑（圖2.15），當是清朝的「文物保護單位」。放眼荒溝，保護也沒什麼可保護的，開發的空間倒是很大：立個塑像、堆個土台、夯段土牆……就能說事了。

話說，劉項兩個一起抗秦的哥們兒，走到這裡已成勢不兩立的對手。

劉邦自立為漢王的第二年，乘項羽進攻齊國之機，從都城南鄭（今漢中）出兵，攻佔了項羽的都城彭城（今徐州）。項羽連忙率三十萬兵馬回救自己的老巢，大敗漢軍於睢水。劉邦狼狽跑回了古榮。第二年，項羽恢復軍力，重整旗鼓，包圍了滎城。劉邦逃出城外，雙方遂於廣武山前，展開了一場曠日持久的拉鋸戰。

兩軍對壘，久攻不下。氣急敗壞的項羽，將俘虜來的劉邦父親綁縛於高台上，隔溝高喊：「劉老哥，快投降吧。不然，我就把你爹放鍋裡煮了」。亭長出身的劉邦，當即以「我是流氓我怕誰」氣魄回應：「項老弟，你我是結義兄弟。我爹就是你爹，要是煮了你爹，可要分我一碗湯啊。」

他們就這樣隔著大溝吵了一年，直到西元前二〇二年晚秋，楚軍糧盡，漢軍兵乏，無奈之下，雙方講和：以此溝為界，中分天下。以西為漢，以東為楚。後來，司馬遷在記錄這段歷史時，把它稱為「鴻溝」。這個名字，顯然比《竹書紀年》中的「大溝」有意味，也比古時的「廣武澗」，有氣勢。尤其是

圖2.15：

康熙年間，這裡立了刻有「鴻溝」二字的石碑，當是清朝的「文物保護單位」。一九八六年，這裡被中國列為省級文物保護單位。

將它用在劉邦與項羽對峙的故事中，更是意味深長……

楚漢相爭時，項羽三十歲，而劉邦已是五十四歲了。說是結義兄弟，其實劉邦的歲數，給項羽當爹，還有餘頭。薑是老的辣，人是老的滑，戰爭哪能玩「誠信」那一套？養精蓄銳一年後，劉邦撕毀「停戰協定」，揮師東進──歷史在「鴻溝」後面，留給項羽的是，「十面埋伏」、「四面楚歌」和「霸王別姬」。

我站在烈烈風中，遠眺黃河，猛然哼起「問天下誰是英雄？」的嚎歌。

黃河，這條洗不清歷史是非的河，用滾滾滔滔的渾水，告訴我：所謂談判，就是雙方都想喘歇；所謂邊界，就是為了喘歇而劃定的地理借口；所謂和平，也絕非利益均等的人間版圖；所謂英雄，就是得意一時的歷史過客。

最早的全國行政地圖《九域守令圖》

秦統一六國後，中國始有大行政區與疆域的概念。雖然，《史記・秦始皇本紀》記載秦曾「分天下以為三十六郡」，但「三十六郡」具體是哪些郡，並沒有詳記。歷史留給後人的僅是三十六郡或四十八郡的猜想。

漢比秦的江山穩固，疆域管理登上了新的高峰。成於東漢的《漢書・地理志》是中國歷史上，最早最完善的一部以疆域、政區為綱領的地理志書。它記錄的內容十分豐富，有世界上最早的系統的全國各行政區的戶口數字。是以「郡、國」和「縣、道、邑、侯國」兩級行政區為框架，敘述全國各行政區狀況的著作。

漢和秦代留下的遺憾是一樣的，都沒有留下完整的行政區地圖。不僅如此，連古代中國最高峰唐代，也沒有留下一幅行政區地圖。我們只能在地理文獻中，有一點點關於版圖的文字慰藉。

據文獻記載，漢代曾用縑八千匹畫成全國地圖──《天下大圖》；西晉初年，第一位地圖大師裴秀曾在《天下大圖》的基礎上，以一寸折地百里的比例尺（約1：180萬）縮繪成一丈見方的晉代全國地圖──《地形方丈圖》，此圖後來失傳了。西晉雖統一疆域，但時間很短；八王之亂後，經五胡十六國、南北朝、隋朝二代，也不長久。唯李唐天下，有近三百年的長久的一統。史料載，唐代傑出地圖學家賈耽沿襲西晉裴秀的製圖方法，令繪工又繪了一幅唐代的全國地圖──《海內華夷圖》幾乎比裴秀《地形方丈圖》的面積大十倍，可惜《海內華夷圖》也沒能保留下來。

歷史把展示大型地圖的機會全留給了宋朝，我們得以借助北宋的地圖一覽古代中國的「全國」。宋朝廷特別重視地圖製作與管理，不僅多次組織編修全國或諸州府圖經，還在大觀元年（一一〇七年）成立了中央地圖管理機構「九域圖志局」。鑒於錦縑等物繪製的圖極容易損壞的歷史經驗，宋人們將地圖鐫刻在永不消損的石碑上。接下來要說的《九域守令圖》碑，正是在這樣的背景下產生的。

中國的碑刻按形制、銘文、作用大體可分為：墓碑、墓誌、書畫碑、記事碑、宗教碑、天文碑和地圖碑等九類，可謂「無事不可入碑」。《九域守令圖》碑，屬於地圖碑。以刻石年代論，它是現存最早的石刻地圖碑。

在說《九域守令圖》碑之前，先說一下比它還早的另一個《守令圖》。據沈括的《夢溪筆談》記述，熙寧九年（一〇七六年），他奉旨編繪的一套州縣地圖，比例為九十萬分之一。歷時十二年方才完成，全套地圖共有二十幅，包括全國總圖和各地區分圖。可惜的是這幅重要的地圖集失傳了。所幸我們還有與之相近的這件《九域守令圖》（圖2.16）。

一九六四年文物考古工作者在四川省榮縣文廟的正殿後面，發現一塊北宋末年刊石的《九域守令圖》碑，碑額上有「皇朝九域守令圖」字樣，正面刻有《九域守令圖》。地圖刻在碑的正面，縱一百三十公分、橫一百公分。四邊的中間部份刻有「東、西、南、北」四個方位詞。下方是四十二行共四百零九個字的題記。題記表明此碑由榮州刺史宋昌宗所製，刻石時間為北宋宣和三年（一一二一年）。碑文絕大部份已剝蝕，僅殘存七十六個字。幸而圖上的山脈、河流和州縣名稱除個別地方有剝落外，大部份都完好。這對於考定此圖的繪製時間，非常重要。距今已近九百年的歷史。

沈括的《守令圖》和這個《九域守令圖》，皆以「守令」來為地圖命名。依蘇洵集中「吾宋制治，

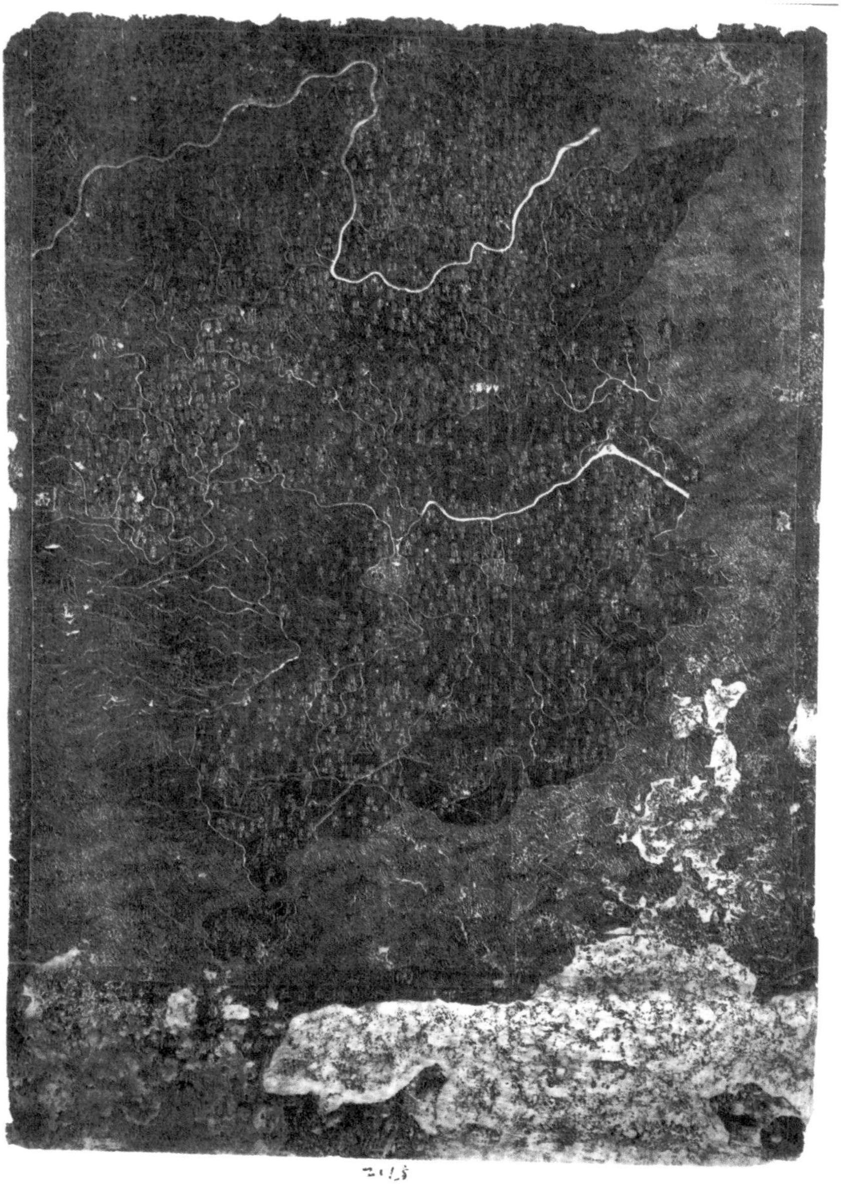

圖2.16：

《九域守令圖》碑是現存最早的全國行政區劃地圖。

有縣令，有郡守，有轉運使，以大繫小，繫牽繩聯，總合於上」來推論。地圖應是以「守令」代郡縣，「守令」圖，即為行政圖。所以《九域守令圖》碑還有一個名字就叫《天下州縣圖》。

《九域守令圖》碑確實較好地反映了北宋後期，大宋的「天下州縣」。地圖上標注了一千四百多個宋代地名，幾乎包括了北宋末年中央政權所管轄的全部州縣。而且，從元豐元年（一〇七八年）至宣和初年（一一二一年）四十多年間，宋朝廷升降廢置的州縣有幾十個，這些變化在此圖中大都有所反映。如，建置最晚的是徽州、嚴州，循州的雷鄉縣，衢州的盈川縣，吉州的泉江縣，袁州的建城縣，越州的嵊縣，處州的劍川縣，京兆府的樊州等。地圖內容大部份完好可辨，繪出了山脈，湖泊，江河，州縣等內容。黃河、長江的走向大體正確，河流主支流分明。可以說，《九域守令圖》碑是現存最早的全國行政區劃地圖。也有人把《禹跡圖》和《華夷圖》兩幅著名的石刻地圖，稱為最早的全國行政區劃圖，但依上石的時間看，它們比《九域守令圖》還要稍晚上十多年（南宋紹興六年即西元一一三六年）。

在欣賞《九域守令圖》碑的行政區表現的同時，我們還應看到，它還是最早中國海疆地圖。《漢書·地理志》是對疆域、政區的最完好的記述，其中海疆所記，東至今日本海，南至今越南中部。《九域守令圖》碑的海疆描繪，北部繪到北岳恆山，東邊繪出大海，南至海南島……較完整繪出了宋朝的海疆。尤其可貴的是這幅海疆圖，較詳盡地描繪了中國的海岸線，其山東半島、雷州半島和海南島的輪廓已接近今圖。專家稱「除清代在實測的基礎上繪製的『皇輿全覽圖』和『乾隆十三排圖』等外，『九域守令圖』的海岸線是傳世古地圖中畫得較準確的一幅」。此外，在符號運用上，它還首次使用了「波紋」符號來表示海洋。這些出色的表現使它當之無愧地成為中國第一幅海疆地圖。

值得注意的是，這塊碑的背面，還刻有一些重要的文字。一行是兩個大字「蓮宇」，另一行是小字

「紹興已未眉山史煒建並書，郡守□□□」等字。這些題刻表明：刻石與立碑，不是一個時間，也不是同一個人。刻石是榮州刺史宋昌宗，時間為北宋宣和三年（一一二一年）。立碑是榮州知州史煒，時間為南宋紹興已未年（一一三九年）。

碑立在蓮宇山麓的文廟之內，此時的大宋，僅剩半壁江山了，版圖上的許多標示轉瞬成為「歷史」。誰能想到宋人刻的《九域守令圖》，到最後是守也沒得守，令也無處令，大海竟成為宋王朝的歸宿。一二七九年宋朝最後一個皇帝趙昺，由大臣陸秀夫背負在南海崖山投海而亡，年僅八歲。

3 山河湖海，王道地德

大河文化的源頭——黃河

從古老的刻劃符號來看，長江流域與黃河流域其符號大同小異；但文字率先在黃河流域產生了，它為華夏文明掀開了信史的第一頁。所謂先進文化實際上就是在文化上先行一步。長江與黃河，僅用一個「河」字就拉開了距離。黃河人在甲骨上刻下「河」字時，「江」還沒得到文字的指認（直到有了金文時，「江」字才誕生）。甲骨文的這個「河」字，指認的就是今天的黃河，而非其他什麼河。

在甲骨上造出「河」字的那夥人，當時住在古黃河三角洲。這個三角洲的地理中心就是五嶽獨尊的泰山。距今六千至三千年時，這裡氣候溫暖，降雨充沛，是歷史上最適合人類生存發展的時期。據《詩經・伐檀》描述，當年的黃河三角洲是「河水清且漣猗」，兩岸長著「伐」不盡的「檀」樹。所以，三千多年前的黃河，只叫「河」，沒有那個「黃」字。那麼，河水是幾時變黃的呢？

早在班固所撰的《漢書・高惠高后文功臣表第四》中，已有了「使黃河如帶，泰山若厲」的記載。《漢書・地理志》也有「沮水首受中丘西山窮泉谷，東至堂陽入黃河」之說。北魏酈道元在《水經注》中提到「黃河」時，還特別指出「黃河兼濁河之名矣」，從「注」的角度指出了「黃河」一詞，蓋因河水渾濁之故。雖然，黃河之名在東漢就已有了，但在唐以前多數歷史文獻仍以「河」指稱黃河，這或與中國書生習慣於引用古稱顯得儒雅博學有關。

黃河之沙，不可能是三千年前住在黃河邊的那點人口砍樹造成的，比較可信的是自然環境和氣候的變化，改變了黃河原來的樣子。其實，黃河黃不黃，對於華夏文明的發展影響不大，影響巨大的是大河促成的文明。大河的力量，不僅是水的力量，也是土的力量。按明代出版的《三才圖會》講，發源於青藏高原的黃河與長江把中華大地分為三區域，古人稱其為「三大幹龍」：黃河與長江之間叫中龍，黃河以北的叫北龍，長江以南的叫南龍，「三大幹龍」構成了中華文明的龍脈（圖3.1），生生不息。

黃河流域創造的文明，有甘青文明、中原文明、海岱文明，其代表性的考古學文化有仰韶文化、中原龍山文化、大汶口文化，山東龍山文化、馬家窯文化等。與上述考古學文化相對應的是傳說中的五帝時代，即黃帝、顓頊、帝嚳、唐堯、虞舜，以及海岱地區的太昊、少昊。這些傳說中的族群，在不斷的交融與發展中，共同書寫了華夏文明的詩篇。

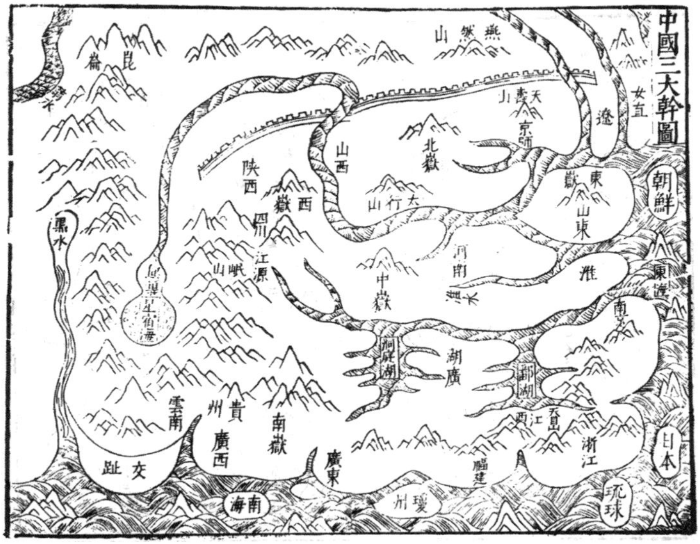

圖3.1：

明代出版的《三才圖會》中的《中國三大幹圖》。

文化共生的佐證——長江

「余生也晚」——如果讓長江寫個自述，開頭的肯定是這一句。

雖然，地質學上，長江與黃河同時誕生於青藏高原的冰峰雪谷，是一奶同胞。但依文字的發生而論，長江則是黃河的「晚輩」。我們在甲骨文中甚至找不到「江」這個字，直到金文中，「江」字才出現。生得晚的「江」字與早生的「河」字一樣都是專字。「河」在古代專指後來所說的黃河，「江」則是專指後來所說的長江。其他的弱勢水流都叫這個「水」，那個「水」，如漢水、渭水。

歷史是由文字寫成的，誰先掌握了文字，誰就擁有了文化的發言權。中國的古文字率先發生於黃河地區，所以，在中原人的史籍裡，「黃河文明」一直是中華文明的老大，「長江文明」沒有被當作一個文化源頭來認識。這樣的觀念一直到了二十世紀，才被新的考古發現所改變：長江也是中國古代文明的發源地之一。

二十世紀成了長江文明論證者的「創世紀」。專家們用新的考古發現，建立起長江上游地區先秦文化的發展序列，即從寶墩文化，到三星堆文化，再到十二橋文化，最後到晚期巴蜀文化。特別是近年來，在民間興起了一股三星堆玉石銘文的研究，使甲骨之前，長江流域是否已有了文字成為一個新的課題。不過，這些據說出自三星堆的玉石及文字，有一個民間收藏的致命傷，就是它們多沒有「坑口」，也就是說「出身」不明。所以，這些玉石文字或蝌蚪文暫時還沒有被學界認可（圖3.2）。

長江文明也是中華文明的重要源頭，這一理論的確立。於是，有了江與河的文化對比，歷史學家先以寶墩文化對決龍山文化。寶墩的農業、手工業都很發達，表明至遲在新石器晚期，長江中上游已初現文明曙光。再以三星堆文化對決中原青銅器。三星堆到底受沒受到商的影響，尚難論定，但至少證明了三星堆也有成熟的青銅文化。至於巴蜀文化，長江文明與黃河文明的相互影響，已到了「有案可查」的歷史階段，江與河共建中華文明，如此這般地成了學界共識。

近些年來「多元統一」或「統一多元」的中華文明理論已不新鮮，新鮮的是不斷有考古發現扯出了長江文明領先於黃河文明的說法。一九八八年雲南元謀縣出土了一具人猿超科頭骨化石，距今約三百至四百萬年。它把一九六五年發現了距今約一百七十萬年左右的元謀猿人，又向前提了兩百萬年左右。若以化石論英雄，長江流域的猿人比黃河流域的猿人更有歷史。但猿人畢竟不是證明文化的元素。但當我們將目光由人類化石轉而投向石頭文化，情況就大不一樣了，良渚玉器橫空出世。早在五千年前，長江下游就孕育了神奇的玉器文化。良渚的玉琮、玉鉞等玉器，不僅切割規整，紋飾神秘，而且具有了專業化生產的痕記，新石器時期的良渚玉器文化，明顯的優於黃河玉器文化。

圖3.2：

據說，這是來自三星堆，但卻沒有「坑口」的民間收藏。此蝌蚪文龍璽上面的四個古文字，目前沒有人能破譯出來。

最讓人吃驚的是浙江省考古所在二〇〇七

年底公佈的考古新發現：在距今四千多年的良渚遺址區內，發現一座面積二百九十萬平方公尺的超大古城。有專家稱它為「中華第一城」。更有學者說：中國朝代的斷代應從此改寫：在夏商周三朝前，加上良渚。

上游有三星堆青銅，下游有良渚古城，長江文明以合圍之勢，挑戰黃河文明。黃河文明只剩下尚能守住陣腳的重要武器——文字。

這不禁讓我想起摩爾根（Lewis Henry Morgan）的理論（馬克思非常喜歡這位美國學者的《古代社會》〔*Ancient Society*〕），「人類必須先獲得文明的一切要素，然後才能進入文明狀態」。如果我們把長江文明帶入著名的「文明三要素」（即城市、文字和青銅器）之中，就會發現長江文明獨獨少了文字這一重要環節。無論是三星堆的青銅器，還是良渚的玉器，其器物上都沒留下任何文字符號。沒有文字就難以進入文明狀態，更難成就信史。

我非常懷疑那個要「改寫夏商周斷代史」的良渚古城（有人說它是個古代的水堤，也有人說它是後世的採石場），但還是寄望於某一天，長江流域挖出了比甲骨文更古老的文字。那時，我們再來談「江」與「河」的文明，或許更實在。

三山五岳中的王朝地德

直到現在，我也沒弄清——人生於水，卻跪於山——這是為什麼？讀過書的人都知道，連喜馬拉雅山都是從海底擠出來的——但初民不拜海洋，只拜大山。我猜，山作為崇拜對象，是其維度比之水，更有形，更有勢，可以擬人、擬物、擬神……甲骨文的「山」字，描述的就是一個聳立眼前的高大對象——山神。甲骨殘片上與「山」字相連的卜辭，「其求雨於山」、「其燎十山雨」，也都是祭山。

在祭山的卜辭中，有許多與山相連的數字「往三山」、「侑於五山」、「勿於九山燎」、「燎於十山」。三、五、九、十這些數字是言其多，還是代表著群山的座次，專家也無從猜測。山與山，分出差別，拉開距離，排出坐次，是在它叫「岳」之後。

甲骨文中的「岳」字，從羊從山，大概是給山神烤個全羊以獻祭的意思。所以「岳」不是普通的山，有了神山或名山之意。岳由單獨的名山神山，變為四方神山，始見於《尚書》，其《堯典》是最早提到「四岳」的古代文獻。它記錄了舜王四季巡守四岳的制度（實際上，堯舜並非信史，古人藉此說事罷了）。有學者依《尚書》成書年代推斷，「岳」應該是春秋之前掌管大山的官吏職稱，後人們把主管方岳的官名與駐地大山之名混稱，於是有了「四岳」之說。山的地位、地德與禮數，藉此得到了明確的表達。

令人費解的是《堯典》提到的東西南北「四岳」，只有東岳「岱宗」（岱，太山也）是有名字，其他三岳皆不知何名。「五嶽」之說，晚於「四岳」，始見於《周禮・春官・大宗伯》：「以血祭祭社

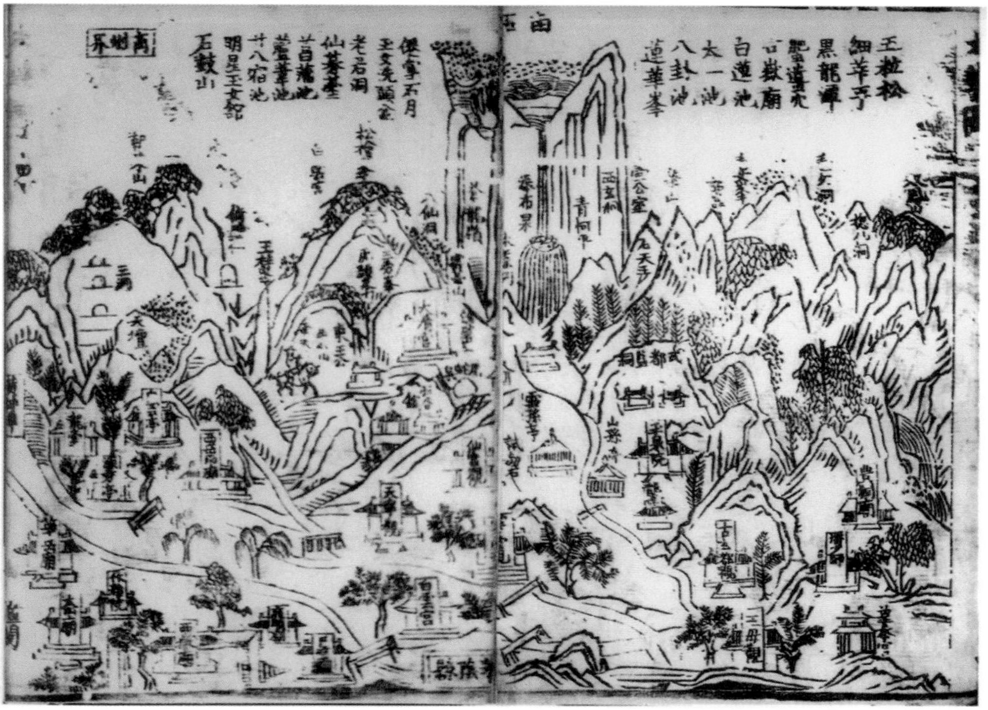

圖3.3：

《太華山圖》即華山圖，原載於元至正二年（一三四二年）李好文編繪的《長安志圖》歷史地圖集。此圖用中國山水畫的繪製方法，描繪了華山的山川與名勝。

稷、五祀、五嶽」，但沒指明「五嶽」到底是哪五座山。東漢末年遍注儒家經典的經學大師鄭玄在注《周禮》時，考證了五嶽：「東曰岱宗、南嶽曰衡山、西曰華山、北嶽曰恆山、中嶽曰嵩山」，這個說法也是我們今天沿用的五大名山（圖3.3）。

岳，雖然是名山，但祖先選定四方之岳，可不是給老百姓推介旅遊景點，更不是為了向外國人「申」什麼「遺」。商周之時，各王朝已經有了明確的方位觀，開始通過「四岳」、「五嶽」的岳的範圍，表達國朝中心和疆界的道統。據史家考證，商周的國都，皆在河洛之間，當以嵩山為中岳，其他四岳各隨其方。秦併天下後，定都咸陽，周朝的「五岳」，有礙秦的地德。於是，秦以咸陽為中心，重新排出十二大名山，並首次封禪泰山。漢代的「中央」思想更加明確，正式創立了五嶽制度。

五嶽作為一種明確王朝地域正統性的地德，被歷朝歷代所接受。但王朝輪轉，忽北忽南，五嶽位置也有一些改變。漢武帝登禮天柱山，封為南嶽；隋文帝統一南北朝後，詔定衡山為南嶽；元、明、清定都北京，幾次調整北嶽，由恆山之陽，改為恆山之陰。清朝還「詔封長白山神秩祀如五嶽」，將其發祥地長白山升格為「嶽」，也借此嶽，宣示王土。

嶽，就這樣從群山中「脫穎而出」，且待遇不斷提高：皇帝在這裡祭祀、僧人道士在這裡修行唸經、文人雅士在這裡賦詩作畫……所以，明朝人登臨五嶽後，發出「五嶽歸來不看山」的慨嘆，並非是指五嶽之美；而那後半句「黃山歸來不看嶽」，才是讚美的實話；若以美而論，黃山不僅是中國第一，還有資格對決地球上任何一座名山。

近年時有關於五嶽聯手申報「世界自然與文化遺產」之議（泰山已於一九八七年列為世界自然與文化雙重遺產），如果，五嶽能擴展「申遺」成功，自然是五嶽史上的一件大事。但與煙火氣太重的五嶽相比，我更喜歡二〇〇五年《中國國家地理》評出的「中國最美十大名山」（南迦巴瓦峰、貢嘎山、珠穆朗瑪峰、梅里雪山、黃山、稻城三神山、喬戈里峰、岡仁波齊峰、泰山、峨眉山）的天然與純粹。

由「嶽鎮方位，當準皇都」的地德，到原始神奇的美德，我們的山文化仍在進退之間。

「威加海內兮」的中原視野

雖然，我們的母親河，長河、黃河兩大水系都與大海相通。但我們對海的文字表述，還是比西亞的兩河、比北非的尼羅河，晚了兩千多年。所以，我們只能追溯三千年前，祖先用古文字描繪海的歷史和對海的認識。

從甲骨卜辭的記載看，中原人在寫下了「河」字的同時，就寫下了「海」字。《說文》對「海」字的解釋是：「海，天池也，以納百川者，從水每聲。」但「海」不是一個形聲字，而是一個由「水」和「每」構成的會意字。「水」的意思明確，不用解釋。值得分析的是「每」的意思。「每」是從「母」字而來的，「母」又是從「女」字而來的，只是比「女」多了象徵著乳房的兩個「點」，所以，「每」與生育是有關聯的。上古時，「每」是用來指稱氏族社會中年齡最大，生兒育女最多的女性。古人取「眾水之母」的意思，創造了這個「海」字，可謂形意兼備。

中原人離海較近，算是有緣見過海的，所以，對水域的文字表達比較準確。即包圍陸地的廣大水域稱之為海，被陸地所包圍的廣大水域稱之為湖。但在遠離大海的內陸地區，沒有見過海的人們，則把內陸巨大的水域稱為「海子」。當然，許多地方還把地勢較高的湖泊，稱為「天池」，比如長白山天池，天山天池。

客觀條件決定了主觀視野，地理環境影響著我們的海洋觀。

以海岸線而論，中國從古至今都是面朝大海的海洋大國，但中國人的海洋意識卻與西方的海洋大國完全不同。這之中，中西地理環境上的不同，使認知世界的看法相去甚遠。地中海諸國，有很多是陸地相連，又隔海相望的，有的則是片水之隔，近若一家的。海洋對於地中海諸國是連接多於阻隔，利益近在咫尺。而中國人面對的海洋，闊大無邊，臨近的島嶼與國家比地中海少。因而，古代中國將海看作是陸地的對立面，阻隔多於連接，猜想多於聯絡。

孔子悽惶一生，周遊列國，一路推廣他的治國理想，但沒人理會他那一套。相傳孔子從楚國返回魯國的路上，走到今天的江蘇東海縣一帶，登山望海，不禁面海長嘆：「道不行，乘槎浮於海。」聖人也是將海看作是訣絕之地。

縱觀先秦三大地理經典，《禹貢》、《山海經》、《穆天子傳》，關於海的描述，實在少得可憐。寫海寫得最多的是《山海經》。不過它寫了四百多個山，多半不可考，《海經》裡的海，也多荒誕不經。海，處於一種妖魔化的敘事之中。

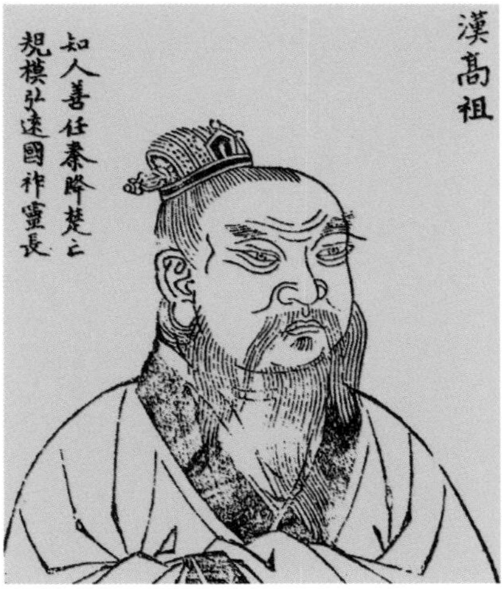

圖3.4：

漢高祖劉邦像，出自明代天然所撰《歷代古人像贊》。

在古代帝王那裡，對海的認知，基本上來自方士的解說。秦始皇對於海的探索，依賴於徐福這樣不靠譜的術士胡說，希望在海上尋找長生不老藥，結果五十歲時，死於南巡路上。而漢高祖劉邦得天下後，衣錦還鄉，為沛縣父老高歌一曲「大風起兮雲飛揚，威加海內兮歸故鄉，安得猛士兮守四方」，此時劉邦心中的版圖，也是以海為界，劃分內外（圖3.4）。

海在西方世界是「希望的田野」，在古代中國是

「到此為止」的邊界。

古代中國對海洋的認知與利用，走過了漫長的道路，經歷了由封閉到開放，再由開放到封閉的迷茫過程。從鴉片戰爭、甲午海戰，甚至到今天，大海像一面鏡子，映照著國家和民族的命運。

「忽聞海上有仙山」的探海情結

我們到日本旅行時，常會碰到一些中國人。我說的當然不是現在全球都能碰到的中國遊客，而是古代中國的遊客。比如海上求仙的方士徐福，比如東渡的鑒真和尚……

歷史是很容易寬恕故人的，包括騙子。當年的齊國方士徐福，就是一個拿了秦國投資逃往海外的「詐騙犯」。而今，在中國和日本都被看作是文化名人，兩國難辨真假的徐福遺跡有幾十處。

最早關注徐福的是司馬遷，其「事跡」混雜在《史記・秦始皇本紀》裡。西元前二一九年，一統了天下的秦始皇，開始夢想長生不老。在他東巡時，有齊人徐市（徐福）上書，言海中有三神山，名曰蓬萊、方丈、瀛洲，仙人居之（圖3.5）。望帶領童男童女，前去求仙。於是，始皇派徐福入海求仙。

仙人是徐福瞎編的，但「三山」之說，還是有據可查的。知道有「三山」、「五山」的說法，最早見於甲骨文卜辭。但商的勢力未及海邊，「三山」、「五山」自然也不會是指海上的神山。神山之說，興於戰國之燕齊。兩國都是面朝大海的「海洋國家」，方士相信海上有神山，也是地緣使然。「五山」之說：「一曰岱輿，二曰員嶠，三曰方壺，四曰瀛洲，五曰蓬萊……五山之根無所連箸，常隨潮波上下往還。」我們可以據此推測，徐福為了說服秦始皇「投資」找仙山，而引證了前人的「學說」。或許是嫌其囉嗦，刪繁就簡變為「三神山」。

司馬遷為何要在秦始皇的「傳記」中，插入幾個方士的「事跡」呢？太史公雖落筆從容，但仍能看出他對秦始皇海上求仙的不屑；同時，也包含了對方士的騙術的批判；當然，更重要的是借此，對漢武帝迷戀求仙方術（連女兒都下嫁方士欒大）的曲筆諷勸。不知是不是史筆如刀，武帝之後，漢室求仙熱開始退燒，養生理論達到了前所未有的高峰。

站在這樣的立場上，太史公筆下的徐福，自然是一個負面形象：第一次東渡沒有收穫，徐福「忽

圖3.5：

《三才圖會》中的《蓬萊山圖》，描繪仙山「山之根無所連箸，常隨潮波上下往還」。

悠」皇上，說神仙要三千童男童女和各色人間禮物；還要有強弓勁弩射退海上攔路的大魚，才能求仙取藥。秦始皇答應了徐福的要求，徐福再次東渡，結果是，在東方「平原廣澤之地」自立為王，再也不回來覆命了。徐福被寫成一個膽大心細的「騙子」，始皇帝則是一個呆頭傻腦的「渾君」，海上三神山是個虛妄之說。

不過，司馬遷只顧著他的春秋筆法了，並沒有注意到這個騙局的地理價值，後世史家也對這一「神文地理」（相對於「人文地理」而言）的史學文本關注得不多。其實，齊人說的三神山，並非完全虛構。往虛了說，三神山記錄的就是海上的海市蜃樓現象，並非妄說。往實了說，海上神仙不存，但海島是在的。近有渤海黃海諸島，遠有日本的本州、四國、九州三島。

列子曾宣稱「無知無為」才能「無所不知，無所不為」。方士的「三神山」之說，亦折射了道家以虛證實的地理思想。「神文地理」雖然裝神弄鬼，但亦透露了初民的地理經驗和對世界的認識，為後世留下了許多地理探索的線索和文化想像的空間。如，北京的北海，即是遼、金、元、明、清五代帝王，按「東海三神山」設計的。慈禧修的頤和園，也延用了「一池三山」的理水傳統，湖中鳳凰墩、治鏡閣、藻鑒堂，分別象徵著蓬萊、方丈、瀛洲。

遺憾的是中國的「神文地理」，沒有再向前一步，把虛的東西做實，將虛無的海洋真正納入到治國之方略中。這不是方士的悲哀，道家的悲哀，而是皇帝的悲哀和王朝的悲哀。徐福三千童男童女也好，鄭和的萬人船隊也罷，都沒有留下令人信服的扎根海外的實證。先民「忽聞海上有仙山」的理想，最終又落回了「山在虛無縹緲間」。

五湖尚在，四海缺一

「五湖四海」作為一個成語，很少有人知道它語出何處。二十世紀的中國人最熟悉的「出處」是《為人民服務》中的那段話：「我們都是來自五湖四海，為了一個共同的革命目標，走到一起來了。」朦朧中，人們似也體味出它指的是山南海北，或四面八方。但這個成語畢竟有它地理學的意義，對於研究人文地理的人來說，把它落到實處也是一門功課。

從出處看，「四海」似乎早一些。這個詞最早出現於《尚書・大禹謨》，「文命，敷於四海」。文命，即大禹；敷於四海，即治理四海。上古之人認為中國四周有海環繞，所以稱中國為「海內」，稱外國為「海外」。至於這「四海」叫什麼名稱，具體地點在哪裡，《禮記・祭義》有進一步的海區說法，四海為「東海、西海、南海、北海」。但沒有明確指出其海域位置。漢代的劉向在《說苑・辨物》中說，「八荒之內有四海，四海之內有九州。」八荒，即荒蕪極遠之地也。《爾雅・釋地》說，「九夷、八狄、七戎、六蠻謂之四海」，也有人認為「九州」被四海環繞。有中原之外，皆是「海」的意思。

堯舜禹也好，夏商周也罷，其活動範圍皆在中原一帶，理論上講是不可能指認海洋意義上的「四海」。所以，對於孔子一眾儒士更願意講，「四海之內，皆兄弟也」（《論語・顏淵》），這個「四海」又有點「天下」的意思了。可以說，古語中的「四海」，其人文的所指，大於地理的能指。由於缺乏具體的海區指向，我看只能算作半個地理名詞。

比之「四海」，「五湖」的指向相對明確一些。《禮記・夏官・職方氏》中有「其川三江，其浸

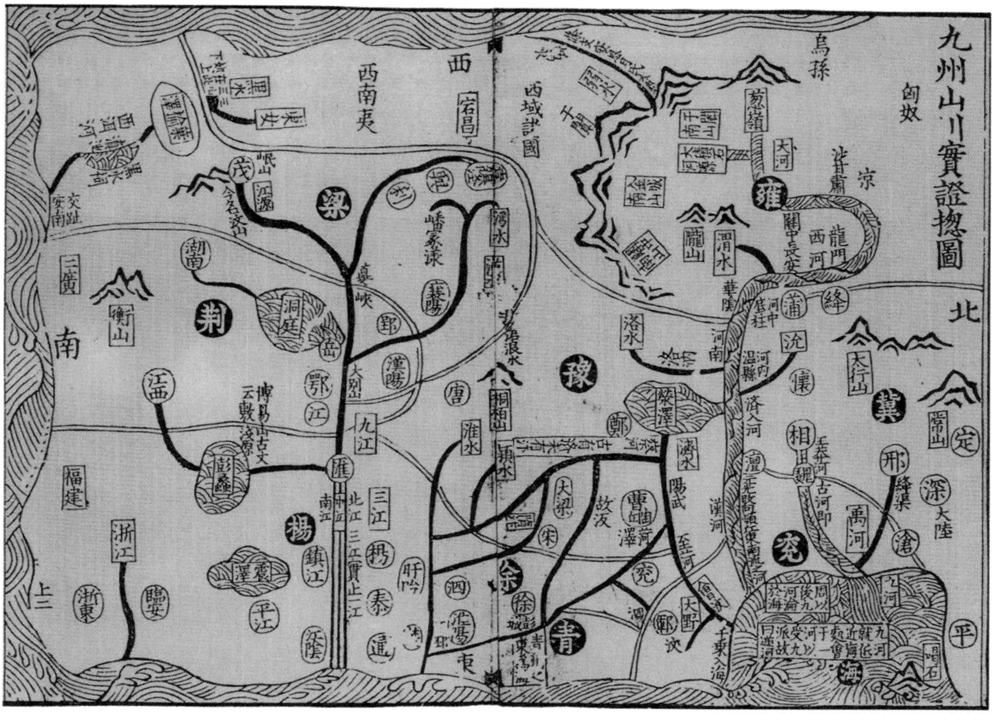

圖3.6：

《九州山川實證總圖》出自南宋程大昌編撰的《禹貢山川地理圖》，圖中不僅標注了九州，而且描繪了震澤、彭蠡、洞庭等大湖。

五湖」。說可以用於灌溉的有三江五湖。但具體的哪五個湖，沒了下文。弄得後世說法不一。北魏的酈道元撰《水經注》，認為「五湖乃長蕩湖、太湖、射湖、貴湖、滆湖」。唐代的司馬貞認為「五湖」指「具區（即震澤、太湖）、洮滆、彭蠡（即鄱陽湖）、青草、洞庭」等五個湖（圖3.6）。

後人對「五湖四海」的地理指認有所不同，但人文含義卻一直沒變，「五湖四海」就是四面八方、全國各地，甚至，全天下——是一種東方胸懷的文化表達。

到了近現代，「五湖四海」的地理指向，才相對明確了。一般以洞庭湖、鄱陽湖、太湖、巢湖、洪澤湖為「五湖」。一般以渤海

（北）、黃海、東海（東）和南海（南）為四海。但這樣分也不準確，只是湊足了四個海，而不是原來想表達的四個方向的海。實際上，中國的西邊並不靠海，「西海」對於中國是不存在的，從方位上論，中國只有「三海」。

與古人講究的地德相比，海德思想則偏於空泛，不像地德選定「五岳」那麼明確與精細，四海之說，在海德上是內實（陸地）外虛（海區）之德。

華夏海洋文明的發祥地——東海

東海是華夏海洋文明的發祥地，有點像地中海的愛琴海，伸向大海之中的山東半島，是中原文明少見的一抹藍色。

至少在戰國時期，齊人就已經有了很清楚的海洋「理論」。齊國的陰陽家鄒衍，曾在首都臨淄的「百家講堂」——稷下學宮的論壇上大講「海洋與九州」的學說：譏諷儒者之「中國」，只是海洋中的一塊陸地，內即禹之九州，外「於是有裨海環之」；「裨海」之外是赤縣神州，再外「乃有大瀛海環其外」；雖然，他的「大九州」概念源於推論，而非地理實踐。但這裡的「裨海」和「大瀛海」，還是最先明確了兩個不同的海區概念，即近海與大洋，可謂地理學的一大貢獻。

齊人與海的關係非同尋常，不僅有理論，而且還有行動。齊人的「遠洋史」上最輝煌的一頁是，齊國術士徐福忽悠秦始皇派船隊東渡扶桑的求仙之旅。

從《史記》的《秦始皇・本紀》和《孟子・荀卿列傳》中所記載的兩個故事看，齊人和秦人與東海的關係，似乎表現為大陸人與海中仙的崇拜關係。秦始皇統一中國後，曾四次東巡海疆。漢武帝也承繼了秦始皇的這一「傳統」，在位期間九次東巡海疆。兩朝皇帝高度重視東海，雖然有徐福、欒大等術士忽悠海上求仙的因素在裡面，但客觀上卻造成了對東海海疆的高度重視，提高了這一海區的地位。所以，我們在《史記》中也能看到，東海是秦漢王朝行政管理中的重要一筆。

不過，東海設郡的時間，不像南海設郡那麼清楚。最早將東海郡寫入歷史的是《史記・陳涉世

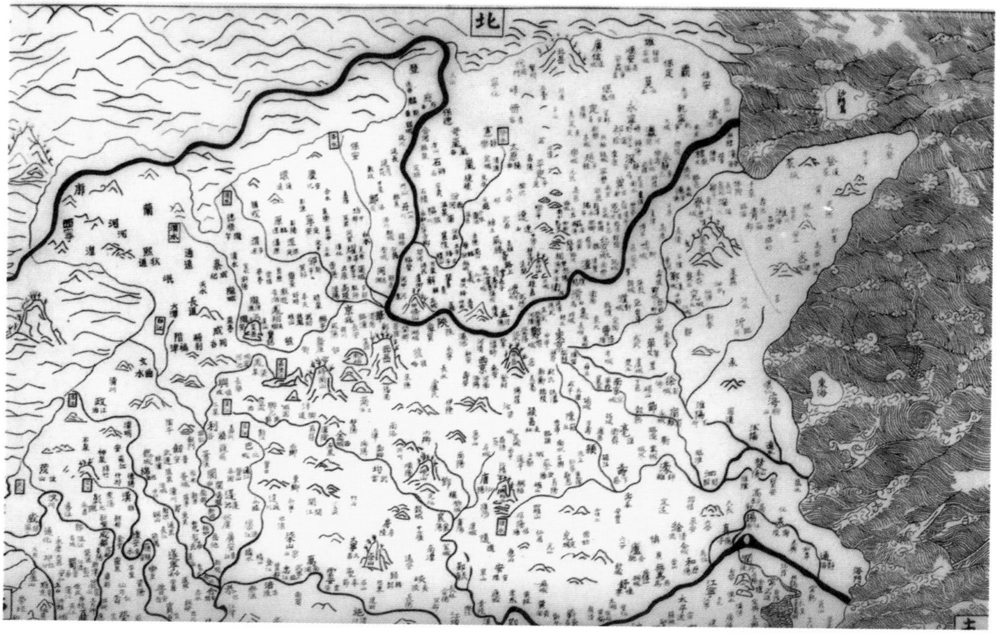

圖3.7：

宋代的石刻地圖是現存最早也最全面的古代中國海疆地圖，如這幅北宋宣和三年榮州刺史宋昌宗所立的石刻地圖《九域守令圖》，圖中不僅描繪出中國東部的海岸線、山東半島，而且在圖上明確標記出「東海」二字。

家》，「將兵圍東海守慶於郯」，但何時設立的東海郡，太史公沒說。人們從秦封泥中有「東晦」之名來分析，如以「東晦」即是「東海」論，秦確有東海之建制。但據漢以來的文獻看，多取漢立東海之說。如，《漢書‧地理志》載，西漢置東海郡，治郯（今郯城）。《水經注》載，秦之郯郡，漢高帝二年，改為東海郡治。東海郡到底是秦置，還是漢設呢？我以為，清末國學大師劉師培的「疑在秦名郯，楚名東海（東晦）。高祖初年名郯，又改名東海」，這一中庸說法大體可信。

北宋宣和三年（一一二一年）榮州刺史宋昌宗所立的石刻地圖《九域守令圖》，圖中不僅描繪出中國東部的海岸線、山東半島，而且在圖上明確標記出「東海」二字（圖3.7）。

漢代以來，行政區劃越來越細，海區的劃分也因之有了變化。由於東海廣大，海岸線漫長，後世之人又依陸上的行政區分段稱謂東海，山東東南部海域稱青州東海；北至日昭南，南至揚州北，這一海域稱為淮海；進入浙江海域，又稱浙海。其後，大東海又被分為兩段，淮海和浙海海區混稱為黃海，其東南海區稱為東海。

黃海之名，有人說是源於古時黃河流入近海，海水因而變成黃色，故此得名。但漢以前，黃河在今天的天津一帶入海，後來，黃河幾經改道，忽而由河北入海，忽而由山東入海，但入海口始終沒有移出渤海。清代以前，人們通常以「北海」和「東海」來代表山東周圍的海域，從不使用「黃海」名稱。「黃海」基本上是個現代地理概念，而現代的「東海」基本上是指江蘇東南的海區，與山東沿海又無直接關係了。今天我們在地圖上看到的那個緊臨東海，又叫東海的縣，是民國元年建立的。一九五三年原屬山東的東海縣劃規江蘇，現隸屬於連雲港市。

不知追求長壽是否能帶來長壽，一九九三年在連雲港的東海尹灣漢墓出土的簡牘《集簿》中，人們竟發現了此地漢朝時高齡老人的統計「年九十以上萬一千六百七十人，年七十以上受杖二千八百廿三人，凡萬四千四百九十三，多前七百一十八。」這是中國迄今發現最早的一批郡級行政文書檔案，「尹灣漢簡」對九十歲以上的高年和七十歲以上「受杖」者的統計表明，東海不僅是個求長生不老的探海點，而且還真是個長壽之鄉呢。

「東海」作為中國東部海區的指稱，至少已使用兩千多年了。在漫長的地理實踐中，曾產生了廣泛的影響。在十六至十九世紀，世界的海圖擴張時代，東海（East Sea）也上了各國航海家繪製的世界地圖。只是在積貧積弱的晚清時期，世界地圖上或是各國的政府文件上，才開始廣泛地使用日本海（Sea of Japan）這一海洋名稱。這與十九世紀末日本作為亞洲強國在其國際事務上的影響有緊密關係的。而一九二九年國際水路機構發行第一版作為世界海洋的邊界及名稱的主要資料——《海洋邊界》（*Limits of Oceans and Seas*）時，正在打仗的中國，錯失了主張東海名稱的一次重要機會，導致了國際社會加速使用「日本海」之稱。

東海，不能不說是中國的又一個海洋之痛。

虛寫的海，實錄的湖——西海

「四海」只是對中原周邊的海湖和地區的稱謂，沒有明確所指的海域，多是泛指和對舉，但慢慢的「四海」也有跡可循了。如南海、北海、東海，都是有「海」可指。唯有「西海」指代不清，甚至，它指的是不是海，也說法不一。

《山海經・大荒西經》說：「西海之南，流沙之濱，赤水之後，黑水之前，有大山，名曰崑崙之丘」、「西南海之外，赤水之南，流沙之西，有人珥青蛇，乘兩龍，名曰夏後開」，此中「西海」，被許多學者指認為是青海湖。

青海湖，在古代確有「西海」之稱，在蒙語與藏語裡，它還有「青色的湖」、「藍色的海」的意思，這也是今天的青海省名的由來。但此西海畢竟不是海。「海子」是很少見到大海或根本見不到大海的內陸民族對當時的內陸湖泊的一種稱謂。

青海湖一帶不僅早就有人類文明存在，而且很早的時候，這裡就有了母系部族，即傳說裡的西王母國。據說，當年周穆王乘坐八駿之駕周遊天下，巡遊到西邊的崑崙山區。他拿出白圭玄璧等玉器去拜見了此地的統領西王母。第二天，西王母在瑤池宴請穆王，兩人還唱了一些詩句相互祝福。這是一則西周的神話，故事出自《穆天子傳》。

西晉初年，在今河南汲縣發現了一座戰國時期魏國墓葬，出土一大批竹簡，均為重要文化典籍，史稱「汲塚竹書」。其中有流傳至今的《穆天子傳》。所以，這個至少在戰國時，就成文的神話傳說，一直被史家當作歷史線索來研究。一些學者、專家多年的研究和實地考察發現，距今三千至五千多年前，崑崙山區曾經有過一個牧業國度——西王母國。「國都」就在青海湖西畔的青海省海西蒙古族藏族自治州天峻縣一帶。

現在看至少從漢代起，青海湖一帶就以「西海」之名納入漢王朝的統轄了。西漢元始四年（西元四年），王莽在此置西海郡，郡治在今青海海晏縣三角城，轄青海周邊地區。《漢書》稱青海湖為「西海」、「仙海」、「鮮海」、「鮮水海」。《漢書・地理志》金城郡條臨羌注：「西北至塞外，有西王母石室，仙海，鹽池。」指的都是青海湖。明正德年間開始陸續遷移到青海湖周邊的東蒙古右翼三萬戶部族，即稱之為「西海蒙古」。

不過，歷史上，中原以西的湖，不只青海湖被稱為西海，被稱為西海的湖還有很多，如寧夏固原的湫淵湖，古代也稱「西海」。青海湖的西邊，還有「西海」。如，今天的新疆的一些湖，也被稱為西海。這些西海中，比較接近於海的是《後漢書》所載的西海。如「班超定西域……遣甘英窮臨西海而還。」這個「西海」是西域之西的海，它指現在的什麼地方？專家認為，它很可能是今天的裏海。裏海位於亞洲與歐洲之間，總面積約三十八萬平方公里，是世界上最大的鹹水湖，甘英誤以為是無邊大海，也是有可能的。但裏海再大，它也不是一個真正意義上的海。

那麼，我們的古代文獻中，記錄下的真正的西海，到底是哪個海呢？比較可靠的文獻是，隋朝的裴矩編寫的《西域圖記》。這是一本以記錄西域各國地理資料為主的地方志。原書共有三卷，今已散佚。幸有《隋書・裴矩傳》收錄了此書的序言《西域圖記・序》。這個序中說「發自敦煌，至於西海，凡為三道，各有襟帶。」此中「西海」說的敦煌至地中海。到了明代，西海已是一個明確的外海概念，但具

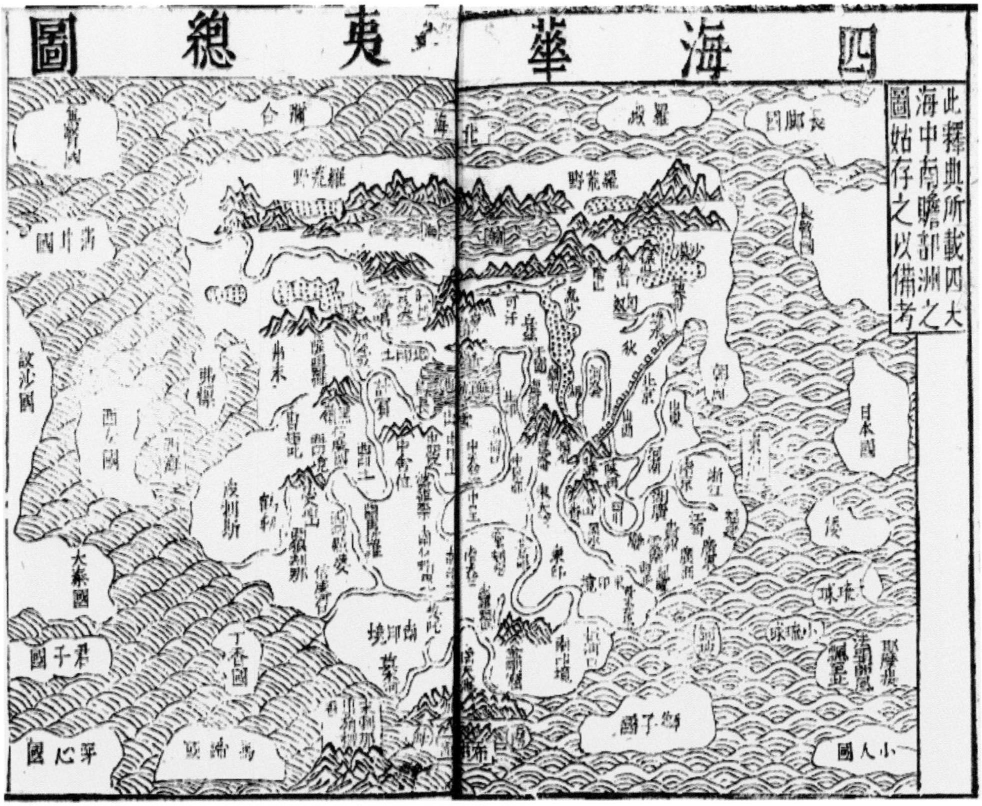

圖3.8：

明嘉靖十一年（一五三二年）繪製的《四海華夷總圖》中，「西海」是一個「夷」的外海概念，但此海中仍按傳説畫了個「西女國」，它仍是一片描述不清的海區，似乎是波斯灣，也可能是裏海、黑海。

體位置仍不清楚，因為這一時期，中國的「西洋」也不是一個很明確很標準的地理概念。

在明代嘉靖十一年（一五三二年）繪製的《四海華夷總圖》中（圖3.8），「西海」標注在波斯的西邊，但地圖描繪的仍是一個寫意似的不確定的海區，似乎是波斯灣，也可能是裏海、黑海。此圖後來收錄到晚明出版的類書《三才圖會》中，而此時西方的全新的世界地圖已進入中國。

從目前所能見到的文獻看，古代中國沒有和今天的土耳其以西的地中海國家進行過直接的貿易往來，多是間接貿易。所以，古代中國所言的西海，說的多是一個虛寫的海，一個實寫的湖。

最早進入天朝行政版圖的海區——南海

上古之人對地理的認識偏於虛說，而「三代」之後，情況大不一樣了，天下已是一板豆腐，必須切割得清清楚楚。

《左傳》云：「僖公四年齊侯之師，侵蔡，蔡潰遂伐楚，楚使興師言曰：君處北海，寡人處南海，唯是風牛馬不相及也。」這是目前發現的「南海」二字在古籍中，作為地域或海區之實指的最早一例。觀先秦之中國格局，商周是東西對峙，春秋之後，變為南北對立。究其原因，是黃河文化受到了長江文化的挑戰，荊楚江淮持天下之富，漸有大國崛起之姿，斯時的楚國勢力已達嶺南，故以「南海」自稱。

秦在天下統一後，對南方更加重視，南海也成為最早納入天朝規劃圖中的海域。嬴政當上始皇帝的第八個年頭，終於，收到了征服嶺南的好消息。西元前二一四年，推行郡縣制的秦王朝在嶺南設「南海郡」——南海第一次明確地載入中國行政版圖。而從馬王堆漢墓中出土的《地形圖》中，我們可以看到珠江入海口之南海，這是現存最早的繪有海區的古代中國地圖，距今已有兩千一百多年歷史（圖3.9）。

秦設南海郡後，二世而亡。南越國獨立於天朝之外，南海郡形同虛設。漢武帝元鼎六年（前一一一年）平南越後「南越已平矣，遂為九郡」，元封元年（前十一年）置海南兩郡。大漢在南海海域開始行使天朝權力，不僅南海和海南諸郡要建立新秩序，對南海諸島的發現與開發，也隨之開始了。據東漢楊孚《異物誌》載，「漲海崎頭，水淺而多磁石」。這裡的「崎頭」是古人對南海諸島的島、礁、沙、灘的稱呼。「多磁石」則是對海洋開發的一種發現。值得注意的是，這裡的「漲海」，隨著人們對南海的認識範圍不斷擴大，漢代的南海又多了一個別名「漲海」。依《康熙字典》，「漲」字本身可作「水大貌」解。「漲海」應當指的是南中國更廣大海域。

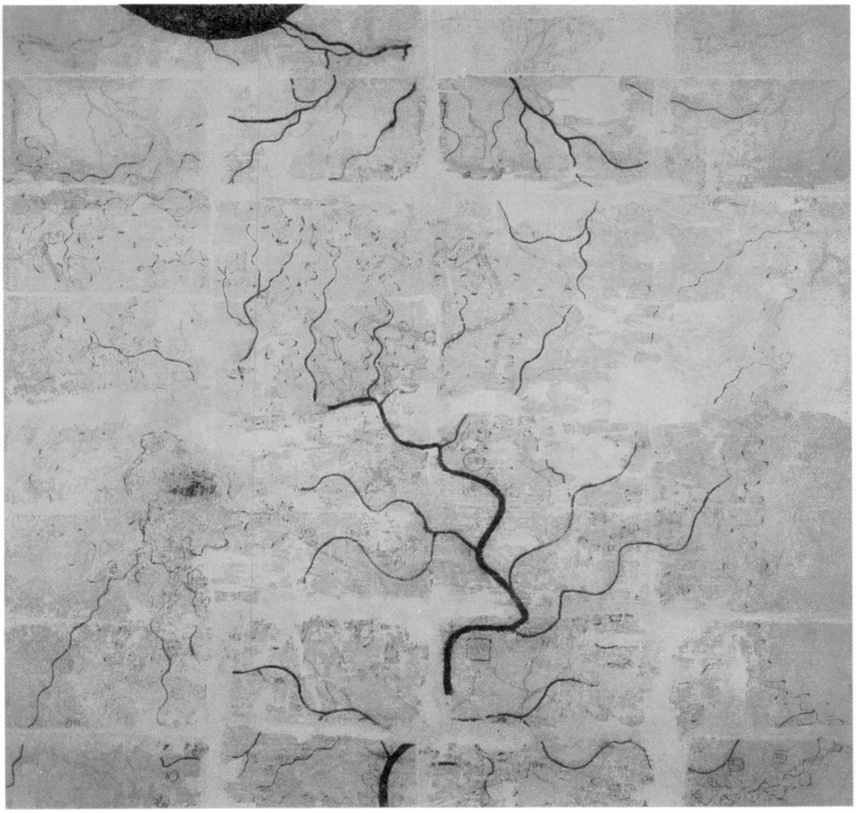

圖3.9：

從馬王堆漢墓中出土的《地形圖》中，我們可以看到珠江入海口之南海的描繪。這是現存最早的繪有海區的古代中國地圖，距今已有兩千一百多年歷史。

古代典籍中所稱的「漲海」到底有多大呢？「漲海」一詞始於漢代文獻。據《後漢書》載：「交趾七郡貢獻，皆從漲海出入。」《吳時外國傳》稱：「扶南東有漲海，海中有洲，出五色鸚鵡，其白者如母雞。」此類文獻所稱漲海，多為今中南半島東邊的南部中國的海洋。中外多數學者認為，漲海即海南島至麻六甲之間的海區。

由於漢文獻中，有漲海之時，同時也有大漲海之稱。所以，後世考據也有些膨脹，有人稱，「漲海」包括了印尼之東的香料群島和菲律賓群島，還有人論證「大漲海」含有印度洋。在我看，古代人文地理之詞，變化很多，有的虛用，有的則實記。完全用今天的地理之尺來套，多半是不準確的，我們只能取其大概。太較真，反而不真了。

人們在用「南海」一詞時，不僅又多了「漲海」，此後又生出「海南」。唐初姚思廉撰《梁書》中有《海南諸國總傳序》，曰：「海南大抵在交洲南大洲上，相去約有三五千里」，此為正史中第一次引用「海南」一詞。所指約為今南洋、馬來西亞、婆羅洲一帶。如今「海南」已成為專用地名，指海南省本島（古代的海南島，因境內有「土石皆白如玉而潤」的瓊山而得名「瓊州」。其名始於唐初）。

不過，在今天的世界海區圖上，已不再使用「南海」、「漲海」、「海南」這些詞，而是使用「南海」的衍生詞——南中國海。在國際水文局的定義中，南中國海為東北至西南走向，其南部邊界在南蘇門答臘和加里曼丹之間；北邊及東北至廣東、廣西、福建和台灣及台灣海峽；西邊至菲律賓群島；西南至越南與馬來半島，通過巴士海峽、蘇祿海和麻六甲海峽連接太平洋和印度洋；為世界第三大陸緣海（位於大陸和大洋的邊緣，其一側以大陸為界，另一側以半島、島嶼與大洋分隔，水流交換通暢的海，叫陸緣海，也稱為「邊緣海」），面積約三百五十六萬平方公里。

一個海區的傷心史——從「北海」到「北洋」

前邊說過，《左傳》中「君處北海，寡人處南海，唯是風牛馬不相及也。」這也是目前發現的「北海」二字在古籍中明確作地域和海區之用的最早一例。春秋時的齊國，所依之北海，是今山東北部之渤海地區。雖然，齊人早有「北海」地域之說，但北海真正進入行政版圖，成為建制還是幾百年以後的事。

明代《青州府志》論及海區時稱：「《漢書》謂北海，古稱小海，本謂渤海。」也就是說，先有渤海之稱，而後有北海之名。學人們引證渤海時，多引《山海經》「丹水南流注於渤海」。並引郭璞注：「渤海，海岸曲崎頭也」。也有人注「勃，大也」，渤海，指水域廣大者，或泛指大海。

渤海先是謂之海，後又借稱其瀕臨渤海的廣闊土地。所以，渤海也並非是一個海洋專詞。比如唐初建立的渤海國，即是以粟末靺鞨人為主建立的隸屬於唐朝的地方民族政權。其地域之廣，連接了今天的東三省。

和渤海一樣，「北海」一詞，在古代也非專屬。《漢書・蘇武傳》：「乃徙武北海上無人處，使牧羝。」蘇武牧羊的「北海」，即今貝加爾湖。稱其北海，一是水面巨大，二是位於中原之北。

儘管如此，但中原人在指稱海區時，所用的「渤海」與「北海」，還是指山東半島北部海區。至漢景帝時，始設北海郡，位置就在山東半島北部，今萊州灣畔的濰坊地區。北海郡領二十六縣，漢時已有十二萬戶。其中，壽光縣、平望縣和都昌三縣濱海。

宋代的石刻地圖中，已明確描繪出了北海的海岸線、大海及方位。如，南宋石刻地圖《禹迹圖》

（墨線圖），就已清楚地描繪了整個渤海灣（圖3.10）。但地圖上沒有以「北海」作為這一海區的標注。

古人稱近海為海，外海為洋。所以有「北海」之稱後，也有了「北洋」之稱。南宋文天祥《北海口》有云：「北洋入山東，南洋入江南。」宋時雖有北洋之稱，但當時人們習慣稱北海為「黑水洋」。「北洋」這一名稱，進入晚清，因「北洋水師」、「北洋軍閥」、「北洋政府」、「北洋通商大臣」……這些名詞而廣為世人所知。這一連串的「北洋」，均源自以晚清政府在這一海區複雜多變的政治、軍事和商業活動。當時的北洋海區，包括直隸（約今河北）、山東、盛京（今遼寧）等三省所屬海域，與中央政權關係極其密切。

清同治六年（一八六七年），前江蘇布政使丁日昌首先提出建立「北洋、中洋、南洋」三支輪船水師。在此前後，東南沿海各省相繼購買和製造了一批蒸汽艦船，分散巡防於南北洋各海口。清光緒元年（一八七五年）確定由南洋大臣沈葆楨、北洋大臣李鴻章分南北洋兩大海區組建新式艦隊。後來的事，大家都知道了，「北洋水師」被日本人打敗了；「北洋軍閥」後來被革命軍給「伐」了；「北洋政府」最後也被打垮了。

此後，「北洋」在政治和軍事的意義上淡出歷史，而今，人們又叫回它的老名——渤海。

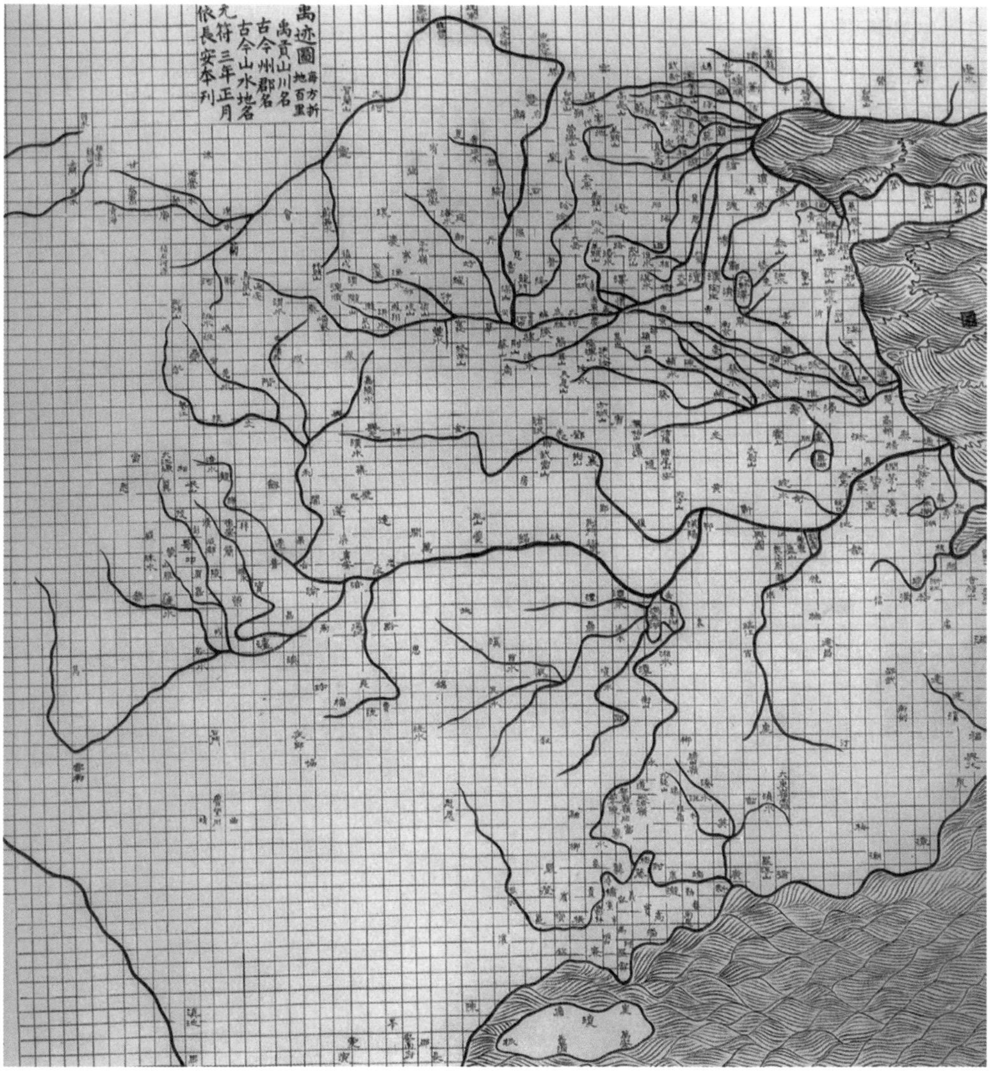

圖3.10：

南宋的石刻地圖《禹迹圖》（墨線圖）中，就已清楚地描繪了整個渤海灣。

4 大王之城，天下都心

禹都，傳說中的夏王城

二〇〇七年秋天，很久沒有什麼重大發現的考古界，弄出了一個大新聞：浙江良渚遺址發現五千年古城，其價值堪比殷墟。甚至，可以推論中國最早的朝代不是夏——事實上，二〇〇八年四月公佈的上一年度「十大考古發現」，良渚古城只排在第三位。

現在的一些人，包括學人，和中國當年的「大躍進」沒什麼兩樣——什麼大話都敢說。其實，這樣的古城，或者說，有人類活動痕跡的遺址，中華大地上少說也有幾十個。這一個只是體量大些的「土圍子」罷了。而且，就是這個超級城，人們也沒弄清它到底是不是個城，也有人認為它是個防洪堤。但是，想立項目、想申報「世界自然與文化遺產」、想開發旅遊的等不得了，先造出聲勢炒一把再說。

夏尚且找不到祖墳，怎麼還敢往前說呢？

中國人尋找先朝地望的急切心情，據說，是大陸負責考古工作的領導到埃及參觀後，受了強烈的刺激。我也如此，在埃及看到人家西元前二七八八年修建的階梯金字塔，歷近四千八百年風沙，至今安在；而我們遠古的祖墳，還漂浮在「夏商周斷代工程」的種種爭議與猜想之中……

中國花了大筆錢請一流的學者上馬的宏大斷代工程，其成果是斷出了時間上的夏，但空間上的夏，仍飄忽不定。如此說來，也就是說斷「時」這部份有了說法，而斷「空」的部份仍沒著落——夏仍然是個疑點。

夏作為「三代」之首，其名字就十分可疑。甲骨文中有沒有「夏」這個字，本身就爭議多。專家比較認同的「夏」字出於金文，但沒有人能說清這個近於張牙舞爪的「巨人」形象，當初是什麼意思。一說是先公之形，另一說是隻大猴子。不管「夏」的概念是什麼，它都不能自我指證。這一點與在商言「商」的商朝不同。殷墟契書中，像「今夕王入商」這樣的表述比比皆是。

給起始王朝討個最遙遠的說法，這種文化尋根的焦慮，並不是起於離夏最近的商，而是滅商之周。商的歷史是有案可查，但不論是甲骨文獻，還是青銅禮器，都沒有將「夏」作為一個王朝的記載。按歷史學家許倬雲的說法，所謂夏商周的「三代」之說，源於西周。周人自稱是夏人的後代，周人越過商朝，「創立」夏朝，是為了確立自己執政的合法性。「三代」之說，對於西周是「別有用心」的說說而已，但卻讓後人找不著北了。即使在知識分子高度繁殖的春秋戰國，諸子百家也沒有人能說清夏墟的具體位置。

夏就這樣飄浮在實證之外，生長於想像之中。

中國尋找夏墟的工作，早在上個世紀五〇年代就開始了。半個世紀過去，認定河南是夏之地望的學者們，仍對登封王城崗狂挖不已。中華文明史「大躍進」的思想仍鼓舞著部份學者對這片不大的土地進行推想。據說一九九六年的那個「夏商周斷代工程」就是在王城崗根據碳十四數據等成果，確定夏代始年為西元前二〇七〇年。

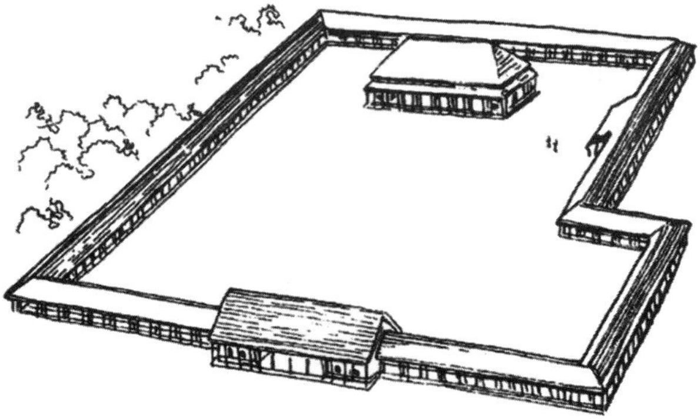

圖4.1：

河南偃師二里頭發現的中國最早的王城遺址示意圖。

如果說夏與商的文化圈是相疊的，為什麼商的卜辭中沒有夏的先王唐堯虞舜的記載，而商的先王又都是以「甲、乙、丙、丁」來記錄的。值得注意的是，以時間證空間，雖有科學的一面，也只是一面而已。夏的地望最終還是要靠考古實證來解決。

二〇〇三年在河南偃師二里頭發現的中國最早的王城，其遺址年代被測定為據今三千七百年左右（圖4.1）。這個王城到底是商的前傳，還是夏的正史？在所謂「禹都」的「身份證」，沒有出現之前，誰也不敢下定論。

關於夏的地望，所有的考古活動皆依據西周之後的描述，如果西周人別有用心設下「三代」的陷阱，那麼這兩千年的尋找不就白忙活了嗎？我不是在這裡重起疑古之心，只是想：我們那麼急切地想挖出夏墟，是不是有點文化上的虛火攻心？

殷墟，中國都城的雛形

夏在理論上是中國的第一個王朝，但因為此朝沒有文字傳世，終難成為信史。雖然，自一九五九年人們發現河南偃師二里頭遺址後，就有考古工作者在那裡持續挖掘了半個世紀，但仍沒有挖出個夏王城，或者禹都。因而，古代中國的都城史，還要從商朝起筆；事實上，國際上被承認的、沒有爭議的中國最早的文明是商代。

像有人群就要有領袖一樣，有居所就要有核心，都城就是在這樣的文化傳承中誕生的一種特殊的城市。隨著原始部落的發展與社會進步，在黃河中下游率先湧現了最早的城市，同時，國都也隨著各王朝的建立而產生。

二〇〇九年十一月十六日，中國首座以文字為主題的國家級博物館——中國文字博物館在河南安陽開館。為什麼要在安陽建中國文字博物館，因為它是甲骨文的故鄉，信史是從這裡開始的，同時，它也是考古證明的商代故城，是中國最古老的都城雛形。

商原本是黃河下游的一個古老的部落，為東夷族的一支，如果說有夏王朝的存在，商應是其「諸侯國」的一員。約西元前十六世紀，夏亡商立。商湯決定在夏的核心地區建一座新邑，因商湯是從南亳遷此地，故史稱此邑為西亳。據漢代寫的《史記・殷本紀》載：「帝盤庚之時，殷已都河北，盤庚渡河南，復居成湯之故居。」又云「帝庚丁崩，子帝武乙立，殷復去亳徙河北。」如果這個描述可信，商王即忽而居河之南，忽而居河之北，河南有亳，河北有殷。

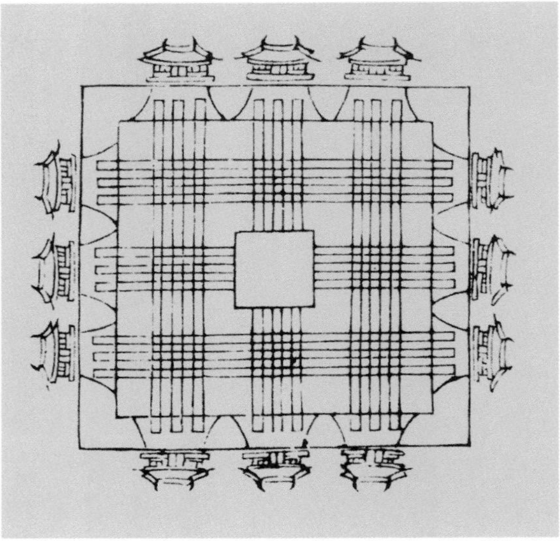

圖4.2：

宋代《新定三禮圖》中的「王城」示意圖：國中九經九緯，左祖右社，前朝後市。

從一九三〇年代起，人們開始對殷墟進行考古發掘，現已發現有王陵區、宮殿宗廟區、族邑聚落遺址、甲骨窖穴、鑄銅遺址、製玉作坊等眾多城市遺跡，它至少是中國歷史上第一個有文獻可考、並為甲骨文和考古發掘所證實的古代城市遺址，距今已有三千三百年的歷史。

據考證，自商王盤庚從奄（今山東曲阜）遷都於殷（今安陽市小屯村），安陽遂為殷商國都，直到武王伐紂，殷商王朝在此歷八代十二王，使這裡成為一座有兩百五十四年歷史的都城。雖然，商代的甲骨文中，沒有國都這樣的字與概念，但殷實際上就是商晚期的政治和經濟中心。

近百年的出土文物證明，這裡已具備了都城所應有的一切：一是出土了中國最古老的文字——甲骨文；二是出土了反映古老的中國禮儀的青銅器，尤其是世界上最大的青銅器——司母戊鼎，該鼎是商王武丁之子為祭祀母親而鑄造的；

三是發現了武丁夫人婦好墓，它是目前唯一能與甲骨文聯繫並斷定年代、及其墓主身份的商代王室成員墓葬。

此外，在殷墟的宮殿或宗廟建築中，可以看出，它已具備了後來的周禮所說的「前朝後寢、左祖右社」對稱的都城規劃（圖4.2）；而殷墟的大王之墓的四個墓道，又喻示「地上是四方，地下是四方，四方都歸王所管轄」的統治格局，隱約透露出「王者居天下之中」的都城概念。所以，一九五六年九月，郭沫若先生在此留下了「洹水安陽名不虛，三千年前是帝都」的著名詩句。

殷墟遺址在今天的河南北部的安陽，地處晉、冀、豫三省交匯處，它是商朝從東向西移的產物，雖然，從方位上看這是向內發展，但它尋找的確是華夏的中心。因而，殷已具備了國都的雛形，也可以看作「中國」概念的萌生地。

京都，從兩都制到五都制

有人在網上發帖問：「什麼時候國都被稱為首都？」幾大門戶網站上有人跟帖，但都沒回答上來。中國首都是北京，日本首都是東京，京即國都，現在已是通識；但國都是不是一開始就謂之京呢？京又是如何成為京都的呢？後來京都又怎麼成為首都了呢？這就要費一番考據，且不一定能說明白。

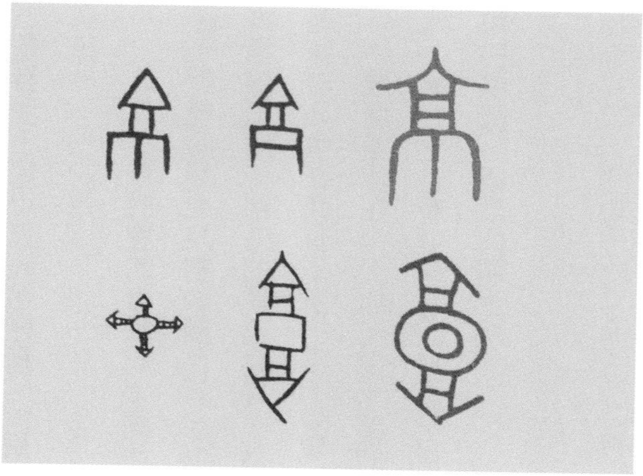

圖4.3：

甲骨文中與「京」相對應的字是「鄙」，京引申為城邑之意，而倉廩之形的鄙，則引申為郊野之意。

先說說「京」字，這個甲骨文中就有的字，看上去像是一座高台，大約表示的是崇高與聚集的意思（圖4.3）。甲骨文中與「京」相對應的字是「鄙」，京引申為城邑之意，而倉廩之形的鄙，則引申為郊野之意。今天仍保留著的「鄙人」之說，表示的就是鄉下人的意思。不過，「京」作為城市之首，國家核心城市，是商代之後的再度引申。

近年清華校友捐贈的「清華簡」被專家鑒定為戰國簡冊，此中最引人的是《尚書》殘簡。這是迄今見到的最古老的《尚書》，將《尚書》成書年代至少推至戰國。這部最古老的史書，記錄了「盤庚遷於殷，民不適有居」，記錄了「周公初基作新大邑於東國洛，四方民大和會」，但再涉及到國都時，用的是「邑」，而沒有用「京」與「都」來表示；也就是說殷，雖有商王居住，但它是不是後世所言的國都，還不一定；至少，那時還沒有成熟的國都概念。

「京」作為國都的代稱，或成熟的國都概念，始於西周；而文王也更像一個真正意義上的國君，而不是部落首領。在周朝詩歌總集《詩經》中，可以找到「京」的記敘，如《大雅・文王有聲》即有「考卜維王，宅是鎬京」、《大雅・文王》中有「殷士膚敏，祼將於京」。京在此時已是國都的代名詞。同時，《詩經》中也出現了「京師」一詞，如《大雅・公劉》中有「京師之野，於時處處」。如《公羊傳・桓公九年》所言，「京師者何？天子之居也。京者何？大也。師者何？眾也。」

周朝的京，或京師，已不僅是一個皇帝居住的城的概念，而是一個特殊的行政區域。如《周禮・夏官・職方氏》所言：「乃辨九服之邦國，方千里曰王畿」，就是說，王城周圍有千里轄地。王畿後來被更明確地稱為「京畿」，一指國都及其附近的地區，二也代指國都。如《三國志・魏武帝紀建安十八年詔》中「遂遷許都，造我京畿，設官兆祀，不失舊物」。

比之甲骨文中就有的「京」字，「都」字就是個晚輩，是比京更晚的概念。漢代的文獻《史記》中可以看到關於「都」的解釋：據「五帝本紀」講，先王受人追隨，舜住到哪裡，人們就跟他到哪裡去住。於是「一年而所居成聚，二年成邑，三年成都」。而將「京」與「都」連成「京都」一詞，則始於魏晉之時。當年，因避司馬懿的長子司馬師（死後追尊景皇帝）的「師」字之諱，「京師」被改為「京都」，後來這個詞，也成為了國都的代名詞。

古代熱中學習中華文化的日本，學去了京師的設置，甚至還有一個都城，叫京都。七九四年，日本將國都定在平安京，「京都」慢慢成為這個城市的名稱。後來的東京，古時叫江戶，即江水入海之門戶。一四五七年人們以江戶村為基礎建起江戶城，幕府執政時期，江戶是全國的政治中心，而天皇所在的平安京（即京都），則徒有其名。一八六七年，明治天皇遷都於江戶，因已有京都存在，江戶更名為東京。

京都雖然是一國之都，但在唐代，似乎覺得僅靠國都指揮全國似有些力不從心，於是又創立了陪都制度。在長安之外，又設了東、西、南、北四京：東京洛陽，西京鳳翔，南京成都、北京太原。這種陪都的做法被後世多個朝代承繼，以致不是歷史專業的人真是分不清隨朝代而變更不定的東京、西京、南京、北京。

比如，宋承唐制，就設了三個陪都，北京為大名府（今河北大名市）、南京為應天府（今江蘇南京）、西京為河南府（今河南洛陽），京師開封府自為東京。不過，由於各陪都的歷史不一樣，城市的發展也有差異。最突出的例子是應天府，這裡是趙匡胤起家之處，所以城市建設的規模超過了其他幾京。據《宋史・地理志》載：「宮城周二里三百一十六步。門曰重熙、頒慶，殿曰歸德。京城周回一十五里四十步。」架勢甚至不輸國都開封。

遼、金、元，雖然是遊牧民族的政權，但對漢人的國都傳統也很推崇，京城設置也照搬照用。遼代的五京是隨著統治地盤的擴張逐步形成的。遼以北方的上京臨璜府為都（今內蒙巴林左旗東南波羅城），中京為大定府（今內蒙寧城西大明城）、東京為遼陽府（今遼寧遼陽）、南京為幽都府（後又改為析津府，即今北京豐台區）、西京大同府（今山西大同）。遼代五京是各區域的統治中心，所以，在行政上又稱五京道（圖4.4）。

金一都五京的政權格局，基本上是從遼那裡承繼而來，只不過是地盤更大了。

蒙元滅金，廢了元的中都，在其東北的曠野上重構新城，因金已有上都，中都，元朝遂將新建的國都稱為大都。此後，明滅元，曾有過一段定國都於江南應天府，但燕王朱棣奪權王位後，又將國都定在了燕京，清承明制，仍以北平為都，至今，國都沒有再變。

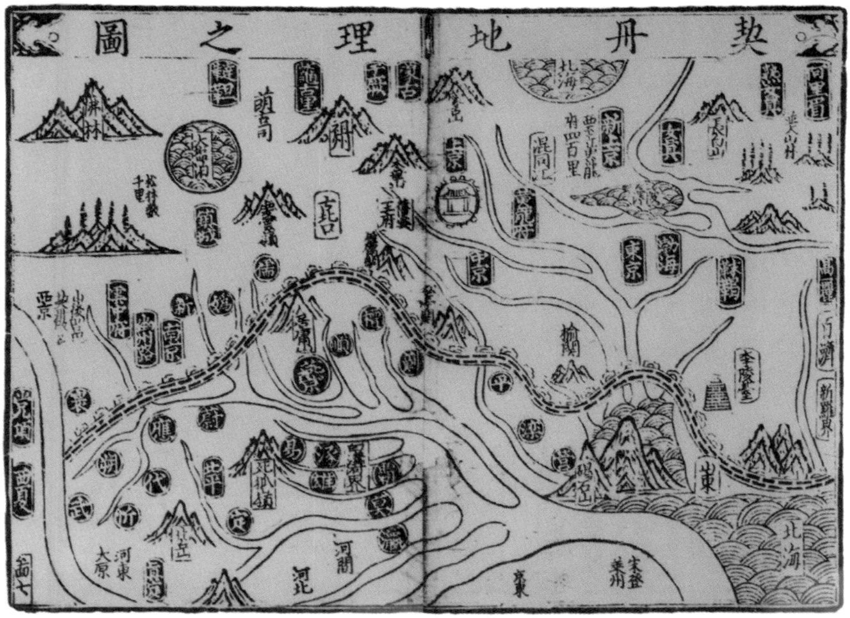

圖4.4：

南宋編撰的《契丹地理之圖》描繪了遼國的上京、中京、東京、南京、西京五京制。遼代五京是各區域的統治中心，所以，在行政上又稱五京道。

最後，說回首都的問題：即將國都稱為首都始於何時？

查過一九七九年商務版《辭源》，沒有「首都」的詞條，可見它是一個沒有「典故」的新詞；後來又查一九九九上海辭書版《辭海》，此書收有「首都」條，但只有其定義，也沒有出處。權威的辭書似乎證明，它是一個清代以前沒有過的新詞。

首，即是頭，一個國家似乎不可以多個首都。但前些年到南非旅行，在那裡就見到了這個國家的三個首都：行政首都普勒托利亞（Pretoria）；立法首都開普敦（Cape Town）；司法首都布隆方丹（Bloemfontein）。雖然，三個首都是一九一〇年南非成立聯邦政府時各方商討出的結果，但延續至今也沒見有多少壞處。在我這個外國人來看，就是每個城市都沒有那麼龐大、人那麼多、車那麼堵。

首就是頭，三頭六臂，總比一個腦袋的厲害。

洛陽，王在天下之中

顯然，羅馬不是世界上最古老的城，但其歷史地位顯赫，所以，每年它的建城日慶祝活動都會成為一條被全世界廣為採用的新聞：「二〇〇八年四月二十日，眾多歷史愛好者身著古羅馬服飾，聚集在古鬥獸場前，慶祝羅馬建城兩千七百六十一週年。傳說中，『戰神之子』羅穆盧斯和雷穆斯被一頭母狼哺育長大，並於西元前七五三年四月二十一號創建了羅馬城……」我的「民族自豪感」被這條新聞勾了出來——中國有沒有與羅馬比擬的古城？於是，想起曾經到過的洛陽……

洛陽素有「九朝古都」之稱，實際上比九朝還要多。但在對比平台上，我更關注的是洛陽建城第一朝。「自豪感」比我還強的人說，洛陽城建自夏朝，指的是一九五九年就開始挖掘的偃師二里頭遺址，但時至今日沒有弄出有力的考古實證。說洛陽建城有四千年歷史——去掉這個最高分！還有人說，商人是洛陽城的建設者，但商都於西亳，即今天的商丘一帶，扯上洛陽，實在牽強。說洛陽有三千六百年建城史——再去掉這個最高分。時空上都比較貼近歷史真實的是周與洛陽的關係。

後世談「三代」的文獻，基本上緣自《尚書》，關於洛陽城的記載，即出自《尚書》中的多個文告。其《召誥》云「唯太保先周公相宅（圖4.5）……太保朝至於洛，卜宅，厥既得卜則經營。」記載了周公、召公。先卜宅，選定城址於洛的事。洛邑建成，時稱「新邑」，亦即成周。

關於成周，還有比《尚書》更可靠的文獻，即西周青銅器「何尊」上的銘文：「唯王初遷宅於成周……」。西周實行鎬、洛共同為都城的兩都制，鎬為西京，洛為東京。依此說，洛陽建城的時間，應該在西元前一〇五〇年左右，比之狼孩兒建羅馬城的傳說，要早三百年。

洛陽是中國最早的城市，也是最「中國」的都城。但目前所能找到的古代建築圖紙，只有戰國中山王（今河北平山縣）留下的一幅墓園規劃平面地圖——《兆域圖》（約製作於西元前三二三年至三一五年）。最早的城市地圖，僅有東漢的壁畫式城市地圖。所以，最早的洛陽古城的位置，沒有存世的古地圖，只能靠遺址發現來提供了。

圖4.5：

太保相宅圖。

早些年的洛陽，還沒有爭「中國第一古都」的意識。城中那個建於一九五八年的王城公園，被指認為西周洛邑遺址。但公園裡看不到任何西周的東西，那個時代的「文化堆積」或許藏在公園的底下。

東周洛都的實證出現在二〇〇二年，這一年，人們在洛陽市中心發現了：東周天子車馬陪葬墓——「天子駕六」——這個最新的考古發現為東周洛陽城提供了可以觸摸的實證，後來，人們在洛陽城中央廣場上建立了一個下沉式的天子駕六遺址博物館。

周族原是中國西部的一個歷史悠久的部落，與夏、商兩族同稱為中國原始社會末期的三大部族。夏、商兩朝時期，周是它們的屬國。商朝末年，紂王昏庸無道，武王時，周的勢力已很強大，決心滅商。西元前一〇六六年，周武王乘機率眾東下，經洛陽北部孟津渡河，一舉推翻了商朝的統治，商亡周興，史稱西周。

武王滅商後的第二年便在鎬京病故，成王即位。因成王尚幼，由其叔父周公輔佐代政。成王執政的那年，「使召公復營洛邑」。從此，西周有了兩座都城。西都鎬京稱宗周，東都洛邑稱成周。說到成周，還要說說那個著名的「何尊」。這件一九六五年在陝西寶雞縣出土的青銅器，是第一件有紀年銘文的青銅器，它製作於周成王五年（約西元前一〇三二年）。銘文中記載：「唯王初遷宅于成周，復稟武王禮福自天……唯王五祀。」也就是說，成王執政五年即遷都成周的王城。西周自成王始，諸王均來成周居位、施政。這在周器銘文中都有所記載。為什麼周最終要選洛邑為都，《何尊》銘文說：「宅茲中國，自茲乂民」。它表明以成周為都，是因為它地處「中國」，這也是最早出現「中國」二字的青銅器。建都於「天下之中」，可以說是周朝開創的建都傳統。

西元前七七一年周幽王被殺，西都鎬京被搶劫一空。平王即位的第二年，即西元前七七〇年，決定廢西都全遷東都，史稱東周。國都也由西周的兩都制正式變為以洛邑為都城的一都制（圖4.6）。居中制和一都制，對於維持統治秩序起到了非常實際的穩定作用。所以，後世在相當長的時間裡，承繼了「居中」和「一都」的傳統。

洛陽作為東周國都長達五百餘年，後來又有東漢、曹魏、西晉、北魏、隋、唐、後梁、後唐、後

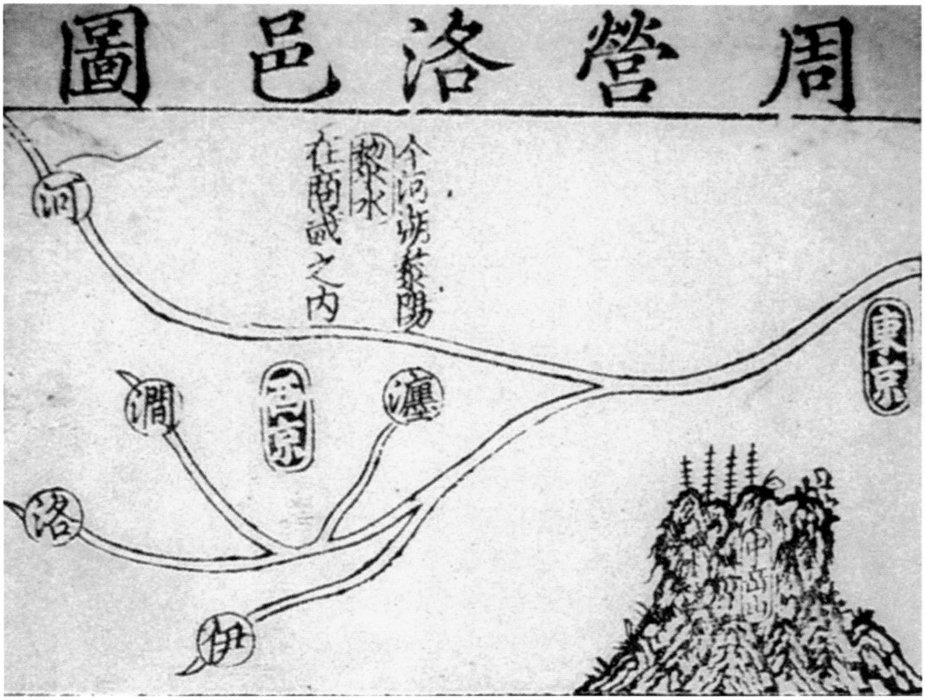

圖4.6：

《周營洛邑圖》是元代所繪地圖，圖中的伊水、洛水等水系，標示出西京鎬城，東京洛城。反映了《尚書》中周公、召公，先卜宅，選定城址於洛的內容。

晉……從周到宋代之前，有十多個王朝在此建都，所以，洛陽也是史冊之中，被寫得最多的都城，河南社科院曾有人統計過，在《二十五史》中「洛陽」的名字出現了三千五百四十九次，這是其他古都無法相比的。

洛陽的建城史，無疑比羅馬還早，但在洛陽，我除了與車馬坑合影，找不到東周洛邑留下的任何城市遺跡，漢魏的洛陽故城也僅剩黃土幾堆。而我在今天的羅馬，卻依然能逛兩千年前的古羅馬的議會廣場，依然可與巨大的鬥獸場合景留念。在古代城市建築上，我們的所有古城都無法同羅馬相比，我們黃土文化的祖先為什麼不用石頭架屋建城呢？

開封，「城摞城」的都市

開封坐落在黃河沖積扇平原的頂端，像一把鏟子可以輕鬆地把這一地區的糧食收入自己的糧袋。

西元前七二二年，鄭莊公「克段於鄢」，平息了叔段的內亂，走上了擴張之路。西元前七二〇年，周平王去世，周桓王繼位。鄭莊公先後兩次派兵強割周王室溫地（今河南溫縣）、成周（今河南洛陽東）的莊稼以示威。今天的開封城，即是當年鄭莊公修築儲糧倉的一座城邑，取名為「啟封」，有「啟拓封疆」之意。後來，為避漢景帝劉啟之諱，「啟封」改名為「開封」。

開封的「七朝都會」的都城史，是從戰國時的魏國開始的。魏惠王九年（前三六一年），自安邑遷都大梁（今開封城之西北一域），從此魏亦稱梁。由梁開始，五代之梁、唐、晉、漢、周，以及後來的北宋均建都於此。滅宋之金也以此為都過短時。

開封雖有「七朝都會」之美稱。但五代之梁、唐、晉、漢、周的所謂朝廷，都是正史裡加了「後」字的短命小朝廷，其首都也不是統轄中國之首都（後唐都洛陽）。但開封府卻是在這幾個朝代的修建中一步步完善，最後成為一個真正的大都市。

開封真正稱得上國都，是在宋王朝。一切恰如大眾所熟知的張擇端筆下的《清明上河圖》和孟元老的《東京夢華錄》（後晉稱開封為東京）所描繪的那樣：從陳橋兵變到南宋偏安，開封歷經九帝一百六十八年，「人口逾百萬，貨物集南北」，不僅是全國的政治、經濟、文化中心，也是國際性的大都會，有著「汴京富麗天下無」的美譽。

這座都城的衰敗是從金兵入侵開始的。金兵滅宋，破開封城，在帶走徽欽二帝之時，也差不多把整個都城刮光了。貞祐二年（一二一四年），金宣宗遷都汴梁（開封），稱其為南京。至一一三〇年，金兵放棄它時，這座都城裡早已不像個都城了。

不過，金時開封再破敗，但也還算是一座都城。但是到了明崇禎十五年（一六四二年）時，李自成圍開封時。明巡撫高名衡決堤灌農民軍。但李自成發覺得早，移營高地。洪水反而灌入了開封，幾公尺厚的黃河泥沙把整個城市基本埋沒了。清初重建開封時，等於在老城上又蓋了一座新城。於是，民間留下了「開封城，城摞城」的傳說。

這個傳說一直到一九八一年才被破解。在開封明清時代的宮殿式建築龍亭旁，有兩個湖一個叫楊家湖一個叫潘家湖，在這一年的潘家湖底清淤過程中，人們在湖底發現了一座規模宏大的明代周王府遺址。據史書記載，周王府是在宋、金皇宮基址上修建起來的。那麼，周王府的下面，還有金、宋、五代的開封城嗎？經過二十多年的挖掘，人們不僅在清城下面挖出了明城，而後又在明城下挖出了宋城。

考古發掘情況表明：北宋的東京城（開封）是一個東西略短、南北稍長，由內向外依次築有皇城、內城、外城，並各有護城壕溝的都城（圖4.7）。它不僅城高池深，而且牆外有牆，城中套城。外城遺址全部淤埋於地下二公尺至八公尺的深處。考古勘探還證實，位於「城摞城」最底部是唐代的汴州城。汴州城建於唐建中二年（七八一年），由時任永平軍節度使兼汴州刺史的李勉重築南北朝時的汴州城，也是如今開封城牆歷史的開始。這次重築後的汴州城，實際上已奠定了直到今天的開封城牆的基礎。

走在今天開封繁華的中山路上，就是走在開封舊城的中軸線上，其地下八公尺處，正是北宋東京城南北中軸線上的一條通衢大道——御街，中山路和御街之間，分別疊壓著明代和清代的路面，這種「路摞路」的景觀還意味著，從古代的都城到現代的城市，層層疊加起來的數座開封城，南北中軸線居然沒有絲毫變動。

開封，隨著考古的腳步，未來還會開啟更多的秘密。

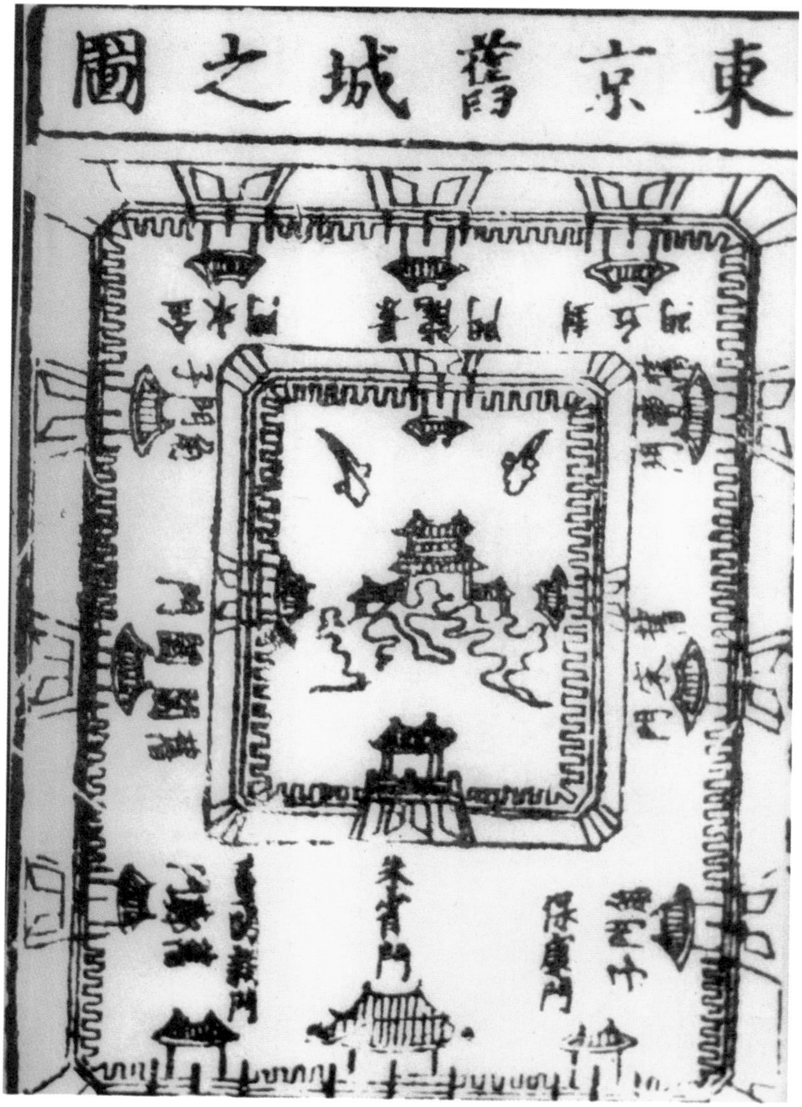

圖4.7：

《東京舊城之圖》刻於南宋，原本已佚，現為元重刻本。此圖著重描繪了東京城的城門與宮殿的位置形狀，城內交通道路，水渠橋樑的設置情況。

長安，漢唐風範千古存

與長安關係最密切的，有兩個人，都寫進了歷史。

一個就是漢高祖劉邦，劉邦出生於沛縣豐邑中陽里（今江蘇省豐縣）的一個農戶家裡，成年後考試做了泗水的一個小里長「亭長」。據傳，在秦都咸陽服徭役時，見到秦始皇出遊，曾發出：「嗟乎，大丈夫當如此也」的感嘆。後來，在一次押解犯人的途中，由於氣候因素延誤行程。劉邦知道延誤行程的結果會是被處死刑，決定謀反抗變，於是發動了斬白蛇的「起義」，所押的犯人就成了他早期的兵力核心。再後來，天下皆天秦朝廷，劉邦又跟著楚軍反秦，這才陰差陽錯地進了關中。西元前二〇二年，劉邦滅了項羽，天下歸了劉姓。高祖劉邦盤算著該給大漢定個都城了，高祖文化不高，原打算學著先人在洛陽或者咸陽定都。

這就要提到另一個人物——齊人婁敬。婁敬向劉邦進言：洛陽乃周朝敗落之地，咸陽是秦朝滅亡之地，皆不適定都。劉邦與張良一合計，於是改在咸陽之南的一塊平原興建新都城。為去亡國的晦氣，新都城被定名為「長安」（婁敬因此被賜皇姓，升為漢朝重要謀臣）。西元前一三八年，漢武帝派遣張騫出使西域，正式開闢了以長安為起點連接歐亞大陸的通道。長安由此成為了古代最「現代化」的國際貿易大都市。

這就是西安城的正史。

長安為都城是選對了地方，它背依秦嶺，面向秦川，有涇、渭、灞、灃、澇等水流經此地，形成號稱「八百里秦川」寶地。但漢之長安，是不是今天的西安呢？說是，也不全是。高祖興建長安城時，沒留下地圖，後人只能靠考古發掘來確定漢長安的位置。好在，清朝人找到了一塊宋刻石碑《長安圖》，此圖為宋元豐三年（一〇八〇年）知永興（今西安）軍呂大防主持隋長安城實測，校正長安故圖刻製的。原碑圖立於其衙署之內，經金元戰亂，清代發現時，僅餘殘石十五塊。但人們根據圖上可見太極宮等建築位置和呂大防的題記，可知北方一角是「漢都城」所在，殘圖中還有臨渭亭、咸宜宮、漢長樂宮等建築的位置。通過與遺址印證，可以確定此圖是現存最早的最為精確的長安城地圖（圖4.8）。

「漢都城」位於今天的西安城的西北角，與今天的西安城區部份重疊。真正與今天的西安古城重疊在一起的是隋一統天下後在此地建的大興城。自隋文帝開皇二年（五八二年）開始，到唐高宗永徽五年（六五四年），歷時七十二年，終於完成了長安城的城牆建設。全城面積約為八十四・一平方公里，佈局規劃整齊，東西嚴格對稱，分宮城、皇城和外廓城三大部份；其結構佈局充分展現了傳統社會巔峰時期的宏大氣魄。在當年稱得上世界級的特大城市。

沒有道理的是，所有表述西安建城史的文字，都不把漢建長安算作西安的城建開始。

膽子小點的，選擇咸陽作為西安城的前世。戰國紛爭時，老家在甘肅之東的秦國，隨著軍勢擴張，政治中心也不斷東進，平陽、涇陽、櫟陽，孝公十三年（前三四九年），秦定都咸陽。一統天下後的秦，好景不長。項羽入關，屠城焚宮，咸陽盡毀。加上後來渭水北滾，秦之咸陽城，早已消失在河水的沖蝕之中，與長安城扯不上什麼關係了。

膽子大一點的，都拿周人定鎬京為都說事，把西安建城史確定為三千一百年前。西元前十一世紀，周從岐山周原遷至關中平原，在豐河的西東兩岸，分建立兩城。文王都豐，武王都鎬（後又都洛），但

圖4.8：

此殘碑拓片是唐代開元二十年（七三二年）長安城的佈局圖，原圖於北宋元豐三年（一〇八〇年）由張佑繪製、呂大防撰題記，並於同年刻石。原碑高二公尺，寬一・五公尺。

豐與鎬具不具備城的形制，還是一個聚落建築，都說不清。考古所能提供的只是無磚無瓦的有夯土層的「城址」。

三千一百年的西安建城史，以建築來說，有點牽強；以地點而論，至少是把長安擴大化了；從族群源頭上講，周與秦的先民皆起於岐山之下，漢與周、秦完全沒有承繼的關係，漢都城更有明確的另起爐灶之意。此外，若用現在的西安市行政所轄的區縣範圍，來定位「古長安」城，這個龍袍是不是做得太肥了？

所以，以為將西漢作為這個都城的起點，而後新莽、西晉、前秦、西魏、北周、隋、唐等八個王朝，比較貼切。如果再要算上赤眉、綠林、大齊（黃巢）、大順（李自成）等政權時以此為都城，西安是十幾朝的古「都」，真就論不清了。值得提出的是，西安今天的這個名字，不是它作為都城時的名字，而是朱元璋當皇帝的第二年（一三六九年），廢元的奉元路，改設西安府，而傳承到今天的。

朱元璋封次子朱樉為秦王，駐西安，他在城東北部建秦王府，為了保衛城內的秦王府，佔據有利的地勢以利防守，洪武三年（一三七〇年），西安城進行了大規模的擴建，東城牆向東擴展了近千公尺，北城牆向北擴展了五、六百公尺。城牆高至三丈，厚至四丈七尺，全部用黃土分層夯築，每層厚八至十二公分。城垣周長約十四公里，面積十一・五平方公里。城設四門：東長樂門，西安定門，南永寧門，北安遠門。每處城門都有三重城樓，即正樓、箭樓和譙樓。四隅有角樓，環城牆上有堞樓九十八座。城內配有登城設施。明中期以後，西安城牆又經歷了幾次修葺。隆慶二年（一五六八年），陝西巡撫張祉在城牆外壁和頂部砌了一層青磚。一直到崇禎死的前一年（一三六三年），陝西巡撫孫傳庭，又在城門外四關增修了四個郭城。今天的西安古城的格局，基本上是在明朝幾次修建後定型的。

令人安慰的是在現代化的城市建設中，西安老城的城牆基本上保住了，所以，現在去看仍還有個「古都」的樣子。

臨安，不得已的國都之選

在中國三千多年的信史中，有過統一，有過割據，有大一統的王朝，也有偏安一隅的小王朝，但不論大小王朝，都要有個國都。這樣算下來，古代中國曾經有過大大小小的「國都」兩百多個。不過，真正統轄過華夏大地，有顯著遺跡可尋的古都，少之又少；所以，民國時人們盤點中國歷代國都，提出一個「五大古都」之說：即西安、北京、洛陽、南京和開封。中共建政後，又有了「六大古都」之說，那個後加上的一都就是南宋國都——臨安（今杭州）。

宋朝丟人的事很多，最丟人當數靖康二年（一一二七年），徽、欽二帝被金人抓去北方，史稱「靖康之恥」。知恥而後勇的南宋，「勇敢」地拋棄開封，落跑江南，「勇敢」地把杭州改為臨安，過起了偏安的小日子。

遊西湖的時候，我倒是見過一些宋代的遺跡，如蘇軾的堤、岳飛的墓；但作為南宋都城的遺跡不多。「臨安」偏安了一百多年，隨著一二七六年元兵破城，宋走向了滅亡之路。算起來，臨安僅是半個王朝的短命國都，收入「六大古都」實在勉強。但作為古代中國具有一定國際知名度的國都，和作為有國際知名度的港口，它還是可圈可點的。

杭州古稱錢唐，隋朝開皇九年（五八九年）廢錢唐郡，置杭州。南宋建炎三年（一一二九年），高宗南渡至杭州，升杭州為臨安府。紹興八年（一一三八年）南宋正式定都臨安，歷時一百四十餘年。當年詩人林升在譴責宋人丟下開封，偏安江南時，曾寫下了著名的諷喻詩：「山外青山樓外樓，西湖歌舞幾時休。暖風熏得遊人醉，直把杭州作汴州。」其實，西湖只是臨安生活的表象，真正使南宋得以苟安百年的是錢塘江的江海物流之利。

錢塘江發源於黃山，古名「折江」，到了杭州附近，它又稱為「之江」，最後，在舟山一帶流入東海。有著通海之便的錢塘江，自古就是江海運輸的重要碼頭。唐初，杭州港即是漕糧大港，同時，也是製造大型江船、海舶的重鎮。北宋不僅在此設立兩浙（錢塘江以南為浙東、以北為浙西）市舶司，並且規定：「自今商旅出海外藩國販易者，須於兩浙市舶司陳牒，請官給券以行。違者沒入其寶貨。」各地出海的商船都必須向設在杭州的兩浙市舶司辦理手續。所以，臨安不僅是偏安之都，還是大宋著名的通商口岸。

杭州唐代之前的模樣已看不到了，好在咸淳四年（一二六八年）由潛說友編纂的《咸淳臨安志》裡留下了一幅《京城圖》（圖4.9），我們可以藉此看一下七百多年前的杭州。從圖上看，杭州南起鳳凰山，北到現武林門，西接西湖，東至中河，萬松嶺腳下則是皇宮大內。「贏於南北而縮於東西」，南北長度是東西的一倍。《京城圖》繪畫精細，標識鮮明，山水城闕、宮殿衙門、街道坊肆、橋樑倉庫，近千個地名佈滿圖上，展示出南宋都城的莊嚴與繁華。

由於志書地圖受圖面佈局因素的制約，《京城圖》的方位取向是上西下東、左南右北，但文字敘述卻「東西南北」相混。圖以大內中主殿的方位（坐西朝東）為圖的方位，而志文將宮城廂的東西南北方位，敘述成北南東西形成一個假的上北下南方位，這種方位取向和敘述的「混亂」，具有明顯的皇權觀念。另外，也由於志書地圖受到矩形雕版尺寸的約束，使地圖的比例總是失真。

咸淳《京城圖》的圖符以城牆、城門、河流和山峰最為明顯，帶有很深的傳統山水畫烙印。圖中的

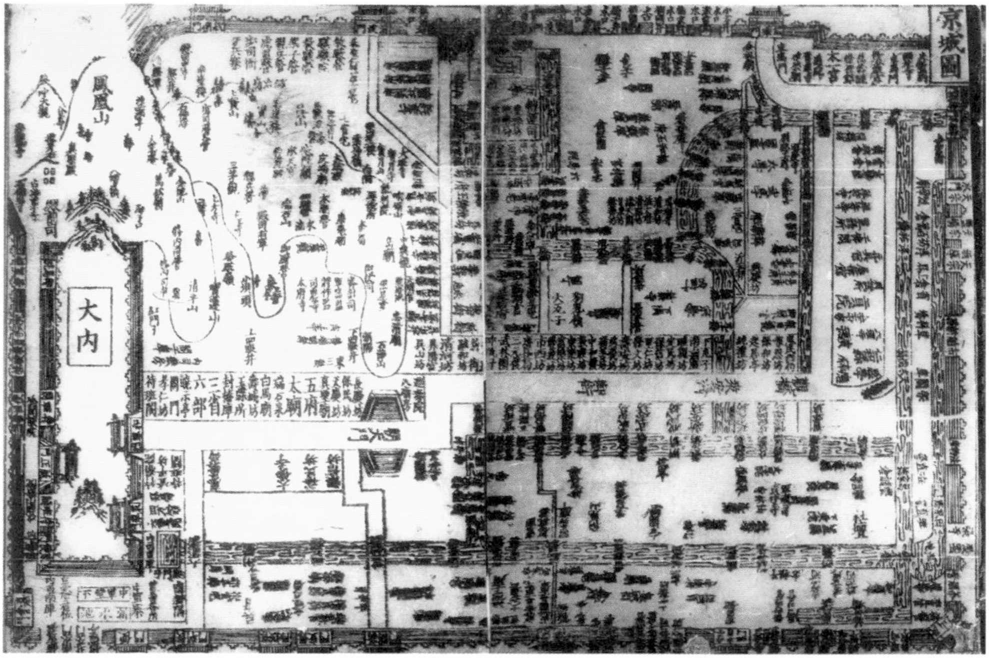

圖4.9：

咸淳四年（一二六八年）由潛說友編纂的《咸淳臨安志》裡留下了一幅《京城圖》，我們可以藉此看一下七百多年前的杭州。

城牆和城門均用寫景法繪製，既淳樸又厚重，猶如宋人的界畫，實受當時南宋畫苑畫家的影響，同時反映了宋代城樓建築的華麗景象。《京城圖》的圖注除了有方位表示外，字體還分大小等級，如「大內」、「太廟」、「五府」、「朝天門」和「御街」等圖注明顯大於其他圖注，表示了傳統等級觀念。

大宋重視海外貿易，對遠道而來的外商視為嘉賓，杭州羊壩頭、新四三橋均有外國船商居住地，城東崇新門內薦橋附近多住猶太人、基督教徒之富族；薦橋以西為回回人所居，俗稱「八間樓」。外國商人居住地稱「番坊」，由市舶司會同當地政府共管。杭州市舶司還經常為外商舉行盛大「犒宴」，進港接風，離港餞行。宋代杭州舶商館驛很多，著名的有：浙江亭是一所政府開設在杭州港候船的賓館；都亭驛是專門接待外國使人賓館；懷遠驛是南宋最早的國賓館，紹興七年（一一三七年），接待過三佛齊國的貢使；其他，還有北郭驛亭、仁和館、郵亭驛等……如此熱鬧的海上商貿往來，西湖的歌台舞榭，能不「繁榮」一時嗎？

杭州城的繁榮興於大宋，但在西方的國際知度，則是在元代，這是因為元代威尼斯商人和探險家馬可波羅遊歷過此城，並在他影響整個西方世界的《馬可波羅遊記》中，以最多的筆墨記敘了「行在」，即杭州。所以，在歐洲許多版本的關於東方的描繪中，都有行在的圖畫了。這些圖畫將這座城市畫為一個西洋城市的樣子。

蒙元政權在陸上禁止漢人經營西域商路，但馬背上誕生的蒙元政權不熟海路，所以，允許漢人參與海上貿易，也允許阿拉伯人為蒙元打理海上貿易。因此，杭州、泉州在阿拉伯世界很有影響，並由此將中國海上貿易的訊息傳遞到了歐洲。所以，這兩個大港成為當時許多世界地圖上一定要標注出來的兩個重要的中國港口城市。

南京，小小王朝的「六朝古都」

其實把歷史不長的大明國都南京，放在「五大古都」中，也很勉強。南京被稱為古都，並不完全因為它是大一統的明朝的第一個國都，而是因為它有個很唬人的名頭叫「六朝古都」，不過，很多人弄不清南京的「六朝古都」是個什麼概念。多數人的腦裡，王朝就是一統天下的王朝，如漢唐之類；對偏安一隅的小王朝，往往忽略不計，而南京的「六朝」恰好就是那些被忽略不計的「小王朝」。

秦始皇一統天下之前，南京這個地方叫金陵，秦統一中國後，將此邑改為秣陵。「天下三分」時，東吳改秣陵為建業，並在此建都。於是，有了「六朝古都」的「第一都」。三國歸晉之後，建業又被分為秣陵、建鄴兩縣，並在此地曾設一縣為江寧，南京的「寧」字別名，即由此而來。晉永嘉七年（三一三年），這裡又改名為建康。西晉滅亡後，司馬睿於建武元年（三一七年）春在建康稱帝，建立起偏安江左的東晉王朝。於是，又有「六朝古都」的「第二都」建康。東晉偏安江南一百零三年而終結。此後，歷史進入了改朝換代最為頻繁的時代，史家稱這混亂的一段為南北朝，偏安於長江以南的宋、齊、梁、陳四個小朝代，在此後的一百六十九年的時間裡，不論誰當朝，均以建康作為國都，於是，有了「第三至第六都」。這就是由「小王朝」構成的「六朝」和短命的「古都」，全加起來也就三百多年的歷史。

現在能見到的古都的最早城圖是南宋景定二年（一二六一年）出版的《景定建康志》中曾刻有

《府城之圖》，它描繪了南宋建康府，即今天南京城的一部份。原宋本已佚，現為清嘉慶重刻本（圖4.10）。但現在的南京城已找不到「六朝古都」遺跡了，我們所能看到的是「六朝」之後的另一個王朝——明朝的遺跡，而真正使南京成為一統天下的國都，恰恰是大明王朝。

元至正十六年（一三五六年），朱元璋率領反元義軍攻克元集慶路，遂將這裡改為應天府。宋代也有個應天府（今商丘），取的都是《周易》中「湯武革命，順乎天而應乎人」之意。此時，朱元璋不僅沒有稱帝，甚至還沒稱王，僅被擁為吳國公。應天府也僅僅是一個反元的基地，而非一國之都。元至正二十三年（一三六三年）朱元璋在鄱陽湖殲滅陳友諒六十萬大軍，次年在應天府即吳王位。隨後，又用幾年時間，打敗張士誠，攻克平江（蘇州）；並迫降割據浙東的方國珍。此後，才有條件命徐達、常遇春率軍二十五萬北上攻元。

元至正二十八年（一三六八年）正月，朱元璋即皇帝位，國號大明，年號洪武，定都應天。此後，朱元璋又展開了長達二十二年的統一天下的戰爭：洪武元年八月，明軍攻克元大都（今北京），推翻元朝；隨後四面出擊，先平定福建、兩廣，繼而發兵征漠北；接著遣軍入川，滅夏國，取雲南，平遼東；一直到洪武二十二年（一三八九年），大明才統一了全國。這之後，朱元璋僅過了八年太平日子，於洪武三十一年（一三九八年）病卒，終年七十一歲。

明在朱元璋一朝，基本上是在打天下，也曾想如漢唐一樣定都長安，但天下未一統，也只好在並非「天下之中」的應天，先當他的天子了。輕鬆承繼一統江山的是朱元璋的孫子建文帝，但這個文弱皇帝僅坐了五年天下，就被叔父朱棣奪權，連應天這個國都也被廢棄。朱棣改北京為國都。明英宗時，為了表示對祖上的功業的敬重，才於正統六年（一四四一年）改應天府為南京。南京這個名稱，從此固定下

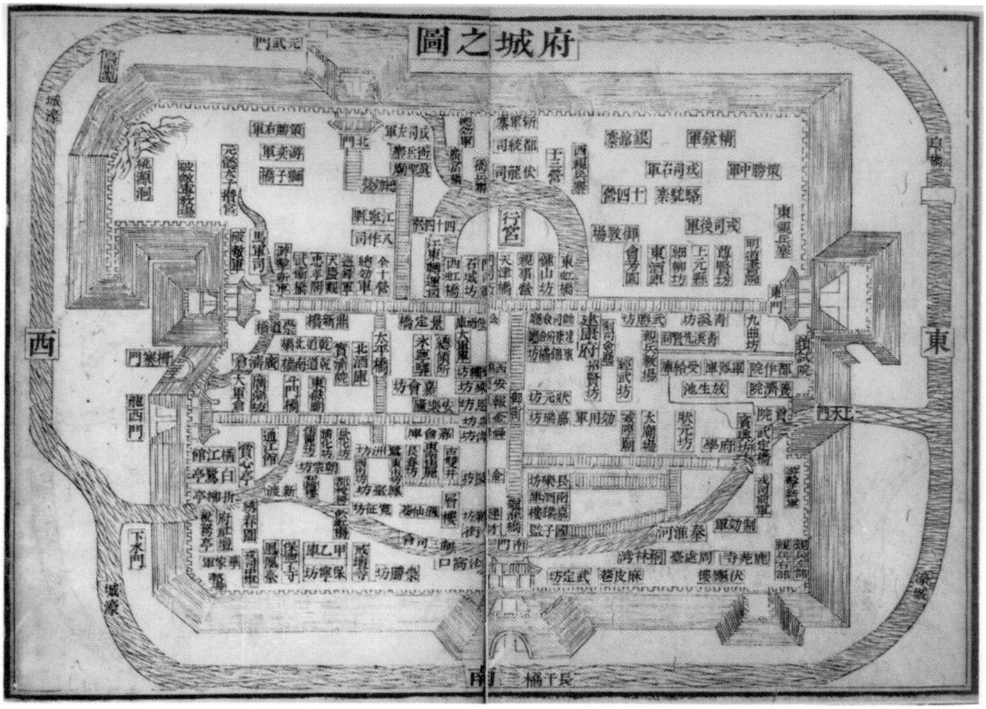

圖4.10：

《府城之圖》描繪的是南宋建康府，今天的南京城的一部份，此圖原載於南宋景定二年（一二六一年）出版的《景定建康志》，原宋本已佚，現為清嘉慶重刻本。

來，至今沒有再改。

南京作為一個中國古都城中，有比較成規模的古城牆的古都，除了西安的就是南京。西安的城牆，號稱是隋唐的，主體還是明代的，南京的古城牆更是以明代為主了。

我到過南京多次，每一次都少不了看看那留在現代新城裡的古城牆。南京城牆，都城中的一絕。當年是朱元璋親自監督的工程，為保證品質，每塊磚上都按規定打上了燒製的州、府、縣及工匠和監造官員的姓名。築成時，用石灰桐油、糯米汁混合夾漿，使得城牆十分堅固。工程品質要求之嚴，可謂登峰造極。因而，也留下了中國最好的古城牆。

可是，作為國都，南京僅有城牆而沒有留下很好的宮城，皇都的味道就失去了大半。所以，從皇宮、城牆及城市格局而論，北京才是最完整的無可比擬的古都。

北京，八百年不老的國都

中共建政前夜，經中國人民政治協商會議第一屆全體會議通過：中華人民共和國的國都定於北平，即日起北平改名北京。不過，北京這個名字並非是這時才有，北京之名古已有之，它是古代的東、西、南、北「四京」制產生的名字，隨著王朝的都心不同，北京的位置也游移不定。

今天的北京，其都城的歷史是從金代開啟的。

北宋政和五年（一一一五年），女真族首領阿骨打建立金朝，定都上京（今黑龍江省阿城縣）。北宋宣和二年（一一二〇年），宋、金結盟攻遼，約定由宋出兵燕京，勝利後幽、雲等州歸宋，宋則把原來給遼的「歲幣」轉納給金。宣和四年（一一二二年），宋軍攻遼兵敗，金兵接著攻遼，打下遼南京析津府（今北京），按原訂協議交歸宋朝，宋改遼析津府（今北京豐台區）為燕山府。宣和七年（一一二五年），金滅遼。同年，南下攻宋，佔領了燕山府。第二年，北宋亡，金海陵王將國都從上京會寧府（今黑龍江阿城）遷至燕山府。金貞元元年（一一五三年），新都建成，改稱中都。金由此建立了一都五京的政權格局。即東京遼陽；西京大同；南京開封；原中京（今遼寧寧城）改為北京；金世宗大定十三年（一一七三年），又將金太祖、太宗、熙宗、海陵王四帝之都會寧府改為上京，遂成五京一都之格局。按著當年金的勢力範圍，中都大體居中，統領大金的「天下」。

雖然，此地曾是唐朝的幽州城，但若作為金的新國都，海陵王還是覺得它人氣不旺，於是頒令，凡四方之民，欲居中都者，免役十年。至世宗時期，為了便利漕運，又利用金口河引永定河水，開鑿東至通州的運糧河。經過半個世紀的經營，中都慢慢成為一個交通便利，市井興盛的大都會。據一九六六年中國科學院考古研究所的考古勘測，中都外郭城的東南角在今永定門火車站西南的四路通，東北角在今宣武門內翠花街，西北角在今軍事博物館南皇亭子，西南角在今豐台區鳳凰嘴村。宮城位於全城的中央，平面呈長方形，頗有漢唐風範。

不過，好景不長，蒙古軍隊東征滅金，一路燒殺，被燒過的金之中都，被蒙古人視為不祥之城。忽必烈再建大元首都時，雖選擇了燕京之地，卻沒在中都原址上建都，而是在它的東北海子一帶重建新城。因北已有上都，中都，新建首都即稱為大都。

元沒有選則中原建都，因為一二六七年興建元大都時，江南的南宋還沒有完全滅亡。所以，這個都城只能游離於傳統之外，再創新的傳統了。

依建都的風水說，北京有「背山帶海」之形勝。但作為一個都城，北京不僅是一個缺水的城市，而且也不是一個交通通暢的都城。因而，西元一二九二年，朝廷命郭守敬指揮修建元大都至通州的運河。前往大都的船隻可由沿海進入河道，以及由大運河，最後經通州直達元大都城內碼頭（即今天北京積水潭）。這個水道的打通，保障了都城的生活需要與經濟繁榮。

如果說，元定都大都是時勢所限，朱棣一朝將明都城遷到此地，完成了，不過，朱棣遷都不是西安，而是北平府。為什麼會有這樣的選擇？有兩個理由是顯見的，一是朱棣原是燕王，篡位以後選自己的封地為都，此「龍興之地」比定都應天府更「名正言順」，統治起來也得心應手；二是北平府雖不在天下之中，但北方是抗蒙前線，在此建都能更好地鞏固北方。所以，朱棣即位之初就升北平府為北京，稱順天府。

永樂四年，朱棣下令籌建都城，經過十餘年的籌備，永樂十四年（一四一六年），朱棣下令在北京建一座西宮開始，北京紫禁城的興建也從此算是正式開始，到永樂十八年（一四二〇年），工程正式告竣。整個北京城的營造從籌備到完工整整用了十四年的時間。永樂十九年（一四二一年）正月元旦，朱棣在紫禁城中恢弘莊嚴的奉天殿接受了群臣的朝賀，宣告天下：大明的都城是北京。

永樂二十二年七月，朱棣病死在第五次北征的路上。但明朝將都城定在邊疆而保衛邊疆的傳統被清朝承繼下來。雖然，大清為北平城的建設做出了巨大貢獻，但這座都城的大格局已經在明朝定型了：城中心有一條莊嚴、筆直的中軸線，中軸線兩側是堂堂正正的對稱街區，城中部有層層疊疊的紫禁城宮殿群，宮城周邊是工工整整的四合院。

從金代開始，燕京之地，就被選為國都，元、明、清三代都城有些移動，但大體上已定在了這裡（圖4.11）。選擇此地定都，除了蒙元舊都即在這一帶的故土因素外，也是受當時的勢力所限。元的汗國傳統，是將四個皇族血親分封於西域與中亞，建立相對獨立的四大汗國。這一行政方式與歷代不同，其地盤之大，也是空前絕後的。

朱元璋反元建明，原本想於中原西安定都，但最後還是選擇了元朝的集慶路，改其為應天府（今南京）。燕王朱棣尋下王位後，也沒遷都西安，而以燕京為都。北京從前的內城是在明太祖一三七〇年至一四一九年建造，內城周長約二十四里，一共有九個城門，老北京話說的「四九城」，就是內城東西南北的四面城牆和它的九個城門。

清承明制，也沒再遷都，以城市規模而論，天下沒有比它再好的都城了。清不僅沒有遷都，甚至，對這個都城也沒再做大的改造。所不同的是，只在旗、民分城居住的制度方面。內城以皇城為中心，由

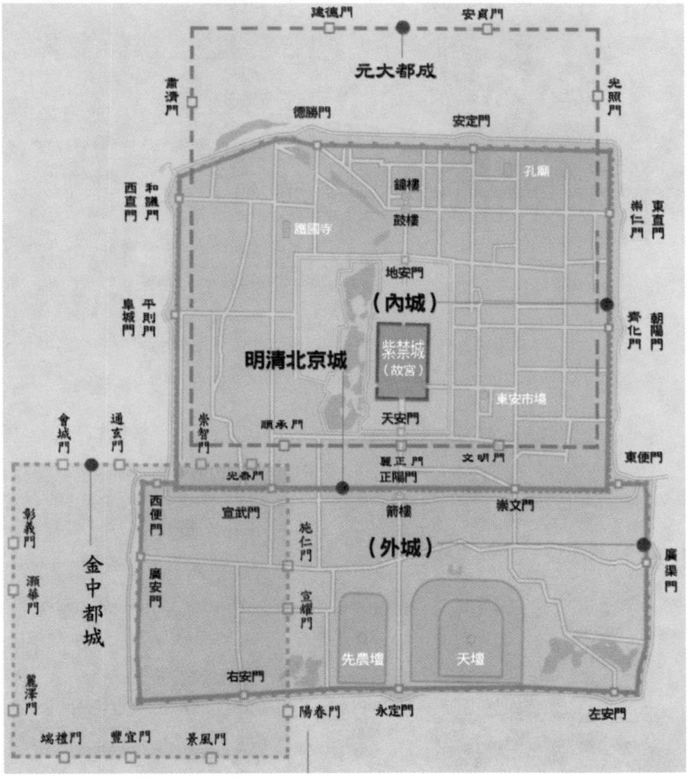

圖4.11：

這幅北京舊城變遷圖，描繪出自金朝以來，歷朝在這裡建都的情形。

八旗分立四隅八方。兩黃旗居北：鑲黃旗駐安定門內，正黃旗駐德勝門內；兩白旗居東：鑲白旗駐朝陽門內，正白旗駐東直門內；兩紅旗居西：鑲紅旗駐阜成門內，正紅旗駐西直門內；兩藍旗居南：鑲藍旗駐宣武門內，正藍旗駐崇文門內。大清將子弟兵，在城裡擺出了陣型，似乎這個模擬的格局可以守住天下與皇權，但無論是內部還是外部，天下的格局，都已發生了巨大的變化，而一切變化似乎從大金選擇這裡作為都城就開始了。

向內而生的舊世界，正變為向外擴展的新世界。

5 家即天下，萬國來朝

古代中國的「天下」有多大

「天」與「下」這兩個字，早在甲骨文中就已出現，但湊成「天下」一詞，則是西周以後的事情。現在我們能看到的「天下」一詞，最早文字樣本存於《尚書・大禹謨》之中。如，「皇天眷命，奄有四海，為天下君」。此時的「天下」，從詞面上看就是「天之下」，即所有土地的意思；若從民以王為「天」的角度看，它又是「天子腳下」王權表達。

如果說「天下」在春秋戰國時，還多是紙上談兵，但到了秦始皇建立中央集權制國家時，「天下」已有了真正的「一統」意義。秦統一中國後，不論是從「所有土地」，還是從「王的世界」來講，其「天下」都偏於內指。此時的中國，北是荒漠，西是流沙，西南是高山，東與南皆是大海；其「天下」觀也好，觀「天下」也罷，終究跳不出先秦以來形成的「中原視野」。

秦以後，尊重「傳統」的中國，漸漸成為「傳統的中國」。祖先說：我們居天下之中；後人就認為：中國是天下的核心。漢代的「天下」，已不僅是指君臨所及的王土，大漢已將「天下」觀擴展為「華夷」觀。華夏是天下的中心，文明的中心，華之外是夷；從中心向四邊延伸，越處邊緣，就越野蠻荒蕪。這種以中國眼光看世界，以中國方式對待世界，成為中國式的天下觀和中國式的方法論。

當然，這種認識也不是沒有來由。讓我們先看一看秦始皇的「天下」——秦的版圖。如果僅從海疆來看，秦的海岸線與今日中國的海岸線差別不大；東至朝鮮半島，西至越南灣；但我們若觀察陸疆就會看到，西部與北部變化巨大。尤其是當看到清代的「海棠葉版圖」，就會感到海陸兩疆的變化完全不成比例。從陸上變化多、海區變化少的版圖現實看，天朝「寧邊」的訴求，遠遠大於擴張的需要。尤其是當我們再以長城作為歷史回望的焦點時，就會看出歷代君王為「治邊」、「撫遠」而做出的種種努力。

事實上，秦以後的中國皇帝都失去了以武力獲得「天下」的擴張意識（這一點，元朝是一個例外）。相反，儒學傳家的中國人，漢以後多以孔子「遠人不服，則修文德以來之，既來之，則安之」（《論語・季氏》）的思想對待「四夷」。古代中國的「天下」實非侵吞小國的擴張「天下」，尤其是西部與北部，那是漢唐以來的戰爭與和親、分治與一統的多重政治變奏中，一步步經略成邊疆的現實。

兩千多年來，中國確實擁有著巨大無比的「天下」，其版圖是任何一個國家都無法與之相比的東方老大。

處於「居天下之中」的中土王朝，對邊緣政權或周邊國家都不存在「食貨」之需求，即使是人口最多的清朝，也就四億人，中國也基本是自給自足。滋長「天下一家」和「四海歸一」思想的不僅是中國之內因，外因也起著重要作用。

長期以來，邊緣小國就對天朝的商貿、文化與政治有著依賴性。唐宋以來，日本、朝鮮一直是以中國的文化典籍為正宗。日本遣唐使來中國取經的故事就不用說了，宋時高麗使團每次來華，也都要帶回大批書籍。史載，淳化二年（九九一年）高麗使者從中國帶回《大藏經》、《九經》、《冊府元龜》、

圖5.1：

這幅朝鮮一六八四年左右出版的《天下圖》，可能源自中國明朝的地圖，雖然，地圖名之為「天下圖」，但中國仍是天下中心。

《文苑英華》、《太平御覽》等多部書籍。而宋理宗時（一二二五年至一二六四年），即日本鎌倉時代，日本商業迅速發展，但銅錢跟不上流通，日本市場乾脆使用大宋的銅錢作為流通貨幣。中國不僅在文化經濟上影響周邊小國，而且，在相當長的時間裡，還要以宗主國的名義擺平這些小國的內部鬥爭和外來侵擾，而小國領袖也都以到中國領到執政大印或詔書為王權正宗。

在這樣的大背景下，中國有了一種超越地理意義的人文構想：在「天下」這個最大化的空間單位裡，中國是核心，所有的次級空間，都如「五服」、「九畿」一樣，圍繞著它。在這個「天下」裡，所有的「外」，都是「內」。如這幅朝鮮一六八四年左右出版的《天下圖》（圖5.1），可能源自中國明朝的地圖，中國被描繪成一塊巨大的中央大陸，外圈是內海，再外一圈是島嶼或環狀大陸，再外一圈是外海。雖然，地圖名之為「天下圖」，但中國仍是天下中心、文明中心，從中心向四邊延伸，就是野蠻荒蕪的「馬蹄國」、「長臂國」。對尚未認知的地方，皆為八荒海外，則是聖人存而不論的。

在這樣的「天下」觀影響下，古代中國形成了中土王朝的最為簡單的外交關係：「華夷」和「朝貢」。這種觀念一直維繫到八國聯軍打進北京。那之後，我們很少再用「天下」這個詞了，末世王朝在一個接一個的失敗中發現，這個世界已非「一姓天下」了。連「天下」這個詞，也被後來的「世界」與「國際」這些詞一點點取代了。

雲一樣遊動的「行國」

短命的秦朝，建立了統一的集權國家，卻沒有來得及編纂秦的國史。立國前後，曾有呂氏集百家之長，編出名為「春秋」的大作，但記錄的卻不是國史。秦滅六國，百廢待興，無暇寫史，也無暇修史。大漢代秦，天下再度一統，文武二帝，天下太平，這才有閒編纂大歷史，這才有了編史第一人司馬遷。

司馬遷是史官中的開創性人物，他的遺詞造句就成了後來的定式與規矩。比如，這裡所要說的「行國」，就是他創造的。太史公創造的這個詞是否得之於《詩經》，我們不得而知。人們所能見到的最早的「行」與「國」的粘連，似乎也止於《詩經・魏風》中的《園有桃》。其詩曰：

園有棘，其實之食。
心之憂矣，聊以行國。

關於這句詩，鄭玄釋為：「聊出行於國中，觀民事以寫憂。」這裡的「行國」，也就是行遊於國中。這個意思顯然不是太史公的「行國」之意。那麼《史記》中出現的「行國」是什麼意思呢？

《史記》沒有將國別史分章列出，這類的東西都放入到「列傳」中，太史公的「列傳」十分龐雜，既有人物，又有列國，既有經貿，又有風俗。「行國」就出現於《大宛列傳》之中。《大宛列傳》是一篇人事與邦國混雜記敘的列傳——「大宛之跡，見自張騫」。它主要記錄了「張騫通西域」這一重要歷史事件，又借此事件記錄了幾個西域國家。「行國」作為名詞，首次出現於此：

「烏孫在大宛東北可二千里，行國，隨畜，與匈奴同俗。」

圖5.2：

此為西漢匈奴人的牧羊圖，反映了西域行國「隨畜移徙」的遊牧特色。

「康居在大宛西北可二千里，行國，與大月氏同俗。」

「大月氏在大宛西可二三千里……行國也，隨畜移徙，與匈奴同俗。」

太史公的「行國」，已講得明明白白，就是「隨畜移徙」的遊牧政權，漢代的壁畫中也有這類內容的反映（圖5.2）。後世，也有進一步解釋「行國」的，即「不土著」，也就是不依土地而居的居國，不以農耕為本，逐水草而居，不築城建郭。如張騫第一次出使西域要找的月氏國，就是一個典型的遊牧之國，忽而東，忽而西，後來還分出了大月氏和小月氏。

其實，這些行國早在商朝就和中原人打交道，後來的于闐國，也就是今天的和田一帶，那裡出產的美玉，曾經販運到了商的首都。而先秦的許多國家，也都是「行國」，就連秦國的先民，也是從甘肅東部的「秦夷」，慢慢向東移動進入了今天的陝西。秦的子子孫孫，打打殺殺，東移南下，最後「行」出了一統江山。「行國」固定後，其統治核心基本不動，只有周邊時不時地向外擴張。

漢代，漢文化對於邊疆的周邊地區，或者說對於周邊「行國」，完全稱得上是先進文化的代表；漢實行的是專制制度，而匈奴等「行國」實行的則是奴隸制度。但是，漢人的農耕文明卻不是當時華夏大地的主流，中原之北、西、東諸「夷」都是「不土著」的遊牧政權。這些逐水草而居的馬上英豪，經常風一樣的侵入中原，又風一樣的離去。「行國」的不斷侵擾，令漢武帝頭痛不已。只有擺平了「行國」，大漢的天下才能安寧。

於是，比文帝更有征伐資本的武帝，在西元前一三八年啟動了擺平西北「行國」的宏大構想，其中最為後世稱道的即是派使西行。西行帶回的訊息，不僅開擴了大漢的眼界，也直接促使了許多「行國」，在後來的或戰或和之中，漸漸融入到大中華的版圖之中。

「西域」到底有多遠

經過高祖高后、文帝景帝等幾代領導人的經營，漢至武帝，政府已有消除邊患的資本，但對待風一樣飄來飄去的匈奴，劉徹還是尋不到一個徹底根除邊患的辦法；思來想去，還是先秦遠交近攻的老辦法——選使西去和匈奴身後的遊牧政權大月氏聯盟，即使構不成夾擊之勢，至少也可鉗制匈奴。這個算不上英明的決定，卻為後世留下了一個偉大壯舉——「張騫通西域」。

漢武帝建元三年（前一三八年）離開長安西行的張騫，沒等走到大月氏，就如預料的那樣被匈奴抓到了。張騫不僅做了俘虜，還被「和親」，娶妻生子了。後來，張騫成功逃亡，輾轉找到了大月氏。但已定居西域的大月氏，無意再做行國，也不願回師東進與匈奴為敵。灰心喪氣的張騫靠著運氣逃回闊別十三年的長安。雖然聯盟失敗，但大漢卻從張騫那裡得到了聞所未聞的玉門關以西的訊息。這些訊息後來成為《漢書・西域傳》的原始線索，「西域」這個新鮮的地理名詞，也是從這裡第一次載入歷史。

張騫赴西域之前，漢朝投向西方的視野，基本上停留在玉門關一帶，沒能跳出《禹貢》所說的九州。元狩四年（前一一九年），朝廷決定派張騫率領三百人組成的龐大使團再赴西域，遊說烏孫王東返。烏孫雖然沒有答應東歸，但卻派使者隨同張騫一起到了長安。此後，漢朝派出的使者與西域通商……這些交流所帶來的地理大發現是前無古人的，西域漸漸進入了大漢的掌控之中。漢宣帝神爵二年（前六〇年），匈奴內部衝突，對西域的控制瓦解。漢宣帝任命衛司馬鄭吉為西域都護。這是「西域」一詞，作為行政名詞的首次使用。其治所在烏壘城，即唐代詩人岑參所說的「輪台九月風夜吼，一川

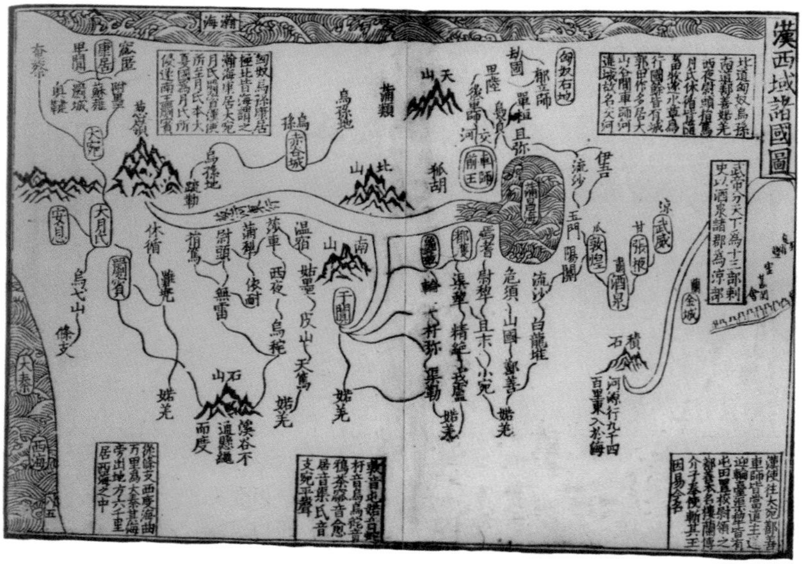

圖5.3：

《漢西域諸國圖》刻於南宋景定年間，反映了漢代西域諸國的分佈與交通路線，特別繪出了南北兩條通往西域的路線。南線由武威經昌蒲南下至安息；北線由武威經昌蒲北行至大宛。

碎石大如斗」的輪台，地處今天的烏魯木齊以西三百六十公里處。西域都護所轄的地區，史稱「西域三十六國」，大約是現在的新疆南疆地區（圖5.3）。

從政治地理的意義上講，可以說是張騫把這片陌生的大陸帶進了中原政權的視野，隨後緩緩融入了天朝的版圖。所以，自《漢書》以來，「西域」一直是古代中的一個特殊地理名詞，在歷朝歷代的《地理志》中，西域都是單列一章，都是濃墨重彩，都有故事可說……這個「西」到底有多遠，「域」到底有多大，隨著祖先的探索腳步，它不是不變的，而是一步步移動著的，從歷史的時空講，「西域」是漂移的地理概念。

漢代的「西域三十六國」：南緣有樓蘭（鄯善，在羅布泊附近）、婼羌、且末、于闐（今和田）、莎車等，習稱「南道諸國」；北緣有姑師（今吐魯番）、尉犁、焉耆、龜茲（今庫車）、溫宿、姑墨（今阿克蘇）、疏勒（今喀什）等，習稱「北道諸國」。此外，天山北麓有前、後蒲額（額或類）和東西且彌等。當時的一個「國」，也就萬人左右；龜茲人口最多，約八萬餘。所以，「國」之興滅，轉眼之間。

北魏時的「西域」分為「四域」：一域「自蔥嶺以東，流沙以西」；二域「自蔥嶺以西、河曲以東」；三域「者舌以南、月氏以北」；四域「西海之間，水澤以南」。這是《北史．西域傳》的記載，其中的後三域，在今天的帕米爾高原以西以東。今天的中亞許多地區，被看作是「西域」的範圍。

大唐的「西域」範圍很大，在《舊唐書》列傳中，尚無外國概念，用的是夷、狄，還有西域。當時的西域為：敦煌以西、天山南北、中亞、西亞地區均為「西域」。唐代的大西域概念，來自初唐的廣闊疆域，當時設有安東、安西等六大邊疆都護府和許多邊州督護府，其西邊勢力，一度遠達大食（波斯）。

經歷了蒙元西征，「西域」的概念更加廣闊。《新元史．外國》將西域放在「外國列傳」中，這個西域甚至包括了東羅馬（今土耳其）。

清代初的地理觀念是最接近當時的西方地理，這一時期的「西域」，在乾隆時期修撰的《西域圖志》中，有明確解釋：「其地在肅州嘉峪關外，東南接肅州，東北至喀爾喀（今蒙古國）、西接蔥嶺，北抵俄羅斯、南接蕃藏，輪廣二萬餘里」。也是在這一時期，西域作為前朝故土，始被「新疆」一詞取代；嘉慶時，「新疆」一詞就完全代替了「西域」。一八八四年，清政府正式在新疆設省，並取「故土新歸」之意，改稱西域為「新疆」。

明史中的西域與外國同置於《列傳》之中，在外國之後，單列西域。但在《清史稿．地理志》中，不再單設「西域」一欄，代之以天朝諸省中的「新疆」。從此「西域」成為不再飄移的地理名詞，凝固於歷史文獻之中。

遠西「大秦」的時空定位

有些「歷史結論」看上去合情合理，細究起來卻發現有令人懷疑的「歷史成因」。比如，歷史學者常常詬病的「明清兩朝對西方的瞭解，遠不如漢唐兩朝，是歷史的倒退」。此說常以《明史‧意大里亞傳》為例，「意大里亞，居大西洋中，自古不通中國。萬曆時，其國人利瑪竇至京師」。但哪個歷史文獻又能證明，義大利自古以來，或漢唐時就「通中國」了呢？

「義大利」原是亞平寧半島南部部落的名字，西元前六世紀，羅馬共和國成立時把亞平寧半島正式命名為義大利。但千百年來「義大利」並不作為一個國家名字出現，這個帝國的大名或是羅馬，或是東羅馬，直到一八七〇年薩丁尼亞王國統一亞平寧半島，「義大利」才正式成為統一王國的國名。也就是說，此前的古代中國，如果與義大利打過交道，史料上留下的也是別的名字。

在西方作為洲際觀念出現之前，中國的古代文獻都是以「西域」來描述西方的。在《後漢書‧西域傳》中，曾有「大秦」一說，被後世學者認為是指古羅馬：「大秦國，一名犂鞬，以在海西，亦云海西國。地方數千里，有四百餘城，小國役屬者數十。……有官曹文書，置三十六將，皆會議國事。其王無有常人，皆簡立賢者……其人民皆長大平正，有類中國，故謂之大秦。」

秦統一中國後，先民有了對外的整體形象「秦」。它可以是自稱，也可依「有類中國」而他指。但這個西域的「大秦」到底在哪裡，「海西」不足以指證它的確切位置。《後漢書》沒能弄清的事，後來的史書，也跟著語焉不詳。在弄不清「大秦」是否就是西方，或羅馬時，《隋書》和《大唐西域記》等文獻中提到的「拂菻國」，是一個可以參考的坐標。有學者考證「拂菻國」即指拜占庭帝國及都城君士坦丁堡（今伊斯坦堡），希臘人稱「斯丹波菻」或「波菻」。從希臘語轉而為突厥語，又由突厥語轉譯成漢語，就成為「拂菻」。如依此說，我們或可認定，隋唐二朝所指的「拂菻」或「大秦」，也就是東羅馬帝國。這一點在《新元史・外國列傳・西域》中已有明確表示「在黑海之南，古拂菻國也」。

更有力的考古實證是，明天啟五年（一六二五年）初，在西安的周至附近，農民在挖土建房時，從地下挖出了一塊大石碑，碑額刻著：「大秦景教流行中國碑」（圖5.4）。碑正面刻有楷書的兩千字碑文，碑的下面及兩側用敘利亞文刻著七十位景教僧人的名字和職稱。除八位外，皆用敘利亞文與漢字對

圖5.4：

「大秦景教流行中國碑」敘述了景教的基本信仰，和大秦國的景教主教阿羅本到長安受唐太宗的禮遇。此碑證明，至少在唐代，大秦所指的是波斯，約今天的伊朗一帶。

照。碑的正文敘述了景教的基本信仰，然後說到大秦國的景教主教阿羅本到長安，受唐太宗的禮遇起最初的一百五十年景教的發展經過。此碑的出土，證明了至少在唐代，大秦所指的是波斯，約今天的伊朗一帶。

所以，我們一定要明白，東羅馬畢竟不是羅馬，這種「東西交流」，並沒介入地理上的西方。實際上，自東西方宗教衝突以來，尤其是阿拉伯人封鎖了西亞貿易通道後，東西方的隔絕一直延續到大航海時代的到來：此前，西方對東方的地理描述，多止於印度；中國對西方的地理描述，也止於君士坦丁。

如此說來，我倒是以為《明史》的記載，至少表明：元朝時到中國的義大利商人馬可波羅，其蹤跡及影響在大明王朝是沒有什麼反應的；《後漢書．西域傳》中提到的「大秦」，明朝也不認為它就是意大里亞或羅馬。「大秦」作為漢代就寫入中國史冊的「遠西」大國，千百年來一直就指向不清，直到義大利傳教士都來拜見萬曆皇帝了，少數國人才從《坤輿萬國全圖》中知道世界是什麼樣子，才第一次看到利瑪竇用中文標注在地圖上的「意大利亞」。

事實上，直到今天也找不出什麼文獻，證實明代以前的中國人或天朝使者，真的到過歐洲腹地羅馬。即使是成吉思汗的部隊，最西，也只打到莫斯科左右；即使是古代中國走得最遠的旅行家，元代的汪大淵，也止步於東非。古代中國與博斯普魯斯海峽以西的西方，真的沒有什麼實質性的聯繫。

妖魔化的「西遊」

地理的妖魔化是世界性的「傳統」。西方人自《荷馬史詩》開始，就創造了折磨英雄的冥界唐塔洛斯（Tantalos）和環繞大地的俄開阿諾斯河（Oceanus）等虛構的地方；中國人至少從《山海經》開始，就有「山經」的怪獸，「海經」的妖魔（也難怪，清人編「四庫」時，沒將它收入經史部）。在地理認知上，東西方都有過漫長的「神秘主義」時期。古代交通不發達，對於去不了的地方，有過度想像，也屬正常。但是，已經實地考察過的地方，又要妖魔化一番，則是另一種心態的折射。

古代國人的開闊視野，漢代就可圈可點了。那時人們似乎找到了通往「海西國」（東地中海一帶）的道路。反覆向西域派使團的漢朝沒覺得有什麼了不得，如鄰居串門般稀鬆平常。到了唐代，去西域的手續麻煩了一些，但玄奘「私自出訪」最終還是得到大唐政府的認可。受唐太宗之命，玄奘口述辯機記錄，遂成《大唐西域記》，玄奘也成為後世歌頌的傳經偶像，大雁塔壁刻《玄奘譯經圖》，即刻畫了玄奘譯經的業績（圖5.5）。

可是，西天取經光輝業績，到了宋末或元初已經變成《大唐三藏取經詩話》的「西遊」話本（《永樂大典》收入其殘本）。此唐玄奘取經故事，共分三卷十七段，將玄奘和尚遠行萬里去印度取經的歷史，變成了神魔夾道的傳奇；西行成功不是靠玄奘的偉大毅力，而是一隻「潑猴」拔棍相助人的故事，取經成功變為神的功勞；醜化海外，美化神州；這是一種什麼樣的天朝心態呢？

顯然，我們的文化中藏著一種「刻意的遺忘」。鄭和七下西洋是國朝大事，但沒出大明王朝，鄭和七下西洋的國家檔案就在皇宮裡消失了，遠航的事跡與所歷的國家，半真半假，若有若無了。一六〇一年，利瑪竇到北京時，坊間正流行羅懋登的《三寶太監西洋記通俗演義》。作者在敘言的最後說「今者東事倥傯，何如西戎即敘……當事者尚興撫髀之思。」此時，海上倭患嚴重，五年前，豐臣秀吉攻朝鮮，妄圖進入中國，朝鮮有失，則北京震動。所以，雖然是魔怪演義，也表達了對外患的不安，所以，其作品不乏誇耀之詞，希望有鄭和與王景宏這樣的民族英雄，以振中華之威風。希望「當事者尚興撫髀

圖5.5：

大雁塔壁刻《玄奘譯經圖》，刻畫了玄奘譯經的業績。但到了元朝末年，唐僧去印度取經的歷史，就變成了神魔傳奇的「西遊」話本。

之思乎」！此作品成於萬曆二十五年（一五九七年），國勢日衰，全書偏於用兵，鮮於外交。

那段輝煌的歷史已被編成神話，國朝人士不僅不知道利瑪竇的大西洋國，甚至，連兩百年前鄭和遠航所至的國家及地區也不清不楚了。在這部「演義」中，偉大的航海家鄭和被寫成一個蛤蟆精；牽星過洋的史實，轉眼變得不可思議玄幻故事。中國知識分子再次退回「妙想方外，神遊八荒」，妖魔化的「傳統」之中。

魯迅在他的《中國小說史略》第十八篇明之神魔小說中講，「所述故事雜竊《西遊記》、《封神傳》，而文詞不工，更增支蔓。」魯迅據序文，雖認為，它有諷諭當局之意，但「唯書則侈談怪異，專尚荒唐，頗與序言之慷慨不相應」。

此書，志怪之事，也不能全怪作者羅懋登，他也多有所本，其中除了「所述故事雜竊《西遊記》、《封神傳》，（《中國小說史略》）外，還有大半故事，直接摘自馬歡的《瀛涯勝覽》（載二十國）和費信的《星槎勝覽》（載四十國）二書。僅《西洋記》所引二書相同之處，就有三十餘處，兩種「勝覽」，信史不少，志怪也不少。

西方之極謂「泰西」

歷史學家都認為，漢唐中國是最為開放的中國。但站在地理學的角度看，較為科學的「世界觀」是在明朝形成的。中國知識界的天下，也是在那個時代進入了地理認識的「突變期」。

明以前的中國，以南嶺之南的海域為南洋，將南海之西的中亞細亞及印度洋一帶稱為「西洋」。此前的中國人在所謂的「西洋」之中，來來回回跑了上千年，但沒能見識到「西」之外，還有更西——即萬曆年間所說的「泰西」。

泰，太也，極也。泰西，極西也。另，《爾雅・釋天》關於四方之風的說法，也可參考。即，南方凱風，東方谷風，北方涼風，西方泰風。如此，說來泰西，是西之又西了。

大明王朝在宣德時，停止了「宣教化」的海外巡遊，關上了國門，不許片帆出洋了；但洋人來「朝」還是允許的，利瑪竇正是此時進入中國的。天朝恩威，四夷賓服。可利瑪竇自報家門，謂之「大西洋人」。歷代朝貢典錄中，沒有大西洋國家。他們在四夷之外，是鞭長莫及之「極」。為了區別傳統中的「西洋」，自萬曆時起，國人把歐洲稱為「泰西」。

利瑪竇來自地中海北岸的義大利，為何稱自己是「大西洋人」？因為，斯時大西洋航海鋒頭正勁，他是經過葡萄牙的批准，才從大西洋繞好望角到達印度，又從印度登陸大明。一五八五年，利瑪竇在肇慶建成中國內地最早的一座天主教教堂。知府王泮贈予兩塊匾額：「仙花寺」與「西來淨土」。西來的利瑪竇，由此開始推廣他的「西」。

利瑪竇用對話體寫的《天主實義》，對話人即為「東士」和「西士」。這位西來之士，想歸化東方，但在傳教上並未取得多大成就。在西學傳播與文化融合上，功勞就太大了。利瑪竇不僅譯介了重要的西方學術著作，還是第一個用拉丁字母給漢字注音的人，開漢語拼音化之先河（一九五五年周有光等進行漢語拼音方案，即延用了利瑪竇的方法）。

自利瑪竇起，西學東漸，漸被稱之為「泰西之學」。如，徐光啟與義大利人熊三拔合譯的介紹歐洲水利工程著作，即名為「泰西水法」。明末成書的《火攻挈要》，書上即題「泰西湯若望授」。此後，中國的學界就不斷遭遇這個「泰西」。

今天還被我們廣為引用的「哥倫布立雞蛋」、「牛頓與蘋果」、「特洛伊木馬」等西典，皆源自近晚出版的著名西方掌故書《泰西五十軼事》（圖5.6）。而百年中國大學史，及今日中國的大學制度，其辦學理念主要也是「旁采泰西」而不是「上法三代」的結果。地理方位，在不知不覺中，影響了我們的文化方位。

圖5.6：

《泰西五十軼事》晚清傳入中國，上海商務印書館一九一〇年初版，後多家出版社競相出版，可見社會需求量之大，其中英對照版《泰西五十軼事》是近代中國人學習英語的最佳讀物。

事實上，當大航海打開了

世界之門以後，尤其是近代以來，人們對西方的整體性認同，已經超越了地理指向，而更多地表現為文化指向，即「兩希」（希臘與希伯來）傳統、基督教信仰、啟蒙哲學、資本主義經濟與民主憲政。

幾個世紀過去了，世界最終是東化、還是西化，抑或是全球化？還未見分曉，一切只能留給下一個世紀去盤點。

天涯海角「下南洋」

齊國徐福從秦始皇那裡遊說來投資，帶上三千童男童女到海中仙山尋找長生草，結果一去不歸。東臨大海的齊國，愛以海說事，徐福只是一小巫，他的前輩鄒衍才是大巫。鄒衍曾在戰國講授的「海洋學」，眼界遠在「海上仙山」之外。他認為：九州之外，「有裨海環之」；「裨海」之外是「赤縣神州」；再外「乃有大瀛海環其外」。雖然，齊人最遠也就跑到日本，沒有遠洋的實踐，但鄒衍卻推導出了近海與大洋的概念。

不過，真正將大洋與近海做出相對明確的地理區分，是明朝的事情。如同祖先以中原為中心指認「四海」一樣，大明也是以中國為核心指認「四洋」。在東洋、西洋、南洋、北洋之中，與天朝在移民、商貿、海外行政等方面聯繫最為廣泛、關係最為密切的當屬南洋。

「南洋」在明、清兩朝，近——可以表示江蘇以南的沿海諸地，如清朝就將這一帶稱為「南洋」（江蘇以北沿海稱北洋），清末設有「南洋大臣」管理諸項事務；遠——可指馬來群島、菲律賓群島、印度尼西亞群島，和中南半島沿海等地。

南洋的島嶼是各大洲中最為破碎的，僅印尼一國就有上萬個島嶼。這裡的先民，依人類學家的說法，多是馬來人。但在印尼、馬來西亞、菲律賓、泰國等地行走，在他們的博物館裡，我卻看到濃重的中國文化印記。似乎印證了「南洋的海水到處，皆有華人的蹤跡」的說法。

古代中國與南洋是一種悲歡離合式的關係。傳統中，國人一直把南洋看作海天之涯，不到萬不得

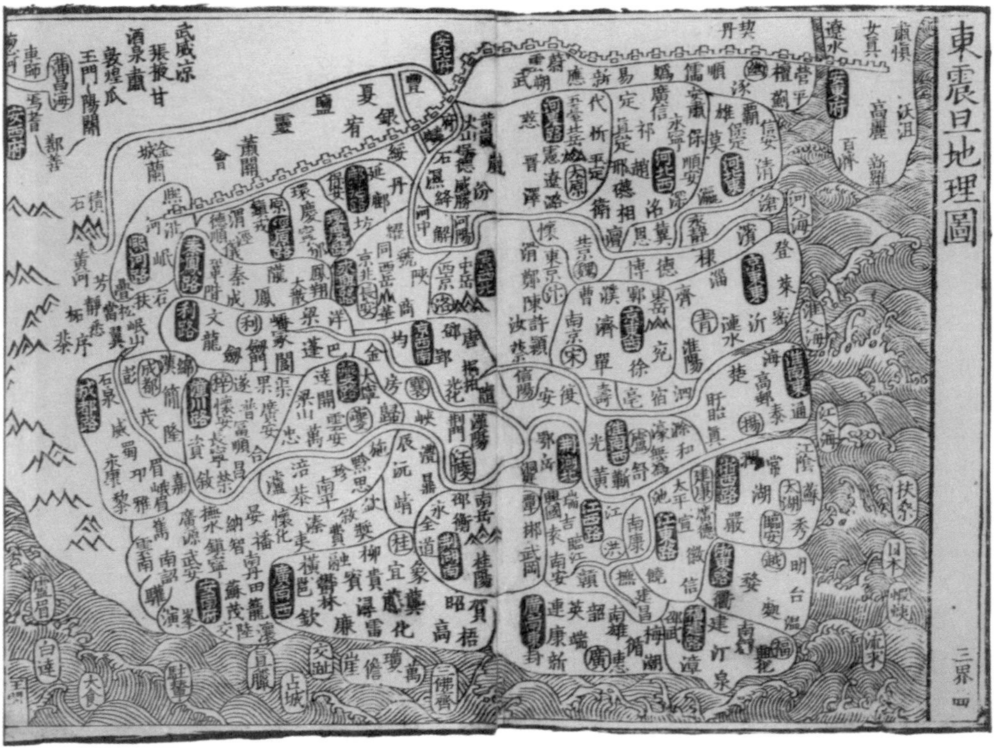

圖5.7：

南宋景定年間繪製的《東震旦地理圖》，古代印度的佛教典籍稱中國為「震旦」。此圖的南方部份標示出了三佛齊、真臘、交趾、占城，東部標示出了日本。

已，不會入海南渡。西漢時，南越王朝的最後一主趙建德，被漢軍追至珠江口，逃生無路，遂率軍南下入海，後被馬弘將軍所擒；南宋最後一個皇帝，八歲的少帝趙昺，也是被追兵所迫，最後由丞相陸秀夫抱著在珠江口跳崖投海；明建文帝朱允炆，被造反的叔叔朱棣追殺，一路南逃，後來消失於南海之中……

亡命天涯的不僅是皇上，老百姓在大陸待不下去，也選擇「下南洋」。自唐朝起，為避黃巢之亂，即有眾多漢人逃難於南海之上。南宋時，為避北方政權之奴役，漢人再度大舉南遷，並漂洋過海；在南宋景定年間繪製的《東震旦地理圖》中，南方部份已標示出了三佛齊、真臘、交趾、占城（圖5.7）。明末之時，為擺脫異族統治的前朝子民，背井離鄉「下南洋」，又掀起了史上最大的海外移民潮。

漢人南下渡海，使南洋的漢人越聚越多，他們在帶去中原文化的同時，也在那裡形成了自己的政治勢力，甚至，在南洋的三佛齊、暹羅等地建立了漢人政權。由於當時的中國是先進文化的代表，也是國力超強的大國，使得南洋的一些王國頗依賴於中國，連麻六甲國王都是到中國領取龍袍和玉璽。

不過，隨著大航海時代的到來，東西方發生了歷史性大衝撞，南洋的大小政權，最終都消失於西方列強的侵略狂潮之中。風雲變幻，「南洋」又成了西方人的「東印度」。

不辨東西「下西洋」

古代中國的海上交往體系是一個自大的體系，許多說法、看法、做法皆不與「國際接軌」。中國人不僅認為，華夏之外皆是「夷」，而且，以天朝為「上」，往哪裡去都是「下」，遂有「下南洋」、「下西洋」。其實，中國人是西洋南洋不分的，在天朝有限的視野中，印度即是「西天」，印度洋即是「西洋」，而真正的西洋——大西洋，國人從未聽說，或者，「不知有漢」。但中國人對「東洋」是熟悉的，定位也是準確的。只是「下東洋」，沒能形成氣候，或者說，中國不屑於「下東洋」。

中國人為什麼對「下東洋」興趣不大呢？一是，華夏的外交傳統，自漢唐以來一直是「向西」，西邊有商貿，西邊求和平。二是，受自身的地理環境影響，中國東邊除了小島小國，實在沒什麼國家可以聯繫。

蒙元一朝，兩次過海打日本未果，但日本群島上的政權，也未對中國構成什麼威脅，至多是不納貢而已；明初，永樂帝登基後，即派使日本，告之改朝換代了，並遣在太倉籌備下西洋的鄭和，到日本曉諭平定海患之事。永樂三年（一四〇三年），日本主動示好，源道義（即第三代室町幕府將軍足利義滿）不僅遣使入貢大明，同時送來倭賊二十人。成祖為顯示天朝大度，請來使按日本的規矩自行懲治倭賊。於是，日本人在明州（今寧波）支起大鍋，將這些在日本也被通緝的海盜，投入沸水煮後，拋屍大海。東洋太平，大明更無「下東洋」之必要了。而日本群島以東，則是看不到頭的太平洋，當時中國人稱日本海域為「小東洋」，稱太平洋為「大東洋」。對於大明王朝來說，既缺少泛舟太平洋的可能性，也沒有什麼必要性。但西洋的情況大不一樣，西洋不僅國家多，而且物產豐富，同時，海上交通也有近岸遠航的便利條件，一直是中國海上交往的「主戰場」。

從史料上看，明代人是以婆羅（今汶萊）為分界線，稱婆羅以東為東洋，稱婆羅以西為西洋。所謂西洋就是今天的南洋和印度洋。古代中國在這個「西洋」的航海行動從漢以來一直就沒有中斷過，但是注重文字描述的中國文人，沒能留下清晰的「西洋」地圖，僅僅是在汪洋之中畫上幾個小圓圈，略作注記而已。

首次為中國人描繪出清晰的「西洋」地圖的是利瑪竇。現在我們能看到的六條屏式的《坤輿萬國全圖》，即是明萬曆三十六年（一六〇八年），由宮中太監依照利瑪竇五年前繪製的《坤輿萬國全圖》摹繪的。此圖由於採用了將中國放於地圖中央的橢圓形投影方法，所以，圖中的東亞地區繪製得最為詳盡，既有「小東洋」的標記，也有大小爪哇和麻六甲海峽及印度洋的詳盡描繪，其詳實的描繪達到了當時的世界先進水準（圖5.8）。

雖然，早在漢代中國船就已到達了印度，後來，又遠抵波斯灣；但在清朝之前，中國船根本沒有進入過地中海，更不用說大西洋了。中國之西的許多地方，比如印度、波斯，從現代地理與歷史文化意義來看，這個「西」也皆處在東方之中。甚至，唐代以來中國人就到過的非洲東部，仍然沒跳出文化上的東方。

此西洋非彼西洋。

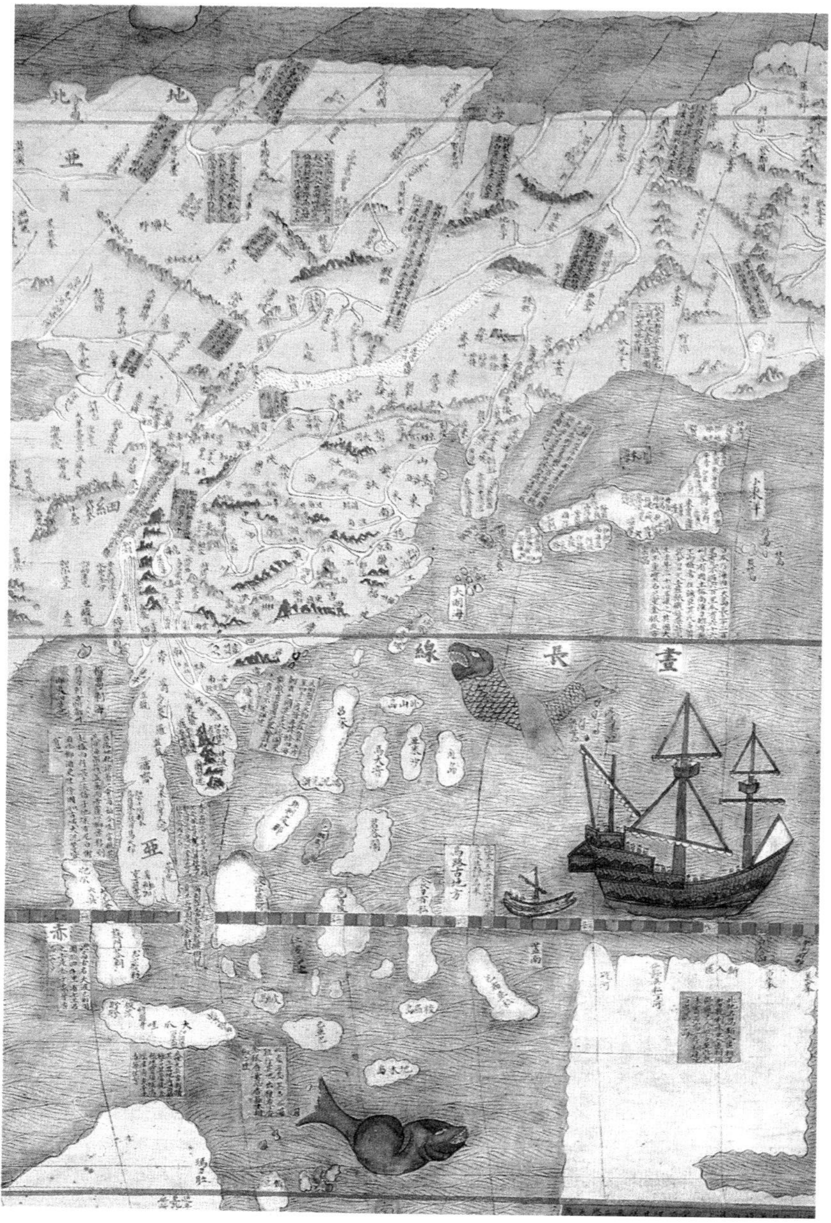

圖5.8：

明代以前，中國一直沒有清晰的「西洋」地圖。首次讓中國人看到清晰的「西洋」的世界地圖是利瑪竇的《坤輿萬國全圖》（局部圖），人們這才知道「西洋」在世界的位置。

「東洋」入「西」的錯位幻影

在千百年來的華夏各王朝的眼裡，從來不認為自己是西方所指稱的「東方」，中國人一直認為「自古帝王居中國，而治四夷」，這個「氣派」一直到康雍乾時代都沒有絲毫改變。

不過，由於「對外交流」的需要，海外的概念也一步步明晰。當然，定盤星仍是以中國為「中」。有人考證說，「東洋」一詞最早散見於宋書之中。宋時的東邊，與中國打交道的，一是朝鮮，二是日本。在天朝眼裡，這個「東洋」，只是東邊而已，都是前來中國朝貢的，一點「洋氣」都沒有，大唐、大宋才是先進文化的代表。所以，一直到了明代，中國對日本的地理描繪都是很粗糙的，即使是在《籌海圖編》這樣抗倭意識明確的海防地圖中，日本島的輪廓也描繪得不清不楚，「東洋」似乎上不了天朝的檯面。

元、明兩朝，有了相對寬闊的海洋視野，但在東西洋的問題上，常常是東西混雜，語焉不詳。但錯誤的認識，或落後的認識，與刻意把地理方位意識形態化是兩碼事。

事實上，自唐以後，佛教傳入日本，日本人在接受漢唐中國的「天下」觀，模糊和有限地認同中國人賦予它的「中華中心主義」內涵之時，日本也創造了「神國」的立國觀念，並且在十世紀，借助佛教瞻部洲的觀念，在日本大力宣揚「三國」世界觀。從十四世紀日本繪製的《五天竺圖》（圖5.9）來看，瞻部洲的中心是天竺，中國是偏遠的國家，海上是日本國。這個基於佛教思想的「三國」觀，到十六世紀中葉之前，已成為日本人傳統的世界觀。日本國的這種淡化和摒棄「中華為天下中心」的中國人的天

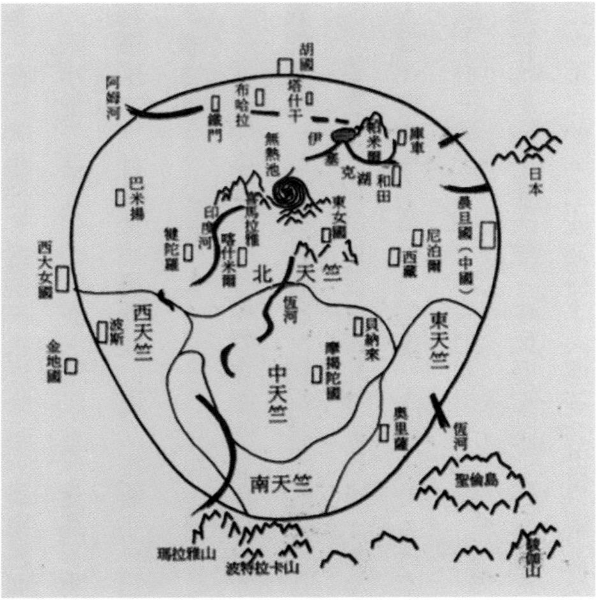

圖5.9：

從這幅十四世紀日本繪製的《五天竺圖》（墨線圖）來看，天竺（印度）在贍部洲的中心，中國和日本一樣是偏遠國家，中國並不是世界的中心，日本群島與中國大陸隔海相望。

下觀的作法，在近代的世界大變局中，也自然而然地迅速將眼光投向西方以及整個現實的世界，並採取了更加激烈的動作。

研究近代史的學者早就指出：日本對東洋與西洋這兩個單詞解釋，不僅與中國完全不一樣，而且別有用心。近代日本的東洋與西洋，是從「Orient」與「Occident」翻譯過來的。西洋大體指歐洲，而東洋的範圍不甚明瞭，有時指全亞洲，有時指遠東。但在近代日本的表述中，東洋通常是不包括日本的。

據中國社會科學院日本研究所王屏先生研究。近代日本之所以賦予「東洋」一詞特殊的含意，是有戰略考慮的。它不僅表達了脫離傳統的中國屬國的舊體系的意願，而且表達了日本在新的國際關係中全新的自我定位。當面對西方對東方的侵略時，日本人的「東洋」是外指的，如對西方說「大東亞共榮」，此時日本是被包括在東洋之內的。而當「東洋」內指時，即在東洋內部，日本卻把自己排除在「東洋」之外。

大航海的勝利和工業革命的成功，使西方對東方的態度有了巨大的轉變。西方社會開始將崇拜了上千年的東方，矮化為落後的東方。東西方的方位，進而意識形態化了。「西洋與東洋」在地理概念之外，又多了「文明與野蠻」的定位。「東方」或「東洋」被矮化，大清國根本沒有感覺，日本卻早早體察出來，並有意識地將自己從「東洋」中漸漸剝離出來。

一八九四年，即有日本人提議，將其教育科目中的「支那史」改為「東洋史」。日本之所以要創造出一個「新東洋」概念，就是要將自己混同於「西方」，因為西洋等於文明，東洋等於野蠻。而混入西洋的日本，則在文明的名義下，對中國和朝鮮施以拳腳。初入二十世紀時，更有日本學者強調，遣唐使時代，日本已經吸收了唐以前的中國文化；德川時代，日本又吸收了唐代以後的中國文化；現在，日本向中國文化學習的時代已經結束，取而代之的是向西方學習。

在「脫東入西」的進程中，日本從「遠東」的一員，一點點變成「西方」的一員。在對日抗戰中，中國高喊「東洋鬼子」時，日本已從「理論」上，跳出「東洋圈」了。這是件既滑稽又嚴肅的事情。

脫東入西，是日本當年的「遠見」，而今它已成為一種時尚。同在一條經度線上的朝鮮半島的南北兩個國家，韓國已然和日本一樣將自己劃入西方。而比中國還要東方的澳大利亞，好像從建國那一天起，就「西方」了，現在連它的鄰居紐西蘭，也脫東入西。「西方」這個概念，在東方脫離地理方位而被美化已然成了一種抬高自我的「傳統」。這是一種世界觀的異化，是東方的悲哀。

忽近忽遠的「佛郎機」

四百多年前的一個早晨，兩個失去方向感的紅毛洋人，登上了中國南部的一個荒島。紅毛向兩個曬網的漁民，不停地問：「這是什麼地方，這地方叫什麼？」漁民不勝其煩說了一句「媽的」。紅毛搖著頭想了想，依此為這個島起了一個至今也說不清由來的洋名，第一個字母就是個M。那是一個缺少溝通卻相互指認的時代，東方西方各自命名對方。

最早侵入天朝地盤的是葡萄牙。對這些長身高鼻、貓眼鷹嘴、鬈髮赤鬚、詭服異行的人，不論是沿海的百姓，還是帝國的官吏、皇帝來說都是一個謎。他們來自何方、有何公幹？不甚了了。中國人給這些番人，起了一個綽號「佛郎機」或「紅毛夷」。

一五一七年即明正德十二年，葡萄牙使團從海上來到廣州。在大明皇朝的眼裡，他們是來朝貢的番使，只是此前從未聽說過這麼一個「番邦」，也從未見識過那麼野蠻的習俗，「貢船」駛入珠江口，竟用殺人攻城的火炮來表示友好與尊重。這些「禮炮」讓懷遠驛的守備吃驚惱怒，於是，葡萄牙的「貢使」被扣在光孝寺學習了三天的天朝禮儀，然後，才定好日子引他們去見總督陳西軒公。這件事《廣州通志・夷情上》記載很清楚：「佛郎機素不通中國，正德十二年，駕大舶突至廣州澳口，銃聲如雷，以進貢請封為名。」

中國人從何時開始稱西人為「佛郎機」，又為何以「佛郎機」稱之？我們從《元史》及一些元代的文字中，可以看到，那時即有「富浪」或異寫為：茀郎、法郎、佛郎、拂郎、發郎的譯音。如，元代詩人顧瑛《天馬歌》中即有「至正壬午秋之日，天馬西來佛郎國」。可見，元人已將歐洲稱之為「佛郎國」。這裡的「佛郎」譯音，也就是明代的「佛郎機」。

「佛郎機」之名，應當是歷時幾個世紀，經東羅馬、阿拉伯地區輾轉傳至中國的。按照利瑪竇神父的解釋，西亞人將歐洲人稱為法蘭克「Frank」。中國人與西亞素有往來，便隨了他們對歐洲人的稱呼，因為發不出「r」這個音，就成為「佛郎機」。這個稱呼，最初並無惡意。

但是，對於馬來半島、蘇門答臘或爪哇島來說，「佛郎機」絕非善類。一五一一年，葡萄牙「戰神」阿爾布克爾克（Monsode Albuquerque）攻陷麻六甲。滿剌加（麻六甲）國王蘇端媽末派使者向大明帝國求援。十年以後，也就是「佛郎機」已經來廣州「朝貢」之後，明武宗換成世宗時，才想起讓兵部議一議這件事，並大大呼呼地下了一紙詔書：令佛郎機，退還滿剌加，並諭暹羅等國前去援救。世宗皇帝，為什麼敢給佛朗機國下詔呢？看看《明史・佛郎機傳》就知道了，原來明人認為「佛郎機近滿剌加」。大明以為它是臣服中國的一個南洋小國呢。

明朝以來禁海，外番貢使從海路來，限走廣州。見怪不怪，如今多了個回回打扮的佛郎機，似乎也不足為奇。若不是他們過分剽悍凶險，經常如海寇犯邊擾民、劫財掠物，天朝似乎也不會特別注意他們。但是，由於他們在中國海岸的暴行，天朝民間出現一些關於他們的恐怖傳說：「番國佛郎機者，前代不通中國。……其人好食小兒……法以巨鑊煎水成沸湯，以鐵籠盛小兒置之鑊上，蒸之出汗。汗盡，乃取出，用鐵刷刷去苦皮。其兒猶活。乃殺而剖其腹，去腸胃，蒸食之。」

這段吃人故事，見於一五七四年閻從簡的《殊域周咨錄》。當然，記載這段故事的遠不僅這一部書。佛郎機在明朝的印象早已被塗抹得一團漆黑。這裡有外夷的暴行，也有國人的想像。一五二一年至一五二四年間發生在廣東屯門島與一五四九年發生在福建走馬溪的剿海戰役，使佛郎機人的形象進一步惡化。他們被中國抗倭海盜生擒、斬首，值得注意的是他們出現在中國史書中的怪誕甚至醜陋的譯名，諸如別都盧、疏世剌、浪沙羅的嗶咧、佛南波、兀亮別咧、鵝必牛、鬼亦石、喇噠，據說還有「賊婦」、「哈的哩」之名。

連佛郎機與滿剌加都分辨不清，就更難辨清歷史上合合分分的葡萄牙與西班牙了。繞道美洲，並於一五六五年佔領了菲律賓的西班牙人，晚半個世紀來到中國海岸。大明官民仍把他們也稱為「佛郎機」。於是，有了澳門的佛郎機，有了呂宋島的佛郎機。轉眼又有西洋人殺到了家門前，《辛丑年（一六〇一年）記事》中說：「九月間，有二夷舟至香山澳，通事者亦不知何國人。人呼之為紅毛鬼。其人鬚髮皆赤，目睛圓，長丈許。其舟甚巨，外以銅葉裹之。入水二丈，香山澳夷，慮其以互市爭澳，以兵逐之。其舟移入大洋後為颶風飄去，不知所適。」其所謂「紅毛鬼」，就是荷蘭人，這夥人並非「為颶風飄去，不知所適」，而是，轉而打台灣主意，一六〇四年荷蘭人攻打澎湖，一六二四年荷蘭人離澎湖而佔了台灣。

遺憾的是，明末清初的大學問家顧炎武，在康熙初年編定成書大作《天下郡國利病書》中，仍說「佛郎機國，在爪哇南，古無可考……素不通中國……略買食小兒，烹而食之。」甚至到鴉片戰爭時，中國人繪製的宣傳畫上，西洋水兵仍是紅毛怪物（圖5.10）。以為西洋人是妖，後來也生出了義和團以妖術抗擊西洋鬼子的可笑故事。

對世界的誤解越深，造成了我們與世界的距離越來越遠。

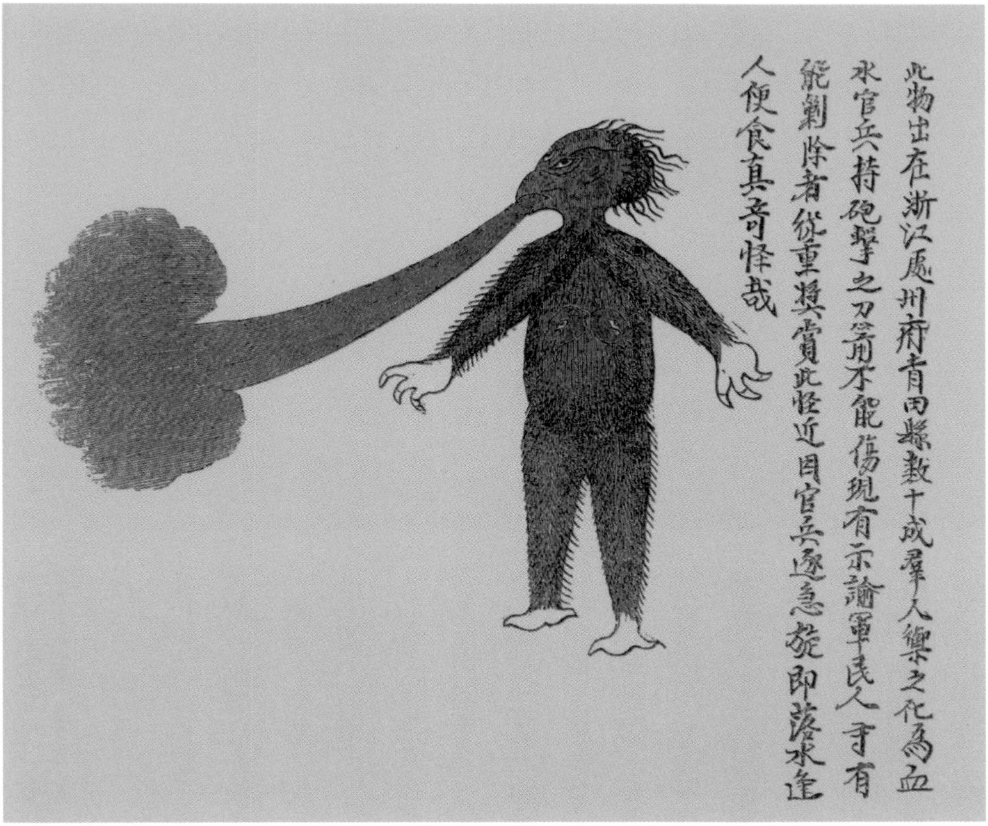
此物出在浙江處州府青田縣數十成羣人纍之化為血
水官兵人持砲擊之刀箭不能傷現有示諭軍民人等有
能剿除者從重獎賞此怪近因官兵逐急旋即落水逢
人便食真奇怪哉

圖5.10：

直到鴉片戰爭時，中國人繪製的宣傳畫上，西洋水兵仍是紅毛怪物，政府獎勵民眾擒此會游水的食人怪物。

自娛自樂的「萬國來朝」

中國人喜歡用抽象的數字表達具體的收穫。比如，萬國來朝。在傳統的概念中，萬國來朝就是全世界都臣服於中國的意思。實際上把目前在聯合國掛號的國家全都算上也就兩百來個。萬國——姑妄說之，姑妄聽之。

朝，這個字甲骨文中就有。表現的是草木間，日初升，月未落的圖景。《說文》解：「朝，旦也。」後來它演變為，朝拜之意。再後來，又引申為朝向，面對。百鳥朝鳳，百花朝陽。朝，在很多時候，將方向與態度一併表示了。

多年以前，有個來中國執教的外國足球教練，他對中國的球員說：「態度決定一切。」大家都把這句話理解為：洋邏輯。其實，恰恰相反，這句話是典型的中國式思維。外國人才不認為，態度能改變什麼呢。

研究西方哲學的專家說，黑格爾所談的「Eigentum」問題，通常被譯為「財產」。其實黑格爾講財產的同時，也有所有權的意思。西方概念中，財產不是一個簡單的物的概

圖5.11：

閻立本的《職貢圖》描繪了唐太宗時，南洋的婆利、羅剎與林邑國等來大唐朝貢。畫上繪有二十七人，行列中央有僕人持傘蓋隨行，暗示出使者尊貴地位。畫中貢品有鸚鵡、怪石、象牙等等，其樣式之多，令人目不暇給。

念，其中包含了所有權的意思在裡邊。也就是說，一個東西只有被人佔有了，它才是個東西，而佔有東西的人才是真正的人。不佔有物的人，沒有所有權的人，不是社會意義上的人。甚至，不佔有東西的人，本身就是一個東西，就要被人佔有（這讓我想起了黑奴與畜奴制）。這就是西方的「普遍真理」。

我們與西方完全兩樣，物與所有權是分離的。我們的哲學會輕鬆地將千里之外的東西劃為己有，是不是真的具有所有權，是不是真的佔有，全都不管。正如《詩經》所云，「溥天之下，莫非王土，率土之濱，莫非王臣」。因而，我以為鄭和下西洋時，財大氣粗的大明王朝不是不想佔有世界，而是天真地以為它已經佔有了世界。

古代中國有個習慣，每當外國友人帶著禮物來見我們的皇帝，天朝都會對全國人民說，某某國來朝貢了。在全國人民的意識中，那個來訪問的國家就已經臣服了，當然也無需再去佔領了。

唐朝時期，中國為世上強大的國家，連接東西雙方的通商大道行旅不絕。首都長安在當時已經是一個擁有百萬人口的國際性都市，並且成為歐亞大陸上的一個活動中心。在長安的街道上，各類種族、膚色的人群熙來攘往，呈現著嘉年華般的熱鬧與多樣。如唐代畫家閻立本的《職貢圖》，描繪的便是唐太宗時，南洋的婆利、羅剎與林邑國等前來中國朝貢及進奉各式珍奇物品的景象。畫上繪有二十七人，如同遊行的隊伍一般，自右向左行進。行列中央有僕人持傘蓋隨行的，暗示出使者的尊貴地位。畫中貢品有鸚鵡、怪石、象牙等等，其樣式之多，令人目不暇給（圖5.11）。

明代以來，中國與非洲和西亞交往增多，非洲與西亞國家給中國送來的禮物中，最受天朝歡迎的動物要數長頸鹿了。因為當時的中國人不認識這種動物，就硬把牠說成是麒麟，而麒麟又是傳統中的祥瑞之獸。這種動物作為貢品，既體現了天朝的威風，又給天朝帶來了福氣。所以，在明清兩代的繪畫中，都能見到外國使臣朝貢麒麟的圖畫。

黑格爾說過：「只有實體才是主體。」中國當然是個大實體。但古代中國哲學不重實體，愛玩虛的。以虛代實，以無為有。這樣的主體用一個「朝」字，把自己與世界的關係給架空了。這樣的「朝」，不僅不是實體，有時連方向都不是，態度更靠不住。「萬國來朝」的遊戲，祖宗們玩了千百年，直到「八國聯軍進北京」，慈禧、光緒一干人等，朝——西安逃去……

從有「國」無「際」到國際

依地理學的角度看，我以為全球化的起點，應定位於改變世界的十五世紀。此間，東西方在地理探索上都做出了劃時代的努力。不同的文明有了前所未有的大碰撞。在這樣的背景下，中國對世界有了新的認識。其說詞，也突破了傳統的「華夷」，有了新鮮的描述外部世界的辭令。

自秦始皇建立中央集權制的帝國開始，中國就長期處於統一的狀態。由此構成以中國為中心的世界秩序，我們的先人是有「國」無「際」。那麼，中國人接近現代的「國際」觀是什麼時候出現的呢？

中國的「世界」一詞，是從梵文的「loka-dh atu」漢譯而來，本意是「天地萬有」，因而佛教所說的「世界」，其實就是「宇宙」。它更多地表達的是整個物理空間，並不完全是後來的人類空間和國際空間。而古代中國表達「國際觀念」時，更多使用的是「萬國」一詞。

近有陳曄先生撰文說：「萬國」一詞，興之於清末民初。他舉例說：隨著列強入侵，飄來歐風美雨，國際的概念逐漸流行起來。清末民初時，人們將國際稱為「萬國」。比如，萬國禁煙會、萬國郵政聯盟、萬國博覽會等等。那一時期，幾乎只要兩個以上外國參加的組織或者事件，都被冠以「萬國」。

這些例子都很典型，我們現在還能找到的一八三九年出版的《萬國公法》，還有一八六八年由西方傳教士林樂知創辦的《萬國公報》（圖5.12），這些都是晚清學人認識世界的重要媒介。《萬國公報》甚至是國內刊物上最早提到馬克思和《資本論》。近晚以來「萬國」之說的確盛行。

不過，「萬國」之概念，並非這麼晚才在中國出現，它甚至先於「世界」就在中國出現了。早在

圖5.12：

《萬國公報》是美、英傳教士在中國創辦的中文報刊（週刊）。原名《中國教會新報》。一八六八年九月由美國傳教士林樂知在上海創辦並主編。一八七四年九月改名《萬國公報》後，增加介紹西學與時事等內容。

《戰國策・齊策》中，先民就已有了這樣的記載「古大禹之時，天下萬國」。而真正以世界之眼光看現代世界，並以「萬國」之名而指代「全世界」，也不是清代才有，至少應是利瑪竇來大明之時。

從存世文獻看，利氏在廣東肇慶畫的第一幅世界地圖曾題名《山海輿地全圖》，但後來應中國官員與學人要求繪製的大幅世界地圖，則多名之為《坤輿萬國全圖》。其後，傳教士艾儒略在中國繪製的世界地圖，也名之為《萬國全圖》。顯然，「萬國」是明朝學人對世界與國際的一種命名，清人只是熱烈延用「萬國」之說而已。

為什麼清朝人願意用「萬國」來表示世界與國際的概念，陳曄的說法也合乎情理。他說：清人當時正處在反思「什麼原因造成被夷人打敗」的階段，很多國人認為「不是我弱，而是敵強」。敵人究竟有多強，他們是「萬」，而我方是「一」。以「一」抵「萬」，失敗理所當然。在這種心理的影響下，國人樂於將國際稱為「萬國」。

不過，陳先生說：以「萬國」代「華夷」，這一稱呼的改變，有著積極的意義，但卻看低了自己。

只有等到「國際」稱呼的出現，才意味著中國從自卑的陰影中走出，以平等的心態看待世界各國。我以為陳先生的說法，也不盡然。「國際」一詞晚於「萬國」，但也源於「萬國」。據我所知，應該是日本學人率先借漢字「國際」二字來表達世界秩序，而後又轉入中國的。「際」強調的是雙邊或多邊關係，「萬」強調的是數量等級。「萬國」之說，實是漢語豐富性的一種表現。雖然，世界發展到今天也不過兩百來個國家和地區，但以「萬」言之，使字詞有了一種可愛的張力。比如，世界十大名錶中的「IWC」，香港的譯名就是「萬國」，遠比譯為「國際」，更有意味，更有數量級的美感。

我們只是別再用「萬國來朝」就好。

6 穿越阻隔，海陸通達

長城的「自然背景」與內外防禦之功

依我走過的長城來看，最不受看的長城，就是八達嶺長城，一點古意一點滄桑都沒有；近不如金山嶺長城的雄、奇、殘、險，遠不如甘肅長城的古、樸、真、壯；它不像一道界線，更像它現任的角色——中國首席景點。

在甘肅、寧夏眺望山脊上的土牆，我不知道，與八達嶺的相比，它們該不該叫長城。然而，長城最初的樣子，就是這一段段獨立的土牆而已——誕生於戰火紛飛的戰國——西周破滅後，封國各自為政，天下大亂，諸侯紛紛修築自己的防禦體系。燕國修城、趙國築牆、秦國也是如此……秦厲共公和秦簡公先後在黃河和洛水西岸修築長城，史稱「塹洛長城」（「塹」就是掘的意思，「塹洛」就是削掘洛河岸邊的山崖以利防守）；秦昭王時西線吃緊，於是修建了西起甘肅，東至寧夏的西北長城。

秦之長城最為經典，具有雙重防禦意義：東邊的有「互防」之功，西邊的有「拒胡」之用。秦統一六國後，列國之間的「互防」長城失去了作用，「拒胡」長城的任務則更加突出。於是，秦始皇下令將戰國時期的燕長城、趙長城、秦長城連成一線，構築了統一之後的天朝防禦體系，東起遼東，西至臨洮的長城，始有「萬里」之稱。

長城是古代國家概念的最直接的建構。

從山海關到嘉峪關，我斷斷續續考察過若干段長城。長城之長，給了我雄偉壯闊的感受。但長城之荒，卻讓我迷惑不解：祖先為什麼在這麼荒涼的山嶺上修築長城，先民們為什麼在這樣的地方展開拉鋸戰呢？最終是二〇〇六年夏天出版的《大科技》雜誌，為我解開了這個謎團。那篇題為「長城與四百公釐等雨線——神奇的巧合」，讓我相信，這是長城選址的可信理由。

地理專家發現：在全國降水分佈圖上，有一條幾乎與長城完全吻合的線，斜穿過中國北部，它就是四百公釐等雨線。這條線恰是中國半濕潤和半乾旱的地區分界線。此線的東南，是適宜農業發展半濕潤地區；此線的西北，是遊牧生產的半乾旱地區；四百公釐等雨線在地理上講，就是農耕民族和遊牧民族生產生活的分界線。從文化上講，它也是中華文化圈內農耕與遊牧這兩大文明形態的分界線。

兩種不同的文化，在四百公釐等雨線上相遇：和平時期貿易往來，戰爭時期兵戎相見。然而，遊牧人來去無定，農耕區卻固定難移，彼動我靜，注定了農耕人在軍事上的被動狀態。為確立一種退可守，進可攻的態勢，中原人在兩千多年的時間裡，不斷修築長城，創造出世界文明史上的一大奇蹟。

早在宋代，中國的地圖上就已把長城作為一種重要的地理標記繪入圖中。如刻於南宋紹興六年（一一三六年）的石刻地圖《華夷圖》，是最早繪出長城的地圖。城垛口狀的長城符號蜿蜒於中國北部邊疆，它不僅描繪出了華北長城，還描繪出了西部居延漢長城。雖然，長城以北的地形沒有詳繪，但注記了北狄、肅慎、契丹……等北方部族。玉門關以西也沒有詳繪，但也注記了鄯善、碎葉、于闐等幾十個西域國名地名（圖6.1）。長城這道防線，一直到明代還在完善，直到清兵入關，長城才失去了它防線

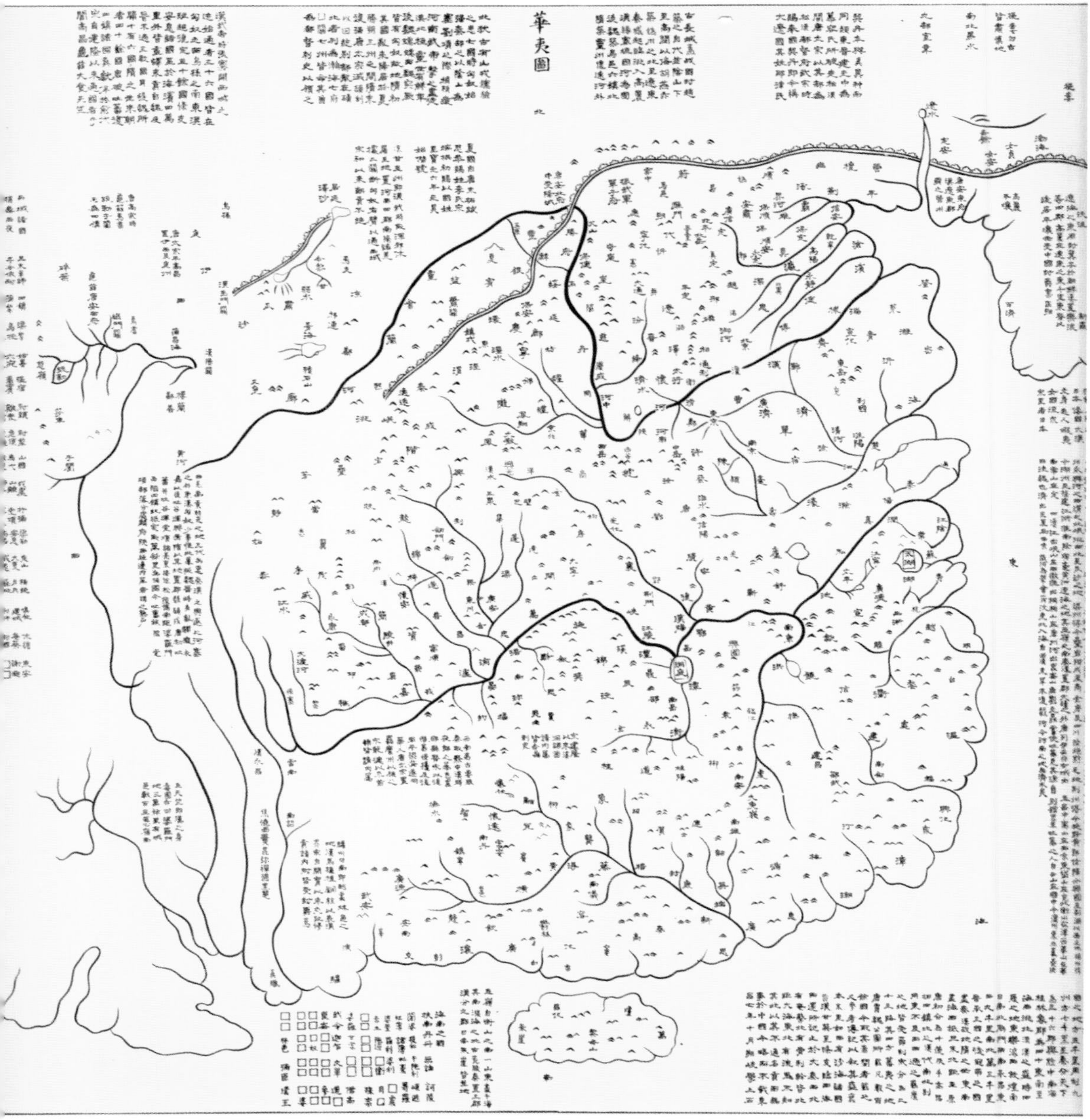

圖6.1：

《華夷圖》（墨線圖）原圖為石刻地圖，刻於南宋紹興六年（一一三六年），是最早繪出長城的地圖。城垛口狀的長城符號蜿蜒於中國北部邊疆，不僅描繪了華北長城，還繪出了西部居延漢長城。

上的意義。清代基本上不再修築長城，應當說是大清朝的英明之舉。

但清代對於海上長城的輕視，最終把中國拖入了半殖民地的昏天暗地。在歷史的重要關頭，慈禧不聽李鴻章等人的意見，硬是把七千萬兩銀子用於內陸防衛，僅將兩千萬兩銀子用於海防。一九〇〇年，八國聯軍進北京，長城從這一刻起成為了真正的古跡。

長城擋住了打獵的族群，或者說融合了放牧的族群；但長城擋不住捕魚的外族，或者說是無法抵禦海上強盜。我們農耕文明與遊牧文明，打也好，和也好，終歸是一種文明——大陸文明；對於海洋文明，對於海盜文化，對於海所架構的世界格局，我們是在長城退為歷史背景之後，才在血與火的洗禮中慢慢反省……

溝通南北融合八方的大運河

邗溝大王廟搶在「二〇〇七世界運河名城博覽會」在揚州召開之際完成復建工程，顯然是在昭示它所承載的特殊意義。新廟雖不是建在古廟的原址，但廟後面那條流淌了兩千五百年的古邗溝，述說的卻是曲曲折折的春秋故事……

漢代始建的邗溝大王廟，供奉的神靈即是開鑿邗溝的吳王夫差。「臥薪嘗膽」的故事，使夫差成了一介有勇無謀的武夫。但廟堂上的夫差則是個志向遠大的大英雄。當年，夫差在滅越國俘勾踐，取得稱霸的階段性勝利之後，決定北上爭霸。但吳軍主力皆是精銳舟師，必須依托水路才得以施展。於是，夫差決定借鑒楚國溝通太湖和長江的「堰瀆」和太湖通向東海的「胥浦」的經驗，利用江、淮間湖泊密佈的條件，局部開挖把湖泊串連接起來，打通一條江、淮通道，北上伐齊。這項前無古人的工程，不久就被「載入史冊」：（魯）哀公九年，「吳城邗，溝通江、淮」。《左傳》所記載的這條「溝」，因以吳國邗城為起點，後被史家稱為「邗溝」。夫差到底從這條「溝」裡運送了多少吳兵和糧草，史家似乎興趣不大，載入史冊的是：哀公十一年，吳伐齊得勝。邗溝成為一條勝利之「溝」。

春秋的邗城到戰國時改稱廣陵，北周又改稱吳州，隋代又改吳州為揚州……西元前四八六年開鑿邗溝的夫差，無論如何也想不到，當年的一條溝，成就了千古名城揚州，更想不到那利用天然湖泊溝通的兩百公里邗溝，千年之後，在隋煬帝手裡被打造成以洛陽為中心，南通杭州，北通北京，全長兩千七百餘公里的物流之河。

揚州總是給帝王以地理上的暗示。

楊廣還沒有成為煬帝時，其封地即是運河的濫觴之地揚州。楊廣在揚州做晉王時，好像是個職業書生，不僅寫書，而且主持編撰了一萬多卷書。或許是權謀的書讀多了，城府日深的楊廣，用計讓父王文帝，廢掉了哥哥楊勇的太子位，自己取而代之。後來，奪權陰謀敗露，楊廣索性殺了父親隋文帝和哥哥楊勇。

洛陽奪位稱帝的楊廣，頗感京師陸路交通之不便，南北溝通之困難。身上沾著江南的水氣，讓他想起了揚州的邗溝，遂啟動了史無前例的開河工程。這條人工河以洛陽為中心，將工程分為四段：自沁水入黃河處至涿郡（今北京），名永濟渠；自洛陽至盱眙（今江蘇盱眙）入淮，名通濟渠；自山陽（今江蘇淮安）至江都（今江蘇揚州），名邗溝；自江都至餘杭（杭州），名江南河。比之小小的邗溝，它自然被人們稱為大運河了。

大運河工程自煬帝大業元年（六〇五年）起，至大業六年（六一〇年）即告完成。在短時間內完成如此巨大的開河工程，可想用工之眾，勞役之苦。晚唐文人韓偓寫的《開河記》中載，隋煬帝派遣了酷吏麻叔謀主管修河，強制天下十五歲以上的丁男都要服役，共徵發了三百六十萬人。另派五萬名彪形大漢，各執刑杖監工。不到一年，死者竟達二百五十萬人。大運河修成後，隋煬帝倒是享受了三次乘龍舟遊運河威儀天下的榮光。但修河暴政激起的強烈民怨，轉化為此起彼伏的農民起義，修運河的隋朝和修長城的秦朝一樣短命，二世而亡。

唐宋兩朝好日子都和大運河有關，但使大運河面貌大變的是元朝，即我們今天所說的京杭大運河。從成吉思汗伐西夏，到一二七六年忽必烈大軍攻佔臨安，南宋小皇帝恭宗降元，歷七十載，馬背民族用了七十年的時間，結束了西元九〇七年唐亡以來的三百年亂世，初步奠定了中國空前的大一統疆域格局。

改朝換代，運河的服務中心從此再度轉移。拿下臨安之際，元朝廷即著手南北經濟的恢復與發展，運用大運河北運漕糧。但舊運河多有阻塞，走海路又受制於信風。於是，元朝決定重修大運河。從一二七六年開始，元朝廷以大都為中心，對河道進行了截彎取直的大規模改造，河道南行越過黃河、淮河、長江、太湖流域，直達杭州。這條大運河自汴河以南利用了隋朝以來的舊有河道。汴河以北主要是新開的河道。新開的河道有兩段：一段是會通河，從山東東平，向西北至臨清，接通原有的運河河道。

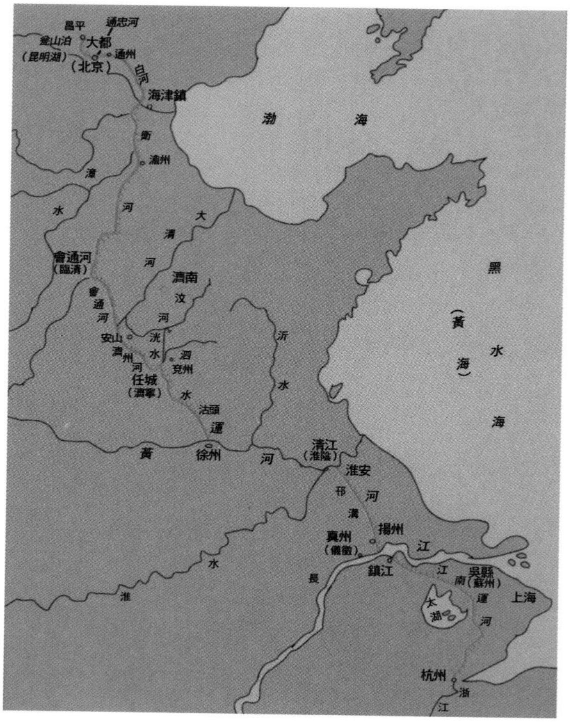

圖6.2：

一二七六年起，元朝廷對大運河進行了截彎取直的改造，新河道直接從山東境內穿過，不再繞道河南洛陽，比隋唐運河縮短了九百多公里。

再有一段是通惠河，從大都到通州。從通州順白河就可到天津，然後接通隋朝修的舊御河河道，到達臨清。這條新河道直接從山東境內穿過，不再繞道河南洛陽。形成貫通南北的大運河，全長一千七百九十四公里，比經洛陽的隋唐運河縮短了九百多公里（圖6.2）。

南北大運河的修通，對溝通南北經濟，繁榮大都商業都有著極大的作用。尤其是，明清兩代，因為海上運輸遭朝廷禁止，南北水運完全以運河為主。據統計，明朝每年行駛在運河上的漕船，達一萬艘以上，形成大運河的繁盛時期。

中國有兩個偉大的工程，一個是長城，一個是大運河。這兩件工程對國家的統一和民族融合都起到了積極作用。從某種意義上講，沒有長城，國家肯定會四分五裂；沒有運河，也沒有南北融合與國家的繁榮昌盛。

古運河、隋唐大運河、京杭大運河……在沒有汽車、火車和飛機的時代，修運河是一個了不得的創舉。此次「二〇〇七中國・揚州世界運河名城博覽會暨運河名城市長論壇」，很多人都驕傲地講：中國大運河是世界上開鑿最早、最長的一條人工河道，其長度是蘇伊士運河的十六倍，是巴拿馬運河的三十三倍。這句話的前半句沒說錯，後半句有點不靠譜；不要忘了，中國大運河再長，溝通的也僅僅是中國的南北，而那兩條大運河，則是溝通大洋的海運之河，不論它的運力不知又要超我們多少倍，更重要的是，它溝通的是世界。

秦直道，一條沒能高速發展的「高速路」

秦國早在統一六國之前，就嘗到了「要想富，先修路」的甜頭。所以，在說秦直道之前，我們必須先說說「秦蜀道」。先秦時，古蜀沒有通往外界的比較像樣的陸路通道，一般都是取道重慶從三峽水路出川。戰國後期，秦國日益強大。為了富國強兵，秦南攻蜀國，東擊巴國，出三峽以圖楚國。

巴蜀福地，沃野千里，物產富饒。但劍門之險，江河之阻，讓秦國無處下口。無法強攻的秦惠文王，西元前三三七年詐言秦得「天降石牛，夜能糞金」，願將寶物石牛饋贈蜀王。請蜀國開一條大道，迎接寶物入川。蜀王不知是計，便派力士在大、小劍山、五丁峽一帶峭壁處，日夜劈山破石鑿險開路，入秦迎接石牛。

其實，在周原發現的甲骨文中，已有「周王伐蜀的銘刻」。也就是說，遠在三代之時，蜀與秦之間，至少已有一條低等級的「鄉道」了。此後，秦人和蜀人也都對它進行擴修，只是缺少記載。最早的記載擴修入川之路的，就是石牛道「國道」工程。歷史就這樣為秦蜀道，插上了一個「引狼入室大道」的標籤。

秦國等蜀道開通後，就暗派大軍長驅直入，蜀國沒有防備，前線軍隊又寡不敵眾，節節敗退，蜀國隨之滅亡了。蜀國沒了，但石牛道則被廣為利用。因古人在開闢道路時就懂得在路的兩邊種植柏樹以保護路基，後人又不斷維護柏樹和路基，使古道保留至今，連名字都刻記著那個滑稽往事，如今它仍叫石牛道（又叫金牛道）。

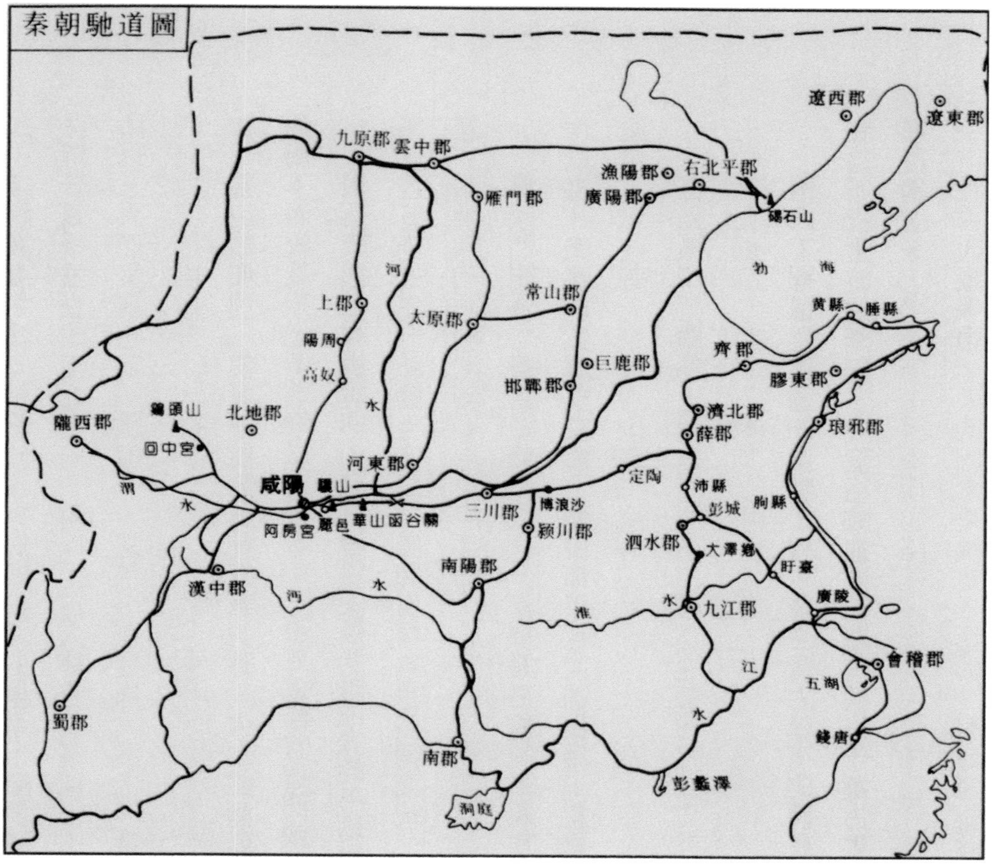

圖6.3：

秦始皇非常重視道路建設，在不長的執政時間內，在秦國修建了四通八達的交通網。

統一六國後的秦國，深知邊防在國防中的作用，亦懂得道路在戰爭中的作用。

西元前二一四年，秦始皇整頓疆土，派大將蒙恬率領三十萬人，北逐匈奴，佔據河套，並修築和連綴古長城。

西元前二一二年，秦始皇不甘於消極防禦匈奴，採取了積極反攻的策略，命蒙恬率領三十萬人，修築一條快速馳往北方邊境的道路——秦直道。

秦直道是明副其實的「國道」（圖6.3）。它北起九原郡（今包頭市西），南抵秦都附近的雲陽（今陝西淳化縣北）。從直道考古來看，路面一般寬二十三公尺至二十六公尺，最寬處達四十七公尺，道路坡度平緩，相當於今天快速公路的標準。展開秦朝古地圖看，這條全長約七百多公里的大路，保持著幾乎垂直的南北走向。所以，古人稱它「直道」。由於這條大道寬闊平坦，可供大隊人馬疾馳，所以，人們又稱它為「馳道」。當年，在這條大道上，鐵甲騎兵僅用三天時間就能夠從秦國的都城咸陽趕到北方的陰山腳下。所以，今天的人們更願意說它是中國最早的「高速公路」。

直道的便利，使秦軍能夠在匈奴來犯時，火速趕到陰山進行抵抗。史載，直道修好之後，「胡人不敢南下而牧馬，士不敢彎弓而抱怨」。可見這條直道的威力之大。

最新的考古發現證明，秦直道生土路面距地表的平均堆積厚一百一十二公分。按年平均堆積厚度計算為三百五十二年，即路土形成的時間貫穿幾乎整個漢代。如果考慮到路土層的密度和堅硬超過其上的兩層，其堆積的時間要超過三百五十二年，這表明從兩漢到魏晉或稍晚，是秦直道頻繁使用的主要時期。

專家們認為：秦直道修築之初，主要是考慮它的軍事用途，但真正用於作戰的時間反而很短。在漢代以來，秦直道在經貿交流方面發揮了巨大的作用，也是北方草原文化與中原農耕文化相互交流的重要途徑。

西元前二一四年，蒙恬率領三十萬人並修築長城。

西元前二一二年，蒙恬又領三十萬人修築秦直道。

兩大工程都是秦國的重點工程。在生產力低下的時代，沒有「人海戰術」是絕對完不成的。但我實在算不出當時的秦國，究竟從哪裡弄來左一個三十萬大軍築城，右一個三十萬大軍築路？只能依據史料進行猜想。

在古代戰爭中，人的因素是決定一切的。有專家推論戰國時，秦的人口是最多的，超過六國任何一國的人口。那麼多的秦人是從哪裡來的呢？天時地利都幫了秦國。秦在華夏大地上，屬於一個邊緣國，有著巨大的可擴展空間。不像韓國、魏國夾在中原諸國之中，也不像齊在海邊，沒有多少擴展的可能。而趙國北臨草原，草原氣候惡劣。燕國偏居北端，氣候寒冷，唯南端的楚國，面積廣大，都是氣候適宜的好地方。

秦國在統一六國之前，先獲得了隴西與蜀，不僅國土面積變為最大，而且也獲得了巨大的天然糧倉。這使秦國在人口總量發展上，獲得了優勢。有學者粗算，十年統一戰爭時，秦國的人口大約有五百多萬，其中一百萬人充了軍，遂成為真正的軍事強國。至於治國方略，其實與六國，大同小異。

在鄭國渠完工的那一年，秦始皇發動了兼併六國的全面戰爭。滅六國後，天下優勢全歸了秦國，其人力物力在當時世界來講，都是老大。修兩個讓全世界吃驚千年的工程，亦在情理之中。

歷史給秦以獨一無二的機遇。秦創造的是空前絕後的歷史。

秦直道的終點是北部的九原郡（今包頭市九原區麻池古城），善於攻城掠地的秦始皇，一定是用了一番心思的。九原郡是陰山腳下的一塊風水寶地，後人總結這裡的地理環境說：前有抱（指黃河環繞），後有靠（指北靠大青山），東有川（指土默川），西有套（指河套地區），中間有照（指陽光充足）。九原郡不僅是秦直道的終點站，也是北部邊疆的前哨站。這塊風水寶地，解決了駐紮在陰山的大批秦軍的部份糧食問題，成為了秦軍最後，也是最靠前線的一個戰略要地，為秦始皇實施「北抗匈奴」的戰略提供了重要保障。如此重要的地位，為包頭後來成為「塞外通衢」、北方地區重要的「水旱碼頭」，奠定了堅實基礎。

司馬遷似乎對直道的修築，沒有太好的印象。他在巡遊北方，沿秦直道返回時，眼見長城、直道工程之浩瀚，人民為其付出之艱辛後，發出了「吾適北邊，沿直道歸，行見蒙恬所為秦築長城亭障，塹山堙谷，通直道，固輕百姓力矣」的感嘆。所以，在司馬遷寫的《史記》中，對秦始皇築直道的原因，他只留下「始皇欲遊天下」這六個看似負面的紀錄。其實，「遊」在古代皇帝那裡，並非遊玩，其真正的意思是「巡行」、「臨察」、「遊觀」等意。

秦始皇參沒參加直道竣工的「剪綵儀式」，史無記載。

秦始皇到底用此直道，「遊」了天下沒有？也是史無記載。

太史公倒是選擇了一個最重要的時刻，將秦始皇與他的直道一併寫入歷史。那是西元前二一〇年，當了十二年皇帝的秦始皇，在第五次視察天下的歸途中，病死於沙丘平台。隨同出巡的趙高、李斯決定密不發喪，從直道歸。司馬遷在《史記》中這樣寫道：「行遂從井陘抵九原。會暑，車臭，乃詔從官令車載一石鮑魚，以亂其臭。行從直道至咸陽，發喪。」這是秦始皇「走」秦直道的唯一記載。

東漢以後，隨著中原王朝政治統治中心的東移洛陽。秦直道的功用就開始減退。而且，隨著秦直道地區水土流失，氣候變化等因素，直道的很多地段被洪水沖垮。另外，秦直道的重要功能也被更多方便快捷的道路所代替，它漸漸荒棄，消失在歷史的煙雲中，而今殘存的一小部份，也已經模糊難辨了。

通向西方的商路為何叫「絲綢之路」

在中國古文獻裡，我們找不到「絲綢之路」這個名詞，它完全是外國人造出來的。事情要追溯到流行跨國旅遊的十九世紀，德國地理學家弗爾南德・李希霍芬（Ferdinand von Richthofen）借助旅行與訪問，先後六次進入中國。一八七七年，他開始整理出版五卷本的《中國旅行記》（*China: The results of My Travels and the Studies Based Thereon*），在第一卷談及中國經西域與希臘至羅馬社會的交通路線時，首次將這條東西幹道命名為「絲綢之路」。這個地理學新名詞，後來被德國的赫爾曼（Albert Herrmann）所接受，並將自己一九一〇年出版的東方學著作題名為《中國和敘利亞間的古代絲綢之路》。真正使這個名詞成為二十世紀的學術用語，並推向跨世紀顯學位置的是斯文赫定（Sven Anders Hedin）。這位終生未婚的瑞典學者，在中國的最大名聲是發現了「樓蘭古城」，而在西方，他幾乎是東方學的代名詞。他在德國讀大學的時候，正好認識了創造「絲綢之路」一詞的弗爾南德・李希霍芬，後來，他將自己的西域研究著作定名為《絲綢之路》，也是一種天然地傳承。從此，「絲綢之路」的概念就擴大到了整個古代東西方經濟、文化交流路線的總稱。

這個西方視野下的東方命名，在二次大戰後並沒有得到更高的國際認可，因為，還有漫長的「冷戰」期。後來，「絲綢之路」漸成焦點，有兩個因素非常重要：一是一九七一年中國恢復聯合國合法席位，中國再一次與「國際」融合。二是中國改革開放，此前中國許多地方都立著「外國人止步」的牌子。這兩個節點打開，為世界重新研究中國文化奠定了政治基礎。於是有了標誌性的國際交流活動——

一九八八年聯合國教科文組織發起為期十年（一九八八年至一九九七年）的「絲綢之路」綜合考察。原本還有人認為應是「玉器之路」、「瓷器之路」、「皮貨之路」、「駱駝隊之路」……的諸多說法，都因聯合國的這個以「絲綢之路」來冠名大型活動而終止了。

關於陸路「絲綢之路」的開通，中國與外國的「傳統」說法，都是以「張騫通西域」為開端的，——這完全是一種因果顛倒的理論。如果我們相信《史記》，尊重《漢書》，就應看清楚這些文獻上清清楚楚地寫著，張騫兩出使西域，皆為「招兵」，李廣利兩次遠征西域，皆為「買馬」。如果，我們依班固的史筆來論定東西政治經濟通道，此路應為「招兵買馬」之路。至少，在《漢書》及《後漢書》的框架裡，這條西域通道與絲綢販賣，完全是兩檔事。

如果與絲綢西去的時間與路線而論，劫掠與遷居的絲綢傳播顯然先於商貿。再進一步講，最早若不是匈奴人把絲綢帶出中原，也是安息（波斯）人將絲綢弄到了羅馬城。史有所載，羅馬人很想知道，這種曾被波斯人作為戰旗的東西是哪裡出產的。但安息人封鎖消息，不告訴絲國的位置在哪裡。如此說來，張騫在西域的出現，只是證明他來自絲國的意義上，指明了絲綢出產地的方向，真正將絲綢販運到西方的，並非是中國商人，相反，是西域人一直扮演著絲綢商販的角色。如張騫對漢武帝所說「蠻夷俗，貪漢財物」。王國維在他的《西胡考》中曾說過，「自來西域之地，凡征伐者自東往，貿易者自西來，此事實也」……烏孫之徒、大月氏之徒、大夏之徒、匈奴之徒……「莫不自東而西」。西域與東部各族的主要聯繫，至少在秦以前，並非以貿易為主，而是征戰與遷徙。其後，西域與中原政權的關係，也是以和親與朝貢為主。人與馬的「交換」，都是政治的一部份。比如，一九六九年在甘肅武威發掘的東漢「守張掖長張君」墓葬中出土的銅奔馬（圖6.4），即後來被命名為「馬踏飛燕」（中國旅遊標誌）。它反映的不僅是漢代尚馬之風的延續，同時也反映了武威因漢人尚馬，而發展成「涼州畜牧甲天下」的良馬交易、繁殖基地的歷史事實。

德國地理學家弗爾南德・李希霍芬一八七七年首次在他的《中國旅行記》中提到「絲綢之路」時，其「路」所指即：中國經西域與希臘並至羅馬社會的交通。按著西諺所言：條條大路通羅馬，但古代中國真的有人到過羅馬嗎？漢史文獻是最早記錄「大秦」的，後代的史學家多認為它指的是羅馬帝國。但是，至少在漢代的史料中，沒有中國通大秦這方面的記載。《後漢書》中曾有「和帝永元九年，派甘英使大秦」的記載：甘英臨大海欲渡，而安息的船家告訴他，海水廣大，渡海順利要三個月，不順利要存三年的糧食，才能渡海。甘英於是放棄了渡海西去。

圖6.4：

一九六九年在甘肅武威發掘的東漢「守張掖長張君」墓葬中出土的銅奔馬和車馬儀仗，反映的不僅是漢代尚馬之風，同時，也反映了武威因「涼州畜牧甲天下」而成為良馬交易、繁殖基地的歷史事實。

那麼，中國獨有的絲綢是怎麼與羅馬帝國聯繫在一起的呢？據法國的絲路研究專家布努瓦爾夫人講，最早記錄中國絲綢傳入西方的是西元前四世

圖6.5：

西安出土的東羅馬金幣，反映了那個時期東西方的商貿往來。

紀的拉丁作家，但在這條通道上，中國與歐洲絕少有直接往來。所以，羅馬人不知道絲綢是從哪裡來的，更不懂它是如何生產的。在羅馬詩人維吉爾的《農事詩》中，「賽里斯人（Sinae，絲國人）從樹葉上採下非常纖細的羊毛。」是波斯人在中間，不讓兩頭見面。這種方式一直保持了幾個世紀。

古代中國與真正的歐洲國家，絕少直接往來。當時的希臘人和羅馬人，也只是聽說過「賽里斯」國，而見不到生產絲綢的「賽里斯」人。所以，用物資流動來代指人口流動，或者，以物資流動來代替文化流動，都是不客觀的。後世命名的「絲綢之路」，在當年，並沒有那麼多的實際內容，也沒發揮出那麼大的作用。

西域這個地方，對於「絲綢之路」非常重要，它是一個重要的連結點，只有通了西域，才會打通歐亞商路，如，西安出土的東羅馬金幣（圖6.5），反映了那個時期東西方的商貿往來。正是因為這一點，「張騫通西域」才會有那麼高的歷史評價，甚至放到古代西域之交通的開山祖師的神位上，認為張騫是前無古人的。

但殷墟婦好墓中出土的大量的和闐玉器，告訴我們，至少從商代中晚期開始，就有和闐玉湧入中原。和闐位於新疆的最南端，古代稱「于闐」，是漢朝所說的西域諸國之一。如此說來，就應該有一部「通西域前傳」，或「絲綢之路前傳」。遺憾的是除了實物，人們還無法有更好的實證，西域人是怎麼通中原，或中原人是怎樣通西域，並開出一條「玉器之路」的。人們只是推斷，和闐玉大約是經塔克拉瑪干沙漠通道，沿河西走廊或北部大草原向東漸進到達中原的。人們進而推斷，從和闐向西，西域人將玉運送到了巴格達。所以，和闐與中原間的「玉石之路」，才是歐亞貿易的最初通道。

如果我們承認曾有「玉石之路」的存在，那麼，張騫出使西域就應表述為，「恢復了中原王朝對通往西域道路的控制」，進而形成「絲綢之路」。顯然，這條絲路也不是一條通道，按專家的說法，至少有三條路通往西域。第一條是南道，沿著崑崙山北麓到達安息（今伊朗），直至印度洋。第二條是北道，順天山南側行走，越過帕米爾高原，到達中亞和波斯灣等地，這是西漢時的通道。漢以後，天山北路又增加了第三條絲路，通往地中海各國，稱新北道；原來順天山南側行走的那一條老北道，改稱為中道了。這就是後來所說的「絲綢之路」。

漢朝真的需要一條通往西邊的商路來販運絲綢之路嗎？如果漢朝不需要，那是唐朝需要一條通往西邊的絲綢之路嗎？大家知道，中國一直是完全自足的農業經濟，對西域市場和波斯市場，沒有大量的實際需要，而即使有商業需要，也不是單一的需要。中央政府是不經商的，也不鼓勵其他人經商，商人在中國被中國文化所鄙薄。但民間貿易或走私始終存在，在歐亞商路上，至少有百餘種物產被運輸、交換、掠奪、朝貢；此中的某些產品如絲綢、香料，其原料的原產地和生產技術也隨之移動。不過，正如有的學者所說，最理想的帝國秩序，就是所有的人民都是農民，所有的農民都固定在故鄉的泥土上。這樣它就不動，就穩定。而商是動的，從體制而言，中國歷朝帝王都不喜歡商人，也不善於經商。

所以，就算有這麼一條絲綢之路存在，也多是人家來進貨，很少我們出去貿易。因而，絲綢之路絕非前朝的政府目標，它完全是一個後世的文化幻影。如果，我們硬說絲綢之路是東西方文化的交流之路，那它至少在相當長的時期裡，不是中國走向世界之路，而是世界湧入中國之路。這一點我們看一看

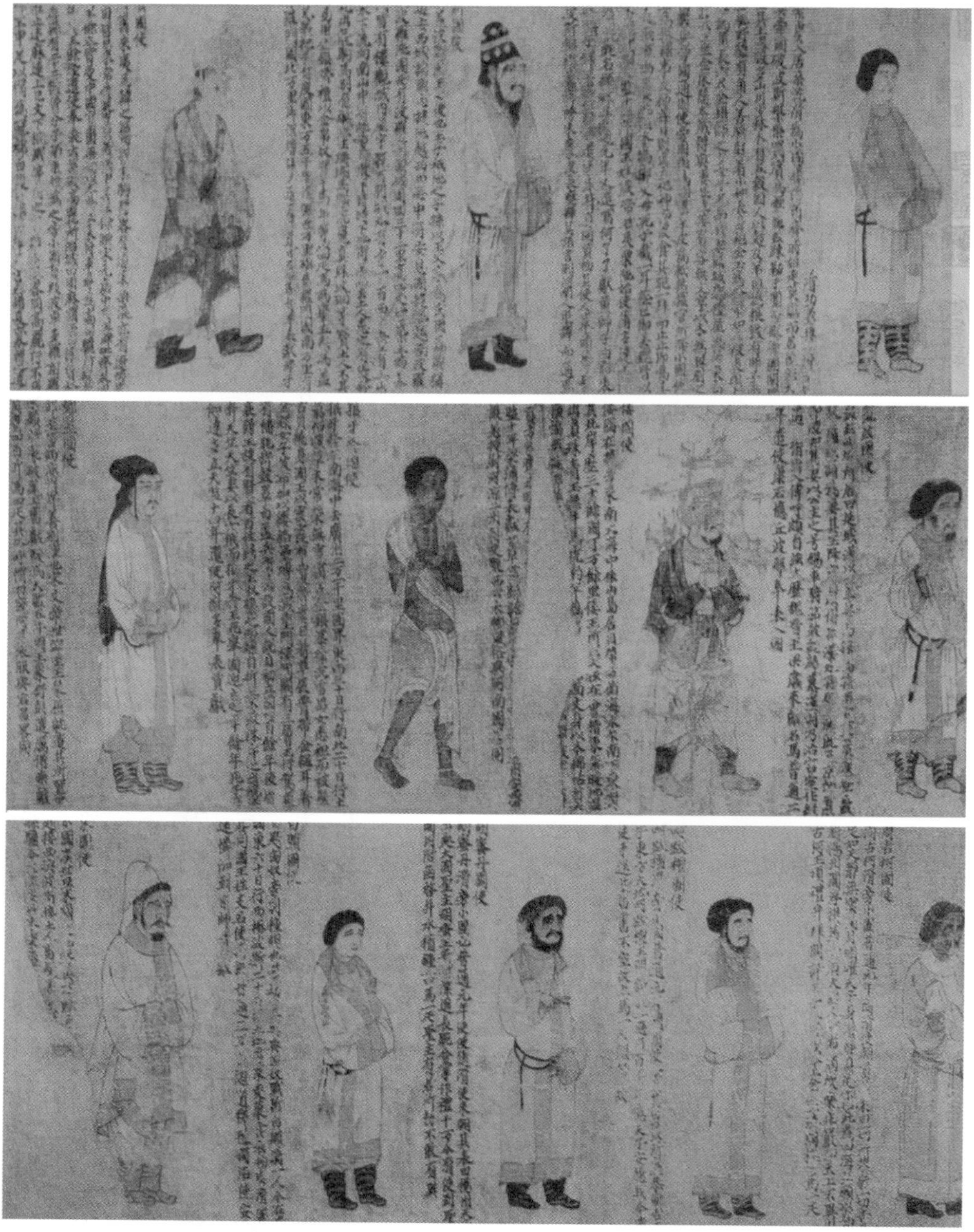

圖6.6：

《職貢圖》原為南朝梁元帝蕭繹所繪，原圖共繪有二十五國使，反映了當時南朝與各國友好相處，來朝貢的使臣不絕於途的盛況。但存世的宋摹本上僅餘十二使臣，及題記述各國風情。此圖為宋摹本局部。

宋代摹本《職貢圖》（圖6.6）所描繪的十二國（滑國、波斯、百濟、龜茲、倭國、狼牙修、鄧至、周古柯、呵跋檀、胡蜜丹、白題、末國）使臣像，就會領略些許外國人來中國訪問的盛況，以及天朝當時接受「朝貢」的洋洋自得之心態了。

《職貢圖》原為南朝梁元帝蕭繹所繪，他應是已知的中國歷史上最早的皇帝畫家。《藝文類聚・雜文部一》引梁元帝《職貢圖序》曰：漢氏以來，南羌旅距，西域憑陵，創金城，開玉關，絕夜郎，討日逐。睹犀甲則建朱崖，聞葡萄則通大宛，以德懷遠，異乎是哉。……晉帝君臨，實聞樂賢之象。甘泉寫閼氏之形，後宮玩單于之圖，臣以不佞，推轂上游，夷歌成章，胡人遙集，款關蹶角，沿溯荊門，瞻其容貌，訊其風俗，如有來朝京輦，不涉漢南，別加訪采，以廣聞見，名為貢職圖云爾。《職貢圖》原圖共繪有二十五國使，反映了當時南朝與各國友好相處，來朝貢的使臣不絕於途。但存世的宋摹本僅餘十二使，並有題記述各國風情。

元明兩朝，更有威尼斯的馬可波羅來到大元，有義大利的利瑪竇來到大明。他們的著述影響了整個西方世界。但此間中國則沒有作家、僧人或使臣到訪過真正的歐洲國家，比如義大利。所以，說絲綢之路溝通了中西文化，至少在交流主體上，古代中國是處在被動地位的。

海上探索，絲綢僅是個美麗的開頭

中國大陸海岸線一萬八千公里，我有幸從東端鴨綠江的黃海入海口，考察到了西端的北侖河匯入的北部灣，雖然是蜻蜓點水式，但還是為我考察古代中國海上探索積累了一點資料和思索。

中國古代的海上探索，南北兩個海區起步的時間大體相同，但目標卻有不同：北方入海，以求仙為先導；南方入海，則是貿易先行。在蓬萊，我所見到的多是先人的求仙遺跡；而在北海的合浦，湛江的徐聞，感受到古老的開海之風。所以，也很認同廣東學者把中國最早的遠洋始發港和出口港定在徐聞與合浦。

秦統一中國後，在建立三十六郡的基礎上，又在南中國建立了南海郡、桂林郡、象郡等三郡。此三郡，瀕臨南海，海岸線長，大小島嶼星羅棋佈。很早以前，南越先民就已經使用平底小舟，在海上從事漁業生產。在廣州，今天仍能看到秦漢的造船工場遺址，能看到古船廠的滑道、枕木，還出土有錛、鑿等鐵質工具。但我們卻看不到專家所說的「可以造出寬八公尺、長三十公尺、載重五六十噸的木船」。所幸的是，手工精巧的先民在漢墓隨葬品中，留下了他們的泥塑船模。這些陶船有前、中、後三艙，前艙低矮寬闊，篷頂為拱形；中艙略高，成方形；後艙稍狹而高；船尾還有一間矮小的尾樓。據說，這種船吃水深，負載量大，適合深水航行。但我沒見到有塑有風帆的陶船。

據《漢書・地理志》載「自日南障塞、徐聞、合浦船行……有譯長，屬黃門，與應募者俱入海市明珠、璧琉璃、奇石異物，繼黃金雜繒而往」。這個記載，說明至少從漢武帝時，南中國的船隊，已開始了跨洋遠航，甚至遠及印度。漢黃門譯長「繼黃金雜繒而往」，顯示出當時中國海外貿易靠的是黃金和絲綢。漢代之前，中國是世界上唯一種桑養蠶和掌握絲綢紡織技術的國家，絲織品自然成為主要輸出商品。不過，漢之後，魏晉南北朝時期，幾百年的戰亂，使中亞國家與中國的陸路絲綢貿易受到嚴重影響。於是，波斯人轉而改走海路，從中國南方進口絲綢原料。此時，波斯人已掌握了絲綢的加工技術，他們從中國大量進口生絲和素錦，進行織染加工，然後轉手高價賣給羅馬。

西元三三〇年羅馬帝國一分為二，君士坦丁堡的東羅馬帝國，不滿波斯從絲綢貿易中盤剝，於是，也通過海上絲綢之路自己進口絲綢原料，並在現今的敘利亞地區建立起了自己的絲綢加工業，以此對抗波斯的商業封鎖。五五〇年左右，東羅馬人又成功地將蠶桑卵種移植到君士坦丁堡，使桑蠶養殖業在國內迅速建立起來，隨後，絲綢生產技術進入西方其他地區。

此時，不獨東羅馬、波斯開始自己生產絲綢製品，印度的細棉平紋布，也受到歐洲人的追捧。因為這種三尺寬的細紋布可以從一個戒指中穿過去，羅馬人稱其為「雲霧紗」。這種布在羅馬人追求透明服裝的時代，是最走俏的東方商品。

漢代以來，中國的所謂貿易即是朝貢，一是中國政府派使團出訪，二是外國政府遣使來訪。所以，這一時期的中國海上絲綢的貿易量有多大，是否統治了西亞市場，還是一個未知數。

中國真正的海上商貿活動，還是唐宋以來的商貿活動最為興旺，而那時的大宗貿易，陶瓷已佔了主流。這種情況，甚至沿續至元明兩代。因而，轉借陸上的絲綢之路，指稱海上貿易為「海上絲綢之路」，多少有些勉強。

在海底沉睡千年的南海一號，二〇〇七年隨沉箱移步水晶宮之後，我專程趕去一睹其真容：目前發掘的這兩百多件文物，主要是福建德化和江西景德鎮的瓷瓶、碗、碟等。景德鎮的瓷器色澤偏青色，而德化的瓷器則色澤潔白。根據發掘的情況分析，在船體的表層下面，還有大量的瓷器存在，它們整齊疊放在一起。估計，此船至少有六萬多件瓷器。而在波斯的古代圖畫中，我們也可以看到青花瓷的突出形象，從另一個角度印證了，中國瓷器是古代波斯最受歡迎的商品。

同樣，我還關注了關於勿里洞沉船的專著：勿里洞沉船是一九九八年德國打撈公司在印尼勿里洞島海域發現的一艘滿載貨物的唐代沉船，船上裝載著運往西亞的中國貨物，僅中國瓷器就達到六萬七千件。這次打撈出水大量長沙窯瓷器、金銀器和三件完好無損的唐代青花瓷盤。這艘沉船被打撈後，文物長期處於保密狀態。二〇〇五年，最終以三千五百萬元的價格，整體賣給了新加坡政府的學術機構。作為新建的海洋博物館的展品。因出水長沙窯瓷碗上帶有唐代寶曆二年（八二六年）銘文，結合船上的八角茴香的碳十四測定等考證，沉船的年代被確認為九世紀上半葉。

從南海一號和勿里洞沉船打撈出的文物看，至少在唐、宋時期，中國的外銷產品是以瓷器為主，次之為香料，當然，絲綢製品也有一些，但不是主流。

值得注意的是，中國的海上貿易，在唐宋時代是雙向的。勿里洞沉船，據專家考證就是一艘阿拉伯沉船。此時的西亞，絲綢早已不是神秘的寶物，這裡早在唐以前，就已來料加工絲製品了。波斯的絲製品，甚至，還有返銷於中國上流社會的。這一時期，西亞主要是從中國進口陶瓷。勿里洞阿拉伯沉船上出土的文物中有百分之九十八是陶瓷。

唐代的陶瓷，沒有宋代那麼講究，但產地與品種都極為豐富。勿里洞阿拉伯沉船上的陶瓷就燒造於中國的各個窯口。其中長沙窯的數量與品種最多，如日常生活用品中的壺、瓶、杯、盤、碗、枕、燈等。其藝術裝飾主要表現在釉下及釉中彩繪、印花、模印印花、模印貼花、堆花、刻花、彩色斑點等手法的運用。紋飾有花草紋、鳥獸、魚、人物、園景等。特別值得一提的是長沙窯器大量採用文字作裝飾，這在當時是一大創舉。另外，也有以詩和商品宣傳文字為題材的裝飾（圖6.7），有的瓷器上還寫有「茶盞子」字樣。

圖6.7：

勿里洞阿拉伯沉船上的陶瓷就燒造於中國的各個窯口，其中長沙窯的數量與品種最多，其中還有以漢詩文字為裝飾的陶瓷。

圖6.8：

泉州一九七三年出土的三十四公尺長的宋代海船，可裝載兩百噸的貨物，相當於絲路上七百頭駱駝的承載量。海船借助季風，即使是去東非，一百六十天也就夠了。東西貿易無論是速度上，還是運量上，海上運輸都是陸路運輸所無法比擬的。

比之勿里洞沉船，南海一號打撈出的陶瓷製品要高級多了。目前一期打撈出來的瓷器有兩百多件，有中國瓷都景德鎮的產品，也有福建德化窯的產品。

勿里洞沉船和南海一號出口的陶瓷，還有一個明顯的特點，就是這是一批出口方向明確的商品。比如，勿里洞沉船中的一些器物裝飾，已具有明顯的伊斯蘭元素，看得出它們是以伊斯蘭工藝品為模板，為迎合伊斯蘭市場製作的，甚至可以說它們是專為中亞國家而生產的。而在南海一號發掘的文物中，也可以看到帶有雞冠花紋的石硯台，雞冠花紋石硯台倒置後是一個高腳玻璃杯的造型。據專家介紹，雞冠花紋和高腳酒杯是當時阿拉伯世界的流行紋飾。

這些打撈出水的文物告訴我們，這兩條沉船的出口目標是中亞，而不是歐洲。它間接地為我們提供了古代中國海上貿易的主要商品、客戶群體、商品集散地點。值得一說的是，海上貿易遠遠超過了路上的所謂絲路之路的作用。我們僅以泉州一九七三年出土的三十四公尺長的海船（圖6.8）為例，這艘船可裝載兩百噸的貨物，相當於絲路上七百頭駱駝的承載量。海船借助季風，即使是去東非，一百六十天也就夠了。東西貿易無論是速度上，還是運量上，海上運輸都是陸路運輸所無法比擬的。

繁忙的東西海上貿易，在宋元時代成就了中國名揚海外的澉浦、泉州、廣州等幾大世界級名港；開創了從南中國到南洋、印度、波斯、阿拉伯、東非洲的海上貿易之路，它是目前世界上已知的最長古代海上貿易之路。

不過，中國人與海洋的親密接觸，在接下來的改朝換代中，頻遭破壞。明代雖然有過開放式的海上交往，但就其根本還是以海禁為主的。僅明洪武七年（一三七四年）朝廷撤銷了泉州、明州、廣州三個市舶司，至洪武二十七年（一三九四年），連下四次「片板不許入海」的海禁令。宣德之後，更是回到閉關自守的老路上，最終沒能達成開放的共識。

晚明與清的海上貿易，更是乏善可陳。即使民間尚餘一點走私貿易的膽量，但「國際大環境」已不同宋元時代了。此時的中國以為關上大門，或是在海邊建幾個衛所，看住自家的船不要出海，不要與海外勢力勾結，就可與外部世界相安無事了。沒有料到，以前中國人興致勃勃地開闢的經廝六甲北上進入印度和波斯灣的商路，撞入了一夥接一夥的西方強盜。自一五一一年，葡萄牙人攻佔了廝六甲後，這條連接東西方的海上「絲綢之路」、「瓷器之路」，轉眼就變為了西方人改變世界的「香料之路」。對於中國人而言，更不應忘記的是它在一八四〇年前後，又變成了英國等西方列強，打入中國的「鴉片之路」，「殖民與奴役之路」……

所以，我們津津樂道的海上「絲綢之路」這個命名，它不僅在海上貿易史的意義上，不夠準確，而且，還過分強調了和誇大了古代中國並不突出的海上貿易，甚至作為一種不切實際的文化榮光。這樣就遮蔽了這條海路的商貿本質和我們在歷史中的錯誤與被動的經驗教訓。

唐宋市舶司，開放口岸的偉大開端

「在中國，出了個叫黃巢的人物，他從民間崛起，非皇族出身。此人初時，仗義財，後來便打家劫舍。他在眾多城市中，選擇了攻打廣州。攻破城池後，屠殺居民。這裡是阿拉伯商人薈萃的城市，所以，有十二萬寄居在城中的外國商人被殺，這個確鑿的數字是根據中國按人頭數課稅而算出的。此外，黃巢還把那裡的桑樹都砍光了，為的是讓阿拉伯各國從此斷掉絲綢的貨源。」——這是九世紀末阿拉伯作家所寫的《中國印度見聞錄》所記載的黃巢廣州屠城的歷史事件。

這則不見於中國文獻的海外記載，至少透露了三個重要的歷史訊息：一是黃巢廣州屠城是影響海外的一件大事，二是廣州番商至少有十幾萬人之多，三是廣州是黃巢非常看重的城市；而這三個訊息點都與廣州的特殊地位相關聯——它是古代中國第一個設立市舶使（司）的開放口岸。

據《唐會要》載，唐開元二年（七一五年），廣州已設有市舶使「嶺南市舶使右威衛中郎將周慶立，波斯僧及烈等廣造奇器異巧以進……」《新唐書・柳澤傳》中也有：「柳澤，……開元中，轉殿中侍御史，監嶺南選。時市舶使、右威衛中郎將周慶立造奇器以進」。這是史料中，關於朝廷管理港口貿易機構市舶使的最早記載。此中的「嶺南」是唐代十道之一的地名，它的管轄範圍約為今廣東，廣西大部份和越南北部，開元時嶺南道治就在廣州。

唐代國力強大，四夷賓服，番商紛紛來華貿易。廣州是南洋與印度洋番商來華停泊的第一站，因而成為中外貿易的核心港口。當時的舶來品有珊瑚、琥珀、琉璃、犀角、象牙、香藥等，番商在中國採購的商品有茶葉、陶瓷、絲綢等，進出口生意十分熱絡。於是有了「廣州刺史但經城門一過，便得三千萬也」（《南齊書・王琨傳》）之說。朝廷也正是看準了這一利益，在此設立了市舶使，這是古代中國海外貿易的劃時代創舉。

由於口岸開放，朝廷給予番商以種種優惠與保護，大食、波斯南洋諸國的商船，薈萃廣州。據統計，廣州每日有番舶十幾艘入港貿易。走私鹽商出身的黃巢，自然知道廣州的份量。在王仙芝戰死，他獨自統御十萬農民軍後，就以廣州節度使為招安條件與朝廷談判。朝廷也不是傻子：「廣州市舶寶貨所聚，豈可令賊得之」。欲討廣州節度使而不得的黃巢，於乾符六年（八七九年）攻打廣州，並在屠城數日後，又北上殺向長安。這一切，似應了黃巢當年不第後的「賦菊」：

待到秋來九月八，我花開後百花殺。
沖天香陣透長安，滿城盡帶黃金甲。

大唐與阿拉伯世界的紅紅火火的海上貿易，因黃巢之亂而停止。中國與番商的海上貿易的另一個春天，還要等「五代十國」半個多世紀的亂世過去，等到大宋王朝的到來。

趙匡胤建宋的第十一年，即開寶四年（九七一年），在消滅盤踞嶺南的南漢政權後，隨即恢復廣州的口岸功能，建立了大宋第一個海外貿易管理機構——廣州市舶司。緊接著，太宗滅掉割據江南的吳越政權後，又設立兩浙市舶司；真宗繼位，將兩浙市舶司分為杭州和明州市舶司。至此形成宋初的廣州、杭州、明州「三大市舶司」的格局。這三個貿易港中，廣州貿易量最大，約佔「三司」總收入的九成。

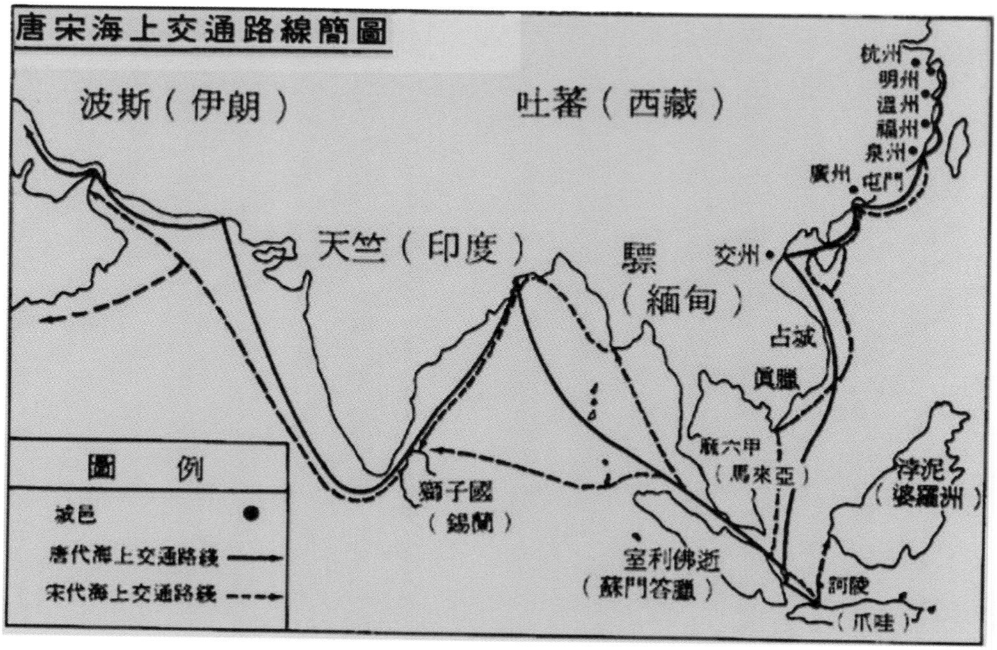

圖6.9：

唐宋市舶司和海上通道。

隨著海上商貿活動的發展，海上來的番商越來越多，大家不可能都到「三大市舶司」去辦理貿易手續，而設立市舶司顯然又是一項重要的生財之道，於是北宋中後期，又建立了秀州、溫州、陰州、澉浦、泉州、密州等市舶司。尤其是密州市舶司的建立，使北方沿海終於有了一個國家級的「海關」，形成從北到南的較完善的口岸佈局（圖6.9）。一千多年過去，這些古老的市舶司遺址多已湮沒，唯泉州市舶司遺址的殘存部份水仙宮尚在。

唐代留給後人的口岸建設史料很不完整，連研究者也說不清，唐代的廣州市舶使在職能上是否等同於宋代的廣州市舶司。但宋代就完全不同，不僅市舶司一個接一個的建立，有著完整佈局，還有相對完整的管理系統。

雖然，宋代沒有全國統一的市舶制度，

但其經濟職能還是十分清楚的。如，閱貨、抽解（徵收舶稅：通常是十分抽解二分）、禁榷（對某些商品實行專賣）、博買（收買舶貨：官府抽買以後，剩餘的貨物，才可賣給商民。通常為抽買十分之三）等。此外，還有治理港口、接待和管理外商、組織祈風、剿滅盜賊等。

北宋前期的市舶長官和唐朝一樣，也稱市舶使，其職由所在地知州兼任；北宋後期，市舶司地位不斷提高，改設專職提舉市舶。不斷升級的市舶司，都反映出宋代海外貿易的興盛和朝廷對市舶貿易的重視。《宋會要》記高宗詔曰：「市舶之利甚厚，若措置合宜，所得動以百萬計，豈不勝取於民，朕所以留意於此，庶幾可以少寬民力爾。」

市舶制度拉動了海上貿易，當時與宋貿易的國家有五十多個，中國商人主動出海貿易的國家也有二十多個。口岸繁榮，也帶起了都市商業，黃河沿岸的長安、洛陽及黃河與運河交會之汴州、南方的揚州、廣州、泉州、杭州等，都出現空前的繁榮景象。

7 蒙元擴張，東學東來

蒙元帝國的陸海擴張與國際視野

中國文化中的虛妄，至少有兩點，是對不起子孫的。一是亂認祖宗，或者說製造祖宗，君可見每年清明時，各地紀念人文始祖的亂象。二是替祖宗說話，比如「和平崛起」，本是一種當代追求，但為了迎合當下需要，一些學者把列祖列宗也歸為「和平崛起」一族。在中原之內，通常不提秦滅六國；在世界之內，通常不提蒙元擴張。

古代與現代是兩個完全不同的社會發展階段，遮蔽歷史、虛擬祖先的想法，是對歷史與子孫的不負責任；而迴避和遺忘蒙元王朝，就會丟掉中國最大的「開放」經歷，使我們研究古代中國的天下觀或世界觀時，出現不應有的斷層。所以，有必要回望一下古代真正屹立於世界之林的蒙元往事。

伏爾泰曾說過「蒙古帝國給歐洲留下的只有馬糞」，蒙元與世界的關係確實是在鐵蹄下展開的。這種擴張從「蒙」的時代就開始了，一二〇六年，經過鐵血整合的蒙古各部族，推舉鐵木真為大汗，即成吉思汗，建立蒙古汗國。從此，蒙古鐵騎便以牧羊放馬的姿態向西推進。關於這一段的歷史，波斯歷史學家拉施特的《史集》，提供了比《元史》更加寬闊的視角，尤其是書中那些插畫形象地記錄了蒙古鐵

圖7.1：

波斯歷史學家拉施特的《史集》是研究中世紀亞歐各國歷史，特別是蒙古史和中國古代北方少數民族史，以及研究古代遊牧民族社會制度、族源、民族學的重要史料，書中插圖描繪了蒙古西征中用木枷押送戰俘的場景。

騎血腥擴張的歷史（圖7.1）。

經過三次大規模的血腥西征，蒙元帝國打出了自己的版圖——如《元史・地理志》所言：「自封建變為郡縣，有天下者，漢、隋、唐、宋為盛，然幅員之廣，咸不逮元。漢梗於北狄，隋不能服東夷，唐患在西戎，宋患常在西北。若元，則起朔漠，並西域，平西夏，滅女真，臣高麗，定南詔，遂下江南，而天下為一，故其地北逾陰山，西極流沙，東盡遼左，南越海表。蓋漢東西九千三百二里，南北一萬三千三百六十八里，唐東西九千五百一十一里，南北一萬六千九百一十八里，元東南所至不下漢、唐，而西北則過之，有難以里數限者矣。」此外，蒙元帝國還在戰爭中將俄羅斯、地中海東岸、兩河流域、波斯與印度西北收入自己的勢力範圍。

蒙古王國家底不厚，全靠自然經濟生存，建立大元之前，甚至連商品交換都不懂。一二七一年，忽必烈公佈《建國號詔》，取《易經》中「大哉乾元」之意，正式建國號為「元」。建立大元後，蒙元政府極需強有力的經濟支撐。所以，蒙元政權一方面，不斷擴大陸上地盤，建立最大的陸路帝國，同時，不斷開展海上征戰，企圖建立海上帝國。

通過和親的方式，蒙元先與高麗王建立了良好的朝貢關係，但日本則對新興的蒙元王朝不理不睬，並拒絕朝貢。一二七四年忽必烈命忻都掛帥東征，統蒙軍兩萬、高麗軍五千六百人、高麗六千七百名水手，計三萬兩千大軍，從朝鮮半島的合浦，攻過對馬海峽。蒙元大軍打敗日本十萬抵抗軍後，不願跨海戀戰，很快撤回中國大陸。但日本並沒因此而被嚇倒，依然在高麗東南沿海不斷襲擾。一二八一年，應高麗王請求，元世祖再次攻打日本，忻都統蒙漢及高麗軍四萬人，戰船九百艘，東路取道高麗，南路從慶元（寧波）跨海，兩路進攻日本。但由於不善海戰，又遇颱風，這次攻打日本，終以失敗而告終。

日本沒有打下，但忽必烈海上擴張之心並沒收斂，至元十五年（一二七八年），他詔行中書省唆都及蒲壽庚等：「諸番國列居東南島嶼者，皆有慕義之心，可因番舶諸人宣佈朕意。誠能來朝，脫將寵禮之。其往來互市，各從所欲。」但朝廷赴爪哇通款的使者，卻被爪哇國刺面遣回。元朝遂派遣史弼等率海船五百艘征伐爪哇。

一二九二年，從福建、江西、湖廣徵集的戰船，由泉州出發，直抵爪哇。爪哇國斯時正與鄰國開戰，他們利用降元為條件，請元朝大軍幫助他們打敗鄰國。後又巧妙施計，打敗失去警覺的元軍。最後，損失三千人的元軍，只好退回國內。這場跨海遠征的海戰以失敗告終。

儘管忽必烈東征日本、西征占城（今越南）、南征爪哇都以失敗告終。但從海洋戰略的角度看，忽必烈以攻代守的策略，還是具有現代眼光的。同時，這裡還藏著另外一份海洋經略：即打通中南半島過麻六甲至阿拉伯半島的海上通道。

自忽必烈自立為汗，推行「漢法」以來，許多蒙古貴族拒絕歸附忽必烈，並導致成吉思汗的兒孫統

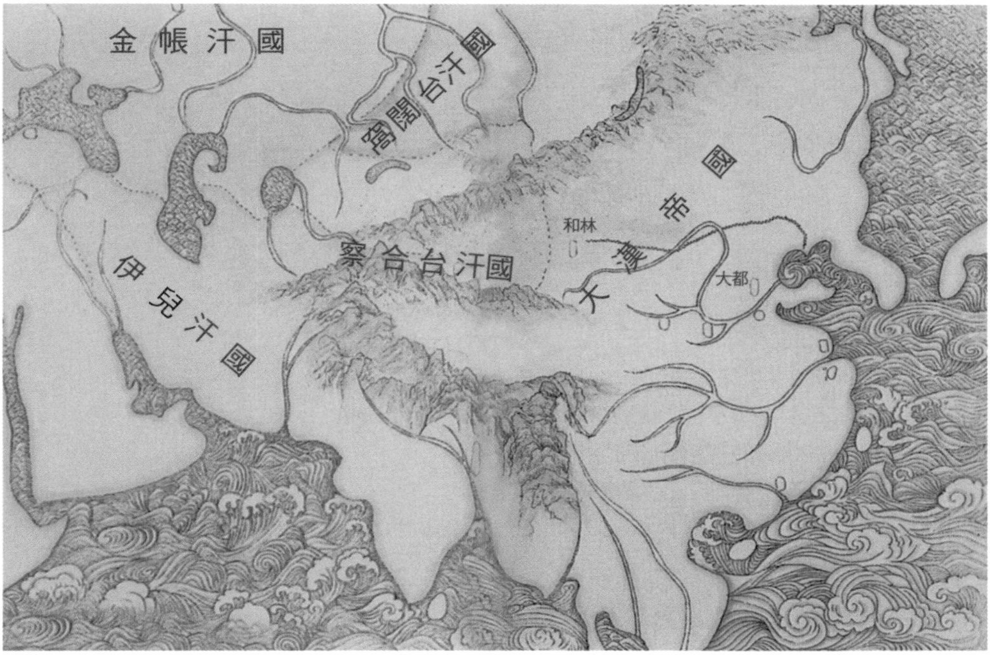

圖7.2：

蒙元帝國及四大汗國疆域圖。

治著的「四大汗國」紛紛脫離蒙元中央政府的統轄，各自發展成為互相獨立的國家（圖7.2）。雖然，蒙元政權與這些汗國關係緊張，但它一直沒有放棄通過幾個汗國控制中亞的努力，在陸路因戰亂而不便通行之時，從海上進入伊兒汗國的航路就顯得非常重要了。所以，開拓這條海上通道的政治、經濟及外交上的意義，既即現實又深遠，更不是後來所說的「海上絲綢之路」所能涵蓋的。

成吉思汗和忽必烈的許多不義之戰，確實給鄰國帶來了巨大而持久的災難。但它在客觀上，擴大了帝國的「國際視野」和「國際聲望」，也吸引了義大利的馬可羅波和北非的伊本・白圖泰（**Ibn Baṭūṭah**）等人的東方旅行，進而通過這些海外旅行家，又將中國神話般地介紹給西方世界，再度放大了中華帝國在世界上的影響力。

或許，這就是蒙元王朝魔鬼般的魅力。

開發海道北運漕糧

雖然，蒙元一朝起家於馬背之上，但卻深知海上之利害。忽必烈定帝國京師於大都後，朝廷需要大量的糧食來使這個新的中心城市運轉起來，所以，一方面仍用傳統的運河，北上運糧，另一方面緊急招募海運水師著手解決海運漕糧問題。因為海運比運河漕運節時省錢。這段重要的開發海洋的歷史被詳盡記錄於《大元海運記》之中。

元文宗至順元年（一三三〇年）朝廷命奎章閣學士院負責編纂大型政書《皇朝經世大典》（即《元經世大典》）。趙世延任總裁，虞集任副總裁，次年五月修成。全書八百八十卷，目錄十二卷，附公牘一卷、纂修通議一卷。《大元海運記》即出自《皇朝經世大典・海運》。它是一部記載元代海運漕糧活動的專志，其中保存了許多有關海漕事業的原始資料。

《大元海運記》共二卷。上卷為分年紀事，收錄有關海運漕糧的案牘文件之類。下卷為分類紀事，分為歲運漕糧數，江南及南北倉鼠耗則例，海運水腳價鈔，海漕水程，航道設標、潮汛氣象觀察等項目。記述自長江口直達天津航道的水流、沙淺、島嶼以及全程所需時日。

《大元海運記》公正客觀地記述了朱清、張瑄為海道漕運所做的貢獻。為何說其公正，因為朱清、張瑄出身皆為海盜。南宋將亡之時，宋將朱清加入了海盜張瑄的隊伍，並被尊為軍師。當朱清得知朝廷籌建海運隊伍的消息後，就勸說張瑄改邪歸正，降元為官。

朱、張二人降元後，至元十三年（一二七六年），丞相伯顏首次派遣他倆載運從南宋掠走的大量皇室庫藏圖書，從南方海道運抵京城。此時，恰逢朝廷決議海運漕糧，伯顏旋即推薦了朱清、張瑄二將，兩位南宋海盜搖身一變成了元廷海運大員。元世祖至元十九年（一二八二年），朝廷命海道總管羅璧，偕同朱清、張瑄等，造平底沙船六十艘，試運糟糧六萬四千石。由此打破了七百多年南北中國靠運河河運的歷史格局，揭開了元代大規模海道運糧的序幕。

朱清、張瑄也不孚蒙元冀望，很快就將年運糧四萬石，提升至一百六十萬石。朝廷遂將朱、張提升為都督海運萬戶府事。此後，朱清因功又加官為江浙行省參知政事、江南行省左丞。張瑄也累官至驃騎衛上將軍、淮東道宣慰使（一三〇三年因犯行賄罪，朱清在獄中自殺，張瑄被處死）。

大元的海道漕運，除朱清、張瑄二位功臣之外，還有他們麾下的「五虎將」，即五位海運萬戶：黃真，官昭武大將軍，海道運糧正萬戶，佩三珠虎符；劉必顯，為信武將軍，海運副萬戶；殷明略，始為海運千戶，後升副萬戶；徐興祖，為昭勇大將軍，海運副萬戶，追封東海郡侯，謚宣惠；虞應文，朱清女婿，海運副萬戶。此中，要特別一提的是殷明略，他是大元海運新航線的真正開闢者。

海上運糧並非蒙元一朝開創，春秋戰國時候就已經有了，那時的船隻，僅來往於沿海各地之間，一般途程較近。唐朝時候，朝廷也曾調運南方的糧食到河朔和遼東，但海運航線僅是近岸海道。元代的海道漕運，北至直沽（俗語說，先有大直沽，後有天津衛），東至高麗，是遠離大陸的真正的海洋運輸。

據《大元海運記》所記，至元十九年（一二八二年）由朱清等人的海運船隊，開闢航線是：自劉家港（在今江蘇太倉）北經崇明入海，沿著海岸線航行，最後到達直沽。此為近岸航線，沿途曲折危險，航程長達一萬三千三百五十里，航期快了要兩個多月，慢了一年半載。一二九三年（至元三十年），海運千戶殷明略，在海運漕糧赴高麗的過程中，又探出了一條新的海道：從劉家港入海，至三沙、崇明後

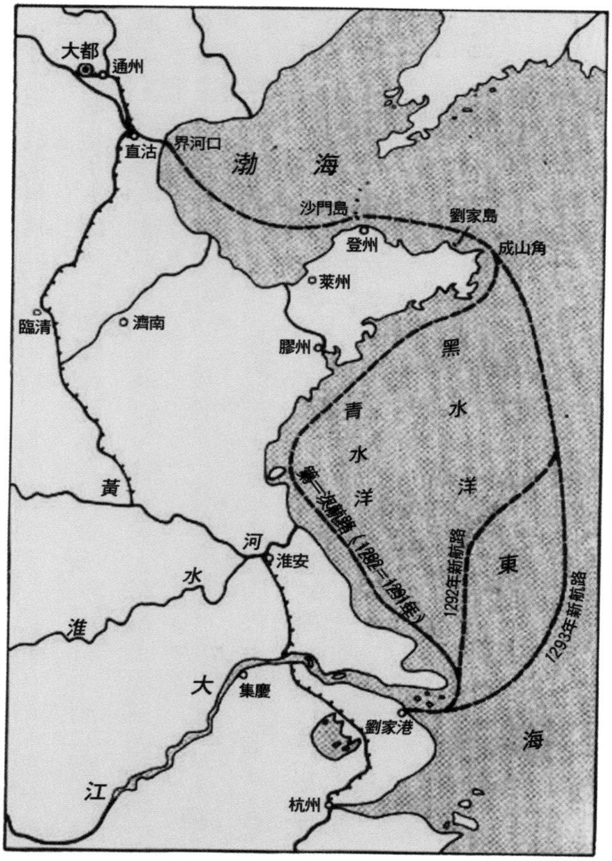

圖7.3：

元代海運航線示意圖，主要表現了兩條航線：一條是自劉家港入海，沿著海岸線航行，到達直沽。一條是從劉家港入海後，入黑水洋，越過東海，再繞山東半島尖端進入渤海灣。前者最快也要兩個月到達，後者順風僅需十天，即可駛抵直沽碼頭。

入黑水洋，在深水中越過東海（今黃海），再繞山東半島尖端進入渤海灣。由於航道便捷，「當舟行風信有時，自浙西至京師，不過旬日而已」，順風僅需十天，即可駛抵直沽碼頭（圖7.3）。

從至元三十年（一二九三年）起，元廷啟用了殷明略所開闢的新航路，航程大大縮短，海道漕運也改為春、夏兩季開運。為此，元廷曾下詔，命造「一千艘能涉大海，可載四千石」的海船。元代海漕船大致兩類：一類是平底沙船，稱為「遮洋船」，可載八百石；另一類是較大海船，稱為「鑽風船」，船之「大者五千料，中者二千料、一千料，小者四百料」。這種船大大提高了運力，所運糧食也從原來的年運數十萬石猛增至一百多萬石。從一三〇九年起，年運兩百萬石以上。到一三一九年，每年運糧常在三百萬石以上。最多一年，自劉家港發運的漕糧高達三百五十萬石。

太倉港也因此成為百萬海運倉，名揚天下。直到明朝，還有景泰年間的進士、監察御史高宗本詠詩讚嘆：

雕甍接棟春何在，野草含煙綠更長。
戍鼓聲乾逃雉兔，征旗影落下牛羊。
元戎功業難為繼，獨對寒潮酹一觴。
百萬當年海運倉，可堪風雨變荒涼。

「官本船」創建海上商貿新模式

一二七一年建元後，蒙元大軍揮師南下，又用了八年時間，徹底消滅南宋。在收復的浙、閩等地之後，漫長的南中國海岸，已盡在蒙元朝廷的掌控之中。於是，新王朝開始大舉恢復和興辦海運事業：在國內，蒙元一朝開闢了有史以來最輝煌的海運漕糧事業；在海外，蒙元政府在繼承大宋市舶司的同時，又創建了全新的「官本船」海上商貿模式。

宋代海上貿易已相當發達，朝廷特在幾個重要的港口設立了相當於今天的海關的「市舶司」，其中尤以四州——杭州、明州（南宋稱慶元）、泉州、廣州的四大市舶司為最盛。蒙元一朝繼承了宋代海港開放的家底，又在此基礎上開發了澉浦、太倉等港口，使太倉不僅成為海運漕糧的「百萬海運倉」，而且成為中外聞名的「六國碼頭」。據《元史・市舶》載「至元十四年，立市舶司一於泉州，令忙古解領之。立市舶司三，於慶元、上海、澉浦，令福建安撫使楊發督之」，四大市舶司的設立，使這些港口成為「遠涉諸番，近通福、廣，商賈往來」的「衝要之地」。

當時東部的慶元市舶司，主要是對日本和高麗貿易，由於日本不肯臣服大元，拒絕入貢，曾使忽必烈兩次征討日本。所以元廷的市舶司對日本商人多抬高稅價，貿易不很暢順。但蒙元與高麗關係相對好些，海上貿易也因此活躍。高麗運來的貨物多以人參、紅花、茯苓等藥材為主，其次是虎皮、獸皮等。還有蒙古人喜歡的新羅參、高麗松子，商貿貨物多屬今天所說的「土特產」。高麗而從中國販走的貨物，則多是輕工產品，如，瓷器、絲綢、文房四寶，最為重要的是高麗商人文益漸，在與太倉人貿易時，偷偷帶走了棉花種子，此舉對解決高麗衣服穿著具有劃時代的意義。

對西洋的貿易，以刺桐（今泉州）港名氣為大，同埃及的亞歷山大港，並列為當時世界兩大港口之一。這一點，我們在西方最著名的中世紀世界地圖——「加泰羅尼亞航海圖」中可以看到。在這幅西班牙繪圖師於一三七五年繪製的航海圖上，中國被描繪成一片富裕的大地，大汗的京城（北京），南方的刺桐港，皆在其中，可見刺桐港當年在西方世界的影響。

國家在口岸城市設立管理商業船運及貿易的行政機構十分必要，但更重要的是，還要有一套行之有效的出海貿易政策。瞭解世界航海史的人都知道西方大航海興起的一個重要的經濟條件是，皇家與商家合作出海探險，而後利益分成。它的第一個成果，就是一四九二年哥倫布為西班牙發現了新大陸。雖然，古代中國在世界航海史上沒有任何發現可言，但官商合作出海的制度建設與實踐，卻要早於西方兩百多年。

在航海技術不發達的時代，海上貿易是高利潤與高風險並存的，個人辦海運，僅造海船一項，不是大戶商家，根本承受不了。此外，還有易貨資本、海上費用等等。如何化解風險，提高利潤，中國的歷朝歷代都沒拿出辦法。沒人能想到，最後解決這個問題的竟然是騎馬打天下的蒙元王朝。至元二十二年（一二八六年），元廷接受了中書右丞盧世榮的建議：朝廷銀根吃緊，可依市舶貿易原則，實行「官本商辦」的海外貿易「官本船」制度。

據《元史・食貨二》記載：「官自具船給本，選人入番貿易諸貨，其所獲之息，以十分為率，官取其七，所易人得其三」、「凡舟楫糗糧，物器之須，一出於君，不以煩有司」，這樣「上可裕國，下不損民」。如是一來，出海船為「國有」，貿易本錢是「國資」；而其貿易所得，百分之七十歸「國庫」

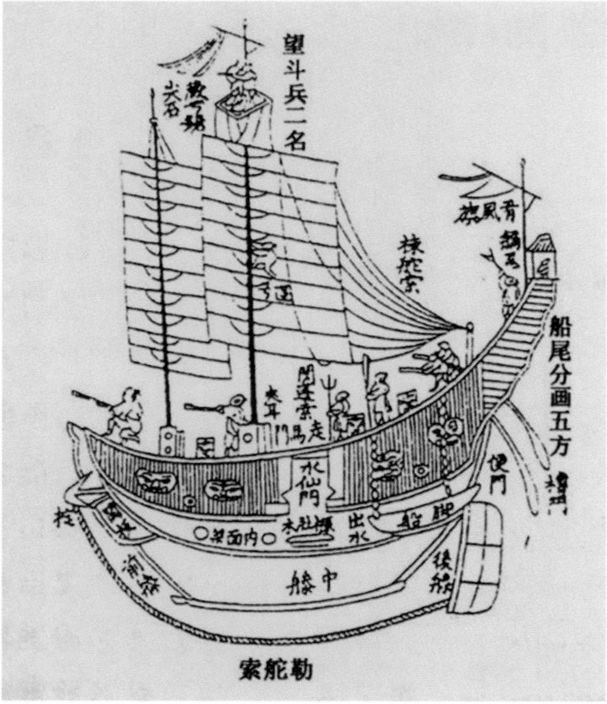

圖7.4：

「官本船」大多是「福船型」的遠洋海船，福船有多個分隔開來的密封艙，故能抵擋遠洋風浪。

所有，百分之三十則為己所得，商船盡可放心拓展海上貿易了。這種「能救鈔法，增課額，上可裕國，下不損民」的國有民營辦法，唐、宋兩代均未實行，實是元朝廷首創，在當時的國際海洋貿易上，也處於「領先地位」。

「官本船」大多是「福船型」的遠洋海船，福船有多個分隔開來的密封艙，故能抵擋遠洋風浪（圖7.4）。這種遠洋大船在開放的經濟政策鼓舞之下，把大批的阿拉伯、波斯與印度等地的香料、藥材等貨物運至中國，以致「來華商賈不絕於途」；而中國著名的絲綢、瓷器亦被大批地運往海外，甚至幾經轉運販賣遠及歐洲。

「官本船」政策由至元二十二年（一二八六年）實施，至英宗至治三年（一三二三年）頒佈「聽海商貿易，歸徵其稅」而止。此後「官本船」制度再沒有大規模推行過。但作為餘波，元政府偶爾也以種種方式向海外派出官方貿易船，如順帝元統二年（一三三四年）「十一月戊子，中書省臣請發兩艅船下番，為皇后營利」。後至正二年（一三四二年），有人試圖恢復這種貿易，即遭到權臣的反對，「恐遠夷得以窺中國，事遂已」。至此，官本船制度無論在形式上還是在實際操作上均告結束。

「官本船」制度實施不足半個世紀，但在元朝內政外交上，功高至偉。首先是它支持了國家經濟，有史料記載，剛剛實行了幾年官本船，至元二十六年，僅江淮行省的市舶稅就達「珍珠四百斤，黃金三千四百兩」，倘若匯總全國各大口岸，稅銀就相當可觀了。再以明州港的進口舶貨為例，宋代《寶慶四明志》記載的進口貨物為一百七十餘種，而元代《至正四明續志》記載的舶貨為兩百二十餘種，比宋代增加了五十餘種。這兩項差距充分說明元代貿易活動的範圍已遠遠超過了前代。

「官本船」開拓的海上貿易，不僅影響了經濟，也引領了「時尚」。由於打通了波斯灣的海上商路，波斯的地毯、波斯布和產於印度、東南亞的平紋細布等「西洋布」源源流入中國，使得富足人家皆以「西洋布」為饋贈佳品。元末著名隱士、詩人謝應芳曾有《全僉憲自黃州以西洋布遺騎見惠，作詩謝之》一詩，形象地描述了他收到「西洋布」禮品的有趣情景：

十月北風方怒號，
故人西布似綈袍。
遠勞使者傳書信，
笑看家人落剪刀。

敢為天下先的澉浦楊氏遠洋貿易

多少年來，教科書與相關宣傳都將明代的「下西洋」，解說成史無前例的遠洋活動，而將前朝的海外探索統統忽略不計。實際上，至少在元代，中國人的遠航帆影就已出現在波斯灣、紅海，甚至是東部非洲。這裡僅以澉浦（今天浙江海鹽）楊氏三代（楊發、楊梓、楊樞）的海上貿易活動為例，略證一下大元「公私合營」的「下西洋」。

事實上，明朝並沒有否認前朝的遠洋貿易活動，而是在多種文獻中詳細記載了大元與「西洋」的關係。據《明一統志》載：「澉浦在海鹽縣南三十六里，《水經》云：谷水於縣出，為澉浦。以通巨海。晉光熙初嘗有三毛人集於此，蓋泛於風也。元至元間，宣慰楊耐翁，居此構屋，招集海商居民貿易，遂成聚落。洪武中亦築城浦上。」這裡所說在澉浦招集海商的宣慰楊耐翁，即楊梓。

楊梓的父親楊發，曾任南宋利州（今四川廣元）刺史、殿前司選鋒軍統制官、樞密院副都統等職。蒙元南下滅了南宋以後，楊發降元，改授明威將軍、福建安撫使，領浙東西市舶總司事。《元史・市舶》載「至元十四年，立市舶司一於泉州，令忙古解領之。立市舶司三，於慶元、上海、澉浦，令福建安撫使楊發督之。」

據《海鹽縣志》載，楊發、楊梓兩代，皆亦官亦商，是澉浦以海運起家的豪門富室。「楊發其家復築室招商，世覽利權。富至僮奴千指，盡善音樂。飯僧寫經建剎，遍二浙三吳」。楊家不僅是擁有私家樂隊的富商，楊梓本人還是一位著名的「南戲」劇作家，是崑曲前身「海鹽腔」的創始人之一。

東部沿海港口，宋代的貿易對象主要是日本與高麗。楊梓早年也主要從事對日本和高麗等國的海上貿易，間或也做南洋的生意。後來，因熟悉南中國海路和東南亞風情，還參加了元代入侵爪哇的海上戰爭，為元廷海上遠征軍導航。招諭歸來，受封為安撫總司，後又任杭州路總管。

楊氏一門亦官、亦商、亦文，是江南望族，所以後世的文史典籍中多有都關於楊家的記載。其中，最為中外交通史學者所樂道的是楊梓之子楊樞。楊樞因經營海外貿易而著名，因為經營「官本船」有方，官封海運千戶，還受到了忽必烈的接見。他的事跡載於：元代史臣黃溍所寫的《松江嘉定等處海運千戶楊君墓誌銘》。這篇著名的「墓誌銘」全文刊載於《四庫全書》所收的《金華黃先生文集》卷三十五》中。金華黃先生即黃溍，他為楊樞寫的這「墓誌銘」，不算太長，這裡錄下全文：

楊氏之先世有顯人，宋之盛時，有自閩而越，自越而吳，居澉浦者。累世以材武取貴仕。入國朝仕益顯。最號巨族。今以占籍為嘉興人。君諱樞，字伯機。贈中憲大夫、松江府知府、上騎都尉，追封弘農郡伯春之曾孫。福建道安撫使，贈懷遠大將軍，池州路總管，輕車都尉，追封弘農郡侯發之孫，嘉議大夫，杭州路總管致仕梓之第二子。母陸氏。所生母徐氏。陸以封，徐以贈，並為弘農郡夫人。徐夫人溫之宦家女，生君甫數歲而沒。陸夫人撫君不啻如己出。君警敏，長而喜學。一不以他嗜好接於心。自刮摩豪習，謹厚自將。未嘗有綺紈子弟態。其處家雖米鹽細務皆有法。僕隸輩無敢以其年少而易之。諸公貴人，多稱其能。大德五年，君年甫十九，致用院俾以官本船浮海至西洋。遇親王合贊所遣使臣那懷等如京師，遂載之以來。那懷等朝貢事畢，請仍以君護送西還。丞相哈喇哈斯達爾罕，如其請奏。授君忠顯校尉，海運副千戶。佩金符與俱行。以八年發京師，十一年乃至其登陸處。曰忽魯模思云。是役也，君往來長風巨浪中，歷五星霜。凡舟楫糗糧，物器之須，一出於君。不以煩有司。既又用私錢市其土物，白馬、黑犬、琥珀、蒲萄酒、番鹽之屬以進。平章政事察聃等引見宸慶殿而退。方議旌擢以酬其勞，而君以前在海上感瘴毒，疾作而歸。至大二年也。閱七寒暑疾乃間。尋丁陸夫人憂。家食者二十載，益練達於世故，絕圭角，破崖岸。因自號默默道人。泰定四年，始用薦者起家為昭信校尉，常熟江陰等處海運副千戶。居官以廉介稱，被省檄，給慶紹溫台漕挽之直。力剷宿蠹棓克之弊，絕無所容。天歷二年，部運抵直沽倉，適疾復作，在告滿百日歸。就醫於杭之私廨。疾愈劇，不可為。俄升松江嘉定等處海運千戶，命下，君已卒。至順二年八月十四日，其卒之日也。享年四十有九。娶劉氏，南渡名將，太師鄘王光世之裔。前四年卒。贈嘉興縣君。初，君有三子。俱未齔而夭。奉父命，以弟之子元德為之子。後乃有子曰元誠。君卒時，元誠生二年矣。元德卜以元統二年正月某日，襄袝事於泊櫓山先塋。東百步與嘉興縣君，兆合君，從父兄，朝列大夫同知集慶路總管府事，清孫實志其壙。而墓道之石，未有所刻。元德以狀來謁銘，乃序而銘之。序所不能悉者，志文可互見也。君平生所賦詩，有遺稿藏於家。

由「墓誌銘」可知：楊氏家族，世代為官，由閩遷吳，居於澉浦。楊樞乃楊梓之次子，雖生於大戶人家，卻警敏好學。大德五年（一三〇一年），年剛十九的楊樞，即被委任為官本船代理人，遠赴印度洋經營海外貿易。從波斯灣忽魯模斯港返航時，巧遇合贊王派使大元，遂帶領使者於一三〇三年平安到達中國。這些使者，在大都覲見元成宗後，請求中書省左丞相哈喇哈斯達爾罕，批准他們乘楊樞的海船返回波斯灣。元朝廷答應了這一請求，並特封楊樞為忠顯校尉、海運副千戶，授予佩帶金符的榮譽，讓他以官員的身份護送使者回國。大德八年（一三〇四年）初冬，季風勁吹，楊樞船隊出發，旅途歷經艱險，直到大德十一年（一三〇七年）才抵達忽魯模斯港。第二年，楊樞返回大都述職。在護送使臣的同時，楊樞也作海上貿易，從波斯諸國進口的貨物有：白馬、黑狗、琥珀、葡萄酒、番鹽等等。

《海運千戶楊君墓誌銘》是元代中外關係史、航海史上的重要文獻。至少，有以下幾點值得關注：

一是元代的海港是開放的。「墓誌銘」所提到的楊氏所居的澉浦，地處杭州灣北岸，有內河直通蘇州、杭州、湖州、常州等地，海商們通過海河聯運把商品遠銷海外，是古代「遠通諸番，近通福廣，商賈往來」的重要商港，其建港歷史可遠溯宋代，在元代更是與慶元、上海、泉州等名揚海外的大港。

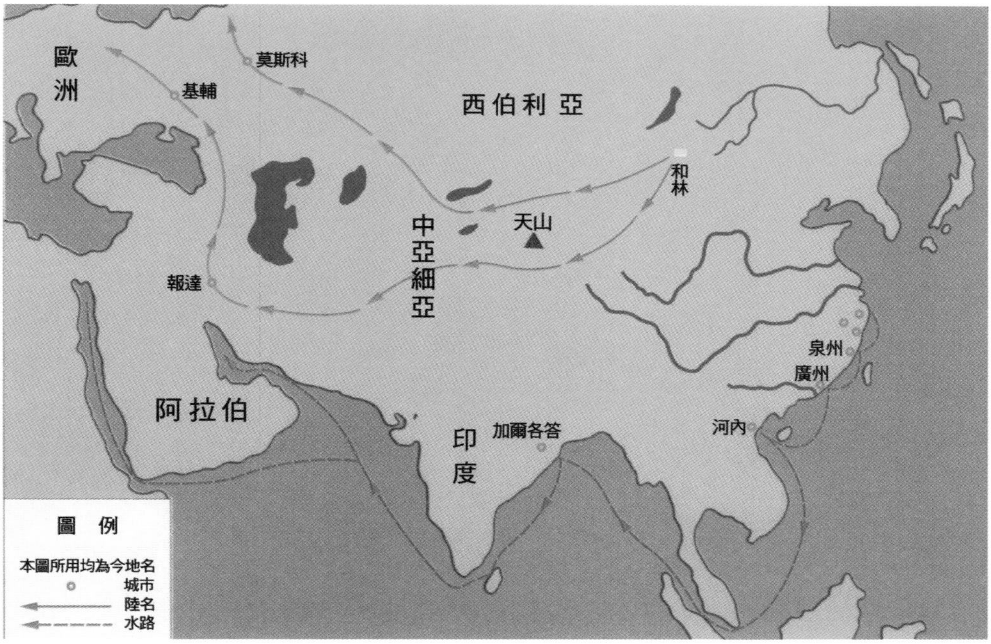

圖7.5：

蒙元王朝陸地與海上的對外交通路線示意圖。

二是元代是通過開明的「官本船」政策來鼓勵海上貿易的，楊氏家族從波斯灣「用其私錢，市其土物」計有阿拉伯馬、番鹽、琥珀、葡萄酒等。通過海上貿易與政府合作，楊氏即發了財，又升了官，「墓誌銘」所記的楊樞，即是千戶。

三是蒙元帝國與四大汗國及中亞海路暢通（圖7.5）。「墓誌銘」所記的忽魯模思島，（今伊朗東南米納布附近島嶼，臨荷姆茲海峽）遠離中土，但因蒙元在波斯領土上建立了伊兒汗國，雖然，後來因各種利益之爭已不統屬，但仍與元廷有著血肉之親。楊樞兩赴忽魯模思，使蒙元朝廷通過海路與西亞保持著密切的聯繫，也由此得到一些西方的訊息。

澉浦楊氏一門三代的南洋及波斯灣遠洋貿易，所標示的不是一個港口和一個家族的領先，而是一個朝代的先覺先行，而大明王朝的海上活動，完全是踩著大元這個遠洋巨人的肩膀完成的。

汪大淵：「中國的馬可波羅」

西方人不太瞭解，十四世紀中國與世界的關係，或者說，不瞭解元代中國對世界的描述。西方人熟知的是，這一時期西方到東方的威尼斯商人馬可波羅和摩洛哥旅行家伊本・白圖泰他們的偉大著述。相比較而言，世界對中國古代的旅行家，知之甚少，更令人遺憾的是中國對自己的古代旅行家，也是宣傳得太少，大眾只知道有個僅限於「國內遊」的明代旅行家徐霞客，而不知道元代就有了「中國的馬可波羅」——汪大淵。

其實，蒙元一朝是中國歷代王朝中，國際視野最寬的王朝。這一時期，西人東來創造了不曾有過的輝煌；而國人西去，也創造了不曾有過的輝煌。伊本・白圖泰的《異境奇觀》告訴我們，他到訪過中國的泉州；同樣，汪大淵的《島夷志》也告訴世界，他曾訪問過非洲，甚至，有可能到過伊本・白圖泰的故鄉摩洛哥（圖7.6）。

古代中國把全部智慧都投入到「四書五經」的考據之中，不重視海外地理作品的研究。以致今天，我們也找不到更多關於古代中國成就最大的旅行家汪大淵的資料，只有《島夷志》序言與後記中留下的星星點點的生平線索。

出生在江西南昌的汪大淵，少年即有遠遊大志，足涉半個中國。元代的海外商業活動帶來的海外訊息，促生了他對海外風土人情的興趣，苦於國內找不到介紹海外風情的書籍，於是，他毅然搭上商船出海旅行，去親身感受真正的「西洋景」。

圖7.6：

汪大淵的《島夷志》，清代之後改名《島夷志略》。由於元、明抄本均已亡佚，所以，今人見到的多是清代的《島夷志略》。

汪大淵於元天曆元年（一三二八年）至至順三年（一三三二年）和元統二年（一三三四年）至至元五年（一三三九年），先後兩次從刺桐港搭商船出海赴「西洋」旅行。「所過之地，竊嘗賦詩以記其山川、土俗、風景、物產之詭異，與夫可怪、可愕、可鄙、可笑之事。皆身所遊覽，耳目所親見。傳說之事，則不載焉。」

汪大淵歸來之後，又用五年的時間，校對前人的海外遊記，整理自己的旅行紀錄，發現其中有許多描述與自己親眼所見的「大有逕庭」。大約元順帝至正九年（一三四九年）的冬天，汪大淵路過刺桐港，適值泉州路達魯花赤偰玉立蒞任，乃命吳鑒編修《清源續志》，吳鑒認為泉州為對外貿易的大港，不能沒有海道諸島嶼及諸國地理情況的記載，特請兩次親歷海外，熟悉海道地理情況的汪大淵撰寫《島夷志》，附於《清源續志》之後。此後，汪大淵回到故鄉南昌，又將《島夷志》刊印成單行本，在至正十年（一三五〇年），正式發行於世。

汪大淵的原書名為《島夷志》，清代之後改名《島夷志略》。由於元、明抄本均已亡佚，所以，今人見到的多是清代的《島夷志略》。此書共分一百條，前九十九條記載和涉及的地點總計兩百二十個，均係作者親睹，其說可信；只有第一百條「異聞類聚」，是摘錄前人舊記《太平廣記》等書而成。

《島夷志》是一部開創性的海外交往文獻，以往這種海外志，非親歷記錄，多是傳聞集粹。如，南宋周去非的《嶺外代答》、趙汝適的《諸番志》，皆如《四庫全書總目》中所說：「諸史外國列傳秉筆之人，皆未嘗身歷其地」，「亦多得於市舶之口傳」，而汪大淵的書「皆親歷而手記之，究非空談無徵者比」。

《島夷志》記錄的沿海國家和地區是九十七個，比趙汝適《諸番志》所載多出三十八個，包括菲律賓諸島、印尼諸島、馬來半島、印支半島、印度半島、巴基斯坦、斯里蘭卡島、波斯灣沿岸、阿拉伯半島、非洲北部及東部沿海地區，對十四世紀的東西兩洋的政治、宗教，以及經濟、航海和社會生活諸方面進行了考察。

《島夷志》對各國各地的民情風俗有大量記載，如越南交趾「俗尚禮，有中國之風」，其國民「戴冠、穿唐衣、皂褶、絲襪方履」，民間俊秀子弟「八歲入小學，十五歲入大學，其誦詩讀書，談性理，為文章，皆與中國同」；印尼東爪哇民風敦厚，社會秩序井然，「民不為盜，道不拾遺」；印尼坤甸「敬愛唐人，醉也則扶之以歸歇處」，其民「每歲望唐舶販其地」；緬甸「民專農業，田沃稼茂」，「歲凡三稔，諸物皆廉」；印度馬都拉盛產珍珠，當地商人收購後，「求售於唐人」；伊斯蘭教聖地麥加「地多曠漠」，「人多以馬乳拌飯為食」……諸如此類，不勝枚舉。

《島夷志》首次對外國的地理、地脈進行了分析，如「萬里石塘」條就認為「石塘之骨，由潮州而生」，「一脈至爪哇，一脈至渤泥及古里地悶，一脈至西洋、遐崑崙之地」。如三島（菲律賓馬尼拉灣附近）「嶼分鼎峙，有疊山層巒」，麻逸（今民都洛島）「山勢平寬，夾溪聚落」，琉球（今台灣，入明以後琉球則專指沖繩島）「地勢盤穹，林木合抱」。同時，還對各地的氣候特徵按照冷、暖、熱、涼、溫進行了分類，還就季節和降雨情況進行了記載，對各地土壤進行了三級二等的分類，對各地樹木、農作物做了記錄。

《島夷志》記錄的汪大淵下西洋，不僅比鄭和早了七十多年，而且其著作《島夷志》也成為大明國家艦隊下西洋的指導性文獻。這一點在鄭和下西洋碩果僅存的三部重要著作中可以得到證實。如，馬歡在其《瀛涯勝覽》自序中說：「余昔觀《島夷志》……所著者不誣」；費信受汪大淵的影響更深，其《星槎勝覽》許多記述是從《島夷志》中直接抄錄的；而鞏珍的《西洋番國志》，又基本上抄錄了《瀛涯勝覽》；可見《島夷志》對鄭和艦隊留下的三大著作的影響。

蒙元帝國的海外遊歷紀錄，不僅有汪大淵的《島夷志》，還有耶律楚材的《西遊錄》、劉郁的《西使記》、李志常的《長春真人西遊記》、陳大震的《大德南海志》、周達觀的《真臘風土記》……雖然，這些地理著作的份量都不如《島夷志》，但看得出蒙元已有很強的世界意識和海洋意識，僅從這些著作所涉及的空間來看，蒙元的天下觀，可謂「洋洋大觀」了。

這些海外訊息直接影響了同時代的地理學家，他們根據這些異域紀錄繪製了中國最早的世界地圖《聲教廣被圖》，遺憾的是這幅東方人最早的世界地圖，傳至明代就散失了，更為遺憾的是，元代海上渴望與追求，對世界的描述與認識，卻被明清兩代扭曲和拋棄了。

先於西學東來的「東學東來」

先講一個西方的故事：

一四八三年，德國紐倫堡的青年製圖家馬丁・貝海姆（Martin Behaim），為製作新海圖來到航海經驗豐富的葡萄牙搜集海上探險資料。此時，哥倫布正在向葡萄牙國王提出西航東方的「印度計畫」。馬丁・貝海姆受到論證西航中提出的「如果能在一個圓球上標明航海路線，一切就會更加清楚明白」的啟發，立即著手製作地球儀。一四九二年，即哥倫布發現新大陸的那一年，他完成了西方世界的第一架地球儀。這是西方地理學界關於「地球儀誕生」的標準版本。這個故事忽略了東方關於「地球儀誕生」的另一個故事。

再講一個東方的故事：

大約在貝海姆製作地球儀的兩百多年前，一個叫札馬魯丁的西域天文學家，從伊兒汗國馬拉蓋天文台帶出七件天文儀器，來到蒙元初興的中國。這七件儀器的原名音譯、意譯、形制用途皆載於《元史・天文志》。這七件天文儀器在元亡明興之際，被從上都帶至應天府為大明王朝服務，此後就消失了。後世，對於七件天文儀器的性質用途看法不一，但對於七儀中有一件是地球儀，大家都認可。這個儀器形象地展現了寰球這一科學概念，是中國第一架地球儀，比之一四九二年德國馬丁・貝海姆製作地球儀的紀錄早了兩百二十五年。

這裡講述東西兩個地球儀的故事，並非想說東方的地球儀領先於西方，而是說早在蒙元時代，中國

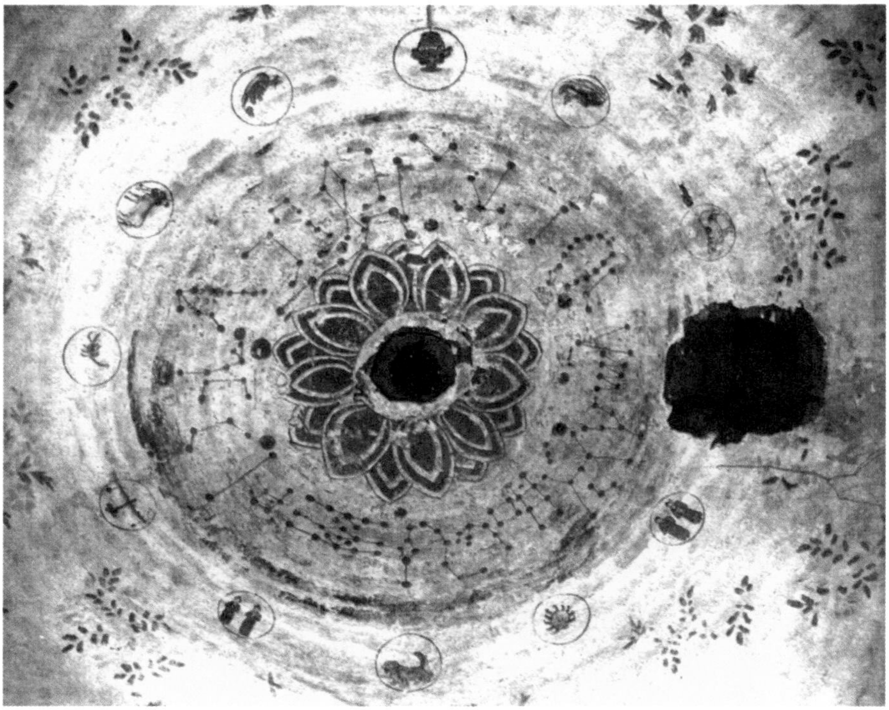

圖7.7：

遼代張世卿墓的壁畫（一一一六年）上，即有來自古巴比倫的黃道十二宮，精彩的巨蟹宮、天蠍宮等十二星座的描繪，證明早在一千年前，中外十二宮就已實現了歷史性的交匯。

就見到了世界的球形樣貌。這種世界觀比利瑪竇帶來全新的世界觀，要早上三百多年。

由此，我想說，東學東來要比西學東來，對中國的影響要早。為何要稱阿拉伯、波斯之學為「東學」，因為此地區一直被西方世界指認為：東方或者中東；以此學對應歐洲之西學，稱其為「東學」，似乎更加貼切。

由於西亞和中亞與蒙元帝國的特殊政治與地理聯繫，決定了「東學」先於「西學」進入中國，或者說，西學通過「東譯」（阿拉伯、波斯的轉譯），進而影響了中國。不過，需要說明的是，「東學東來」也不是「一刀切」地皆由蒙元開啟，以天文學為例，在河北宣化的遼代張世卿墓的壁畫（一一一六年）上，就已有了來自古巴比倫的黃道十二宮圖（圖7.7），圖上有精彩的巨蟹宮、天蠍宮等十二星座的描繪。它證明早在一千年前，中外十二宮就已實現了歷史性的交匯。蒙元一朝，因其特殊的歷史背景使「東學」引進，成一代風尚。

成吉思汗建國時，蒙古還是一個沒有文字的族群。不識字的成吉思汗，選擇了由古粟特文發展起來的拼音文字畏吾爾文（古回鶻文）作為蒙古國文字。後來，雖請畏吾爾人八思巴創立蒙古官方文字，但民間的畏吾爾蒙古字仍行用不衰。蒙元和阿拉伯世界這種特殊的文化聯繫，及其對阿拉伯與波斯的領土深度侵入，使得蒙元有條件將這一地區的領先於世界的科學技術帶入中國。

蒙元引進的「東學」有許多，但主要科目是阿拉伯、波斯的天文學和地理學。

對星空的把握是每個王朝的大事：一要問命於天，以知運程；二要掌握四時，以定曆法。至元八年（一二七一年）建立大元之初，忽必烈就在上都建立了回回司天台，此後又在大都設「漢兒司天台」。朝廷任命西域天文學家札馬魯丁為提點（台長），官從五品。札馬魯丁掌管七件從西域帶來的天文儀，為大元觀天測象：用渾天儀觀測太陽運行軌道；用方位儀觀測星球方位；用斜緯儀觀測日影，定春分、秋分；用平緯儀觀測日影，定夏至、冬至；用天球儀分析天文圖像；用觀察儀（星盤）研究晝夜時刻；用地球儀研究天地之關係。札馬魯丁在為蒙元朝廷觀測天文之時，還翻譯了伊本・優努斯（Ibn Yunus）的《哈基姆星表》（*al-Zij al-Hakimi al-kabir*）等天文學著作。至元四年（一二六七年），札馬魯丁還依據伊斯蘭教曆法撰寫了《萬年曆》，由忽必烈頒行天下。

札馬魯丁不僅是將阿拉伯天文曆法較全面介紹給中國的第一人。同時，他也是傳授阿拉伯地理學的重要人物。至元二十三年（一二八六年），忽必烈任命札馬魯丁為集賢大學士，官位升至二品，由他主持纂修《大元一統志》。這是第一部由朝廷主持編輯的全國地理志，全書共六百冊，一千三百卷，附有彩色地圖和一幅《天下地理總圖》。此書後在戰亂中散佚，殘存的《大元一統志》，僅剩《遼海叢書》等四十四卷，不及原來卷數的百分之五。

在阿拉伯、波斯的科學知識進入中國的同時，中國的科學研究也與阿拉伯、波斯的研究產生了良好的融合與碰撞。據科學史專家江曉原博士研究，蒙元雖是亂世，但至少有兩份雙語天文學文獻傳世：一份是保存在俄國普爾可夫天文台（Pulkovo Observatory，今列寧格勒附近）的兩份手抄本天文學文獻，文獻的內容是一樣的，都從一二〇四年開始的日、月、五大行星運行表，書寫年代約在一二六一年。兩份抄本一份為阿拉伯文，一份則為漢文。中國古代科技史專家李約瑟曾猜測這兩份抄本可能是札馬魯丁和郭守敬合作的遺物。另一份，雙語天文學文獻是阿拉伯天文學家撒馬爾罕第於至正二十二年（一三六二年）為元朝一王子撰寫的天文學著作，手稿原件現存巴黎。此件的阿拉伯正文旁附有蒙文旁注，標題頁則有漢文。

中國學者王恂與郭守敬等學者，在反覆學習、稽考外來的《哈基姆星表》及其他資料的基礎上，於至元十七年（一二八〇年）編製完成一部中國曆法——《授時曆》。這是中國古代最好的一部曆法。它以365.2425天為一年，與地球繞太陽一周的實際時間只有二十六秒的差距，其準確程度近於現行公曆，卻比公曆使用早三百年左右。

特別值得注意的是，這種科學交流都是漢或蒙與阿拉伯或波斯的交流與文本互譯，而不是與歐洲人或拉丁文的交流與文本互譯，它再次表明這種科學交流是在「東學」的文化圈之內。

蒙元一朝，戰亂不斷，又經元、明交替，使得元代地圖傳世的少之又少。但在存世不多的元代地圖中，我們仍可以看到中亞地圖學的清晰印記。其中，最為地理學界所熟知的即《元經世大典》中收入的地圖。這部官修大型政書，又名《皇朝經世大典》。元至順元年（一三三〇年）由奎章閣學士院負責編纂，全書近九百卷。明初修《元史》時，還曾大量引用此書。但到萬曆年間，此書就失傳了，僅剩一點點殘本。所幸《永樂大典》的許多內容被明人收錄《永樂大典》之中，一些內容借明人抄寫得以傳世。後來《永樂大典》也逐漸散失，現存《永樂大典》殘本中，甚至找不到著名的《元經世大典地圖》。今人所能見到的《元經世大典地圖》，是晚清地理學家張穆從《永樂大典》中摘出，才得以傳承。張穆是一位經學研究者，為防外敵從海上來犯，他特從《永樂大典》中選出《元經世大典地圖》，摩繪後送好友魏源。此時，魏源正為「開眼看世界」而編撰《海國圖志》，遂把這幅重要的元代地圖收入書中（圖7.8）。

這幅地圖初看上去與宋代刻石地圖《華夷圖》一樣，皆有方格，似中國傳統的「計里畫方」繪圖法。但細讀就發現這是兩種完全不同的繪圖方法。《元經世大典地圖》採用的是經緯線方格畫法，圖中只標注地名與所在方位，沒有地形描繪；因而，在伊朗北部沒有畫出裏海，南部沒畫出波斯灣；在土耳其沒有畫出地中海，在埃及沒有畫出紅海；它更似一幅坐標圖，與中國傳統地圖相去甚遠。所以，有人認為它是受阿拉伯繪圖方法影響的中國繪製的地圖，也有人認為它是阿拉伯「中國通」繪製的，總之，它不是傳統的中國地圖。

這幅阿拉伯樣式的地圖，其內容與功用完全是為中國所製。圖中運用的地名，多是《元史・地理志・西北地附錄》的官方地名，說明這幅地圖相當「官方」。此圖原名《元經世大典西北地圖》，即「大元西北地圖」的意思。此圖東起「沙州界」、「別失八里」即今甘肅敦煌和烏魯木齊以東的吉木薩

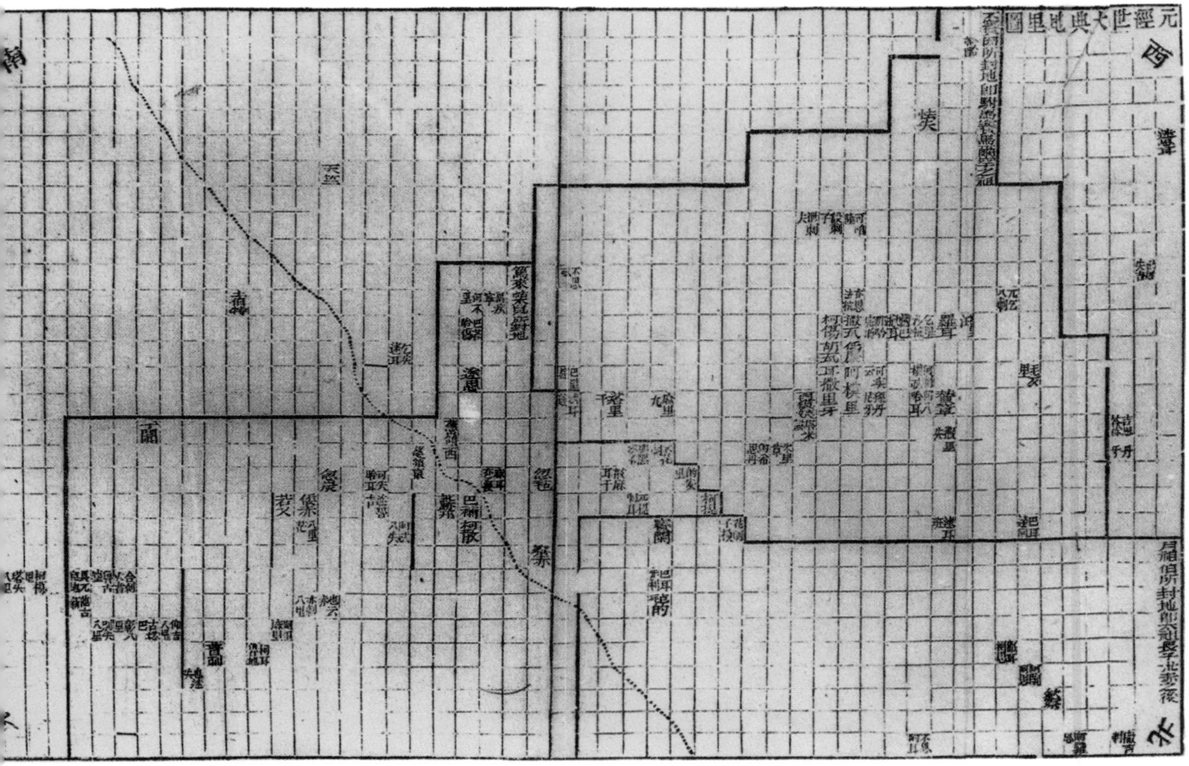

圖7.8：

《元經世大典地圖》採用經緯線方格式的阿拉伯地圖法，圖的內容與功用完全是為大元所製，圖中的地名多是《元史・地理志・西北地附錄》的官方地名。

爾一帶；西至「迷思耳」，即今之埃及。南至天竺，即今之印度；北方特別標注：「月祖伯所封地即太祖長子 赤之後」。所謂「月祖伯」，即今之烏茲別克。它看上去，它就是一幅小型的中亞和西亞「世界地圖」。但在蒙元鐵蹄之下，它只是蒙元帝國勢力的「西北」而已。恰如《元史・地理志》所言「元有天下，薄海內外，人跡所及，皆置驛傳，使驛往來，如行國中」。

最後，我們再說回札馬魯丁製作的地球儀。據《元史・西域儀象》記載，地球儀「其製以木為圓球，七分為水，其色綠三分為土地，其色白。畫江河湖海，脈絡貫串其中。畫作小方井，以計幅員之廣袤，道里之遠近」。它形象地宣傳了「地圓說」，比之中國古代的「天圓地方」說是一大進步。在中世紀末期，中國能有反映大地形狀的地球儀，是一件相當了不起的事。地球儀採用了經緯網絡即「小方井」控制，也是中國地理史上最早的經緯度製圖法的記載，比之西晉以來的「計里畫方」是一大飛躍，比之利瑪竇來華畫經緯地圖，早了幾百年。

據說，這個地球儀是札馬魯丁依據十一世紀的波斯花剌子模地理學家比魯尼（Al-Biruni）的理論製作的，因為在中亞天文學家與地理學家中，只有比魯尼主張海洋的面積要遠遠大於陸地，而此前無論托勒密、伊德里西（Al Idrisi），還是巴里希（Balkhi）都把陸地畫得比海洋大。所以，這個地球儀傳遞的陸地海洋比是十分正確的。

「東學東來」帶來了許多先進的科學知識和世界觀，如，我們今天仍在用的阿拉伯數字，就是從元朝開始引入中國的，還有那丟失的世界最早的地球儀。但它們到底被中國人消化吸收了多少，這種知識大融合對後世中國科學進步和世界觀起到了多大的推動作用，還是一個值得我們進一步思索的問題。

8 恩威四方，西學東進

誤讀多年的鄭和下西洋

二〇〇四年，北京大學出版社出了一本小書，紀念《鄭和研究百年》。這個學術上的「百年」從何而來，一切要從光緒年間說起：一九〇四年引領大清學術潮流的《新民叢報》第三卷二十一號，發表了一篇名為《祖國大航海家鄭和傳》的長文。作者一方面悲嘆中國被西方列強侵略和瓜分的現實，一方面記敘了鄭和航海的偉業和再無鄭和之第二遺憾。文章署名頗似今日的網名——「中國之新民」。這個人就是中國現代史學先驅梁啟超。這篇論文是舊史學走向新史學的一個重要標誌，也被看作是「鄭學」的開山之作。

朱棣當上皇帝後，幹了兩件大事，一是編輯大型類書《永樂大典》，二是組織國家艦隊下西洋。朱棣為什麼要違背太祖海禁之制，組織聲勢浩大的下西洋活動。有兩個歷史文獻，交代得一清二楚：

一是，至今仍立在南京靜海寺的《御製弘仁普濟天妃宮之碑》。這是朱棣在永樂十四年鄭和四下西洋回國後，親自為天妃宮撰寫的碑文。朱棣對神言明：下西洋是「恆遣使敷宣教化於海外諸番國，導以禮義，變其夷習」。二是，《明史・鄭和傳》中，「建文帝之出亡也，有言其在海外考，上命（鄭）和蹤跡之。且欲耀兵異域，示中國富強」——這就是最不受一些人歡迎的鄭和下西洋之「追逃說」與「耀威說」。如果用一個現代詞來概括朱棣的這個大動作，它應是大明政府的「形象工程」。因為，剛剛奪權的永樂帝，需要得到國內外的認可，要建立高大的或強大的國內與國際形象。朱棣是借此告之天下，大明朝如今是朱棣的天下，大明是天下的老大。

近年來的學者和學生們，總想把鄭和下西洋說成是「和平巡遊，友好往來」。雖然，《明史・鄭和列傳》中確有「宣天子詔，因給賜君長」的記載，但不研究文獻的人們，並不知道這句話的後面還明確指示「不服則以武懾之」。所以，我們在鄭和的列傳裡，還有不少動武的記載「俘舊港酋長」、「錫蘭山國王」。這本是明帝國的霸氣，是當年中國的歷史地位決定的，迴避這些事實，對「和平崛起」之說，也幫不了什麼忙。

實際上，早在鄭和下西洋之前，朱棣已先派人下了一次西洋，而且效果很好。一四〇三年，朱棣奪權登基後，即派太監尹慶巡訪南洋。尹慶到達麻六甲時，拜里迷蘇刺向尹慶傾訴自己深受暹羅的侵擾之苦，希望得到大明的保護。尹慶回國向朱棣報告，「其地無王，也不稱國」。永樂三年（一四〇五年）拜里迷蘇刺派代表來大明朝拜，朱棣遂封拜里迷蘇刺為麻六甲國王，並賜誥印、彩幣、龍袍等物——麻六甲王國，就這樣在大明的「委任」下誕生了。這麼好的西洋，何不多下幾次呢？

鄭和是偉大的人物，自然有「為尊者諱」的說詞。如「鄭和為明朝宦官」一說，似乎避開了「太監」這兩個不光彩的字；似乎「宦官」在字面上比「太監」要尊貴一些。豈不知，太監與宦官看上去像是一回事，實際上，在鄭和所處的明朝完全是兩碼事。

有人在解釋太監時，說「太監是指男性的生殖器官被閹割的人」。這說法相當的不準，司馬遷就是漢武帝下令閹割的，但不能稱司馬遷為太監。因為，司馬遷從沒入「內宮」任職。宮刑之後，他回家修史。梁啟超稱鄭和與司馬遷為「刑餘界中，中前有司馬遷，後有鄭和，皆國史之光也」。兩個同處「刑餘界」，但位置不可互換。「宮」只是一種刑罰，不表明受宮刑的人都要入「後宮」。太監通常為帝王的宮中奴僕，多是幼年送入宮內，終生在後宮服務。太監一般也稱宦官，但各朝代又有不同，比如明清兩朝。

明成祖設十二監，十二監的名稱分別是司禮監、內官監、御用監、司役監、御馬監、神宮監、尚膳監、尚寶監、印綬監、直殿監、尚衣監、都知監。其各主官頭目稱為太監，主官以下的宦官不能稱作太監。宦官是內宮遭閹割的男性服役人員的通稱。但到了清代，宦官被取消，才以太監為宦官的專稱。

鄭和被明成祖朱棣封為內官監太監，是四品大員，和後來清代的禁煙重臣林則徐同級。內官監「掌木、石、瓦、土、搭材、東行、西行、油漆、婚禮、火藥十作，及米鹽庫、營造庫、皇壇庫，凡國家營造宮室、陵墓，並銅錫妝奩、器用暨冰窨諸事」。下西洋的諸事，也是其職責之內的事。

歷朝的規矩是，太監只負責宮內的事，但明朝是個例外，特別重用太監。內政外交、公安司法、軍事財政，太監都有所插手。由於鄭和早年與一眾太監跟隨朱棣起兵造反，深得皇帝信任，所以，鄭和以「總兵」身份統領下西洋的船隊。

鄭和七下西洋最可靠的石碑文獻有三件，一是《御製弘仁普濟天妃宮之碑》，刻於永樂十四年，為紀念鄭和第四次下西洋平安歸來而建。二是《婁東劉家港天妃宮石刻通番事績碑》，刻於明宣德六年（一四三一年）夏，立於江蘇太倉。三是《天妃靈應之記》（圖8.1），刻於明宣德六年冬，立於福建長樂，鄭和船隊在第七次下西洋之際，總結了下西洋的全過程。

鄭和歷二十八載，七下西洋，聲威遠揚。可在皇家的賬本《明史》裡，留下的僅是語焉不詳的幾百字。人們無法指出他：生於何年？死於何時？葬於何地？也就是說，鄭和功績再大，在傳統的政治體系中，仍是走卒而已。

不過，有一點算是萬幸，跟著明朝皇帝幹大事的人，幾乎沒有一個有好下場。朱元璋死前已除去開國的所有菁英，朱棣也是找個「私覲太子」的罪名，就將《永樂大典》的總編輯解縉給殺了。但鄭和歷三朝皇帝，下西洋也屢遭反對，卻沒有被殺掉，這實在是個奇蹟。當然，這與朱棣奪權時得到太監內外支持有很大關係，明至朱棣開任用太監之風氣，內政外交、出兵打仗、東廠「格別烏」，全都有宦官任職，得寵與幸運，也實非鄭和一人。

圖8.1：

明宣德六年（一四三一年）冬，鄭和船隊在第七次下西洋出發之際，刻《天妃靈應之記》碑，立於福建長樂，此碑總結了前幾次下西洋的全過程。

鄭和航海文獻消失之謎

鄭和死後的半個世紀，宣德、正統、景泰、天順四朝更迭，海禁政策一以貫之。至成化十三年（一四七七年），忽一日，明憲宗皇帝朱見深提起鄭和七下西洋舊事，欲調檔案看看。太監汪直請兵部尚書項忠即刻去找。但找了半天沒有找到，憤怒的項忠把管檔案的人一頓暴打後，兵部侍郎劉大夏才說：「三保下西洋，費錢糧數十萬兩，軍民死傷且萬計，縱得奇寶而歸，於國家何益，此特一時敝政，大臣當切諫也。舊案雖存，亦當毀之，以拔其根，尚何追究其有無哉。」

此故事在明嘉靖嚴從簡的《殊域周咨錄》、陸樹聲的《長水日抄》和明萬曆顧起元的《客座贅語》等著述中都有記載。所以，後人都認為是劉大夏把檔案燒了。但細查史料，這事在歷史表述上，也頗蹊蹺。兵部尚書項忠是軍界最高長官，侍郎劉大夏本是下屬，怎敢底氣十足地以下犯上？另外，焚燒國家檔案，是觸犯大明律法的大事，怎能不了了之？《殊域周咨錄》和《客座贅語》等「個人敘事」是不是有所誇張或傳奇？更為奇怪的是，這等大事在官修的《明史》裡，竟沒有明確記載，「國家敘事」為何在此失語？

我不得不做這樣的推測：如果《明史》在劉大夏「焚稿」一事上，像後人修春秋「三傳」那樣，一會兒是「當筆則筆」，一會兒是「當削則削」，一切皆「以史為鑒」，又皆「為我所用」。這事的真偽就無從考據了。給劉大夏定罪，真還有點「證據不足」。

更加奇怪的是，在鄭和七下西洋的「第一檔案」不明不白地消失後，在鄭和下西洋二百多年以後，崇禎元年（一六二八年），天朝突然又冒出一張詳述鄭和七下西洋的航海全圖。

刊載鄭和航海圖的是一本有關軍事與邊防的著作《武備志》，作者叫茅元儀。茅元儀的祖父茅坤是一位軍事家，在兵部為官。其孫茅元儀承祖業，也是軍人出身，官至副總兵。這部寫於金陵的著作，運用了大量前朝的軍事檔案，所以，此中才出現了《自寶船廠開船從龍江關出水直抵外國諸番圖》，後人簡稱為《鄭和航海圖》。

《武備志》裡的《鄭和航海圖》，有一個一百四十二字的序言：「茅子曰：禹貢之終也，詳哉言聲教所及，儒者曰，先王不務遠，夫勞近以務遠，君子不取也。不窮兵，不疲民，而禮樂文明，赫昭異域，使光天之下，無不沾德化焉。非先王之天地同量哉。唐起於西，故玉關之外將萬里，明起於東，故文皇帝航海之使不知其幾十萬里。天實啟之，不可強也。當是時，臣為內覽鄭和，亦不辱命焉。其圖列道里國土，詳而不誣。載以昭來世，志武功也。」但它是否就是鄭和所用之圖、出自何時、何人、是抄本還是改寫本……皆沒有交代。史家猜測，此圖應是茅元儀的祖父茅坤，參加兵部尚書胡宗憲編撰《籌海圖編》時留下的地圖。但茅坤的這張圖又從何而來，又無從考證了。

《武備志》在輯錄這幅自右而左的一字長卷海圖時，將其分為書本式，自右而左，錄圖二十頁，共四十幅，並附有四幅《過洋牽星圖》（圖8.2）。全圖有地名五百個，能考出的三百五十個，一百五十個考據不出來。特別值得一提的是，這幅海圖還注記了天體高度「指」，利用天文導航的方法來測定船位及導航。中國古代星圖雖早，但專門用於航海的過洋牽星圖，卻僅見於《鄭和航海圖》。

雖然，《鄭和航海圖》的數學精度很低，出處不明，但它仍折射出了古代中國航海科技的偉大光輝。它不僅是世界上現存最早的航海圖集；而且與同時期西方最有代表性的波特蘭海圖相比，其製圖的

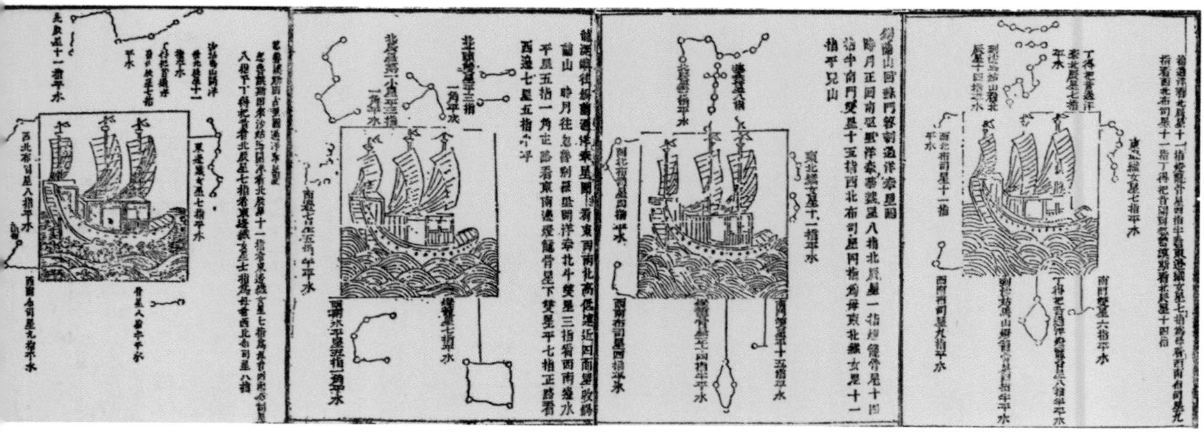

圖8.2：

《鄭和航海圖》卷尾所附「丁得把昔到忽魯謨斯」、「錫蘭山回蘇門答剌」、「龍延嶼往錫蘭」、「忽魯謨斯回古里國」四幅《過洋牽星圖》。

範圍之廣、內容之豐富，也都是天下第一的。

《鄭和航海圖》是以行船者的主觀視覺來繪製的，遇山畫山，遇島畫島，突出了海岸線、離岸島嶼、港口、江河口、淺灘、礁石以及陸地上的橋樑、寺廟、寶塔、旗竿等沿岸航行的標誌。航海者觀海看圖，只要依「景」而行，就可以到達目的地。中國古代的江河航行地圖，大多是這種山水畫式的繪法。

與西方的對位圖不一樣，《鄭和航海圖》是一種對景圖（圖8.3）。它不知道目的地的確切方向，但是利用航線各處的山形、水勢、星辰位置可以判別船舶的位置，一步步地前進。「土辦法」雖然不與世界上的海圖「接軌」，但亦實用可行。如上水時上北下南，下水時上南下北等。《鄭和航海圖》的比例混亂，航程總圖和山陸島嶼放大圖繪在一起，但又採取了不同的辦法，加以區分和說明，比如用虛線表示航線，在離岸較遠的航線上注記了針位（航向、方位）和更數（航程、距離），有時還用文字注記出航道深度、航行注意事項，是中國最早不依附海道專書而能獨立指導航海的地圖。

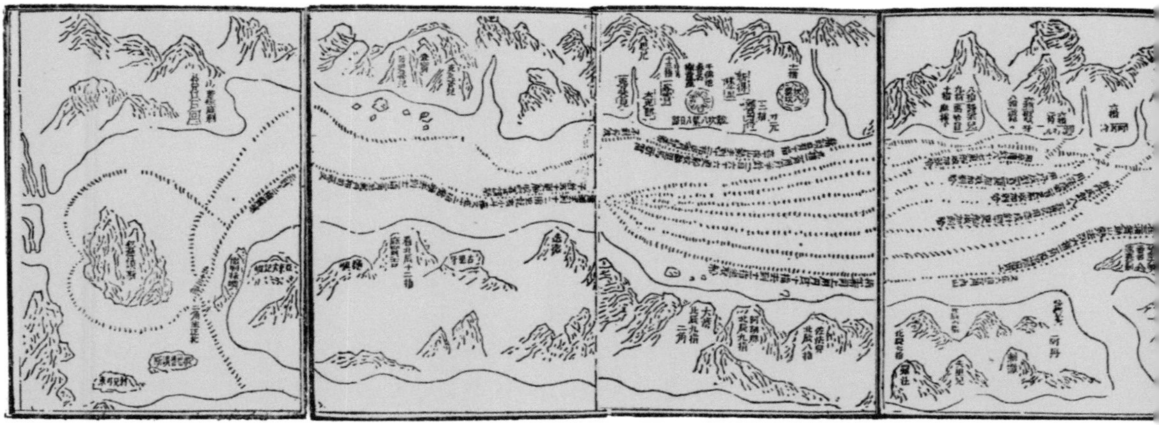

圖8.3：

《鄭和航海圖》描繪了鄭和船隊自太倉至忽魯謨斯的航路，此為卷尾部份的印度洋航海圖，圖中可以看到波斯灣的忽魯謨斯，阿拉伯半島南部的古里牙等著名港口。

圖中地名共約有五百個，其中外國地名大約三百個，大大超過元汪大淵《島夷志略》所收的外國地名。從它所標注的亞非廣闊海域來說，《鄭和航海圖》稱得上是世界現存最早的航海圖集。在世界地圖學史、地理學史、航海史上也佔有較為重要的地位。但是在繪製世界地圖這一方面，未留下什麼與西方「地理發現」可以抗衡的「發現」性成果。

從《鄭和航海圖》所列地點來看，全圖以南京為起點，最遠至非洲東岸的慢八撒（今肯亞蒙巴薩）——這也是多數學者贊同鄭和遠航最遠到達東非肯亞的主要證據。圖中列舉自江蘇太倉至忽魯謨斯（伊朗荷姆茲）的針路（以指南針標明方向的航線）共五十六條航線，由忽魯謨斯回太倉的針路共五十三條航線。往返針路全不相同，表明船隊在遠航中已靈活地採用多種針路以適應和利用季風與洋流，展現了高超的航海技術和較高的海洋氣象科學水準。

明朝所謂「西洋」，基本是南洋和印度洋，就是把東非也算上，還是沒有到達真正的西洋與西方。所以，嚴格地講我們沒有理由說，「鄭和是溝通東西文化的偉大使者」。鄭和七次「西」行，前後二十八載，從來沒有與任何西方國家打過交道。現將鄭和七下西洋的時間表和所到之地列在這裡：

第一次，永樂三年至五年（一四〇五年～一四〇七年），至古里、三佛齊國等國。

第二次，永樂五年至七年（一四〇七年～一四〇九年），往爪哇、古里、暹羅、柯枝等國。

第三次，永樂七年至九年（一四〇九年～一四一一年），經錫蘭山等國。

第四次，永樂十一年至十三年（一四一三年～一四一五年），往蘇門答臘國，忽魯謨斯等國。

第五次，永樂十五年至（一四一七年～），往忽魯謨斯國、阿丹國、木骨都京國、卜剌哇國、爪哇、古里國。

第六次，永樂十九年（一四二一年～），往忽魯謨斯等國。

第七次，宣德六年（一四三一年～），往忽魯謨斯國等十七國。

史載，鄭和的船隊各色艦船兩百多艘，共載官員、士兵、商人兩萬多人。其船隊規模之大，人員之多，組織配備之嚴密，堪稱世界之最。而遠遠晚於鄭和的西方幾大航海家，他們的海上探險規模都大大遜於鄭和。迪亞士只有三條船；哥倫布也是三條船；達伽馬是四條船；麥哲倫有五條船。但他們小小的船隊，卻給世界帶來了前所未有的地理大發現。

從已知的史料看，鄭和船隊所到的地方，都不屬於地理上的「未知領域」。所到「三十餘國」，早在漢、唐、宋、元時期都有海上與陸上的友好往來。說到遠及東非，比鄭和早近百年，元朝的航海家、旅行家汪大淵就已到訪，並有著作《島夷志略》傳世。鄭和下西洋最可靠的原始文獻有三部（圖8.4）：一是馬歡的《瀛涯勝覽》、二是費信的《星槎勝覽》、三是鞏珍的《西洋番國志》。但是，連鄭和船隊

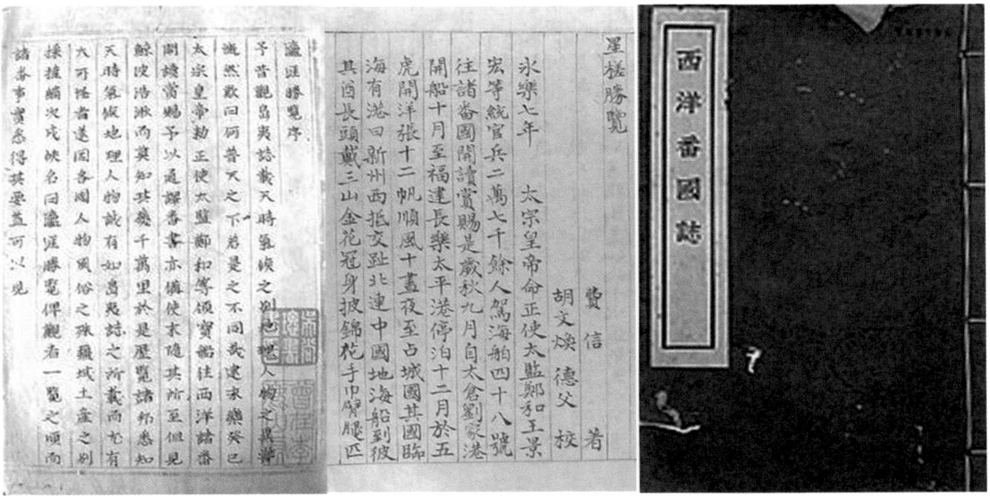

圖8.4：

鄭和下西洋最可靠的原始文獻有三部：一是馬歡的《瀛涯勝覽》、二是費信的《星槎勝覽》、三是鞏珍的《西洋番國志》。

的著作《瀛涯勝覽》等，有許多章節是直接照搬《島夷志略》。但汪大淵去非洲不是「官派」，不代表國家，後世很少宣傳他。所以，我們不能將鄭和說成了第一個到達「西洋」的人物，他也不是東西方文化交流中的「馬可波羅第二」。

下西洋的寶船，為何到了東非就不往前走了呢？從鄭和個人來看，他不是冒險家，也不是科學家，更不是商人。僅就個人而言，他沒有發現的必要。從大明王朝來看，永樂皇帝朱棣，並不喜愛航海，朝廷也不缺外國的銀子，帝國沒有任何殖民與掠奪的願望。所以，朱棣支持了鄭和遠航，但他的兒子朱高熾卻廢止了鄭和的遠航。宣德支持了最後一次下西洋後，也終止了這一偉大壯舉。

鄭和七下「西洋」之際，真正的大西洋國家——葡萄牙，正在向非洲西海岸進軍：一四一五年，亨利王子隨父王攻克北非城市休達（摩洛哥）；一四三四年，葡萄牙人越過歐洲航海家的北非極限——博哈多爾角（Cape Bojador，西撒哈拉之西海岸），一四四五年，航海家迪亞士越過西非沙漠海岸，發現了維德角（Cape Verde）——西方世界正式拉開了大航海的序幕。

遺憾的是，大明王朝在這一刻，卻進入了全面海禁時代。正如開明的鄭學研究者所分析的那樣：「此後，西方人完成地理大發現的兩百年，正好是明朝實行海禁的兩百年……在西方文明將國家政治擴張、軍事征服、宗教傳播與民間航海發現、貿易開拓、海外殖民有機結合起來，作為一種文明整體的力量走向世界進而稱霸世界的時候，華夏文明卻由於其內在機制的矛盾自殘了向外發展的勢力。鄭和的遠航，在這樣的背景下進行，他的輝煌也恰是歷史的悲涼。」

帝國是一樣的，世界觀各有不同。西方世界是這樣解釋中國的——「中國人轉過身去背對海洋（黑格爾語）」，而轉過身去的中國沒有想到，讓這個民族遭受的災難性打擊恰恰是從海上襲來。

海商變倭患的歷史脈絡

說倭寇之前，先要弄清「倭」是什麼。「倭」不是一個古文字，甲骨金文都沒有，大篆小篆中也沒有。這個字的早期應用是在《詩經・四牡》中，其「周道倭遲」的「倭」，在此不單獨顯示意義，「倭遲」作為一個詞，有逶迤之態。

圖8.5：

一七八四年日本志賀島農民甚兵衛，在整修農田水溝時，挖到「漢委奴國王」金印。從而印證了《後漢書》中記載的東漢光武帝賜日本倭奴國金印的歷史事件。

用「倭」來指稱日本或朝鮮等中國東方的古代部族，大約始於戰國。「倭」字正式進入國家文獻，大約在漢朝。《後漢書》中即有，「建武中元二年（西元五七年）倭奴國奉貢朝賀，使人自稱大夫，光武賜以印綬」的記載。可謂傳奇的是，一七八四年日本志賀島農民甚兵衛，在整修農田水溝時，竟然挖到「漢委奴國王」金印。從而印證了東漢光武帝賜日本倭奴國金印的歷史事件（圖8.5）。

從這顆明治時被定為日本國寶的漢賜金印來看，印上的「委」或者「倭」，似乎沒有貶意。史料也能證明，當時的日本也接受這樣的稱呼。南朝劉宋（四二〇年至四七九年）時，日本貢使來華，自稱為「百濟、新羅、任那、秦韓……六國諸軍事，安東大將軍，倭國王」。直到唐代，這一「國名」才發生變化。據《新唐書・日本國傳》載：咸亨元年（六七〇年），日本派遣使者，祝賀平定高麗。使者說，學習中國文字後，不喜歡倭的名字，改名為日本，因為國家靠近日出的地方。但改稱日本國之後，很長一段時間，「倭」之舊稱仍在日本使用。連聖武天皇（七〇一年至七五六年）的宣命書裡，仍用「大倭國」自稱。

「倭」字產生貶意是與「寇」字相連之後。據專家考證，正史裡出現「倭寇」一詞是從《明史》開始的。最初「倭寇」中的「寇」字，是作動詞使用的，表示「侵犯」。如，「倭，寇福州」、「倭，寇浙江」、「倭，寇上海」。如此往復，「倭寇」終於作為名詞而被使用，成為「日本侵略者」的意思。「倭」也由此成為蔑稱。

「倭寇」是一個複雜的歷史現象。倭作為一個與中國鄰近的島國，漢唐以來就與中國有著密切的連繫，有文化往來，也有商業往來。唐以後，國家重心從中原大陸向南方轉移，海洋成為大宋朝廷的經濟倉庫。所以，大宋與日本、高麗海上交往頻密。中國從日本進口的舶貨以黃金和木材為大宗，還有一些工藝製品，尤以日本倭刀最受中國人喜愛。

日本大刀色青熒，魚皮帖把沙點星。
東胡腰鞘過滄海，舶帆落越棲灣汀。
賣珠入市盡明月，解條換酒琉璃缾。
當壚重貨不重寶，滿貫穿銅去求好。
會稽上吏新得名，始將傳玩恨不早。
歸來天祿示朋遊，光芒曾射扶桑島。

這是宋代詩人梅堯臣的賞玩日本刀的一首詩，名為《錢君倚學士日本刀》。據說，北宋歐陽修是最早寫《日本刀歌》的，後來「日本刀」就成了詩家特定的吟詠題材。拋開詩家的故事不說，可見日本刀在宋代是一種時尚之物。

海上商貿活躍，走私與海盜也相伴而生。由於日本商業活動的快速發展，貨幣廣泛流通，使得國內銅礦匱乏的日本，銅錢流通量嚴重不足。於是，日本市場交易乾脆使用中國銅錢，雖然，南宋朝廷嚴禁走私中國銅錢，但日本海商鋌而走險，並大獲成功。這大約就是日本早期的海上走私。

雖然，《宋史・日本傳》中有「倭船的火兒滕太明打死鄭作」的記載。但宋代的中日海上走私，並沒有形成武裝販運的規模。大規模的武裝走私，興起於朝代更替的特殊時期。比如，南宋滅亡時，一批宋末將領，先後下海為盜。有意思的是蒙元興辦海運時，這些海盜又被招安成為海運功臣。如，元代海運漕糧的萬戶朱清，就是下海為盜的宋末將領。元末明初時，海盜也多有蒙元軍隊的背景，這夥人不僅搶劫海上商船，還大舉攻擊海岸目標。這種朝代更替時的海盜現象，一直持續到明清交替之時。

所以，「倭」和「倭寇」對中國來說是很特殊的詞，它不單單指日本，也不單單指日本的海盜，而是有中國人有日本人，有軍人有商人的混雜的海上利益集團。

大明代替蒙元之後，以華夏正統自居的朱姓王朝，拒絕承接蒙元發展起來海外貿易聯繫，實行嚴厲的海禁政策，規定「片板不許下海」。雖然，明永樂曾有過鄭和下西洋的壯舉，但那也只是大明王朝的「形象工程」，為的是「耀兵異域，示中國富強」，而非為了開放海上貿易。所以，明廷在太倉造了那麼多大船，那也只是供朝廷下西洋之用，老百姓是絕對不許造大船的。當然，從朱元璋開始就定下的大明海禁的基調，也有著海防的意思，因為大明初立，「倭寇」多為流亡海上的蒙元軍水師舊部，如張士誠、方國珍等殘餘軍隊。東南沿海的島嶼與大陸之間，海防任務艱巨。所以，明代在東南沿海建立了有史以來最為密集的海防。這一點，我們從《籌海圖編・廣東沿海山沙圖》可以看得很清楚（圖8.6）。

其實，以對日海上貿易而論，中日的海上貿易，早在蒙元一朝就已結仇。元世祖忽必烈曾因惱怒日本國不肯臣服，兩度征討日本。此後，日本與中國的往來，多以「入元僧」為主。這些「入元僧」歸國以後，利用寺院空地，摹擬吳山越水，營造出日本獨有的「枯山水」庭園。同時，倭商也利用僧侶往來之便，進行中日海上商貿活動。但蒙元朝廷的官吏對倭商深懷敵意，抬高貨物進出關稅，由此還引發了倭商焚掠慶元府衙事件。日本與蒙元的仇恨越結越深，倭商鋌而走險的事也越來越多，日本海商慢慢淪為海盜倭寇。大明實施嚴厲海禁之後，窮途末路的中國海商，乾脆和倭寇合流成為海盜。此外，還有乘機渾水摸魚的日本浪人，以及真正的倭寇——流竄在外的日本國罪犯集團，這些複雜的成份和在一起，構成了大明中國的「倭患」。

說到「倭患」，有一點還應明確：日本之倭寇，並無官方背景。日本朝廷非常支持大明朝廷海上剿匪。據明王舒《題本》載，永樂初，朱棣命太監鄭和等招撫四番，日本獨先納貢，同時送來倭賊二十人。成祖讓日本使節自己去處置倭賊。日本使節回到明州港，即在海邊支起大銅鍋，將這二十倭賊丟入沸水蒸騰的大鍋中。

明代的海禁制度始於朱元璋，這在《明太祖實錄》裡記錄得很清楚：洪武三年（一三七〇年），「罷太倉黃渡市舶司」；洪武七年（一三七四年），罷唐宋以來就存在的福建泉州、浙江明州、廣東廣州三市舶司；洪武十四年（一三八一年），朱元璋「以倭寇仍不稍斂足跡，又下令禁瀕海民私通海外諸國」；洪武二十三年（一三九〇年），朱元璋再次發佈「禁外藩交通令」；洪武二十七年（一三九四年），為徹底取締海外貿易，禁止民間使用及買賣舶來的番香、番貨等；洪武三十年（一三九七年），再次發佈命令，禁止中國人下海通番。

《大明律》為海禁規定了嚴酷的懲處辦法：「若奸豪勢要及軍民人等，擅造三桅以上違式大船，將帶違禁貨物下海，前往番國買賣，潛通海賊，同謀結聚，及為嚮導劫掠良民者，正犯比照己行律處斬，仍梟首示眾，全家發邊衛充軍。其打造前項海船，賣與夷人圖利者，比照將應禁軍器下海者，因而走洩軍情律，為首者處斬，為從者發邊充軍。」

明朝廷的這一制度，本想是鞏固海防，結果不僅沒成為海防的有效手段，反而在沿海地區激化了衝突。商人不許海上貿易，漁民「禁民入海捕魚」。結果是「海濱民眾，生理無路，兼以饑饉荐臻，窮民往往入海從盜，嘯集亡命」，「東南諸島夷多我逃人佐寇」。在長崎，明時曾住有兩三萬華人。可以說，明代的海禁從一開始就不得人心。但明朝廷，不僅沒有調整這一制度，相反又不斷升級海禁政策，倭寇非但沒受到多少控制，相反越禁越多，到了嘉靖年間，倭患達到高峰。

史載：嘉靖三十一年（一五五二年）秋，倭寇在當地賊首陳東引領下，突襲劉家港。三十二年，海盜汪直引倭船十一艘，掠寶山、闖瀏河，登岸剽劫；此後，蕭顯又引倭寇二千多人大舉登陸，沿婁江襲太倉、昆山，轉而掠嘉定、青浦、松江，進犯上海；賊首徐海領倭寇數百人，直入青浦白鶴進犯太倉，還有一股倭寇七百餘人，在賊首何八帶領下，直奔太倉，兩股倭寇協同作戰，合圍太倉城……

歷史記下了像俞大猷這樣的南直隸兵備總兵，掃平倭寇的大英雄；同時，也留下了有識之士對海禁的批評與抗爭。

明王士性在《廣志繹》中指出：「番人失利乃為寇」，「而王五峰、毛海峰等，遂以華人居近島，

圖8.6：

《廣東沿海山沙圖》：選自明嘉靖三十五年（一五五六年）編撰的地圖集《籌海圖編》。全書編輯了明初以降，應抗倭需要而繪製的海防圖一百七十二幅。

襲王者衣寇，假為番寇，海上無寧歲矣」，「御史董威，乃復請寬海禁，是浙倭之亂，咸浙人自致之。」

明王世懋在《策樞》中說：「商貨之不通者，海寇之所以不息也」，「貨販無路，終歲海中為寇，曷能已也。」隨後，王世懋建議說：「莫若奏聞於朝，修復舊制。沿海凡可灣泊船處，及造船出海處，各立市舶司。凡船出海，紀籍姓名，官給批引。有貨稅貨，無貨稅船，不許為寇。若是國則利其用，民樂其宜，皆唯利而不復敢為寇矣。」

但這些批評與建議，並未被明廷所採納，海禁未止，倭患未絕。

在大明王朝三令五申地實施海禁之時，世界恰在這時，興起了影響深遠的大航海運動。一面方是西方世界，向海洋進軍，一方面是大明中國，拒絕海洋文明。在封閉的大陸體系中，大明把自己關在了世界的門外。古代中國，從這一王朝開始，漸漸落後於西方世界，漸漸脫離了文明社會。更為可悲的是，明朝的海禁制度，到了清朝不僅沒有得到反省，反而升級為「閉關鎖國」制度。這一次的中國，面對的已不是倭寇了，而是來自西方世界的「紅毛夷」，歷史由此變成了我們不願看到的另一模樣。

中國人最早繪製的世界地圖

古代中國的先人們走出國門去認識世界的歷史相當悠久。他們靠著古老的傳說，靠著堅定的信念，在沒有什麼明確的標示，甚至連東西南北都無法準確定位時，仍然踏出了堅實的探索之路。這種最偉大的行跡，最初是由傳經人一步步開拓的。

西元前二年，大月氏國派使者伊存到長安，將佛教傳入中國；西元六七年，天竺高僧用白馬馱著佛像、經書來到洛陽傳經。這些從西方來的使者留下了佛像、經書，但卻沒給我們留下東行的地圖。

西元五六六年，漢明帝派蔡愔、秦景等十二人出使天竺取經；西元三九九年，東晉的法顯和尚又帶九個人西行天竺取經。中國取經人回國後，寫出了著名的《佛國記》，卻沒留下西行的地圖。

唐代以來，西遊的中國人更多了，走的也更遠了。大唐的杜環，大元的汪大淵，都遠及非洲，但他們都沒給歷史留下可以一窺世界的地圖。中國古代的地理大發現就這樣定格在只留下文字未留下地圖的遺憾之中。

《元經世大典地圖》是一幅相當「官方」的世界地圖。此圖東起「沙州界」、「別失八里」即今甘肅敦煌和烏魯木齊以東的吉木薩爾一帶；西至「迷思耳」，即今之埃及；看上去是跨了大洲，但也僅是搭上非洲一個邊。總體而言它仍一幅小型的中亞和西亞地圖。

雖然，《大元一統圖》算不上世界地圖，但中國最早的世界地圖，一定是出自元代，因為在《大明混一圖》（圖8.7）中，我們看到了元代世界地圖的偉大身影。我也是二〇〇四年去過南非之後，才知

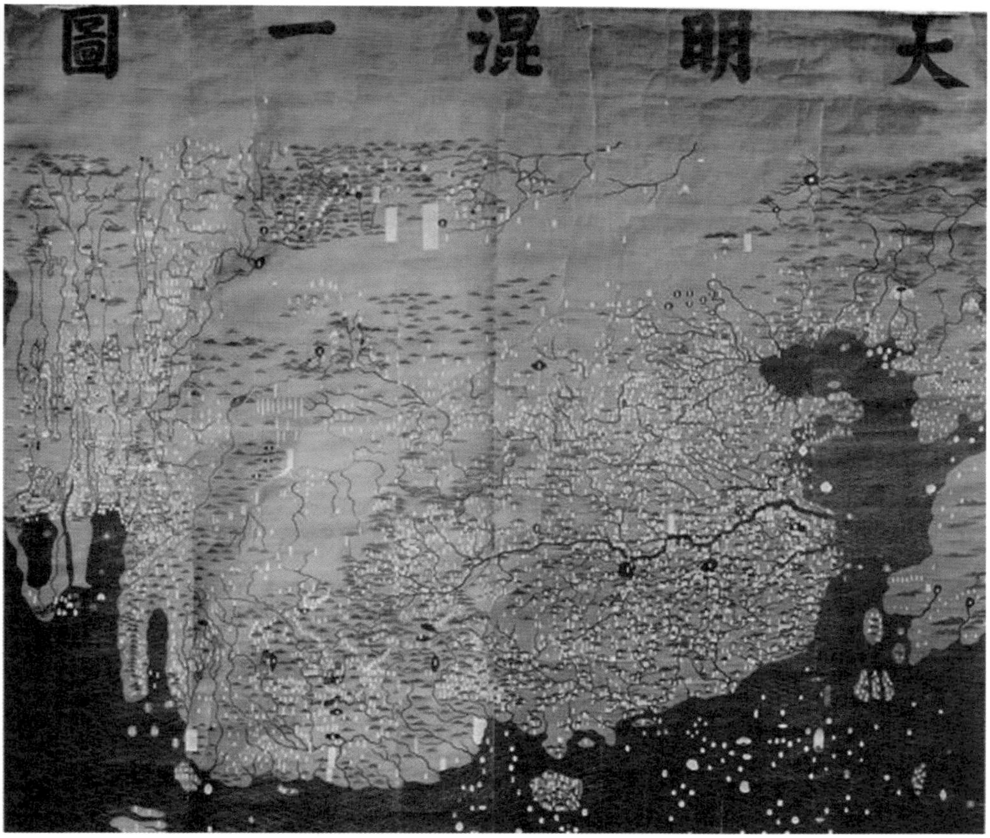

圖8.7：

《大明混一圖》所繪地理範圍東至日本、朝鮮；南至爪哇；西達非洲西海岸、西歐；北至貝加爾湖以南。其中，對南非的完整描繪，是非洲的「第一次」，同時，它也是現存最早的中國繪製的世界地圖。

道南非有一幅由中國複製的《大明混一圖》。此圖是南非國民議會議長金瓦拉女士訪問中國時，看到曹婉如等專家一九九四年編輯出版的《中國古代地圖集》中印刷的此圖，才懇請中國政府為二〇〇二年底在南非舉辦的「南非國民議會千年項目地圖展」提供該圖複製件。我是在不久後的一個電視專輯中看到《南非國民議會千年項目地圖展》，節目裡的非洲小姐說：地圖上顯示著明顯的非洲大陸的形狀，甚至詳細地標出非洲南端的好望角海峽。這幅古非洲地圖從未在世界上向公眾展示過，南非政府獲得特許，從這個相當精緻的歷史藝術品上獲得了一個原樣摹本。這幅名為《大明混一圖》的地圖，製作年代顯然比西方探險家和地圖繪製者最早抵達南部非洲的時間要早上一百年。

這幅巨大的古地圖原件一直藏在中國第一歷史檔案館中，看過那個專輯後，我曾專門帶著介紹信到這家檔案館，找到館裡的負責人，想看看此圖。但他搖著頭說，此圖從不給任何人看，也從未對外展出過。令人安慰的是二〇一二年，在新建的上海中國海事博物館看到了原尺寸的《大明混一圖》，可能是國內唯一複製件。《大明混一圖》原圖縱三・八六公尺，橫四・七五公尺，彩繪絹本，是中國目前已知尺寸最大、年代最久遠、保存最完好的「古代世界地圖」，屬國寶級珍貴歷史文物。它所繪地理範圍東至日本、朝鮮；南至爪哇；西達非洲西海岸、西歐；北至貝加爾湖以南。當然，南非人最感興趣的是這幅圖對南非的完整描繪。因為，對於非洲它是「第一次」，目前還沒有發現比它更早的描繪南非的地圖。在這幅明代地圖上，還貼滿了密密麻麻的滿文標籤，是清政府取代明王朝後，將這幅圖內一千餘個漢字地名，全部按等級貼蓋上了大小不同的滿文標籤，表明滿族人正統治著這片土地。

《大明混一圖》上沒有留下繪圖的時間與繪製者的名字。專家們只能根據地名標注等對照分析來判定：此圖約繪製於明洪武二十二年（一三八九年）。其中國內部份是依據元朱思本的中國全圖《輿地圖》繪成；非洲、歐洲和東南亞部份是依據元末李澤民《聲教廣被圖》繪成；而印度等地可能是依據元上都天文台長札魯馬丁的《地球儀》和彩色地圖繪製；北部還可能參照了其他地圖資料。

因而，誰是歐洲與南部非洲的最早描繪者，成了千古之謎。

尚未「混一」的疆理圖

與《大明混一圖》同樣受地理學界關注的還有一幅《混一疆理歷代國都之圖》。這幅地圖也繪出了整個非洲，包括好望角。比《大明混一圖》好些的是《混一疆理歷代國都之圖》（圖8.8）上留有重要的跋文。

「天下至廣也，內自中邦，外薄四海，不知其幾千萬里也。約而圖之於數尺之幅，其致詳難矣。故為圖者皆率略。唯吳門李澤民《聲教廣被圖》，頗為詳備；而歷代帝王國都沿革，則天台僧清浚《混一疆理圖》備載焉。建文四年夏，左政丞上洛金公（即金士衡），右政丞丹陽李公（即李茂）燮理之暇，參究是圖，命檢校李薈，更加詳校，合為一圖。其遼水以東，及本國之圖，澤民之圖，亦多缺略。今特增廣本國地圖，而附以日本，勒成新圖。井然可觀，誠可不出戶而知天下也……」

建文元年（一三九九年），朝鮮賀使金士衡在中國看到了元代李澤民的《聲教廣被圖》和清浚的《混一疆理圖》，並將這兩幅圖的複本帶回國。四年後，即西元一四〇二年（比《大明混一圖》晚了十三年）經金士衡、李茂初步考訂和李薈詳細校對，後由李薈和權近補充朝鮮和日本部份。最後，在絹上繪製完成這幅縱一百五十八．五公分、橫一百六十八公分的彩繪地圖。從圖的比例看，權近將朝鮮半島畫得比日本群島大四五倍。

這幅地圖的原圖早已亡佚，現存的《混一疆理歷代國都之圖》，是西元一五〇〇年日本人摹繪的，先藏於日本的一古寺中，後被日本東京龍谷大學圖書館收藏。但據日本古代地圖研究專家海野一隆說，

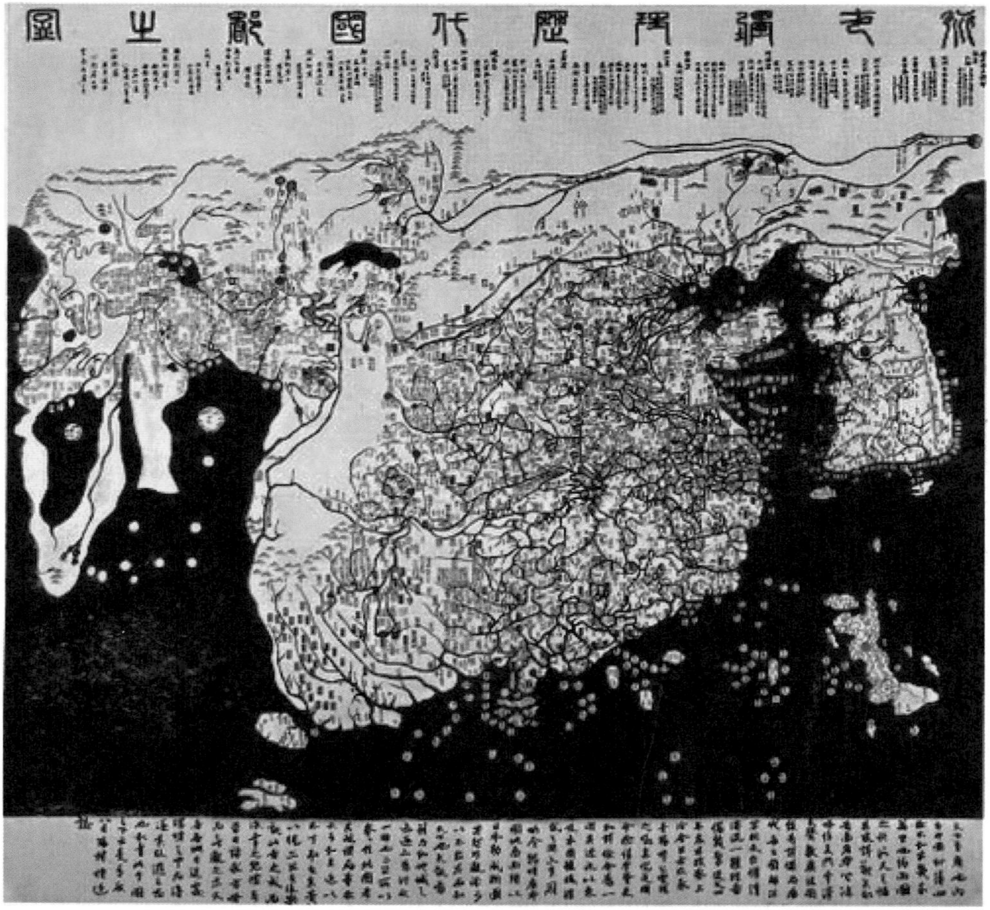

圖8.8：

朝鮮賀使金士衡在大明看到了元代李澤民的《聲教廣被圖》和清浚的《混一疆理圖》，並將這兩幅圖的複本帶回國。四年後（一四〇二年）由李薈和權近補充朝鮮和日本部份，完成這幅縱一百五十八・五公分、橫一百六十八公分的彩繪《混一疆理歷代國都之圖》。

韓國國立漢城大學奎章閣圖書館有一幅更好的《混一疆理歷代國都之圖》複刻版。這幅保存著元代繪圖風格的《混一疆理歷代國都之圖》，描繪範圍：東自朝鮮和日本群島；東南繪出了麻逸（今菲律賓的呂宋島）、三嶼（今菲律賓的巴拉旺島）等島嶼；西南繪有渤泥（婆羅州），三佛（今蘇門答臘島）、馬八兒（今印度的馬拉巴爾）等；正西繪出了三角形的非洲大陸及北部地區；北面已繪到大澤

（今貝加爾湖）以北一線。這幅地圖同樣告訴我們，早在歐洲人繪畫的世界地圖出現之前，元王朝就已對亞洲、非洲等地有了很清楚的認識。

現在的問題是，這幅地圖的重要母本——元末李澤民的《聲教廣被圖》中的非洲大陸是怎樣繪圖出來的？由於李澤民和清浚的輿圖均已失傳，史料中也沒留下他們任何故事。關於這兩幅圖的詳細內容以及李澤民和清浚是否有航海故事，也就無從得知了。日本地圖學專家海野一隆認為：《聲教廣被圖》應成於元代中期一三三〇年前後，其對非洲東岸和南部海岸的描繪之底圖，應取自伊斯蘭世界的地圖。因為，古代印度洋畢竟伊斯蘭的世界，而那裡的航海技術與地圖知識也一直是世界先進水準。此外，中亞來大元的阿拉伯人札魯馬丁曾為元朝製作過一個地球儀，或許對中國人描繪世界另有幫助。

但不論如何，首次描繪出南部非洲的《大明混一圖》和《混一疆理歷代國都之圖》，在世界地圖史上都有著極為重要的地位。但明朝的皇上從這張圖中，也只能看到半個世界。當然，這時歐洲的君王也在蒙昧之中，他們看到的也是不完整的世界。

東方人在東方，畫東方人的世界地圖。

西方人在西方，畫西方人的世界地圖。

迪亞士一四八八年繞過好望角後，歐洲人才「發現」南部和東部非洲，並將這一部份「發現」併入歐洲的世界地圖；再後是哥倫布一四九二年發現美洲，歐洲人又將這個「新大陸」併入他們的世界地圖中；再後是麥哲倫環行世界，世界地圖才算真正「混一」了。東方與西方的世界地圖，才在激烈的歷史大碰撞中融為一體，生成一個完整的世界地圖。

完整的世界地圖和全新的世界觀進入中國，還要等待另一次東西文化的大碰撞。

利瑪竇給中國帶來世界地圖

當大明中國停止遠洋航行之際，西方世界正興起一股席捲世界的航海狂潮。一四八八年葡萄牙的迪亞士發現發好望角後，達伽馬沿著他的航線跨過印度洋，在印度登陸。此後，以印度為基地，葡萄牙人展開了佔領東方市場的宏偉計畫：佔領亞丁——控制紅海通道；奪取荷姆茲——控制波斯灣通道；攻佔麻六甲——控制東部通道。以老大自居的中國，對這一切竟渾然不覺。

據《廣州通志・夷情上》載：「佛郎機素不通中國，正德十二年（一五一七年），駕大舶突至廣州澳口，銃聲如雷，以進貢請封為名……」大明邊境上的香山澳（今澳門），就這樣生出一個「番鬼城」。葡萄人以修船為名賴在香山澳不走了，順著葡萄牙人開出的航路，西班牙人也來了；義大利人也來了。這些洋人將東來第一站選在了肇慶。

肇慶位於珠江三角洲頂端的西江邊上，江海交匯，水陸交通便利。早在西漢時，這裡即立高要縣；隋時，高要升為端州府；宋時，書法家皇帝宋徽宗趙佶，穿上龍袍之前曾為端王。後來，為紀念福之肇始於端州，遂將此地改為「肇慶府」，並親題了三個瘦金字。嘉靖四十三年（一五六四年），兩廣提督吳桂芳正式開府肇慶。這裡又成為兩廣政經中心，自然成為西洋人登陸南中國的首選之地。

一五七九年六月，三十六歲的羅明堅（Michele Ruggieri）抵達澳門，他被稱為首位來中國的義大利傳教士（其實，一五五二年，西班牙的耶穌會士方濟各・沙勿略〔San Francisco Javier〕就已抵達澳門。更早的元朝，也從海上來了不少洋教士）。一五八二年春天，通過當時最有話事權的葡萄牙駐澳官員疏通，羅明堅得以在肇慶落腳，並很快將正在印度果阿（葡萄牙東方殖民活動的中心）傳教的瑪提歐・利奇（Matteo Ricci）調來當助手。為融入中國社會，瑪提歐・利奇給自己起了一個載入中西交往史冊的中文名字——利瑪竇。

師徒二人在肇慶落腳，仿照和尚的樣子剃光了頭髮，改穿僧服；並請求地方官批一小塊地，讓他們建一座敬神的小房子。斯時正在西江邊上興建鎮河寶塔的知府王泮，就在他的寶塔旁邊，批給西僧一塊土地。萬曆十三年（一五八五年），漂亮的小教堂與王泮的崇禧塔同時落成。不知這西洋教為什麼宗教的王泮，親題兩塊匾額送給教堂：一塊「西來淨土」，一塊「仙花寺」。一五八八年，王泮升任湖廣布政使，並離開了肇慶（同年，羅明堅回義大利）。臨走的前一年，當地人為了紀念來自紹興的王泮，在肇慶為官八年的貢獻，特在崇禧塔西側為他修了一座「王泮生祠」。這座建築的後殿仍在，崇禧塔仍立在西江邊上；但今天已無法找到利瑪竇「故居」——仙花寺了。舊址上，而今只有一個石碑，上書「利瑪竇仙花寺遺址」。

有了仙花寺這個陣地，利瑪竇便擺開了西洋文化的場子：西方書籍、自鳴鐘、望遠鏡、地圖……在這個圖書館、展覽館兼文化沙龍的寺院裡，最引人注目的是他帶來的那幅《世界地圖》。利瑪竇指著地圖，講述自己在哪裡出生、從哪裡來到中國、經過了哪些國家……飽讀四書五經的中國書生，大開眼界。知府王泮是個精明人，即刻請利瑪竇把這幅地圖翻刻成中文版的世界地圖。於是，利瑪竇與中國朋友一起繪製了一幅比原圖更大的，並且有漢字注釋的世界地圖。王泮為此圖題了一個中國式的名字：「山海輿地全圖」。

肇慶就這樣擁有了第一張中文版的世界地圖。

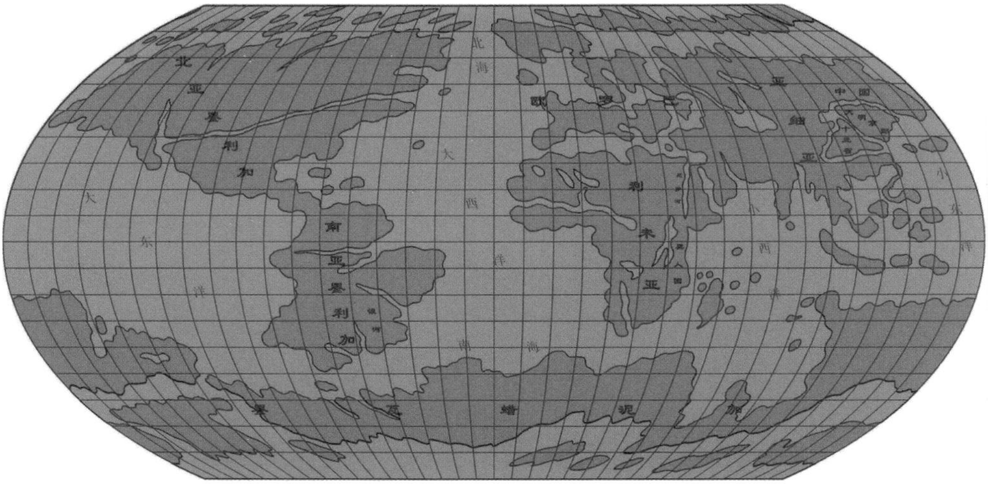

圖8.9：

利瑪竇來中國繪製的第一幅世界地圖《山海輿地全圖》早就消失了，它到底是啥模樣，沒人能確切描述出來。二〇〇〇年以郝曉光為首的幾位地圖學學者，根據史料加以推理，復原出了一幅《山海輿地全圖》示意圖。

外國人最善長捕捉中國人的弱點，尤其是他們要進入中國社會的時候。利瑪竇很快就發現，在中國人看來「世上沒有其他的國家、朝代或文化是值得誇耀的。這種無知使他們越發驕傲，而一旦真相大白，他們就越發自卑……另一個結果也同樣重要。他們在地圖上看到歐洲和中國之間隔著幾乎無數的海洋陸地，這種認識減輕了我們到來所造成的恐懼。」也就是說，利瑪竇的世界地圖在仙花寺出現，並非偶然。借助世界地圖改變中國人的世界觀，進而改變對歐洲人的看法，是利瑪竇的文化策略；但他沒有料到，地圖中的中國位置會成為東西文化一次耐人尋味的碰撞。

《山海輿地全圖》繪成後，王泮的目光在地圖上掃了半天，才找到「我泱泱大國」，知府大人對「置中國於地圖之極東一角」，表示了不滿：「世界唯中國獨大，餘皆小，且野蠻。」剛剛落腳肇慶的利瑪竇感到了主人的不快，決定以東方視角重新安排中國的位置與世界圖景。

非常遺憾的是，利瑪竇繪製的《山海輿地全圖》早就消失了，它到底是啥模樣，沒人能確切描述出來。二〇〇〇年以郝曉光為首的幾位地圖學學者，根據史料加以推理，復原出了一幅《山海輿地全圖》示意圖（圖8.9），使人們對最初的那幅地圖有了形象的認識。而據地圖史學家考證，最接近《山海輿地全圖》的是明代的理學家九江白鹿洞書院山長章潢，一五八五年編撰的《圖書編》中的《輿地山海全圖》（名字已經不一樣了）。這張地圖被認為是現存最早的利瑪竇世界地圖的仿製圖。《輿地山海全圖》將中國繪在地圖的中央，這似乎證明了：除《山海輿地全圖》外，利瑪竇後來畫的所有世界地圖，全都是將中國置於地圖中央的。四百多年過去，直到今天，這款「太平洋格局」的世界地圖，雖經無數次修正，越畫越準，但卻從未走出「利瑪竇框架」。

古代中國與世界的關係，也許被利瑪竇改圖而「事件」化了，但它確實是研究中國思想史的一個值得反覆思索的「經典」。

新世界觀並沒改變中國

利瑪竇的世界地圖，不論是把中國放在中央的，還是置於一邊的，都是當時最先進的，也是中國人前所未見的世界圖景。這是中國與世界親密接觸的極好機會，但機會並非變革的必要條件。

直到一六〇一年，也就是萬曆三十年，利瑪竇才等來了進京拜見萬曆皇帝的機會，此時四十歲當了三十年皇帝的朱翊鈞，已經稱病不朝。但這位「西洋陪臣」還是獻上了系列禮品：天帝母圖像、天帝經、自鳴鐘、建築繪畫、銅版畫、西洋琴、沙刻漏、乾羅經，還有一張被叫做《萬國輿圖》的世界地圖和不久前在荷蘭出版的奧特里烏斯（Abraham Ortelius）編輯的有五十多種各國地圖的《世界概觀》地圖

坤輿萬國全圖

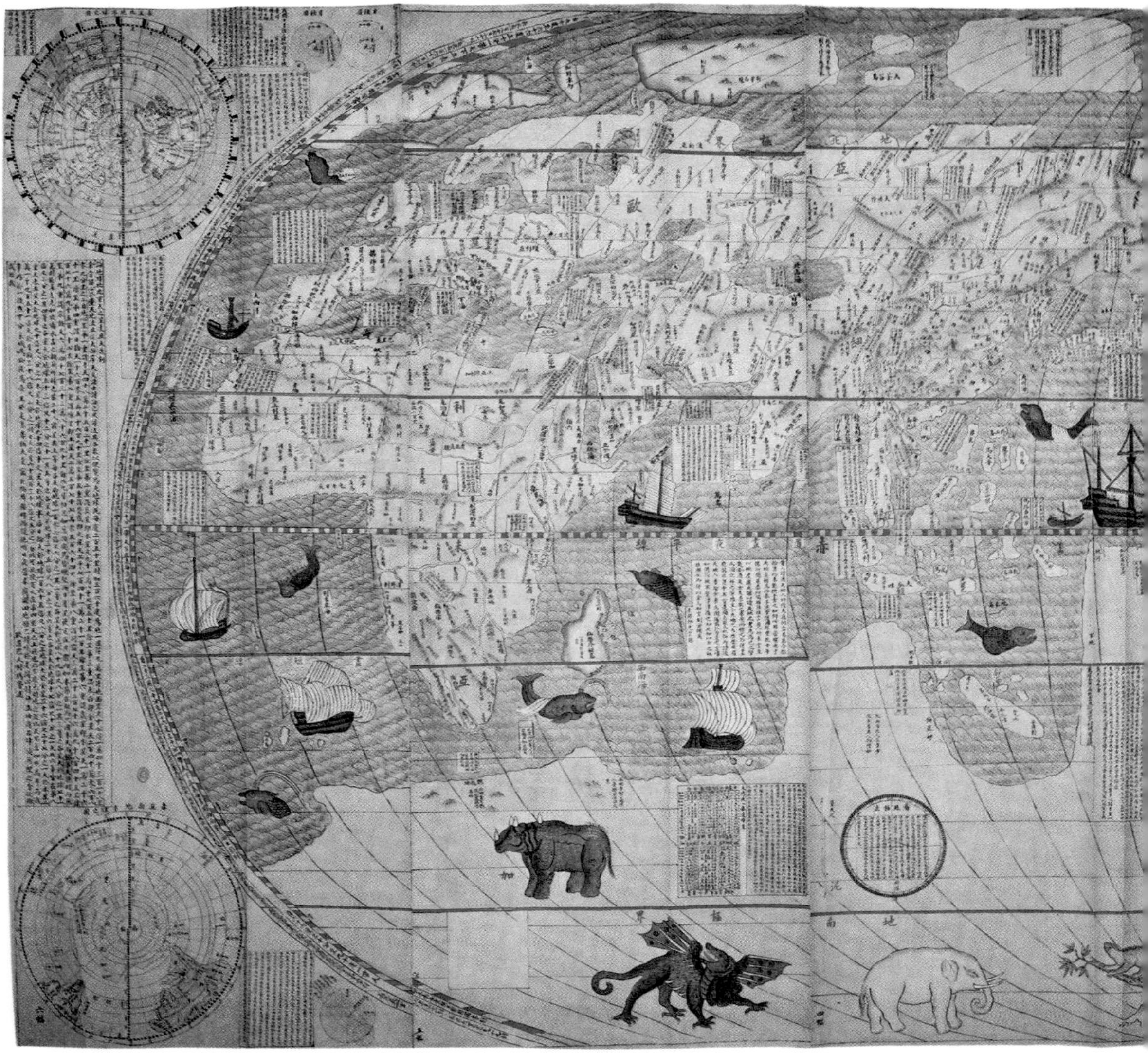

圖8.10：

南京博物院收藏的彩色摹本《坤輿萬國全圖》。

冊。萬曆皇帝是否看了世界地圖集，我們不得而知。但那幅《萬國輿圖》萬曆皇帝非常喜歡，他令工匠把這幅世界地圖分成十二幅，做成屏風。世界地圖就這樣變成了一幅賞心悅目的圖畫。

利瑪竇的世界地圖中，最為我們熟知的《坤輿萬國全圖》，初刻時總共用了幾大塊刻板，每一塊都有一人高。現為中國國家圖書館珍藏的這一幅，原來存放在西什庫教堂。此圖是當時世界最接近於真實的地圖，上面還用中文記有各種傳說和猜想。如，在黑龍江一帶就寫有「北室韋：地多積雪，人騎木而行，以防坑陷，捕貂為業，衣魚皮」。大西洋裡的一座重要島嶼被譯作「諳厄利亞」，並加注稱「諳厄利亞無毒蛇等蟲，雖別處攜去者，到其地，即無毒性」。一八四〇年，這個地方被大清譯為「英吉利」。

以華夏為中心的世界觀，並沒像人們預想的那樣在世界地圖面前「崩潰」。雖然，此後的中國繪製的地圖愈發精緻，但對世界的知曉卻依舊寥寥。至於，中國皇上的世界觀，仍然堅挺得很，也固執得很。直到鴉片戰爭和八國聯軍進北京後，中國上上下下的世界觀，才在槍炮聲中「崩潰」。

不過，有一點必須指出：並非只有中國人把自己放在世界的中央，很多國家都是把自己放在地圖的中央，歐洲的地理學也一直是以歐洲為中心。過去如此，現在也是如此。因為，從便於使用地圖的角度講，把自己的國家放在世界的中央，是合乎「情」，也合乎「理」的。

二〇一〇年是這位偉大的西學傳人，在北京去世四百週年。從一五八二年澳門登陸到一六一〇年病逝北京，利瑪竇在中國生活了二十八年。在漫長的東方歲月裡，利瑪竇留下了大量的世界地圖，據古代地圖專家曹婉如考訂其版本有十餘種：《山海輿地全圖》（王泮付梓，肇慶，一五八四年）；《世界圖志》（南昌，一五九五年）；《世界圖記》（南昌，一五九六年）；《山海輿地圖》（趙可懷勒石，蘇州，一五九五年至一五九八年）；《山海輿地全圖》（吳中明付梓，南京，一六〇〇年）；《輿地全圖》（馮應京付梓，北京，一六〇一年）；《坤輿萬國全圖》（李之藻付梓，北京，一六〇二年）；《坤輿萬國全圖》（刻工某刻板，北京，一六〇二年）；《兩儀玄覽圖》（李應試付梓，北京，一六〇三年）；《山海輿地全圖》（郭子章付梓，貴州，一六〇四年）；《世界地圖》（李應試刻板，北京，一六〇六年）；《坤輿萬國全圖》（諸太監摹繪，北京，一六〇八年）。

四百多年過去，如今在中國可以看到的利瑪竇世界地圖，僅剩下南京博物院收藏的彩色摹本《坤輿萬國全圖》（圖8.10）、中國歷史博物館收藏的墨線仿繪本《坤輿萬國全圖》、遼寧省博物館收藏的刻本《兩儀玄覽圖》、禹貢學會影印的《坤輿萬國全圖》等少數幾個版本。其他的版本流散於亞歐其他國家。所以，拋開其他不談，就是僅僅從地理學來論，利瑪竇都不愧為東西方文化交流的偉大使者。

二〇〇〇年，為與上一個百年，或上兩個千年作別，北京修建了中華世紀壇，壇內雕刻了一百位對中華文明有貢獻的歷史名人，其中僅有兩個外國人入畫，一位是馬可波羅，一位是利瑪竇。

馬可波羅把中國介紹給世界。

利瑪竇則把世界介紹給中國。

西儒送來第一部中文版《世界地理》

一六一〇年，給中國人送來「第一張世界地圖」的義大利傳教士利瑪竇死在北京，同年年底，澳門島上又來了一位義大利傳教士，他就是為中國送來「第一部中文版《世界地理》（《職方外紀》）」的艾儒略（圖8.11）。我不想說這是天主之意，但事實上，這兩位死在中國的義大利人，確實用生命完成了一次載入青史的西學知識的大接力。

一五八二出生的艾儒略和利瑪竇一樣，都出生在貴族家庭，受過良好的教育。在威尼斯神學院畢業後，艾儒略加入了耶穌會，並由此踏上了異域傳教的道路。一六一三年經過三年的努力，艾儒略終於得以進入中國內地，為了討好中國人，他為自己起了個「艾（愛）儒」的名字。

沿珠江口北上的艾儒略，先在利瑪竇生活過的肇慶落腳，過了一段時間之後，他沿韶州、南京一線北上，順利到達了北京。在北京他找到了利瑪竇的老朋友，已經入洋教的徐光啟。不久後，他跟隨辭職返鄉的徐光啟到了江南。在杭州傳教的過程中，他接納了楊廷筠、李之藻兩位重要人物入教，並開始用中文出版著作。從一六二三年到一六二四年，艾儒略在江南先後出版了他最為重要的三部著作：《萬國全圖》、《職方外紀》和《西學凡》。

圖8.11：

艾儒略版畫像。

艾儒略的《萬國全圖》並非原創，或者說，它就是一部向利瑪竇致敬的著作。這是一本他與楊廷筠聯合編撰的「世界地圖冊」，其底本就是利瑪竇的《萬國全圖》。艾儒略將自己的名字題於地圖的左上角。

艾儒略的《職方外紀》說起來也不是他的原創，此書封面上印著這樣一行字：西海艾儒略增譯，東海楊廷筠匯記。這十幾個字告訴人們它是一部書的譯記。此中的意思有點複雜，要分頭來說，才能把它說清楚。

先說什麼是「職方」？「職方」是古代中國的一個官職。遠在商周時期，便有「職方」、「外史」一類的官職，專司地理文獻方面的管理及考編工作。接著說「外紀」又是一種什麼「紀」？商周設「職方」之官時，也有「外史」之官。凡外出之史，記錄的地理文獻方面的文字，稱之為「外紀」。這方面的早期經典，即晉釋法顯的「外紀」之書《佛國記》。此後，這類輿地誌書，漸次盛行。

「西海艾儒略增譯」，所謂「西海」是明朝對弄不清的西方來客的統一稱謂。所謂「增譯」，《職方外紀》的署名的多種，其中，廣為人知的是《四庫全書》中的署名「艾儒略撰」。但在最初的刻本上，寫的就是「西海艾儒略增譯」。當初刻上「增譯」二字，艾儒略是想告訴人們這部書是有所本的。它是從西人龐迪我、熊三拔的西班牙底本上增擴而來的。

「東海楊廷筠匯記」，言明此書有中國楊廷筠的潤色整理之功。事實上，沒有護教骨幹楊廷筠將身為傳教士的艾儒略藏在杭州家中，艾儒略不僅無法完成《職方外紀》，或許，在那場聲勢浩大的教案中，連小命都搭進去了。所以，天啟四年（一六二四年）此書初刻時，當然要署上楊廷筠的大名了。

現在，該說說這個西洋「職方」是怎麼跑到中國寫上「外紀」的了。

艾儒略和利瑪竇的經歷幾乎是一樣的，都是從澳門進入中國後一路北上，而後進入北京。在中國，一邊傳教，一邊譯介西方書籍，這是那一代的傳教士的重要使命。利瑪竇先後出版著作十餘種，而艾儒略則是出版了二十二種著作。此中對中國文化產生重要影響的，即後來收入「四庫」的《職方外紀》和《西學凡》。

《職方外紀》全書共分五卷：卷一，亞細亞總說；卷二，歐羅巴總說；卷三，利未亞總說（非洲）；卷四，阿莫利加總說（美洲）；卷五，四海總說。附七幅地圖——《萬國全圖》、《北輿全圖》、《南輿全圖》、《亞細亞圖》、《歐羅巴圖》、《利未亞圖》、《南北阿莫利加圖》。

這是西方人地理大發現之後，最為全面的一部世界地理大全。它不僅記錄了大發現之後，重新認識的非洲，和以前聞所未聞的新大陸美洲，還有歐洲人並不十分瞭解的遠東。所以，它不僅是由「西方人編寫的第一部中文版的《世界地理》」，同時，它也是「十七世紀西方世界最新版的《世界地理》」。

雖然，這部《職方外紀》有著「歐洲中心觀」的視角，但它對世界的全面翔實的介紹，還是吸引了千百年來關門過日子的中國學者。楊廷筠在《職方外紀序》中說，「《楚辭》問天地何際，儒者不能對……西方之人，獨出千古，開創一家……考圖證說，歷歷可據，斯亦奇矣。」而後學之人，更是稱讚「茲刻之大有功於世道也」。杭州版刻過之後，艾儒略入閩，由於《職方外紀》深受歡迎，「閩人多有索者，故艾君重梓之。」

艾儒略的《西學凡》，雖然只有一卷，但卻將西式學科第一次展現在中國學子面前。此本言西洋建學育才之法，凡分六科：文科；理科；醫科；法科；教科；道科。其教授各有次第，大抵從文入理，而理為之綱。文科如中國之小學，理科如中國之大學，醫科、法科、教科皆其事業，道科則彼法中所謂盡性至命之極也。

天啟四年（一六二四年），明朝內閣首輔福建人葉向高退職歸里，途經杭州，在楊廷筠寓所與艾儒略結識，便邀請艾儒略南下入閩傳教。一六二四年十二月二十九日，艾儒略與葉向高坐船到達福州，開始了在閩二十五年的傳教生涯。

福州是耶穌會在中國刻印出版漢文著作的中心之一。這一時期也是艾儒略出書最多的時期，總共出版了《性學觕述》、《三山論學紀》、《滌罪正規》、《悔罪要旨》、《耶穌聖體禱文》、《萬物真原》、《楊淇園先生事跡》、《彌撒祭義》、《利西泰先生行跡》、《幾何要法》、《出像經解》、《天主降生言行紀略》、《天主降生引義》、《西方答問》、《聖夢歌》等十五種書，涉及神學、哲學、數學、醫學、地理等諸方面知識，因而該時期也成為了西學東漸的一個重要時期。

在艾儒略一心在福建傳教之時，中國發生了改朝換代的大事變。大清滅明，「愛儒」的艾儒略介入了反清抗爭，與史可法討論在澳門籌備抗清之事，但史可法的軍隊才到浦口，清兵便已經進入北京。艾儒略只得折返福州。一六四五年，南明隆武帝於福州登基，賜匾予支持抗清的福堂。次年，清軍攻入福州，艾儒略隨反清人士逃亡，後因疾病纏身，至一六四九年六月十日在延平去世。其靈柩被移往福州葬於城外十字山。但現在人們拜祭艾儒略時，那個墓園已不是當年的十字山了。一九九九年，因為福州房地產開發，土地發展商以蓮花山墓園一隅闢作天主教公墓來與教會交換原有墓地的產權，艾儒略遺骨被火化後遷至新墓園。還好，這位來華三十六年的西學傳播者，總算留下了一個「安身」之地。

鑒於這位西來的「職方」盡職盡責地在中國寫「外紀」，受其開眼之惠的中國儒生送給艾儒略一個極高的稱號——「西來孔子」。

西文善本的中國傳奇

二〇〇七年首屆香港國際古書展的記錄網上還能查到：一頁正反兩面印刷的古登堡《聖經》，標價四十五萬港幣。以前只知宋刻本是按頁論價的，每頁與金箔價格差不多，甚至還高。首屆古書展我沒趕上，二〇〇九年的這一屆總算趕上了。在香港展覽中心展覽館，我有幸看到了傳說中的西文善本。

進入古書展的展廳，我直奔那部四開的英文《聖經》。它的來歷可不簡單，當年亨利八世為與老婆離婚迎娶第三者為妻，毅然與羅馬教廷斷絕關係，成為英格蘭僧俗兩界的最高領袖，一五三六年又下令用英文誦讀《聖經》，進而成為一個獨立的新教國家——而這裡展出的即是一六一一年英國皇家「欽定版」英語《聖經》。從某種意義上講，它就是最早的「雅思」（IELTS）教材，英格蘭語文就是從這本英國的「書經」起步的，它對英語的普及與規範功高至偉。英國歷史家格林宣稱，「英國人是一本書的民族，這本書就是《聖經》」，英國文學史家聖茨伯里（George Edward Bateman Saintsbury）則說，只熟讀一部《聖經》就能成為文學家——這本標價一百五十五萬港幣的古書，「古」得不一般。

書展會上還有一半展品是中國的善本書，這些書有很多來自海外。有人把這些本子的流動解說為「中西文化交流」。但我提請大家注意的是：中國善本多是被殖民者以各種手段，以「文物」的目標掠走的（比如，敦煌經卷），那是像流血一樣的流失。而中國現有的西文善本則是當年西方殖民者以文化和科技輸出方式進入中國，這種文明養分，味道複雜。

借此展覽，我很想說一下中國的西文善本。

西學入華的歷史，依我粗淺地劃分，大體是兩塊：一是漢唐一脈，為首次西學東來，實是「東學」東來，因為此「西」多集中於印度與西亞；二是明清一脈，為第二次西學東來，這一次的「西」則涉及整個歐洲。由於西方金屬活字印刷誕生於一四五〇年左右，所以印刷品意義上的西文善本，只能產生於第二次西學東來。西文善本於明代進入中國，具體講是萬曆年間，我們就有了今天被稱之為「西文善本」的寶貝。

利瑪竇一五八二年來華，翻開了西學東來劃時代的一頁。其中最偉大的成果當是引入《幾何原本》。這部在西方世界影響僅次於《聖經》的科學巨著，在一四八二年有了第一個印刷版本後得到了更加廣泛地傳播。利瑪竇在印刷版本誕生百年之後，為中國帶來的是它一五七四年的印刷版本，此書經過了利瑪竇的老師克拉維烏斯的翻譯整理。恰好是香港舉辦首屆國際古書展之日（二〇〇七年十一月上旬），利瑪竇的後裔利奇先生和徐光啟、熊三拔（非直系後代）的後裔在上海相聚，紀念徐光啟、利瑪竇合譯（熊三拔也參與了其中部份問題的研討）《幾何原本》四百週年——當年，正是利瑪竇「科技開路，曲線傳教」的思想和後來的那本《利瑪竇中國札記》，在歐洲產生的巨大影響，才引發了又一個中西文化交流史上（今天看也是西文善本史）的重大事件。

似有冥冥中的承繼關係，利瑪竇在北京病逝的這一年（一六一〇年），又一位傳教士在澳門登陸，他就是比利時的金尼閣。五年後，他在回國的船上用拉丁文翻譯了利瑪竇以義大利文寫成的回憶錄《基督教遠征中國史》。一六一五年他以《利瑪竇中國札記》（圖8.12）之名出版了這本書，此書的出版引起了歐洲傳教士到中國傳教的熱潮。

一六一八年的春天，金尼閣率領二十餘名新招募的傳教士再次踏上來華旅途。海路遙遙，有七名傳

圖8.12：

傳教士金尼閣用拉丁文翻譯了利瑪竇以義大利文寫成的回憶錄《基督教遠征中國史》。一六一五年他以《利瑪竇中國札記》之名出版了這本書，此書的出版引起了歐洲傳教士到中國傳教的熱潮。

教士病死在路上，其中包括金尼閣的弟弟。同船來華的有鄧玉函、羅雅谷、湯若望、傅泛際等學養深厚的傳教士，他們都成了在中國傳播西學的主力。

金尼閣二次來華負有一個重要使命，即為中國耶穌會建立一個圖書館。為此，他與同伴鄧玉函從歐洲各地挑選了各個領域的經典著作，加上教皇所贈的五百冊書，共有七千冊書裝船運往中國——如此規模，在當時的歐洲也算是大型圖書館。

明萬曆四十七年（一六一九年），金尼閣攜書抵達中國澳門，由於此前發生過「南京教案」，這批西書只好分批運進大陸，並輾轉被帶到北京，但後來也只有部份運到耶穌會圖書館。耶穌會撤消後，這部份西書又進入北堂圖書館。

參觀過首屆香港國際古書展的人，將有幸見到一五四三年德國首次出版的《天體運行論》，標價一百五十萬美金。而金尼閣帶入中國的七千部西書中，恰好就有一五六六年的瑞士巴塞爾的第二版《天體運行論》。這部具有挑戰性的科學巨著，在一六一六年曾被羅馬教廷列為禁書，但它卻能輾轉進入中國，實在是萬幸。不幸的是《天體運行論》沒有像《幾何原本》那樣被翻譯成中文，和那批東來的西書一樣寂寞地躺在異鄉，成為「沒人讀過的好書」。

事實上，金尼閣來華之初曾擬定龐大的翻譯計畫，並聯繫了艾儒略、徐光啟、楊廷筠、李之藻、王徽、李天經等中外人士共同翻譯出版這些書籍。但金尼閣在杭州早逝，最終除一小部份被李之藻和王徽等人翻譯成中文外，絕大部份西文書籍不僅沒發出華夏之聲，而且不知所終，死不見屍了。

只為後世留下一個淒涼的名字——「金氏遺書。」

三百多年過去，即使找不回「金氏遺書」，人們也想知道，金尼閣帶來的七千部西書都是些什麼書。我曾請教過一位正在英國攻讀博士的小姐，請她查一查歐洲是否有這七千部古書的書目。她沒能找到這方面的東西，西方沒有這些西書的答案。唯一能透露出一點「金氏遺書」訊息的，只有那個著名的編目——《北堂書目》。它以書目的形式顯示：「金氏遺書」曾經「存在」，今且「活著」。

所謂北堂，其「堂」即教堂；北京當時有東、西、南、北四大教堂；北堂即後來的西什庫教堂，坐落在舊北京圖書館的斜對面。所謂《北堂書目》，是北堂圖書館明清藏書的目錄，是三百多年西學東傳的文獻縮影，其中包括「金氏遺書」的部份遺存。

北堂藏書十分複雜，它有老北堂藏書和新北堂藏書之分。新北堂藏書是一八六〇年英法聯軍進北京，天主教財產被歸還以後，南堂藏書與北堂藏書正式合流以後的北堂藏書。由於老北堂藏書並沒有一個明確的書目，所以，「金氏遺書」的書，就這樣混入新北堂的書中，想從《北堂書目》中分辨出來，實在不易。

中國是一個書國，即使是看不懂的西書，知識界也高看一眼。《北堂書目》就是應北京知識階層的請求，於一九三九年啟動的。此工程經燕京大學校長司徒雷登等人介紹，得到美國洛氏基金的支持，由輔仁大學則負責編輯。一九四四年出版了北堂藏書的第一部書目，即法文部份書目；一九四八年又出版了第二部和第三部拉丁文書目和其他各國文書目。一九四九年《北堂書目》交由教會出版社正式出版。

雖然，《北堂書目》中難辨「金氏遺書」，但它卻是目錄意義上的「西文善本大全」。找不到也摸不到「金氏遺書」的中國文獻學家，只好把研究西文善本的熱情投入到研究《北堂書目》的工作中，是他們的精細統計使我們得以知道：當年的北堂收藏了法文、拉丁文、義大利、葡萄牙文、西班牙文、德文、希臘文、荷蘭文、英文、希伯來文、斯拉夫文和波蘭等幾乎所有歐洲語言的古書。其中數量最多的是拉丁文古書，而後是法文古書。據參與過一九七八年「北堂書」清點的專家說，其中至少有兩種是一四五〇年至一五〇〇年的印本書籍，屬於西善極品「搖籃本」。

「北堂遺書」名聲極大，但絕大部份來自南堂所藏，大約一千三百種；而東堂、西堂和北堂三堂的藏書加起來，才三百餘種。此外，還有鎮江、濟南、杭州、南京、上海、正定、武昌、開封等住堂的藏書，和幾位主教的私人藏書近千種，加上來源不詳的圖書兩千餘種，共四千四百零一種，五千一百三十三冊。但「四堂」總藏書量，仍不及金尼閣的「七千遺書」。

如果不做統計，人們很容易認為傳教士帶來的書都是宗教書。其實不然，《北堂書目》中的宗教類圖書，僅佔所藏的三分之一。計有聖經、教父學、神學教義及倫理學、辨證神學及神秘主義、教規法及民法、佈道及教義問答、禱告書、禁慾主義等，共兩千餘種。北堂藏書的三分之二，是自然與社會科學類。計有歷史、自然史、哲學、文學、幾何學及水文學、數學、天文學及日晷測時學、物理學及化學、機械學及工藝學、醫藥學、語言學、傳記、雜類等，共三千餘種。

不能不嘆惜：當年若把「金氏遺書」或「北堂藏書」全部翻譯過來，我們的大明、大清將呈現出什麼樣的文化面貌？但歷史不是遊戲，歷史是你不得不接受那個結局：明清一脈，中國人依然熱考「四書五經」，不問科學，遑論民主。

「金氏遺書」顯然是見不到「全屍」了，但還有北堂藏書。這麼多身世複雜、價值連城的西文善本，而今，都在哪個「高閣」裡「高就」？

據說，《北堂書目》及北堂所藏的西文善本，現存於中國國家圖書館古籍善本部，其中，至少有的四種（五冊）一四五〇年至一五〇〇年間出版的珍貴「搖籃本」，其次才是這裡所說的那些西文善本，這些古書有的在西方已經失傳。

據說，有人見過第二版的《天體運行論》，它靜靜地躺在中國國家圖書館善本特藏部裡，藍布函套，犢皮封面，扉頁上有與金尼閣同船來華的傳教士羅雅谷的拉丁文名字。

兩年前，我曾拜訪過國圖善本部，原打算走「後門」拜見善本，結果是「沒門」。不久前，見到上海交大的科學史博士江曉原先生，與他說起此事。他說，當年為做畢業論文也曾找過「北堂遺書」，結果也是見不到。他告訴我：「此中說法頗多。」

公開的資訊稱，國圖善本目錄中收錄了一九五三種西文和日文書籍。但北堂藏書不包括此目錄之內。由於「種種原因」吧，北堂藏書還不能對內或對外開放，「金氏遺書」的最終面目，仍無從揭曉。

我只能祝願這些西文善本——大善存焉。

大明王朝拉開中國近代史的帷幕

范文瀾先生說林則徐是「睜眼看世界的第一人」，這話並不一定錯了，但卻完全忽略了明朝——中國就沒閉上眼睛。不說鄭和下西洋後，《武備志》裡展現了「鄭和下西洋航海圖」，單說萬曆朝，利瑪竇給中國帶來第一幅中文版的世界地圖《山海輿地全圖》，令大明知識界乃至皇帝都看到了全新的世界地圖，大開眼界。所以，僅從地圖的角度看去，不僅說林則徐是「睜眼看世界的第一人」不夠準確，連將中國近代史的起點劃在鴉片戰爭，也值得商榷。我更傾向於將中國近代史的起點定位於明代，至少在與地理學的意義上是有依據的。

文藝復興是西方歷史的重要分水嶺，它靠著兩個致命的武器，終結了歐洲的封建社會，使歐洲開始向全新的社會形態過渡。文藝復興並非如它的四不像的漢譯命名一樣是「文藝」的「復興」，而是一種再生，是自由意識覺醒。它對人類最偉大的貢獻：一是發現「人」，二是發現「世界」。前者是將神權的統治扭轉到人文主義的軌道上來，解放了人的思想，推動了文化的進步，進而為資本主義發展做好了思想準備；後者是發現「世界」，大航海帶來了地理大發現，使人類對世界有了全新的認識，東方與西方、舊大陸與新大陸，相互碰撞，世界格局因此而改變。

中國當然不能置身事外，恰恰相反，中國是一個重要的參與者。雖然，這種參與有著極大的被動性，但相對於西方而言，整個東方差不多都是處於被動的，被動地從傳統社會中拉扯出來，加入到世界的「三千未有之大變局」。

此後的世界史，此後的中國史，已無法再簡單地歸入各自的獨立的編年史中，世界史，世界近代史與各國的國史緊密相連。中國歷史也是如此，從此刻開始，已不能再單獨書寫，它將進入到世界近代史的大格局中，重新定位這一段的中國史和中國的近代化。

雖然，中國以自己為世界，已有上千年的歷史，但將中國圖景繪入世界地圖，一直是西方的一項偉大地理工程。西方地理學先師托勒密在西元二世紀描繪最早的世界地圖中，中國是不存在的，印度是世界的最東邊。這樣的認識在西方足足持續了一千年，直到一三七五年一幅全新的世界地圖——「加泰羅尼亞航海圖」的誕生。在這幅細密畫風格的地圖上，中國被描繪成一片富裕的大地，大汗的京城，南方的刺桐港，皆在其中；但蒙元帝國的邊界完全不準確，比例也和實際相差甚遠。這是馬可波羅東方旅行之後，最清晰地描繪了中國的西方世界地圖。不過，此時離新大陸的發現，還有一百多年，世界仍是殘缺的。直到一四九二年哥倫布發現了新大陸，一五〇七年德國教士瓦爾德西繆勒（Martin Waldseemüller）繪製並出版加入了美洲的全新世界地圖——世界終於成為一個整體。而一五八五年荷蘭安特衛普出版的奧特里烏斯《世界概觀》地圖集，終於初步完成了地理的全球化。

在奧特里烏斯《世界概觀》中，對於中國別具意義的是，它收錄了一幅葡萄牙耶穌會士、地理學家巴布達（Luis Jorge de Barbuda）所繪製的並以「CHINAE（中國）」來命名的中國地圖。自十六世紀初，葡萄牙人打通麻六甲航線後，有機會自南海接觸到中國和中國地圖。據信，明嘉靖年間刻印的《古今形勝之圖》已於一五七四年傳入西班牙。這些因素直接影響了十年後，編入《世界概觀》中的巴布達繪製的這幅中國地圖（圖8.13）。

巴布達的這幅中國地圖，也是一張中國分省地圖。它標出了明朝當時十五個省份中的十三個省

圖8.13：

奧特里烏斯一五八五年在荷蘭安特衛普出版的《世界概觀》地圖集，以地圖的方式初步完成了地理上的全球化。這個世界地圖集對於中國的特殊意義是，它收錄了一幅葡萄牙地理學家巴布達所繪製的《中國地圖》，這是西方世界的首張單幅的中國地圖。

份的位置及名稱，這些省份有：廣西（QVANCII）、廣東（CANTAM）、福建（FOQVIEM）、浙江（CHEQVIAM）、南京（NANQVII）、山東（XANTON）、京師（QVINCII）、貴州（QVICHEV）、陝西（XIAMXII）、山西（SANCII）、雲南（IVNNA）、河南（HONAO）、江西（FVQVAM撫州）。四川和湖廣則沒有標出。其中，廣西、廣東、福建、浙江、南京、山東等沿海省份的相對位置大致正確，一些港口城市和海島也標注得較為清楚，如：澳門（但誤為珠江口東岸）、廈門、寧波、海南島、台灣島等。這幅地圖的另一貢獻是，第一次在西文的中國地圖上繪出了長城。

一五八五年，西方通過《世界概觀》知道了中國的圖景與位置，這一年，中國也首次擁有了西方人繪製世界全圖，即利瑪竇在廣東繪製的《山海輿地全圖》。一五八五年，中國與世界，世界與中國就這樣聯在一起了。

海洋外交引領大明跨入近代史

現在，我們換一個視角，從海洋外交來看大明朝。

雖然，一五〇〇年到一七〇〇年之間，中國與西方的貿易是在平和中進行的，甚至，一直到一八四〇年前，中國社會一直與西方世界都沒有大的正面衝突。但是這不等於，中國人沒有同西方人打外交戰，甚至，小的戰爭。恰恰相反，晚清的屈辱，在大明時已留下了伏筆。

西方人對中國的興趣，很大程度上是被馬可波羅的遊記所激發。在一四九二年哥倫布西行尋找中國撞上美洲之後。葡文的《馬可波羅遊記》也在里斯本出版。雖然，一五〇二年這個葡文版比一三〇七年的法文版，晚了二百年，但它激起的到東方去的慾望，卻非同凡響。葡文版的前言中說：「想往東方的全部願望，都是來自想要前去中國。航向遙遠的印度洋，鼓動對那片叫做Syne Serica（中國）的未知世界的嚮往，那就是要尋訪Catayo（契丹，古歐洲人對中國的稱呼）。」

中國與西方世界相遇，只是早一天晚一天的事了。

一五〇八年，葡萄牙人塞戈拉（Diogo Lopesde Sequeira）自里斯本率六艘船隻遠航滿剌加（麻六甲）。葡萄牙國王特頒指令，要求他匯報在滿剌加的中國人的情況：「要弄清中國人的情況。他們來自哪裡？距離有多遠？到麻六甲貿易的間隔時間有多長？攜帶什麼商品？每年來往商船的數目和船的規模如何？是否在當年返回？他們在麻六甲或者其他地方是否設有商館和公司？他們是否很富有？性格怎麼樣？有沒有武器和大炮？身穿什麼服裝？身材高矮如何？此外，他們是基督徒還是異教徒？他們的國家是否強大？有幾位國王？國內有沒有摩爾人和其他不遵行其法律及不信仰其宗教的民族？如果他們不信仰基督教，他們信仰和崇拜什麼？風俗如何？國家規模以及與什麼國家接壤相鄰？」

一五一七年，已經拿下了麻六甲的葡萄牙，派出特使皮瑞茲（**Tom Pires**）沿南中國海北上，先後到達廣州和北京，要求通商，但被大明政府拒絕了。一五五三年葡萄牙人不再提通商要求，而以修船為借口，在澳門「借住」，一住就是四百四十六年。

利瑪竇在廣東繪製的《山海輿地全圖》，和此後艾儒略神父編成《職方外紀》等著作，天朝中國總算有人明白，天外有天，如萬曆朝進士謝肇淛在他的博物著作中《五雜俎》所言：「天主國，更在佛國之西，其人通文理，儒雅與中國無別。」此時的國人，不僅借地理學開闊了眼界，而且，將西方文化與中國文化並列而談，沒有擺出「華夷」的鄙視外來文化的大架子，表現出一種進步的全球化心態。新的地理學為大明開啟了一個融入世界的良機。

一六〇四年大舉進入南太平洋的荷蘭人，首次佔領了澎湖島，一六二四年二次佔領此地失敗後，轉而佔據了南台灣。以製作地圖名聞天下的荷蘭人，很快畫出了荷蘭版的台灣地圖（圖8.14）。

西班牙人在荷蘭人佔領南台灣的第二年，也就是一六二六年，以保護呂宋的中日貿易為名，率幾艘大帆船侵入北台灣，隨後在基隆建起了港口，定名為特里尼達德（**Santísima Trinidad**）。

這一切表明早在十六世紀至十七世紀，大明政府已經在主權、軍事、貿易、文化、宗教諸問題上與世界展開了正面交鋒，包括直接與海上進犯澎湖台灣的洋人開戰。

同時，西方列強，如西班牙與荷蘭的戰爭也打到了中國南部海域。

中國的外交，從此不再是昔日的西域式「和親」外交，南洋式的「朝貢」外交；不論你願意不願

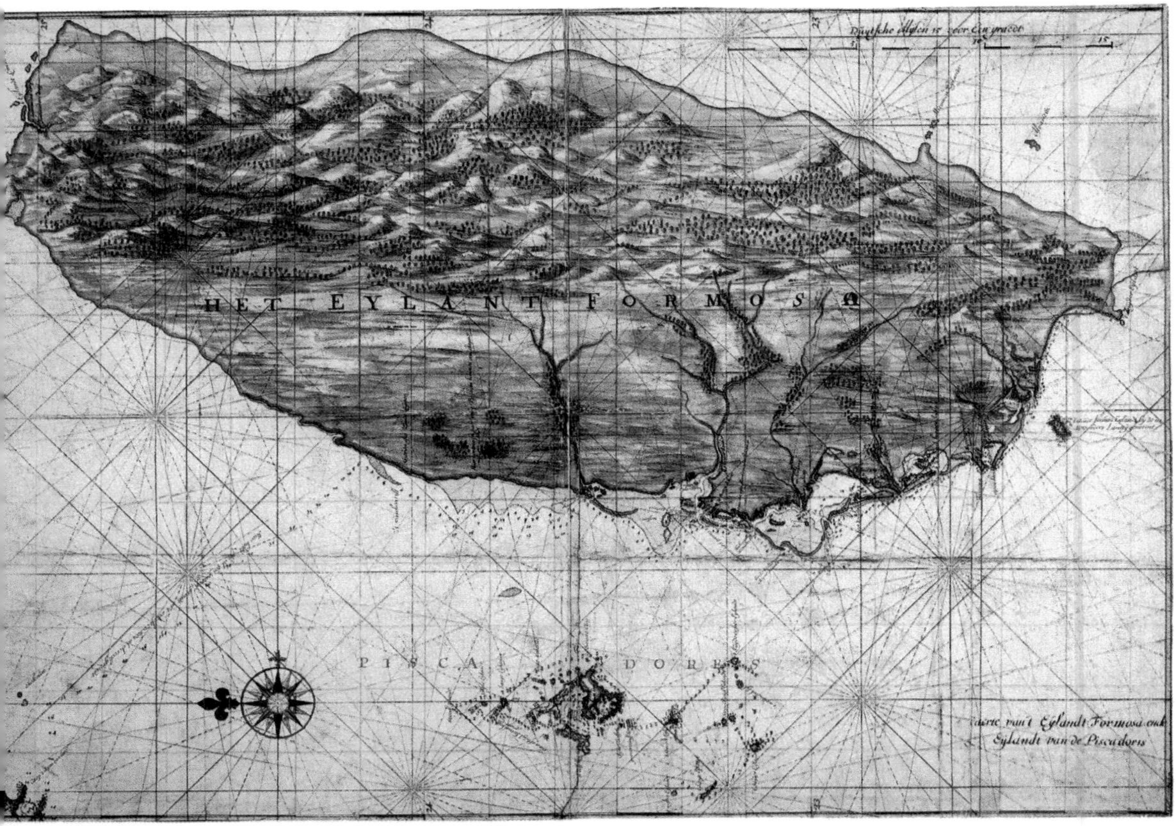

圖8.14：

一六〇四年荷蘭人首次佔領了澎湖島，一六二四年二次佔領此地失敗後，轉而佔據了南台灣。很快荷蘭人對台灣進行了環島測繪，並於一六四〇年出版了荷蘭版台灣及澎湖群島地圖。

意，它都已進入了世界的視野與紛爭之中。不過，此時的大明王朝，尚以帝國的姿態雄霸東方。不僅周邊鄰國多聽命於大明王朝，連剛剛介入東方紛爭的西方列強，也對大明敬畏三分。所以，大明直到垮台，也沒有遇到來自西方太大的挑戰與威脅。

可以說，明代的中國與世界，是在溫和中握手。由於沒能完全融入新的世界之中，中國又在溫和中與世界分手了。

9 帝國日落，師夷之長

閉關鎖國的「鴕鳥」策略

滿清帝國的建立與北方部族的支持有很大關係，尤其是滿蒙聯合，使東方之滿與北方之蒙形成合圍之勢，最終滅了大明。此後，康熙一朝，又經過十年的努力，平定三藩，統一台灣，完成了一統江山的霸業。若以版圖最大化和結束北部邊疆分裂局面而論，「康乾」足以稱之為「盛世」。

話說回來，滿清帝國大陸版圖的出色經營，並不能遮蓋它的海洋策略的失敗。如果說，明朝的「海禁」失去的只是海上貿易的利益，那麼，滿清朝廷的「閉關鎖國」則直接導致了這個帝國走向滅亡。

清初的「海禁」基本上是對內不對外的，在東南海域主要是應對鄭成功及其子孫的海上反清勢力。所以，一六八三年統一台灣後，大清又放鬆了海上貿易限制，不斷有外國商船來中國做生意，並商討通關事宜。正是在這樣的背景下，才有了著名的英國馬戛爾尼使團訪華引發的「禮儀之爭」事件（圖9.1）。

馬戛爾尼訪華與馬可波羅到大元，完全不同：馬可波羅是來大元遊歷的商人，不代表威尼斯政府；馬戛爾尼則不同，他是代表英國來華的國家使臣；這是中西外交史上一次國與國的正式接觸。所以，

圖9.1：

英國畫家吉爾雷（James Gillray）繪製的反映乾隆會見英使馬戛爾尼的漫畫，以諷刺的筆法嘲笑了大清帝國的傲慢。

「國禮相待」成了接待與訪問雙方都很看重的事情。許多史料講，中英衝突始於跪與不跪的「禮儀之爭」。其實，那只是表面現象，事實是，有英使遠隔重洋而來給清皇祝壽，已讓乾隆很有面子了。真正令乾隆不高興的是馬戛爾尼使團帶來的禮物和禮物背後的通商條件。

如果說利瑪竇給萬曆皇帝帶來的世界地圖和自鳴鐘，表達的是一種全新而溫和的「世界觀」，那麼馬戛爾尼的禮品所體現的則是海上強國強硬的「方法論」。在馬戛爾尼使團近六百件的豐厚禮品中（清王朝本著「薄來厚往」的原則，還禮三千多件），不僅有天文地理儀器，更有最新的軍火樣品：長短自來火槍十二支；還有雙管火槍；除了各式槍支外，還有銅炮西瓜炮數個，有意思的是英使團，隨團還帶來若干炮兵，準備在御前試演；作為新興的海上強國，英使團還獻上了一個高五尺餘，長五尺餘的裝有一百門銅炮的風帆木質戰艦模型。

英國人顯然有炫耀武力之意，但也透露了當時最重要的國防與軍備訊息。可是乾隆帝卻撐著面子，硬把這些當時的高科技成果，看作奇技淫巧。並讓宮中的戲班子為英國使團表演崑曲《四海昇平》的

「朝貢戲」。戲中的唱詞和乾隆後來寫給英王的信，表達的是一個意思：「國王陛下，爾雖遠隔重洋，卻以謙卑之心，求學我之文明，並遣特使呈上信函，表爾對我天朝有敬仰之意，誠願得我之文化，然我國之風俗習慣與爾截然不同，難以移植貴國享用，即使貴國特使有能力接觸我國文化之毛皮……朕對貴國物品無有需要。我天朝物產充裕，在國土以內並無匱乏之憂。無必要以我之物從蠻荒之國交換貴國物品。然而，天朝生產的茶葉、絲綢和瓷器，如若歐洲各國和爾邦極有需要，則可於廣東進行有限交易。」

但英使團所提要求，可不是乾隆想的那麼簡單：(1)英國在北京開設使館。(2)允許英商在舟山、寧波、天津等處貿易。(3)允許英商在北京設一貨棧。(4)請於舟山附近指定一個未經設防的小島供英商居住使用。(5)請於廣州附近，准許英國同獲得上述同樣權利。(6)由澳門運往廣州的英國貨物請予免稅或減稅。(7)請公開中國海關稅則。

乾隆龍顏不悅，即令送客。送走了英國人，乾隆仍不放心，於是頒發諭旨，關閉除廣州以外的其他通商口岸，並且頒行嚴格約束外國商人的條例和章程。由此形成了後世所說的「閉關政策」，其具體內容有三：限定一口（廣州）通商；嚴格約束外商活動；限制中國商民出海。與明代的「海禁」相比，清代的「閉關鎖國」，更加「反動」。

明代的「海禁」只是禁止了私人出洋從事海外貿易，但通過「朝貢」和官辦的方式仍可進行海洋貿易；而清代的「閉關鎖國」，不僅是不與外國商貿往來，還嚴格限制對外的政治、經濟、文化和科學等方面的交流。這種「閉關鎖國」的政策自乾隆起，一直延續到道光時鴉片戰爭前夕。

當然，從自我保護的角度講，滿清一朝的「閉關鎖國」政策，在當時對抗西方殖民者的入侵有一定的國防作用，它防止了中外反清勢力的聯繫，和西方殖民主義的滲透。這種策略也不止中國一個國家使用。一六〇〇年德川家康統一日本後，即開始驅逐在日本的歐洲人。除了中國人和少數向日本提供西方商品的荷蘭商人外，禁止外國和日本通商。從一六一五至一八五四年，日本經歷了兩百五十年的「閉關鎖國」，也維持了兩百五十年的內部和平與經濟繁榮。

中國和日本的「鴕鳥」策略，完全能自給自足，但卻喪失了對外貿易的主動權，拉大了與西方的差距。一八四〇年鴉片戰爭爆發，清朝政府與英國簽訂了喪權辱國的《南京條約》。乾隆時期英國使團想得到而沒有得到東西，半個世紀後，英國軍隊用堅船大炮都得到了：

開放廣州、廈門、福州、寧波、上海等五處為通商口岸。

將香港島割讓給英國。

中國海關稅應與英國商定……

魏源的「師夷長技以制夷」

即使一百五十多年過去，魏源的經典意義仍被後人不斷提起，他那部大書像一根隱身於歷史暗影中的古籐，只需輕輕扯動就會發現，那些具有某種暗喻的枝枝蔓蔓……一八四〇年英國人打到大清的門口時，道光皇帝尚不清楚英國在什麼地方。奉旨南下禁煙的欽差大臣林則徐，也不清楚生產鴉片的土耳其是否歸美國管。正是在這樣的背景下，魏源受林則徐之托，根據梁進德等人翻譯的《四洲志》、《澳門月報》和《粵東奏稿》等資料，編寫出劃時代的大書《海國圖志》。

清乾隆五十九年（一七九四年）生於湖南邵南的魏源是怎麼與福建侯官林則徐一起成為「開眼看世界」的一代宗師的呢？話還得從魏源父親說起。林則徐早在江蘇任布政使時，就與魏源的父親魏邦魯相識。魏邦魯當時是其門下的一個九品小吏，由於清廉能幹，深得林則徐的敬重。道光十年（一八三〇年），林則徐服闕抵京，在京逗留三個多月，在京會試的魏源和龔自珍相遇。林則徐因為與兩位才俊的父親相識，所以相處十分愉快。兩年後，林則徐赴江蘇接任巡撫，遂延請已近不惑之年的魏源入幕，共議政事。正當魏源一心在江蘇整頓鹽務、興辦河工之時，海上事端突起，大清天下一片烏煙瘴氣。此後，林則徐赴廣州禁煙，魏源赴杭州參與定海抗英。不想，手分兩年後，再見面時，林則徐已是革除官職的戴罪之人。

道光二十一年（一八四一年），五十七歲的林則徐被朝廷以「辦理殊未妥協，深負委任」及「廢弛營務」等罪名，革除四品官職，發往新疆伊犁充軍。這年七月，負罪北上的林則徐在京口（今鎮江）與魏源相遇。二人把酒澆愁，百感交集，徹夜長談之後，林則徐把在廣州組織梁進德翻譯的《四洲志》手稿，和美國人裨治文用中文撰寫的《美理哥國志略》及其他資料，鄭重地交給魏源，囑托進一步搜集華夷資料豐富此書，編出一部能令國之上下瞭解世界的大書，即《海國圖志》。魏源接過這一歷史重托，想到英雄末路，想到家國天下，揮淚賦詩：

萬感蒼茫日，相逢一語無。
風雷憎蠖屈，風月笑龍屠。
方術三年艾，河山兩戒圖。
乘槎天上事，商略到鷗凫。

次年七月，魏源挾《聖武記》不了之情懷和林則徐之囑托，展開《海國圖志》這一前無古人的宏大書卷。在梁進德翻譯的《四洲志》基礎上，歷時五個月，編出皇皇五十卷的《海國圖志》，並於當年十二月排出木活字本，即《海國圖志》第一個版本（現藏於湖南圖書館）。

《海國圖志》是一部劃時代的巨著，其敘言開宗明義：「是書何以作，曰：為以夷攻夷而作，為以夷款夷而作，為師夷長技以制夷而作。」全書五十七萬字，文字比《四洲志》增加了五倍之多。其內容大致可以分為幾大部份。

第一大部份為魏源親自寫的《籌海篇》。從議守、議戰、論款三個方面，總結鴉片戰爭的教訓，系統論述了「師夷長技以制夷」的戰略對策，實為全書之綱。第二大部份為世界各國的地理位置、歷史沿革、政治制度、物產礦藏、宗教信仰、風土人情、中西曆法、中西紀年對照通表等等。突破了「中國是天下的中心」的陳腐觀念。第三大部份為鴉片戰爭的有關檔案材料及國外情報資料，和武器的製造圖樣、西洋技藝、遠鏡做法資料、用炮測量方法及測量工具等等。第四大部份為《地球天文合論》，系統介紹了地球形狀、運行規律，哥白尼太陽中心說等近代自然科學知識。

道光二十二年（一八四二年）底刻印第一版後，在道光二十七年（一八四七年）和咸豐二年（一八五二年），魏源兩次大規模修改《海國圖志》，將五十卷擴充至六十卷，最終增至一百二十卷。《海國圖志》打破了傳統的「夷夏」文化價值觀，首次將西學納入到中國學問中來，摒棄陳舊的世界觀，開闢了向西方學習的時代新風。

從未走出國門的魏源，通過整理資料，在這部巨著中，提出了很多「制夷」的具體對策：

在國防建設上，他主張：大力發展軍事工業，置造船廠、火器局，按西人之法養兵練兵，還要建立情報部門，要悉夷情、師夷技，以抵制其殖民擴張。

在經濟建設上，他主張：迅速發展海運，應對海上列強。同時，基於鴉片貿易，造成國庫空虛，提出發展金融業，按照西法鑄造銀錢，以充實國庫。支持林則徐提出的「互市」政策，在平等基礎上公開進行海外貿易。允許商民開礦。要像西洋強國那樣「以商立國」。

在政治體制上，魏源認為英美的議會體制體現了「公」和「周」：每四年選舉更換總統，可謂「公」；民主選舉，議事聽訟，可謂「周」；這些都值得我們學習。

魏源說：「嗚呼，八荒以外，存而不論，烏知宇宙之大哉？」顯然，他強調要用開明的心懷，開通的腦筋，開放的眼光來對待真正的「天下」。因而，魏源是比他的同代人站得高看得遠的一代先師。

對於當時的大清國來講，《海國圖志》是一部極具現實意義的奇書。它不僅輯錄了世界地理概況，而且突出介紹了各國的政治與法律，並不時插入批判的聲音。在《外大西洋墨利加洲總敘》中，魏源指責英國為「無道之虎狼」，頌揚美國獨立戰爭的勝利，讚揚了美國的總統選舉任期制。這在中國近代對西方的認識史上可以說是前所未有的，極具先覺意義。

然而，魏源的濟世澤民、拯救國家危亡的先進思想，並未被大清所採納。雖然，我們說它宣告了中國閉關自守時代的結束，而實際上，新的時代久久沒有來臨……更為可嘆的是，這部為中國寫的醒世救世之書，沒有引起大清的重視。相反，《海國圖志》迅速進入日本，引起了佐久間象山、吉田松陰、橋本左內等有識之士的重視。中國在鴉片戰爭中的失敗，引起日本的高度警惕。日本的鹽谷世弘在《翻刻海國圖志序》中，甚至為魏源鳴不平：「從前，漢人以華自居，視外番不啻犬豕。間有《異域圖志》、《西域聞見錄》、《八荒史》之類，大率荒唐無稽之談。此編……名為地理，實為武備大典，豈瑣瑣柳書之比哉……嗚呼！忠智之士，憂國著書，其君不用，反而資之他邦。吾固不獨為默深（魏源，字默深）悲，抑且為清主悲也去！」《海國圖志》的思想，促進了日本由「尊王攘夷」轉向「倒幕開國」的明治維新運動。從這個意義上講，說《海國圖志》是一部影響世界歷史進程的輝煌巨著，也不算過格（圖9.2）。

道光二十五年（一八四五年），經六次會試已經五十二歲的魏源，在兒孫滿堂之時，終於考取進士第三甲，分發江蘇。次年，魏源母親過世，按禮守制三年後，補受高郵知州。一直在幕府為朝臣議事的魏源，終於有了實實在在的官職。但世道變化，時年五十八歲的魏源，也難有更大作為……咸豐三年（一八五三年），太平軍攻克揚州，魏源因「玩視軍務」，「著即革職」。兩年後，雖有人保薦他復

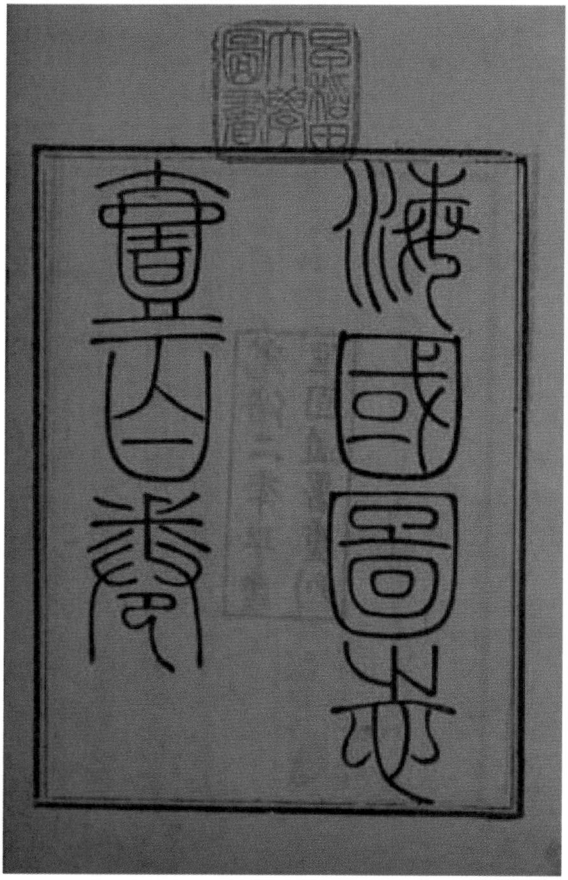

圖9.2：

中國在鴉片戰爭中的失敗，引起日本的高度警惕。所以，《海國圖志》進入日本後，引起了日本知識界的高度重視，促進了日本由「尊王攘夷」轉向「倒幕開國」的明治維新運動。圖為日本早稻田大學藏古本《海國圖志》。

職，但年逾六十的魏源心灰意冷無心仕途，轉而向佛到杭州避世潛修。

咸豐七年（一八五七年），在一個霧色迷茫的日子，久病的魏源似乎感到生命已至盡頭，晨起洗濯之後，他凝坐僧舍，在太陽西沉之際，嗒然仙去。讓我們以大事記的形式，簡單記下近代史上兩位重要人物相繼離世時間，算作「開眼時代」的一個小結：

道光三十年（一八五〇年），林則徐死於潮州普寧。

咸豐七年（一八五七年），魏源死於杭州僧舍。

變法維新的思想家和一代新學領袖梁啟超，還要再等上十幾年，才會在廣東新會降生……

大清的翻譯班底與西學東來

古代中國的國際交流，依地理特徵可分為兩個部份：一是陸路交往，這個交往至少在秦漢時就開始了。二是海上交往，這個交往沒有陸路那麼方便，但在秦漢時也開始了。不過，真正與世界進行廣泛接觸的主要通道還是海上。

大量的、鮮活的外國語，都是從海上飄來。比如，明代人稱香菸為「淡巴沽」，這個詞就是從荷蘭佔領的南洋傳來，是荷蘭語香菸的音譯。十六世紀，打開東方海上通道的葡萄牙人率先在廣東澳門登陸，各色西洋話隨著西方列強的東侵，湧入了中國南方。

最先與廣東人打交道的是葡萄牙人，這一時期嶺南的通事，也就是翻譯，基本以口譯為主，這種局面一直持續到十八世紀上半葉。馬戛爾尼英國使團來中國後，由於英國對華交往增多，和英國「日不落」的勢力範圍越來越大，中國的英語翻譯開始替代澳門葡語翻譯，以及拉丁翻譯。

十九世紀，中國這個不想開放的帝國，不得不應對來自海上的「紅毛夷」的挑戰。廣東作為中國的南大門，首先應對的是一場語言的備戰，於聽說讀寫中體味這個世界的刀光劍影。

林則徐有兩頂後世送他的帽子，一是禁煙英雄，二是「睜眼看世界的第一人」。前一個，毫無疑義。後一個，其說不一。如果說林則徐是「睜眼看世界的第一人」，那是因為前朝大明的眼睛從來就沒閉上。至少徐光啟等人是見過利瑪竇為大明繪製的第一代中文版世界地圖的。不過，這個命名是由范文瀾先生提出的，他是中共建政初期的史學界大師，這說法也就定了下來。今天看，也無修改的必要，畢竟林則徐是中國第一代翻譯工程的組織者。

不過，在說林則徐之前，要先說一個人。他叫梁廷楠。曾擔任粵秀書院監院及兩廣總督林則徐幕僚，以獻策抵禦外侮獲內閣中書銜。道光十四年（一八三四年），中副榜貢生，次受聘入海防書局，編纂《廣東海防滙覽》。道光十六年（一八三六年）梁被任命越華書院監院。在越華書院的紅雲明鏡亭編纂《粵海關志》。兩年後完成此書。道光十九年（一八三九年），林則徐來廣東禁煙，梁廷楠為之出謀劃策，大力協助禁煙工作。道光二十四年（一八四四年）寫成《合省國說》等，後刊行為《海國四說》。

梁廷楠的《海國四說》，即《耶穌教難入中國說》、《合省國說》、《蘭倫偶說》、《粵道項國說》，分別介紹了西方宗教、美、英法、義等國的概況，歷述了西方各資本主義國家相繼東來，以商品和宗教打開中國大門的情況，反映了中國社會向近代化轉變中對世界的認識過程。他至少是比魏源還早的，看世界第一人。但晚於《海國四說》的《海國圖志》，影響更大，主旨更明確，所以，我們還是說它吧。

翻開最終完成於咸豐二年（一八五二年）的《海國圖志》，首先看到的即是著名的《海國圖志原敘》：「《海國圖志》六十卷何所據，一據兩廣總督林尚書所譯《四洲志》，再據歷代史志……」敘接下來說了那句重要的「師夷長技以制夷」。這裡我想說的不是「師夷」之事，而是想說清楚，《四洲志》並非「林尚書所譯」。《四洲志》是他指派梁進德由英國人慕瑞所著的《世界地理大全》摘譯而成。按今天的說法，林大人應算是「出品人」。

那麼，梁進德又是何許人，怎麼會得到林則徐的重用？話還要從梁進德之父親梁發說起。梁發至少有兩個「名號」是載入中國近代史的。其一是「中華第一報人」，其二是「中華第一位基督教傳教士」。其故里就在廣東佛山高明荷城區的西梁村。

算是托了改革開放的福，梁發隱身於西梁村居民區中的破敗老宅，在他逝世一百多年後的二〇〇四年得以復建，現作為「梁發紀念館」對外開放。那段塵封的歷史，從退色的圖片中漸次顯影……

清乾隆五十四年（一七八九年）梁發出生在一個務農人家。由於家境貧寒，十一歲才入村塾讀書，十五歲時又因生計所迫輟學。讀不起書的梁發，只好離開西梁村，在廣州十三行求得一份製作毛筆的工作，後來改為雕版印刷工。嘉慶十五年（一八一〇年），以東印度公司中文翻譯身份進入廣州的英國傳教士馬禮遜，看中已有些印刷手藝的梁發，請他秘密刻印傳教讀物。由於清廷禁止傳教，馬禮遜和米憐兩位傳教士改赴麻六甲發展，並把梁發帶出了國門。

梁發一生除了跟隨幾個重要的傳教洋人之外，還見過或者說影響過兩位近代史上的重要人物：一位是洪秀全。道光元年（一八二一年）梁發回故鄉成親時，因印佈道書和私自離國出洋舊案，被當地政府判了三十大板。在家養傷期間，編寫《勸世良言》一書。道光十六年（一八三六年）到廣州參加童試的洪秀全，在逛街時邂逅正在散發《勸世良言》的梁發。梁發和他的《勸世良言》深深地影響了洪秀全。

另一位是林則徐。道光十九年（一八三九年）林則徐奉命到廣州禁煙，與兩年前就曾寫出《鴉片速改文》的梁發結識，兩人相談甚歡。林則徐不僅認真閱讀了梁發的《鴉片速改文》，並且採納了其中許多禁煙建議。

戰事初起之時，道光皇帝不知販煙夷人來自何方，林則徐也是一頭霧水。所以，奉命到廣州禁煙的林則徐，一到廣州，即刻尋找通譯人才，收集「夷邦」的情報。

最先加入林則徐翻譯團隊的翻譯叫袁德輝。此人也有留洋背景，曾在麻六甲天主教會學校學習，因成績出眾而獲得麻六甲英華書院獎學金。不到二十歲時，即編譯過《英語與學生輔助讀物》。道光七年（一八二七年）回國後進入北京，被清廷聘為理藩院通譯，曾兩次奉命到廣州收集西書。袁德輝第二次到廣州收集西書時，被林則徐收為幕僚，隨後與美國傳教士伯駕一併翻譯了瑞士法學家華達爾的《各國律例》。這是林則徐翻譯工程的第一個學術成果，其譯文不僅為林則徐談判時使用，後來還被魏源收錄在《海國圖志》第八十三卷夷情備采部份中。

隨後加入林則徐翻譯隊伍的就是梁發的長子梁進德。曾跟美國傳教士裨治文學習過英文的梁進德，經父親介紹進入林府，不僅每天要為林則徐翻譯澳門、印尼、馬來西亞出版的英文報紙和商務信函，還翻譯一些世界地理、科技文化資料，讓林則徐對國外有更多瞭解。後來成為《海國圖志》母本的《四洲志》，就是這一時期梁進德為林則徐翻譯的。

據史料記載，林則徐在廣州搭建的「翻譯班子」，共有四員大將，除袁德輝、梁進德之外，還有亞林和亞孟。其中，亞林比號稱「中國留學第一人」的容閎，還早二十年赴美留學。這個強有力的「翻譯班子」相繼編譯了《各國律例》、《四洲志》、《華事夷言》、《中國人》、《在中國做鴉片貿易罪過論》等西洋著作，成為中國近代最早譯介的外國文獻。也正是有了這些通曉西文的人，才使林則徐和魏源等不識洋文的大人物得以成為「開眼看世界」一代領軍人物。

中國人學習洋文，少不了要有洋師傅，也少不了要有洋教材。

對於外國人來講，中國的文字好比天書，所以，西洋人進入中國後，要解決的第一個難題就是語

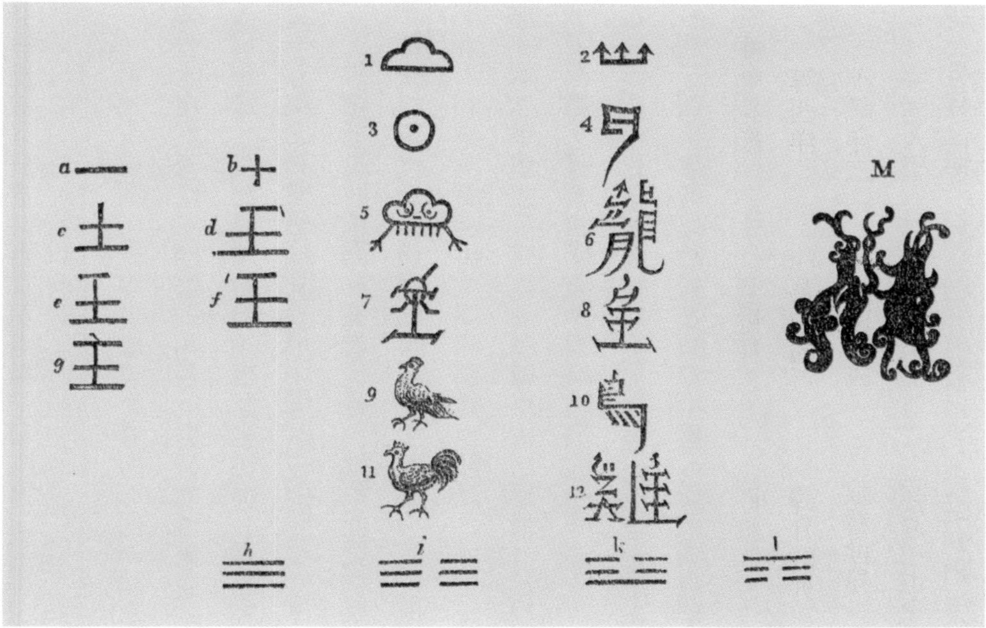

圖9.3：

西洋人進入中國後，要解決的第一個難題就是語言問題。這是荷蘭東印度公司的紐霍夫於一六六五年出版的《荷使初訪中國記》一書中刊出的「中國文字符號」，簡要介紹了漢字的筆畫添加，漢字的形義變化。

言問題。在荷蘭東印度公司的紐霍夫一六六五年出版的《荷使初訪中國記》一書中，我們可以看到書中刊出的「中國文字符號」（圖9.3），簡要地介紹了漢字的筆畫添加，漢字的形和義就發生變化。同樣，習慣了象形文字的中國人，也把洋字母視為天書，而幫中國人打開中文與洋文的譯介通道的首要功臣當屬明萬曆朝來華的義大利傳教士利瑪竇。

利瑪竇進入中國後，深感語言溝通之重要，明萬曆十二年（一五八四年），他就與羅明堅神父合編了《葡華字典》；此後，又於萬曆十七年（一五八九年）編輯《中西字典》、萬曆三十三年（一六〇五年）編輯《西字奇蹟》；最為重要的是，他與郭居靜神父合作，用拉丁字母和中文讀音對照的方式編成了一部《西文拼音華語字典》，開創了漢語拼音化的先河。這些工具書的編寫與出版，為後世翻譯打開了一條便捷的西文漢譯之路，說其功在千秋，也不為過。

清代中後期，世界上最有影響力的西洋語言，已由西班牙語和葡萄牙語，轉向了英語。所以，英國傳教士自然充當了通譯的角色。對於大清來說，第一位英語老師當屬基督教新教最早到中國傳福音的教士馬禮遜。由於滿清政府不僅禁教，而且嚴格控制洋人進入中國。為了能夠取得居留中國的合法身份，二十五歲的馬禮遜接受了東印度公司的聘請，成為該公司的中文通譯員，並以此身份進入了廣州。

馬禮遜具有很高的語言天分，他不僅很快學會了中國官話，而且還會說一口流利的粵語。在翻譯人才奇缺的年代，馬禮遜的年薪高達五百英鎊。但馬禮遜畢竟精力有限，無法完成大量的傳教「教材」的翻譯，和中英貿易中的商務翻譯。於是，萌生了建立宣教士訓練學校的念頭，由於清廷禁止傳教，馬禮遜在麻六甲建立了宣教士訓練學校，隨他一起到麻六甲的梁發，因此成為第一代英文翻譯人才。他的兒子梁進德，後來也成為了一位出色的翻譯。

一八一七年，馬禮遜因成功編寫《華英字典》，獲得了蘇格蘭格拉斯哥大學授予神學博士學位。一八三四年律勞卑勳爵被派到中國，任英國駐華商務總監，馬禮遜為他的中文文書與通譯員，此時，他的年薪漲到了一千三百英鎊。

華洋合一的現代報刊

自一四五〇年德國古騰堡發明了金屬活字印刷後，西方的印刷與出版業便步入高速發展的軌道。一般認為世界上第一份印刷報紙是以十七世紀初出現的歐洲國家報紙為標誌。如荷蘭的安特衛普的《新聞報》

（一六〇九年）、德國的《通告報》（一六〇九年）、英國的《每週新聞》（其全名為《來自義大利、德意志、匈牙利、波希米亞、萊茵河西岸地區、法蘭西與荷蘭的每週新聞》一六二一年），以及法國的《報紙》（一六三一年）。所以，當西洋人進入東方後，現代的傳播手段也被帶入東方，為其所用。

一八一五年，隨馬禮遜來到麻六甲的梁發，加入傳教士米憐創辦的《察世俗每月統計傳》中文期刊編輯團隊（圖9.4）。這本後來被史家認定為「世界第一本中文期刊」，登載各種宗教故事、地理知識和文學作品。沒有新聞專欄，只在第二期登載過一篇題為《月食》的預告性新聞，是中文近代報刊上的第一條消息。

《察世俗每月統計傳》為免費贈閱，傳佈於南洋群島、泰國、越南等東南亞華人聚居區，「中國境內亦時有輸入」。此刊每期六至七頁（一張兩面），每期初印五百冊，第五期起印一千冊，後增至兩千冊。一八二二年，因為米憐病重而停刊，歷時七年，共出七卷。研究者從所刊文章中對文言文的熟練運用判斷，梁發當時不僅是一名編輯，還是一個「記者」的雛形。所以，馬來西亞官方出版的《華人志》中，稱梁發為「第一位華人記者」。中國人民大學編寫的《中國新聞事業通史》中，尊梁發為「中華第一報人」。

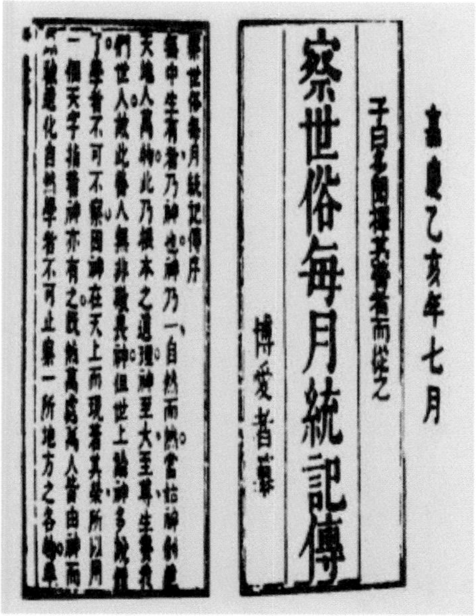
嘉慶乙亥年七月
子曰多聞擇其善者而從之
察世俗每月統記傳
博愛者纂

察世俗每月統記傳序
無中生有者乃神也。神乃一自然而然。當始神創造
天地人萬物。此乃根本之道理。神至大至尊。生養我
們世人。故此各人無非敬畏神。但世上論神多說錯
了。學者不可不察。因神在天上而現著其榮。所以用
一個天字指著神亦有之。既然萬處萬人皆由神而
被造化。自然學者不可止察一所地方之各物。單

圖9.4：

一八一五年傳教士米憐創辦《察世俗每月統計傳》，這本期刊後來被史家認定為「世界第一本中文期刊」，登載各種宗教故事、地理知識和文學作品。

在麻六甲出版第一份華人雜誌《察世俗民情月報》之後，傳教士郭實臘等人編撰的《東西洋考每月統記傳》期刊就在中國境內出版，成為中國大陸的第一份近代中文期刊。郭實臘在創刊意見中，明確提出創辦這份期刊的目的是「要讓中國人瞭解我們的工藝、科學和原則，從而清除他們那種高傲和排外觀念。刊物不必談論政治，也不要在任何方面使用粗魯的語言去激怒他們。這裡有一個較為巧妙的途徑以表明我們並非『蠻夷』，這就是編者採用擺事實的方法，讓中國人確信，他們需要向我們學習很多的東西。」

據研究近晚中國思想史的學者統計：從一八一五年到一八四二年鴉片戰爭結束，外國人在南洋和華南沿海一帶共創辦了六家中文報刊和十一家外文報刊；而到了一八六〇年二次鴉片戰爭時，外國教會和外國傳教士在中國出版的報刊已達三十二家；而到了一八九〇年，外國教會在中國出版的報刊達到七十六家之多。

西洋人在中國擴張出版業，有他們的政治經濟目的，但也為近晚中國知識界送來的世界的先進文化。中國的維新派、洋務派領袖無不受到西學的直接影響，中國也由此進入了一個大變革的時代。那個兩千多年來以中國為核心的「世界秩序」將被徹底改變，新的世界正在陣痛中降生。

何內視野創造了最先進的大清版圖

西方人的大航海浪潮，沒有拍擊中國的大門之前，大明王朝上上下下，如處「不知有漢」之境；自萬曆朝利瑪竇來華之後，不僅一些書生與官員見識了世界地圖，連皇帝都知道世界有五個大洲，中國只是這個世界的一部份。但是，這個重要的世界觀的啟蒙，沒能走出多遠，甚至，從進入清朝的那一刻，它就被有意識地迴避和消解了。

清代與明代，完全不同，清廷上下不是不瞭解世界，它明明知道世界不是以中國為核心世界，世界是由東方和西方共同構成的世界，而東西方的文化也是各有所長的，但是，大清依然對西方文化採取了一種，「西學為用」的器物層面的接受和世界觀上的選擇性拒絕。比如，下面要說的清初三朝實測中國全圖，不僅技術上採用了西洋繪圖法，甚至，請洋教士來主理這一重大工程，可以說，在技術層面上已「全盤西化」了。

大清建國於極特殊的歷史時期，若將這一時期放到世界歷史的大環境中看，西方的軍事勢力雖然還沒有強力介入這個專制王朝，但西方的文化影響已經進入了帝王的生活。大清第一個皇帝順治的身邊就有幾位傳授西學的洋教士，其中德國的湯若望，還間接地指定了大清帝位的繼承人。清初天花病流行，帝王家的金枝玉葉也難逃此劫。順治的六個女兒，有五個夭折，她們甚至都沒活過八歲；而八個兒子中，也有三個夭折。據說是湯若望告訴順治得過天花而活下來的人，將在下一次天花降臨時免於染病。於是，順治選擇了得過天花而倖存下來的三兒子為太子，他就是後來的康熙帝。順治在二十四歲時，沒能逃出天花的魔爪，繼位的康熙，延續先帝對西洋傳教士的重視，特別請了比利時傳教士南懷仁為西學帝師。

中國的皇帝，雖然沒有明說西方文化是先進文化，但在「術」的層面上，還是很推崇西學的。所以，一六七八年，當了十七年皇帝的康熙，請南懷仁代皇上給歐洲耶穌會寫信，請耶穌會派人到中國傳受西方算學。十年後，六位被冠以「國王的數學家」稱號的法國耶穌會士張誠、白晉等人來到清廷，為康熙建立了蒙養齋算學館。

康熙是在位最長的皇帝，但八歲繼位的他，不可能在少年時做出政績，直到康熙八年，也就是康熙十六歲時，才贏得了與顧命大臣鰲拜的鬥爭，走向親政。康熙執政後，做了許多大事，撤除吳三桂等三藩勢力（一六七三年），統一台灣（一六八四年），平定漠西蒙古準噶爾汗噶爾丹叛亂（一六八八年至一六九七年），簽定了中俄《尼布楚條約》（一六八九）……故土新疆穩定之後，康熙開始整理這份巨大的「家業」，中國歷史上最大的版圖工程《皇輿全覽圖》，由此拉來了序幕。

《皇輿全覽圖》不僅名字中強調了皇權，實際上，它也確實是由皇帝還有皇子掛帥指揮的工程。但最初的動議，則是在中俄進行尼布楚邊界談判時，由傳教士提出的。當時被聘為中方翻譯的法國傳教士張誠借準備邊界談判地理資料之機，繪出了最新的亞洲地圖；他在向清廷進獻談判所用的地圖時，不僅指出了中國東北部地理資料很不完善，而且建議清廷進行一次全國性的大地測量。此後，他又借入宮議事的機會，當面向康熙提出這個問題，最終引發了這項影響深遠的測繪工程。

西元一七〇八年，在皇帝寶座上坐了四十七年的康熙，啟動了重繪中國全圖的工程。這支由洋教士領導的測繪隊伍，拋棄了中國傳統的「計里畫方」繪圖法，運用了西方的三角測量、經緯線及投影法等

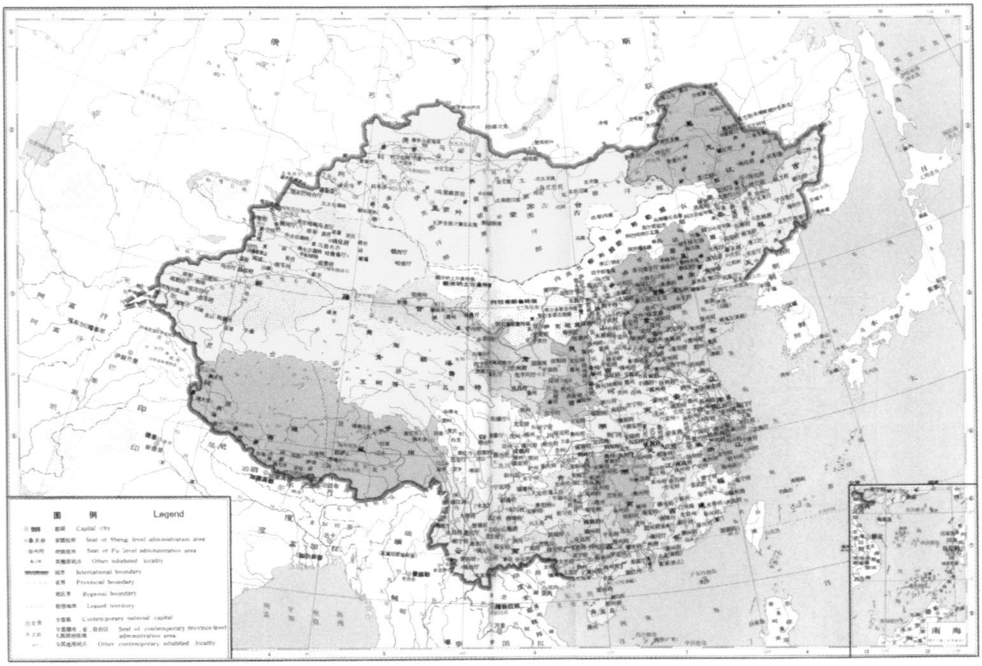

圖9.5：

康雍乾三代運用現代測繪方法繪製了《皇輿全覽圖》、《皇輿十排全圖》和《皇輿十三排全圖》，構成了最為精確的中國版圖，成為後世繪製中國地圖的基礎。如，譚其驤先生主編的《中國歷史地圖集》中的這幅形似海棠葉的《清後期中國全圖》。

先進技術，用了十年時間，先繪製出各省地圖。康熙五十六年（一七一七年），由白晉將各省分圖總繪製成一幅全國地圖。它就是著名的《皇輿全覽圖》——古代中國的第一幅實測全國地圖，也是當時世界上最大的實測地圖。它是後來大清繪製全國地圖的母本，如，譚其驤先生主編的《中國歷史地圖集》中的這幅形似海棠葉的《清後期中國全圖》。（圖9.5）。

康熙時的大清疆域，東起大海，西到蔥嶺，南至曾母暗沙，北跨外興安嶺，西北到巴爾喀什湖，東北到庫葉島，版圖面積大約有一千三百萬平方公里。但《皇輿全覽圖》由於戰亂等原因，一些地區沒有完全靠實測表現出來。所以，雍正與乾隆二朝，又在此基礎上，分別測繪和和製作了

《皇輿十排全圖》和《皇輿十三排全圖》。

康雍乾三代繪製了最為精確的中國版圖，但這只不過是運用西方傳教士帶來的現代製圖法，炫耀版圖遼闊，昭示吾皇威儀。但對於世界以及新的世界秩序，大清一代仍以「皇朝威儀」的傳統觀念看待世界。所以，乾隆八年（一七四三年）完成的《大清一統志》中，仍認定西洋國在印度洋附近，也可能在西南大海中，而佛郎機、荷蘭與蘇門答臘、爪哇相鄰。乾隆五十四年和珅等奉旨編修的《欽定大清一統志》，仍然將外面的國家都列為「朝貢」之國，而西方國家，也僅記錄了荷蘭、西洋、俄羅斯、佛郎機等少數幾個國家。

精確的國家版圖與完全糊塗的世界圖景，成為大清與世界的最終認識格局。

大清王朝為何拒絕和懼怕西學

古代中國，否定西來世界觀的並非「愚昧」的老百姓，而是著名的學界巨擘。

乾隆一朝，最聰的人除了皇上，就的紀曉嵐了。依紀曉嵐的智慧與眼光，他完全可以理解舶來之西學，也完全可以將西學文本收入到他主持編撰的超級類書《四庫全書》之中，但事實恰恰相反，他對當時已有一定影響的艾儒略的《西學凡》評介卻是「皆器數之末」、「支離怪誕而不可詰」，以一副「華貴夷蠻」的姿態，僅將這部重要的著作收錄在《四庫全書總目提要》之中，以「提要」的形式，聊備一格。而在提要中，艾儒略的《職方外紀》，也被貶低為：前冠以萬國全圖，後附以四海總圖，所述多奇異，不可究詰，似不免多所誇飾。然天地之大，何所不有？錄而存之，亦足廣異聞也。

嘉慶朝大學士阮元，雖然能編著《十三經校勘記》這樣的學術巨著，但對地球說卻竭力否定，認為這種理論「上下易位，動靜倒置，則離經叛道，不可為訓，固未有若是甚焉者也」。

晚清大學者皮錫瑞留學美國的兒子皮明舉，為了普及地理知識，曾編了一首詩歌，其中謂：「若把地球來參詳，中國並不在中央。地球本是渾圓物，誰居中央誰四傍。」這本是常識。可是晚清的大藏書家葉德輝卻勃然大怒：「地球雖圓，無所謂中央、四傍之分，但總有東西之分吧？亞洲在地球的東南，而中國又在東南之中，四時之序先春夏，五行之位首東南，中國當然就是位居地球之首。外國人笑中國人自大，你怎麼不把這個道理講給他聽？」明朝以來傳入中國的西學與世界觀，轉眼落入了一場歷史大倒退。

大清學人為何要在新知面前，設置古怪的文化屏障？不是他們不明白其中的道理，而是這些新知將粉碎那些傳承了兩千年的舊識，那是他們安身立命的東西。

古代中國的「自大式自信」，也不是沒有來由的，它因獨特的地理背景而生，也因獨特的文化背景而複雜多變。中華帝國背靠大陸，海上沒有大的島國對其構成威脅，這一特殊的地理現實使這個帝國，自先秦「九州」之說開始，就形成了以內外文野的天下觀。那時中原人強調的「華夷之辨」的「夷」，指的是中原之外的少數民族；隨著秦專制集權國家的建立，這個「夷」進一步擴大到凡與中央政權相鄰的地區；明清以來這個「夷」多指的是海外諸國，或者西方國家，如「紅毛夷」。一直以內陸視野來面對世界的中國，構建起自成一體的「天下觀」和能夠自我掌控的「小世界」的格局。而地理知識貧乏與國際交往的局限，也客觀上促成了中國人的「天朝即天下」的唯我獨尊的世界觀。

所以，明代以來，西學進入中國後，一直沒有得到應有的地位，不是西學不高明，而是古代中國自作聰明的心理過於強大。這種自大的心理甚至到今天仍有迴響，仍有當代學人在說「至清以前，西方文化並不比中國先進」，完全無視歐洲文藝復興與啟蒙運動，還有大航海給整個歐洲帶來的科技層面與政治層面的天翻地覆的變化。

除此之外，我們應當看到，每一種自大的背後必然隱藏著一種心虛。大清上下對西方和西方傳教士帶來新世界觀，有著一種更深的恐懼藏在這個古老國家的文化深處。

康乾盛世，三代皇帝接受西方傳教士帶來的地學天學，不僅任用傳教士主理中國全圖的測繪工作，而且還任用傳教士編定新曆主理天文工作，對西學的尊崇可見一斑。但是，這只是清朝接受西學的表象。據法國傳教士張誠的日記透露：康熙不准傳教士在有漢人和蒙人的衙門裡，翻譯任何科學文獻。很怕這些先進的學問傳到「外族」手裡。研究過這一切的梁啟超等學人曾指出：康熙在位時對西方科技很感興趣，並且還掌握了很多，但他卻嚴禁自己之外的人學習，因為他擔心先進的西方科技一旦傳開，將會極大的動搖以騎射起家的滿清的統治。梁啟超說，康熙的西學是用來打擊他人的一個工具，「就算他不是有心窒塞民智，也不能不算他失策」。所以，梁啟超說：「今日中國欲自強，第一策，當以譯書為第一事。」此言一語道破中國翻譯的目的與取向。

梁的說法是給皇朝留的面子，實際上，他是應該看出大清是有心「窒塞民智」的。大清朝廷不接受新的世界觀，是在維護帝國舊的世界觀。朝廷看得清楚，這不是簡單的西學東來，不是簡單的天地之學，而是一種摧毀舊世界和舊秩序與舊王朝的世界觀。因而，天朝、天子，以及他們的「家天下」都不喜歡，甚至是害怕全新的世界和世界觀。

西學大舉進入中國時，經歷了文藝復興與大航海的歐洲，不僅在科學上顯示出它的進步性，而且，在人文理念與國家建設上，走上了更高的層級，已發展出許多主權平等的民族國家，而各個國家之間的權力平衡，也慢慢進入到有了相對統一的國際秩序之中。這一切，與大清的中央集權，皇權至高無上，完全是兩個世界。

如果，中華帝國認可西學觀念，就要接受這種地理格局所展示的世界政治格局，這就等於否定了帝國的舊知識系統，而天朝的舊知識系統，完全是君君臣臣父父子子的家天下系統，那必是「君將不君」、「國將不國」的結局；大清「一姓天下」的王朝就將為「民主共和國」的「民族國家」所取代。大清王朝已經緊張地感受到，整個中國正由地理新知入手，接受重新構築的新世界秩序。這便是大清王朝被迫開展「洋務運動」時，所採取的「中學為體，西學為用」策略的背景。

所以，明清之際的中國，並不是沒有獲得世界知識的條件，而是沒有接受世界知識的心態，更重要的是沒有開放的意識形態。

鴉片戰爭給大清帶來不得不接受的「世界」與「秩序」。急操「洋務」的大清，沒能挽救「甲午」敗局。面對亡國之危機，終於有人從天朝大夢中醒來。以康、梁為代表的維新黨人，可以說是中國第一批現代意義上的「公共知識分子」。他們站在民眾立場敢於叫板於天朝，提出「開議院」、「廢科舉」、「興學校」、「設報達聰」等頗具西方立憲政治制度特色的主張，使中國近代化歷程，超越器物層面，進入到制度層面。

康梁變法有它的歷史局限性，但我們更要看到它的歷史突破性。康有為的《歐洲十一國遊記》（圖9.6），梁啟超的《新大陸遊記》，都對當時的社會產生了巨大影響。他們的限制皇權，或拋棄皇權的現代意識，使在「王即天下」裡生活了上千年的國人，第一次看到了「憲政國家」的曙光。這是西學對中國傳統思想的一次歷史性衝擊，它顛覆了幾千年的專制集權觀念，這當然是大清皇朝不願看到的。

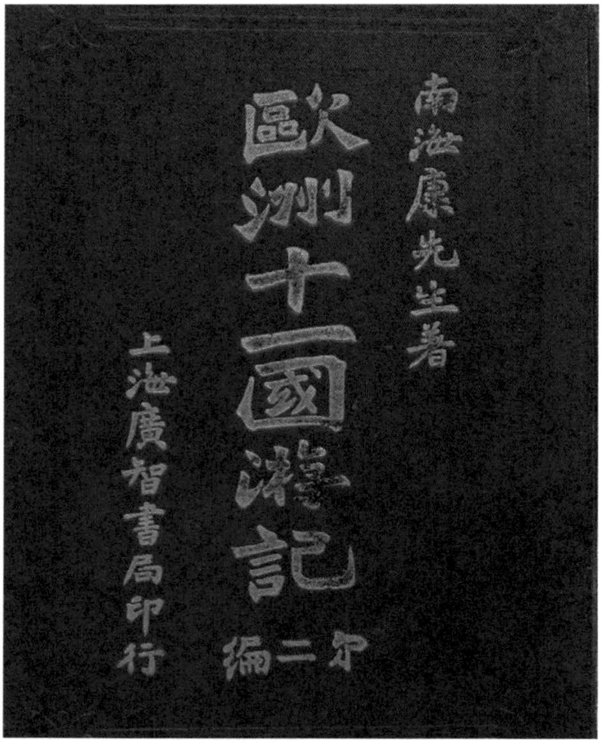

圖9.6：

康梁變法有它的歷史局限性，但我們更要看到它的歷史突破性。此為康有為所著《歐洲十一國遊記》，清光緒廣智書局初版。

既然，皇權是現代國家的死敵；自然，憲政也是皇權的死敵。康梁要變「法」；朝廷要滅維新。歷史用血的事實證明：這個帝國根本不需要新的世界觀，更不需要西洋的憲政。在這個意義上，大清的態度是——「知識越多越反動」；而對待這群新生的「公共知識分子」，帝國只用一個字來回答——「殺」。新知在血泊中被扼殺，又在血的教訓中重生。

走出國門認知世界

一八四〇年後，大清政府不得不睜眼看世界，學習如何與世界交往，一八五一年首屆世界博覽會在英國召開時，大清的商人也來到英國參加了盛會。其中，有中國商人不僅參加了博覽會，還受到了英國女王的接見。當年的《倫敦畫報》還報導大清商人及家屬拜見英國女王時的情形，畫中商人（右一），據考證是徐榮村（圖9.7）。這一時期的清政府，不僅是出國看西洋景，還做了一些「體制改革」：清咸豐十一年（一八六一年）大清成立總理衙門，咸豐十二年（一八六二年）開辦同文館，同治五年（一八六六年）朝廷派官員出國遊歷……西學、西風，就這樣再一次進入中國。

緊鎖的國門被迫向世界打開，林則徐被稱為「開眼看世界的第一人」，其實，僅是坐而論道的「開眼」人，真正走出去看世界的另有其人。比如，人們常說「近代留洋第一人」容閎。道光十四年（一八三四年）容閎父母送他到澳門洋人辦的小學讀書，最初的想法，只希望他學會幾句英語，以後到外國人那裡當個聽差，混個洋飯碗就可以了。但是容閎的聰穎好學，得到了幾位外國朋友的賞識，大家資助送他赴美留學。道光二十七年（一八四七年）容閎赴美留學。

和容閎的留學一樣，林鍼出國也是一次偶然。道光二十七年，在廈門給美國商人當通事（翻譯）的林鍼，有了一個隨「花旗」商人赴美商開展業務活動的機會，遂使他成為「近代出國考察第一人」。道光二十九年（一八四九年）林鍼返回廈門，在福州刻印了他的《西海紀遊草》一書。此書用古詩加注和駢文的形式，介紹了訪美所見。如美國於一八四二年架設的第一條電報線路的情況。書中還寫到了歐洲

圖9.7：

首屆世界博覽會一八五一年在英國召開時，大清商人也來到英國參加盛會，有的大清商人還受到了英國女王的接見。這是《倫敦畫報》報導大清商人及家屬拜見英國女王時的情形，畫中的商人（右一），據考證是徐榮村。

剛發明不久的照相機，稱之為「神鏡」。不過，讚嘆之餘，林針仍不放棄「華夷」之分，蔑視「蠻貊」和宣揚「節孝」的思想，溢於言表。

真正代表大清出訪西方「開眼」的是斌椿。這位官員似乎覺得也有標示「第一」的必要，所以，在他的多首紀遊詩中都有「第一」的表述：「書生何幸遭逢好，竟作東來第一人。」「愧聞異域咸稱說，中土西來第一人。」令人玩味的是，近代中國官員走出國門的建議，卻是洋人提出的。這個洋人就是時任大清海關總稅務司的英國人赫德。在他的提議下，同治五年（一八六六年），北京第一所外語學校——同文館有三名學生，踏上了遊歷歐洲的旅程，其領隊就是六十三歲的滿族官員斌椿。

容閎的出國留學是一次洋人的恩典，這一點容閎很清楚，所以，他在感恩的同時，也想到了更多的學子應當走出國門，官派留學應當成為一種制度。於是，有了同治十一年（一八七二年）到光緒元年（一八七五年）間，由容閎倡議，在曾國藩、李鴻章的支持下，清政府先後派出四批共一百二十名學生赴美國留學的壯舉，從而跨出中國走向現代化的重要一步。

第一批幼童於同治十一年八月十一日由上海出發，跨越太平洋，在美國西海岸舊金山登陸。幼童們被分配到新英格蘭地區五十四戶美國家庭中生活。從此開始了他們長達十五年的留學生涯。這批學生差不多都是應募而來的平常人家的子弟，他們皆能吃苦，勤敏好學。據不完全統計，到光緒六年（一八八〇年），共有五十多名幼童進入美國的大學學習。其中二十二名進入耶魯大學，八名進入麻省理工學院，三名進入哥倫比亞大學，一名進入哈佛大學。幼童在美國接受西方的教育，隨著時間的推移，不少幼童索性把腦後的長辮子剪掉。幼童學習西方教材，不但學到了許多新的自然科學知識，而且也接觸了較多的資產階級啟蒙時期的人文社會科學文化，這使他們漸漸地對學習四書、五經等儒家經典失去了興趣，反而對個人權力、自由、民主之類的東西十分迷戀……所有這些新變化都被清政府的保守官僚視為大逆不道，一場圍繞留美幼童的中西文化衝突不可避免。

光緒七年（一八八一年），原定十五年的幼童留美計畫中途夭折，有百分之九十以上的出洋幼童未能完成學業，絕大多數被召回國。當時，耶魯大學的二十二位留學幼童中只有詹天祐和歐陽庚二人順利完成學業。容揆和譚耀勳抗拒召回，留在美國完成耶魯大學學業。李恩富和陸永泉則是被召回後，重新回到美國，讀完了耶魯學業。

容閎等人倡導的幼童留美計畫，就這樣在頑固守舊勢力的打擊下夭折。但畢竟這是一份中斷了的偉大壯舉，得失之間，人們感受到的是民族崛起之痛。

從「洋務」考察到「走向共和」

閉關政策被炮艦政策打敗後，大清王朝中的「先進分子」終於逐漸認識到：不能不研究外國的政治，不能不引進外國技術，也不能不跟外國打交道。這就是從咸豐十一年（一八六一年）起逐步形成的「洋務運動」，和大清派員出國考察的「大背景」。

如果說，同治五年（一八六六年）的斌椿只是初賞「西洋景」，那麼，同治七年（一八六八年），大清派出了第一個出訪西洋的外交使團，則是更深入的觀察西方。但從這個使團的人員構成，依然可以看出大清的外交粗糙與人才的緊缺。這個中國使團「辦理中外交涉事務大臣」首席代表竟是一位前任美國駐華公使，此時受聘為中國政府服務的美國人蒲安臣，另兩位是總理各國事務衙門章京、花翎記名海關道志剛；總理各國事務衙門章京、道銜繁缺知府、禮部郎中孫家谷（圖9.8）。

大清使團巡迴訪問了美、英、法、瑞典、丹、荷、普、俄、比、西等國，隨大清使團志剛一起出訪的張德彝，津津有味地敘述了他在各國的見聞，如在法國，親聞親見了普法交兵、法國投降、巴黎起義、凡爾賽軍隊攻佔巴黎，以及對革命者進行大規模鎮壓等等歷史場面，他以一個目擊者的身份，寫下了《隨使法國記》，及出使「述奇」的系列著作。

這一時期，大清出訪或出使西方的中國官員，親眼見到了傳說中的西方世界，對西方的印象與看法大大改觀。光緒二年（一八七六年），原來主張「內中國而外夷狄」的駐英副公使劉錫鴻，到倫敦兩個月後，就在《英軺私記》中寫道：「經過詳細考察，我覺得除了父子關係和男女關係兩個方面以外，這裡的風俗和政治都可以算得很好，沒有不勤於職守的官員，也沒有遊手好閒的百姓，人民和政府之間比

圖9.8：

一八六八年大清派出的首個中國使團的首席代表，竟是一位前任美國駐華公使蒲安臣，副使才是兩位中國人。這是當時的《倫敦畫報》報導大清使團訪問英國的版畫。圖中間站立者為蒲安臣，左一為副使志剛，右一為副使孫家谷。

較融洽，法律並不暴虐殘酷，人們的性情也很誠懇直率。兩個月來，我出門的次數很多，見到居民的表情都很安詳快樂。可見這個國家不僅僅是富足和強大而已，我們不應該再把它看作過去的匈奴、回紇了。」

光緒三年（一八七七年）一月，郭嵩燾專為馬嘉理案（一八七五年英國駐華使館翻譯馬嘉理，擅自帶領一支英軍由緬甸闖入雲南，開槍打死中國居民。當地人民奮起抵抗，打死馬嘉理。英國借此事件，強迫清政府簽訂了《煙台條約》）而赴英。郭嵩燾不僅超越了「天朝帝國」朝廷交給他的使命，而且還能夠超越幾千年專制主義形成的觀念和教條，從而做出了西方不僅有「堅船利炮」，而且在「政教」、「文物」等方面都已經優於當時的中華，中國若要自強，就必須向西方學習的這樣一個極為重要的結論。

郭嵩燾認為推行西法，關鍵在於要有通西學，行西法的人才。因此他除了建議「通商口岸開設學館」外還建議「各省督撫多選少年才俊……而後遣赴外洋，分途研習。」他特別反對李鴻章迷信「堅甲利兵」，只許出洋學生學習軍事的做法。他認為槍炮談的再多，也是「考求洋人末務而忘其本」。

但是，就在郭嵩燾等人倡導西學之際，大清的守舊派大臣也不甘示弱，並也以遊歷西洋的身份，來反對西學。如，曾赴英國考察的劉錫鴻，就是在前往英國前就做好了對一切「用夷變夏」的嘗試都給以迎頭痛擊的充分準備，而且還準備努力去「用夏變夷」，克盡一個大清臣子的職責。如，在參觀《泰晤士報》時見到印刷機器，劉錫鴻卻認為不如用中國式手工印刷方法為妙。他算了一個帳，七萬份報紙的報費及洋銀四千餘元，足可以養活這二千八百個工人及其八口之家：「是二萬數千人之生命托於此矣，何為比用機器，以奪此數萬人之口食哉？」劉錫鴻還說英國書籍是「倒起來讀」的，由此證明，中國的一切都是對的，洋人的一切則和中國相反，不可理解的。對於西方的發達與強大，他則認為「外洋以富為富，中國以不貪為富；外洋以強為強，中國以不好勝為強」。

古代日本一直是向中國學習的納貢國。西方人打開東方航路後，中日兩國的遭遇是一樣的。但日本在「黑船事件」被迫開放後，立即維新變法，向西方學。短時間內便建成了一個「西化」的資本主義現代國家，轉而成了中國接受西學和認識西方的一條主要渠道。

日本維新以後，中國和日本的交往逐漸多了起來。因為地理和歷史兩方面的原因，在中國慢慢地走向開放以後，知識分子到日本去的，要比到歐美去的多。在這些人中，有由清廷特派出使和遊歷的官吏，有地方當局為了辦理洋務推行新政資遣參觀考察的人員，也有自費出遊的士子。到了東洋的中國人，看到了許多西學的成果，許多感想與見聞散見於他們的各色筆記與遊記中。如，較早出使日本的何如璋，就著有《使東述略》，較為詳細 地介紹日本的基本情況。例如長崎及附近地方的地理、歷史、民俗、國政各方面的基本情況都涉及到了。此後，經歷日本各地描寫莫不如此。

所有赴日的中國人，都看到了東洋的進步，覺得中國應該急起直追；思想保守的人，也感到了外國的威脅，覺得不能泰然處之。但在近代中國，第一個對日本有真正瞭解，其關於日本的研究在國內產生真正大影響的人，應該算是黃遵憲。黃遵憲不僅是一位詩人，更是一個維新運動家、一個啟蒙主義者、一個愛國政治人物。他是第一個把明治維新的經驗教訓介紹到中國的。他的著作《日本國志》（一八八七年成書），可以稱為中國研究日本的空前著作。除了系統介紹日本人的天文地理國通的基本情況外，其價值尤在外交、職官、學術、食貨、禮俗諸志。它是中國人寫的第一部日本通志，敘述了日本古往今來各方面的情況。但書的核心是想達到讓中國人瞭解日本，特別是瞭解日本的明治維新，這是一次自上而下的改革，使維新之後的日本發生了巨大變化。從某種意義上來說，它也是一部名副其實的「明治維新史」。後來事實證明，黃遵憲的這部書在中國近代史上產生了重要的啟蒙作用。

但黃遵憲的書生之言，並沒能引起清政府的重視，中日關係一步步走向緊張，學習日本經驗，甚至成為忌諱的話題。最後，沒能打敗西洋人的清政府，又在鴨綠江邊和黃海海上敗給了東洋人。

受戊戌變法影響，戊戌九月，梁啟超開始了政治流亡的生活。走出國門的梁啟超，對世界形勢的認識與康有為比較起來，還是有很大的進步。他有了一個比較明確的進步歷史觀，肯定了「凡在天地之間者莫不變」這個前提，認為「大地萬國，上下百年間，強盛弱亡之故」，完全在於能否自覺地適應

「變」的規律。他向整個知識階級大聲疾呼，讓大家都來看清「地大萬國」的歷史和現狀。從中得出中國必須變法才能自強的結論。

清政府在戊戌、庚子事件及孫中山的革命運動興起之後，為鞏固人心，確保清朝基礎，特派出五位大使出訪外國，尋求現代治國之道。光緒三十一年（一九〇五年），清廷發出《派載澤等分赴東西洋考察政治論》，諭旨「分赴東西洋考求一切政治，以期擇善而從」，當時慈禧太后說過：「立憲一事，可使我滿洲朝基礎永遠確固，而在外革命黨亦可因此消滅。候調查結局後，若果無妨害，則必決意實行。」

五大臣都是深得清廷寵信的官僚。他們從來不能代表中國士大夫階級中那些傾向進步的力量，但也並非特別昏庸，不算極端頑固。他們看到革命的危險，看到了政治不「善」是革命「逆說橫流」的根本原因；同時也知道「方今各國政治藝術，日新月異。進步正速」其中就包括了實行君主立憲制度的日、德、英、奧、義、比等國家，只有「實行其因革損益之方」，才能「收富國強兵之效」，從而「杜絕亂源」防止革命。

五大臣的考察立憲的結論，可見載澤領銜的《奏請以五年為期改行立憲政體摺》。五大臣一出洋，考察政治的諭旨一發表。清廷中守舊的一派突然覺得，綱常名教、世道人倫、國恩家慶、利祿功名，隨著憲政即一定程度的民主制度的建立，都將毀於一旦。因此，他們不能不誓死力爭。因此，五大臣說：唯有立憲，才有可能避免革命。反對五大臣的人說：唯有不立憲，才有可能制止革命。

這樣的情形下，慈禧太后又一次運用了保持平衡，利用平衡的馭下權術。於光緒三十二年（一九〇六年）發出一通「宣示預備立憲，先行釐定官制」的上諭，一面表示「仿行立憲」；一面強調「目前規制未備，民智未開，若操切從事，塗飾空文，何以對國民而昭大信」，所以只能先作預備，「俟數年後」查看情形，「妥議立憲期，再行宣佈天下」。兩年以後，又宣佈了一個「九年預備立憲」的計畫，比五大臣奏請的期限實際上推遲了七年。但進步的世界不會等了，中國人民不會等了。另一種人，另一種思想，像風暴一樣引發了一場更大的變革，那是一場摧毀舊世界的革命。

面朝大海，一曲悲歌

中國發明了火藥，是世所公認的事實，但說中國是大炮的故鄉，還有不同的看法。現存最早的中國火炮是元朝至順三年（一三三二年）的銅製大炮。但義大利的古老交易文件顯示：一三二六年佛羅倫薩城訂購了銅製大炮和一些鐵質炮彈。折中的說法是：中西火炮是相互獨立發展起來的，大約同一時期出現在中西戰場上。但最能展示近代軍事實力的「堅船利炮」，無疑是西方世界所獨有的。

關於大炮在艦船上的應用，西方最早的記載是：在一三四〇年英格蘭與法國在斯魯伊斯港（Sluys）的海戰，弱小的英格蘭率先在船上中使用了火炮，海戰由此進入了熱兵器時代。一五二二年，葡萄牙的五艘戰艦企圖佔據珠江口一島嶼，被大明守軍擊敗，兩艘戰艦和二十餘門艦載大炮被繳獲。按當時大明對葡萄牙等西洋國家的稱呼，中國人遂將這些艦載大炮稱之為「佛郎機」。這種大炮當時的有效射程，已達五百公尺至六百公尺，四十五度仰角發射的時候，最大射程可達一公里。「佛郎機」大炮不僅是後裝炮的祖先，而且是近代金屬定裝彈藥的原型。

大明王朝完全沒有意識到西洋人的海上擴張，僅僅把他們當成了武裝海商，只要「海禁」就萬事大吉了。而此時的英國航海家羅利（Walter Raleigh），則將航海與國策的關係說得十分明白：「能控制海洋的人，便可以制控世界貿易，而能控制世界貿易的人，便能控制陸地資源和陸地本身。」事實上，英國也正是靠著「堅船利炮」攻開中國大門的。

一八六〇年，工業革命為英國提供了鐵製戰艦「勇士」號，它標誌著鋼鐵戰艦的時代拉開了大幕。

有著悠久造船傳統的中國，此時，已無法在造船這齣戲裡唱主角了。一八六一年《北京條約》簽訂後，清廷請英國買辦為中國購買戰船。人們很容易這樣想：大清是從鴉片戰爭汲取了教訓，才想起打造帝國艦隊的。事實上，當時急切需要戰艦的大清，並不是用戰艦來抗擊外國侵略者，而是要用它來鎮壓太平天國。所以，英國人在賣船的同時，提出《英中聯合艦隊章程》，規定這支艦隊要由英國人擔任司令，這個洋司令還將是中國海軍的總司令，他甚至有權不執行清政府的命令。

清廷斷然拒絕了將兵權移於國外的合同，進口外國戰艦組建中國海軍的第一次嘗試就這樣破滅了。而此時，在美國炮艦的威懾下，日美簽訂了《日美和好條約》，由此打破了日本延續兩百多年的鎖國狀態。一八六八年借「明治維新」之新風，日本從美國購入鐵甲艦，迅速建立起自己的海軍。

在外族侵略和日本建立海軍的雙重壓力下，清光緒元年（一八七五年）由李鴻章牽頭，掀起購買外國軍艦的浪潮。大清把用七萬六千兩白銀從英國買回的第一艘軍艦，命名為「龍驤號」。此後，清廷又從英、德等國訂購了大量戰艦，其中就有國人所熟知的德製「定遠號」和「濟遠號」。

當時的大清與日本艦隊裝備都達到了世界先進水準，但待遇優厚的大清海軍，管理混亂，實戰功夫差，更重要的是清廷迂腐且無能，注定了中國海軍的悲劇命運。在光緒二十年（一八九四年）七月爆發的中日甲午海戰中，日本巡洋艦「浪速丸」，以不宣而戰的方式，在朝鮮牙山口外擊沉了大清租的英國運兵船「高昇」號。這是當時日本《朝日新聞》報導此新聞時配發的版畫（圖9.9）。此後，黃海海戰、威海海戰，大清連敗。中國近代海軍史上第一位艦隊司令丁汝昌服鴉片自殺。幾天後，日本聯合艦隊正式佔領威海衛港，俘獲北洋海軍的「鎮遠」、「濟遠」、「平遠」、「廣丙」、「鎮東」、「鎮西」、「鎮南」、「鎮北」、「鎮中」、「鎮邊」等十艘軍艦。

圖9.9：

在一八九四年七月爆發的中日甲午海戰中，日本巡洋艦「浪速丸」，以不宣而戰的方式，在朝鮮牙山口外擊沉了中國運兵船「高昇」號。這是當時日本《朝日新聞》報導此新聞時配發的版畫。

奇怪的是，海上戰敗的清廷不去總結海洋策略的失誤，卻把北洋營建海軍當成了錯誤。戰敗後，清廷不僅放棄了對朝鮮的宗主權，而且下令撤銷了大清海軍衙門。至此，輝煌一時的中國海軍覆滅了。

為大清管理海關的英國人赫德，對大清的認識似乎更加清楚，他說：「恐怕中國今日離真正的改革還很遠。有時忽然跳起，呵欠伸腰，我們以為他醒了，準備看他做一番偉大事業。但是過了一陣，卻看見他又坐了下來，喝一口茶，燃起煙袋，打個呵欠，又朦朧地睡著了。」

「睡著的中國」後來被形象地繪入那幅今天所熟知的《時局

全圖》中，那是一個令人警醒的「時局」：一九〇〇年沙俄乘八國聯軍侵華戰爭之機，出兵侵佔了東北全境。中俄兩國於一九〇二年四月八日在北京簽訂中俄《交收東三省條約》，按規定一九〇三年四月八日，是沙俄第二期撤軍的期限，俄軍不僅沒有退兵之意，反而想要獨吞東北三省。為喚起國人對東三省前途問題的關注，一九〇三年十二月底，蔡元培、章士釗等人在上海創辦了一份以抗俄為主旨的《俄事警聞》期刊。並在創刊號上推出了一幅漫畫地圖——《時局圖》，這是我們今天所見到的《時局全圖》最早的內地版本（圖9.10）。

《時局圖》初刊於一八九八年七月的香港報紙《輔仁文社社刊》，當時的名字叫《時局全圖》。依時間算，它應是中國第一幅近代報刊漫畫和漫畫地圖；而到了一九〇三年底蔡元培等人主編《俄事警聞》刊出時，《時局全圖》已變了模樣。首先它是比原圖多出了五個中國人的形象：一個手舉銅錢的貪官；一個醉生夢死的人；一個倒在地上的大煙鬼；一個文狀元和一個武狀元。新加入的人物形象多了一份自我批判的意識。此外，五個動物也有了一點變化：原來代表英國的犬，換成了老虎，近珠江口香港的位置上有爪痕；德國的腸不見了，似乎被老虎尾巴所代替；代表日本的太陽，其光線不只延向台灣，更延伸至遼東半島、福建及中國內陸。

回望歷史，我們會發現：時間深處總藏有我們錯過的「峰迴路轉」的節點——在大清重臣痛苦思索來自海上的種種危險與應對策略時，遠在地球的另一邊，卻有人給出了指導當下並影響未來的答案：一八九〇年美國出版了海洋史專家馬漢（**Alfred Thayer Mahan**）的《海權對歷史之影響：一六六〇~一七八三》（*The Influence of Sea Power Upon History: 1660-1783*），它和此後接連出版的《海權對法國革命和法帝國的影響：一七九三~一八一二》（*The Influence of Sea Power upon the French Revolution*

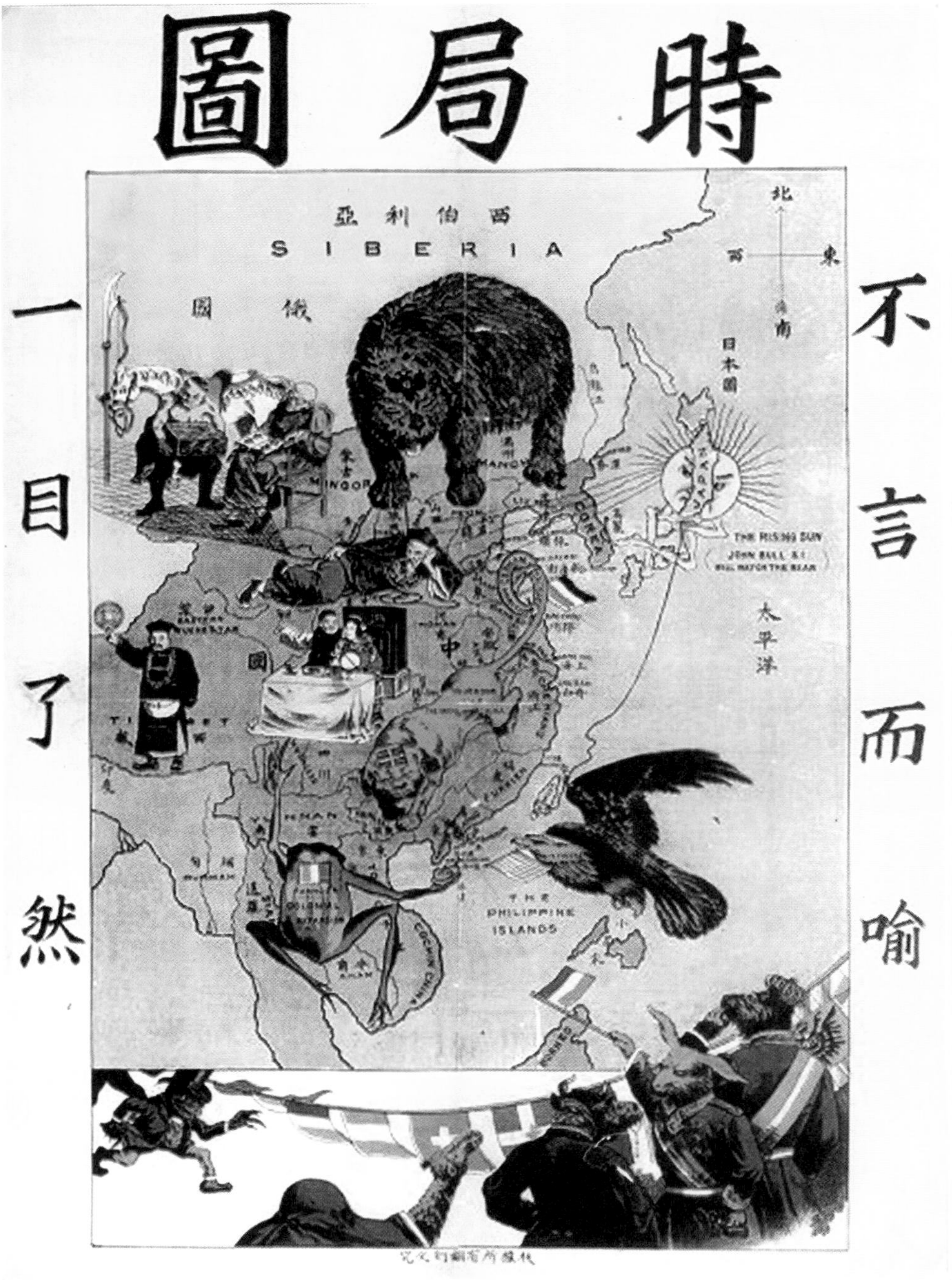

圖9.10：

一九〇三年十二月底，蔡元培、章士釗等人在上海創辦了一份以抗俄為主旨的《俄事警聞》期刊。並在創刊號上推出了一幅漫畫地圖——《時局圖》。它是中國第一幅近代報刊漫畫和漫畫地圖。

and Empire, 1793–1812）和《海權與一八一二年戰爭的聯繫》（*Sea Power in Its Relation to the War of 1812*），構成了「海權論」三部曲。

但不論是在一八九四年甲午海戰之前，還是在此後，清廷都沒有關注到：憑借海上力量控制海洋，以實現國家發展戰略構想的海權理論。相反，那時的海上列強則都以海權為立國之本：英國對馬漢之海權思想推崇備至，在一八八九年英政府提出海軍擴充計畫時，海權理論成了最強力的辯護理由。美國高度重視馬漢的海權思想，突破傳統近岸防禦思想，相繼吞併了夏威夷、威克島、關島等一連串「踏腳石」，走上了大洋擴張之路。在海權論的直接影響下，日本上下形成了大力發展海軍的統一意志，在短時間內建成了遠東一流艦隊，相繼打贏了甲午戰爭、日俄戰爭這兩場具有重大意義的海戰，一舉成為西太平洋上的海洋強國。

馬克思曾說：「不能想像一個偉大的民族能夠與海洋相隔絕」，而我們這個偉大民族卻不幸被言中。古代中國與大海結緣就是幾個短暫的好光景，又都好景不長。生於黃土敗於大海的帝國，至死都沒有看清楚大洋與國家的關係，沒有樹立起正確的海洋觀。

那麼，我們還為它的命運哀嘆什麼呢？

責任編輯　苗　龍
封面設計　吳冠曼

書　　名　誰在世界的中央：古代中國的天下觀
著　　者　梁二平
出　　版　三聯書店（香港）有限公司
　　　　　香港北角英皇道四九九號北角工業大廈二十樓
　　　　　Joint Publishing (H.K.) Co., Ltd.
　　　　　20/F., North Point Industrial Building,
　　　　　499 King's Road, North Point, Hong Kong
香港發行　香港聯合書刊物流有限公司
　　　　　香港新界大埔汀麗路三十六號三字樓
版　　次　二〇一六年一月香港第一版第一次印刷
規　　格　十六開（170×230 mm）三五二面
國際書號　ISBN 978-962-04-3850-9